BASTEI
LÜBBE
TASCHENBUCH

Titel in der Regel auch als E-Book erhältlich

C. S. West

DER KAMPF DER HALBLINGE

Roman

BASTEI LÜBBE TASCHENBUCH

BASTEI LÜBBE TASCHENBUCH
Band 20 735

1. Auflage: November 2013

Dieser Titel ist auch als E-Book erschienen

MIX
Papier aus verantwortungsvollen Quellen
FSC® C006701

Originalausgabe

Lektorat: Sabine Biskup
Textredaktion: Andrea Kalbe
Kartenzeichnung: Markus Weber, Guter Punkt, München
Titelillustration: © Dleoblack
Umschlaggestaltung: Guter Punkt, München
Satz: Urban SatzKonzept, Düsseldorf
Gesetzt aus der Garamond
Druck und Verarbeitung: CPI – Ebner & Spiegel, Ulm
Printed in Germany
ISBN 978-3-404-20735-0

Sie finden uns im Internet unter
www.luebbe.de
Bitte beachten Sie auch:
www.lesejury.de

Der Kampf der Halblinge

NORDLANDE
GRIMBO
WESTENDTAL
MEERE
Erenin
Nordbruch
Gräserne Furt
Eichen-
hain
Flusstal
Westend-
weiler
Hügelwald
WILDES MEER
Die Vergessenen Täler
Die Schroffen Berge
Grenzse
ARBOR
Arboron
Zervanador
Myrador
Hohe Wand von
Aratol
BARANTOR
MYRADOR

EREN-
UMDIL
NGE von DOVAN
mmelsklippen
EREN-DANAN
Suravan-
Berge
SÜDLANDE

Für Mara Gwen, die süßeste Schreibblockade der Welt.

Ich bin das Feuer, ihr seid die Asche, die ich hinterlasse.
Ich bin der Hieb, ihr seid die Wunde, die ich schlage.
Ich bin Zervana von Myrador – meine Geißel schwebt
über euch allen.

Zervana von Myrador

PROLOG

Grimmig und mit eisernem Willen kämpfte sich die Gestalt den Berg hinauf. Mit jedem Schritt wallte der lange zerschlissene Umhang, der die bleiche Haut nur teilweise verbarg, um ihre Beine. Ihre Haare, hüftlang und so schwarz wie die Nacht, wehten im Wind. Ein leises, kaum wahrnehmbares Zischen ging von der glimmenden Fackel aus, die sie in der Hand trug und die mit ihrem Lebensodem verbunden war. Doch nicht nur die Fackel stellte im Ernstfall eine todbringende Waffe dar, sondern auch die Geißel, die in einem ledernen Halfter an ihrer Hüfte steckte. Beide Gegenstände waren bezeichnend für eine ihrer Art, und keine Angehörige ihres Volkes würde jemals ohne sie losziehen. Zielstrebig setzte die Frau den Aufstieg fort und presste die Kiefer aufeinander, was ihr scharf geschnittenes Gesicht nahezu besessen wirken ließ. Die Sonne erklomm gerade den östlichen Horizont, um ihre wärmenden Strahlen über die Welt zu schicken. Doch dies erleichterte den Aufstieg nicht. Der Weg war beschwerlich, beschwerlicher als die finstere Gestalt gedacht hatte, doch eine Umkehr kam nicht infrage. Sie wollte einen Blick nach Norden und Nordwesten werfen, und außerdem hatte dieser Marsch für sie – die Eroberin – auch eine symbolische Bedeutung. Der Anstieg wurde steiler und der Fels brüchiger. Immer wieder lösten sich kleine Steinchen, die polternd nach unten fielen. Die Gestalt kümmerte das nicht. Unaufhaltsam näherte sie sich dem Gipfel des Aratols – dem höchsten Punkt der Hohen Wand von Myrador. Das Heulen des Windes wurde zu einem wütenden Brüllen, das einen unbedachten Wanderer in eine der unzähligen Schluchten reißen konnte. Als die Frau endlich den Fuß auf den Gipfel setzte, schlug ihr der Sturm mit brutaler Wucht ins Gesicht. Der zerfetzte schwarze Umhang bauschte sich auf, flatterte, als hätte sich eine wütende Bestie darin verbissen, um ihn wegzureißen.

Dennoch richtete sie sich zu ihrer vollen Größe auf, trotzte den wilden Angriffen der Natur mit eisernem Willen. Die bleichen, schlanken Finger der linken Hand schlossen sich fest um den Griff der Geißel an ihrer Hüfte. Die rechte Hand hob die Fackel, deren knisterndes Feuer auch der tobende Sturm nicht zu löschen vermochte, so weit empor, wie es ihr möglich war. In diesem Moment löste sich die Sonne vom Horizont und erfasste sie mit ihren Strahlen. Stolz hob sie den Kopf, ihr Haar tanzte mit dem Umhang im Wind um die Wette. Die Morgensonne erwärmte die bleichen welken Hautpartien, die nicht durch Kleidung verdeckt waren.

Sie verengte die Augen zu Schlitzen, und ihr Blick richtete sich nach Nordosten, dorthin, wo Eren-Danan, das Reich der Elfen, noch in seinem morgendlichen Schlummer lag. Langsam glitten ihre dunklen Augen nach Westen hinüber und ruhten schließlich auf Arbor: dem Land der Menschen. Es lag unter einem Morgennebel verborgen, der ebenso träge anmutete wie die Bewohner dieses Landes.

Nun, da *sie* die Herrscherin über Myrador war, würden diese Länder sehr bald schon fallen. Und die Körper ihrer Bewohner würden von den Geißeln ihrer Streiterinnen geschunden werden und dann den Feuern ihrer Fackeln erliegen. Die Schmerzensschreie, vom mitleidlosen Wind bis in die Steppe des Ostens getragen, würden dort ungehört verhallen.

Zufrieden sog sie die kühle Luft ein, nickte grimmig und machte sich wieder an den Abstieg. Es galt, einen neuen Weg zu beschreiten: einen Pfad, der ihrem Volk Sieg und Eroberungen und ihrem Namen einen Platz in der Geschichte bescheren würde.

1. DAS RAUCHORAKEL

Dunkler Rauch stieg auf am bewaldeten Südhang der Schroffen Berge. Behäbig legte sich der Qualm über die Wipfel der Tannen, als wollte er sich gar nicht in den Himmel erheben. Er schien förmlich von den spitzen Nadeln aufgespießt zu werden. So zumindest sah es für Jorim Borkenfeuer aus. Der Halbling mit den braunen, dichten Locken, die ihm bis auf die Schultern fielen, saß auf einem herabgebrochenen Ast – dem Ast, der die halbe Veranda seines Baumhauses mit sich in die Tiefe gerissen hatte. Eigentlich wollte Jorim gerade seine Behausung wieder in ihren ursprünglichen Zustand zurückführen, doch die Geschehnisse im Norden von Westendtal hatten ihn abgelenkt.

Nachdenklich blickte er nun nach oben und dorthin, wo seine östliche Veranda einmal gewesen war. Der nördliche, westliche und südliche Wohnbereich waren intakt geblieben, und die Leiter, die zum Baumhaus führte, stand auch noch dort, wo sie hingehörte. Trotzdem war das Ganze kein schöner Anblick. Es passte einfach nicht zu der übrigen gemütlichen Behausung, die sich um den dicken Stamm der uralten Eiche herumzog. Das Wohnzimmer mit den beiden für Behaglichkeit sorgenden Kaminen, vor denen man die Füße hochlegen konnte, und das der Morgensonne zugewandte Schlafzimmer mochten so gar nicht mit dem zerstörten Balkon harmonieren. Ebenso wenig der ausladende Kochbereich oder das Badezimmer, in dem der reinliche Halbling mit Wasser versorgt wurde, das von oben herab durch das Blätterwerk in einen großen Zuber floss. Nein, die Veranda sollte schleunigst repariert und bei dieser Gelegenheit gleich um eine Bank erweitert werden, auf der man sein Pfeifchen schmöken konnte.

Dennoch schweifte Jorims Blick nun wieder nach Norden, und obwohl es nicht selten geschah, dass das Rauchorakel befragt wurde, grübelte er doch darüber nach, welch wichtige Entscheidung der Rat heute wohl zu treffen hatte. Gewöhnlich zog man das Orakel hinzu, wenn schwerwiegende Entscheidungen anstanden, die vom Ältestenrat nicht gefällt werden konnten – oder wenn dieser nicht imstande war, sich zu einigen. Obwohl der Rat aus den Vorsitzenden der fünf Trinktische von Westendtal bestand – alles altehrwürdige Halblinge, erprobte Denker und Trinker, die mindestens einhundert Sommer gesehen haben mussten –, garantierte dies keineswegs eine schnelle Entscheidung. Und deshalb griff man in der Regel nur allzu rasch auf das Rauchorakel zurück. Immerhin verlockte die Pfeife mit dem riesigen Brennraum, den fünf langen, geschwungenen Holmen und den mit hübschen Intarsien verzierten Mundstücken geradezu zum Schmauchen. Dass man dabei auf einer von Felsen und Nadelbäumen umsäumten Lichtung verweilen konnte, machte die Sache noch angenehmer. Wie es schien, saßen auch heute wieder die fünf Ältesten auf der hölzernen Plattform und hatten gar emsig gepafft, bis die hohe Kuppel über der Pfeife endlich mit so viel Rauch gefüllt war, dass man den Mechanismus auslösen und den Rauch hinausströmen lassen konnte. Dies war der Zeitpunkt für den Rat, den Rauch zu begutachten und die Entscheidung herauszulesen – ein Vorgang, der ein höchst komplexes Wissen erforderte und für Jorim, der gerade Mal dreißig Sommer gesehen hatte, eines der größten Rätsel von Westendtal war.

»Ach du heiliges Wildschwein, was ist denn hier geschehen?«

Die Stimme riss Jorim aus seinen Gedanken. Er sprang von dem Ast auf und wandte sich um.

»Enna, sei gegrüßt!«, rief er seiner Schwester zu.

Die blonde Halblingsfrau stemmte die Hände in die Hüften und betrachtete stirnrunzelnd den dicken, herabgefallenen Ast der alten Eiche. Dann ließ sie ihren Blick hinauf zu Jorims beschädigtem Baumhaus wandern.

»Habe ich dir nicht von Anfang an gesagt, du sollst dir eine ordentliche Hütte bauen oder dich in einem der Erdwälle von Hügelwald niederlassen?« Enna schüttelte den Kopf, sodass ihr blonder Zopf hin und her wippte. »Aber nein, mein Bruder muss sich ein Haus in einem der ältesten und morschesten Bäume von ganz Eichenhain bauen!«

Jorim klopfte sich einige Rindenreste vom Hosenboden, dann sah er seine Schwester mit gerunzelter Stirn an.

»Sag mal, Enna, bist du nur gekommen, um über mein Baumhaus zu wettern – auf dessen Veranda du nebenbei bemerkt selbst gern ein wenig tatenarm ruhst –, oder gibt es noch einen anderen Grund?«

Jorim zog eine der dichten, buschigen Brauen in die Höhe, die über seinen dunkelbraunen Augen thronten, und betrachtete Enna mit ernster Miene. Es dauerte nicht lange und Ennas Mundwinkel begannen zu zucken, ehe sie lauthals loslachte. Wie immer war ihr Lachen so ansteckend, dass auch Jorim mit einfiel.

»Nun ja, ich wollte schon ein wenig über deine Behausung herziehen«, erwiderte sie honigsüß, deutete dann aber nach Norden, wo man deutlich den dicken Rauch erkennen konnte. »Siehst du das? Sie haben mal wieder das Orakel befragt.«

Jorim nickte bedächtig und strich sich über sein bartloses Kinn. »Ja, ich sehe es«, antwortete er und gab sich dabei betont gelangweilt.

»Worum es diesmal wohl geht?« Enna schürzte die Lippen und sah Jorim abwartend an.

»Ganz sicher nur etwas vollkommen Belangloses«, entgegnete er.

Enna legte den Kopf schräg und musterte ihn neugierig mit ihren grünen Augen. »Du möchtest also nicht wissen, worüber sie beratschlagen?«

»Eigentlich nicht, nein.« Jorim schielte auf seine Schulter und schnippte mit dem Zeigefinger einen Käfer weg.

»Wirklich nicht?« Ennas Stimme hatte einen herausfordernden Klang angenommen. Jorim bemühte sich indes, ernst zu bleiben, und schüttelte den Kopf. Seine Schwester ließ ihn nicht aus den Augen.

»Schwindler!«, rief sie plötzlich mit einem lauten Lachen und stürmte auch schon los – und Jorim hinterher. Nicht zum ersten Mal wunderte er sich, wie leichtfüßig Enna mit ihren pelzigen Füßen über umgestürzte Baumstämme hinwegsetzte. So manch anderes Halblingsmädchen stellte sich da bedeutend ungeschickter an. Häufig fragte er sich auch, weshalb Enna noch keinen Partner an ihrer Seite hatte. Immerhin war sie nur einen Sommer jünger als er, hatte ein ansehnliches Gesicht mit leuchtenden, grünen Augen und erfreute das Halblingsauge mit ihren hübschen großen Füßen und dem langen Zopf, der gerade jetzt, wo sie durch Eichenhain gen Norden rannten, fröhlich auf und ab hüpfte. Der alte Vern Flusstaucher hatte einst sogar gesagt, Enna sei im Abgang ebenso süß wie der Tabak aus dem fünfblättrigen Sternenreiter – was auch immer der betagte Halbling damit gemeint haben mochte.

»Beeil dich, Bruderherz, sonst ist der Rauch fort, ehe wir ihn erschnuppert haben!«, rief Enna, ohne sich umzudrehen. Jorim gab sich Mühe, sie einzuholen. Er wich einem tief hängenden Ast aus, sprang über die dicke Wurzel einer knorrigen Eiche und schlüpfte kurz darauf zwischen zwei mit Moos bewachsenen Findlingen hindurch. Ein aufgescheuchtes Eichhörnchen erklomm mit empörtem Gezeter den nächsten Baum.

Eichenhain lag in der Mitte von Westendtal auf einem Hügel übersät mit Eichen. Jorim hatte sein Baumhaus auf der höchsten Stelle gebaut, und deshalb ging es nun ständig bergab. Trotzdem war es noch ein weiter Weg nach Nordbruch, das sich in die Tannenwälder schmiegte, die unmittelbar südlich der Schroffen Berge lagen. Dort befand sich auch das Rauchorakel, und dieses war nun ihr Ziel. Jorim hatte Enna mittlerweile eingeholt und warf immer wieder einen Blick nach Norden. Tatsächlich schwelte dort der Rauch noch immer über den Bäumen. Endlich erreichten sie den nördlichen Rand von Eichenhain. Das Land war hier von vielen Senken durchzogen, in denen zahlreiche Halblingsfamilien ihre Behausungen gebaut hatten. Meist bestanden diese aus einem Erdwall, der mit einer kuppelartigen Holzkonstruktion versehen war, die das Dach bildete. Im Gegensatz zu Hügelwald, wo die Halblinge in geräumig ausgestalteten Hügeln wohnten, lebten sie in Eichenhain, Westendweiler und Flusstal vorwiegend in solch kleinen Häuschen mit runden Kuppeldächern, die häufig mit Moos und Borke bedeckt waren. Manch ein findiger Halbling, so wie Jorim, hatte ein Baumhaus als Wohnstätte gewählt oder residierte gar im Inneren einer mächtigen abgestorbenen Eiche.

In Flusstal waren die meisten Häuser direkt am Wasser errichtet. Das kleine Volk – die Halblinge waren nur etwa drei bis vier Fuß groß – baute hier vorwiegend Getreide an und zermahlte es in den Mühlen, die die Nebenflüsse des Erenin säumten.

Nordbruch war dagegen der am schwächsten besiedelte Bezirk. Dort befanden sich große Lagerräume: für die Fässer mit dem süffigen Bier aus Westendtal, für das Pfeifenkraut aus Hügelwald und den hochprozentigen Schnaps, gemacht aus allem, was sich destillieren ließ. Und dazu gehörten nicht nur allerlei wilde Beeren, sondern auch Kartoffeln und sogar Borke aus Eichenhain. Borkenschnaps war immerhin eines der beliebtesten Getränke in den fünf großen Tavernen von Westendtal.

Beinahe hätte Jorim seine Schwester in vollem Lauf umgerannt, als diese urplötzlich stehen blieb und sich schwer atmend auf den Knien abstützte.

»Was ist los, Enna?«, stieß Jorim verblüfft hervor. »Geht dir etwa die Luft aus?«

Enna schüttelte den Kopf. »Während du heute Morgen nur auf deinem Baumstamm gedöst und dem Lied der Vögel gelauscht hast, bin ich bereits in Flusstal gewesen und habe zwei Säcke Mehl auf meinen Schultern nach Hause getragen.«

Jorim zuckte nur mit den Schultern. »Und wenn schon, da hatte ich immerhin schon das dritte Frühstück verdrückt.«

Enna verdrehte die Augen, ersparte sich aber jeglichen Kommentar und eilte weiter über ausladende Wiesen, auf denen sich die ersten Blumen im Frühlingswind wiegten.

Am Ende kämpften sich beide schweißüberströmt die letzten Schritte durch den dichten Tannenwald von Nordbruch, bis dieser endlich die Sicht auf eine weite Lichtung freigab. Jorim und Enna kauerten sich hinter ein Gebüsch, wo sie zunächst ihren hektischen Atem beruhigten. Dann spähten sie durchs Dickicht.

»Das kann doch gar nicht sein«, flüsterte Enna und schob vorsichtig einen Ast zur Seite. »Der Rauch ist anscheinend genauso entscheidungsfreudig wie der Rat.«

Tatsächlich waberte die Rauchwolke noch immer träge in den Baumspitzen nahe der hohen Holzkonstruktion. Diese überdachte die gewaltige Pfeife mit den fünf Holmen, und in der Mitte befand sich eine Auslassöffnung für den Rauch.

Auch die fünf Ratsmitglieder schienen ratlos zu sein. Da standen Eren Langschild von Nordbruch, Helebert Wassertreter von Westendweiler und Talund Krugbrecher von Hügelwald und starrten den Rauch verdrossen an. Selda Korbflechter – die Vorsitzende von Eichenhain und einzige Frau im Rat – und Brim Mühlenstein aus Flusstal saßen auf einem der vielen Findlinge, die auf der Lichtung verstreut lagen.

»So etwas habe ich in der Tat noch nicht erlebt«, hörte Jorim Selda sagen, wobei sich die Halblingsfrau gedankenverloren eine ihrer ergrauten Locken um den Finger wickelte. In ihrem grünen Kleid sah man sie auf dem mit Moos bewachsenen Felsen kaum.

Talund, einer der wohl beleibtesten Halblinge, die Jorim kannte, stach nicht nur durch seine Körpermaße hervor, sondern auch durch sein rotes Wams. Nachdenklich strich er sich über das Doppelkinn. »Ich sage euch, der Wind ist schuld.«

»Unsinn«, hielt Eren, der für einen Halbling recht hochgewachsen war, dagegen und stemmte beide Fäuste in die Hüften. Dann schüttelte er den Kopf und hielt einen Finger in die Luft. »Die Brise ist frisch wie immer. Es muss am Pfeifenkraut liegen.«

»Genau so ist es«, meinte Brim, der mit verschränkten Armen neben Selda saß. Im Gegensatz zu ihr war er in seinem hellblauen Umhang schon von Weitem zu erkennen. »Warum müssen auch Kornbrecher aus Flusstal plötzlich mit der Herstellung von Pfeifenkraut beginnen? Das hätten sie mal besser bleiben lassen sollen. Das Zeug ist viel zu schwer und beißend«, er deutete mit einem kurzen dicken Finger hinauf zu den Bäumen. »Seht nur, es beißt sich regelrecht an den Tannen fest.«

Allgemeines Gelächter brach aus, und auch Jorim und Enna mussten schmunzeln, hielten sich aber rasch eine Hand vor den Mund. Der Rat mochte es gar nicht, wenn man ihre wichtigen Sitzungen beobachtete oder belauschte.

»Ich habe schon beim ersten Zug die feinwürzige Note aus Hügelwald vermisst«, sagte Eren und streckte seine Zunge aus dem faltigen Gesicht hervor. »Stattdessen hab ich mir die Zunge verschmort, so als hätte ich ein Stück glühender Holzkohle gelutscht.«

»Mir hat es gar die Nasenhaare verkohlt«, warf Helebert ein und rieb sich über die dicke, gerötete Knollennase.

»Ist ja bei dem Gestrüpp, das dir aus der Nase wächst, kein Wunder«, tönte Talund so laut, dass seine ausladende Leibesfülle auf und ab wippte. »Pass nur auf, dass die Kornbrecher es dir nicht abschneiden und auch noch zu Pfeifenkraut verarbeiten.«

Dies sorgte nun für brüllendes Gelächter, dem sich lediglich Selda enthielt. »Ich weiß nicht, für mich sieht die Wolke eindeutig wie ein Eisenfuß aus«, sie sprang von ihrem Findling und tippelte einige Schritte vorwärts. »Seht nur, das dort könnte die behaarte große Zehe von Ludor Nimmersatt sein, und die Ausbeulung über der schiefen Tanne eine seiner geschwollenen Fersen.«

»Pah, ich finde das Ganze unsinnig. Das hilft uns bei der Entscheidung, ob Ludor seinen Namen ändern kann, nicht weiter!«, blaffte nun Brim. »Er sollte einfach weiterhin Nimmersatt statt Eisenfuß heißen. Nur weil er vor Wut mit dem Fuß gegen einen Stapel Hufeisen getreten und sich die Zehen gebrochen hat, muss man doch nicht gleich den Namen ändern, den sich sein Ur-Ur-Urgroßvater verdient hat! So ein Tritt ist doch nichts Besonderes.«

»Das nicht«, gab Helebert zu bedenken, »aber dass eines der Hufeisen danach im Scheunentor steckte, sehr wohl.«

»Ludors Scheunentor war ohnehin morsch«, sagte Selda mit einem Schulterzucken.

»Also ich bin dafür, wir eröffnen einfach ein neues Rauchorakel«, schlug Talund vor.

»Aber dieses Mal verwenden wir ein gaumengefälliges Pfeifenkraut«, murrte Brim.

Zustimmendes Gemurmel folgte, und die fünf begaben sich erneut unter das Dach, um zunächst einmal den Brennraum der Pfeife zu reinigen.

Jorim und Enna tauschten einen Blick und beschlossen, nicht länger abzuwarten. Ein wenig enttäuscht von den Geschehnissen am Rauchorakel machten sie sich auf den Rückweg.

2. GESCHICHTEN AM TRINKTISCH

»Je belangloser die Fragen sind, desto weniger können sie sich einigen«, klagte Enna, während die zwei durch die Tannenwälder hangabwärts schritten.

»So ist es. Das Orakel zu befragen, nur weil der alte Schmied sich die Zehen gebrochen hat, so ein Unsinn!« Jorim schüttelte den Kopf. »Ich finde die Tradition, den Familiennamen bei besonderen Ereignissen oder Verdiensten zu ändern, ja gut …«

»Aber nur, wenn es auch wirklich Sinn macht!«, nahm Enna ihm die Worte aus dem Mund.

»Und ich für meinen Teil würde gar nicht wollen, dass unser Name geändert wird«, überlegte Jorim.

»Borkenfeuer ist ja auch ein guter Name!«, pflichtete ihm Enna bei und nahm Anlauf, um über einen kleinen Tümpel zu springen, in dem es von Kaulquappen nur so wimmelte. Enna gelang es knapp, über den Teich hinwegzusetzen, und Jorim musste schmunzeln. »Wenn du jetzt ins Wasser gefallen wärst, würdest du Wassertreter heißen, so wie Helebert.«

»Oder Kaulquappentöter.«

»Wie ruhmreich«, murmelte Jorim und entschloss sich, lieber um den Teich herum zu gehen.

Mittlerweile war es später Nachmittag geworden und die Sonne bereits hinter den Schroffen Bergen verschwunden. Die Dämmerung lag über den Wäldern von Nordbruch, und eine feuchte Kühle strich über die Wangen der beiden Halblinge wie der gehauchte Kuss eines kalten Wesens.

»Was war das?«, rief Jorim plötzlich. Er ergriff Enna am Arm und blieb abrupt stehen.

»Was denn?«

»Da vorne.«

»Ich hab nichts gesehen.«

Jorim nahm Enna bei der Hand und schlich geduckt hinter den

nächsten Baum. Langsam ließ er sich in die Hocke nieder und lugte dann um den Baum herum. »Es ist weg.«

»Was ist weg?« Enna runzelte die Stirn.

»Der Schatten.«

Enna packte Jorim an der Schulter. »Was für ein Schatten?«

»Ich weiß es nicht genau. Mir war, als hätte ich jemanden durch die Bäume huschen sehen.«

»Jorim«, meinte Enna beruhigend, »wir sind nicht die Einzigen, die den Rat bei seiner Schmaucherei beobachten.«

»Ja, mag sein«, gab Jorim nervös zurück, »aber das war kein Halbling.«

»Wir leben hier in Westendtal«, klärte ihn Enna auf. »Hier gibt es *nur* Halblinge – und die Tiere natürlich.«

Gebannt schaute Jorim in den Wald, konnte aber nichts erkennen.

»Außerdem«, fuhr Enna fort, »wimmelt es hier von Schatten, wenn die Sonne hinter den Bergen …« Enna brach ab. Jorim wandte sich zu seiner Schwester um und bemerkte, dass sie hinauf in die Bäume starrte.

Er folgte ihrem Blick. »Was ist da oben?«

»Nichts«, sagte sie ganz leise, ohne den Blick von den Baumkronen abzuwenden. »Und genau das läuft mir den Rücken runter wie eine Armee Waldameisen.«

»Du hast recht. Kein Lüftchen bewegt die Blätter, kein Vogel, weder Eichelhäher noch Fink, pfeift, und kein einziges Eichhörnchen ist zu sehen.«

Enna rückte dichter an Jorim heran. »Es ist still geworden im Wald, Jorim, viel zu still. Selbst der Geruch von Harz und Moos ist fort.«

Sie drängten sich aneinander, während sie umherspähten, und Jorim war dankbar für die braune Kleidung, die er trug. Lediglich Ennas helles Hemd machte ihm Sorgen.

Angestrengt versuchten die Geschwister in der zunehmenden Düsternis etwas auszumachen. Doch sie konnten lediglich ein paar huschende Schatten erkennen. Eine ganze Weile wagten sie nicht aufzustehen, drückten ihre Rücken fest gegen den Baumstamm.

Da richtete sich Enna plötzlich auf und deutete mit dem Zeigefinger in die Luft. »Da!«

»Was war das?«, fragte Jorim.

»Ein Eichelhäher.«

»Zu klein für einen Häher, Enna.«

Sie lauschten noch einen Augenblick, konnten aber nichts Verdächtiges hören.

»Komm schon Jorim, wenn überhaupt etwas da draußen war und wir es uns nicht nur eingebildet haben, dann ist es jetzt weg. Mir ist, als fühle sich der Wald wieder normal an.«

Jorim sog die Luft ein. »Du hast recht. Es fühlt sich ... besser an.«

»Dann lass uns gehen, bevor es ganz finster wird.«

Vorsichtig erhoben sie sich und schlichen weiter in Richtung Eichenhain. Dabei wandten sie sich immer wieder um, spähten nach links und rechts. Die Schatten eroberten nun den Wald, und mehr als einmal glaubte Jorim ein leises Rascheln zu hören oder meinte gar das flüchtige Aufblitzen eines Augenpaars zu erkennen, das ihn beobachtete.

Enna rieb sich über die Arme, als fröstelte sie. »Ich weiß nicht, wie es dir geht, aber ich muss das Leben in mir wieder mit einem ordentlichen Schluck Borkenschnaps entfachen.«

Jorim sah Enna an. »Rimbors Taverne?« Enna grinste und nickte. Schon liefen sie schnellen Schrittes in süd-östliche Richtung. Dort lag am Ostrand von Eichenhain ein rauschendes Birkenwäldchen, in dem Rimbor Birkenast das älteste Trinkhaus von ganz Westendtal führte. Immer noch auf der Anhöhe von Eichenhain gelegen, hatte man von der Taverne aus einen guten Blick nach Flusstal. Im Sommer, wenn die Tage lang waren, konnte man gar beobachten, wie die Sonne hinter den Schroffen Bergen versank und sich die langen Schatten gen Flusstal streckten. Nach und nach fiel dann das Glitzern der Flüsse der Nacht zum Opfer, bis es die Morgensonne wieder zu neuem Leben erweckte und so das Auge jener Halblinge erfreute, die die Nacht durchgezecht hatten – sofern die Feiernden dann noch klaren Blickes waren.

Begeistert rieb sich Jorim die Hände, als er die Lichter von Rimbors Tavernenhäuschen in der Dunkelheit ausmachte. Von Vorfreude erfüllt schritten sie noch schneller voran. Kurz bevor sie die Tür öffneten, hielt Enna an und deutete hinauf zu den Kronen des Birkenwäldchens. »Hörst du das?«

Jorim nickte. »Ja, es regt sich wieder ein Lüftchen in den Bäumen.

Alles ist so, wie es sein soll.« Er seufzte zufrieden und stieß die Tür auf, wo die beiden von fröhlichem Gesang empfangen wurden:

... Eins, zwei, nein, nimm gleich vier,
Destilliert ist Schnaps, gebraut ist Bier.
Der Trunk so klar und süffig fein,
So würzig mild, trink nicht allein!
Wenn eines mühsam' Tages Ende,
Zur lang ersehnten Schattenwende,
Dein Durst dich plagt mit garst'ger Pein,
Sollst du mit Freunden im Trinkhaus sein.
Drum trinkt ihr Brüder, trinkt ihr Schwestern,
Ihr Väter, Mütter, Töchter all,
Denn Arbeit, Mühsal waren gestern,
Spült Sorgen runter in einem Schwall!

Jorim wurde es bei den vertrauten Klängen warm ums Herz. Rasch hatte sein kundiges Auge einen Tisch erspäht, an dem für ihn und Enna noch Plätze frei waren.

»Tisch auf, Rimbor, tisch auf!«, rief er dem Wirt zu, während er eintrat. »Eile ist geboten! Bring uns einen, zwei, ach was vier vom wärmenden Borkentropfen und zwei Krüge von dem Freude spendenden Dunklen.«

»Hoho, da ist einer durstig!«, rief Rimbor und klapperte mit den Krügen. Rimbor Birkenast war für einen Halbling recht groß geraten, und die meist schwarze Kleidung und der seltsame Schlapphut ließen ihn sonderbar und älter erscheinen, als er eigentlich war. Rimbor zählte nämlich nur wenige Sommer mehr als Jorim. Beim Gedanken daran, wie Rimbors Familie einst zu dem Namen Birkenast gekommen war, musste Jorim schmunzeln: Es hieß, sein Urahn Elegrin habe eine Liebschaft mit einer ansehnlichen Halblingsdame namens Isa gehabt. Um eine lauschige Nacht zusammen zu verbringen, waren sie in dem Birkenwäldchen verschwunden, wo jetzt die Taverne stand. Als Isa dann anfing sich zu entkleiden, soll Elegrin vor Verzückung zurückgetaumelt und über einen heruntergebrochenen Birkenast gestolpert sein. Durch den Sturz hatte er gar seine Sinne verloren, doch erwachte glücklicherweise wieder unter Isas leidenschaftlichen Küssen. Danach beschloss er, seiner erlebnisreichen Nacht – die angeblich noch aus mehr als einem Birkenast und einem Kuss bestanden haben soll – ein Denkmal zu setzen. So hatte er damals in dem Birkenwäldchen diese liebliche Taverne errichtet, die vor vielen, vielen Sommern den Namen Elegrins Taverne trug und heute eben Rimbors Taverne hieß.

Stöhnend ließen sich Jorim und Enna nun am Tisch nieder.

»Na, ihr beiden hattet wohl einen beschwerlichen Tag?«, wollte Ludor Nimmersatt wissen – der vom Schicksal geplagte Schmied, dessen Namenswechsel vorher beim Rauchorakel diskutiert worden war.

Etwas verlegen rieb sich Jorim den Nacken. »Nun, also wir waren …«

»In Flusstal, Mehlsäcke holen«, warf Enna ein, ehe Jorim sie beide noch in eine missliche Lage brachte.

»Ah, verstehe.« Damit gab sich Ludor anscheinend zufrieden. Er bekam glitzernde Augen, als Rimbor zwei Humpen Bier und vier Gläser des beliebten Borkenschnapses mit lautem Gepolter auf dem Tisch abstellte. Jorim rümpfte die Nase, denn Ludor stank nach verbranntem Horn. Jedes Mal wenn er einem Pony ein Eisen in die Hufe brannte, stand er mitten im schwelenden Rauch, hielt es aber anscheinend nicht für nötig, sich danach gründlich zu waschen.

»Ich hoffe, Jorim hat dich die Säcke nicht alleine schleppen lassen«, sagte da Elvor Sternenfaust und rutschte ein wenig dichter an Enna heran. »Beim nächsten Mal kannst du dich getrost an mich wenden. Für dich trage ich jeden Sack, und sei er noch so schwer«, er blickte kurz zu Jorim, »… wohin auch immer du befiehlst.«

Jorim verzog das Gesicht, denn er mochte Elvor, den Enkel des legendären Bronn Sternenfaust, nicht sonderlich. Bescheidenheit, wie sie vielen Halblingen zueigen war, gehörte nicht gerade zu Elvors Tugenden. Er hielt sich für besonders wichtig und wollte stets überall dabei sein. Sein Großvater Bronn war einer der wenigen Halblinge, die in der Kriegskunst bewandert und in ganz Westendtal bekannt waren. Vor mehr als achtzig Sommern hatten Bronn und seine tapferen Recken Westendtal verlassen, um die Drachen in den Suravan Bergen zu suchen. Obwohl sie niemals zurückgekehrt waren und niemand etwas über ihren Verbleib wusste, hatte man ihnen in vielen Liedern so manche Heldentat angedichtet. Nicht selten prahlte auch Elvor mit dem Namen Sternenfaust oder benutzte ihn, um die ein oder andere Halblingsdame damit zu beeindrucken. Außerdem war er der Meinung, dass seine wilde, schwarze Lockenpracht jedes Halblingsmädchen schwach werden ließ. Zähneknirschend musste Jorim zugeben, dass Elvor tatsächlich gut aussehend, sein Gesicht fast schon fein geschnitten war. Zudem imponierte er mit einem für einen Halbling recht stattlichen und trainierten Körper. Dass dieser Kerl ausgerechnet Enna immer wieder schöne Augen machte, empfand Jorim als besonders lästig. Nun ärgerte er sich darüber, dass er vorhin nur die beiden leeren Stühle an dem Tisch, jedoch nicht Elvor gesehen hatte.

»Gib dir keine Mühe, Elvor«, erwiderte Enna indes trocken, »ich weiß mit Säcken jeglicher Art umzugehen.«

»Wohl gesprochen«, sagte da Ombur Felsenschlag lachend, ein ergrauter Halbling von gebeugter Gestalt, der zusammen mit dem eher stillen Jul Mühlenstein ebenfalls an ihrem Tisch saß. Ombur hob seinen Krug und prostete Enna, Jorim, Ludor und Jul zu. Elvor ließ er außen vor. »In einem Schwall!«

»In einem Schwall!«, entgegneten Enna und Jorim gleichzeitig, hoben die Gläser mit Borkenschnaps in die Höhe und leerten sie in einem Zug.

Jorim schob das Glas von sich und schnappte sich sogleich das nächste. Das wärmende und belebende Gefühl des Borkentrunks in seinem Bauch wollte er keinesfalls vorübergehen lassen. »Bei der kalten Stille im Wald von Nordbruch brauch ich gleich noch einen.«

Ludor richtete sich auf. »Was wolltet ihr denn da?«

»Oh, na ja«, Jorim zuckte mit den Schultern. »Holz für mein Baumhaus holen.«

»Ich dachte, ihr wart in Flusstal?«, warf Elvor ein.

Enna strich sich eine blonde Locke aus dem Gesicht. »Waren wir auch. Vorher eben.«

»Und weshalb verwendet ihr nicht einfach das harte Holz aus Eichenhain?«, hakte Ludor nach und musterte sie misstrauisch.

»Ist doch jetzt völlig egal«, rief der alte Ombur, beugte sich vor und nickte Jorim und Enna aufmunternd zu. »Nun sagt schon: Was war los in Nordbruch?«

Auch Elvor, Jul und Ludor horchten gespannt auf. Jorim blickte kurz zu Enna, zuckte mit den Schultern und nahm noch einen kräftigen Schluck von dem dunklen Bier, bevor er zu erzählen begann. Er berichtete davon, was er gesehen oder eigentlich auch wieder *nicht* gesehen hatte, beschrieb die Stille im Wald und die merkwürdigen vorüberhuschenden Schatten.

»Ha, lauscht auf, lauscht auf«, rief Elvor Sternenfaust begeistert und schnippte mit den Fingern. »Das ist doch mal ein feines Schauermärchen für ein Trinkgelage!«

»Das ist kein Märchen, Elvor, sondern eine Tatsache«, erwiderte Jorim gereizt.

»Dort oben in Nordbruch hat es die Sonne sehr eilig, hinter den Bergen zu verschwinden«, sagte Ludor nachdenklich, wobei er sich über das stoppelige Kinn rieb, »... und schnell herrschen Schatten und Dunkelheit in den Tannenwäldern.«

»Eben«, Elvor winkte ab, »da mag man schon mal den Schatten einer wankenden Tanne für eine finstere Gestalt halten.«

»Und außerdem«, fügte Ludor hinzu und hob einen schwieligen, rußgeschwärzten Finger, »Westendtal ist ein entlegener und vergessener Ort in den Südlanden. Für uns interessiert sich niemand, also verirrt sich auch niemand hierher. So war es schon immer.«

Um seine Worte zu bekräftigen, nickte der grauhaarige Schmied eifrig, hob das Glas und trank. Auch Elvor sprach seinem Humpen ordentlich zu, doch nicht ohne vorher Enna zuzuzwinkern. Die streckte ihm, zu Jorims Überraschung, blitzschnell die Zunge heraus und sah sich dann verschämt um, ob sie auch niemand beobachtet hatte.

»Verirrt, das ist es!«, polterte der alte Ombur und kniff seine kleinen, dunklen Augen zusammen. »Es könnte sich doch ein garstiger Mensch oder, noch schlimmer, ein großspuriger Elf hierher verirrt haben. Ihr solltet die Worte der beiden Borkenfeuer nicht so leichtfertig abtun.«

»Ach was«, tönte Elvor, »ich nehme Enna morgen einfach bei der Hand und durchwandere mit ihr die schrecklichen Schatten von Nordbruch.« Er hob seinen Krug und zwinkerte ihr erneut zu. »An meiner Seite würdest du keine Angst verspüren«, prahlte er und trank.

»An deiner Seite würde ich gar nichts spüren«, konterte Enna, doch Elvor gab sich unbeeindruckt.

»Lass es uns doch versuchen.«

»Eher verhungere ich!«

»Ist er denn so schlimm?«, fragte Ombur lachend.

»Schlimmer«, gab Enna zurück.

»Also, ich glaube«, begann nun der schüchterne Jul und rutschte nervös auf seinem Stuhl umher, »Jorims Geschichte könnte durchaus wahr sein.« Rasch leckte er sich die Lippen, seine großen, runden Augen huschten zwischen den am Tisch Sitzenden hin und her. Jul Mühlenstein war ebenso alt wie Enna, hatte eine recht blasse Haut und eine eher dünne Statur, was seinen wohlgerundeten Bauch umso mehr zur Geltung brachte. Seine blonden Haare hingen ihm wirr in die Stirn und auf Jorim wirkte er immer so zerknirscht, als wäre er gerade zwischen zwei Mühlsteine geraten.

»Natürlich ist unsere Geschichte wahr«, sagte Jorim mit Nachdruck. »Immerhin wissen wir, was wir erlebt haben, nicht wahr, Enna?« Er sah Enna an, und seine Schwester nickte zustimmend.

»Genauso ist es.«

»Aber woher willst *du* das denn wissen?«, wandte sich Elvor nun an Jul. »Du musst doch andauernd die alten Mühlen in Flusstal am Laufen halten und siehst kaum was von der Welt.«

»Lasst ihn ausreden!«, fegte Enna die Einwände beiseite und beugte sich in Juls Richtung. »Also, Jul, hast du auch etwas gesehen?«

Mittlerweile waren an den anderen Tischen die Gespräche verstummt, und viele lauschten mehr oder weniger gebannt, was es zu berichten gab.

Unsicher ließ Jul seinen Blick durch die Taverne schweifen.

»Nun sag schon«, forderte ihn Enna auf und gab ihm einen ermunternden Stups.

»Da waren Spuren«, begann er.

»Was für Spuren?«, fragten Ludor und Ombur gleichzeitig.

»Fußspuren, jedoch nicht von Halblingen.«

»Waren es vielleicht Hoppelhasen?« Elvor grinste süffisant.

»Nein, Spuren von zweibeinigen Wesen«, fuhr Jul unbeirrt fort. »Stiefelabdrücke waren es, so groß wie die eines Menschen und vorne ungewöhnlich spitz zulaufend. Ich habe sie in Hügelwald gesehen.«

»Ha«, ertönte da eine kratzige Stimme, die nur zu Vern Flusstaucher gehören konnte. Vern war der älteste Halbling und hatte das Höchstalter von einhundertfünfzig Sommern sogar schon um zehn Sommer überschritten. Er hatte alle Haare auf seinem Kopf verloren, bis auf einen schmalen weißen Kranz, der ihm zu einem Zopf gebunden bis auf den Rücken hing. Im Gegensatz dazu wuchsen ihm ganze Haarbüschel aus Nase und Ohren, die – genau wie sein Fußpelz – so weiß waren wie die Haare auf seinem Kopf. Auf einen Stock gestützt schlurfte er näher, seinen Hocker hinter sich herziehend. Milchigtrübe Augen blickten ins Leere, denn Vern war blind.

»Das sind bestimmt diese grässlichen Unwesen aus dem fernen Süden«, rief Vern mit zittrig erhobener Faust. »Wie heißt dieses Volk noch mal?« Er runzelte die Stirn so sehr, dass Jorim sich wunderte, wie man so viele Falten in ein einziges Gesicht bringen konnte.

»Wovon sprichst du, Vern?«, wollte Ludor wissen und wedelte mit den Händen umher, sodass Jorim rasch seine Nase über das Schnapsglas hielt, um dem penetranten Geruch nach Horn zu entgehen.

»Borkendreck und Pfeifenasche«, fluchte Vern und kratzte sich am Kopf. »Ich erinnere mich nicht – und obendrein habe ich jetzt auch noch vergessen, an was ich mich nicht erinnern kann.«

Das führte zu noch größerer Verwirrung unter den Halblingen, doch Jorim half Vern auf die Sprünge.

»Du hast von grässlichen Unwesen aus dem Süden gesprochen.«

»Ach ja, die Unwesen«, wiederholte Vern. »Die leben im Süden und tragen Stiefel, die so spitz sind, dass sie damit ein Wildschwein aufspießen können.«

»An die Stiefel erinnerst du dich, aber nicht an den Namen dieses Volkes?«, rief Rimbor, der Wirt, über die Theke hinweg und schüttelte den Kopf.

»Wurdest wohl von einem solchen Stiefel in die Hinterbacken getreten«, gluckste Elvor, was zu allgemeinem Gelächter führte, von Jorim, Enna, Jul und Ombur abgesehen.

»Er meint die Erinyen von Myrador, ein boshaftes Frauenvolk, bei dem Männer nichts zu sagen haben!«

Augenblicklich trat Stille ein. Alle Blicke wanderten zum Kamin, wo nur noch kleine Flammen in der rot pulsierenden Glut loderten. Daneben saß Nespur Fährtenauge, ein äußerst kundiger Spurenleser, der bereits viel umhergereist war. Langsam legte er noch zwei Scheite Holz nach und wartete, bis die Flammen sich darum schlossen. Obwohl Nespur bereits einhundertfünf Sommer zählte, war sein Haar immer noch tiefschwarz und wallend. Nicht ein einziges graues Haar war darin zu sehen. Über dem linken Auge trug er eine Augenklappe aus dunklem Leder. Hose und Hemd waren so schwarz wie sein Haar, ebenso die dicke Lederweste, die er trug. Jorim kannte ihn nicht anders. Waren die meisten Halblinge bestenfalls mit Harke, Rechen oder einem Dreschflegel bewaffnet, so zierten Nespurs Gürtel stets zwei lange Dolche. Nespur redete nicht viel, doch wenn er es tat, schwiegen alle voller Ehrfurcht.

»Aber die Erinyen sind ein aussterbendes Volk, das weiß doch jeder«, brach Ludor das Schweigen.

»Dennoch habe ich die Spuren gesehen«, sagte Jul, schwieg aber schnell wieder, als er damit die Aufmerksamkeit einiger auf sich zog.

»Das ist doch alles Unsinn!«, rief nun Rimbor dazwischen. »Schatten, Stiefelabdrücke, Erinyen. Trinkt lieber und lasst die Welt dort draußen, wo sie ist, nämlich weit weg von Westendtal!«

Zustimmendes Gemurmel ertönte, und der ein oder andere Tavernenbesucher kam Rimbors Aufforderung nach und leerte seinen Krug. Jorim schüttelte den Kopf, Enna schnaubte verächtlich und Jul zuckte hilflos mit den Schultern.

»Lasst es gut sein«, brummte Ombur und tätschelte beruhigend Jorims Schulter.

»Narren«, krächzte Vern. »Sie kennen nicht die Dunklen, die im Süden leben. Borkendreck und Pfeifenasche, sag ich nur.«

»Auch ich habe die Spuren gesehen!« Abermals kehrte Stille ein. Nespur Fährtenauge stand auf und trat langsam näher. Die Flammen hatten sich nun in das Holz gefressen und ihr Knistern erfüllte den Raum. »Am Westufer des Erenin bin ich auf eine Fährte gestoßen.« Sein ausgestreckter Arm wies in die Richtung, in welcher der Erenin gemächlich an Flusstal vorüberströmte. »Ich folgte ihr bis nach Hügelwald, dann zog ich weiter zur Gräsernen Furt. Ob es Erinyen waren, kann ich nicht sagen, doch die Abdrücke sahen so aus, wie Jul sie beschrieben hat.« Nespur hob einen Finger und sein Blick wanderte abschätzend über die Halblinge. »Das ist die Wahrheit, und keiner sollte an meinen Worten, denen von Jul oder an denen des Borkenfeuers zweifeln.«

Das tat auch niemand mehr – zumindest nicht laut. Nespur wartete einen Moment, dann trank er aus und verließ ohne ein weiteres Wort die Taverne.

Betretenes Schweigen breitete sich aus, unsichere Blicke wurden getauscht. Doch nur für eine kurze Weile.

»In einem Schwall!«, unterbrach Elvor die Stille. »In einem Schwall«, ertönte es, und das fröhliche Trinken und Beisammensein wurde fortgesetzt. Dennoch entging Jorim nicht, dass der ein oder andere Halbling nun ein klein wenig nachdenklicher an seinem Bier nippte.

Auch er und Enna leerten schließlich ihre Krüge, verabschiedeten sich und machten sich auf den Heimweg.

3. VERÄNDERUNGEN

Eine sternenklare Nacht erwartete die beiden, als sie vor die Tür traten. Jorim sog die Luft ein, und als er ausatmete, konnte er seinen Atem deutlich sehen. Die Nacht war kalt, ein leiser Wind brachte die Birkenblätter zum Rascheln, und das Mondlicht ließ die Stämme der Birken ebenso silbrig schimmern wie die vielen Flüsse in Flusstal, die man von dieser Anhöhe aus sehen konnte. Wie feine, silberne Adern durchzogen sie die schwarze Nacht und speisten den Bezirk Flusstal mit ihrem Leben spendenden Nass.

Ennas Häuschen lag nicht allzu weit von Jorims Baumhaus entfernt, und von Rimbors Taverne aus konnten sie ohnehin denselben Weg nehmen. So zogen sie gemeinsam los und ließen die Lichter des Gasthauses hinter sich.

»Ich wüsste gerne, was die gute Selda als Vorsitzende unseres Trinktisches davon halten würde«, meinte Jorim, nachdem sie eine Weile schweigend nebeneinander hergegangen waren. Er dachte an ihren Platz, der heute am Stammtisch, gleich an der Eingangstür des Trinkhauses, leer geblieben war.

»Wahrscheinlich befragen sie und die anderen Ratsmitglieder noch immer das Rauchorakel«, erwiderte Enna. »Als ob es nichts Wichtigeres gäbe.«

»Nespur hat die gleichen Spuren gesehen wie Jul«, sinnierte Jorim und stieg über eine dicke Wurzel. »Irgendetwas geht hier vor sich. Ich habe ein ungutes Gefühl.«

»Ich auch, Jorim, ich auch.«

Wie um ihre Worte zu bekräftigen, erklang in der Ferne der Ruf eines Käuzchens. Normalerweise liebte Jorim es, bei Einbruch der Dämmerung auf der Veranda seines Baumhauses zu sitzen, ein Pfeifchen zu rauchen und den Geräuschen der Nacht zu lauschen oder die wundersamen, leisen Flugmanöver der Fledermäuse zu beobachten. Heute jedoch lag etwas Unheilvolles darin – fast klang der Ruf des Käuzchens verzweifelt.

Wieder stieß der Vogel seinen Schrei aus, und Enna blieb stehen. »Klingt irgendwie schaurig«, flüsterte sie und sah sich unbehaglich um.

»Lass uns weitergehen«, entgegnete Jorim. »Die ganzen Geschichten haben unsere Sinne verwirrt. Morgen sieht der Tag bestimmt ganz anders aus.«

»Hoffentlich hast du recht«, wisperte Enna, und sie wanderten weiter.

Ein ausgetretener Pfad führte sie tiefer in den Eichenwald hinein. Der Blätterbaldachin breitete sich immer dichter über ihnen aus, und nur noch selten drangen die Strahlen des Mondes hindurch. Ein kurzes Stück herrschte vollkommene Dunkelheit, bis sich der Wald wieder etwas lichtete und sie zumindest den Weg vor sich erkennen konnten. Dann hörten sie das wohlbekannte Plätschern eines kleinen Baches, über den eine geschwungene Holzbrücke hinwegführte. Unmittelbar dahinter teilte sich der Pfad. Von dort aus verlief ein Weg nach Süden – diesen musste Enna nehmen. Der andere führte in nördliche Richtung; das war Jorims Weg. An diesem Abend jedoch wollte er seine Schwester nach Hause begleiten.

Während sie über die Brücke gingen, verursachten ihre nackten Füße kaum Geräusche auf dem Holz. Jorim blickte nach links, wo das sprudelnde Bächlein über einige dicke Felsen hüpfte und im Mondlicht glitzerte. Schon wollte er wieder wegsehen, da erregte etwas am Ufer seine Aufmerksamkeit. Jorim blieb stehen, dann machte er einen Schritt zurück.

»Was ist?«, fragte Enna.

Jorim hörte ihre Stimme wie aus weiter Ferne. Angespannt spähte er nach unten. Irgendetwas war dort, das ihm einen Schauder über den Rücken trieb. Seine Hände krampften sich so fest um das Geländer, dass seine Finger schmerzten.

Langsam trat Enna näher. Wie in Trance deutete Jorim zu der Uferstelle. »Dort, neben dem Farngebüsch. Siehst du es auch?«

Ihr Blick folgte seinem zitternden Finger. Dann schlug sie die Hände vor den Mund und unterdrückte einen Aufschrei. Dort unten neben einem Farngebüsch befanden sich mehrere Fußabdrücke, die genau so aussahen, wie Jul sie beschrieben hatte: von der Größe eines menschlichen Fußes und ungewöhnlich spitz zulaufend.

Jorim konnte fühlen, wie Ennas Finger sich in seinen Unterarm krallten. »Lass uns gehen, Jorim!« Ihre Stimme bebte vor Angst.

»Wir müssen nachsehen«, entgegnete er.

Er griff ihre Hand und zog sie mit sich. Sie verließen die Brücke und schlichen sich behutsam ans Ufer. Langsam gingen sie auf das Farngebüsch zu. Ihr Atmen erschien Jorim ungewöhnlich laut. Er hatte das Gefühl, als hielte der ganze Wald die Luft an.

Sie erreichten die Fußabdrücke. Jorim holte tief Luft, presste die Lippen aufeinander und schob die Farnwedel beiseite. Das Entsetzen, das ihn packte, hätte nicht größer sein können: Vor ihm lag eine Gestalt, zusammengekrümmt und grausig zugerichtet. Die Kleidung war an vielen Stellen zerfetzt, die Haut, die darunter hervorschimmerte, glänzte dunkel und feucht. Das Gesicht war verzerrt, als hätte es etwas unsagbar Schreckliches gesehen. Eine Hand hielt einen Stein fest umschlossen, die andere war wie zur Abwehr erhoben, die Finger grotesk gekrümmt.

Jorims Mund wurde staubtrocken, Enna drückte sich an ihn und schluchzte laut auf.

»Nun wissen wir, weshalb der Platz am Stammtisch heute leer geblieben ist«, flüsterte Jorim nach einer halben Ewigkeit, wie es ihm schien. Zu ihren Füßen lag der geschundene Körper von Selda Korbflechter, einstiges Ratsmitglied und Vorsitzende von Eichenhain.

Weiter im Osten, im Bezirk Flusstal an den Ufern eines Seitenarms des Erenin, warfen die Flammen eines Feuers ihren rötlichen Schimmer auf das mehr als halblingshohe Schilf. Auf seinem ansehnlichen Bauch liegend, robbte Toram Otterschreck durch das Gras, schob sich Stück für Stück dem Feuer entgegen, das dort in unmittelbarer Nähe loderte. Der verlockende Duft von Gebratenem stieg ihm in die Nase und ließ ihm das Wasser im Munde zusammenlaufen. Er hob den Kopf, bog das Schilf auseinander und spähte hinüber. Sein Herz machte vor Freude einen Sprung, denn niemand war dort. So band sich Toram rasch die roten Haare zurück und langte nach seinem Taschenmesser. In verzückter Vorfreude auf den Braten leckte er sich die Lippen. Gerade als er losstürmen wollte, legte sich eine Hand um seinen Mund, eine andere packte mit eisernem Griff seine Schulter und drückte ihn mit erstaunlicher Kraft zu Boden. Das Messer glitt ihm aus der Hand, und plötzlich wurde er grob auf den Rücken gedreht. Erschrocken blickte er in ein Gesicht, das zur Hälfte von schwarzem Haar bedeckt wurde und über dessen linken Auge eine Lederklappe prangte. Ein Finger hatte sich über die Lippen des nächtlichen Besuchers gelegt und bedeutete Toram zu schweigen.

»Nespur?«, flüsterte der Halbling dennoch.

»Schweig, Toram Otterschreck, oder der Tod ereilt dich mit Gewissheit.«

Toram gefror das Blut in den Adern. Nespur war ihm unheimlich, doch die Dringlichkeit, die in seinen Worten lag, beunruhigte ihn noch viel mehr. Mit seinem einen Auge lugte der Fährtenleser durch das Schilf, und die Flammen des Feuers tanzten gespenstisch über sein Gesicht. Endlich löste sich Nespurs Hand von Torams Mund, und der rothaarige Halbling atmete ein wenig auf. Er drehte sich wieder dem Lagerfeuer zu und wollte sich schon beklagen, da wies Nespurs Finger nach links und legte sich dann abermals auf seine Lippen. Toram runzelte die Stirn, denn die Dunkelheit schien sich plötzlich zu bewegen. Doch dann sah er sie: Es waren zwei Gestalten von schaurigem Äußeren, die sich da aus der Düsternis lösten und mit großen Schritten, fast schwebend, auf das Feuer zuhielten. Schwarze Umhänge umflossen ihre hochgewachsenen, schlanken Körper, die Toram auf etwa sieben Fuß schätzte. Zunächst dachte er, die Gewänder hätten helle Flecke, doch der Feuerschein offenbarte ihm, dass es sich dabei um fahle Haut handelte, die durch zahlreiche Löcher zu sehen war. Langes, schwarzes Haar floss über die schmalen Schultern der Gestalten. Und jede hatte zwei Gegenstände bei sich, die Toram mit Staunen erfüllten: In einem Halfter an ihrer Hüfte hing eine Peitsche mit mehreren Schnüren, und in der Hand trug jede von ihnen eine glimmende Fackel.

»Was zum …« Weiter kam er nicht, denn schon hatte Nespur die Hand wieder auf seinen Mund gelegt, ohne den Blick von den ungewöhnlichen Wesen abzuwenden.

Eine mit Eisen beschlagene Stiefelspitze stocherte in der Glut des Feuers herum, worauf knisternde Funken nach oben flogen und kurz darauf in der kühlen Luft erstarben. Die zweite Gestalt ging in die Hocke, streckte eine bleiche Hand nach dem Braten aus und nahm ihn samt Spieß vom Feuer. Toram konnte hören, wie sie daran schnüffelte. Dann biss sie in das Fleisch, spuckte den Bissen aber gleich wieder aus und warf den Braten achtlos beiseite. Er landete unmittelbar vor Toram und Nespur im Schilf. Toram hätte die Hand danach ausstrecken können, hielt dies aber im Augenblick doch für ein wenig gewagt.

»Verbranntes Fleisch«, zischte eine Stimme, die für Torams Ohren weiblich klang. »Es ist eine Schande, den Lebenssaft aus dem Fleisch herauszubrennen, und eine Beleidigung für den Gaumen ist es obendrein!«

»Du bist wählerisch, Esradal«, entgegnete die andere Gestalt langsam und mit ruhiger Stimme. Dann fuhr sie plötzlich mit der Peitsche in der Hand herum und holte aus. Es gab einen lauten Knall, Toram schrak zusammen, und kurz darauf schossen die Geißeln in Richtung der beiden Halblinge. Mit aufgerissenen Augen beobachtete Toram, wie sich die spitzen metallenen Widerhaken an den Enden der ledernen Schnüre treffsicher in das Bratenfleisch gruben und es zurückrissen – direkt in die ausgestreckte Hand der hochgewachsenen Gestalt, deren Gesicht größtenteils von der Nacht verdeckt wurde. Auch sie kostete nun von dem Fleisch, kaute darauf herum und nickte anerkennend. »Nicht viel ist uns bekannt über das Volk der Halben«, schnurrte sie, »aber Speisen würzig zuzubereiten, scheint eine ihrer Gaben zu sein.«

»Dann iss, Moydana. Ich werde mir saftigeres Fleisch suchen – später, wenn die Nacht am dunkelsten ist.«

Mit dem Rücken zu Toram und Nespur ließen sich die beiden fremdartigen Gestalten am Feuer nieder. Die eine starrte reglos vor sich hin, die andere aß ohne ein Geräusch zu verursachen. »Fast schon zu schade, die Halben auszurotten«, sagte sie schließlich.

»Doch das wogende Meer aus Gras in der Gräsernen Furt eignet sich einfach zu gut für unser Vorhaben, in die Nordlande überzusetzen«, antwortete die andere mit dem Namen Esradal. »Das Gebiet dort ist flach und ragt weit in die Meeresenge von Dovan hinein.«

»Wenn unsere Streiterinnen hier einfallen, werde ich mir einen als Sklaven nehmen«, hörte Toram Moydana sagen. »Er soll mir dann mein Mahl zubereiten und so lange leben, wie es mir gefällt.«

Esradal schnaubte abfällig. »Es wird wenig Zeit bleiben für Vergnügungen dieser Art. Zervana dürstet es nach Krieg und Eroberungen.

Die Menschen aus Arbor und die Elfen aus Eren-Danan vertrieben zu haben ist ihr nicht genug.«

»Nun, unsere neue Herrscherin ist eben nicht nur strebsam, sondern beweist auch Weitsicht«, erwiderte Moydana.

»Wie meinst du das?«

Toram sah, wie Moydana den Kopf Esradal zuwandte und genüsslich kaute. Kurz offenbarte der Schein des Feuers ein sehr feines Gesicht von unsagbarer Schönheit, doch dann meinte Toram eine unvergleichliche Bösartigkeit in den dunklen Augen aufblitzen zu sehen. In diesem Moment drehte Moydana ihren Kopf schon wieder dem Feuer zu. »Zervana hat die Südlande erobert, doch viele der Menschen und Elfen sind über die Meeresenge von Dovan in die Nordlande geflohen.«

»Das ist mir nicht entgangen«, zischte Esradal.

»Gut, denn dann weißt du auch, dass dort Zwerge und, schlimmer noch, die Nordelfen leben.«

Esradal deutete ein Nicken an. »Sprich weiter.«

»Während die Elfen von Eren-Danan meist Gelehrte und Heiler sind und in der Kriegskunst wenig bewandert, sind ihre Verwandten aus dem Norden ein kriegerisches Volk, so sagt man. Zervana fürchtet, die Geflohenen könnten mit einer Armee aus Eren-Umdil zurückkehren, vielleicht sogar mit einem Heer tobender, hässlicher Zwerge aus Grimbor.«

»In der Tat«, stimmte Esradal zu, »eine Gefahr, die sie nicht unterschätzen sollte.«

»Und genau aus diesem Grund wird Zervana vorher zuschlagen und in den Nordlanden einfallen, um auch diese Länder zu unterwerfen. Doch dazu muss sie unsere Streiterinnen über die Enge von Dovan bringen …« Moydana breitete die langen Arme aus. »Und welcher Ort würde sich besser eignen, um unser Heer zu stationieren und Schiffe zu bauen, als die Gräserne Furt? Zervana wird erfreut sein, wenn wir ihr von dieser Stelle berichten. Wenn nebenbei das Volk der Halben ausgerottet wird, ist das für sie nicht von Belang.«

Toram glaubte nicht, was er da hörte. Er konnte fühlen, wie ihm seltsam kalt wurde, und als er in Nespurs Gesicht blickte, sah er auch dort Ungläubigkeit. In der Tat konnte er sich nicht daran erinnern, den Fährtenleser jemals so entsetzt gesehen zu haben.

»Wenn sie nur auf die widerwärtigen Ghule verzichten würde«, drangen erneut Worte an Torams Ohr. »Ich wage noch immer zu hoffen, das Bündnis mit den Totenessern ist nur ein Gerücht«, meinte Esradal, und ihre Stimme verwob sich fast mit dem Knistern der Flammen. »Wir sind Erinyen, wir sind stark, unsere Armee zählt beinahe zwanzigtausend und wir brauchen sie nicht. Außerdem verlieren wir durch die Verhandlungen wertvolle Zeit.«

»Ich habe mit Yorak gesprochen, vor vielen Tagen bereits«, entgegnete Moydana. »Es hat lange gedauert, unser Volk wieder erstarken zu lassen. Wie Yorak mir erzählt hat, will Zervana unbedingt vermeiden, dass wir bei einer großen Schlacht in den Nordlanden wieder aufgerieben werden.«

»Und aus diesem Grund braucht sie die Ghule«, schloss Esradal.

»So ist es. Ein weiterer höchst raffinierter Zug, mit dem sie Weitsicht und wahre Größe beweist wie noch keine Herrscherin vor ihr.«

Eine Fledermaus, die bereits seit einer Weile über den Köpfen der Erinyen kreiste, stieß plötzlich herab, offenbar um einen Falter zu fangen, bevor dieser in den Flammen verbrannte. Doch in einer fließenden Bewegung erhob sich Moydana, ihr Umhang wallte durch die Luft, und sie fing das unglückselige Geschöpf der Nacht. Kurz loderte die Fackel auf, ein Piepsen ertönte, dann ein Zischen – und ein Häufchen Asche rieselte zu Boden.

Toram schluckte schwer, seine Hände waren feucht geworden. Er legte Nespur eine Hand auf den Rücken und brachte seinen Mund ganz dicht an dessen Ohr. »Ich habe genug gehört, lass uns gehen.«

Nespur schüttelte nur den Kopf und wedelte mit dem Zeigefinger vor Torams Mund hin und her.

Plötzlich hörte Toram ein flatterndes Geräusch und schaute in die Richtung des Feuers. Nur noch eine der Erinyen stand hoch aufgerichtet im Feuerschein – die andere war verschwunden. Doch sogleich entdeckte Toram sie am Rande des Schilfs, nur wenige Schritte von seinem und Nespurs Versteck entfernt. Er duckte sich tief in den nassen Grund, während er das Krabbeln einer Spinne an seinem Hals ignorierte. Die Erinya zeichnete sich vor dem Mond ab, wie Gestalt gewordene Dunkelheit. Schon schnellte die gefährliche Peitsche nach vorne und schlug in das Schilf. Ein Hieb riss die Halme zu Torams Linken, der nächste die zu seiner Rechten in Fetzen. Er schloss die

Augen, hoffte inständig, die Widerhaken würden sich als Nächstes nicht in sein Fleisch bohren.

»Hör auf, das Schilf zu töten«, drang Moydanas Stimme durch die Nacht. »Es ist kein würdiger Gegner. Lass uns weiterziehen und Zervana Kunde bringen.«

»Mir war, als hätte ich ein Geräusch gehört«, meinte Esradal. Noch ein letztes Mal knallte die Peitsche, dann war es vorüber. Toram wagte nicht, den Kopf zu heben.

»Sie sind weg«, hörte er Nespur nach einer halben Ewigkeit sagen. »Und der Braten, den ich so sorgsam zubereitet und mit Wildentenkraut gewürzt habe, ebenso.«

»Das war *dein* Lagerfeuer?«, wunderte sich Toram. Nespur nickte.

»Woher wusstest du, dass sie kommen würden?«

»Der Wind hat es mir geflüstert.« Damit erhob sich der Fährtenleser und trat aus dem Schutz des Schilfdickichts hervor. Toram blickte ihm erstaunt nach, dann beeilte er sich jedoch, ihm zu folgen.

Nespur trat ans Feuer, ließ sich in die Hocke nieder und betastete die Fußabdrücke, während Toram den vollständig abgenagten Knochen aufhob und beäugte.

»Wie jene, die ich in Hügelwald gesehen habe«, murmelte Nespur. Dann richtete sich sein Blick auf Toram. »Komm, lass uns gehen. Die fünf aus dem Rat haben Entscheidungen zu treffen.«

4. ENTSCHEIDUNGEN

Am nächsten Morgen waren Wolken aufgezogen. Sie hatten sich während der letzten Atemzüge der Nacht über die Meeresenge von Dovan nach Süden geschoben und wurden nun von den gezackten Spitzen der Schroffen Berge regelrecht durchbohrt. Dort hingen sie und warteten auf den Wind, der sie weiter ihres Weges treiben würde. Noch fiel kein Regen vom Himmel, doch er würde nicht mehr lange auf sich warten lassen.

Und so verfinsterten die dräuenden Wolken die Herzen der Halblinge von Westendtal ebenso wie die dramatischen Ereignisse der vergangenen Nacht.

Jorim und Enna waren nach ihrem schrecklichen Fund sogleich zu Rimbors Taverne zurückgerannt und hatten davon berichtet. Zunächst waren sie auf Unglauben gestoßen, doch schnell hatten die anderen ihr Entsetzen erkannt und waren ihnen zum Ort des grausigen Geschehens gefolgt. Die Wahrheit war unumstößlich: Selda Korbflechter war tot. Ermordet von Wesen, die den Halblingen nicht bekannt waren. So war während der Nacht helle Aufregung ausgebrochen in dem sonst so verträumten Ländchen namens Westendtal, und nun, im Morgengrauen, hatten sich die verbleibenden vier Ratsmitglieder zusammen mit Jorim und Enna Borkenfeuer in Nordbruch auf der Lichtung des Rauchorakels eingefunden. Natürlich waren noch andere Halblinge gekommen, unter ihnen Elvor Sternenfaust, Ombur Felsenschlag und Jul Muhlenstein. Weitere würden sicher folgen, wenn sie die Kunde von den Ereignissen erst erreicht hatte.

Selda Korbflechter hatte man an der Felsenpforte bei Westendweiler aufgebahrt, von wo aus die Halblinge ihre Toten den Wellen des Wilden Meeres übergaben. Das Volk der kleinen Leute glaubte nämlich, dass dort, wo Sturm und Wasser sich trafen, die Seelen ihrer Verstorbenen von den Winden in die Grünen Gefilde des Jenseits getragen würden.

»Man mag viele Sommer und Winter zurückzählen«, ertönte nun

die volle Stimme von Talund Krugbrecher, der wie die anderen Ratsmitglieder auf einem der umherliegenden Findlinge saß. »Doch einen solch erbarmungslosen und grausamen Mord wird man in der Geschichte Westendtals nicht noch einmal finden!«

Zustimmendes Nicken folgte seinen Worten, wie Jorim beobachten konnte. Selbst Elvor, der selten um Worte verlegen war, verhielt sich still – wenigstens für den Augenblick.

»Wir Ratsmitglieder sind uns einig, dass ein solches Verbrechen nicht von Halblingshand ausgeführt wurde, sondern von Kreaturen der Finsternis, die durch unser Land geschlichen sind.«

Niemand widersprach, doch so manch einer runzelte die Stirn. Elvor sah zu Jorim und Enna herüber, wandte aber den Blick rasch wieder ab.

»Aber wir gehen davon aus, dass – so tragisch dieser Vorfall auch ist – es sich um einen Einzelfall handelt, wie er sich in unserer Geschichte hoffentlich nie wieder ereignen wird.«

»Wie könnt ihr so etwas sagen?«, rief Enna und sprang auf. »Wir haben euch doch von unserem Erlebnis im Wald von Nordbruch berichtet, und Jul«, sie deutete auf den zurückhaltenden Halbling mit den großen Augen, »hat die Stiefelabdrücke gesehen. Vielleicht halten sich die Fremden noch immer in Westendtal auf und das Töten geht weiter!«

Talund öffnete den Mund zum Protest, doch Juls Großvater Brim Mühlenstein kam ihm zuvor. Er hatte mit seinem Enkel keinerlei Ähnlichkeit, war er doch rund wie ein kleiner Braunbär und mit Haaren von derselben Farbe.

»Sie hat recht, Talund, und ich sehe das genauso. Jetzt nicht zu handeln wäre leichtfertig.«

»Und was bitte sollen wir tun?«, warf Helebert ein, sein Gesicht wie immer hoch gerötet.

»Nun«, Eren räusperte sich, »wir könnten den Bewohnern wenigstens raten, nachts nicht durch Wälder und Auen zu streifen.«

»Das wäre zumindest ein Anfang«, meinte Brim.

»Und wenn die Fremden tagsüber genauso unterwegs sind?«, gab Jorim zu bedenken.

»Eben, wir wissen doch gar nichts über sie.« Enna blickte finster drein und schnitzte emsig mit ihrem kleinen Messer an einem Stück

Holz herum, als müsse sie ihrem Zorn über die Versammlung Luft machen.

»Wir sollten in jedem Bezirk einen Wachtrupp aufstellen«, schlug der junge Elvor Sternenfaust vor. »Zehn Halblinge stark.«

»Und wenn das nicht reicht?«, wandte Helebert ein. »Ich habe Selda gesehen. Grausig war sie zugerichtet, kann ich euch sagen, sehr grausig! Ihre Haut war zerfetzt und an vielen Stellen verkohlt. Normale Kleidung bot ihr bei dem Angriff keinen Schutz. Welche Waffe das auch angerichtet hat, sie muss schrecklich gewesen sein.«

»Ich würde mich einem Wachtrupp anschließen!«, rief Jorim dazwischen und erhob sich. Schweigen breitete sich aus und alle richteten ihre Augen auf ihn. Enna blickte ihn mit offenem Mund an.

»Ha, dann sind wir schon zwei«, freute sich Elvor.

»Drei!« Enna reckte ihr Kinn trotzig nach vorne und stellte sich neben ihren Bruder.

»Das ist doch lachhaft«, wetterte Talund und zupfte an seinem roten Wams herum. »Wir sollten die Sache nicht größer machen, als sie ist.«

»Würdest du das auch zu Selda sagen?«, donnerte eine Stimme. Alle wandten die Köpfe zum Rand der Lichtung um, von wo Nespur Fährtenauge, gefolgt von Toram Otterschreck, auf die Versammelten zukam.

Nespur hob die Hand und deutete auf Talund. »Du wirst sterben, Talund Krugbrecher!«, rief er laut.

»Was?«, rief Helebert. »Wie kommst du auf ...«

»Du auch!«, unterbrach Nespur ihn, während sein eines Auge Helebert fixierte. »Und du und du und du! Wir alle werden sterben!« Sein Finger wanderte von einem Halbling zum nächsten.

»Gibt es auch einen triftigen Grund für deine düstere Annahme, Nespur Fährtenauge?«, wollte Brim wissen.

»Den gibt es. Erinyen waren in Westendtal. Ich selbst habe sie gesehen.«

»Da haben wir es doch!«, rief Talund. »Du sagtest, sie *waren*. Sicher hatten sie sich nur verirrt und kommen nie wieder!«

Nespur kniff sein Auge zusammen, und Jorim bemerkte an den verunsicherten Blicken der Anwesenden, dass die meisten Talunds Worte anzweifelten.

»Sie werden wiederkommen«, sagte Nespur. »Ein Heer von Zwanzigtausend wird in Westendtal einfallen. Toram und ich haben es mit eigenen Ohren gehört. Die Erinyen haben Arbor und Eren-Danan unterworfen. Und sie wollen nun ihren Feldzug nach Norden fortsetzen in die Lande Grimbor und Eren-Umdil. Westendtal bietet für sie den perfekten Ausgangspunkt: Sie wollen hier ihr Heer stationieren und von hier aus über die Meeresenge von Dovan übersetzen.«

Eine bedrückende Stille folgte Nespurs Worten, bis Toram hinter ihm hervortrat. Der Halbling mit den roten Haaren nickte zustimmend und klemmte sich eine widerspenstige Locke hinters Ohr. »Es ist wahr, wir haben die Erinyen beobachtet. Fürchterliche Wesen sind das, bewaffnet mit lodernden Fackeln und einer mit Widerhaken bewehrten Geißel! Was auch immer diese erwischt, die garstigen Haken bohren sich erbarmungslos hinein.«

»Das erklärt Seldas Verletzungen«, flüsterte Enna ihrem Bruder zu.

»Allerdings«, meinte Jorim, ohne den Blick von Nespur zu wenden. »Doch was können wir gegen ihre Pläne unternehmen?«

Jorim konnte in den Gesichtern eines jeden Halblings Entsetzen und Ratlosigkeit sehen. Eine bedrückende Stille trat ein. Keiner achtete auf den Regen, der inzwischen eingesetzt hatte und klopfend auf der Holzkuppel des Rauchorakels landete.

»Das sind wahrlich schlimme Neuigkeiten.« Es war Brim, der das Schweigen brach, sich auf seinem Fels nach vorne beugte und nachdenklich die Stirn runzelte. »Was können wir tun? Gegen Zwanzigtausend?«

»Wachen bilden, zehn Halblinge stark«, blaffte Talund. »Dass ich nicht lache!«

»Wir könnten durchaus auch deinem Ratschlag folgen und gar nichts tun«, konterte Elvor. Jorim hätte ihm, dem Nachfahren des legendären Bronn Sternenfaust, dafür am liebsten auf die Schulter geklopft, hätte er nicht so weit von ihm entfernt gestanden. Bei dem Gedanken an Bronn wurde Jorim nachdenklich.

»Wir Halblinge sind keine Krieger und den Erinyen auch noch zahlenmäßig unterlegen«, überlegte Eren laut.

»Vielleicht sollten wir fliehen«, schlug Helebert vor.

»Und wohin bitte?«, hörte Jorim Elvor rufen. »Wenn es wahr ist, dass die Menschen und Elfen tot oder nach Norden geflohen sind und sich ihre Länder bereits in den Händen der Erinyen befinden, wo könnten wir dann Zuflucht finden?«

»Vielleicht sollten wir in die Nordlande fliehen und die Nordelfen und Zwerge vor den Erinyen warnen«, meldete sich Jul zu Wort.

»Guter Vorschlag, darüber sollten wir ernsthaft nachdenken«, pflichtete Helebert ihm bei.

»Und ihnen Westendtal überlassen?«, fragte Nespur erbost. »Und mit welchen Booten würdet ihr überhaupt die Meeresenge von Dovan passieren wollen? Dort jagen oft die Stürme des Wilden Meeres hindurch.« Damit machte er die Hoffnung einer Flucht nach Norden rasch zunichte. Jorim wusste, Nespur hatte recht. Das Halblingsvolk besaß lediglich ein paar kleine Ruderboote für den Fischfang und zur Überquerung des Erenin, um die verschiedenen Mühlen zu erreichen, die seine Ufer säumten.

»Nespurs Einwand ist berechtigt«, rief Toram. »Schiffe zu bauen ist nicht unser Handwerk, und es zu erlernen würde lange dauern. Zu lange.«

»Was schlägst du also vor, Toram?«, wollte nun Brim wissen, und alle wandten sich dem rothaarigen Halbling zu. Toram allerdings schüttelte den Kopf. »Ich weiß es nicht.«

Stille folgte, dann jedoch brach ein hektisches Geschnatter aus.

»Aber irgendwohin müssen wir doch«, hörte Jorim jemanden sagen.

»Verstecken wir uns doch einfach in den Wäldern«, meinte ein anderer.

»Vielleicht fallen die Erinyen gar nicht bei uns ein! Seit Hunderten von Sommern hat uns niemand beachtet«, rief noch einer.

»Genau, die Menschen zum Beispiel sehen uns nicht mal, wenn wir glühende Pfeifenasche auf ihre stinkenden Füße kippen. Warum also sollten uns diese Erinyen bemerken?«

So ging es immer fort, doch Jorim hörte schon gar nicht mehr zu.

»Bronn Sternenfaust«, murmelte er und rieb sich das Kinn.

»Was hast du gesagt?« Enna sah ihn fragend an.

»Ich weiß, was zu tun ist!«, rief Jorim plötzlich laut aus, sodass ein jeder Mund sich schloss und sich alle Augen auf ihn richteten. Jorim erschrak kurz vor der ungeteilten Aufmerksamkeit, dann holte er jedoch tief Luft und richtete sich zu seiner vollen Größe von dreieinviertel Fuß auf.

»Nur zu, Jorim Borkenfeuer«, ermunterte ihn Brim Mühlenstein, der seinen blauen Umhang zum Schutz gegen den Regen fester um die breiten Schultern zog.

»Bronn Sternenfaust und seine tapferen Streiter!«

»Was ist mit ihnen?« Brim betrachtete Jorim, wobei er eine seiner buschigen Augenbrauen so weit nach oben zog, dass sie fast den Haaransatz erreichte.

»Bronn Sternenfaust könnte uns sicher helfen. Warum gehen wir ihn nicht suchen?«

Es waren mehr als nur ein oder zwei verwunderte Blicke, die Jorim erntete. Viele der Versammelten schienen zu überlegen, ob sie wohl richtig gehört hatten.

»Nun, Bronn war ein tapferer Recke, fürwahr«, räumte Brim ein und kratzte sich nachdenklich den Bauch.

»Aber wir wissen nicht, wo er ist«, ergänzte Talund. »Bronn und einige seiner Freunde haben uns vor mehr als achtzig Sommern verlassen.«

»Mein Großvater hat Westendtal nicht einfach *verlassen*«, verteidigte Elvor seinen Urahn und richtete sich auf. »Er ist aufgebrochen, um die Drachen der Suravan-Berge zu finden.«

»Und niemals zurückgekehrt«, gab Helebert zu bedenken.

»Außerdem folgte er einem Hirngespinst. Kein Halbling hat je einen Drachen gesehen«, rief Talund dazwischen. »Alles nur Legenden und Gerüchte.«

Brim hob indes die Hand. »Wir müssen damit rechnen, dass gefährliche Zeiten auf uns zukommen. Aus diesem Grund sollten wir uns jeden noch so ungewöhnlichen Vorschlag zumindest anhören.«

»Wenn ich mich recht entsinne«, ergriff Jorim wieder das Wort, »war Bronn einer der wenigen von uns, der die Kriegskunst beherrschte. Wenn wir ihn finden, so kann er uns sicher bei der Verteidigung von Westendtal helfen!«

»Das ist doch alles viel zu vage, und keiner weiß, wie viel Zeit eine solche Suche in Anspruch nehmen mag.« Talund breitete die Arme aus und blickte sich Zustimmung suchend um.

»Die Erinyen beabsichtigen, die Ghule mit in die Schlacht zu schicken«, meldete sich Toram zu Wort. »Wie ich und Nespur gehört haben, tun sie dies, um ihr eigenes Volk in der Schlacht zu schützen.«

»So ist es«, pflichtete Nespur ihm bei.

»Glaubt man euren Worten, und das tue ich«, rief Brim und machte eine kurze Pause, in der er Helebert und Talund einen strengen Blick zuwarf, »so beabsichtigt ein Heer von zwanzigtausend dieser Wesen hier einzufallen! Wir werden eine sehr gute Verteidigung brauchen.«

»Was für eine Verteidigung könnte dies sein?«, wollte Helebert wissen.

»Jeder, der nach Westendtal will«, merkte Nespur an, »muss durch die Vergessenen Täler. Wir könnten Barrikaden errichten, Gerölllawinen auslösen oder sie mit Fässern voller Bier erschlagen. Wir zünden Rimbors Hochprozentigen an oder was auch immer. Das wird sie aufhalten.«

»Ist er von Sinnen?«, ertönte eine Stimme aus der Menge. Jorim sah, wie sich Rimbor nach vorne schob. »Lieber werfe ich die Fässer ins Meer und paddle auf ihnen über den Wilden Ozean.«

»Wie du meinst«, entgegnete Nespur trocken. »Ich für meinen Teil halte die Idee, Bronn Sternenfaust zu suchen, für gut. Denn sollten wir ihn tatsächlich finden, könnten seine Ideen und Erfahrungen hilfreich sein.«

»So, wie ich es von meinem Großvater gehört habe«, rief nun Enna dazwischen, »hatte Bronn schon damals den Rat bedrängt, Vorkehrungen zu treffen, um Westendtal vor Eindringlingen zu schützen.«

»Richtig«, pflichtete Jorim ihr bei. »Bronn wollte die Drachen zum Schutz des Tals gewinnen, doch der Rat hat sich dagegen entschieden.«

Auch Elvor nickte. »Genau so war es.«

»Aber das war doch ein irrsinniges Unterfangen!«, wetterte Talund. »Selbst wenn es Drachen gibt, wage ich zu bezweifeln, dass die sich wie Hausschweinchen hätten zähmen lassen, um uns Pelzfüße zu bewachen.«

Helebert nickte zustimmend.

»Wie auch immer. Das Volk der Halblinge ist heute deshalb schutzlos, weil es Bronns Mahnungen ignoriert hat.« Nespur trat einen Schritt nach vorne und deutete erst auf die Ratsmitglieder und dann auf die anderen Anwesenden. »Und nun schließt eure Augen und malt im Geiste eine Karte. Seht Arbor und Eren-Danan, die großen Länder der Südlande. Sie sind gefallen und in der Hand der Erinyen, die in den Norden wollen, um die Nordlande zu unterwerfen. Dazwischen liegt Westendtal. Was sagt euch das?«

Brim Mühlenstein sog hörbar die Luft ein. »Ihr habt recht«, er schüttelte ungläubig den Kopf, »wir sind die letzte Bastion zwischen den Südlanden und den Nordlanden. Die Erinyen müssen hier durch.«

»So ist es.« Nespur hatte einen seiner Dolche gezogen, und wies nun damit in Richtung der Ratsmitglieder. »Also, seid nicht so leichtfertig und begeht den gleichen Fehler wie damals noch einmal!«

»Ein Grund mehr, Sternenfaust zu suchen«, rief Jorim.

»Ja, sucht Sternenfaust!«, ertönte die Stimme eines Halblings vom Rande der Lichtung her. Mittlerweile waren noch mehr Angehörige des kleinen Volkes herbeigeströmt und lauschten dem, was da beratschlagt wurde.

»Sternenfaust, Sternenfaust!«, schrie Silam Pelzhand, der gewiefte und geschäftstüchtige Tavernenwirt von Nordbruch. Er stimmte plötzlich ein Lied an, in das viele der versammelten Halblinge rasch einfielen:

Bronn Sternenfaust und seine Recken,
Auch nicht der Drachen Feuer kann sie schrecken!
Und zogen sie auch von dannen einst,
So ist's kein Grund, dass du beweinst,
Die tapf'ren Halblingshelden fein,
Mit Herzen kühn, so stark und rein.
Denn nur aus einem Grund sind sie gegangen,
Um die Kreaturen der Lüfte einzufangen.
Wo Stürme peitschen und Winde wehen,
Dort sind sie hin in eisige Höh'n.
Mit Schild und Schwert in Halblingshand
Trieben sie die Drachen über der Welten Rand.
Oh Sternenfaust, oh Sternenfaust,
Dein Name im Sturmeswind er braust!

Jorim sah sich zufrieden um und schmunzelte. Er hatte gehofft, mit der Erwähnung des legendären Sternenfausts eine solche Euphorie auszulösen.

»Gut gemacht«, flüsterte Enna ihm augenzwinkernd zu.

Helebert bedeckte sein Gesicht mit den Händen und schüttelte nur den Kopf, Talund hingegen stand auf und klatschte in die Hände. »Noch sind *wir* der Rat«, betonte er. »Die Geschichten, die sich um Sternenfaust ranken, sind gut und schön, und ich kenne sie alle. Dennoch sollten wir das Orakel befragen.«

»Talund hat recht«, stimmte Brim zu. Auch er und die anderen des Rates erhoben sich. »Es ist beschlossen: Wir befragen das Orakel. Geht zurück in eure Hügel und Häuser – oder auch Baumhäuser, wenn es sein muss«, Brim warf Jorim einen Blick zu und grinste, »und wartet, bis wir entschieden haben.«

Manch einer murrte, manch einer hob die Schultern, doch nach und nach verließen alle Halblinge die Lichtung.

»Die Erinyen werden ausgestorben sein, noch bevor die entschieden haben«, beklagte sich Enna und stieß mit dem Fuß einen Ast in die Luft, während sie auf dem Heimweg neben Jorim herschlenderte. Es war nicht mehr weit bis zu seinem Baumhaus.

»Jorim? Hörst du mir überhaupt zu?«

»Ja, ja, Enna, du hast recht.« Jorim rieb sich mit dem Zeigefinger hinter dem Ohr. »Wir müssen die Entscheidung irgendwie beschleunigen.«

»Und wie willst du das machen?« Seine Schwester sah ihn fragend und neugierig zugleich an.

Plötzlich blieb Jorim stehen. Er hatte eine Idee. »Warte einfach hier, ich bin gleich zurück.«

»Was …?« Weiter kam Enna nicht, denn Jorim preschte schon davon. Wieselflink eilte er durch den Tannenwald, rannte so schnell er konnte. Nur an einem Bachlein gönnte er sich eine kleine Verschnaufpause und trank einen Schluck von dem klaren, kühlen Wasser. Dann flitzte er weiter, huschte hinein in den Eichenwald, und bald schon erreichte er sein Baumhaus, dessen Veranda wohl weiterhin auf die dringend nötige Instandsetzung würde warten müssen. Eilig kraxelte er hinauf und ging in das kleine Zimmer ganz hinten, wo er einige alte Gegenstände seines Urgroßvaters Jadokin Borkenfeuer aufbewahrte. Dieser war bekannt gewesen für seine Sammelleidenschaft, und bald schon wurde Jorim fündig. Mit einem breiten Grinsen im Gesicht zerrte er das eisenbeschlagene Kistchen hervor, linste kurz hinein und rannte dann zurück zu Enna. Dort angekommen ließ er sich atemlos und stolz zugleich – samt Kästchen – vor ihr auf den Waldboden plumpsen.

»Was ist das?«, fragte Enna und strich mit ihren Fingern über das glatt polierte Holz.

»Jadokins Pfeifenkästchen.«

»Das hier hat Urgroßvater gehört?«, rief Enna erstaunt. »Davon weiß ich ja gar nichts.«

»Du hast dich auch nie für seine Sammlung interessiert.«

Enna neigte den Kopf zur Seite und warf Jorim ein schiefes Lächeln zu. »Urgroßvater hat *alles* gesammelt, nicht nur Pfeifen, Klingen, Dolche und Bierkrüge, sogar Steine, abgebrannte Fackeln oder ähnlichen Unsinn soll er angeschleppt haben. Großmutter erzählte mir, einst hatte er sogar einen Haufen brauner, getrockneter Erde bei sich und meinte, es sei Drachenkacke.«

»Na und?« Jorim tat, als wäre das nichts Außergewöhnliches. »Solange man sie rauchen kann.«

»Jorim!«, entrüstete sich Enna und gab ihm einen Schubs. »Und nun mach das Kästchen schon auf! Ich will sehen, was drin ist.«

Nur allzu gern kam Jorim dem Wunsch seiner Schwester nach. Er klappte die beiden Eisenscharniere hoch und öffnete den Deckel. In dem Kästchen lag eine langstielige Pfeife mit einer großen, breiten Brennkammer. Daneben befand sich ein hölzerner Kasten mit einem Mundstück dran und einer breiten Klappe am anderen Ende.

»Wozu ist das denn?«, wollte Enna wissen und nahm das Kästchen in die Hand.

»Das ist eine Kunstpfeife«, erwiderte Jorim stolz. »Pafft man den Rauch in dieses Mundstück, kommt er am anderen Ende in einer bestimmten Form heraus, sobald man diese Klappe hier öffnet.«

»Aha.« Enna drehte den hölzernen Kasten hin und her und begutachtete ihn eingehend. »Und in welcher Form kommt er da wieder heraus?«

»Das hängt von der jeweiligen Schablone ab, die du in die Öffnung des Rauchkastens steckst.« Jorim öffnete ein weiteres Fach direkt im Deckel des Kästchens und holte mehrere Holzscheiben heraus, die in der Mitte verschieden geformte Aussparungen aufwiesen. »Du schiebst sie einfach hier in den Schlitz, schiebst dann den Holzriegel vor und schon kann es losgehen.«

»Interessant«, meinte Enna, »doch woher weißt du, was am Ende herauskommt?« Sie drehte eine der Scheiben in der Hand hin und her. »Diese Schablonen hier lassen gar nicht erkennen, welche Gestalt der Rauch am Ende annehmen wird.«

Jorim zuckte nur mit den Schultern. »Ich schätze, Versuch und Irrtum heißt die Lösung. Aber etwas fehlt noch ...« Jorim öffnete noch ein Fach, das unter der Pfeife und dem Rauchkasten verborgen lag. »Jadokins Pfeifenkraut. Dem Rauchorakel sei Dank: Es ist noch was übrig.« Jorim öffnete ein Ledersäckchen, langte hinein und fischte einen beachtenswert breitblättrigen Tabak heraus. »Hier!« Jorim hielt es Enna hin, und seine Schwester schnupperte an dem Kraut, rümpfte aber sogleich die Nase. »Nichts, was ich rauchen möchte.«

»Nun, sicher entspricht es nicht dem verwöhnten Feinschmeckergaumen, da hast du schon recht«, gab Jorim zu, »dafür ist dieser Tabak zu beißend und für meinen Geschmack zu bitter, doch er bildet einen äußerst dicken und zähen Rauch, der so manch einem Lüftchen trotzt.«

Ein Grinsen überzog Ennas Gesicht. »Bruderherz, ich bin dabei!«

»Dann nichts wie los!«, rief Jorim, erfreut darüber, dass Enna sich an seinem Vorhaben beteiligte.

Rasch packten sie die Utensilien wieder ein und rannten gemeinsam zurück nach Nordbruch, so schnell ihre Füße sie trugen.

Beim Rauchorakel angekommen, linsten sie hinter einem Gebüsch hervor. Der Nachmittag war bereits angebrochen, und die vier Ratsmitglieder saßen unter der hölzernen Kuppel, in der sich schon eine beachtliche Menge Rauch angesammelt hatte. Doch noch schmauchten die vier, sogen an den verzierten Mundstücken, als gäbe es keine wichtigen Entscheidungen zu fällen.

Enna schüttelte den Kopf, dann deutete sie auf eine Anhöhe am anderen Ende der Lichtung. »Der kleine Hügel dort, der sich hinter dem Orakel erhebt, scheint mir für unseren Plan gut geeignet zu sein.«

»Worauf warten wir dann?«, entgegnete Jorim.

In großem Bogen umwanderten sie die Lichtung, um bloß nicht entdeckt zu werden. Dann kletterten sie den Hang hinauf und begaben sich hinter das Rauchorakel, wo sie sich in dichtem Buschwerk verstecken konnten. Von hier aus konnte Jorim sogar auf das Holzdach blicken, und als er einen Ast erspähte, der dem Dach sehr nahe war, kam ihm eine noch bessere Idee. Er zeigte auf den Ast, und Enna nickte zum Zeichen, dass sie verstanden hatte. Langsam schlichen sie vorwärts, kletterten auf den Baum – was mit ihren großen Halblingsfüßen nicht ganz einfach war – und schoben sich schließlich bäuchlings ganz behutsam über den Ast, bis sie langsam auf das Dach hinabsteigen konnten. Sie krochen auf die Metallöffnung zu – noch war diese fest verschlossen –, und endlich begann Jorim, die Pfeife seines Urgroßvaters Jadokin zu stopfen. Dann rieb er ein Zündholz an einem kleinen, aufgerauten Stein und steckte den Tabak an. Zufrieden nickend zog er an der Pfeife, musste jedoch würgen und einen Hustenanfall unterdrücken. Enna hatte ihm rasch die Hand auf den Mund gepresst.

»Was war das?«, kam eine Stimme von unten her. Es war Talund. Offenbar hatte er sie gehört.

»Sicher nur der Wind, der die Bäume zum Knarzen bringt«, hörten sie Helebert sagen. »Ich denke, es ist nun genug des Rauches.«

Kaum hatte Helebert gesprochen, ertönte ein metallisches Schaben, das von unangenehmen Knarzgeräuschen begleitet wurde. Unmittelbar vor den beiden Geschwistern klappten zwei Holzbretter langsam nach oben. Dicker Qualm stieg empor, trieb träge in den Himmel.

Jorim wartete einen Augenblick, paffte rasch einige Züge, um das Pfeifenkraut weiter zu entfachen, und blies den Rauch in den hölzernen Kasten.

»Welche Scheibe sollen wir denn nehmen?«, flüsterte Enna und betrachtete die einzelnen Holzstücke. »Das hier, das könnte doch eine Schwinge ergeben. Eine Drachenschwinge vielleicht?«

Jorim nickte begeistert. »Lass es uns versuchen.« Er schob die Scheibe in den Schlitz, wartete kurz, dann öffnete er die Klappe und blies gleichzeitig in das Mundstück.

Mit großen Augen beobachteten sie, wie sich eine Rauchwolke bildete und nach oben stieg. »Oh nein! Das war die falsche Scheibe.« Jorim schlug sich die Hände vors Gesicht, und Enna lief knallrot an.

»Nun wollen wir sehen, was das Orakel uns mitzuteilen hat«, sagte Eren, der zusammen mit Brim, Helebert und Talund auf die Lichtung hinausgetreten war. Alle vier warteten gespannt, während sie den Rauch beobachteten. »Eine schöne, sehr gerade Rauchsäule haben wir da«, rief Helebert. Doch da kam ein Windstoß und zerstreute sie in alle Richtungen.

»Das gefällt mir nicht«, meinte Brim. »Der Rauch wird vom Wind verweht. Hoffentlich ist das kein schlechtes Omen für unser Volk.«

»Ach was«, entgegnete Talund.

»Seht mal dort!« Eren deutete auf eine kleine dicke Rauchwolke von ausgesprochen zäher Konsistenz.

»Was ist das?« Eine von Brims Brauen wanderte in die Höhe, und kurz darauf die zweite.

»Das ist ganz eindeutig ein …«, Talund brach ab und schüttelte den Kopf.

»Halbling«, vollendete Helebert den Satz und rieb sich den Nacken.

»Eine Halblingsfrau, würde ich wohl eher sagen.« Eren machte einen Schritt nach vorn, und auf seinem Gesicht machte sich ein geradezu anzügliches Grinsen breit. »Und sie ist eindeutig nackt.«

»Wir brauchen was anderes – etwas, das *eindeutig* ist«, sagte Jorim leise.

»Allerdings«, pflichtete ihm seine Schwester bei. »Ich möchte nur wissen, was sich dein Urgroßvater dabei gedacht hat.«

»Das wüsste ich auch gerne, und ganz nebenbei bemerkt, Enna: Er war auch dein Urgroßvater.«

Enna rümpfte die Nase und sortierte hektisch die Holzeinsätze. »Wie wäre es mit einem Stern oder einer Faust?«, überlegte sie.

»Sternenfaust«, entfuhr es Jorim, »das wäre genial.«

»Hier, sieht das nicht aus wie eine Faust?« Enna wartete Jorims Antwort gar nicht erst ab, sondern schob emsig die neue Scheibe in den Schlitz.

»Seht nur dort, ein weiteres Zeichen!« Alle Blicke folgten Brims ausgestreckter Hand.

»Also, ich weiß nicht«, meinte Talund, während er sein dickes Ohrläppchen knetete, »das sieht doch jetzt aus wie ein Stinktier.«

Tatsächlich schwelte nun hoch über ihren Köpfen ein Stinktier, wie es hin und wieder in Westendtal anzutreffen war.

Brim rieb sich ein wenig genervt die Schläfen. »Eine nackte Halblingsfrau, ein Stinktier, das überfordert mich nun aber wirklich.«

Erstaunt schauten die vier zu, wie sich die nackte Halblingsfrau und das Stinktier in den Himmel erhoben, ohne an Form zu verlieren.

»Bei aller sauer gewordenen Biermaische«, flüsterte Jorim wütend. »Wer nur schnitzt ein Stinktier in die Form?«

Enna seufzte. »Hier, schieb einfach die nächste rein, um die vier da unten hinzuhalten. Ich nehme die Sache nun selbst in die Hand.«

Jorim tat wie geheißen, während Enna ihren kleinen Dolch zückte und begann, an den Holzformen herumzuschnitzen. »Keine Sorge, es wird nicht lange dauern.«

»Jetzt kommt ein Bierkrug, seht nur.« Helebert deutete zum Himmel, der nach und nach dunkler wurde, denn die Sonne näherte sich bereits den Schroffen Bergen.

»Zumindest etwas Erfreuliches«, meinte Talund.

»Vielleicht sollten wir versuchen, des Rätsels Lösung auf dem Grund eines Bierkruges zu finden«, feixte Eren und schlug sich dabei auf die Oberschenkel. Offenbar gefielen ihm die rätselhaften Rauchzeichen heute ganz besonders. Und auch Helebert und Talund schienen seiner Idee nicht ablehnend gegenüberzustehen.

»Sonderbar nur, dass das Orakel heute so eindeutige Formen von sich gibt«, überlegte Helebert.

»Es ist eine besondere Entscheidung zu treffen«, antwortete Eren. »Immerhin geht es um das Überleben unseres Volkes, da wundert es mich nicht, dass sich das Rauchorakel von einer ganz anderen Seite zeigt.«

Brim beobachtete nur, wie die Zeichen in den Himmel stiegen, und strich sich nachdenklich über den Mund.

»Bist du jetzt so weit?«, wollte Jorim wissen.

»Nur noch einen Augenblick.« Enna hob die Scheibe in die Höhe, begutachtete die geschnitzte Öffnung und machte sich dann wieder recht eifrig daran zu schaffen.

»Hier, schnell. Schieb sie hinein!«, sagte sie schließlich und reichte ihm die neue Schablone.

Und Jorim überlegte nicht lange.

»Ich wusste gar nicht, dass wir so viel geraucht haben«, wunderte sich Brim gerade. »Der Rauch nimmt gar kein Ende heute.«

»Talund hat mächtige Lungen, sieh ihn dir doch an«, scherzte Eren. »Da passt ordentlich Qualm hinein.«

Talund wollte etwas erwidern, doch plötzlich blieb ihm der Mund offen stehen. Mit großen Augen starrte er in den Abendhimmel, wobei er, ohne ein Wort zu sagen, eine Hand hob und einen zittrigen Zeigefinger ausstreckte.

Die anderen folgten seinem Blick und waren nicht minder erstaunt als der dicke Halbling.

»Das ist jetzt eindeutig«, flüsterte Brim und schaute in den Himmel. »Eine Faust«, entfuhr es Helebert und Eren gleichzeitig.

Doch damit nicht genug. Der Regen hatte mittlerweile nachgelassen, und ein aufkommender Wind hatte nicht nur die Tannen zum Wanken gebracht, sondern auch ein Loch in die Wolkendecke gerissen. Dahinter lugte nun der dunkelblaue Nachthimmel hervor, und genau an dieser Stelle funkelte ein einzelner Stern, blitzte und glitzerte wie ein silberner Kristall. Der Faust gewordene Rauch stieg langsam empor, schob sich vor die Lücke in der Wolkendecke, wo er zu verweilen schien.

»Sternenfaust!«, flüsterte Brim ehrfürchtig.

Wie um seine Worte zu bekräftigen, fegte eine Windbö durch die Bäume, und ein gewaltiges Rauschen erfüllte die Lichtung.

Die vier Halblinge betrachteten die wankenden Bäume, deren Spitzen sich schwarz vor dem Firmament abzeichneten, und nickten sich schließlich ehrfürchtig zu.

»Oh Sternenfaust, oh Sternenfaust, dein Name im Sturmeswind er braust!«, riefen sie gleichzeitig.

»Oh Sternenfaust, oh Sternenfaust, dein Name im Sturmeswind er braust«, erklang es immer wieder von der Lichtung her. Jorim und Enna mussten schmunzeln, waren aber wegen des glitzernden Sterns am Himmel genauso erstaunt wie die vier Mitglieder des Rates.

»Eigentlich wollte ich noch einen Stern schnitzen«, sagte Enna und blickte zum Himmel.

»Die Arbeit kannst du dir jetzt sparen.«

»Das ist Magie, meinst du nicht auch?«

»Hm.« Zufrieden rollte Jorim sich auf den Rücken, zog noch einmal an Urgroßvaters Pfeifchen und sah zu, wie der Rauch bedächtig nach oben stieg.

5. KLEINE HELDEN

Als sich die Halblinge am nächsten Tag beim Rauchorakel versammelten, regnete es in Strömen, und die tief hängenden Wolken drückten die Stimmung zusätzlich. Das Ergebnis des Rauchorakels hatte in ganz Westendtal rasch die Runde gemacht, und so war nicht nur die Lichtung mit Angehörigen des kleinen Volkes gefüllt, auch den Waldrand säumten Dutzende Halblinge. Alle lauschten aufmerksam dem, was der Rat verkündete.

»Und so waren die Zeichen des großen Orakels eindeutig!«, tönte Talunds Stimme über die Köpfe seiner Zuhörer hinweg. »Mächtig erhob sich die Faust aus Rauch in den Himmel und verweilte dort vor dem hellsten Stern!«

Verlegen blickte Jorim zu Boden, bückte sich und zupfte einige Tannennadeln aus dem dichten Pelz, der seine großen Füße bedeckte. Ennas Mundwinkel zuckten kurz, doch gelang es ihr, eine ernste Miene zu bewahren.

»So haben wir, die verbleibenden vier Mitglieder des Rates, beschlossen, nach Bronn Sternenfaust, unserem Helden, zu suchen.«

»Irgendwie mag ich Talund nicht«, knurrte Enna leise.

»Ich auch nicht«, pflichtete Jorim ihr bei. »Er dreht sich wie Rauch im Wind. Gestern hielt er dieses Vorhaben noch für Unsinn.«

Amüsiert beobachtete Jorim, wie Ennas Nase zu zucken begann, sodass es aussah, als würden die Sommersprossen darauf auf und ab hüpfen. »Wie ein Stinktier im Wind, wolltest du wohl sagen.« Dieses Mal konnten sie beide nicht mehr an sich halten und lachten los.

»Ein größeres Rätsel als das Rauchorakel ist es für mich, dass manch einer Grund zum Lachen an diesem düsteren Tag findet – nicht wahr, Enna und Jorim Borkenfeuer?« Brim Mühlenstein blickte mit zusammengezogenen Augenbrauen zu ihnen herüber.

Mit gesenktem Kopf hielt sich Enna rasch eine Faust vor den Mund und räusperte sich. »Nein, eigentlich gibt es tatsächlich keinen Anlass zur Belustigung«, sie sah auf und zuckte kurz mit den Schultern, »aber wir freuen uns, dass Jorims Vorschlag, Bronn zu suchen, vom großen Orakel bestätigt wurde.« Sie warf Talund einen herausfordernden Blick zu, Jorim indes verschränkte die Arme vor der Brust und nickte nur.

Talunds Gesicht lief hochrot an, doch Brim hob die Hand, bevor der füllige Halbling etwas erwidern konnte.

»Ja, einem äußerst aktiven Orakel haben wir gestern beigewohnt«, rief Brim und ließ Enna und Jorim dabei nicht aus den Augen.

Ob er wohl etwas ahnt?, schoss es Jorim durch den Kopf.

»Doch nun«, fuhr Brim fort, »gilt es zu entscheiden, wer den langen Marsch in die Suravan-Berge antreten soll.«

»Es ist kein Geheimnis«, rief Eren Langschild und erhob sich, »dass unsereins die lieblichen Auen und Täler nicht allzu gerne verlässt. Dennoch bitte ich Freiwillige vorzutreten!«

Ein Raunen und Tuscheln ging durch die Menge, jeder sah sich um und wartete darauf, dass irgendein tapferer Wanderer die Hände hob. Doch die blieben in tiefen Hosentaschen oder hinter verschränkten Armen versteckt.

Jorim holte tief Luft, dann trat er einen Schritt nach vorn. »Es war mein Vorschlag, also werde ich gehen.«

Einige erstaunte Ausrufe waren zu hören, und viele Köpfe reckten sich in die Höhe. Jeder wollte den Mutigen zu Gesicht bekommen.

»Wenn Jorim geht, gehe ich mit ihm.« Enna schob entschlossen ihr Kinn nach vorne und stellte sich an die Seite ihres Bruders.

»Bist du dir da sicher?«, flüsterte Jorim ihr zu.

»Natürlich, oder glaubst du, ich habe Angst?«

»Nein, aber ...«

»Vermutlich ist es anderswo ohnehin sicherer als in Westendtal«, unterbrach Enna ihn.

»Sag das bloß nicht zu laut«, warnte Jorim leise. »Sonst haben wir gleich alle am Hals.«

»Nun, Jorim und Enna Borkenfeuer«, sagte Brim, »wir begrüßen eure Entscheidungsfreude. Es ist eine ehrenvolle Aufgabe, die euch damit zuteil wird.«

»Bronn ist mein Urahn, also werde ich die beiden Borkenfeuer begleiten und auf sie aufpassen.« Elvor gesellte sich zu Jorim und Enna, den Kopf mit den schwarzen Locken stolz erhoben.

»Wir brauchen keinen Aufpasser«, zischte Enna, Elvor aber grinste nur.

Brim wiegte den Kopf, als überlege er, ob Elvor auch wirklich zu den beiden passe. Doch da hob Talund bereits die Hand und begann zu sprechen.

»Natürlich, Bronn ist dein Urahn, also ist es dein Recht, dich der Suche anzuschließen.«

Sowohl Helebert als auch Eren bekundeten ihre Zustimmung durch ein Nicken.

Jorim war nicht gerade erfreut über diese Begleitung, doch als Bronns Nachfahre konnte man Elvor seinen Wunsch tatsächlich nur schwer abschlagen. Enna warf Jorim einen flüchtigen Blick zu, der ihren Unmut ausdrückte.

»So wie wir im Rat fünf sind«, rief Eren und räusperte sich gleich darauf verlegen, »oder einst waren, so sollten es auch fünf sein, die diese Reise antreten.«

»Fünf ist eine gute Zahl«, pflichtete ihm Helebert bei und fuhr sich durch die vom Regen durchnässten Locken.

»Also, wer geht noch?« Talunds Blick schweifte über die Anwesenden.

»Wie wäre es mit dir, Talund?«, meldete sich Silam Pelzhand, Tavernenwirt von Nordbruch, zu Wort. »Ein kleiner Marsch wäre deiner Gesundheit doch recht zuträglich.«

Es folgte vereinzeltes Gelächter, und Talund hob drohend die Faust. »Silam, ich werde dich …«

»Lasst den Unfug!«, fuhr Brim dazwischen. »Der Rat ist ohnehin geschwächt, und wir brauchen die Mitglieder hier.«

»Stimmt, sonst würde ich ja meinen besten Kunden verlieren«, konnte Jorim Silam, der in seiner Nähe stand, murmeln hören. Glücklicherweise drangen diese Worte nicht bis zum Rat.

»Ich schließe mich an.«

»Nespur Fährtenauge, du solltest die Gruppe in der Tat begleiten«, sagte Brim und nickte zustimmend. Talund, der eben noch verargert an seinem roten Wams herumgenestelt hatte, wirkte ausgesprochen erleichtert.

Nespur schwieg – für ihn war die Angelegenheit damit erledigt.

Plötzlich zupfte Enna Jorim am Ärmel und deutete nach links.

Jorim folgte dem Blick seiner Schwester und sah eine zaghaft erhobene Hand, die zu Jul Mühlenstein gehörte.

»Jul?«, rief Brim seinem Enkel zu. »Was gibt es?«

»Ich möchte mitgehen.«

Wieder gab es Gemurmel, die meisten wussten, dass Jul ein Halbling der schüchternen Art war.

»Ist das dein Ernst?«, wollte Helebert wissen.

Alle Augen waren auf Jul gerichtet, der trotz seines Nickens nicht gerade ein Sinnbild von Entschlossenheit war, wie er mit leicht gesenktem Kopf, hängenden Schultern und vom Regen begossen auf der Lichtung stand.

»Ich bin mir nicht sicher, ob du der Richtige für eine solche Mission bist«, gab Helebert zu bedenken.

»Was glaubst du, zum Gelingen der Suche beitragen zu können?« Talund kratzte sich die Füße, während er Jul fragend ansah.

Jul zuckte mit den Schultern. »Ich kann Fische fangen, Feuer entfachen, kochen und die Speisen mit würzigen Kräutern zubereiten, die nicht einmal Nespur kennt.«

»Eine nützlich Gabe«, pflichtete Nespur dem jungen Halbling bei.

»Ich weiß nicht«, grübelte Brim, der sich wohl um seinen Enkel sorgte.

»Weshalb sollte er kein Recht haben, uns zu begleiten?«, rief Enna laut aus. »Ihr wolltet Freiwillige haben, dort steht einer.« Sie deutete auf Jul, der sie hoffnungsvoll anblickte. »Also, ich würde mich freuen, wenn er uns begleitet.«

»Genau«, stimmte Jorim zu, »ungewürzte Speisen können die Stimmung in der Gruppe mächtig verderben.« Er hob den Finger und wedelte damit in der Luft herum. »Und das wäre gar nicht gut für das Gelingen der Mission.«

»Nun gut, warum nicht. Ein tüchtiger Koch ist fürwahr ein Segen«, meinte Eren nun.

»Von mir aus«, rief Helebert.

»Gut, dann soll es eben so sein«, beschloss Brim. »Die Gruppe steht fest und soll am morgigen Tage losziehen. Allerdings«, Brims Blick wanderte über die Lichtung, »wollen wir vorher bei Sonnenaufgang Seldas Körper den wogenden Wellen übergeben, damit diese sie in die Grünen Gefilde tragen können.«

Betretenes Schweigen machte sich breit. Offenbar hatten die meisten während der Auswahl der Freiwilligen den schrecklichen Mord an Selda Korbflechter vergessen. Nun wurden sie schmerzlich daran erinnert.

»Ihr alle kennt den Zeitpunkt, an dem die im Osten aufgehende Sonne durch das Felsenportal den Weg nach Westen weist«, fuhr Brim fort. »Lasst uns dann an der Pforte versammeln.«

Damit war der Rat beendet, die Versammelten zogen leise murmelnd oder schweigend davon. Jorim und Enna, aber auch Nespur, Elvor und Jul machten sich daran, Vorbereitungen für die Reise zu treffen. In ihren Häusern angekommen, legten sie sich Kleider zurecht, stellten ihre Wanderstöcke bereit und packten Proviant ein.

Als Jorim fertig war, ließ er den Blick durch sein Baumhaus schweifen, und ganz plötzlich wurde ihm schwer ums Herz. Zum ersten Mal würden sie ihre Heimat verlassen.

6. TAG DES AUFBRUCHS

Noch während sich die Sonne am nächsten Morgen langsam aus ihrem Bett im Osten erhob, machten sich die vielen Halblinge, die Selda Korbflechter gekannt hatten, auf den Weg durch Westendweiler hin zur Felsenpforte. Westendweiler war eine liebliche Gegend. Mit dem Auge einer Krähe betrachtet hätte man weitläufige Wälder gesehen, die von grünen Grasteppichen und sanften Hügeln unterbrochen wurden. In den Schatten spendenden Wäldern überraschten bizarre Felsformationen das Auge des Wanderers, und ausladende Höhlen boten viele Unterschlupfmöglichkeiten.

Manch einer behauptete gar, Westendweiler ähnele den Grünen Gefilden und bereite die Lebenden auf das weite Land jenseits aller Grenzen vor.

Ganz im Westen, gleich neben den höchsten Gipfeln der Schroffen Berge, erstreckten sich grüne Auen in ein weitläufiges Tal. Dorthin zogen die Halblinge nun. Allmählich wurde das Tal schmaler und ging in einen sanften Anstieg über. Es dauerte nicht mehr lange, und die beiden Geschwister konnten am Ende des Tales das hoch aufragende Tor aus behauenem Fels ausmachen. Efeu rankte sich an dem Stein empor und verlieh dem Portal, durch das wohl ein ausgewachsener Drache hindurchfliegen konnte, einen grünen Anstrich.

Jorim blickte sich um. Er und Enna waren längst nicht die Ersten; überall waren bereits Halblinge versammelt. Selbst auf den umliegenden Hängen standen Angehörige des kleinen Volkes und warteten auf den Beginn der Zeremonie. In der Mitte des Portals stand ein massiver, steinerner Tisch, auf dem Selda Korbflechter aufgebahrt lag. Etwas abseits davon wartete ein großes Floß darauf, ihren Körper aufs Meer hinauszutragen.

Bevor das Floß jedoch mit dem Körper der Verstorbenen zu Wasser getragen wurde, würden Angehörige oder Freunde einige Worte sprechen. Da Selda allerdings weder Geschwister noch Nachkommen hatte und ihre Eltern schon vor langer Zeit den Weg in die Grünen

Gefilde gegangen waren, übernahm Brim Mühlenstein diese Aufgabe.

»Der Tod ist eine unausweichliche Wegkreuzung, und wir alle werden auf dem Pfad des Lebens irgendwann dorthin geführt«, begann er, nachdem sich alle versammelt hatten. »Doch ich glaube, es macht einen Unterschied, ob wir freien Gemütes auf dieses Ereignis zuschreiten oder ob andere«, Brim hielt kurz inne, »andere Kräfte uns dorthin zwingen, bevor unsere Zeit gekommen ist. Selda Korbflechter, ein wohlgeschätztes Mitglied des Rates und unseres Volkes, musste sich leider einem solchen Schicksal beugen. Aber wir alle wissen, dass am Ende aller Wege das Felsenportal auf uns wartet, wo wir hinübertreten in die Grünen Gefilde. In jenem Reich begegnen wir denen, die vor uns gegangen sind, und sie weisen uns dort den Weg zu grünen Tälern und zu Tavernen, deren Vorratsräume sich niemals leeren.« Brim machte eine kurze Pause und sein ernster Blick blieb auf Jorim ruhen.

»Doch der heutige Tag hat noch eine andere Bedeutung«, verkündete er. »Ihr alle wisst, wer Selda ermordet hat, und ihr kennt die Bedrohung, die auf Westendtal zukommt. Heute wird nicht nur Selda Korbflechter in die Grünen Gefilde einziehen, sondern es ist auch der Tag des Aufbruchs. Der Aufbruch jener tapferen fünf von uns, die sich auf die Suche nach unserem alten Helden Bronn Sternenfaust machen. Was diese Reise ergeben mag, ist ungewiss. Vielleicht finden sie Bronn, vielleicht finden sie aber auch andere Hilfe oder aber sie begegnen ihrem Schicksal.«

Bei diesen sonderbaren Worten hoben viele den Kopf. Auch Enna warf Jorim einen fragenden Blick zu, und die sonst so glatte Haut ihrer Stirn zierten einige nachdenkliche Fältchen. Erhoffte sich Brim insgeheim mehr, als nur Bronn zu finden?

»So lasst uns das heutige Ritual hier am Felsenportal auch als Symbol verstehen – dafür, dass wir einen neuen Weg einschlagen, denn nicht oft kam es in der Geschichte Westendtals vor, dass die Unsrigen auszogen, um fremde Länder zu erkunden. Doch heute erheben wir uns und lehnen uns gegen das Schicksal auf!«

Brim Mühlenstein hatte die ungeteilte Aufmerksamkeit aller gewonnen, und viele der Halblinge nickten trotzig oder blickten Jorim und Enna, Elvor, Nespur und Jul bewundernd an.

In diesem Moment fielen die Strahlen der aufgehenden Sonne durch das Portal und brachten das vom Regen noch nasse Efeu zum Glänzen. Wie ein einzelner großer Strahl erstreckte sich das Sonnenlicht über das Wilde Meer, dessen tosende Brandung bis hierher zu hören war.

Nun war es soweit: Selda wurde auf das Floß gelegt. Halblinge, die ihr nahegestanden hatten, legten Beigaben neben sie: kleine Geschenke, wie Blumen, einen reich verzierten Krug oder auch Teller, außerdem Brot und Wasser für die Reise – vielerlei Nützliches und manchmal auch weniger Nützliches befand sich darunter. Zuletzt war es an Brim, den aus Holz geschnitzten Gefildenvogel zu Füßen der Verstorbenen zu legen. Wie Jorim wusste, gab es den Gefildenvogel tatsächlich in Westendtal. Meist trällerte er sein Lied, wenn der Tag zur Nacht wurde oder die Nacht zum Tag. In diesen diffusen Lichtverhältnissen schimmerte dann die Brust des Tieres karmesinrot und das restliche Federkleid in einem Grün, wie man es in den Grünen Gefilden vermutete. Deshalb war es seit jeher Brauch, aus dem Holz der Eichen den Vogel zu schnitzen, ihn zu bemalen und dem Floß beizulegen. Jorims Volk war davon überzeugt, dass der Gefildenvogel zum Leben erwachte, um die Seelen der Toten auf dem Weg in die jenseitige Welt zu begleiten.

Am Ende brauchte es zehn Halblinge, um das Floß in die Höhe zu wuchten und die steinernen Stufen hinab ans Ufer zu tragen, wo man es schließlich dem Meer übergab. Jorim konnte sehen, wie das hölzerne Gefährt auf den Wellen auf und ab schaukelte, und nicht zum ersten Mal wunderte er sich darüber, wie das Floß vom Meer hinausgetragen wurde, anstatt an Land gespült zu werden. In der aufsprühenden Gischt entstand ein kleiner Regenbogen, und Jorim hatte den Eindruck, als würde das Floß durch ihn hindurchtreiben. Für einen Moment glaubte er sogar, einen rot und grün leuchtenden Vogel zu erkennen, der mit anmutigen Flügelschlägen davonflog. Doch das mochte wohl seiner Fantasie geschuldet sein.

Erst als das Floß am Horizont verschwunden war, wandte sich die Trauergemeinde ab und trat den Rückweg an. Jorim wusste, die Trauer würde nicht lange anhalten. Bald schon würden nämlich die meisten in den Tavernen sitzen oder sich einfach in der Natur niederlassen und den ganzen Tag lang Geschichten über die Verstorbene erzählen. Dass die Halblinge dabei aßen und tranken war selbstverständlich. Auf diese Weise ehrten sie ihre Verstorbenen und machten dem Trübsinn rasch ein Ende.

Für die fünf Weggefährten war es derweil an der Zeit, noch einige Vorbereitungen für die Reise zu treffen und dann die Wanderschaft anzutreten.

»Habt ihr ihn auch gesehen?«

Die kauzige Stimme des alten Vern Flusstaucher riss Jorim aus seinen Gedanken.

»Wen gesehen?«, wollte Enna wissen und blieb verdutzt stehen. Verns faltiges Gesicht verzog sich zu einem Lachen, wodurch sich seine milchig trüben Augen zu Schlitzen verengten.

»Den Gefildenvogel. Er hat sich erhoben und ist davongeflattert. Hoffentlich hat er die Seele der alten Selda nicht vergessen, hihihi!« Vern schlug sich belustigt auf die Oberschenkel.

»Ich dachte, du kannst nicht sehen«, erwiderte Jorim.

»Nicht mehr mit den Augen, junger Borkenfeuer, doch mit dem Herzen schon.« Vern wurde wieder ernst, klang fast schon geheimnisvoll, als er weitersprach. »Ich kann sogar das Schlagen der Flügel des Gefildenvogels hören. Dann denke ich jedes Mal, er kommt meinetwegen.«

»Verrückter Greis«, sagte Enna, strich Vern dabei aber liebevoll über den Kopf. »Wahrscheinlich hat der Vogel dich nur vergessen oder fürchtet, du könntest die Grünen Gefilde leer essen.«

Vern hob einen Finger und fuchtelte damit vor Ennas Nase herum. »Die Gefahr bestünde tatsächlich, ja, ja.«

»Wie auch immer, Vern«, warf Jorim ein, »wir müssen jetzt weiter. Du weißt, wir brechen heute auf.«

»Zu den Suravan-Bergen. Das ist meinem getrübten Geist nicht entgangen. Dort leben die Drachen, hütet euch vor ihnen.«

»Wir wollen ja gar nichts von den Drachen«, erklärte Jorim. »Es ist Bronn, den wir suchen.«

»Der alte Bronn, sein Hut durch den Sturmeswind er saust.«

»Sein Name im Sturmeswind er braust«, korrigierte Enna.

»Ja, ja, ich weiß, ich weiß. Mir gefällt die Vorstellung mit dem Hut besser. Wollt ihr mal meine Fassung von Bronns Heldenlied hören? Die geht so: Bronn Sternenfaust und seine Zecken, auch nicht der Zangen Kneifer kann sie schrecken, und sind es auch ...«

»Schon gut, Vern, schon gut!«, Enna hob abwehrend die Hände, während Jorim sich ein Grinsen nicht verkneifen konnte. »Verschone uns mit deiner Dichtkunst.«

»Nehmt euch vor dem Feuer der Drachen in Acht«, warnte Vern plötzlich, seine Stimme war zu einem heiseren Flüstern geworden. »Es kann nämlich blind machen.« Er deutete auf seine Augen.

Jorim blickte Enna fragend an, doch auch sie wusste darauf nichts zu erwidern.

»Ja, wundert euch nur«, fuhr Vern fort. »Ich habe sie aus der Nähe erblickt, die gleißenden Flammen aus dem Schlund der roten Bestie. Einmal habe ich sie erblickt, dann nimmer mehr.«

Damit wandte er sich ab und schlurfte mit gesenktem Kopf davon. »Einmal nur, dann nimmer mehr«, hörte Jorim ihn noch vor sich hin murmeln.

»Glaubst du wirklich, er war dort?«

Enna zuckte mit den Schultern. »Ich weiß es nicht. Der alte Flusstaucher ist so sonderbar, da würde es mich nicht wundern.«

»Wie auch immer. Wir sollten jetzt unsere restlichen Sachen packen. Das Abenteuer beginnt bald!«

Enna nickte nur nachdenklich, dann machten sie sich auf, um ihre Habseligkeiten zu holen. Doch die Worte von Vern gingen ihr noch lange durch den Kopf.

In Flusstal, am Ufer des Erenin, trafen sich schließlich die fünf Freiwilligen, so wie sie es am Vortag vereinbart hatten. Zur Überraschung der anderen folgten Nespur noch zwei weitere Halblinge: Toram Otterschreck, jener Halbling, der zusammen mit ihm die Erinyen gesehen hatte; und dann war da noch Tipplin Zündfuß, der – wie Jorim wusste – ein findiger Tüftler war. Immerhin war er Jorim beim Errichten seines Baumhauses eine große Hilfe gewesen. Dass Tipplin hier und da mit seinen Konstruktionen und teilweise wahnwitzigen Erfindungen ein wenig übertrieb, hatte er im letzten Sommer bewiesen, als er sich bei einem Experiment die Füße in Brand gesetzt hatte. Seither waren seine Füße recht vernarbt und verschrumpelt, weshalb der Rat ihm prompt den Namen Zündfuß verpasst hatte. Was genau zu dieser Katastrophe geführt hatte, wollte Tipplin niemandem verraten. Hätte er nicht erst knapp fünfzig Sommer gesehen, so hätte es Jorim nicht verwundert, wenn Tipplin Urgroßvater Jadokins Rauchkästchen erfunden hätte. Als Jorim ihm auf die Füße schaute, strich sich Tipplin verlegen durch sein dichtes braunes Haar.

Nespur ergriff nun das Wort, als er vor ihnen stand: »Diese beiden werden uns ein Stück begleiten. Ich möchte mit ihnen einige Verteidigungsmöglichkeiten von Westendtal erörtern, damit schon ein paar Vorbereitungen getroffen werden können. Immerhin gehen wir durch die Vergessenen Täler, und jede Armee, die in Westendtal einfallen will, muss diese schluchtenreiche Gegend durchqueren. Ich werde Toram und Tipplin Stellen zeigen, wo sie beispielsweise Barrikaden errichten oder auch Geröllawinen vorbereiten können. Der Rat hat meinem Plan bereits zugestimmt.«

Jorim war beeindruckt von Nespurs Weitsicht. Auf jeden Fall sollten sich die Halblinge auf das Schlimmste vorbereiten und auf den Einmarsch der Erinyen gefasst sein – für den Fall, dass sie Bronn nicht rechtzeitig fanden.

Doch nun galt es Abschied zu nehmen. Zu ihrer Überraschung waren viele Halblinge erschienen, um ihnen allerlei gute Wünsche zuzurufen. Manch einer überraschte sie mit frisch gebackenem Brot oder einem saftigen Schinken. Rimbor, der freundliche Tavernenwirt, hatte sogar ein Fass seines süffigsten Bieres mitgebracht, doch auch wenn Nespur kurz gezögert hatte, so entschied er am Ende doch, das feine Gebräu in Westendtal zu lassen. »Das Fass wiegt mehr als wir alle zusammen«, sagte er streng.

Als die sieben Gefährten schließlich loszogen, beobachtete Jorim, wie Elvor stolz erhobenen Hauptes voranschritt und den Umstehenden zuwinkte. Nespur indes ignorierte die Halblingsmenge, während Jul sich ein wenig verlegen umsah und meist den Boden zu seinen Füßen genauestens musterte.

»Elvor platzt gleich«, brummte Enna und stieß einen Stein in die Luft, der kurz darauf platschend in den Erenin fiel.

»Schön wär 's«, gab Jorim zurück.

»Vielleicht sollten wir ihn in irgendeine Schlucht schubsen.« Enna schürzte die Lippen. »Ja, ich denke, das könnte mir gefallen.«

Jorim kratzte sich hinterm Ohr. »Immerhin hat er meinen Vorschlag, Bronn zu suchen, unterstützt.«

»Wahrscheinlich nur, weil er darin eine Gelegenheit gesehen hat, sich selbst hervorzutun.«

Während Jorim und Enna sich über Elvor unterhielten, bemerkten sie gar nicht, wie nach und nach die Rufe der anderen Halblinge verebbten. Mittlerweile war nur noch das sanfte Strömen des Erenin zu hören, der hier friedlich dahinfloss. Vögel trällerten in den Weiden, die das Ufer säumten. Ihre Lieder erfüllten die Luft ebenso wie das geschäftige Summen der Insekten. Hier, in der lieblichen Natur, in die der Frühling mit großen Schritten Einzug hielt, hätten die Halblinge fast vergessen können, weswegen sie die Reise angetreten hatten.

Nespur führte die Gruppe nun an und hielt zielstrebig auf das Gebirge zu, in dem der Erenin entsprang. Dort gab es einen Pass, der hinauf in die Berge und in die dahinter liegenden Vergessenen Täler führte, die sie durchqueren mussten, um Westendtal zu verlassen.

Jul lief schweigend hinter Nespur her. Sein Blick suchte dabei stets den Boden ab, und hier und da bückte er sich, um rasch irgendwelche Pflanzen abzuzupfen, die in einem seiner unzähligen Beutel am Gürtel verschwanden.

Jorim legte den Kopf in den Nacken und blickte in den blauen Himmel.

»Suchst du etwas Bestimmtes?«, fragte Elvor. Er beschirmte mit der flachen Hand seine Augen und spähte nach oben. »Habt ihr euch schon mal gefragt, wie wir wohl aus der Perspektive eines Vogels aussehen? Ein Vogel würde sieben tapfere Recken sehen, allen voran Elvor Sternenfaust«, er breitete die Arme aus, dann legte er in einer übertriebenen Geste die Hand auf die Brust, »der Nachfahre des berühmten Bronn Sternenfaust, der auszieht, um die Länder des Südens und Nordens vor Ghulen und Erinyen zu retten und dabei die Dame seines Herzens erobert.« Er legte einen Arm um Enna und warf ihr ein strahlendes Lächeln zu.

Enna beäugte Elvors kräftige Hand mit wenig Begeisterung, dann schob sie sie entschlossen von ihrer Schulter. »Im Augenblick sehe ich nur Nespur, der allen voranschreitet, und einen eingebildeten Halbling, der eher durch Angeberei als durch Taten glänzt.«

»Gut gesprochen, Schwesterherz!«, freute sich Jorim.

»Wartet es nur ab«, entgegnete Elvor und wirkte keineswegs beleidigt, »bald werdet ihr das mutige Herz eines Sternenfaust erkennen, und«, er verbeugte sich in Ennas Richtung, »du wirst dahinschmelzen vor lauter Sehnsucht, werte Enna.«

»Wer weiß«, erwiderte sie trocken, »vielleicht schmilzt du ja vorher im Drachenfeuer dahin.«

»Wisst ihr, wie ich das sehe?«, fragte Jorim und blickte erneut hinauf in den Himmel. »Die Sache mit der Vogelperspektive, meine ich. Ich sehe sieben Halbhohe: Sie wandern durch die Vergessenen Täler, wobei einer wie ein bunter Geck stolziert, und am anderen Ende warten eine Armee aus zwanzigtausend Erinyen und vielleicht noch mal so viele Ghule.«

Enna sah ihn nachdenklich an, und auch über Elvors Gesicht huschte ein kurzer Schatten, der aber nicht lange währte. Rasch hatte er wieder sein überhebliches Grinsen aufgesetzt.

Nespur ließ die Gruppe noch ein Stück des Weges zurücklegen, eher er ihr gestattete, das Nachtlager aufzuschlagen.

Auf ein Feuer verzichteten sie, obwohl die wärmenden Flammen ihnen sicher gutgetan hatten, denn so nahe an den Wassern des Erenin war die Luft feucht und kühl. Hoch oben blinkten einige Sterne, und der Vollmond spendete ein weiches, silbriges Licht.

Jorim ließ sich zurücksinken, verschränkte die Arme hinter dem Kopf und dachte noch einmal an den Vogel. Insgeheim hoffte er, dass Elvor mit seiner anmaßenden Einschätzung richtig liegen würde und sie die Erinyen und Ghule aufhalten könnten – doch wie er befürchtete, war seine Vorstellung der Wahrheit wesentlich näher.

7. ZERVANADOR

Erhobenen Hauptes schritt Zervana, neue Herrscherin der Erinyen, durch die Straßen der Hauptstadt von Arbor – die nun ihre eigene war. Die größte Stadt der Menschen war unter dem Namen Arboron bekannt, doch Zervana hatte ihr den Namen Zervanador gegeben: ein Denkmal des Sieges der Erinyen über das Volk der Menschen.

Hochgewachsene Gestalten in langen Umhängen, bewaffnet mit Peitschen oder Fackeln – weibliche Erinyen trugen beides –, machten ihr respektvoll Platz, zischten hier und da ein »Ehre der Usurpatorin« oder verneigten sich vor ihr.

Vor allem die männlichen Erinyen beugten ihr Haupt tief nach unten, denn – den Frauen unterstellt – dienten Erinyen-Männer lediglich der Fortpflanzung. Bei Bedarf wurden sie auch in der Armee eingesetzt, obwohl das nur selten geschah, da die Frauen den Kampf als große Ehre betrachteten und selbst danach strebten, sich in der Schlacht Respekt zu verschaffen – oder darin zu sterben. Deshalb war auch ihre tödlichste Waffe, die Fackel, nur ihnen vorbehalten, und sie mussten sie sich in jungen Jahren im Laufe harter Prüfungen erst verdienen.

Selbstverständlich ließ sich Zervana nicht zu einem Gruß herab, das hätte jede Erinya als Zeichen von Schwäche angesehen, sondern stolzierte zielstrebig auf den steinernen Palast zu. Die von hohen Bäumen gesäumte Allee führte zu einer Steintreppe, auf der dreißig Erinyen nebeneinander Platz gefunden hätten. Auch wenn Zervana die besiegten Menschen verachtete und sie für Schwächlinge hielt, so wusste sie doch deren Baukunst zu schätzen. Ihr eigenes Volk hatte seit dem Anbeginn der Zeit in den kargen Tälern von Myrador gelebt, in Höhlen, Schluchten oder unter Felsüberhängen gehaust und sich von Wild und manchmal auch Schlangen oder anderen Reptilien ernährt. Im Vergleich zu den vom Überfluss verwöhnten Menschen hatte Zervanas Volk fast schon ein erbärmliches Dasein gefristet. Obendrein waren während der vergangenen Dekaden immer weniger männliche

Erinyen geboren worden, und ihr Volk wäre beinahe ausgestorben. Doch nachdem Zervana über Levtha, die frühere Herrscherin der Erinyen, gesiegt hatte, waren andere Zeiten angebrochen. Zervana hatte ihren schon lange gehegten Plan durchgesetzt, sich vorübergehend mit menschlichen Männern zu paaren, um neue Erinyen zu zeugen. Immer wieder hatten ihre Erinyen Männer aus Arbor geraubt, hatten Dörfer überfallen sowie fahrende Händler oder Reisende.

Innerhalb der zwanzig Sommer ihrer Herrschaft war ihr Volk wieder erstarkt, da Erinyen innerhalb von sechs Mondzyklen heranreiften und bereits nach zehn Sommern kampffähig waren. In einem ebenso raschen wie gewaltigen Kriegszug hatten sie sowohl die Menschen aus Arbor als auch die Elfen aus Eren-Danan besiegt und ihre Länder eingenommen. In Arboron hatten sie schließlich freie Auswahl. Hier gab es viele weitere Männer, die ihrer Sache durchaus dienlich waren – wenn sie es auch nicht freiwillig taten. Zervana musste schmunzeln, als sie an das Entsetzen in den Gesichtern der Sklaven dachte, sobald ihnen bewusst wurde, wozu sie auserkoren waren.

Voller Missbilligung fiel schließlich ihr Blick auf die Reste eines menschlichen Kadavers, der auf dem Rasen vor dem Palast lag. Lediglich der Unterkörper war noch erhalten und faulte in der gleißenden Sonne. Zervana winkte mit ihrer bleichen, knochigen Hand einer der Wachen zu, die bewegungslos vor der Treppe standen.

Sofort glitt die finstere, schlanke Gestalt zu ihr und neigte ehrerbietig den Kopf. »Usurpatorin!«

»Sag diesen nutzlosen, widerwärtigen Ghulen, sie sollen ihr Mahl beenden oder zumindest die Reste mit in die Kanäle nehmen oder wo auch immer sie hausen. Anderenfalls werde ich meine Entscheidung noch mal überdenken und sie zurück in ihre verdammten Berge schicken.«

»Sehr wohl, Usurpatorin.« Die Erinyen-Wache eilte mit langen Schritten davon, wobei der löchrige Umhang hinter ihr herwehte.

Zufrieden beobachtete Zervana, wie die Erinya den Kadaver ergriff und hinter sich herschleifte, dann begab sie selbst sich ins Innere des Palastes. Obwohl schon sechs Mondzyklen seit dem Sieg über die Menschen vergangen waren, lag hier noch immer einiges in Trümmern. Im Gegensatz zu Zervana legten viele Vertreter ihres Volkes keinen Wert auf Ästhetik und folgten ihrer Anweisung, Zervanador von seinem Schmutz zu befreien, nur sehr nachlässig. Die Usurpatorin fand Gefallen an einem gewissen Wohlstand, gutem Essen, dem Wein der Menschen, sogar an ihrer seltsamen Angewohnheit, in Betten zu schlafen, anstatt sich – wie ihr Volk – auf dem blanken Boden zusammenzurollen. Doch von einem Brauch würde auch sie sich nie lossagen: den zerschlissenen Umhang zu tragen, dessen Löcher Auskunft darüber gaben, wie viele Schlachten sie schon geschlagen und wie viele Feinde sie besiegt hatte.

Dank ihrer scharfen Sinne nahm Zervana plötzlich eine Bewegung hinter der Statue eines längst verstorbenen Königs wahr. Blitzschnell zog sie die Geißel aus ihrem Halfter hervor und ließ die widerhakenbewehrten Enden in diese Richtung schnellen. Ein Schmerzensschrei ertönte, und schon kam ein schmuddeliger, abgemagerter Mensch hinter der Statue hervorgekrochen.

»Sprich, du Unwürdiger, welcher Auftrag führt dich her?«

Der Mann, dessen Augen ihm beinahe aus den Höhlen quollen, blickte sie vom Boden aus an. »Ihr ... ihr ... seid so schön!«, stieß er hervor, während seine knochigen Finger sich nach ihr ausstreckten.

Abschätzend betrachtete Zervana den Menschen. Er war in schlechtem Zustand, zur Zeugung kaum zu gebrauchen, und inzwischen gab es ohnehin unter den erinyanischen Nachkommen genügend Männer. In absehbarer Zeit würde man die schwächliche Rasse nicht mehr benötigen. Sollte sie dieses Gewürm gleich töten oder einem der Ghule schenken?

»Bin ich das?« Sie beugte sich zu ihm herab und kniff die Augen zusammen. »Bin ich das wirklich?«, zischte sie leise. Auf einmal begann der dürre Mann zu schreien und zu wimmern. »Oh nein! Nein!« Er griff sich in die Haare, riss daran, kroch panisch bis an die Wand, schrie und schlug um sich. Es war jedes Mal das Gleiche – zunächst hielten die dümmlichen Menschen sie für schön, doch sobald sie ihr in die Augen sahen, erblickten sie das wahre Wesen der Erinyen und reagierten mit Panik, Wahnsinn und ekelerregender Furcht. Mit einem gereizten Zischen holte Zervana noch einmal aus. Die messerscharfen Widerhaken ihrer Geißel bohrten sich in das Fleisch des Mannes, rissen klaffende Wunden, und der Gepeinigte schrie gequält auf. Zervana genoss diese Schreie. Sie schlug mehrere Male zu, verfehlte jedoch absichtlich lebenswichtige Organe. Aber irgendwann schmerzten ihre

Ohren von dem Gewimmer, und sie ließ den halb toten Mann einfach liegen.

Beiläufig befahl sie einer Wache vor dem Thronsaal, den Menschen zu töten. »Wirf ihn den Ghulen vor, aber töte sie, wenn sie ihn nicht vollständig verzehren! Unordnung beleidigt meine Augen.«

Damit trat sie vor die schwere, mit Ornamenten verzierte Flügeltür zum Thronsaal, und die Erinyen zu beiden Seiten öffneten sie für ihre Herrscherin. Drinnen standen zahlreiche Erinyen beisammen und taten sich am Wein gütlich. Viele von ihnen bevorzugten ihn mit dem Blut von Menschen oder Elfen verfeinert; eine Tradition, der auch Zervana nicht abgeneigt war. Besonders das süßliche Blut der Elfen bereitete ihrem Gaumen höchste Freuden.

»Yorak.« Auf Zervanas Handbewegung hin löste sich ein Erinya, der die anderen noch einmal um Haupteslänge überragte, aus dem Schatten. Er war einer der ersten Erinyen gewesen, der aus der Verbindung mit einem Menschen hervorgegangen war, und seit drei Sommern ihre rechte Hand. Voller Bewunderung betrachtete sie seinen geschmeidigen Gang, die zahlreichen Löcher in seinem Umhang und die selbst für einen Erinya besonders bleiche Haut. Die meisten Mischlinge waren in Zervanas Augen viel zu feist geraten, aber Yorak stellte eine Ausnahme dar. Als er seine Kapuze zurückstreifte und sich verneigte, ließ sie ihre Augen über seine ausgeprägten Wangenknochen, das markante Kinn und die nachtschwarzen Augen wandern. Ein Feuer breitete sich in ihren Lenden aus, das sie nur schwer kontrollieren konnte. Diese ungewöhnlich helle Haut, unter der man zahlreiche Adern erkennen konnte, und seine knochige Gestalt waren für sie der Inbegriff von Schönheit. Wie sehr sie sich doch danach sehnte, ihr Gesicht in seinen hüftlangen schwarzen Haaren zu versenken, ihre Zähne in sein Fleisch zu graben und mit ihren spitzen Fingernägeln seinen Rücken zu zerkratzen. Sobald ihre Herrschaft gesichert war, würde sie sich der Fleischeslust mit ihm hingeben und Erben ihrer Dynastie zeugen. Aber noch galt es, sich zu gedulden, denn in den sechs Mondzyklen ihrer Tragezeit wäre sie zu angreifbar, und es gab viele, die danach strebten, Herrscherin über die Erinyen zu werden.

»Herrin.« Yorak verneigte sich tief, dann trat er einen Schritt zurück und blickte sie abwartend an.

Nur mühsam konnte sich Zervana von seinem begehrenswerten

Äußeren und ihren eigenen lüsternen Gedanken lösen. Sie reckte stolz das Kinn. »Welche Neuigkeiten gibt es?«

»Die letzten Menschen und Elfen fliehen an den Nordrand unserer Länder. Sicher setzen auch sie in die Nordlande über«, berichtete Yorak mit dunkler Stimme, deutlich weniger zischend und leise, als es für reinrassige Erinyen üblich war.

»Wie ist das möglich? Du sagtest vor einiger Zeit, die Himmelsklippen seien unüberwindlich!«

»Wir sahen Schiffe, die von den Klippen aus nach Norden segelten, konnten jedoch auch nach tagelanger Suche keinen Weg hinab ans Meer finden. Wir gehen davon aus, dass es sich um geheime, verborgene Pfade der Elfen handelt.«

Wütend runzelte Zervana die Stirn. Wäre es nicht Yorak, der ihr versicherte, es gäbe keinen Weg hinab, sie hätte den Boten hinrichten und einen anderen suchen lassen, bis er fündig geworden wäre. Aber Yorak war ein meisterhafter Fährtenleser, dem nichts entging.

»Sind die Späher zurückgekehrt?«, fragte sie scharf.

»Nein, Herrin.«

Aufgebracht fuhr Zervana herum, wobei ihr langer Umhang umherwirbelte. Ein böses Lächeln überzog ihr Gesicht, als sie daran dachte, dass in früheren Zeiten die Legende umgegangen war, Erinyen trügen Flügel am Rücken. Aber dies war lediglich der Fantasie der einfältigen, schwachen Völker geschuldet.

Langsam stieg sie die Stufen zu dem Thron des ehemaligen Menschenkönigs hinauf, dessen steinerne Armlehnen noch immer mit Blutspritzern verziert waren. Sie ließ sich nieder und schlug ihre langen, schlanken Beine übereinander, die in engen Lederhosen und mit Metallspitzen versehenen Stiefeln steckten. Angewidert bemerkte sie dort einige Schmutzreste auf dem glatten Schlangenleder, dann begann sie, unbehaglich auf dem Thron herumzurutschen. Ihre spitzen Gesäßknochen schmerzten schon nach wenigen Atemzügen.

»Welch unnützes, unbequemes Stück Stein«, zischte sie und ließ ihre Geißel mit den metallenen Widerhaken haarscharf neben einer unachtsamen Erinyen-Dienerin niederknallen. »Häute einige Menschen und kleide diesen harten Stuhl aus!«

»Usurpatorin«, wagte die verhüllte Erinya einzuwenden, »menschliches Leder ist dünn und rissig. Möchtet Ihr nicht besser das Fell eines Schafes verwenden?«

Einer Schlange gleich schnellte Zervana nach vorne, schlug die langen Enden ihrer Geißel um den Hals der unglücklichen Dienerin, und kurz darauf quollen auch schon deren Augen aus den Höhlen und sie stürzte tot zu Boden.

Ohne eine Miene zu verziehen, eilten zwei weitere Dienerinnen herbei, schleiften die Tote fort und knieten sich dann vor Zervana.

»Wenn menschliches Leder dünn ist, so müsst ihr nur mehrere Schichten vernähen.« Sie beugte sich nach vorn und fixierte die Bediensteten. »Die Weibchen der Menschen sind meinen Zwecken wenig dienlich und somit entbehrlich. Ihr wisst also, was zu tun ist.«

Die beiden nickten einstimmig. »Sehr wohl, Usurpatorin, wir werden sogleich die Sklavenunterkünfte aufsuchen.«

Mit einer beiläufigen Handbewegung wollte Zervana die Dienerinnen entlassen, winkte dann aber eine der beiden zurück. »Meine Stiefel sind schmutzig.«

Zervana streckte die Beine aus. Kurz loderte so etwas wie Trotz in den Augen der Erinya auf, doch dann bückte sie sich und begann damit, mit ihrem eigenen Umhang die schwarzen Schlangenlederstiefel ihrer Herrin zu reinigen.

»Weshalb ist der Herrscher der Ghule noch nicht eingetroffen?«, fuhr Zervana Yorak an.

Eine große Erinya kam mit einem Kelch Wein zu ihr und reichte ihr diesen. »Bereits mehrfach habe ich Boten nach Barantor entsandt. Am heutigen Tage hätte er eigentlich zum Höchststand der Sonne hier eintreffen sollen!«

Yorak hob seine knochigen Schultern. »Allerdings meiden Ghule das Tageslicht. Wahrscheinlich reisen sie nur nachts.«

Widerwärtiges, leichenfressendes Gewürm, dachte Zervana. Und vermutlich würden ihr viele Erinyen da zustimmen. Sie wusste, dass ihre Allianz mit den Ghulen auf wenig Begeisterung stieß. Doch auch wenn das Heer der Erinyen zwanzigtausend zählte, so hätten sie das Reich der Menschen und Elfen auf Dauer nicht allein mit ihren Kriegern besetzen können. Die Ghule, so einfältig und widerwärtig sie auch waren, taugten hervorragend dazu, Angst und Schrecken zu verbreiten. Außerdem, dachte sich Zervana, würden sie ihr Volk davor bewahren, bei einer Schlacht in den Nordlanden aufgerieben zu werden.

Zervana legte einen ihrer langen, mit spitzen Fingernägeln versehenen Finger an die Lippen und kniff die Augen zusammen. »Nun gut. Warten wir noch etwas.«

Yorak neigte den Kopf, und Zervana unterdrückte den Wunsch, ihn an sich zu ziehen und ihrer abermals aufflammenden Leidenschaft freien Lauf zu lassen.

Als die Sonne am folgenden Tag den Zenit erreichte, war Hanafehl, der Herrscher der Ghule, noch immer nicht erschienen. Zervanas Geduld wurde auf eine harte Probe gestellt. Mit zusammengebissenen Zähnen lief sie vor dem steinernen Thron auf und ab, ihre Schritte hallten laut durch den Saal. Ihre düsteren Gedanken wurden jäh unterbrochen, als die Tür aufgestoßen wurde und der Schatten von Yoraks Gestalt in den Thronsaal fiel. Langsam schritt er herein, gefolgt von zwei Erinyen, deren zerschlissene Umhänge um ihre schlanken Beine wallten.

Zervana hielt inne und stellte sich mit verschränkten Armen vor den steinernen Thron.

»Zwei Eurer Streiterinnen sind aus dem Norden zurückgekehrt, Usurpatorin.« Yorak deutete eine leichte Verbeugung an, dann trat er zur Seite.

»Esradal!« Zervana ging zu den Neuankömmlingen, hob die Hand und ließ ihre Finger über Esradals Wange gleiten.

»Moydana, wie schön!« Auch Moydanas Wange berührte sie, bevor sie die Erinya mit den nachtschwarzen Haaren umrundete und ihre Hand über deren Rücken und – wie beiläufig – über das Gesäß wandern ließ.

»Ich hoffe, ihr bringt frohe Kunde.«

Moydana und Esradal verneigten sich, tiefer als Yorak es zu tun pflegte. Ein Umstand, den Zervana noch ändern würde.

»Über Eren-Danan sind wir bis zu den Himmelsklippen gezogen«, begann Esradal. »Die Klippen bereiten ihrem Namen alle Ehre und sind für ein Heer unüberwindbar. Von dort aus können wir nicht nach Norden übersetzen.«

Zervanas Gesicht verzog sich, als sie Wut in sich aufsteigen fühlte.

»Aus diesem Grund sind wir nach Westen weitergewandert, Usurpatorin«, ergriff Moydana das Wort, und Zervana gefiel der flüchtige Blick, den die Erinya über ihren Körper gleiten ließ. »Dort sind wir fündig geworden. Ein unbedeutendes Halblingsvolk lebt an einem Ort, den sie Westendtal nennen, wo eine mit Gras bewachsene Landzunge weit in die Meeresenge von Dovan hineinreicht. Eine hervorragende Stelle, um eine riesige Armee zu stationieren.« Moydana senkte den Kopf ein wenig, und ein Schmunzeln zierte ihr in Zervanas Augen so beneidenswert schönes Gesicht. »Es gibt Wälder in Westendtal, viele Wälder«, fuhr sie fort. »Genug Holz, um Schiffe zu bauen.«

»Das ist es, was ich hören will«, säuselte Zervana, und ihre Finger strichen über Moydanas Kinn. »Ist es nicht so, Esradal?« Blitzschnell fuhr Zervana zu Moydanas Begleiterin herum, wobei ihr schwarzes Haar durch die Luft peitschte. Esradal wich zurück und verneigte sich rasch. »Natürlich, Usurpatorin, natürlich.«

»Dann wähle deine Worte beim nächsten Mal mit mehr Bedacht!«

»Gewiss.« Esradal hielt den Kopf gesenkt.

»Gut, und nun geh!«

Esradal machte auf dem Absatz kehrt und verließ mit raschen Schritten den einstigen Thronsaal der Menschen.

»Yorak!«, rief Zervana. »Ich warte noch immer auf Hanafehl.«

»Der Herrscher der bleichen Wesen ist unterwegs, Usurpatorin. Wie es aussieht, wird er bald hier eintreffen.«

Zervana nickte. »Unterrichte mich, wenn es soweit ist.«

»Das werde ich«, versicherte Yorak, und seine schwarzen Augen betrachteten sie ohne jegliches Anzeichen von Angst. Ein weiterer Umstand, den Zervana zu ändern gedachte – wenngleich sie seine furchtlose Art insgeheim reizte und anzog.

»Geh jetzt!« Mit einem Wink schickte sie Yorak fort. Sie bedauerte es ein wenig, doch Moydana würde für genug Kurzweil sorgen.

»Du begleitest mich in meine neuen Gemächer«, flüsterte sie der Erinya zu.

»Wenn ich Euch damit ein Vergnügen bereiten kann«, erwiderte Moydana, und kurz glaubte Zervana so etwas wie Vorfreude in ihren Augen aufblitzen zu sehen.

»Ganz bestimmt kannst du das, meine Schöne.«

Es war bereits kurz vor Mitternacht. Ekstatisch bäumte sich Zervana abermals auf, als sich Moydanas Zähne schmerzhaft in die weiche Haut ihrer Oberschenkel bohrten. Diese Erinya wusste, wie man sie auf den Gipfel der Lust brachte. Zervana hatte dies geahnt und sie deshalb zu ihrer Gespielin auserkoren. Umso mehr ärgerte sie sich, als jemand an die schwere Holztür klopfte. Während Moydana auf die zerwühlten Kissen sank, erhob sich Zervana und warf sich ihren ledernen Umhang über, dann öffnete sie die Tür. Eine jüngere Erinya, entstanden aus der Verbindung mit einem Menschen, stand dort und verneigte sich tief. Ehrfurcht und Unsicherheit standen in ihren Augen, als sie sich zögerlich aufrichtete.

»Sprich«, forderte Zervana sie ungeduldig auf.

»Yorak schickt mich. Der Fürst der Ghule ist gekommen.«

»*Fürst* der Ghule?«, wunderte sich Zervana über die seltsame Anrede. Vermutlich hatte sie sich dieser Ghul selbst ausgesucht.

»Ja, Hanafehl«, fügte die Erinya hinzu.

»Jetzt? Um diese Zeit?«

Die Erinya nickte und wich einen Schritt zurück.

Zervana presste die Zähne aufeinander, sodass sie knirschten. Zum Höchststand der Sonne hatte sie verlangt, und der verruchte Ghul erschien, wenn die Nacht am dunkelsten war! Mit leichtem Bedauern wandte sich Zervana zu Moydana um, doch die stand bereits hinter ihr. Kein Kleidungsstück bedeckte ihre äußerst helle Haut, nichts umhüllte die markanten Hüftknochen, die Zervanas Lippen noch vor wenigen Augenblicken liebkost hatten. Lediglich Zervanas Fackel und die tödliche Geißel hielt sie in ihren Händen und reichte sie nun ihrer Herrin.

»Auch jetzt scheinst du meine Gedanken zu kennen, Moydana.«

Die Erinya verneigte sich. »So, wie Ihr es wünscht.«

»Du sollst noch häufig Gelegenheit erhalten, meine Gedanken zu lesen.«

Ein Lächeln zeigte sich auf Moydanas Gesicht. Zervana zog indes ihre Stiefel an, hüllte sich in ihr Gewand und ergriff die Peitsche, die sie mit wenigen geschickten Handgriffen zusammenlegte und in das Halfter an ihrer Hüfte steckte. Dann streckte sie den Arm aus, und ihre Finger schlossen sich langsam um die Fackel. Dies war ein berauschender Moment für jede Erinya, denn dann verband sich die Fackel mit dem Lebensodem ihrer Trägerin. Kurz erwägte Zervana, diese tödliche Waffe in das zweite eigens dafür angefertigte Lederhalfter zu schieben, doch sie entschied sich dagegen. Mit dem Wahrzeichen aller weiblichen Erinyen in der Hand wäre ihr Auftreten nur umso beeindruckender.

Schließlich machte sie sich auf den Weg zum Thronsaal. Sie ließ sich Zeit, nun wollte *sie* Hanafehl warten lassen.

Als sie jedoch den Thronsaal betrat, wallte abermals Zorn in ihr auf, denn lediglich zwei Dienerinnen standen links und rechts des steinernen Thrones. Fackeln erhellten den Raum, flackerten unstet auf dem grauen Stein des alten Gemäuers.

Nun gut, soll er mich auf meinem Thron sitzend erblicken und zu mir aufschauen. Zervana stieg erneut die Stufen zum Thron empor. Sie ließ sich nieder, und zu ihrer Freude sorgte das menschliche Leder für ein deutlich bequemeres Sitzen.

Sie fixierte die beiden Türflügel, und nur das rhythmische Klopfen ihrer Mittel- und Zeigefinger offenbarte ihre Ungeduld. Irgendwann vernahm sie Schritte und richtete sich auf. Jemand stieg draußen die steinernen Stufen empor, und es klang, als würden Klauen über Stein kratzen. Das Geräusch erstarb, dann wurden die Türflügel aufgestoßen, sodass das Licht des Mondes auf den steinernen Boden fiel. Zusammen mit Yorak trat Hanafehl, der Fürst der Ghule, ein. Die Klauen an seinen großen, nackten Füßen schabten über den Boden, während ihm zwei kleinere Ghule leise folgten. Zervana war überrascht – auch wenn sie das natürlich nicht zeigte. Im Gegensatz zu den anderen Ghulen war Hanafehl ungewöhnlich groß; hatte er sich vollends aufgerichtet, wäre er so groß wie Yorak gewesen. Außerdem verwunderten Zervana seine wachen, intelligenten Augen. Hatten die meisten Ghule eher milchig trübe Augen, waren die von Hanafehl weiß und klar, mit einer Iris in hellem, kaltem Blau, das an Eis erinnerte. Hanafehl war mit einem Lendenschurz aus dickem Leder bekleidet, ansonsten war sein Körper unbedeckt. Zervana musterte die kräftigen Beine des Ghuls, dann den drahtigen Oberkörper und die langen Arme, die in übergroßen, mit Klauen bewehrten Händen endeten. Die Schultermuskulatur war extrem ausgeprägt, ebenso die Kiefermuskulatur. Die Nase der Kreatur ragte mit auffallend großen Nasenlöchern aus dem Gesicht. Kein einziges Mal sah Hanafehl nach links oder rechts, sein Blick haftete auf Zervana wie klebriger Schleim, doch die Herrscherin der Erinyen trotzte ihm mühelos. Als er schließlich vor dem Thron stehen blieb, hob er ein wenig den Kopf, und Zervana konnte seine Nasenflügel beben sehen, so als wittere er ihren Geruch. Erstaunlicherweise war dieser Ghul von eher dunkler Haut, nicht so bleich wie seine Artgenossen. Weiße Haare fielen ihm über die Schultern, was ihm ein höchst ungewöhnliches Aussehen verlieh. Nur die Spitzen seiner Ohren ragten aus den Haaren heraus.

»Ihr seid also diejenige, die mich hat herrufen lassen«, begann er. Seine Stimme war leise, aber tief und kräftig. »Ihr müsst die Gefahr sehr lieben.«

Dies war der Augenblick, in dem Zervana sich erhob. Stolz hob sie den Kopf und blickte hinab auf den unverschämten Ghul. Sie sprach kein Wort, während sie langsam die Stufen des Thronpodestes herabstieg. Stattdessen richtete sie all ihre Konzentration auf ihre Fackel. Sie fühlte die Hitze, die geliebte Glut, die in ihr Fleisch brannte. Knisternd loderte das Feuer ihrer Fackel auf, erfüllte den Saal mit hungrigem Fauchen und ließ keinen Winkel unberührt.

Hanafehls Begleiter wichen erschrocken zurück ebenso wie Zervanas eigene Dienerinnen. Nur Yorak und – zu Zervanas Verärgerung – Hanafehl verharrten an Ort und Stelle.

»Droht mir nicht, Zervana von Myrador«, grollte der Ghul. »Zu oft schon habe ich die Eurigen erblickt. Den Schrecken und die Panik, die Ihr verbreitet, habe ich schon vor langer Zeit überwunden. Nennt mir lieber den Grund Eures gewagten Vorgehens.«

»Es sind mutige Worte, die ihr da von Euch gebt, *Fürst* der Ghule.« Zervana legte einen winzigen Hauch Spott in die Anrede ihres Gegenübers. »Mutig, wenn man bedenkt, dass Ihr und die wenigen Eurer Art von zwanzigtausend Fackeln und Geißeln umringt seid.«

Hanafehl schwieg und Zervana trat auf ihn zu. Ihr Blick fiel auf die wulstigen Lippen des Ghuls, zwischen denen die Spitzen langer Reißzähne hervorragten. »Doch ich schätze Mut, Hanafehl, ja, das tue ich tatsächlich. Ob Freund oder Feind, beide steigen in meiner Gunst, wenn sich selbst im Augenblick des Todes Mut und Tapferkeit durch ihr Handeln offenbaren.«

»Dann wird niemand die Gunst, die ihr mir schon bald erweisen werdet, übertreffen können.«

Zervana musste schmunzeln, besonders als sie bemerkte, wie sich Yoraks Finger fester um den Griff seiner Peitsche schlossen – selbst das Knacken seiner Knöchel konnte sie hören. Wie alle männlichen Erinyen trug auch er keine Fackel, lediglich eine Geißel. Im Gegensatz zu den meisten Erinyen-Peitschen besaß seine jedoch einen langen, aus dunklem Holz gefertigten Griff, aus dessen hinteren Ende eine blitzende, spitze Klinge hervorragte. Geheimnisvolle Intarsien zierten das Holz, und noch immer war es Zervana nicht gelungen, die Bedeutung der Symbole zu entschlüsseln. Doch das war eine Herausforderung, der sie sich ein andermal stellen würde.

»Wie Ihr wisst«, begann Zervana, »ist Arbor samt seiner schwächlichen Bewohner gefallen, Eren-Danan ebenso.«

»Diese Neuigkeiten sind mir nicht entgangen. Immerhin habe ich Euch einige meiner Ghule zur Unterstützung überlassen.«

»Ja, das habt Ihr«, bestätigte Zervana. »Und dies war ein guter Anfang für unsere Zusammenarbeit.«

»Ein guter Anfang?« Hanafehl musterte sie misstrauisch und neigte den wuchtigen Kopf ein wenig zur Seite. »Sagt mir, Zervana, sind nicht viele der Elfen und Menschen nach Norden geflohen?«

»Feiglinge«, zischte Zervana. Wut drohte erneut in ihr aufzulodern, doch rasch kämpfte sie sie nieder und setzte wieder ein kühles Lächeln auf. »Doch Ihr habt richtig gehört«, pflichtete sie Hanafehl bei. »Bis auf wenige Sklaven, die unseren Zwecken noch dienlich sind, haben wir die Südlande leergefegt. Lediglich das Volk der Ghule und wir, die Erinyen, sind übrig geblieben, und«, sie lächelte und hob einen Finger, »ein Volk von Kleinwuchsigen.«

Hanafehl antwortete nicht, stattdessen betrachtete er Zervana mit lauerndem Blick.

»Der Süden ist fest in den Händen der Erinyen. Nicht so die Nordlande, die …«

»Barantor unterliegt noch immer *meiner* Herrschaft«, erinnerte der Ghul sie. »Und das wird auch so bleiben!«

Zervana spürte schon wieder Hitze in sich aufsteigen, ihre Fackel glomm auf. Doch sie ignorierte ihre Emotionen und nickte leicht. »So soll es sein. Dennoch«, sie baute sich direkt vor Hanafehl auf, »Euer Volk ist stets hungrig, und in den Südlanden werdet Ihr diesen Hunger kaum mehr stillen können.«

»Eine Tatsache, die Ihr geschaffen habt.«

»Und für die ich eine Lösung anzubieten habe.«

»Dann sprecht weiter.«

»Ich bereite eine Invasion in die Nordlande vor«, erklärte Zervana und wartete, um die Reaktion ihres Gegenübers genau zu beobachten. Eine von Hanafehls dünnen Augenbrauen wanderte etwas in die Höhe.

»Eren-Umdil und Grimbor sollen fallen. Ich möchte vermeiden, dass wir eines Tages von einer Armee aus dem Norden überrascht werden.«

»Noch nie waren die Nordlande eine Bedrohung«, erwiderte Hanafehl. Der große Ghul holte tief Luft, wobei sich seine Brustmuskulatur spannte und seine Schultern noch breiter wirkten. »Doch nun, da Ihr unachtsam gewesen seid und viele der Elfen Eren-Danans sowie Menschen habt entkommen lassen, ist diese Befürchtung durchaus berechtigt. Sie könnten bei ihrem verwandten Volk, den Nordelfen, Hilfe suchen. Das war dumm von Euch ...«

Mit einer äußerst raschen Bewegung war Yorak vorgetreten, und schon hatte er die Klinge am Ende seines Geißelgriffs an die Kehle des Ghuls gelegt.

»Ihr solltet Eure Worte sorgsamer wählen«, zischte Yorak ihm ins Ohr. Zu gerne hätte Zervana zugesehen, wie er den Ghul langsam tötete, nur um den beeindruckenden Erinya danach mit den Flammen ihrer Leidenschaft zu versengen und zu unterwerfen.

Hanafehls Begleiter, die ein Stück hinter ihm standen, waren ebenfalls nach vorn geschnellt, doch waren sie viel zu langsam. Yoraks Klinge hätte die Kehle ihres Anführers längst durchtrennen können.

»Eure Leibwachen zeichnen sich nicht gerade durch Wachsamkeit und Schnelligkeit aus«, sagte Yorak. Seine Stimme klang nun wie knisterndes Feuer, und sein ausgezehrtes Gesicht mit den hohen Wangenknochen war angespannt, dann jedoch breitete sich ein Grinsen darauf aus. »Aber vielleicht immer noch besser, als ganz alleine den Erinyen gegenüberzutreten, nicht wahr?«

Hanafehls Begleiter duckten sich, als wollten sie Yorak attackieren, doch der Fürst der Ghule hob die Hand und die beiden verharrten still. Yorak ignorierte er dabei ebenso wie die scharfe Klinge, die seine Haut ritzte, und den Blutstropfen, der seinen Hals hinabfloss. Stattdessen blickte er Zervana unverwandt an. »Ihr wisst, dass ich recht habe. Wären alle Elfen und Menschen tot, hätte die Kunde vom Untergang Arbors und Eren-Danans die Nordlande niemals erreicht. Also, Zervana von Myrador, was wollt Ihr von mir?«

Zervana bedeutete Yorak mit einem Wink, sich zurückzuziehen, was der Erinya tat – wenn auch nur widerwillig. Dann stieg sie erhobenen Hauptes zurück auf den Thron. Dort ließ sie sich nieder und legte die Fackel auf eine der breiten Armlehnen, wo sie kaum wahrnehmbar vor sich hin pulsierte. Zervana kostete es einige Atemzüge lang aus, auf Hanafehl herabzublicken, ehe sie sprach. »Myrador ist die Heimat der Erinyen. In den Bergen, die unser Land umgeben, fauchen die Feuer, mit denen wir uns verbinden und aus denen wir unsere Fackeln herstellen. Die Südlande sind unser, und wir wollen sie nicht verlassen. Doch die Bedrohung aus dem Norden dürfen wir nicht ignorieren.«

Herablassend betrachtete sie den Ghul, musterte seine Regungen, doch Hanafehl zeigte keine. Jeder Mensch und die meisten der Elfen wären nun in Panik geraten, wären wimmernd über den Boden gekrochen, wie es auch die meisten Ghule taten – doch Hanafehl zuckte nicht einmal. Dieser Ghul war anders. Er war gefährlich, und Zervana würde sich in Acht nehmen müssen.

»Stellt Euer Heer an meine Seite. Gemeinsam unterwerfen wir die Nordlande«, schloss sie.

»Nennt mir den Lohn für unsere Mühen.«

»Nun, ganz einfach«, sagte Zervana lächelnd. »Sind die Nordlande erst einmal unterworfen, gehören sie Euch.« Sie dachte kurz nach, wobei sie einen Finger an den Mund legte. »Ihr erhaltet sozusagen – neue Weidegründe für Euer Volk, und was uns angeht, wir, die Erinyen, behalten die Südlande.«

»Und die Bedrohung aus dem Norden ist für Euer Volk gebannt«, fügte Hanafehl hinzu.

»So ist es.« Zervana beugte sich ein wenig vor. »Also, was sagt Ihr?«

Hanafehl schwieg. Zervana versuchte, irgendetwas an seinem Gesicht abzulesen. Tatsächlich glaubte sie einen Augenblick lang, unersättliche Gier aufblitzen zu sehen, doch wenn dem so war, verbarg es der Ghul rasch wieder.

»Eine solche Entscheidung kann nicht leichtfertig getroffen werden«, sagte er schließlich. »Ich muss darüber nachdenken.«

Zervana lehnte sich zurück, sorgsam darum bemüht, keine Gefühlsregung durch ihre Mimik auszudrücken. »Gut, denkt darüber nach. Aber wartet nicht zu lange, denn sonst ziehen wir ohne Euch los und behalten die Nordlande für uns – mitsamt der Beute.«

»Wieder eine Drohung, Zervana, Usurpatorin der Südlande.« Zervana glaubte, einen Hauch Spott herauszuhören; ein flüchtiges, kaltes Lächeln huschte über das Gesicht des Ghuls. »Aber gut, ihr sollt Eure Entscheidung zur Mitte der dritten Nacht haben. Ihr sollt wissen, ob wir an Eurer Seite kämpfen werden, und, wohl gemerkt«, Hanafehl richtete sich zu seiner vollen Größe auf, »ich meine, an Eurer *Seite*, nicht in vorderster Linie.«

Ein interessanter Gegenspieler, dachte Zervana.

»So soll es sein«, entgegnete sie laut.

Hanafehl nickte knapp. »Heflym, Görm!«, rief er darauf seinen beiden Begleitern zu. »An meine Seite.«

Sofort traten die Ghule vor, stellten sich links und rechts ihres Herrn auf, der den Blick noch immer auf Zervana gerichtet hatte. Urplötzlich und mit einer unglaublichen Schnelligkeit streckte Hanafehl seine Arme aus, und die gewaltigen Hände schlossen sich um die Hälse seiner Wachen. Zervana sah, wie sich die Muskeln und dicken Sehnen des Ghuls anspannten, unzählige Adern traten hervor, dann folgte ein knackendes Geräusch. Die Köpfe der bedauernswerten Ghule sackten zur Seite, und erst als Hanafehl seinen eisernen Griff löste, fielen die erschlafften Körper zu Boden. Er blickte nach links, und seine Augen verengten sich, als er Yorak anschaute. »Manchmal ist es besser, alleine zu reisen. Sie waren ohnehin zu langsam.«

Damit wandte er sich um, nicht ohne zu Zervanas Überraschung eine leichte Verbeugung in ihre Richtung anzudeuten, und verließ den Thronsaal. Eine Erinya schloss die große Flügeltür hinter ihm.

»Beseitigt die Kadaver«, rief Yorak, und sofort eilten zwei Dienerinnen herbei, um die toten Ghule wegzuschleifen.

»Ich hätte ihn töten sollen«, flüsterte Yorak, und seine Stimme klang so kalt, dass es Zervana einen wohligen Schauder über den Rücken trieb.

»Glaub mir, dieser Wunsch brennt auch in mir. Doch noch ist seine Zeit nicht gekommen.«

Yorak musterte sie fragend.

»Die Ghule sind gierig. Sie lechzen nach totem Fleisch. Die Südlande taugen kaum mehr als Jagdgründe, und uns anzugreifen wagen sie nicht.«

»Das würden sie auch mit dem Leben bezahlen!«

»Ja, in der Tat. Also werden sie sich auf unseren Handel einlassen und mit uns nach Norden ziehen. Hanafehl hat das längst entschieden. Er will nur Bedenkzeit, um seinen Status zu unterstreichen. Unser Volk wird durch die Ghule Deckung erhalten, und die Bedrohung aus den Nordlanden ist gebannt.«

»Hanafehl könnte zu einer neuen Bedrohung werden«, warf Yorak ein.

Zervana erhob sich und stieg anmutig die Stufen des Throns herab. Sie glitt auf Yorak zu und je näher sie kam, desto heftiger schlug ihr Herz. »Ich begrüße deine Fähigkeit mitzudenken, und tatsächlich, deine Befürchtung ist berechtigt. Dennoch, jetzt brauchen wir die Ghule, denn eine Allianz mit Elfen oder Menschen ist wohl kaum möglich, ebenso wenig wie mit diesen Halben oder den Nomadenvölkern, die durch den fernen Süden streunen.« Zervana hob die Hand und ihr Finger fuhr langsam über die markanten Wangenknochen von Yoraks Gesicht. »Ich denke nicht daran, den Ghulen die Nordlande zu überlassen. Ist unser Siegeszug erst einmal vorüber, darfst du Hanafehl töten.« Nun konnte Zervana nicht mehr anders, sie drückte sich dicht an Yoraks Körper. »Aber ich möchte dabei zusehen, und noch während er in seinen letzten Atemzügen liegt, sollst du in den Flammen meiner Leidenschaft aufgehen.«

Yorak atmete heftig, Zervana konnte spüren, wie sich seine Männlichkeit regte. Dann wandte sie sich rasch ab und winkte einer Dienerin zu. »Lass Moydana in mein Gemach bringen.«

Zervana würdigte Yorak keines weiteren Blickes mehr und eilte davon. Sie durfte ihrem Begehren noch nicht nachgeben, dies wäre ein tödlicher Fehler. Geduld war eine Tugend wie sie die wenigsten Erinyen besaßen, sie hingegen schon. Ein entscheidender Vorteil, den Levtha, die ehemalige Herrscherin, nicht besessen hatte.

8. DURCH DIE SCHROFFEN BERGE

Jorim träumte von Wiesen und Wäldern. Er war in Westendtal, roch frisch geschnittenes Gras und den Duft von wildem Flieder. Er saß auf einem von der Sonne erwärmten Baumstumpf und rauchte seine Pfeife. Gerade dachte er, wie schön, das Leben hier doch sei, da packte ihn jemand an der Schulter ...

»Zeit aufzustehen!«

»Enna?« Jorim stützte sich auf die Ellbogen und blinzelte. Es war noch nicht richtig hell geworden. Nur langsam erhoben sich die Sonnenstrahlen über die Bergspitzen im Osten, und die nächtliche Kühle hatten sie noch nicht vertreiben können. Er war nicht mehr in Westendtal – Jorim seufzte. Seine Schwester kniete neben ihm und wedelte mit einem noch duftenden Stück Brot vor seiner Nase herum. »Hast du denn keinen Hunger?«

»Und ob ich den habe.« Jorim rieb sich übers Gesicht und fuhr sich dann mit den Fingern durch die langen braunen Locken.

Enna zupfte ihm einige Blätter und kleine Zweige aus dem Haar und deutete dann nach links auf ein Deckenknäuel. »Elvor liegt immer noch in tiefstem Schlummer, obwohl ich seinen Magen bis hierher knurren höre.«

Jorim war froh, dass Enna ihn vor Elvor geweckt hatte, denn sonst hätte er sich wohl einige spöttische Bemerkungen anhören müssen. Toram, Tipplin und Jul waren bereits wach, und Letzterer strich irgendeine grüne Paste auf dicke Brotscheiben, die fast ebenso schnell in Torams und Tipplins Rachen verschwanden, wie Jul sie zubereitete.

Nespur hingegen stand am Ende des Lagerplatzes und spähte den Pass hinauf, den sie heute, zwei Tage nach ihrem Aufbruch, emporsteigen würden. Rasch erhob sich Jorim und packte seine Sachen zusammen. Währenddessen wandte sich Nespur um und ließ seinen kritischen Blick über den Lagerplatz schweifen. Als er den Deckenberg sah, verzog er das Gesicht, stapfte direkt auf Elvor zu und klatschte laut in die Hände. »Aufstehen, junger Sternenfaust!«, rief er.

Nichts geschah.

Nespur stemmte beide Hände in die Hüften und stieß den jungen Halbling mit dem Fuß an. »Wir haben das Frühstück bereits beendet.«

Nun kam langsam Bewegung in Elvor, und kurz darauf tauchte der verstrubbelte schwarze Schopf des Halblings auf. Als er bemerkte, dass alle anderen wach waren, warf er flugs die Decke beiseite und sprang auf die Beine.

»Nur keine Angst«, rief er und rieb sich verlegen den Nacken. »Alles in Ordnung. Ich war nachts wach und hab die Umgebung erkundet.«

»Hast du das?«, fragte Nespur und schmunzelte. »Das wäre doch nicht nötig gewesen. Dein Schnarchen hat jedes Wesen, das Ohren hat, vertrieben.«

Jorim, Enna und die anderen lachten, was ihnen einen zerknirschten Blick von Elvor einbrachte.

»Lasst uns essen, dann brechen wir auf.« Nespur wandte sich ab, schnappte sich drei der dicken Brotscheiben und ließ sich etwas abseits auf einem Fels nahe dem Flussufer nieder.

Jul ging zu Elvor hinüber, klopfte ihm kräftig auf die Schulter und reichte ihm eines seiner Brote. Elvor blickte zu ihm auf, ein wenig verdutzt über diese freundschaftliche Geste.

»Hier«, sagte Jul, »mit extra dicker Kräuterpaste und geriebenem Käse.«

Elvor sah ihm nach, als er wieder zu den anderen stapfte, und begann dann schweigend zu essen.

Es dauerte eine Weile, bis der morgendliche Hunger der sieben gestillt war. Natürlich wurden sie von den Broten nicht satt, es musste auch noch ein großes Stück Schinken herhalten, erst dann waren die Gefährten bereit für den Aufbruch.

Schritt für Schritt erklommen sie nun den Pass, der zunächst parallel zum Erenin verlief, dann aber direkt in die Berge führte. Nespur wandte sich plötzlich nach rechts, verließ damit den Pass und hielt auf einen Einschnitt im Fels zu, der so schmal war, dass selbst die Halblinge nur hintereinander hineingehen konnten.

»Bist du sicher, dass es hier weitergeht?«, fragte Enna zögerlich und schob den Ast eines Gebüsches beiseite.

»Den einfachen Weg am Fluss kann jeder gehen«, entgegnete Nespur. »Und vermutlich wird auch das Heer der Erinyen dort entlangziehen. Folgt mir einfach, und ihr werdet bald sehen, was ich vorhabe.« Er nickte Toram und Tipplin zu. »Das gilt besonders für euch beide.«

Toram und Tipplin sahen sich nur an und zuckten mit den Schultern. »Bin schon gespannt, was Fährtenauge uns zeigen will«, meinte Tipplin und folgte ihm.

Die Schlucht stieg extrem steil an. Zu beiden Seiten der Wanderer ragten schroffe Felswände empor, an denen hier und da Wasser herabrann. Noch immer lag die morgendliche Kühle in der Luft, doch bald schon war Jorim dafür dankbar, denn der Aufstieg war beschwerlich und trieb ihm den Schweiß auf die Stirn. Auch die Gesichter der anderen glänzten feucht. Keiner sprach mehr ein Wort, jeder achtete sorgsam darauf, wo er hintrat. Immer wieder lagen große Findlinge herum, die vor tausend Sommern oder auch erst gestern von oben herabgestürzt sein mochten. Meist mussten sie über diese hinwegklettern oder sich an ihnen vorbeizwängen. Irgendwann zog dann eine Wolke über die tiefe Klamm hinweg, und es wurde so dämmrig, dass Jorim glaubte, die Nacht würde einbrechen. Ein schauriges Heulen hallte plötzlich durch die Schlucht, was dazu führte, dass die Halblinge wie erstarrt stehen blieben – alle bis auf Nespur.

»Was war das?«, rief Elvor. Jorim glaubte ein Zittern in seiner Stimme zu hören.

»Ich weiß es nicht«, entgegnete Enna leise und ihre Hand wanderte zu dem kleinen Dolch an ihrem Gürtel. Auch Toram, Tipplin und Jul hatten den Kopf in den Nacken gelegt und blickten furchtsam nach oben.

Nespur, der offenbar das Zögern der Gruppe bemerkt hatte, hielt an und wandte sich um. Sein eines Auge musterte die sechs Halblinge streng, dann schüttelte er den Kopf.

»Ihr seid wahrlich ein merkwürdiger Haufen. Mehr als die Schroffen Berge von eurer Veranda aus habt ihr wohl noch nie zu Gesicht bekommen. Darf ich vorstellen?«, er breitete die Arme aus. »Die Wolfsklamm.«

»Wolfsklamm?«, wiederholte Jul und knetete eines seiner Kräutersäckchen mit der rechten Hand. »Ich möchte jetzt nicht wissen, woher die Schlucht ihren Namen hat.«

»Das erklärt sich ja wohl von selbst«, sagte Tipplin. »Der Wind, der hier heult, hört sich an wie ein Rudel Wölfe.«

Sechs Augenpaare richteten sich fragend auf Nespur. »Gut erkannt«, bestätigte dieser, was zu einem erleichterten Aufseufzen führte. »Und jetzt weiter!«

»Selbst wenn es Wölfe gewesen wären«, meinte Elvor großspurig, »so hätten sie mich nicht daran gehindert, den Pass hinaufzusteigen!«

»Wie gut, dass du bei uns bist«, erwiderte Toram und konnte seinen ironischen Tonfall nicht verbergen.

So zogen sie weiter, immer höher hinauf in die Schroffen Berge, die die Vergessenen Täler und auch Westendtal umgaben. Kurz nachdem sie zum Höchststand der Sonne gerastet hatten, wurde der Einschnitt endlich breiter und die Felswände zu beiden Seiten niedriger. Der Pfad führte sie schließlich auf eine schmale Hochebene, die sich nach Südosten erstreckte. Die Vegetation hier war sehr karg, ein heftiger Wind strich durch hartes Gras, und vereinzelt hallten die Rufe empörter Bergdohlen durch die vielen Schluchten und Täler, die sich zu beiden Seiten der Wanderer auftaten. Nespur führte die Gruppe noch ein Stück weiter und hielt dann vor einer Felsplatte, auf der Steine zu einem etwa zwei Halblinge hohen Turm aufgeschichtet waren. »Dieser Turm markiert eine alte Wegkreuzung«, klärte Nespur sie auf. »Einst, in alten Tagen, als das Halblingsvolk noch Handel mit den Menschen trieb ...«

»Handel mit den Menschen?«, unterbrach Elvor ihn erstaunt. »Das muss aber vor sehr langer Zeit gewesen sein!«

»Nein, vor sehr, sehr, sehr langer Zeit«, erwiderte Nespur. »Jedenfalls wurde dieser Turm schon damals errichtet. Auf meinen Wanderungen hab ich immer wieder Steine aufgeschichtet, um ihn zu erhalten. Später werden Jorim, Enna, Jul, Elvor und ich diesem Weg folgen«, er wies mit dem Finger rechts am Turm vorbei in Richtung Süd-Osten, »und damit die Grenze Westendtals überqueren.«

Die Grenze Westendtals überqueren, hallten die Worte in Jorims Kopf nach. Dies hatte etwas Endgültiges an sich. Dennoch empfand

Jorim es nicht als erschreckend, sondern sah darin eine Herausforderung, einen Aufbruch zu neuen Ländern und Abenteuern. Er spürte ein aufregendes Kribbeln im Bauch.

»Jetzt allerdings gehen wir nach links«, verkündete Nespur, wobei er mahnend einen Finger hob. »Merkt euch diese Stelle also gut, besonders ihr: Tipplin und Toram.«

Die beiden nickten ernst, und schon marschierte Nespur los, dieses Mal jedoch zündete er sich vorher eine Pfeife an. Zur Überraschung aller summte der sonderbare Halbling noch ein Liedchen vor sich hin. Dass er dabei keinen der Töne traf, schien ihn nicht zu stören – seine Kameraden hingegen schon.

»Kannst du vielleicht aufhören zu singen«, beschwerte sich Elvor irgendwann. »Da fällt einem ja die Fußbehaarung aus.«

Nespur drehte sich um, und seine Augenbraue hob sich fast bis zum Haaransatz in die Höhe. »Nein, ich singe gerne mal, wenn ich marschiere.«

»Heb dir das doch einfach für die Erinyen auf. Damit kannst du sie sicher in die Flucht schlagen«, Elvor grinste breit, »und alle anderen Wesen, die Ohren haben, gleich mit.«

»Hier, steck dir das doch einfach in die Ohren.« Nespur kramte etwas von seinem Pfeifentabak hervor und hielt es Elvor hin. Dieser beäugte das Kraut, nahm es dann aber entgegen. Sofort eilte Tipplin an seine Seite und zerrte nun ebenfalls eine Pfeife unter seinem Umhang hervor. »Lass uns die hier stopfen. Der alte Fährtenauge muss ja nicht der Einzige sein, der schmaucht.«

Elvor ließ sich nicht zweimal bitten und stopfte den Tabak geschwind in den Pfeifenkopf. Als Tipplin jedoch einen sonderbaren Gegenstand hervorkramte, der einem Behältnis mit einem drehbar gelagerten Feuerstein ähnelte und mit dem er den Tabak entzünden wollte, zog Elvor die Pfeife zurück. »Das mache ich. Du hast deinen Namen nicht umsonst erhalten, Tipplin Zündfuß.«

Tipplin widersprach nicht, dafür färbte sich sein Gesicht so rot wie Torams Haare. Geschickt brachte Elvor schließlich das Pfeifchen zum Qualmen und nahm einen tiefen Zug.

»Du sollst auch was davon haben«, sagte er dann zu Enna. »Es sei jener Halbling ehrenwert, der der Dame die Freud zuerst beschert«, zitierte er großspurig einen altbekannten Spruch und reichte die Pfeife an Enna weiter. Die verdrehte zwar die Augen, griff dann aber doch zu und zog beherzt am Pfeifenstil. Es gelang ihr sogar, einen Ring aus Rauch zu formen, der jedoch sofort vom Wind in alle Richtungen verteilt wurde.

»Wie wär's mit einer nackten Frau«, flüsterte Jorim ihr ins Ohr. Enna stieß ihn in die Seite und nahm dann einen weiteren Zug, bevor sie die Pfeife demonstrativ Jul übergab.

Derweil waren sie Nespur auf einem kaum erkennbaren Pfad weiter in nördliche Richtung gefolgt. Der Weg endete jedoch rasch, und sie fanden sich auf einem weiteren Hochplateau wieder, welches, wie sie schnell bemerkten, einen fantastischen Ausblick auf das Tal des Erenin bot, das Haupttal der Vergessenen Täler. Während der Fluss im Norden durch zerklüftete Schluchten stürzte, strömte er hier, tief unterhalb des Plateaus, beinahe schon träge durch ein breites grünes Tal. Die Ufer des Wasserlaufes waren von weiten Wiesen gesäumt.

»Ein hervorragender Ort, um ein ganzes Heer hindurchzuführen und rasten zu lassen, meint ihr nicht auch?« Nespur hatte ein Bein auf einen Fels gestellt, stützte sich mit beiden Unterarmen auf sein Knie und blickte in das Tal hinab.

»Und hier oben ist ein ebenso hervorragender Platz, um einem solchen Heer ein paar Steinchen auf den Kopf zu werfen!« Tipplin hüpfte bis an den Abgrund, nahm einen kleinen Stein und warf ihn in die Tiefe.

Nespur nickte. »Aus diesem Grund habe ich dich und Toram hierhergeführt.«

»Ich bin dabei!«, rief Toram erfreut, doch dann verfinsterte sich seine Miene. »Wir dürfen die Erinyen jedoch nicht unterschätzen«, Toram wandte sich dem Fährtenleser zu, und der Wind zerzauste seine roten Haare, sodass es aussah, als würde sein Kopf in Flammen stehen. »Nespur, wir beide haben diese Wesen gesehen. Sie sind grausam, schnell und tödlich. Wir dürfen sie wirklich nicht unterschätzen.«

»Gut erkannt, Toram Otterschreck«, stimmte Nespur zu. »Sie werden sich nicht leicht aufhalten lassen.«

»Doch gegen eine Geröllawine werden auch ihre Fackeln und Peitschen nichts ausrichten können«, meinte Elvor.

»Das nicht, aber sie werden doch bestimmt Späher vorschicken«, mutmaßte Jorim.

»Und haben sie euren Hinterhalt erst einmal entdeckt«, beendete Enna die Überlegung ihres Bruders, »so ist er ganz schnell zu nichts mehr nütze.«

»Vielleicht sind sie einfach zu arrogant und selbstsicher, um Späher zu entsenden«, überlegte Elvor.

»Nun, wir sollten nicht davon ausgehen, dass sie wie *du* sind, Sternenfaust«, entgegnete Jorim.

»Ja, sonst wären sie wahrlich unbezwingbar.« Elvor streckte sich und reckte selbstbewusst seine Brust vor, woraufhin die anderen nur die Köpfe schüttelten.

»Jorim hat recht«, sagte Nespur, »der Hinterhalt sollte getarnt werden.«

»Aber natürlich!«, rief Elvor und klopfte Tipplin auf die Schulter. »Das wird dann wohl dein Part sein. Du bist doch das findige Kerlchen.«

Ein Grinsen überzog Tipplins Gesicht, offenbar war dies für ihn ein Kompliment.

»Aber fackle dir dabei nicht wieder die Füße ab«, sagte Elvor lachend.

Tipplins Grinsen verschwand und wich einem Stirnrunzeln.

»Mach dir da mal keine Sorgen, Sternenfaust«, rief Toram und legte Tipplin eine Hand auf die Schulter. »Wir bekommen das schon hin. Wenn du erst mal weit weg bist und uns deine Großmannssucht erspart bleibt, wird das eine leichte Aufgabe für uns werden.«

Elvor wollte gerade zu einem heftigen Protest ansetzen, doch kam nicht weiter, als den Mund zu öffnen.

»Genau das wollte ich hören!«, sagte Nespur begeistert. »Seht euch die Gegend genau an. Dann geht zurück, holt Hilfe, baut den Hinterhalt und errichtet Barrikaden, so schnell ihr könnt. Und übrigens«, Nespur hob den Finger, »die Sache mit dem berauschenden Trunk meinte ich ernst. Es muss ja nicht unbedingt Rimbors Schnaps sein. In den Lagerräumen Westendtals gibt es noch so manch ungenießbaren Fusel, der nur dazu taugt, das Dach des Rauchorakels zu polieren oder Bösewichtern den Kittel zu entzünden. Der verdorbene Kartoffelschnaps, von dem noch unzählige Fässer in Nordbruch lagern, müsste mal unters Volk gebracht werden.« Ein Lachen breitete sich auf Nespurs Gesicht aus, während er in seinen Umhang griff, eine kleine, bauchige Flasche hervorholte und sie in die Luft hielt. »Für die Wandernden habe ich allerdings einen kleinen Vorrat meines Selbstgebrannten abgezweigt.« Seine Augenklappe wanderte auf und ab, als er lachte, doch die Unbekümmertheit war nur von kurzer Dauer. »So, und nun lasst die anderen von uns aufbrechen, denn ein weiter Weg liegt vor uns.«

Die fünf Reisenden verabschiedeten sich von Toram und Tipplin, und sie alle wünschten sich gegenseitig Glück und gutes Gelingen.

Der Weg über das Hochplateau, den die verbliebenen fünf Gefährten nun beschritten, war steinig. Nur spärliches Gras wuchs hier oben. Ein steter Wind blies ihnen um die Ohren und machte eine Unterhaltung unmöglich. Immer wieder sah Jorim hinab und war überrascht wegen der unzähligen Schluchten und Täler, die wie von Riesenäxten gehauene Kerben im Gestein der Berge wirkten.

Die folgende Nacht verbrachten sie auf den vom Sturm umtosten Höhen im Schutz eines großen Felsblocks. Die Sterne blitzten und funkelten am nächtlichen Firmament, so als gäbe es kein Morgen und als wollten sie in einem letzten Aufbegehren all ihre Leuchtkraft in einer einzigen Nacht verschleudern. Erschöpft von den Strapazen des Tages schliefen die Halblinge jedoch so fest, dass sie von diesem Schauspiel nichts mitbekamen.

So klar und hell die Nacht gewesen war, so trübe und neblig war der nächste Morgen. Wolken waren aufgezogen und bildeten eine dichte, für das Licht undurchdringliche Decke.

Müde hatten sich die Halblinge aus ihren Decken gekämpft und nach einem kurzen Frühstück unverzüglich auf den Weg weiter durch die Schroffen Berge gemacht. Nespur drängte sie zur Eile. Das Laufen erwies sich als äußerst schwierig, der Fels war rutschig und eine Orientierung kaum mehr möglich. Leichter Nieselregen fiel vom Himmel, und schon nach kurzer Zeit klebten ihre Haare nass am Kopf.

»Man sieht nicht mal eine Armeslänge weit.« Enna streckte ihre Hand aus, die fast schon im Nebel verschwand.

»Da ziehe ich dann doch den Wind vor«, bemerkte Elvor, »auch wenn er mir gestern beinahe meine Haarpracht vom Kopf gerissen hätte.« Er strich sich über seine schwarzen Locken, als wolle er prüfen, ob sie noch an Ort und Stelle wären.

»Wartet!« Nespurs Stimme drang gedämpft durch den Nebel. Er hob die Hand und blieb abrupt stehen. Jul, der mit gesenktem Kopf, aber ohne sich zu beklagen, hinter ihm gelaufen war, prallte gegen seinen Rücken.

»Sei wachsam, Jul, und renn nicht einfach einen alten Halbling über den Haufen.«

Jul nickte schweigend, Nespur indes kramte ein Seil hervor. »Hier, schlingt euch das um die Hüften. Damit wir uns nicht verlieren.«

Schweigend wickelte sich jeder den langen Strick um den Leib und reichte ihn an den Nächsten weiter, bis sie alle miteinander verbunden waren. Dann konnten sie den Marsch fortsetzen.

Tatsächlich fühlte sich Jorim so ein wenig sicherer. Er und Enna gingen hinter Jul, Elvor bildete das Schlusslicht. Wie Nespur den Weg fand, war Jorim ein Rätsel. Ab und an blieb Fährtenauge stehen, betastete den Boden, erhob sich wieder und stapfte zielstrebig weiter. Hier und da konnte Jorim einen der kleinen, aus Steinen aufgeschichteten Türme erkennen, und er vermutete, dass es Wegmarkierungen waren.

»Es ist Mittag«, rief Enna irgendwann.

»Woher willst du das wissen?«, fragte Elvor.

»Weil Jorims Magen knurrt.«

»Nicht nur seiner.« Elvor rieb sich über den Bauch und blickte nach vorne. »Nespur, meinst du nicht, es wäre Zeit für ein Päuschen?«

»Bald«, kam die Antwort gedämpft durch den Nebel zurück.

»Ich will aber jetzt Rast machen«, beharrte Elvor trotzig.

»Bald!«

»Nein jetzt!«

»Wir gehen weiter.«

»Fragen wir doch die anderen«, schlug Elvor vor.

»Ich frage niemanden!«

»Aber ich! Also, werte Enna, Jorim, Jul, was meint ihr?«

»Ich gebe es ja nicht gerne zu, Nespur«, sagte Jorim zerknirscht, »aber ich bin mit Elvor ausnahmsweise einer Meinung.«

Nespur blieb stehen und drehte sich so abrupt um, dass Jul erschrak und einen Schritt zurückstolperte, seine blonden Haare klebten ihm wirr im Gesicht.

Der Fährtenleser funkelte die anderen an und hob einen Finger. »Hört ihr das?«

»Was meinst du?«, wollte Enna wissen.

»Lauscht in den Nebel.« Nespur legte den Kopf schräg. »Was hört ihr?«

Alle horchten gebannt, und schließlich war es Enna, die antwortete. »Es klingt, als würde jemand atmen.«

»Das ist doch sicher nur der Wind«, meinte Elvor, trat aber ein wenig beunruhigt von einem Bein aufs andere.

Jorim schüttelte den Kopf. »Der Wind ist schon lange verstummt.«

»Genauso wie das klagende Rufen der Bergdohlen«, ergänzte Jul.

»Nein, Elvor – das ist nicht der Wind«, flüsterte Nespur. »Wir haben den höchsten Punkt der Schroffen Berge erreicht. Wäre es nicht nebelig, könntet ihr erkennen, dass dieses Plateau alle anderen überragt. Hier lebt der große Geist des Gebirges.« Nespur machte einen Schritt auf die anderen zu, und seine Stimme wurde noch eindringlicher. »Man sagt, tagsüber wird er zum Berg, wird zu dem grauen Gestein selbst, schläft und träumt. Nachts allerdings erwacht er und stapft als grauer Riese über die Gipfel der Berge. Auf welches Wesen er dann auch treffen mag: Er verwandelt es zu Stein und nimmt es mit in sein ewiges, felsiges Reich. Es ist sein Atem, den ihr da hört.«

Nicht nur Jorim, sondern auch die anderen sahen sich verängstigt um, wenn sie in dem dunstigen Grau auch nicht viel erkennen konnten.

»Wie kommt es, dass ich davon noch nie gehört habe?«, fragte Jorim zaghaft.

»Weil du kein vielgereister Wanderer bist, der die Geheimnisse dieser Welt erforscht hat«, erwiderte Nespur und deutete dann mit dem Finger auf Elvor. »Also: *Bald* rasten wir.«

Elvor grinste schief, doch dieses Mal widersprach er nicht. Die fünf liefen weiter, und Jorim glaubte, den angeblichen Atem des Geistes der Berge immer lauter zu vernehmen – ja, er übertönte bald sogar das

Knurren seines Magens. So nahm er seinen Hunger in Kauf, ebenso wie die anderen, denen man deutlich anmerkte, wie unwohl sie sich fühlten. Die Härchen auf Jorims Armen hatten sich aufgestellt, und jedes Mal, wenn er ein Felsgebilde sah, glaubte er, darin eine unglückselige Kreatur zu erkennen, die den felsigen Atem des Berggeistes zu spüren bekommen hatte.

Der Mittag ging in den Nachmittag über und der Nachmittag in den Abend. Endlich veränderte sich die Landschaft. Zwar wurde die Sicht nicht besser – im Gegenteil, durch den schwindenden Tag wurde das dunstige Grau noch dunkler –, doch führte ihr Weg sie nun spürbar bergab. Ein großer Schrecken durchfuhr die Halblinge, als sich aus der wabernden Düsternis die erste, verkrüppelte Tanne herausschälte. Der Baum, der sich auf einem Findling festkrallte, sah aus wie ein groteskes Wesen, das auf dem Felsblock stand und unbedachten Reisenden auflauerte.

»Dieser Baum markiert die Grenze des Hochplateaus«, erklärte Nespur. »Gleich können wir rasten«.

Tatsächlich marschierte Fährtenauge nur noch ein wenig talwärts, dann ließ er die Halblinge endlich im Schutz eines Nadelgehölzes anhalten.

Einer nach dem anderen lösten sie das Seil und ließen sich auf den weichen Boden plumpsen.

»Ich hab einen Riesenhunger«, klagte Jorim. »Ich könnte eine ganze Wagenladung von Rimbors Eintopf verschlingen.«

»Und ich eine weitere«, pflichtete ihm Enna bei.

»Aber nur, wenn ich euch die nicht vor eurer Nase wegesse.« Elvor, der ebenfalls auf den weichen, mit Nadeln übersäten Boden gesunken war, zog einen platt gedrückten Pilz unter seinem Hintern hervor.

»Schade«, meinte er, als er die stark lädierte Waldfrucht hochhob und begutachtete.

»Ein Bergglattling«, stellte Jul fest und seufzte. »Der schmeckt hervorragend, selbst wenn man ihn in rohem Zustand verspeist.«

»Jetzt ist er ungenießbar«, schimpfte Enna und begann, ihren Proviant auszupacken.

Kurz darauf war nur noch ein leises Schmatzen zu hören, während alle zufrieden kauten.

»Warum wolltest du unbedingt mitkommen?«, wollte Enna plötzlich von Jul wissen.

Jul hielt inne und musterte Enna überrascht. Dann zuckte er die Schultern. »Ich wollte schon immer ein wenig mehr von der Welt sehen als nur Westendtal.«

»Was ist an Westendtal so schlecht?«, fragte Nespur.

»Nichts, gar nichts.« Jul runzelte die Stirn und strich sich einige seiner blonden Haare, die vom Nebel feucht geworden waren, aus der Stirn. »Westendtal ist meine Heimat, es ist die Heimat von uns allen. Aber ich wollte einfach einmal etwas Besonderes tun, etwas, das von Bedeutung ist.«

»Dazu bekommst du nun sicher die Gelegenheit«, meinte Jorim und biss genüsslich in ein dickes Stück Brot. Dann deutete er hinaus in den Nebel. »Da draußen wartet eine ganze Welt auf uns, Jul. Zumindest sofern der Nebel sie nicht verschluckt hat.«

Jul blickte in die undurchdringliche Suppe, die ihnen das Wetter zubereitet hatte, und nickte andächtig. Dann wandte er sich wieder Jorim und Enna zu. »Warum seid *ihr* beide mitgegangen?«

Jorim musste beinahe lachen, als er Jul betrachtete. Dessen Wangen hatten sich leicht gerötet, die spitze Nase zuckte nervös, und überhaupt erweckte er den Anschein eines begossenen Eichhörnchens mit zu dick geratenem Bauch.

»Bronn Sternenfaust zu suchen, war immerhin *mein* Einfall«, erklärte Jorim. »Da ist es doch selbstverständlich, dass ich freiwillig an der Reise teilnehme. Ich kann doch nicht etwas vorschlagen und dann andere in die Gefahr ziehen lassen.«

»Und ich wollte Jorim natürlich begleiten«, sagte Enna und strich sich eine ihrer dicken Locken zurück. »Ohne mich stellt er doch nur Unsinn an und bringt sich um Kopf und Kragen.«

»Na hör mal!«, empörte sich Jorim.

»Mein lieber Bruder, denk doch nur an damals, als wir Großvater Borkenfeuers Ziege suchen sollten.«

Urplötzlich fühlte Jorim, wie seine Wangen zu glühen begannen, und winkte ab. »Alte Geschichten«, brummte er.

»Was war denn mit der Ziege?«, drängte Elvor, und auch die anderen blickten gespannt Enna an. Eine gute Geschichte ließ sich kein Halbling entgehen.

Also lehnte sich Enna zurück und begann mit einem Grinsen im Gesicht zu erzählen. »Unsere Eltern baten uns, die Ziege unseres Großvaters zu suchen. Durch ganz Hügelwald haben wir sie verfolgt, denn das gierige Tier hatte sich durch sämtliche Gemüsegärten gefressen und eine Spur der Verwüstung hinterlassen. In der Hügelwald-Taverne haben wir sie schließlich gefunden, wo sie sich an Äpfeln, Rüben und sogar an einem Fass Pfeifenkraut gütlich tat.«

»Nicht ungewöhnlich für eine Ziege«, warf Nespur ein.

»Nein, das nicht«, stimmte Enna zu. »Doch was glaubt ihr, was mein lieber Bruder tun wollte?«

»Enna!«, stöhnte Jorim.

»Er meinte, wenn wir die restlichen Äpfel und Rüben essen würden, fiele das sicher nicht auf, und wir könnten die Ziege dafür verantwortlich machen.«

»Nicht ungewöhnlich für einen Halbling«, unterbrach Nespur noch einmal, doch Enna hob die Hand.

»Wartet, das ist noch nicht alles! Jorim war damals erst zwölf Sommer alt und ausgesprochen empört darüber, noch keine eigene Pfeife zu besitzen. Also kam er auf die Idee, doch einfach das gesamte Fass mit dem Pfeifenkraut als Pfeife zu benutzen, bohrte ein Loch hinein, nahm einen Röhrenknochen als Stiel und steckte kurzerhand das Kraut in Brand.«

Alle brachen bereits in Gelächter aus, aber zu Jorims Leidwesen war Enna noch immer nicht fertig.

»Nach wenigen Augenblicken quoll Rauch aus dem Strohdach. Kurz darauf öffnete sich die Tür, und der Tavernenwirt kam wutentbrannt hereingestürmt. Die panische Ziege ergriff die Flucht und geriet ihm zwischen die Beine, woraufhin er in einem Korb mit Birnen landete. Natürlich nutzten Jorim und ich die Gelegenheit und wollten verschwinden, aber der Wirt erwischte Jorim am Bein und verpasste ihm eine gehörige Abreibung. Jorims Beteuerungen, die Ziege sei an allem schuld, sie hätte gärendes Obst gegessen und ein brennender Furz aus ihrem Hintern hätte das Pfeifenkraut entzündet, schenkte er keine Beachtung.«

Die Halblinge grölten und schlugen sich auf die Schenkel, lediglich Jorim verzog das Gesicht.

»Ich war damals zwölf, wie du bereits erwähnt hast.«

»Ja, schon, aber wenn ich an die Sache mit Ewor Bierbrauers Dunkelbier denke ...«

»Jetzt ist's aber genug«, unterbrach Jorim sie trotz der begeisterten Rufe der anderen. »Auch wenn ich mir den ein oder anderen Blödsinn erlaubt habe, musst du nicht gleich alles ausplaudern. Zudem ist die Reise, die wir angetreten haben, ein sehr gefährliches Unterfangen. Da sollten wir uns nicht über Jugendsünden lustig machen.«

Erleichtert bemerkte Jorim, dass die Mienen der anderen wieder ernst wurden – endlich hatte er sie auf das eigentliche Thema zurückgebracht.

»Ich sag ja schon nichts mehr«, beruhigte ihn Enna und seufzte. »Ich habe einfach das Gefühl«, sagte sie dann an Jul gewandt, »bei der Suche eher etwas Sinnvolles beitragen zu können, als wenn ich in Westendtal geblieben wäre.«

»Warum sollte das so sein?«, meldete sich Elvor zu Wort.

»Warum sollte das *nicht* so sein?«, erwiderte Jul.

»Eben, warum nicht«, meinte Enna und nickte Jul dankbar zu.

Elvor schien kurz zu überlegen, ging aber nicht auf Juls Frage ein. »Nun, ich bin immerhin der Nachfahre des tapferen Sternenfaust«, sagte er schließlich. »Da ist es ja wohl klar, wieso ich mit von der Partie bin.«

Elvor zog die dichten Augenbrauen zusammen, was ihm einen trotzigen Ausdruck verlieh, und biss energisch in ein Stück Schinken. Jorim konnte sehen, wie Nespur sein Auge zusammenkniff und Elvor eingehend musterte, sich jedoch einen Kommentar ersparte. Und auch er betrachtete Elvor.

»Starre mich ruhig an, Jorim«, brummte Elvor, »ich werde dir keine weiteren Erklärungen liefern.«

»Ich habe auch nicht danach gefragt.«

»Dann ist ja gut.«

Jorim warf Enna einen fragenden Blick zu, doch die hob kaum merklich die Schultern. Keiner von ihnen wusste, weshalb Elvor so empfindlich reagierte.

So breitete sich Stille aus; keiner sprach mehr ein Wort, sondern konzentrierte sich auf sein Essen. Und genau das war ihr Glück, denn kurz darauf hörten sie Schritte – leise, sich nähernde Schritte.

9. EIN LEUCHTEN IM DUNKELN

Etwas schabte über Stein. Es war ein merkwürdiges Geräusch und ließ Jorim einen Schauder über den Rücken laufen. Das wirklich Beunruhigende war jedoch, dass der Verursacher näher zu kommen schien. Schließlich sahen die fünf Halblinge ein schwaches Glimmen im Nebel, der durch die Dunkelheit zusehends verschlungen wurde.

»Was ist das?« Jul senkte langsam die Hand, in der er ein großes Stück Käse hielt, und beugte sich nach vorn. Seine Augen wurden immer größer, so als wolle er damit den Nebel durchbohren.

»Irgendjemand ist da draußen«, flüsterte Enna und rutschte näher an den Baumstamm neben ihr.

»Seid leise«, ermahnte sie Nespur, »setzt euch zu Enna an den Baum und verhaltet euch still!«

Sie zögerten nicht und rutschten alle hinüber zu Enna.

Jorim wischte sich über das Gesicht und bemühte sich derweil, irgendetwas zu erkennen. Das Leuchten kam näher. In der zunehmenden Dunkelheit bot es seinen Augen den einzigen Anhaltspunkt. Es war wie ein stetes Pulsieren, so als würde es atmen und damit seinen Lebensodem erhalten. Dann löste sich eine riesige, schlanke Gestalt mit einem langen Umhang aus dem Nebel – und Jorim gefror das Blut in den Adern. Obwohl er noch nie ein solches Wesen gesehen hatte, wusste er gleich, um was es sich handelte.

»Eine Erinya«, hauchte er.

Eine Erinya – und sie kam näher. Jorim presste sich an den Stamm, ein Aststummel stach ihn schmerzhaft ins Kreuz, doch er ignorierte ihn ebenso wie die Wassertropfen, die ihm von den feuchten Ästen auf die Stirn fielen und dann zu seiner Nasenspitze wanderten.

Jorim sah lange Beine, die in Lederstiefeln steckten, und einen zerfetzten Umhang, der beinahe den Felsboden berührte. Er konnte sogar einige Stellen fahler Haut erkennen. Eine knochige Hand schloss sich um den Griff einer Peitsche, deren einzelne Geißeln über den Boden schleiften. Die andere Hand hielt die lodernde Fackel.

Jorim war dankbar für die ausladenden, tief hängenden Äste der Fichte, unter der sie saßen. Zwar konnte er deshalb das Gesicht der Erinya nicht erkennen – was er im Übrigen auch gar nicht wollte –, aber auch ihr würde so der Blick auf die fünf Halblinge verwehrt bleiben.

Die Schritte der Erinya wurden langsamer, dann blieb sie, inzwischen nah bei der Fichte, stehen und hob die Fackel. Die Flammen loderten auf, knisterten, als würden sie sich durch trockenes, totes Holz fressen. Jorim war es ein Rätsel, wie die Feuer der Erinyen-Fackeln genährt wurden, denn sie schienen nicht niederzubrennen.

Ein heller Lichtschein breitete sich nun über ihnen aus und tauchte das Grün der Nadelbäume in einen rötlichen Schimmer.

»Bleibt getrost verborgen im Schutz der Bäume«, säuselte plötzlich eine Stimme. Sie klang verlockend, aber auch kühl. »Ich kann eure Angst riechen, kann fühlen, wie die Furcht euch lähmt und eure Eingeweide sich krümmen, als litten sie grausige Schmerzen.«

Alle Halblingsaugen richteten sich langsam auf Nespur. Fährtenauge hatte einen Dolch gezogen, der Zeigefinger seiner freien Hand lag auf seinen Lippen.

»So seid nun bereit für den Tod und erblickt mein Antlitz!«

Zu seinem Entsetzen sah Jorim, wie die Gestalt ganz langsam in die Hocke ging.

Ihm schoss ein Gedanke durch den Kopf. Rasch langte er unter Nespurs Umhang, und ehe es sich der Fährtenleser versah, hatte Jorim die bauchige Flasche in der Hand. Er nahm einen kräftigen Schluck davon und nickte Nespur zu.

Schon griff die Erinyen-Hand nach einem der Äste.

Während ihre Gefährten sich näher an den Stamm drückten, krabbelten Nespur und Jorim auf die Erinya zu. Enna wollte die beiden aufhalten, doch da war es schon zu spät: Mit einem Knarzen bog sich der Ast nach oben. Ein Gesicht umrahmt von endlos langen schwarzen Haaren und mit im Schein der Fackel glühenden Augen starrte ihnen entgegen.

»Dein Antlitz ist hässlich!«, brüllte Nespur, sprang nach vorne und rammte der Erinya seinen Dolch mit aller Kraft in den Fuß. Im selben Moment spuckte Jorim einen Schwall von Nespurs Hochprozentigem zielgenau in die Fackel. Zischend loderten die Flammen auf, verbrannten einen Teil des Lederumhangs und der schwarzen Haare der Erinya und enthüllten dabei jedes Detail ihres erschreckenden Gesichts, das nun zu einer Fratze aus Hass und Zorn verzerrt war.

Ein gellender Schrei durchdrang die Nacht, die Gestalt sprang zurück, jedoch nicht, ohne gleichzeitig ihre Peitsche vorschnellen zu lassen. Geschwind rollte sich Nespur zur Seite und entging den gefährlichen Geißeln um Haaresbreite. »Lauft!«, schrie der Fährtenleser und zog Jorim mit sich.

Schon stoben die Halblinge davon, Enna packte Jul am Arm und zerrte ihn auf die Füße.

Nespur rannte geradewegs in die Dunkelheit und folgte einem Pfad, der nur für kundige Augen als solcher zu erkennen war. Jorim bemerkte lediglich, dass es abwärts ging. Hinter sich vernahm er das wütende Aufheulen der Erinya. Zumindest würde ihr die Verfolgung mit dem verletzten Fuß schwerfallen.

Nespur eilte weiter, wobei er beinahe gegen einen Findling gerannt wäre, stürmte aber daran vorbei. Kurz darauf erreichten sie einen weiteren der Felstürmchen. »Wartet«, flüsterte Nespur. Die Gruppe hielt an und lauschte in den Nebel. Es war still, kein Geräusch war zu hören, nichts zu sehen.

Jorim betrachtete den Turm aus Stein, dann kam ihm ein Einfall. Schnell entledigte er sich seines Umhangs, schlang ihn um die aufeinandergeschichteten Steine und schnitt sich mit seinem Dolch eilig ein paar Haare ab.

»Was tust du da?«, fragte Enna.

»Das hässliche Ding hinters Licht führen.«

»Komm weiter, Jorim. Die Sache eben war gefährlich genug!«, schalt ihn seine Schwester.

»Hab ich dir denn nicht imponiert?« Jorim legte den Kopf schräg und warf Enna ein Lächeln zu. Enna stemmte die Hände in die Hüften, als wollte sie etwas erwidern, doch da deutete Jul hinter sie.

»Das hässliche Ding kommt übrigens näher.«

Die Blicke der anderen folgten Juls ausgestrecktem Finger. Tatsächlich sahen sie weiter oben am Berghang einen glühenden Schein in der Dunkelheit – und er bewegte sich auf sie zu.

Jorim zog schnell die Kapuze seines Umhangs über den Turm und schob hastig einige Haare darunter, so als verhüllten sie ein Gesicht.

»Weiter!«, rief er, als er fertig war.

»Guter Einfall«, lobte ihn Nespur und stürmte los.

Nach wie vor ging es bergab. Sie folgten einer Biegung, dann einer weiteren und plötzlich hörten sie hinter sich einen lauten Peitschenknall. Steine fielen polternd zu Boden und ein zorniges Zischen erfüllte die Nacht – die Erinya war auf die Attrappe hereingefallen! Jorim konnte sich ein Grinsen nicht verkneifen.

Nespur führte sie weiter hangabwärts, und sie bemühten sich, möglichst geräuschlos zu sein, was ihnen dank ihrer großen, nackten Füße zumeist recht gut gelang. Bald schon erreichten sie einen Wald, und ein Duft von nassem Holz und Harz erfüllte die Luft. Von ihrer Verfolgerin war im Augenblick nichts mehr zu sehen, dennoch waren sie vorsichtig.

»Wo sind wir hier überhaupt?«, fragte Enna nach einer Weile.

»In einem Tal«, antwortete Nespur.

»Du meinst, in einem der unzähligen Täler, die es hier gibt«, korrigierte Elvor den Fährtenleser.

»Solange Nespur weiß, in welchem, stellt das kein Problem dar, nicht wahr?« Enna musterte Fährtenauge mit fragendem Blick. Der alte Halbling rieb sich das Kinn, dann strich er sich die dichten schwarzen Haare zurück.

»Ich fasse es nicht«, brummte Elvor. »Er hat sich verirrt.«

»Das habe ich nicht gesagt«, verteidigte sich Nespur. »Ich war hier nur noch nie.«

Elvor schnaubte verächtlich. »Das macht doch keinen Unterschied.«

»Doch, das tut es«, entgegnete Nespur. »Allerdings wäre es hilfreich, wenn uns morgen ein lichter Tag erwarten würde. Dann werde ich mich schon orientieren können ...«

»Ein lichter Tag, dass ich ...«

»Seht mal, da drüben!«, rief Jorim plötzlich.

»Verdammt, nicht schon wieder«, klagte Enna.

Unter den fernen Bäumen war ein Licht zu sehen.

»Wartet.« Nespur hob die Hand. »Das ist keine Erinyen-Fackel.«

Auch Jorim erkannte nun, dass es sich nicht um eine lodernde Fackel handeln konnte. Zum einen war dieses Licht deutlich heller, zum anderen hüpfte es im Zickzack durch die Nacht, als wüsste es nicht wohin.

»Was ist das?«, wollte Jul wissen.

»Sieht aus wie ein Irrlicht.« Nespur spähte angestrengt in den Wald.

»Das ist schlimmer als eine Erinya«, stellte Jul fest.

»Kann ich kaum glauben«, meinte Enna und sah fasziniert in die Richtung des Lichts.

Noch immer hüpfte es hin und her, verschwand hinter einem dicken Baumstamm und kam urplötzlich hinter einem anderen wieder zum Vorschein, und – es kam näher. Noch einige Male vollzog es dieses Manöver, dann plötzlich tanzte es über Ennas Kopf hinweg.

»Was seid ihr?« Eine glockenklare Stimme hallte durch den Wald. Die fünf Gefährten legten die Köpfe in den Nacken und starrten auf das sonderbare Geschöpf.

»Wir sind Halblinge«, erklärte Enna, und das leuchtende Licht offenbarte ihr verzücktes Lächeln und spiegelte sich in ihren grünen Augen.

»Halblinge? Welch verwirrende Bezeichnung für ein Volk, das in den Augen der Meinigen eher riesenhaft erscheint.«

Die leuchtende Kugel kam näher, und das Licht wurde für einen Moment lang heller, wechselte dann aber in ein gedämpftes, den Augen des Betrachters eher wohlgefälliges Weiß-Gelb. Endlich konnte Jorim eine winzige Gestalt mit silbrigen und sehr filigranen Flügeln erkennen. Ein fein geschnittenes Gesicht, das nicht nur alterslos anmutete, sondern auch verbarg, ob es weiblich oder männlich war, strahlte auf sie alle herab. Manchmal konnte Jorim sogar das schnell schlagende Herz des kleinen Wesens durch die helle Haut schimmern sehen.

»Sorgt euch nicht um euren Verfolger«, rief das Licht. Offenbar hatte es bemerkt, wie Jul und Elvor sich ständig umsahen. »Unzählige Brüder und Schwestern nenne ich mein Eigen. Sie alle kümmern sich nur zu gerne um Wanderer, die von unfreundlicher Gesinnung sind.«

»Erinyen sind nicht nur unfreundlich, sie sind gefährlich und tödlich!«, rief Nespur. »Was macht dich so sicher, dass wir uns nicht zu sorgen brauchen?«

»Seht mich an.« Das Wesen breitete seine kleinen Arme aus, während es an Ort und Stelle in der Luft flatterte. »Ich bin ein Irrlicht. Ich leuchte dem Suchenden den Weg, doch nicht immer ist es der Weg, den er sucht. So irrt der Wanderer umher, und meist bemerkt er nicht einmal, dass er schon lange verloren ist. Die Erinya hat den Weg der Verlorenen bereits beschritten, und wird jene, die sie zu töten gedachte, nicht mehr finden.«

»Aha«, entfuhr es Elvor nur, und er starrte weiterhin auf das Irrlicht.

»Ich sehe, ihr seid müde«, erklang die Stimme. »Wollt ihr also ruhen, so folgt mir einfach. Denn verborgen hinter Fels und Baum, befindet sich genügend Raum, wo des Rastlosen Rast unter tief hängendem Ast, in geheimer Stille kann geschehen – vom Aug' des Feindes ungesehen.«

»Ein Reim, wie schön!«, freute sich Jul, nur Elvor verzog geringschätzig das Gesicht.

»Ihr mögt doch Reime, nicht wahr?« Das Irrlicht begann zu vibrieren, als sei es von unbändiger Freude erfüllt.

»Natürlich!«, riefen Enna und Jul gleichzeitig.

»Aber nur, wenn sie ein anderer vorträgt und ich lauschen und mich in Sicherheit wiegen kann«, murmelte Nespur.

»So folgt mir, ich bring euch Ruh' und Rast.« Ohne ein weiteres Wort wandte sich das Licht ab und schwebte langsam durch die Nacht.

»Woher sollen wir wissen, dass es uns nicht hereinlegt und in die Irre führt?«, gab Elvor zu bedenken.

»Das wird es nicht«, entgegnete Enna.

»Und woher weißt du das?«

Enna zuckte mit den Schultern. »Ich habe einfach ein gutes Gefühl.«

»Gefühl«, Elvor schüttelte den Kopf, »das kann einen auch trügen. Aber was soll's, wir haben uns ohnehin verirrt.« Er warf einen finsteren Blick auf Nespur, woraufhin der Fährtenleser sein Auge zusammenkniff.

»Wohl dem, der im rechten Moment zu schweigen weiß«, sagte er bloß und wollte sich schon abwenden. Doch er drehte sich noch einmal Elvor zu und hob einen Finger. »Deine Stunde wird noch kommen, Sternenfaust. Dann kannst *du* dich beweisen.«

»Das werde ich.« Elvor zwinkerte Enna zu und streckte die Hand vor. »Nach dir, werte Enna.«

Jorims Schwester ignorierte seine Geste und stapfte hinter Nespur her. Jorim folgte ihr, und auch Elvor und Jul schlossen sich ihnen an.

Das Irrlicht führte sie tiefer hinein in den Wald, der zunehmend bizarre Formen annahm. Felsnadeln ragten aus dem weichen Waldboden empor und streckten sich beinahe ebenso weit in die Höhe wie die Bäume. Dazwischen lagen viele mit Moos überzogene Findlinge. Auf manch einem wuchsen gar Bäume, deren Wurzeln an knorrige, alte Hände erinnerten, die den ganzen Fels in ihrem eisernen Griff hielten.

Nach und nach verdichteten sich Fels und Wald zu einem undurchsichtigen Labyrinth.

»Wo, wenn nicht in einem Labyrinth, sollte ein Irrlicht zu Hause sein?«, flüsterte Jorim Enna ins Ohr. Die schmunzelte und nickte zustimmend. »In der Tat, ein passender Ort.«

Wenig später sahen sie einen hellen Schein im Wald, auf den das Irrlicht nun zuhielt. Es folgte einem schmalen Gang, der sie zwischen zwei hoch aufragenden Felsen hindurch und dann in eine Höhle führte, die sie kurz darauf auch schon wieder verließen. Dahinter kam eine große Lichtung zum Vorschein, die von Felswänden und Bäumen gleichermaßen umsäumt wurde. In der Mitte der Lichtung stand ein gewaltiger Baum, wie ihn Jorim noch nie gesehen hatte. Er überragte nicht nur alle anderen Bäume, sondern seine Krone war außerdem zu einem ausladenden Blätterbaldachin gewachsen, der die gesamte Lichtung überdeckte. Im borkigen Stamm des Baumes gab es unzählige Öffnungen, durch die zahlreiche Irrlichter ein und aus flogen. Erstaunt schauten die Halblinge nach oben. Es war, als blickte man in einen sternenübersäten Nachthimmel. So manch eines der Irrlichter schnellte nun herbei, tanzte über die Köpfe der Besucher hinweg und schien sich kurz mit dem Irrlicht, das die fünf hierhergeführt hatte, zu unterhalten. Zumindest glaubte Jorim, dass es sich bei dem Lichterspiel, das sie veranstalteten, um eine Unterhaltung handelte. Dann verschwanden sie jedoch wieder.

»Dies ist unsere Lichtung«, hallte die klare Stimme des kleinen Wesens durch die Nacht. »Ruht euch aus und sorgt euch nicht. Für den Rest dieser Nacht sollt ihr unbehelligt bleiben.« Ein Lächeln breitete sich plötzlich auf dem feinen, etwas spitz zulaufenden Gesicht aus. »Eine ungewöhnliche Wortwahl für ein Irrlicht, meint ihr nicht?«

Jorim musste schmunzeln, war sich aber nicht sicher, ob die anderen, von Enna mal abgesehen, diese Bemerkung verstanden hatten.

»Wie ist eigentlich dein Name?«, fragte er.

»Licht.«

»Dein Name ist Licht?«

»Nein, natürlich nicht«, erwiderte das Licht mit einem Lachen, das wie helle Glöckchen klang. »Namen, so wie die meisten Wesen sie haben, gebrauchen wir nicht. Wir alle«, eine kleine Hand wies auf die anderen Irrlichter, »erkennen einander an dem unterschiedlichen Leuchten. Ein jeder von uns ist einzigartig. So brauchen wir uns keine Namen zu geben.«

»Hm.« Jorim wurde nachdenklich. Er konnte eigentlich keine großen Unterschiede erkennen, aber für ein Irrlicht mochte dies vermutlich ganz anders sein.

»Nun lasst euch nieder und sammelt Kraft!«, rief das Irrlicht. Daraufhin verschwand es und wurde zu einem der vielen tanzenden Lichtpunkte an diesem geheimen Ort.

Schon bald übermannte eine bleierne Müdigkeit die fünf Gefährten, und so errichteten sie ihr Nachtlager im Eingang einer Höhle, die sie in einem Felsen vorfanden. Nach einem kurzen Abendessen kramte Enna einen weiteren Umhang hervor – gut, dass sie an einen Ersatz gedacht hatte! – und reichte ihn Jorim. »Hier, nimm den. Aber sei gewarnt, das ist der letzte, den ich habe!«

Dankbar nahm ihn Jorim entgegen, hüllte sich ein, und schon bald fielen er und seine Kameraden in tiefen Schlummer.

Es war das Licht des neuen Morgens, das sie weckte. Jorim blinzelte vorsichtig und spähte hinaus auf die Lichtung. Wieder tanzten Lichtpunkte umher, doch dieses Mal war es das Licht der Sonne, das in feinen Strahlen durch den Blätterbaldachin des Riesenbaumes fiel und den Boden sprenkelte. Von den Irrlichtern war nichts zu sehen. Jorim erhob sich, und nach und nach schälten sich auch die anderen Halblinge aus ihren Decken.

»Seht mal dort!«, rief Enna. Ihre Hand deutete auf den Riesenbaum in der Mitte der Lichtung. »Da fließt Wasser hinab.«

Tatsächlich glitzerte der Stamm feucht in den Sonnenstrahlen, und bei genauerem Hinsehen konnte man unzählige Rinnsale erkennen, die am Fuße des Baumes in einen kleinen Teich mündeten.

Jorim zögerte nicht, er lief über die Lichtung, wobei er sich nach allen Seiten umsah, dann ging er zu dem kleinen Teich und kostete das Wasser.

»Es schmeckt wunderbar! Süßlich und ein wenig harzig im Abgang, aber gut.« Emsig füllte er seine Wasservorräte auf, und seine Freunde taten es ihm gleich.

Natürlich gaben sie sich zunächst einem reichhaltigen Frühstück hin, ehe sie dem neuen Tag begegnen wollten.

»Ich frage mich, wo sie alle hin sind.« Jul sprach mit vollem Mund und schob sich sogleich noch ein weiteres Stück Brot hinein.

»Natürlich haben sie uns verlassen, und wir sitzen nun in diesem verflixten Labyrinth fest!«, beschwerte sich Elvor.

»Weshalb sollten wir das tun?«, erklang eine bekannte, glockenhelle Stimme in der Luft.

»Aber …« Elvor sah sich verwundert um.

»Wo bist du?«, fragte Enna und erhob sich.

»Vor deiner Nase«, kam es als Antwort.

»Weshalb können wir dich nicht sehen?« Auch Jorim stand nun auf und suchte das Irrlicht.

»Ich bin aus Sonnenlicht, und im Licht der Sonne schwebe ich gerade. Seht her!«

Jorim nahm eine Bewegung wahr, und endlich konnte er das Irrlicht erkennen. Es flog in den Schatten und wurde sogleich als heller Schimmer sichtbar. Hätte Jorim nicht bewusst danach gesucht, er hätte es wohl nie erkannt.

»Wenn ihr euer Gelage beendet habt, so kann ich euch den Weg weisen.«

»Unser Weg führt weiter durch die Vergessenen Täler«, erklärte Nespur. »Die Suravan-Berge sind unser Ziel.«

»Ein langer Weg«, gab das Irrlicht zu bedenken, »doch ich kann ihn ein wenig abkürzen, wenn ihr mir auf geheimen Pfaden durch das Felsenlabyrinth folgen wollt.«

»Nun gut, dann schreite … ähm … flattere voran«, entschied Nespur. »Wir folgen dir.«

»Das ehrt mich!«, rief das Licht fröhlich, und nachdem sie ihre Sachen zusammengepackt hatten, flog es langsam voraus. »Ich genieße eure Gesellschaft. Ihr seid so«, kurz schwebte das Irrlicht auf der Stelle, als überlege es, »so liebenswert – selbst der stets maulende –«

Alle Augen richteten sich auf Elvor, doch da sprach das Irrlicht schon weiter. »Ihr habt die größten Füße, die ich je zu Gesicht bekommen habe, und setzt sie doch mit so viel Sorgfalt auf den empfindlichen Boden des Waldes.«

Jorim lachte, als er sah, wie Jul stehen blieb, seinen pelzigen Fuß anhob und nach vorne streckte, um ihn zu betrachten.

»Gar nicht so einfach, bei dem dicken Bauch, nicht wahr?«, zog ihn Elvor auf.

»Achte lieber auf deine eigenen Füße, die Schlange dort ist sicher giftig«, rief Enna und deutete auf den Boden vor seinen Füßen. Elvor machte einen Satz in die Luft, doch bei der vermeintlichen Schlange handelte es sich nur um einen Ast.

»Seht nur«, rief Jorim, »er hüpft wie ein Irrlicht!«

Elvors buschige Augenbrauen zogen sich zusammen. Jorim befürchtete schon das Schlimmste, doch plötzlich entspannte sich Elvors Gesicht wieder.

»Hab Dank für deine Aufmerksamkeit, liebe Enna, und sei versichert: Wäre es eine Schlange gewesen, ich hätte sie für dich beseitigt.«

»Dessen bin ich mir ganz sicher«, erwiderte Enna unbeeindruckt.

»Glaubst du mir etwa nicht? Ich bin ein Sternenfaust, wie kannst du da an mir zweifeln?« Elvor blickte nun erneut ein wenig missmutig drein.

»Lass mich mal geschwind nachdenken, Elvor.« Jorim kratzte sich am Hinterkopf und blies die Wangen auf. Dann stieß er die Luft aus.

»Was?«, wollte Elvor wissen.

»Nein.« Jorim schüttelte den Kopf.

»Was, nein?«

»Nein, du hast noch keine glorreichen Taten vollbracht. Den Namen Sternenfaust musst du dir erst noch verdienen.«

Jorim erwartete schon eine scharfe Erwiderung, erlebte aber eine Überraschung. Elvor betrachtete ihn nur mit ernstem Blick, dann ließ er die Schultern hängen und starrte auf den Boden, während er weiterging.

Jorim sah Enna und Jul fragend an, doch auch die zuckten mit den Schultern, und so entstand eine unangenehme Stille.

»Schön, diese Ruhe«, brach Nespur schließlich das Schweigen. »Fast so, als sei ich alleine unterwegs.«

Sie folgten noch immer dem ungewöhnlichen Führer, dem sie sich in diesem Labyrinth anvertraut hatten: dem auf und ab hüpfenden Irrlicht. Dies entbehrte natürlich nicht einer gewissen Ironie, fand Jorim, dennoch genoss er die außergewöhnliche Wanderung.

Das Labyrinth wurde immer verworrener und unwegsamer. Die Felsen rückten näher zusammen, sodass sie nur hintereinander gehen konnten, und selbst dann mussten sie sich an einigen Stelle regelrecht hindurchzwängen. Felsen lagen auf dem Boden verstreut, oder es hatten sich Büsche in den Gängen breitgemacht. Auch Pilze wuchsen hier in rauen Mengen, und Jul hatte schon bald seine Taschen mit den Früchten des Waldes gefüllt. Manchmal überspannten sogar die Wurzeln mächtiger Bäume die Felsengänge.

Glücklicherweise gab es viel Schatten, wodurch das Irrlicht meist gut zu erkennen war. Hier und da flog es in einen verirrten Sonnenstrahl, was den Anschein erweckte, dass es sich darin auflöste.

Irgendwann hörten sie ein Rauschen und wenig später kreuzte ein plätschernder Bach ihren Weg. Das Gewässer hatte sich anscheinend seinen eigenen Lauf durch das Labyrinth gebahnt.

Noch eine ganze Weile lang folgten sie den verworrenen Pfaden, und als sich schon eine gewisse Unruhe in der Gruppe auszubreiten begann, lichtete sich das Labyrinth endlich. Die Felsen zogen sich zurück, ebenso wie die Bäume, und dann standen die Halblinge auf einer weitläufigen Lichtung, in deren Mitte sich ein See befand. Seerosen trieben gemächlich umher, Frösche quakten, und ein Bach speiste den See leise plätschernd. Jorim fragte sich, ob dies derselbe Bach war, den sie eben erst mitten in all dem Felsengewirr überquert hatten.

»Nun ist die Zeit unseres Abschieds gekommen«, erklang die helle Stimme des Irrlichts. »Schreitet hinüber zum anderen Ende der Lichtung und ihr werdet über weite Länder blicken.«

»Wir danken dir!«, rief Enna und trat auf das Irrlicht zu, wobei sie langsam ihre Hand ausstreckte. Das Irrlicht begann zu flackern, strahlte mit einem Mal viel heller und tauchte Ennas blondes Haar in goldenen Glanz. Es war ein außergewöhnlich schöner Anblick.

»Gib auf dich acht«, flüsterte Enna.

»Mögen Licht und Schatten euch begleiten«, erwiderte das Irrlicht, schwebte einen Moment lang in der Luft und verschwand dann so schnell wie eine Sternschnuppe am nächtlichen Firmament.

Kurz noch schauten die fünf ihm hinterher. Dann umrundeten sie den See und machten sich zum anderen Ende der Lichtung auf.

Das Irrlicht sollte recht behalten. Nur wenige Bäume säumten die Lichtung an dieser Stelle, und dahinter lag eine mit Wildblumen übersäte Wiese, die nicht nur steil bergab führte, sondern auch einen überwältigenden Ausblick bot.

Die Halblinge traten zwischen den Bäumen hervor und ließen den Blick über das Land schweifen.

»Erstaunlich«, flüsterte Nespur und deutete nach unten, wo ein riesiger, kristallklarer See zu Füßen der Berge lag. »Ich weiß nicht, wie das Irrlicht das gemacht hat, aber da unten liegt der Grenzsee.«

»Bildet der nicht einen Teil der Grenze zwischen Arbor und Eren-Danan?«, wunderte sich nun auch Jul. Nespur nickte.

»Dann sind wir weit gekommen, dafür, dass wir so wenig gelaufen sind«, stellte Elvor fest.

»Wir haben mindestens zwei Tage eingespart, ja«, pflichtete ihm Nespur bei.

Der Grenzsee schloss unmittelbar an die Ausläufer der Schroffen Berge an. Die Berge hatten sie nun also hinter sich gebracht. Doch noch immer stand die Sonne tief im Osten – die Zeit musste in der Welt der Irrlichter eine andere Bedeutung haben. Anders war ihr schnelles Vorankommen nicht zu erklären.

Träger Dunst lag über dem See, wallte wie von unsichtbaren Händen bewegt über das Wasser. Weit im Süden glaubte Jorim die Gipfel ferner Berge zu erkennen, und er fragte sich, ob dies die Suravan-Berge waren. Doch er mochte sich auch täuschen. Vielleicht waren es auch nur aufziehende, dunkle Wolken.

»Nun«, rief Nespur, »dann lasst uns aufbrechen und …« Er hielt inne, als sein Blick auf Jul fiel. Auch die anderen wandten sich nun dem jungen Halbling mit den schmalen Schultern und dem dicken Bauch zu. Jorim konnte nicht anders, er musste lachen, doch gleichzeitig lief ihm das Wasser im Mund zusammen. Da stand Jul Mühlenstein, und mehrere seiner Beutel hingen schwer gefüllt mit Pilzen an ihm herab, schleiften fast schon über den Boden. Seine Hose wurde von dem Gewicht bedrohlich nach unten gezogen, und so hielten seine Hände den Ledergürtel fest, um zu verhindern, dass er sich im wahrsten Sinne des Wortes eine Blöße gab.

»Nachdem wir Zeit gespart haben«, stammelte Jul, »dachte ich, dass wir endlich mal wieder was essen könnten.«

»Wir haben heute Morgen erst gefrühstückt, und außerdem«, Elvor deutete nach Osten, »sagt die Sonne, dass es noch immer Morgen ist.«

»Mein Bauch sagt da aber was anderes«, entgegnete Jul.

»Meiner auch«, stimmte ihm Enna zu.

Nespurs Augen glitten über die Pilze, dann wandte er sich nach Süden, und schließlich beäugte er wieder Juls prall gefüllte Beutel und rieb sich übers Kinn. »Also schön. Ein guter Einfall eigentlich. Ich denke, hier im Schutz der Bäume werden wir schon irgendeine Felsnische finden, wo wir ein feines Mahl zubereiten können.«

»Na dann«, Jorim klatschte in die Hände, »lasst uns köstlich speisen!«

Hatte Elvor sie eben erst noch an das Frühstück erinnert, so half er nun doch recht emsig beim Pilze schneiden und Kräuter zerstampfen. Es dauerte nicht lange und schon brodelte ein üppiger Pilzeintopf über dem Feuer, das sie am Rande des Felsenlabyrinths entzündet hatten, und ein verlockender Duft breitete sich aus.

Eigentlich hatte sie nur die nächste Anhöhe erklimmen wollen, um einen besseren Ausblick auf die Südlande zu erhalten. Doch nun erreichte ein sonderbarer, wenn auch nicht übel riechender Duft ihre feine Nase. Sie kletterte weiter hinauf, schlüpfte schließlich zwischen einigen Bäumen hindurch und blieb stehen, während sie ihre schlanke Hand auf die borkige Rinde einer Eiche legte. Dann schloss sie die Augen und ließ die Fingerspitzen über das Holz gleiten. Nein, die Bäume verströmten keinerlei Unbehagen, wirkten friedlich und entspannt. Sie öffnete die Augen wieder, schlang ihren Umhang um die Schultern und schlich leise über den weichen, federnden Waldboden, immer dem Geruch nach.

Als sie ein Schmatzen vernahm, hielt sie an und horchte angespannt, folgte dann leise dem Geräusch und ging schließlich hinter einem Fels in die Hocke. Langsam beugte sie sich nach vorn und lugte aus ihrer Deckung hervor. Was sie sah, überraschte sie. Eine Gruppe, offensichtlich waren es Reisende, verspeiste laut schmatzend einen Eintopf, der, wie sie am Geruch erkannte, aus Pilzen dieses Waldes und einer Vielzahl von Kräutern bestand. Es gab seltsame und gefährliche Vorkommnisse in den Südlanden. Dies zumindest hatten die Flüchtlinge – jene, die entkommen waren – berichtet. Die Trägerinnen von Fackel und Geißel sollen sich erhoben und die Länder von Menschen und Elfen überrannt haben. Grausam und unaufhaltsam sei das Volk der Erinyen, und sie, Alvendorah, jüngste Tochter aus dem Hause Enduriel, dem Herrscherhaus der Nordelfen, war gesandt worden, um herauszufinden, ob Gefahr für die Nordlande drohte. Umso mehr verwunderte sie nun die sorglose Rast dieser fünf kleinen Wesen. Sie beschloss, die Gruppe vor ihr noch ein wenig genauer zu beobachten, und während sie wartete, prüfte sie die Sehne ihres Bogens und den Sitz der langen, tödlichen Pfeilspitzen.

10. ZU NEUEN UFERN

Hanafehl hob den Kopf und musterte den Himmel. Ein leises, zufriedenes Grunzen entwich seiner Kehle, denn selbst das Wetter schien sich seinem Willen zu fügen. Dunkle Wolkenberge schoben sich beständig näher, wie eine Armee gewaltiger, finsterer Streiter, die zur Schlacht gegen die Sonne rüsteten. Auch Hanafehl hasste den gleißenden Feuerball. Seine Liebe galt der Nacht, er mochte die Dunkelheit, genoss es, wenn sie mit ihrem kühlen Hauch über sein Gesicht strich. Doch heute musste er sich dem schmerzenden Licht stellen, und sei es nur, um seine Macht und Überlegenheit zu demonstrieren. Aus diesem Grund hatte er den Tag und dieses karge Tal für seine Entscheidungsverkündung gewählt. Zudem hatte er hier, in dem von brüchigem Fels umrahmten Talkessel, seinen Vorgänger Ydrax vor den Augen aller Ghule besiegt. Ydrax war schwach gewesen, und Hanafehl hatte es genossen, mit der Schwäche seines Gegners zu spielen. Als er dann am Ende den Schädel seines Widersachers mit seinen gewaltigen Händen umfasst und an eben jenem Fels zerschmettert hatte, waren sein Triumph und Herrschaftsanspruch unumstößlich gewesen. Fast schon zärtlich glitten Hanafehls Finger nun über den Stein, der noch immer vom Blut des einstigen Herrschers dunkel verfärbt war.

Eine Weile noch beobachtete er, wie der Wind vereinzelte Sandkörner über den Boden fegte und dabei sein klagendes, heulendes Lied sang. Hanafehl wartete ab, bis er sich zu einem Sturm gesteigert hatte und einem wütenden Tier gleich das Tal mit seinem Heulen erfüllte.

Nun war der Zeitpunkt gekommen, seine Entscheidung kundzutun. Hanafehl wusste, auch wenn sein Volk nicht sichtbar war, es beobachtete ihn dennoch. Sie lauerten in den Höhlen, in Erdlöchern oder in den Ritzen zwischen dem Gestein. Barantor war ein zerklüftetes Land, und es bot dem Schatten viele Gelegenheiten zum Verweilen. Schatten und Dunkelheit, so wie Ghule es mochten.

Zweimal nur klatschte Hanafehl in die Hände, dann entstand Bewegung. Für den ungeübten Beobachter hätte es wohl ausgesehen, als würden düstere Schemen lebendig werden und sich schlangengleich erheben, doch Hanafehls zusammengekniffene Augen erkannten jeden Einzelnen seines Volkes. Nur widerwillig krochen sie ans Tageslicht, wenngleich dieses unter den nahenden schwarzen Wolkenmassen allmählich zu schwinden begann.

Schließlich erhob sich Hanafehl von seinem Felsen und richtete sich zu seiner vollen Größe auf.

»Ihr alle kennt inzwischen den Grund, weswegen ich zu Zervana von Myrador gereist bin«, rief er mit seiner volltönenden, tiefen Stimme. »Wir Ghule haben ihr bereits geholfen, die Elfen und Menschen der Südlande zu vernichten. Doch dies ist ihr nicht genug. Um einem Angriff aus den Nordlanden zuvorzukommen, plant sie eine Invasion in diese Lande – einen Kriegszug, bei dem wir sie erneut unterstützen sollen.« Ein leises Murren und Zischen erhob sich, doch Hanafehl redete unbeirrt weiter. »Wir helfen der Herrscherin der Erinyen, die Feinde im Norden zu zerschlagen, im Gegenzug erhalten wir die Nordlande! Die Erinyen bleiben in Myrador, wo die Berge ihre hässlichen Fackeln nähren und von wo aus sie die Südlande beherrschen wollen.«

»Wir können ihr nicht trauen«, erklang die kehlige Stimme eines alten, gebeugten Ghuls, dessen ausgedünntes bleiches Haar von seinem Kopf herabhing wie alte Spinnweben.

Hanafehls kalte, leicht bläuliche Augen verengten sich zu Schlitzen. »Noch nie in meinem Leben habe ich irgendjemandem außer mir selbst vertraut. Und das wird sich auch niemals ändern. Dennoch ist es mein Entschluss, dass wir mit den Erinyen in den Krieg gegen die Nordlande ziehen werden.«

Wieder brach Unruhe aus, wenngleich die meisten seines Volkes sich wohl mit dem Gedanken an Krieg anfreunden konnten, wie er an den sich gierig reckenden Köpfen erkannte. Trotzdem durfte er nicht das geringste Zaudern dulden, denn selbst die Saat des Zweifels eines einzigen Ghuls vermochte zu einem ganzen verfluchten Dornengestrüpp heranzuwuchern.

Hanafehls Hand packte einen Felsbrocken, hob ihn in die Luft, und so, wie er es mit Ydrax' Schädel vor nicht allzu langer Zeit gemacht hatte, schmetterte er den Stein mit aller Kraft auf den mit Blut besudelten Felsblock, wo er in unzählige Stücke zerbarst. Noch bevor der Widerhall in dem weitläufigen Talkessel verebbte, wurde die Menge totenstill. Nur der tosende Sturm riss und zerrte an den bleichen Wesen.

Hanafehls weiße Haare wirbelten um seinen Kopf und leuchteten ein letztes Mal in der Sonne, was einen faszinierenden Kontrast zu seiner ungewöhnlich dunklen Haut schuf. Dann schoben sich die Wolken endgültig vor die leuchtende Himmelskugel. Ehrfürchtig starrte sein Volk zu ihm auf, als er weitersprach.

»Ich bin nicht Ydrax, ich bin Hanafehl! Wie Zervana auch bin ich begierig darauf, neue Wege zu beschreiten und mein Volk zu neuer Größe zu führen!« Er breitete die gewaltigen Arme aus und spannte bewusst seine mächtige Schultermuskulatur an. »Seid ihr nicht alle hungrig? Wollt ihr euch nicht an dem Fleisch der Elfen und Menschen und aller Völker des Nordens laben? Wenn ja, dann folgt mir, denn euren Hunger stillen könnt ihr in den Südlanden auf Dauer nicht mehr.« Hanafehl senkte den Kopf und seine Stimme wurde leiser, aber auch bedrohlicher. »Und was die Erinyen angeht, lasst sie meine Sorge sein. Werdet ihr mir also folgen?«, rief er laut, und kaum hatte er die Frage gestellt, hallte ein Donnerknall durch das Tal. Hanafehl schmunzelte in sich hinein, mehr Theatralik hätte er sich nicht wünschen können. Es war eine gute Idee gewesen, das Unwetter abzuwarten.

Viele Augen blickten angsterfüllt zum Himmel, dann zu Hanafehl. Der Fürst der Ghule fragte sich, wie viele seines Volkes nun glauben mochten, er sei mit den Mächten der Natur im Bunde.

Tatsächlich gab es keinen Widerspruch mehr. »Wir folgen dir«, zischelte der alte Ghul.

»In den Krieg nach Norden«, gurrte ein anderer.

»Um unseren Hunger zu stillen!«, riefen die Ghule einstimmig.

»So ist es beschlossen.«

Hanafehl ließ den Blick zufrieden über die Versammelten schweifen, dann winkte er zwei Ghule herbei.

»Geht zu Zervana«, sagte er zu den beiden, bei denen es sich um kleine, unscheinbare Wesen handelte. »Erscheint nachts und teilt ihr mit, dass wir ihren Zug nach Norden unterstützen und auf weitere Anweisungen warten.«

Die Ghule deuteten eine Verbeugung an, dann schlichen sie davon. Währenddessen beobachtete Hanafehl die Naturgewalten am Himmel. Alles lief so, wie er es sich wünschte. Seine Kundschafter würden ein oder zwei Nächte zu spät eintreffen, was Zervanas Ärger schüren würde. Andererseits würde sie in den beiden Ghulen, die er ausgewählt hatte, zwei schwache Exemplare sehen, und dies wiederum würde sie in Sicherheit wiegen und ihrer Arroganz weitere Nahrung geben.

Hanafehl war zufrieden, und schließlich wandte er sich ab, um die angenehm feuchte Dunkelheit seiner Höhle aufzusuchen.

Zufrieden sank Jorim auf den weichen Waldboden und schaute hinauf zu den Baumkronen, die in der Morgenbrise leicht hin und her wogten und dabei ein Lichterspiel mit den Strahlen der Sonne veranstalteten.

»Es war ein wirklich köstliches Mahl, das du da zubereitet hast, Jul«, hörte er Enna sagen.

»Köstlich, und es will verdaut werden«, stimmte er zu und breitete die Arme seitlich aus.

»Aber nicht im Liegen, sondern während des Laufens.« Mit seiner rauen Stimme vertrieb Nespur Jorims Gedanken an ein Nickerchen. Doch natürlich wusste Jorim, dass sie sich beeilen mussten und Müßigkeit kein guter Ratgeber in diesen gefährlichen Tagen war.

»So sehe ich das auch«, gab Elvor zum Besten.

»Elender Schmeichler«, murrte Jorim, erhob sich aber rasch, denn er wollte schließlich nicht derjenige sein, der ihre Mission aufhielt.

So packten sie also geschwind ihre Sachen zusammen. Jorim bemerkte, wie sich Enna schnell eine Hand vor den Mund hielt, um einen Lachanfall zu unterdrücken. Er folgte ihrem Blick und sah Nespur, dessen eines Auge sich entsetzt geweitet hatte, während er Jul beobachtete, wie er ungeniert den Topf und sämtliche Teller ausleckte und sie dann unter seinem ausladenden Umhang verstaute.

Räuspernd wandte sich Nespur ab und wies dann mit einem Spazierstock, den er sich während der Rast gesucht hatte, über die Wiese. »Wir ziehen hangabwärts und umrunden den Grenzsee im Westen. Dies spart Zeit.«

Er wirbelte seinen Stock durch die Luft, nickte zufrieden und marschierte los, wobei er geradewegs auf den Steilhang zuhielt. Die anderen folgten ihm.

Sie hatten in etwa die Hälfte des Abhangs überquert, als Nespur abrupt stehen blieb. »Ein gewaltiges Unwetter, das dort unten tobt.« Er deutete nach Südwesten, wo schwarze Wolkenberge die Gipfel Barantors umfangen hielten.

»Die spitzen Berge von Barantor«, flüsterte Jul. »Manche nennen sie auch ›die Knochenfinger der Ghule‹.«

»Mein linkes Lid zuckt. Das bedeutet nichts Gutes.« Nespur schob einen Finger unter die Augenklappe und rieb sich das blinde Auge.

»Ach was«, erwiderte Elvor. »Das sind doch nur Wolken mit viel Wasser drin und ein paar Blitze.«

Nespur ging nicht weiter darauf ein, sondern bedeutete den anderen, weiterzugehen.

»Viel wichtiger wäre es zu wissen, was unter den Wolken vorgeht«, überlegte Jorim laut.

»Du meinst die Ghule?« Enna gesellte sich neben ihren Bruder.

»Ich frage mich, ob die Totenesser sich wirklich mit den Erinyen zusammentun.«

»Eine solche Allianz kann ich mir kaum vorstellen.« Elvor schüttelte den Kopf.

»Und ich will es mir überhaupt nicht vorstellen«, warf Jul ein.

»Eben«, sagte Enna. »Sie würden Westendtal überschwemmen wie ein Schwarm Heuschrecken ein einziges Blatt.«

»Ghule und Erinyen«, Elvors buschige Brauen zogen sich zusammen, »verschiedenartiger geht es doch kaum. Sie unterstützen einander bestimmt nicht.«

»Vielleicht sind die Erinyen ja mächtig genug, um die Ghule notfalls mit Gewalt in die Schlacht zu zwingen, wenn diese sich ihnen nicht freiwillig anschließen«, erwiderte Jorim.

»Solange ich denken kann«, sinnierte Enna, »sind die Erinyen niemals über ihre Grenzen hinausgewandert. Nie haben wir von ihresgleichen gehört.«

»Wie es scheint, haben sie eine neue Herrscherin«, erklärte Nespur. »Und sie sind erstarkt, haben eine riesige Armee. Gemeinsam mit den Ghulen sind sie fast unbesiegbar.«

»Ich frage mich, wie Bronn Sternenfaust sie aufhalten soll.« Juls Worte sorgten für betretenes Schweigen.

Elvor wollte wohl protestieren, doch ohne etwas zu sagen, schloss er wieder den Mund und starrte auf den Boden vor sich. Auch Jorim hatte sich schon des Öfteren gefragt, ob sein Vorschlag, Bronn Sternenfaust zu suchen, wirklich ein so guter Einfall gewesen war oder ob sie nicht einer vergeblichen Hoffnung, geboren aus einer Legende, hinterherliefen.

»Unsere Aufgabe ist beschlossen«, stellte Nespur klar und hob seinen pelzigen Fuß über einen dicken Maulwurfhügel hinweg. »Wir setzen einen Fuß vor den anderen und suchen Bronn.«

»Genau«, fügte Jorim nun wieder entschlossener hinzu, »manchmal findet man nicht, wonach man sucht, doch es mag einem ungleich Besseres widerfahren!«

Enna blickte ihn überrascht an, und Jorim hob verlegen die Schultern. »Na ja, ich meine, man weiß doch nie, was einem unterwegs so passiert.«

Enna erwiderte nichts, zog lediglich die Stirn kraus und erschien Jorim recht nachdenklich.

Nachdem Nespur sie angewiesen hatte weiterzuwandern, nahmen sie den Rest des Weges in Angriff, der sie endgültig aus den Bergen hinausführen würde.

Der letzte Abhang, auf den sie schließlich zusteuerten, war nur über einen schmalen steinigen Grat zu erreichen. Links und rechts taten sich Schluchten auf, die an einen gigantischen Schlund erinnerten. Ehrfürchtig schritten sie voran, versuchten, nicht einen Fehltritt zu tun.

Es war Elvor, der mit seinem pelzigen Fuß auf einige lose Steine trat. Prompt gab das Geröll nach, er strauchelte und fiel. Hektisch ruderte er noch mit den Armen, doch es war zu spät: Der Halbling rutschte mit einem Schrei des Entsetzens über die Kante hinweg, seine Hände suchten vergebens Halt – und er verschwand außer Sichtweite.

Jul, der unmittelbar hinter ihm gelaufen war, hechtete nach vorne, warf sich flach auf den Bauch und blickte hinab in den Abgrund. Auch die anderen kamen herbei. Sie warfen sich ebenfalls zu Boden und schoben sich rasch zur Kante vor, um zu sehen, wo Elvor abgeblieben war.

Dieser war auf einem dicken Felsbrocken unter ihnen gelandet, auf dem er – seinen großen Füßen sei Dank! – Halt gefunden hatte. Allerdings lag der große Stein recht lose auf einem Abhang und neigte sich bei jeder Bewegung des Halblings gefährlich in Richtung Abgrund.

»Schnell, holt mich hier raus!«, schrie Elvor. Seine Augen hatten sich ängstlich geweitet, und er streckte ihnen eine Hand entgegen. Mit der anderen klammerte er sich an die Felswand vor ihm.

»Du darfst dich nicht bewegen«, ermahnte ihn Nespur mit betont ruhiger Stimme.

»Bitte, ich will nicht sterben!« Elvor ruderte hektisch mit einem Arm, um sein Gleichgewicht zu halten, und blickte derart panisch zu ihnen herauf, dass Jorim sich fragte, wo plötzlich der selbstbewusste Nachkomme von Bronn Sternenfaust abgeblieben war. Derweil schob sich Jul Stück für Stück vor, streckte die Hände nach unten und versuchte näher an Elvor heranzukommen.

»Wir halten dich fest, Jul!«, rief Enna und warf sich auf Juls linkes Bein, während Jorim das rechte packte, um ihm Halt zu geben.

Elvor streckte sich, mühte sich ab, irgendwie die helfenden Hände zu ergreifen – doch erneut rutschte der Stein eine Handbreit weiter nach unten. Viel fehlte nicht mehr, und er würde in die Schlucht stürzen und Elvor unweigerlich mit sich reißen.

»Helft mir doch endlich!« Elvors Stimme wurde weinerlich. Er starrte entsetzt in den Abgrund.

»Schau gefälligst mich an und beweg dich nicht!«, brüllte Nespur. »Du machst alles nur noch schlimmer.«

»Ich will nicht sterben!«

»Mein Auge«, Nespur deutete mit seinem Finger darauf, »sieh es an!«

Elvor nickte mit aufgerissenem Mund, schluckte dann schwer und leckte sich über die Lippen. Jul robbte noch etwas weiter nach vorn, Jorim und Enna hielten ihn fest. Dennoch reichte es nicht, er kam nicht nahe genug an Elvor heran.

»Du musst springen«, rief Jorim nun Elvor zu.

Dieser schüttelte den Kopf. »Dann werde ich endgültig nach unten gerissen.«

»Es ist die einzige Möglichkeit.«

»Ich kann nicht!«

»Du musst aber!«

»Elvor«, ertönte Nespurs Stimme. »Du musst es tun. Du hast nur einen Sprung, und der wird dein Leben retten.«

»Spring, Elvor Sternenfaust!«, versuchte auch Enna ihn zu ermuntern.

Vielleicht war es der Name Sternenfaust, der Elvor zur Räson brachte, vielleicht waren es Ennas grüne Augen, in die er gerade schaute. Jedenfalls holte Elvor tief Luft, beugte die Knie und hüpfte dann mit aller Kraft in die Höhe.

Ein Ruck ging durch Jorim, er und Enna wurden vorwärts gezogen, als Elvor Juls Arme zu fassen bekam. Rasch sprang Nespur herbei, um die Geschwister festzuhalten, und schließlich gelang es ihnen gemeinsam, Elvor auf den rettenden Grat zu zerren. Der Fels, auf dem er eben noch gestanden hatte, wankte noch etwas. Dann knirschte es verdächtig, und der Gesteinsbrocken sauste unaufhaltsam in die Tiefe. Einige hektische Atemzüge später gab es einen gewaltigen Knall, als der Stein unten am fernen Talgrund zerschellte.

Vorsichtig rappelten sie sich auf und legten den Rest des Weges auf dem Grat zurück, bevor sie sich auf sicherem Grund eine kurze Verschnaufpause gönnten. Elvor ließ sich auf den Hosenboden plumpsen und vergrub das Gesicht in den zitternden Händen. Nicht nur Jorim, sondern auch die anderen musterten ihn kritisch und abwartend.

»Was hab ich nur getan?«, brach Jul das Schweigen und fuhr sich mit den Fingern durchs Haar. »Ich muss verrückt gewesen sein, so zur Kante zu hechten. Der Fels hätte nachgeben und wir alle abstürzen können!«

»Du hast Elvor das Leben gerettet«, entgegnete Enna bestimmt und warf Jul einen anerkennenden Blick zu.

»Sie hat recht, Jul«, pflichtete Jorim ihr bei. »Du hast richtig reagiert. Und es waren allein deine Hände, die Elvor ergriffen haben.«

Jul betrachtete seine Hände, dann hob er den Kopf und ein Lächeln überzog sein Gesicht. Er wurde aber wieder ernst, als er Elvor erblickte.

Dieser saß da wie ein Häufchen Elend. Das Gesicht verschwitzt und starr, musterte er seine Füße.

»Los jetzt, junger Sternenfaust.« Nespur klopfte Elvor aufmunternd auf die Schulter. »Wir haben es überstanden, und es ist Zeit aufzubrechen!«

Elvor erhob sich nur zögerlich und sprach kein Wort. Als sie weiterwanderten, wirkte er abwesend und vermied es ganz offenbar, den anderen in die Augen zu blicken.

Kurz nachdem die Sonne den Zenit überquert hatte, erreichten sie den Grenzsee, der sich ruhig und still vor ihnen ausbreitete. Hohes Schilf und unzählige Weidenbäume säumten das Ufer. Einige Wolken spiegelten sich im klaren Wasser und zogen gemächlich dahin, sodass es aussah, als würden fremdartige Schatten durch das Wasser gleiten.

Die Halblinge gingen noch ein ganzes Stück am See entlang, und es waren bald weniger Müdigkeit und Erschöpfung, die sie plagten, als viel mehr der Hunger. So rasteten sie und füllten ihre rumorenden Mägen mit Beeren, die Jul unterwegs gesammelt hatte, aßen den restlichen Käse und ein paar Scheiben Brot. Enna half Jul beim Fischen, und tatsächlich wurde ihr Bemühen um ein späteres Abendessen belohnt. Zwar biss sich nur ein einziger Fisch an Juls Haken fest, doch dieses Exemplar war groß genug, damit alle etwas abbekämen. Irgendwie gelang es Jul sogar, den dicken Fisch unter seinem Mantel verschwinden zu lassen.

»Elvor hat seit dem Vorfall kein Wort gesprochen«, flüsterte Enna Jorim zu, als sie sich neben ihn setzte. »Ich hätte nicht gedacht, ihn jemals so sprachlos zu erleben. Er hat doch sonst immer einen lästerlichen Kommentar auf den Lippen.«

»Und lenkt damit vielleicht von seinen wahren Gefühlen ab.« Jorim sah zu Elvor hinüber, der abwesend auf einem Stück Brot kaute. »Oder er hat sich nur den Kopf gestoßen«, fügte er hinzu.

»Glaube ich nicht«, entgegnete Enna, ohne Elvor aus den Augen zu lassen. »Ich spreche mit ihm.«

»Lass ihn, Enna, es ist ...«

Doch seine Schwester hatte sich bereits erhoben und ging zu Elvor hinüber, um sich neben ihm auf einem heruntergebrochenen Weidenast niederzulassen.

»Was willst du von mir?«, fragte Elvor, ohne aufzusehen.

»Mit dir reden.«

»Wohl eher, dich über mein erbärmliches Verhalten lustig machen.«

Enna zuckte mit den Schultern. »Du hast dich nicht erbärmlich verhalten, du hattest einfach Angst.«

»Als ob das einen Unterschied machen würde«, gab Elvor grimmig zurück und stocherte mit der großen Zehe im Gras herum.

»Es ist keine Schande, Angst zu haben.«

»Das sehe ich anders.«

»Weswegen?« Enna sah ihn fragend an.

»Angst ist ein Zeichen von Schwäche.«

»Wer sagt denn so was?«

Elvor hob die Schultern.

»Deine Schultern etwa?« Enna musste schmunzeln, und kurz zuckten auch Elvors Mundwinkel, dann wurde er wieder ernst.

»Ich bin ein Sternenfaust«, sagte er, als ob dies alles erklären würde.

»Und ich eine Borkenfeuer«, erwiderte Enna trocken, und endlich blickte Elvor sie an.

»Du verstehst es nicht, oder?«, fragte er und schnaubte abfällig. »Bronn Sternenfaust war ein Held, besungen in zahlreichen Liedern!«

»Und?« Enna strich sich trotzig einige Locken hinters Ohr, neigte den Kopf ein wenig und musterte Elvor. Sie ahnte schon, was nun kommen wurde.

»Und was bin ich?«, fuhr er fort. »Welche Heldentaten habe ich vollbracht? Ich stürze vom Grat und heule dann um mein Leben wie ein verängstigtes Kind.« Wieder senkte Elvor den Blick auf seine Füße.

»Ist es denn so wichtig, Heldentaten zu vollbringen?«

»Für mich schon.«

»Weshalb?«

Elvor seufzte tief und schüttelte schließlich den Kopf. »Weil ich ein Sternenfaust bin und der Name verpflichtet.«

Enna runzelte die Stirn. Das hatte sie geahnt: Der große Name seines Ahnen war gar kein Aushängeschild für Elvor – sondern eine bedrückende Last.

»Immer habe ich das Gefühl, im Schatten meines Großvaters zu stehen. Meinem Vater erging es schon so, und es grämte ihn so sehr, dass er daran gestorben ist.«

Enna erinnerte sich an Tondurim Sternenfaust. Es war noch nicht lange her, dass er in die Grünen Gefilde gezogen war. Tondurim war meist schweigsam gewesen und hatte verbittert gewirkt. Doch nie zuvor hatte sie sich gefragt, weshalb dies so gewesen war. Dass es an Bronn, seinem Vater, gelegen haben mochte, hätte sie nicht gedacht.

»Du musst dich von dieser selbst auferlegten Verpflichtung befreien! Kein Halbling erwartet Heldentaten von dir.«

»Einer schon«, widersprach Elvor sehr ernst. »Ich selbst.«

»Und genau da liegt das Problem. Du darfst dich nicht von deinen Erwartungen beherrschen lassen.« Enna rüttelte Elvor an der Schulter, und der zugegebenermaßen gut aussehende Halbling blickte ihr in die Augen. Er wirkte traurig.

»Denk darüber nach, Elvor.« Enna erhob sich. »Und sieh es doch einfach mal so: Manch einem wäre es gar nicht erst gelungen, sich auf diesem Felsen in Sicherheit zu bringen. Die meisten wären wohl daran vorbeigeschlittert und in den Abgrund gestürzt.«

Damit wandte sie sich ab, nicht ohne Elvor noch ein aufmunterndes Lächeln zuzuwerfen. Sie spürte, wie er ihr hinterhersah, und war sich sicher, er würde über diese Worte nachdenken.

Nach der Rast marschierten sie weiter nach Süden, noch immer entlang des Grenzsees. Am fernen Horizont zeichneten sich inzwischen dunkel die Umrisse von Bergen ab, und Nespur erklärte ihnen, dass es sich um die Suravan-Berge handelte.

Nachdem sie den Grenzsee schließlich hinter sich gelassen hatten, wanderten sie durch wogendes Gras, das sich über eine hügelige Gegend erstreckte. Hier und da veränderten kleine Wäldchen das Landschaftsbild. Dies war Arbor: einst das Land der Menschen. Doch nun war es zerstört und verlassen. Zum Entsetzen der Halblinge mussten sie immer wieder kleine Dörfer durchqueren, in denen noch grausig zugerichtete Leichen lagen. Ansonsten bekamen sie keinen zu Gesicht. Die einstigen Bewohner Arbors waren entweder tot, in die Nordlande geflohen oder von den Erinyen versklavt worden.

Es war ein wunderschöner Frühlingstag, dennoch machte sich angesichts der Zerstörung eine bedrückende Stimmung breit. Auch das Zwitschern der Vögel und das Summen der Insekten konnte die Halblinge nicht aufheitern.

Am Abend erreichten sie ein Wäldchen unweit eines verlassenen Dorfes, wo sie beschlossen, im Schutz des Waldrandes die Nacht zu verbringen. Jul bereitete den Fisch zu; er tat dies nicht über dem Feuer, sondern legte ihn in irgendeiner sauer riechenden Flüssigkeit ein und bestrich ihn dann noch mit zerstampften Kräutern. Jorim setzte sich auf den Boden und blickte durch die Bäume hindurch auf das Land. Als die Dunkelheit hereinbrach, stand ein abnehmender, aber noch fast voller Mond am Himmel und warf sein silbernes Licht über das leise im Wind wogende Gras. Die Hütten des verlassenen Weilers lagen still da, kein Licht drang aus den kleinen Fenstern, kein Hund bellte, kein Geräusch war zu hören. Es war gespenstisch. Der Wind säuselte beständig in den Bäumen und durch die Gräser wie ein Flüstern.

»Es klingt wie leises Klagen, findest du nicht?« Enna ließ sich neben Jorim nieder, zog die Beine an den Körper und legte ihren Kopf darauf. »Und es macht mich traurig.«

Jorim seufzte, die Luft war schwer vom Duft der Blüten und dem Harz der Bäume. »Ja, mich auch. Fast könnte man ein schlechtes Gewissen bekommen, wenn man an all die Toten und die schrecklichen Kriege denkt, die es gab, ohne dass wir es bemerkt haben.«

»Das ist nicht ganz richtig, Jorim, das weißt du.« Enna schüttelte den Kopf. »Es gab Gerüchte von den Geschehnissen. Hätten wir uns nur etwas mehr für die Welt außerhalb von Westendtal interessiert, so hätten wir erfahren, was dort vor sich geht. Stattdessen saßen wir in unseren Tavernen, wanderten durch unsere Auen und Wälder und gaben uns einer trügerischen Idylle hin.«

»Du hast recht, Enna.« Jorim lehnte sich zurück und stützte sich auf die Ellbogen. »Aber was hätten wir tun können? Wir zählen gerade mal fünftausend Halblinge, die meisten davon sind Frauen und Kinder oder tragen bereits die Last des Alters mit sich wie Vern. Hätte da unser Eingreifen einen Unterschied gemacht?«

Enna hob einen Ast auf und beäugte ihn. »Angenommen, Jul hätte ein Feuer entzünden wollen, um den Fisch zu braten. Wir hätten all das Holz hier zusammengetragen, um es zu verbrennen. Nun stell dir vor, ich nehme diesen Ast und schleudere ihn aus dem Wäldchen heraus«, Enna warf den Ast weit von sich, wobei dieser gefährlich nahe an Nespurs Kopf vorbeisurrte, »für diesen Ast würde es einen Unterschied machen – und er hätte auch ein einzelnes Kind sein können, das wir vor den Fackeln der Erinyen bewahrt hätten.«

Jorim nickte langsam und betroffen. Ein Gefühl von Trauer und Schuld breitete sich in ihm aus.

»Ein weiser Vergleich«, sagte Elvor plötzlich, der unweit der beiden saß und offenbar ihrer Unterhaltung gelauscht hatte. Überraschenderweise lag keinerlei Spott in seiner Stimme.

»Ach was.« Enna winkte ab und blickte etwas verlegen zu Boden. »Nur Alte sind weise, ich bestimmt nicht.«

Elvor betrachtete Enna weiterhin und wirkte dabei sehr nachdenklich. Jorim zog verwundert eine Augenbraue in die Höhe, besonders als er sah, dass seine Schwester den Blickkontakt mied. Stattdessen warf sie ihre Haare in den Nacken und begann dann, kleine Ästchen aus ihrem Fußpelz herauszuzupfen.

»Hast dir wohl bei deinem Sturz heute doch den Kopf gestoßen«, rief Jorim Elvor zu und erntete dafür prompt einen Ellbogenstoß von seiner Schwester.

»Autsch, bist du ...«

»Lass es einfach«, zischte Enna.

»Aber ...«

»Der Fisch ist fertig«, unterbrach Jul sie. Jorim fragte sich, wessen Verhalten sonderbarer war: das seiner Schwester oder Elvors. Schließlich zuckte er mit den Schultern und beobachtete Jul, wie er das Abendessen auf den Tellern verteilte, die er – wie Jorim wusste – heute Morgen einer wenig appetitanregenden Reinigung unterzogen hatte. Auch Nespurs Auge wanderte nervös zwischen den Tellern und Jul hin und her. Er rümpfte derart die Nase, dass Jorim glaubte, sie würde gleich abfallen.

Am Ende reichte Jul den anderen das Abendessen, das aus Fisch und etwas Brot bestand. Nachdem sie das Essen zunächst misstrauisch beäugt und berochen hatten, langten sie kräftig zu und schmatzten zufrieden.

»Also, dein Fisch, Jul«, begann Elvor und räusperte sich, »der ist irgendwie ...«

»Was?« Jul richtete sich gespannt auf.

»Na ja.« Elvor schien nach Worten zu suchen und fuhr sich durch seine schwarzen Locken.

»Nun sag schon«, forderte Jorim ihn auf.

»Gaumengefällig«, beendete Elvor schließlich seinen Satz.

»Gaumengefällig?« Jorim schluckte gerade den letzten Bissen hinunter. »Seltsames Wort.«

»Aber es stimmt«, warf Enna ein. »Der Fisch war hervorragend!«

»Hervorragend war er, genau!«, rief Nespur laut und klopfte Jul derart kräftig auf die Schulter, dass der schmächtige Halbling mit dem kugeligen Bauch beinahe vornüberkippte. »Aber dieses Mal leckst du die Teller nicht mit der Zunge ab.«

Juls Gesicht hatte eine dunklere Farbe angenommen, und er rutschte verlegen auf seinem Hosenboden hin und her. »Hauptsache, es hat euch geschmeckt«, murmelte er schließlich und räumte die Kochutensilien samt den Kräuterbeutelchen weg. »Oder war eben gaumengefällig«, fügte er mit einem Blick in Elvors Richtung hinzu.

»Ja, war es«, bestätigte dieser. »... und ... also, was ich noch sagen wollte«, fuhr er nuschelnd fort, woraufhin ihm Jul interessiert den Kopf zuwandte, »... danke!«

»Für den Fisch?«, fragte Jul. »Das war doch kein Problem, ich koche gerne.«

»Nein, ich meine ...«, Elvor warf einen flüchtigen Blick auf Enna, »für deine Hilfe heute auf dem Berggrat. Du hast mir das Leben gerettet.«

Jul blickte Elvor zunächst irritiert an, dann grinste er bis über beide Ohren und schien dabei immer größer zu werden. »Gern geschehen.«

»Ihr macht es aber auch umständlich«, blaffte Nespur und verdrehte sein eines Auge. »Sag doch das nächste Mal einfach gleich, was du meinst, Elvor.« Er schüttelte den Kopf, legte sich zurück und verschränkte die Arme hinter dem Kopf. Im nächsten Moment jedoch war er schon wieder in der Senkrechten. »Habt ihr das auch gehört?«

»Was?« Jorim lauschte in die Dunkelheit, vernahm aber nichts.

Das Weiß in Nespurs Auge leuchtete in der Nacht. »Da war ein Geräusch. Es kam aus dem Dorf.«

»Aber dort lebt doch keiner mehr. Außerdem ...« Elvor brach ab, denn in diesem Moment schepperte es.

»Nespur hat recht«, flüsterte Enna. »Das kommt aus dem Dorf. Irgendetwas schleicht dort herum.«

»Wir sollten nachsehen«, schlug Jorim vor, der sich bereits erhoben hatte. Wieder erklang ein Geräusch – dieses Mal hörte es sich an, als ob Holz zerbersten würde.

»Muss das wirklich sein?« Jul spähte unbehaglich in Richtung des Dorfes. »Wir könnten doch einfach weiterwandern ... unserem Ziel entgegen.«

»Aber vielleicht werden wir verfolgt«, gab Jorim zu bedenken.

»Eben, und in diesem Fall müssen wir wissen von wem«, pflichtete Nespur ihm bei. »Ich und Jorim gehen nachsehen. Ihr bleibt am besten hier. Falls uns etwas geschieht, müsst ihr unsere Mission zu Ende bringen!«

»Ich komme mit euch«, meldete sich nun Elvor zu Wort, wenn auch etwas leise, und stand auf.

»Bleib du hier«, widersprach Nespur.

»Aber ...«

»Bleib bei mir«, unterbrach ihn Enna. »Mir wäre wohler bei dem Gedanken, zwei Halblinge um mich zu haben.« Sie klopfte neben sich auf den Boden. Elvor schien zu überlegen, dann setzte er sich wieder hin und sah Enna an. »Gut, ich bleibe bei dir!«

Die Art, wie Elvor das sagte, ließ Jorim einen Moment lang innehalten. Hätten diese Worte aus Elvors Mund am Morgen noch großspurig geklungen, so lag nun etwas Sanftes darin. Auch in Ennas Augen blitzte kurz Überraschung auf. Schnell blickte sie jedoch weg und wandte sich an Jorim. »Nun geht schon«, rief sie und winkte ungeduldig mit der Hand.

Der Weg, den Jorim und Nespur zum Dorf zurücklegen mussten, war nicht sehr weit. Teilweise war das Gras so sehr in die Höhe geschossen, dass es den Halblingen bis zum Hals reichte und sie sich gut darin verbergen konnten. So erreichten sie schon bald den Rand des Dorfes, wo ihnen der gleiche unangenehm süßlich-schwere Geruch entgegenschlug wie schon in den anderen Dörfern, durch die sie gekommen waren. Jorim wusste, es war der Geruch des Todes. Doch irgendetwas lebte noch in diesem Dorf. Und es verursachte polternde Geräusche, so wie es nur jemand konnte, der sich unbeobachtet fühlte oder allem anderen überlegen.

»Es kommt von dort drüben.« Jorim wies mit der Hand auf eine Hütte links von ihnen. Als sie näher heranschlichen, sahen sie, dass die Tür aus den Angeln gerissen worden war und im Eingang lag. Ein kleiner Schuppen unweit des Hauses war niedergebrannt. Ganz sicher ist dies das Werk von Erinyen, dachte Jorim.

»Warte!« Nespur packte so unwillkürlich seinen Arm, dass Jorim erschrak. Nespur ging in die Hocke und betastete den Boden. »Eigenartig.«

»Was ist eigenartig?«, drängte Jorim, denn er konnte überhaupt nichts erkennen, schon gar nicht bei Nacht. Er ließ sich neben Nespur nieder, ohne jedoch den Blick von der Hütte zu nehmen. Genau von dort kam nun ein schleifendes Geräusch, so als würde jemand etwas Schweres über den Boden zerren.

»Die Spuren«, erklärte Nespur, »sie führen genau auf diese Hütte zu, und sie sind sehr groß.«

»Eine Erinya?«, fragte Jorim heiser und bemühte sich, den Kloß herunterzuschlucken, der sich gerade in seinem Hals gebildet hatte. »Ein Ghul? Oder Schlimmeres?«

»Es handelt sich um *sehr* große Füße«, betonte Nespur.

»Also Schlimmeres«, folgerte Jorim und zog seinen Dolch.

In der Hütte krachte es erneut, und ein keuchendes Geräusch war zu hören, das Jorim einen Schauder über den Rücken trieb.

»Nun, das Gras ist nicht sehr fest eingedrückt und kaum geknickt. Es muss ein Wesen von leichtem Gewicht sein, das sich auf große Füße verteilt«, murmelte Nespur.

»Was mag das für ein schreckliches Untier sein?«, wollte Jorim wissen. Doch zu seinem Erstaunen grinste Nespur übers ganze Gesicht, während das Keuchen in der Hütte zu einem heftigen Rasseln wurde.

»Von leichtem Gewicht?!«, rief Jorim plötzlich, als Nespurs Worte endlich zu ihm durchdrangen. »Das könnte doch ein ...«

Nespur hielt rasch einen Finger vor den Mund und nickte, dann ging er langsam auf die Hütte zu, und Jorim folgte ihm.

Es waren nur noch wenige Schritte bis zu der lädierten Behausung, als ein Schatten in der Tür sichtbar wurde. Groß und rund näherte sich die Gestalt mit einem lauten Knirschen und einem Atem, der sich anhörte, als würden Peitschen mit Widerhaken über den Holzboden geschleift werden. Sowohl Nespur als auch Jorim erstarrten.

»Hoffentlich geschieht den beiden nichts.« Enna verbarg sich im Schatten eines Baumes und starrte die ganze Zeit zu dem Dorf hinüber. Elvor und Jul standen direkt neben ihr.

»Sicher nicht«, versuchte Elvor sie zu beruhigen. »Nespur ist umsichtig und ein guter Fährtenleser.«

»Es war bestimmt nur ein streunender Hund oder der Wind«, überlegte Jul. Fast gleichzeitig sahen Enna und Elvor hinauf zu den Baumkronen, die in der sanften Brise nur ganz leicht schwankten.

»Wenn sie nicht bald zurückkehren«, erklärte Enna und verschränkte entschlossen die Arme, »gehe ich nachsehen. Mission hin oder her.«

»Und ich werde dich begleiten.« Elvor nickte entschieden, doch Enna überlegte, ob es nicht besser wäre, wenn sie allein ginge, ohne Elvor oder Jul. Sie selbst war flink und leise, und außerdem konnte sie sich bei Elvor nicht sicher sein, ob er angesichts drohender Gefahr nicht in Panik verfiel, und auch Jul kannte sie als eher ängstlichen Halbling. Zwar hatte er bei Elvors Sturz großen Mut bewiesen, doch ob er immer so reagieren würde, das musste sich erst noch zeigen.

»Das ist sehr ehrenhaft«, sagte sie nur und beließ es zunächst dabei. Enna spähte weiter in die Nacht, kniff die Augen zusammen und versuchte, irgendetwas zu erkennen.

Langsam kam der Schatten näher und rollte durch die Tür hinaus ins Freie – gefolgt von einer kleinen Gestalt. Jorim richtete sich auf. Kurz überlegte er, ob ihm seine Augen einen Streich spielten. »Siehst du auch, was ich sehe?«, fragte er Nespur.

»Ein Fass Bier oder Schnaps – und einen Halbling«, erwiderte der Fährtenleser. »Und wie du vermutlich auch, kann ich es nicht glauben.«

»Ich will wissen, was er da macht – und wer zum Geier er ist!«

Jorim konnte nichts mehr halten. Er stürmte los, direkt auf den Halbling zu, der gerade schwankend um das Fass herumlief. Als er Jorim und Nespur sah, blieb er abrupt stehen und hielt sich die Hand über die Augen, so als müsse er sein Gesicht vor der Sonne – oder wohl eher der Helligkeit des Mondes – beschirmen.

»Wer seid ihr?«, wollte er wissen, als die beiden schließlich vor ihm standen.

»Ich bin Jorim Borkenfeuer, das ist Nespur Fährtenauge.« Jorim deutete auf den Fährtenleser. »Und wer bist du?«

Der andere schien kurz zu überlegen. »Elgo«, kam dann die knappe Antwort.

»Elgo? Und wie weiter?«

Der Halbling winkte ab und torkelte wieder um das Fass herum. Vermutlich suchte er den Auslassstutzen.

»Hab ich vergessen«, tönte seine Stimme hinter dem Fass hervor. »Ist auch nicht wichtig.«

»Welch sonderbarer Sonderling«, flüsterte Jorim und konnte seine Verwunderung nicht verbergen. Er beobachtete den fremden Halbling, den er auf weit über hundert Sommer schätzte. Sein Haar war vollständig ergraut, wie Jorim selbst im Mondlicht gut erkennen konnte. Die dichten Locken hingen ihm weit über die Schultern. Elgos Gesicht war runzelig und vom Wetter gegerbt, seine Augen dunkel und trübe. Die Hände, die sich geschäftig an dem Fass zu schaffen machten, waren faltig, aber noch immer kräftig und passten gut zu Elgos stattlicher, wenn auch ungepflegter Erscheinung.

Tatsächlich fand er nun die Öffnung an dem großen, hölzernen Behältnis, kramte unter seinem vollkommen zerschlissenen Umhang einen Becher hervor und füllte diesen mit einer schaumigen Flüssigkeit – anscheinend Bier. Vorsichtig kostete er und nickte schließlich zufrieden. »Für Menschengebräu durchaus genießbar.«

»Genug der Vorstellung!«, fuhr Nespur ungeduldig dazwischen, und kurz schweifte sein Blick über die umstehenden Hütten und kleinen Gassen. »Wir haben ein Lager unweit von hier, dort können wir weiterreden. Auch etwas zu essen sollst du bekommen.«

»Das klingt gut in meinen verschmutzten Ohren!«, rief Elgo, dann stemmte er sich gegen das Fass. »Helft ihr mir?«

»Nein!« Nespur packte ihn prompt am Arm und zerrte den widerstrebenden Artgenossen mit sich. Jorim folgte ihnen kopfschüttelnd, hielt dann aber plötzlich inne und wandte sich um. Abermals glaubte er, etwas gehört zu haben, und er wurde das Gefühl nicht los, beobachtet zu werden. Doch es war wohl nur der Wind, der sachte über die Gräser hinwegstrich.

Zurück im Lager staunten die drei anderen Gefährten nicht weniger über ihren nächtlichen Gast. Inzwischen hatte der seinen Becher geleert und wollte nun auf der Stelle kehrtmachen und zurück zum Dorf laufen. »Ich muss rasch nachfüllen gehen«, lallte er.

»Hiergeblieben!« Nespur packte ihn am Kragen und drückte ihn auf den Boden, was sichtlicher Anstrengung bedurfte.

»Jul, du hast doch noch etwas Fisch übrig, nicht wahr?«

»Also, äh, nein«, gestand Jul. »Den haben wir eben verspeist. Aber ich habe noch etwas Brot«, fügte er rasch hinzu, als Nespur ihn durchdringend ansah.

»Auch gut. Dann eben Brot.«

Jul reichte ihrem Gast das Essen, und Elgo schlang es gierig hinunter.

»Also, wer bist du? Was tust du hier?« Dieses Mal war es Jorim, der nachfragte.

Elgo zuckte mit den Schultern. »Ich bin Elgo und lebe in einem Wäldchen unweit von hier.«

»Und ich dachte immer, alle Halblinge leben in Westendtal«, meinte Enna.

»Ich habe Westendtal vor sehr langer Zeit verlassen, um mir die Länder jenseits der Schroffen Berge anzuschauen. Am Ende bin ich hier hängen geblieben.« Er breitete die Arme aus. »Ein sehr nettes Wäldchen übrigens. Ich lebe etwas weiter südlich von hier auf einer lieblichen Lichtung, über die ein fröhlicher Wildbach hinwegplätschert. Ab und an bin ich den Dorfbewohnern zur Hand gegangen, was sie mir mit gutem Essen und so manch einem guten Tropfen dankten.«

»Was ist mit ihnen geschehen?«, wollte Jorim wissen, obwohl er die Antwort zu kennen glaubte.

Elgo hörte auf zu kauen, ein Schatten legte sich über sein Gesicht und er starrte zu Boden. Fast schon glaubte Jorim, Elgo würde nicht mehr weitersprechen, doch da begann er leise zu erzählen. »Sie kamen bei Nacht, mit ihren Fackeln, die wie von Geisterhand getragen durch die Dunkelheit schwebten. Ihre Umhänge raschelten im Gras, ihre Stimmen zischelten wie Nattern. Wo ihre Geißeln niederfuhren, starb das Leben.« Elgos Gesicht verzerrte sich vor Schmerz, den die Erinnerung in ihm offensichtlich hervorrief, und schüttelte den Kopf. »Sie haben alle getötet. Männer, Frauen und Kinder. Einige der Totenesser waren auch dabei. Es war schrecklich, so schrecklich ...« Elgos Augen glitzerten feucht. »Und ich konnte es nicht verhindern, diese Hände konnten es nicht verhindern.« Er hob seine Hände und betrachtete sie, als gehörten sie nicht zu ihm.

»Du konntest nichts tun«, versuchte Enna ihn zu trösten und legte ihm vorsichtig eine Hand auf den Arm. In diesem Moment hob Elgo den Kopf.

»Einen der bleichen Ghule habe ich erwischt. Dann musste ich fliehen und mich im Gras verbergen, wo ich den Schreien lauschte. Allen Schreien, auch dem letzten, der war der Schlimmste von allen – der Schrei eines Kindes.«

Stille breitete sich aus. Elgo war es irgendwie gelungen, in seiner Trunkenheit das Geschehen so bildhaft zu beschreiben, dass Jorim glaubte, selbst dabei gewesen zu sein. An den Gesichtern seiner Gefährten konnte er ablesen, dass es ihnen genauso ging. Nun ahnte Jorim auch, weshalb Elgo sich derart betrank.

»Was ist der Grund für eure Wanderschaft?«, wollte Elgo nach langem Schweigen wissen. »Es sind gefährliche Zeiten, und Westendtal wäre ein viel sicherer Ort zum Verweilen.«

»Westendtal droht das gleiche Schicksal wie diesem Dorf dort.« Nespur zeigte in Richtung des verlassenen Weilers und erzählte Elgo dann, was sie über die Erinyen und Ghule wussten und dass diese ausgerechnet Westendtal als Ausgangspunkt ihrer Invasion in die Nordlande erkoren hatten.

Elgo hatte schweigend gelauscht, und seine Miene war immer besorgter geworden. »Wenn sie tatsächlich Krieg gegen die Nordelfen und Zwerge führen wollen, gibt es keinen besseren Ort als Westendtal, um die Invasion vorzubereiten ... ihr Massaker wird dort beginnen«, sagte er heiser. »Ich verstehe nicht, was ihr dann hier sucht?«

»Wir suchen Bronn Sternenfaust, meinen Großvater«, klärte Elvor ihn auf.

Elgo starrte Elvor eine Weile lang verdutzt an, dann verkrampfte sich sein Gesicht, und er sah wütend und traurig zugleich aus. Seine Lippen pressten sich derart fest aufeinander, dass sie wie blutleer wirkten. Nur für einen tiefen Schluck aus seiner Flasche, die er unter seinem Umhang hervorholte, öffnete er sie.

»Was hast du?«, wollte Nespur wissen. »Du kennst doch die Geschichte von Bronn Sternenfaust und seiner Truppe, oder etwa nicht?«

Elgo seufzte schwer und nickte schließlich. »Ja, ich kannte ihn.«

»Du *kanntest* ihn?« Elvor richtete sich auf. »Was meinst du damit?«

Elgo nahm einen weiteren großen Schluck und wischte sich den Mund mit dem Handrücken ab, ehe er weitersprach. »Ich meine damit, dass die tapferen Recken alle verloren sind, und Bronn Sternenfaust ist tot.«

Leise bewegte sie sich durch das Gras, während ihre Hand sachte über die Spitzen hinwegstrich. Das Dorf vor ihr war verlassen, war gezeichnet von Gewalt und Tod. Sie wusste dies, ohne näher treten zu müssen, denn selbst hier lagen Leichen, und der Geruch des Todes hatte sich überall ausgebreitet. Sie ging vor einer jungen Frau in die Hocke, in deren Brust eine Wunde klaffte, als sei sie von einem brennenden Holzscheit durchstoßen worden. Fast schon zärtlich strich sie über die Haut der Frau, die dem Kindesalter gerade erst entwachsen war, und eine Träne löste sich aus ihren dunkelblauen Augen, rann über ihre Wange hinweg, um schließlich auf die Tote zu fallen.

Alvendorah hörte Schritte hinter sich, und unwillkürlich spannte sie sich an. Eine Hand schloss sich fest um den Bogen, die andere wanderte zu den Pfeilen im Köcher auf ihrem Rücken. Doch dann hielt sie inne. Weder diese Erinyen noch einer der Ghule vermochte sich derart leise durch das mehr als kniehohe Gras zu bewegen, stets im Einklang mit dem Wind und ohne auch nur einen einzigen Halm zu knicken. So erhob sie sich schließlich langsam und wandte sich um. Im Glanze des Mondlichts kam er näher, das helle, fast silbrige Haar floss ihm über die Schultern. Selbst für einen Angehörigen seines Volkes waren seine Bewegungen erstaunlich geschmeidig und erhaben, und niemals, nicht einmal im Kampf, verlor er diese Anmut. Stets verschmolz er mit dem Schwert, das er sich für die Reise auf den Rücken gebunden hatte, und seine Feinde fielen zu Boden wie die Blätter im Herbst von den Bäumen.

Als er schließlich vor ihr stand – trotz ihrer sechs Fuß überragte er sie immer noch um einen halben Kopf –, blickte sie tadelnd zu ihm auf.

»Sagte ich nicht, dass ich meine Erkundungen alleine anstellen werde? Also, weshalb bist du mir gefolgt?«

»Ich bin Gwendalon Andoah, oberster Beschützer Eures Hauses, des Hauses Enduriel von Eren-Umdil. Es ist meine Pflicht für Eure wohlbehaltene Rückkehr zu sorgen.«

»Deine Pflicht ist es, meinem Wort Folge zu leisten, ganz gleich, was dein Ehrgefühl von dir verlangt!«

Er trat näher, sodass sie sein fein geschnittenes Gesicht gut erkennen konnte.

»Nicht immer ist es nur Ehre, die zu mir spricht.«

Selbst in der Dunkelheit konnte sie sehen, wie Gwendalons grüne Augen sie fixierten. Alvendorah konnte seinen Atem an ihren Wangen spüren. Rasch wandte sie sich ab, verbarg ihr plötzlich glühendes Gesicht hinter den nachtschwarzen Haaren.

»Meine Pfeile sind schnell, und ich weiß sie mit Geschick einzusetzen. Ich bedarf deiner Unterstützung nicht.«

»Eine Tatsache, die ich nie angezweifelt habe«, entgegnete Gwendalon sanft. »Dennoch bringt Ihr mich in eine schwierige Lage, stellt Ihr mich doch vor die Wahl, zwischen Eurem Wort, das immer auch mein Herz berührt, und meinem Pflichtgefühl zu entscheiden.«

»Dann hast du offenbar falsch entschieden«, gab sie zurück, schroffer, als sie es beabsichtigt hatte.

Kurz schwieg er, und sie glaubte schon, ihn beleidigt zu haben. »Wenn es Euer Wunsch ist, ziehe ich mich zurück und verschmelze mit den Schatten, die Euch umgeben«, sagte er schließlich. »Doch werde ich ganz gewiss nicht die Heimreise antreten, denn ich habe geschworen, Euch mit meinem Leben zu schützen.«

Alvendorah seufzte, ihre Brust hob sich leicht, und sie bemerkte, wie Gwendalon zurücktrat, um erneut in der Dunkelheit zu verschwinden. Sie schloss die Augen und presste die Lippen aufeinander. »Warte. Wenn du schon hier bist, kannst du auch an meiner Seite bleiben.« Sie wandte sich ihm wieder zu. »Du kannst mir helfen, die Geschehnisse hier in den Südlanden einzuschätzen. Wir müssen wissen, ob die erschreckenden Berichte jener, die diesem Terror entronnen sind, wirklich der Wahrheit entsprechen. Unser Volk im Norden ist sehr besorgt.« Alvendorah deutete auf ein nahe gelegenes Wäldchen. »Dort oben lagert eine Gruppe von Halblingen, denen ich seit einiger Zeit folge. Trotz der Gefahr und der Zerstörung ziehen sie durch diese Länder. Ich möchte mehr über sie erfahren.«

Gwendalon Andoah, der oberste Beschützer ihres Hauses, verneigte sich, und ein Lächeln legte sich über sein Gesicht.

»So möge es sein, und mein Herz kann nun sowohl meiner Pflicht, als auch Euch folgen.«

Alvendorah sah zu Gwendalon auf. So lange sie denken konnte, war er der stille Behüter des Hauses Enduriel und ihrer Familie gewesen. Sie hatte sehr wohl bemerkt, dass seine Blicke sie häufiger trafen, seit sie dem Kindesalter entwachsen war. Doch ihn nun ganz für sich allein zu haben, war eine neue Erfahrung für sie. Obwohl ihr warm ums Herz wurde, wenn er mit ihr sprach, konnte sie sich ihren Gefühlen noch nicht wirklich öffnen. So erwiderte Alvendorah nichts, sondern nickte nur. Dann ging sie zusammen mit ihrem Begleiter in Richtung des Wäldchens, fort von diesem entsetzlichen Dorf, in dem noch immer die Seelen der Getöteten umherirrten.

11. ENTHÜLLUNGEN

»Arboron.« Zervanas kühler Blick glitt über die einstige Hauptstadt der Menschen. Sie betrachte die vielen Paläste, die teilweise durch Brücken miteinander verbunden waren, die unzähligen verspielten Türmchen, die sich wie erbärmliche zerbrechliche Finger in den Himmel streckten. Viele wurden noch immer von Baugerüsten verunstaltet, die offenbar einem Wettstreit der Bewohner um das prächtigste Gebäude geschuldet waren. Hätten die eitlen Menschen sich mehr um ihr Heer und die Verteidigungsanlagen gekümmert und zum Beispiel eine Schutzmauer um die Stadt herum errichtet, könnte Arboron noch immer Arboron heißen. Doch diese Zeit war vorbei.

Von hier aus, vom einstigen Palast des Menschenkönigs, konnte Zervana die große Stadt mit ihrem Gewirr von Straßen überblicken. Der Königspalast lag auf einem kleinen Hügel und mutete eher wie die Sandburg eines Kindes an, das in seiner Naivität niemals daran gedacht hatte, das Bauwerk gegen Feinde zu schützen.

Ein hämisches Lächeln machte sich auf ihrem Gesicht breit. »Zervanador«, flüsterte sie schließlich. »Das klingt doch wesentlich besser. Unter dem Namen führe ich diese klägliche Stadt zu wahrer Größe. Zervanador soll ein Wahrzeichen meiner Macht werden.«

Sie wandte sich von der Mauerbrüstung ab und blickte auf das steinerne Podest in der Mitte des Palastturmes. Dort ragte eine steinerne Erinyen-Hand in die Höhe, die eine lodernde, mit Öl befeuerte Fackel hielt – ein Zeichen, das an die jetzige Herrscherin der Südlande erinnern sollte. Dies war Zervanas Einfall gewesen, und sie war stolz darauf.

Dennoch gab es etwas, das ihre Zufriedenheit störte und sie ärgerte. Sie flanierte zur Südseite des Turms und blickte schließlich nach Südwesten, dorthin, wo das steinige Barantor hinter einigen spitz gezackten Bergen lag.

»Die dritte Nacht ist fast vergangen«, sagte eine Stimme hinter ihr, als ob sie das nicht wüsste. »Und noch immer keine Nachricht von den Ghulen.« Yorak stellte sich neben sie und schaute ebenfalls über das morgendliche Zervanador hinweg nach Südwesten. »Was gedenkt Ihr zu tun?« Er sah sie mit seinen an pechschwarze Kohle erinnernden Augen an. »Ziehen wir ohne die Ghule in die Nordlande?«

»Nein, wir warten.«

»Warten? Hanafehl hat sein Wort gebrochen. Damit ist er kein verlässlicher Verbündeter.«

Kurz krallten sich Zervanas Fingernägel in den Stein der Brüstung, doch dann entspannte sie sich. »Wir warten auf die Ghule, jetzt erst recht. Mit seiner Verspätung will Hanafehl mir nur zeigen, dass ich ihn nicht beherrschen kann. Doch er ist gierig, und bald schon wird er sich an unsere Seite stellen.«

Es amüsierte Zervana zu sehen, wie Yoraks emotionsloses Gesicht einen fragenden Ausdruck annahm.

»Wir werden die Ghule mitnehmen und sie zur Schlachtbank führen«, fuhr sie fort. »All unsere Feinde werden fallen. Sie werden sterben und ihr Leben zwischen Geißel und Fackel aushauchen.«

»Dann sei es so, wie Ihr es wünscht«, entgegnete Yorak und wandte sich ohne eine Verbeugung ab.

»Yorak«, rief ihm Zervana hinterher. Sie verlieh ihrer Stimme einen bewusst kühlen und schneidenden Ton. »Wenn ich von unseren Feinden spreche, so meine ich all jene, die keine Erinyen sind«, sie schritt auf ihn zu, und ihr Umhang bauschte sich auf in der Brise dieses kühlen Morgens, »aber auch solche unter uns, die sich meiner Herrschaft und meinen Entscheidungen nicht unterwerfen.«

Einen Moment lang verengten sich Yoraks Augen, bevor seine Miene wieder ausdruckslos wurde. »So soll es sein«, sagte er, doch dieses Mal vergaß er nicht, sich angemessen zu verbeugen.

Ein Faustschlag mitten ins Gesicht hätte die fünf Gefährten nicht härter treffen können als Elgos Worte. Eine alles erdrückende Stille legte sich über die Gruppe. Selbst Nespur, der in seinem Leben schon so manches erlebt hatte, brachte keinen Ton heraus. Elvor starrte Elgo mit aufgerissenen Augen an.

Es war Enna, die die Stille als Erste brach. »Tot?«, wiederholte sie das schreckliche Wort, das eine so folgenschwere Bedeutung für sie alle hatte.

Elgo nickte. »Bronn gibt es nicht mehr.«

»Sag, dass das nicht wahr ist! Bitte sag, dass du dich irrst«, flehte Enna.

»Ich irre mich nicht!«

»Bronn Sternenfaust – tot!« Jorim schüttelte den Kopf. »Weißt du eigentlich, was du da sagst?«

Elgo zuckte nur mit den Schultern.

»Unsere Heimat, Westendtal«, Jorim deutete nach Norden, »wird bald von Erinyen und diesen widerwärtigen Ghulen überrannt. Bronn Sternenfaust war der einzige Grund, aus dem wir unsere Heimat verlassen haben! Und du erzählst uns, er sei tot?« Wut bahnte sich ihren Weg durch die Enttäuschung, die Jorim soeben noch empfunden hatte.

Elgo senkte betreten den Kopf. »So ist es«, bestätigte er leise. »Ihr müsst Westendtal ohne ihn verteidigen.«

Nun reichte es Jorim. Er sprang auf und stürzte sich auf Elgo. »Weißt du, was das fur uns bedeutet?« Er packte den anderen Halbling am Kragen und schüttelte ihn. »Alles war umsonst! Der ganze verdammte Weg hierher war umsonst! Bronn war unsere einzige Hoffnung, irgendetwas gegen diese dreckige Brut unternehmen zu können!«

»Jorim!«, schrie Nespur. Der Fährtenleser zerrte ihn zurück. »Jorim, komm zur Vernunft.«

»Vernunft?« Jorim stieß verächtlich die Luft aus. »Was ist hier schon noch vernünftig?« Seine Schultern sackten herunter, und er sank zu Boden. Er fuhlte sich leer, ausgebrannt. Dann sah er zu Enna hinüber. Tränen waren ihr in die Augen gestiegen. Jul saß wie ein Häufchen Elend neben ihr und schaute ins Leere.

»Bist du dir auch ganz sicher?«, wollte Nespur an Elgo gewandt wissen. »Oder entspringt dies nur deinem vernebelten Geist?« Sogar die Stimme des alten Fährtenlesers bebte leicht.

Noch einmal hob Jorim den Kopf, ein letzter Hoffnungsfunke glomm in ihm auf. Doch der Funke erstarb, denn Elgo schüttelte den Kopf.

Nespur seufzte schwer, auch er wirkte ratlos.

»Bronn Sternenfaust, sein Name im Sturmeswind er braust.« Alle blickten zu Elvor, dessen Stimme vor Hohn nur so troff. »Dass ich nicht lache!« Er machte eine wegwerfende Handbewegung und starrte in die Dunkelheit. Niemand erwiderte ein Wort.

»Ich wohne hier in der Nähe«, begann Elgo und räusperte sich. »Am besten, ihr kommt mit zu mir, und ich erzähle euch alles.«

»Ein guter Vorschlag«, entgegnete Nespur. Die anderen sagten nichts. Dennoch standen sie langsam auf und folgten Elgo schweigend und mit hängenden Köpfen. Diese Nachricht schien ihnen allen die Kraft genommen zu haben, und sie sehnten sich nur noch nach einem sicheren Ort zum Schlafen.

Es war bereits Mitternacht, als Elgo an einem bewaldeten Hügel, unweit einer Lichtung, stehen blieb.

»Mein Zuhause«, sagte er.

»Wo denn?«, fragte Elvor und sah sich in alle Richtungen um.

Elgos faltiges, vom Alkohol leicht gerötetes Gesicht überzog ein triumphierendes Grinsen.

»Es freut mich, dass ihr es nicht findet.«

»Dann lasst mich mal nachsehen.« Nun trat Nespur nach vorne, suchte den Boden nach Spuren ab und schien tatsächlich fündig zu werden. Auf allen vieren kroch er voran zu einer Felsplatte, überquerte diese, und am anderen Ende fischte er schließlich im Gras herum. Er fand ein Stück Leder, welches offenbar einen Griff markierte – denn plötzlich hievte er eine Art Deckel in die Höhe.

»Erstaunlich für einen Einäugigen«, sagte Elgo verblüfft, dann deutete er auf den Eingang. »So tretet ein, und es soll euch an nichts fehlen.« Schnell wie ein Wiesel verschwand er in der Luke, und die Gefährten folgten ihm.

Jorim wusste nicht, was er erwartet hatte, mit einer derart eigentümlichen Wohnung hatte er jedoch nicht gerechnet. Sie befanden sich in einem großen runden Raum, auf dessen Boden Farne wuchsen, während sich von der Decke unzählige Wurzeln herabwanden. Diese dienten als Kerzenhalterungen sowie als Haken für Nahrungsmittel. Brot, Schinken, Käsestücke und verschiedene Flaschen baumelten von dort herab und glänzten im Licht der Kerzen.

Ein kleiner Kamin und ein aus geschichteten Tannenästen bestehendes Bett sollten für etwas Komfort sorgen, dennoch entsprach diese Behausung nicht ganz der Behaglichkeit normaler Halblingswohnungen.

Am anderen Ende des Raums befanden sich zwei dunkle Holztüren, doch wo sie hinführten, vermochte Jorim nicht zu sagen.

»Setzt euch.« Elgo wies auf einen ausgetretenen Bereich vor dem Kamin, wo einige Felle und Decken lagen, und legte etwas Holz nach. Der Rauch des Kaminfeuers wurde durch ein mit Harz bestrichenes Holzrohr nach draußen geleitet.

Elgo erwies sich als großzügig, griff unverzüglich zur Decke und holte Brot, Schinken und natürlich einige der Flaschen für seine Gäste herunter.

»Esst und trinkt, das schadet nie«, sagte er und gesellte sich zu ihnen auf den Boden, nicht ohne sich einen raschen Schluck aus einer Flasche zu genehmigen.

Enna und Jorim blickten einander zögerlich an. Niemandem war so recht nach Essen zumute. Auch Elvor schien mit seinen Gedanken ganz woanders zu sein.

Jorim verwunderte das nicht, immerhin hatte Elvor soeben erfahren, dass sein Großvater nicht mehr lebte. Was würde nun aus ihrer Mission werden? Wie sollten sie Westendtal retten? »Erzähl uns von Bronn: Woher kanntest du ihn?«, wollte Enna schließlich wissen.

Elgo sah auf und zuckte mit den Schultern. »Ich habe ihn auf einer meiner Reisen getroffen. Ich war ein Händler.«

»Wie war er?« Elvor blickte Elgo fragend an. »Ich meine: War er der große, strahlende Held, wie die Lieder in unseren Tavernen ihn besingen?«

Elgo rieb sich die Nase, dann nahm er wieder einen kräftigen Schluck aus seiner Flasche. Er runzelte die Stirn und sah zu Boden. »Nein, war er nicht. Nicht mehr als du und ich.«

»Aber …«, Elvor schüttelte den Kopf, »die Lieder …«

»Bronn war arrogant und eingebildet, anfangs mochte ich ihn, doch dies änderte sich bald.«

Wieder setzte Elgo die Flasche an und leerte sie in einem Zug. Eine Weile lang breitete sich Schweigen aus, es war offensichtlich, dass Elgo nicht gerne über Bronn Sternenfaust sprach. Doch Jorim konnte nicht so ganz glauben, dass diese Abneigung nur Bronns angeblicher Arroganz geschuldet war. Er vermutete, dass mehr dahinter steckte.

»Also war der strahlende Held gar kein Held«, stellte Elvor fest und lachte bitter. »Aber was spielt das noch für eine Rolle, jetzt, da er tot und unsere Mission gescheitert ist!«

»Wie ist Bronn denn gestorben?«, wollte Enna mit bedrückter Stimme wissen.

Elgos finsterer Blick schweifte zu ihr. »Er ist abgestürzt und in einem Fluss ertrunken. In den Suravan-Bergen.«

»Und woher weißt du das so genau?« Jetzt hatte Enna auf einmal diesen sturen Gesichtsausdruck, den Jorim nur zu gut kannte. Vermutlich wollte sie nach wie vor nicht glauben, dass Bronn tot war.

»Jemand, den ich sehr gut kenne, war bei ihm, als er starb«, brummte Elgo. »Es ist die traurige Wahrheit: Bronn Sternenfaust existiert nicht mehr.«

»Aber jemand wie Bronn Sternenfaust kann doch nicht einfach so ertrinken«, schluchzte Enna.

»Doch, Mädchen, auch ein Sternenfaust kann seinem Schicksal nicht entgehen.«

»Ein toller Held!«, höhnte Elvor. »Jedes Lied, das über ihn gesungen wurde, war Zeitverschwendung.« Er nahm ein Stück Holz und schleuderte es in den Kamin, sodass Funken in die Höhe stoben, wo sie knisternd verglühten.

»Lass gut sein, junger Sternenfaust.« Nespur legte eine Hand auf Elvors Schulter und drückte sie. »Es gibt immer eine Fährte, der man folgen kann, und stets gibt es Hoffnung – auch abseits des Weges.«

»Oder einen Graben voller hungriger Krähen«, warf Elgo ein und starrte ins Feuer. »Keine guten Nachrichten, die ihr mir da bringt«, sagte er nach einer Weile. »Ich meine die über Westendtal. Würde ich eine Armee für eine Invasion in den Norden aufstellen wollen, ich würde keinen anderen Ort wählen.«

Plötzlich schloss Elgo ein Auge, mit dem anderen schielte er in die bereits leere Flasche hinein. »Wie oft habe ich versucht, die Antworten auf Fragen auf dem Grund einer Flasche zu finden«, er schüttelte den Kopf und lachte bitter, »doch ganz gleich, wie viele Flaschen ich auch geleert habe, es waren nie Antworten da.« Er zeigte auf die unzähligen Flaschen, die von seiner Höhlendecke baumelten. »Und ich habe wirklich viele von ihnen geleert, das könnt ihr mir glauben.«

Niemand bezweifelte dies.

Jorim griff nach einer der Flaschen, die an der Decke hingen, und betrachtete sie näher. Er kannte das sonderbare Material, aus dem sie gefertigt waren, nicht, und so drehte er sie in seinen Händen hin und her. Die Flaschen waren durchsichtig, und man konnte die Farbe des Getränkes, das sich in ihnen befand, genau erkennen.

»Das nennt man Glas«, kam Elgo Jorims Frage zuvor. »Die Menschen in dem Dorf, das von den Erinyen ausgelöscht wurde, haben die Flaschen aus Arboron.«

»Man kann sehen, was sich im Inneren befindet«, stellte Jul fest und bekam dabei leuchtende Augen. »Auch für meine Kräuter und Gewürze wären das hervorragende Behältnisse. Wie kann man so etwas fertigen?«

»Das weiß ich nicht«, entgegnete Elgo. »Dieses Handwerk stammt aus dem fernen Süden, wo einer der Menschen es erlernt und nach Arboron gebracht hat. Nur wenige verstehen sich darauf.« Ein schiefes Grinsen zeichnete sich auf Elgos Gesicht ab. »Ich war auch mehr am Inhalt interessiert als an dem Glas.«

»Die Lage ist bedrohlich, Elgo Trunkenbold«, unterbrach ihn Nespur. »Westendtal ist in großer Gefahr, während du nur säufst! Ich hoffe, dies ist dir bewusst.«

»Elgo Trunkenbold, ein berauschender Name«, erwiderte Elgo lachend, offensichtlich amüsiert über diese Wortwahl. Dann jedoch wurde er ernst und presste die Lippen aufeinander. Unvermittelt wandte er sich ab, legte Feuerholz nach, obwohl die Flammen im Kamin nach wie vor loderten und mehr Wärme spendeten als nötig. Zum Erstaunen aller wirkte er aufrichtig betroffen, als er sich wieder umdrehte.

»Keine Sorge, ich verstehe den Ernst der Lage. Die Erinyen sind verschlagen und grausam, und wenn sie einen Pakt mit den Ghulen eingehen, besteht wenig Hoffnung für die Nordlande. Von Westendtal ganz zu schweigen. Aber«, Elgo zögerte und sah seine Gäste eindringlich an, »da ist noch etwas.«

»Was?«, wollte Enna wissen.

»Es gibt da ein Lager.«

»Was für ein Lager?« Nespur kniff misstrauisch sein Auge zusammen.

»Ein Gefangenenlager.«

Kurz herrschte betroffene Stille, und nur das Knacken des brennenden Holzes war zu hören.

»Wo ist es? Und wer sind die Gefangenen?«, fragte Jorim schließlich.

»Es liegt südlich von Arboron, in den Ausläufern der Hohen Wand von Myrador. Dort gibt es eine Silbermine«, begann Elgo. »Das Silber verwendeten die Menschen, um edlen Schmuck für ihre feinen Damen herzustellen. Aber natürlich bequemten sich die Damen nicht selbst in die tiefen Stollen hinab, um das Material ihrer Begierde zutage zu fördern.«

»Das übernahmen Gefangene, richtig?«, folgerte Enna.

Elgo nickte.

»Ja, aber was hat das mit uns zu tun?«, unterbrach Jorim ungeduldig.

»Eben, weswegen erzählst du uns das?«, fragte auch Elvor.

»Das Lager ist jetzt in der Hand der Erinyen«, sagte Elgo leise. »Und die Gefangenen sind Halblinge.«

»Halblinge?«, rief Elvor und wirkte wütend und ungläubig zugleich. »Wie kommen Halblinge hierher in ein Gefangenenlager?«

Elgo hob die Schultern. »Gab es nicht hin und wieder Halblinge, die Westendtal unbedingt verlassen wollten? Narren wie mich? Händler, Reisende, Abenteurer?«

»Nun ja«, überlegte Jorim laut und sah zögernd Nespur an. »Hin und wieder ... vielleicht.«

»Ich bin stets heimgekehrt«, entgegnete Nespur auf Jorims Blick hin. »Ich weiß, wo meine Heimat ist.«

»Das wussten die anderen auch«, stellte Elgo richtig und strich sich mit den Fingern durch sein graues Haar. »Doch sie wurden von den Menschen gefangen genommen, weil die irgendwann auf die Idee kamen, Halblinge seien die besseren Minenarbeiter.« Elgo lachte bitter. »Und ironischerweise kam es noch schlimmer. Nun schuften sie unter der harten Hand der Erinyen, denn auch die hochgeschossenen Geißelträgerinnen wissen das glänzende Geschmeide durchaus zu schätzen.«

»Und was tun wir jetzt?«, fragte Jul ungeduldig. »Wir können sie doch nicht ihrem Schicksal überlassen!«

»Nein, das werden wir auch nicht.« Enna erhob sich entschlossen. »Wir werden die Halblinge befreien!«

»Das wird kein Spaziergang«, wandte Nespur ein. »Wir müssen uns genau überlegen, wie wir es anstellen wollen.«

»Ha! Jetzt bräuchte man einen Bronn Sternenfaust, nicht wahr?«, rief Elgo sarkastisch und hob eine neue Flasche, die er sich inzwischen geschnappt hatte. »Aber nein, der musste sich ja aus dem Staub machen!«

»Aus dem Staub machen?« Elvor horchte auf. »Du sagtest doch, er sei tot?«

»Meine ich doch.« Hastig nahm Elgo einen großen Schluck.

»Genug jetzt!«, rief Nespur und rieb sich mit einem Finger sein Auge unter der schwarzen Lederklappe. »Ich muss nachdenken.«

»Wie viele Halblinge leben in der Mine?«, wollte Jul von Elgo wissen.

»Das hängt ganz davon ab, wie viele inzwischen gestorben sind. Vier, vielleicht fünf.«

»Ich werde mir das auf jeden Fall ansehen!«, rief Elvor plötzlich. »Notfalls gehe ich allein. Vielleicht gibt es ja doch noch einen Sternenfaust, der etwas Heldenmut besitzt.«

»Heldenmut?« Jorim sah ihn fragend an.

»Sag nichts, Jorim Borkenfeuer«, entgegnete Elvor gereizt. »Ich weiß, ich habe mich bisher wenig rühmlich gezeigt. Aber genau das will und werde ich ändern!«

Jorim blickte zu Enna, doch diese schüttelte kaum merklich den Kopf, woraufhin er schwieg.

»Ich für meinen Teil bin dabei!« Enna sah Jorim an, die Hände in die Seiten gestemmt.

»Ein gefährliches Unterfangen«, erwiderte Jorim, und rieb sich das Kinn, dann lachte er. »Doch ich werde euch beide wohl kaum alleine ziehen lassen. Außerdem lassen wir unseresgleichen niemals im Stich, und wer weiß«, Jorim breitete die Hände aus, »vielleicht hat ja einer dieser Gefangenen eine Idee, wie wir Westendtal retten können.«

»Also gut«, stimmte Nespur zu. »Wir gehen alle und sehen uns diese Mine an. Vielleicht können wir die unglückseligen Halblinge ja befreien und erfahren nebenbei noch etwas mehr über unsere Feinde.«

»Es wird nicht leicht werden«, sagte Elgo mit heiserer Stimme. »Ich habe es schon einmal versucht.«

»Allein?«, wunderte sich Enna.

»Natürlich allein, wie sonst?«, gab Elgo unfreundlich zurück.

»Aber jetzt sind wir zu sechst«, stellte Jorim fest, »das verbessert unsere Chancen.«

»Wer sagt, dass ich mit euch komme?«

»Du musst uns den Weg zeigen«, entgegnete Nespur.

Elgo hob den Kopf und sah die fünf Halblinge einen nach dem anderen an. »Nun gut, den Weg werde ich euch zeigen«, willigte er ein, klang dabei aber resigniert und mutlos. »Macht euch auf einen langen Marsch gefasst.«

Es war spät geworden, und die Halblinge legten sich – nachdem sie noch ein wenig vom Brot und Käse gegessen hatten – schließlich zum Schlafen nieder. Elgos Schnarchen erfüllte die mit Farnen und Wurzeln durchzogene Höhle als Erstes, und auch Jorim und die anderen fielen bald in einen tiefen Schlummer.

Es war bereits die fünfte Nacht nach Hanafehls Besuch, und Zervana studierte gerade die Karten der Nordlande. Sie hatte ihre Fackel in eine dafür vorgesehene Halterung gesteckt, und die vielen beständig züngelnden kleinen Flammen warfen nun ihr flackerndes Licht auf das vergilbte Pergament. »Grimbor, Reich der Zwerge«, flüsterte sie und ließ ihren Finger über eine bergige Landschaft gleiten, ehe sie weiter nach Osten fuhr. »Eren-Umdil, Land der Nordelfen.«

Ein Klopfen riss sie aus ihren Gedanken und sie hob ärgerlich den Kopf. »Tritt ein, doch will ich nur Gutes hören!«

Mit einem leisen Knarren schwang die Tür auf, und eine hochgewachsene Erinya trat ein, nicht ohne sich tief zu verbeugen.

»Sprich endlich!«, herrschte Zervana sie an.

»Die Ghule haben zwei Boten entsendet, Usurpatorin. Sie warten im Thronsaal auf Euch.«

Hanafehl ist also nicht selbst gekommen, dachte Zervana. »Geht und bewacht sie. Ich werde nach Sonnenaufgang mit ihnen sprechen.«

Die Erinya wagte ein Zögern, verneigte sich dann aber eiligst und verließ den Raum. Zervana widmete sich wieder ihren Karten, konnte sich aber nicht wirklich konzentrieren, da sie sich über die Ghule ärgerte. So beschloss sie, sich die Zeit bis zum Morgen mit Moydana zu vertreiben. Sie ließ die ansehnliche Erinya holen, und wie immer war diese rasch zur Stelle. Geräuschlos glitt Moydana durch die Tür. Die dunklen Augen in dem hellen Gesicht blickten Zervana erwartungsvoll an.

»Willst du für mich leiden?«, fragte Zervana leise.

»Wenn es Euer Wunsch ist, Usurpatorin.«

Zervana nickte nur, woraufhin Moydana ihren Umhang von den schmalen Schultern gleiten ließ. Kurz darauf biss sich Zervanas Geißel in Moydanas nackte Haut.

Es war schließlich die aufgehende Sonne, die dieses Spiel von Lust und Schmerz beendete. Zervana warf sich ihren Umhang über, doch bevor sie ihr Zimmer verließ, wandte sie sich zu Moydana um. »Ich hoffe, es hat dich ebenso in Ekstase versetzt, wie mich.«

Moydana lächelte zufrieden, dann verbeugte sie sich. »Ich habe unsagbar große Lust verspürt. Und die Narben werde ich stets mit Stolz tragen.«

»Du bist eine reinrassige Erinya von loderndem Blut. Genauso wie ich es bevorzuge. Du wirst in den kommenden Schlachten eine tragende Rolle übernehmen.«

In Moydanas Augen blitzte Freude auf, und sie verneigte sich abermals.

Kurz darauf durchquerte Zervana mit laut hallenden Schritten die Gänge zum Thronsaal. Als sie diesen betrat, sah sie zwei Ghule vor dem steinernen Thron stehen und unsicher die Erinyen mustern, die sie bewachten. Zervana erfreute sich an dem Anblick, stieg die Stufen empor und ließ sich nieder. Dann legte sie die Spitzen ihrer Finger aneinander und betrachtete die Gesandten noch eine Weile. Die beiden Ghule wiesen nur geringe Ähnlichkeit mit Hanafehl auf. Sie waren nicht nur kleiner und weniger kräftig, sondern wirkten auch ängstlich – eine Eigenschaft, die ihrem Herrn ganz und gar nicht zu eigen war. Hanafehl mochte zwar nicht der typische Vertreter seiner Art sein, doch diese beiden waren es sicher ebenso wenig.

Immerhin waren das nicht die ersten Ghule, die Zervana sah, viele standen bereits in ihrem Dienst und waren bei der Vernichtung der Menschen und Elfen hilfreich gewesen.

»Sagt mir, Gesandte aus Barantor, weshalb tritt Hanafehl, Fürst der Ghule, nicht selbst vor meinen Thron?«

Die beiden Ghule sahen einander zögernd an.

»Ich hatte mir einen Pakt durch Handschlag mit ihm erhofft«, erklärte Zervana. Selbstverständlich hatte sie nicht mit Hanafehls Erscheinen gerechnet, aber sie wollte sehen, wie die Frage von den beiden aufgenommen wurde.

Der größere der beiden Ghule wagte zu grinsen, wobei er allerdings lediglich seine Zähne entblößte. »Gebt uns Eure Hand mit. Ich bin sicher, Hanafehl wird einschlagen.« Der andere Ghul grunzte, was wohl ein Lachen sein sollte.

Zervana zeigte keine Regung. »Würdet ihr beide zu meinem Volk gehören, wäret ihr nun tot, noch bevor das Grinsen aus euren Gesichtern verschwunden wäre.«

»Aber wir sind keine Erinyen«, entgegnete der Ghul.

»Beim Feuer meiner Fackel, nein, glücklicherweise nicht.« Zervana erhob sich, richtete sich zu ihrer vollen Größe auf und ließ die Fackel in ihrer Hand lodern, sodass die Flammen den ganzen Thronsaal erhellten. Sofort wichen die beiden Ghule einen Schritt zurück, vermutlich befürchteten sie Schlimmes.

Zervana lächelte nur. »Nun denn. Welche Worte habt ihr mir von Hanafehl zu überbringen?«, säuselte sie, über alle Maßen freundlich.

»Die Ghule ziehen mit Euch in die Schlacht.«

Zervana nickte bedächtig. »Eine gute Entscheidung. Euer Volk wird sie nicht bereuen. Wie schnell kann Hanafehl seine Armee nach Zervanador entsenden?«

Die Ghule sahen einander an. »Zervanador?«, fragte schließlich der kleinere der beiden.

»Diese Stadt«, Zervana machte eine ausladende Bewegung mit der Hand, die die Fackel trug, »einst bekannt unter dem Namen Arboron, trägt nun den Namen Zervanador.«

Die Ghule schoben ihre Unterkiefer vor, wodurch kleine Reißzähne sichtbar wurden. Einer von ihnen runzelte gar die Stirn, was in den bleichen Fratzen recht grotesk aussah.

»Also, wie schnell?« Erneut glomm die Fackel auf.

»Fünf oder sechs Nächte vielleicht.«

»Zusätzlich zu den Nächten, die wir für unsere Rückreise benötigen«, ergänzte der größere Ghul.

»Nächte«, wiederholte Zervana.

»Ja, wir reisen nur im Schutz der Dunkelheit.«

»Vielleicht sieht euer Anführer dies anders. Hanafehl will rasche Erfolge. Er selbst hat mir das gesagt.«

Nun ging sie drohend einen Schritt auf die Ghule zu. Die duckten sich unmerklich, und Zervana sah, wie sich ihre Klauenhände anspannten.

»Deshalb rate ich euch, reist nicht nur während der Nacht, sondern nutzt auch den Tag. Ich selbst war Zeuge und sah, was Hanafehl mit Untergebenen tut, die zu langsam sind.«

Diese Worte zeigten Wirkung. Die Ghule bewegten sich unruhig; Zervana konnte beinahe ihren beschleunigten Herzschlag hören. Offensichtlich wussten sie, wovon sie sprach.

»Wir werden sofort aufbrechen.«

»Das freut mich. Ich sehe, ihr erkennt, worauf es ankommt. Nun geht, und zögert nicht, euch zu stärken. In Zervanador leben noch immer einige menschliche Sklaven.«

Prompt tropfte Speichel von den Lippen des kleineren Ghuls. Zervana wandte sich angewidert ab. »Ich erwarte eine Armee in höchstens acht Tagen«, rief sie den Besuchern über die Schulter zu, während sie langsam die Thronstufen hinaufstieg. Zwei Erinyen geleiteten die Ghule hinaus.

»Bringt mir Yorak«, rief sie einer Dienerin zu.

Wenig später stand der hochgewachsene Erinya vor dem Podest, auf welchem der Thron stand, und verneigte sich. »Welchen Wunsch vermag ich Euch zu erfüllen?«

»Töte einen der Ghule.«

Yoraks Augenbrauen gingen in die Höhe.

»Doch tu es nicht selbst. Wähle eine in Ungnade gefallene Erinya. Sie soll es tun. Dann töte die Erinya und gib dem überlebenden Ghul ihren Kopf mit.«

»Welchen Sinn soll dies haben? Damit ziehen wir nur den Zorn unserer Verbündeten auf uns«, wagte Yorak einzuwenden. »Ich verstehe Eure Handlungsweise nicht.«

»Aus diesem Grund bin auch *ich* die Herrscherin der Erinyen, und nicht du.« Zervana stieg von ihrem Thron und umrundete Yorak so dicht, dass sie seinen Atem spüren konnte.

»Ich bin mir sicher, Hanafehl hat mir absichtlich diese beiden schwächlichen und dummen Ghule geschickt, weil er mich glauben lassen will, ich könnte die Ghule leicht beherrschen. Er will mich in falscher Sicherheit wiegen, damit ich unvorsichtig werde.« Zervanas langer, spitzer Finger streckte sich Yoraks Kinn entgegen, und sie strich ihm über die glatte Haut. »Er versucht, mich zu manipulieren. Du verstehst sicher, dass ich das nicht dulden kann.«

»Und genügt es nicht, diese List des anderen zu durchschauen?«, fragte Yorak, und für einen Moment glaubte Zervana zu spüren, wie er seinen Kopf ihrem Finger ganz leicht entzog.

»Es mag sein, dass dir das genügt. Doch wenn einer seiner Ghule getötet wird und wir ihm gleichzeitig den Kopf der Mörderin zukommen lassen, wird ihm das zu denken geben.«

Yorak antwortete nicht, sondern blickte Zervana noch immer skeptisch an.

»Bei seinem ersten Erscheinen hat Hanafehl mich offen provoziert«, erklärte sie. »Zudem hat er seine Stärke zur Schau gestellt, indem er seine beiden Begleiter tötete. Nun schickt er uns zwei schwache und obendrein törichte Vertreter seines Volkes, weil er mich glauben lassen möchte, die Ghule wären leicht zu beherrschen. Was sagt dir das?«

»Er spielt mit Euch.«

Zervana nickte. »Und er will mich prüfen. Er will wissen, wie er mich einschätzen muss, damit er zukünftig meine Entscheidungen besser vorhersehen kann.«

»Wäre es dann nicht klüger, gar nichts zu tun?« Yorak verschränkte die Arme und lehnte sich gegen das Podest des Throns.

»Ich gebe zu, anfangs war ich geneigt, genau das zu tun. Aber«, Zervana hielt kurz inne, »ich will mitspielen! Er wird angestrengt darüber nachdenken, weshalb ich einen Ghul töte und gleich den Kopf der Mörderin mitliefere. Doch er wird zu keinem Ergebnis gelangen, denn es macht in der Tat keinen Sinn und wird dazu beitragen, dass er mich nicht einschätzen kann. Ich bleibe unberechenbar!«

Yorak nickte schließlich, auch wenn er noch immer nicht überzeugt zu sein schien, und wollte sich gerade abwenden.

»Warte«, Zervana hob die Hand. »Da ist noch etwas. Schlage dem überlebenden Ghul noch eine Hand ab.«

Yorak runzelte die Stirn.

»Frag nicht warum, Yorak«, kam ihm Zervana mit eiskalter Stimme zuvor. »Der Ghul wird wissen, weshalb. Immerhin hat er vorgeschlagen, meine Hand mitzunehmen, damit Hanafehl in unseren Pakt einschlagen kann. Ich kann nicht alle Unverschämtheiten dieses Gewürms dulden.«

»In der Tat, das könnt Ihr nicht«, stimmte Yorak zu. »Es soll so geschehen, wie Ihr es wünscht.« Yorak neigte den Kopf und ging mit geschmeidigen Schritten hinaus. Zervana lächelte ihm grimmig und zufrieden nach – alles verlief nach ihrem Plan.

12. DAS GEFANGENENLAGER

Die Halblinge hatten Elgos Behausung vor zwei Tagen verlassen und waren weiter in südliche Richtung marschiert. Auch dieser Morgen war wolkenverhangen. Nespur ging in die Hocke und betastete mit der Hand den Boden. »Das Gras ist über Nacht trocken geblieben.«

»Und was bedeutet das?«, wollte Enna wissen.

»Kein Tau hat sich darauf niedergeschlagen, das heißt, es wird heute Regen geben«.

»Ein hervorragender Tag für eine Wanderung, also«, scherzte Jorim, hakte die Daumen in den Trägergurten seines Bündels ein und lief los. Die Schreckensnachricht von Bronns Tod belastete ihn noch immer, doch wenigstens verlieh ihm jeder neue Tag ein wenig Hoffnung, denn zumindest hatten sie ein Ziel. Gefangene Halblinge zu befreien, wäre eine gute Tat.

Elgo führte sie ein ganzes Stück durch den Wald nach Süden, ehe er nach Westen abbog. Als die Gruppe schließlich die Deckung der Wälder verließ, ragten die Gipfel der Suravan-Berge im Süden und die steilen Berge der Hohen Wand von Myrador im Südwesten am Horizont auf. Der Aratol allerdings, der höchste Berg von Myrador, war von Wolken verhangen. Noch waren die Gebirge weit weg und lagen mehr im Dunst der Ferne verborgen, als dass sie wirklich gut sichtbar waren.

Inzwischen hatte es zu regnen begonnen, doch die Gruppe zog unbeirrt ihres Weges, obwohl sie schon bald bis auf die Haut durchnässt war. Der Weg war lang – wie Elgo gesagt hatte: Zwei weitere Nächte mussten sie in den Senken Arbors verbringen.

Erst am Abend des dritten Tages ließ der Regen endlich nach; weit im Westen riss der Himmel auf und gewährte den Reisenden einen Blick auf ein leuchtendes Abendrot am Horizont. Eine Weile lang waren die Wanderer durch ein lang gezogenes Tal marschiert, und als sie an dessen Ende einen Hügel erklommen hatten, hielten sie erstaunt inne. Jul hob die Hand und deutete nach Westen, wo die untergehende

Sonne hohe Turmspitzen mit einem rötlichen Schimmer überzog. »Was ist das?«

»Arboron«, erklärte Elgo, der nun deutlich nüchterner und konzentrierter war, »einstige Hauptstadt der Menschen. Nun ist sie besetzt von den Erinyen. Aus diesem Grund werden wir gebührenden Abstand halten.«

»Wie kann man nur solch gigantische Bauten in die Landschaft setzen?«, überlegte Enna laut, während sie weiterliefen.

»Erbaut aus Gier, Stolz und Arroganz«, meinte Nespur. »Weithin sichtbar für jeden. Wie eine Einladung zur Eroberung.«

»Und erobert wurde es«, stimmte Elgo zu.

»Ich möchte dort nicht wohnen«, entgegnete Enna.

»Ich auch nicht.« Jul verzog das Gesicht. »Mir wird schon beim Anblick der Türme aus der Ferne schwindlig.«

»Dann sollten wir uns beeilen, um von hier wegzukommen«, sagte Jorim und lief trotz des langen Marsches zielstrebig voraus. »Auch mir ist da mein behagliches Baumhäuschen lieber.«

So wanderten sie weiter, bis die Dunkelheit hereinbrach, ehe sie endgültig ihr Lager für die Nacht aufschlugen.

Am nächsten Morgen standen sie mit der Dämmerung auf und setzten ihren Weg fort. Die Strapazen der Reise waren ihnen inzwischen anzumerken. Sie sprachen nur noch wenig miteinander, jeder hing seinen eigenen Gedanken nach. Während Nespur sich damit begnügte, mit grimmiger Miene einen Fuß vor den anderen zu setzen, wirkte Elgo nachdenklich. Meist starrte er zu Boden und kratzte sich häufig am Kopf. Lediglich wenn er nach einer weiteren Landmarke Ausschau hielt, um sich neu zu orientieren, sah er auf.

»Mir tut alles weh!«, sagte Enna und schaute auf ihre pelzigen Füße hinab.

Jorim nickte nur.

Seine Schwester trat ein wenig näher an ihn heran. »Außerdem mache ich mir Sorgen um Elvor«, flüsterte sie.

»Weswegen denn?«, fragte Jorim kurz angebunden. Er hatte im Augenblick keine Lust, über Elvor zu sprechen.

»Er wirkt sehr verbittert.«

»Der wird schon wieder! Sein Selbstbewusstsein ist sehr empfindlich, wie du weißt.«

»Ich weiß nicht«, entgegnete Enna. »Ich denke, ihn nimmt das alles sehr viel mehr mit, als er zugeben würde, die Sache mit Bronn, der lange Marsch.«

»Da ergeht es ihm wie uns allen«, erklärte Jorim.

»Hm, vermutlich hast du recht. Aber Bronn war sein Großvater! Das macht einen kleinen Unterschied, weil ...«

»Vielleicht sollte sich Elvor ja einfach ein Beispiel an Jul nehmen«, unterbrach Jorim seine Schwester genervt und deutete auf den schmächtigen Halbling, der eilig einige Beeren von einem Strauch pflückte und sie in einem seiner Beutel verschwinden ließ.

Enna lachte leise, doch es war ein erschöpftes Lachen. Auch Jorim seufzte müde und war froh, dass Enna schwieg und sie nicht mehr über Elvor reden mussten. So schleppten sie sich schweigend weiter und erreichten gegen Mittag endlich die Hohe Wand von Myrador: Die massive Felswand ragte bedrohlich vor ihnen auf und bohrte sich in den Himmel. Was die Halblinge allerdings noch mehr faszinierte, waren die Ausläufer dieser Berge. Wie die langen, grauen Füße eines Riesen ragten sie weit ins Land hinein, waren fest verankert in der Erde Arbors, um den Bergen Halt in ihrem Kampf gegen die Winde zu bieten, die in den eisigen Höhen tobten.

Elgo blieb stehen und zeigte auf einen Punkt zwischen den beiden östlichsten Ausläufern. »Dort müssen wir hinein, um uns dem Lager zu nähern.«

»Dann sollten wir das restliche Licht des Tages nutzen«, meinte Elvor.

»Worauf warten wir also noch!«, entgegnete Jorim und marschierte weiter. Es dauerte allerdings nicht lange, da ließ Nespur sie wieder anhalten. Fährtenauge hob die Hand und wanderte im Gras umher, wobei er den Blick auf den Boden gerichtet hielt.

»Erinyen-Spuren, nicht wahr?« Elgo beobachtete Nespur beim Spurenlesen, woraufhin dieser nickte. »Und nicht gerade wenige.«

»Wir werden nicht einfach am helllichten Tag hineinmarschieren und die Halblinge befreien können«, sagte Enna und blickte nachdenklich nach Süden, dorthin wo sich zwischen den beiden Ausläufern der Zugang zu den Stollen befand. »Es wäre klüger, uns in der Dämmerung anzuschleichen.« Dies war ein Plan, dem niemand widersprechen konnte.

Sie suchten nach einem geeigneten Versteck und wurden in einem angrenzenden Dickicht fündig. Als sie näher kamen, hörten sie allerdings das immer lauter werdende Summen von Insekten. In dem Gehölz musste es von wilden Bienen, die sich in totem Holz niedergelassen hatten, nur so wimmeln.

Hastig zogen sie sich zurück und fanden schließlich ein Haselnussdickicht, in dem sie auf den Einbruch der Nacht warten wollten. Derweil vertrieben sie sich die Zeit auf Halblingsart: mit essen und trinken. Jul und Jorim ließen es sich nicht nehmen, die Büsche um ihre noch grünen Haselnüsse zu erleichtern. Elgo hingegen hatte wieder ein bauchiges Fläschchen unter seinem Umhang hervorgezaubert und tat sich daran gütlich, sehr zum Missfallen von Nespur.

»Du solltest nüchtern bleiben, es hilft uns wenig, wenn du betrunken vor die Füße der Erinyen torkelst!«

»Nespur hat recht«, stimmte Enna zu und blickte in die Runde. »Ich denke, wir alle sehen das so, oder?«

Jorim, Jul und Elvor nickten.

Daraufhin zuckte Elgo betont gelassen mit den Schultern und steckte die Flasche weg. Dann machte auch er sich an den Nüssen zu schaffen.

Auf diese Weise verbrachten sie die Zeit, bis schließlich die Dämmerung hereinbrach, begleitet vom Funkeln der ersten Sterne. Ein leiser Wind strich durch die Gräser, und durch das Blätterwerk hindurch erkannte Jorim einige Wildenten, die in Pfeilformation über den dunkelblauen Abendhimmel zogen.

»Es ist so weit«, sagte Elvor leise. »Wir sollten aufbrechen.«

»Lasst uns die Deckung der Büsche und das hohe Gras nutzen«, schlug Nespur vor. »Um uns zu verbergen, brauchen wir nur die Köpfe einzuziehen und geduckt zu gehen.«

»Ja, klein zu sein, kann auch seine Vorteile haben«, meinte Jorim und schlich zusammen mit den anderen hinter den Sträuchern entlang, bis sie die Bergausläufer erreicht hatten. Es war Elgo, der sie führte und irgendwann die Hand hob. Er deutete auf einige Hügel links von sich. »Lasst uns dort weitergehen. Das ebene Land zwischen den Ausläufern wird immer enger.«

»Und umso wahrscheinlicher wird eine Begegnung mit dem Feind, nicht wahr?«, schloss Enna.

»Kluges Mädchen«, flüsterte Elgo, wobei er sie von oben bis unten betrachtete. »Und hübsch dazu.«

»Schon gut. Weiter jetzt!« Elvor schob Elgo energisch vorwärts, und der trinkfreudige Halbling kraxelte den Hügel empor. Es dauerte nicht lange, und die Gefährten konnten von dort oben einige Lichtpunkte sehen, die sie nur allzu gut kannten: die Fackeln der Erinyen.

»Wie ich erwartet habe«, meinte Elgo und schlich weiter, während ihm die anderen folgten. Wenig später kauerten sie sich auf einen flachen Felsvorsprung hinter einige Steine und blickten hinab. Direkt unter ihnen in der Wand des Bergmassivs lag die Mine. Was man sah, war eigentlich nur der große Stolleneingang: so breit, dass ihn wohl hundert Halblinge nebeneinander hätten durchschreiten können – wären da nicht die Wächter gewesen.

Regungslos standen sie da, vier Erinyen mit ihren Fackeln und Geißeln in den Händen. Der Abendwind strich durch ihre löchrigen Umhänge, das Leuchten ihrer Fackeln erhellte die bleiche, welke Haut. Ihre Gesichter waren unter den Kapuzen verborgen.

»Seid vorsichtig, wenn ihr ihnen in die Augen seht«, mahnte Elgo. »Auf den ersten Blick hält man sie für außergewöhnlich schön, doch wenn euch ihre dunklen Augen erst einmal fixiert haben, dann offenbart sich ihr grausames Wesen in einem unsagbar hässlichen Antlitz.«

»Es heißt, wer das Auge einer Erinya erblickt, fällt dem Wahnsinn anheim und wird nie wieder gesund«, flüsterte Jorim, ohne den Blick von der Höhle zu nehmen. »So zumindest hat Vern es mir irgendwann einmal gesagt.«

»Ja, so ist es«, pflichtete Elgo ihm bei. »Die haben etwas Böses in ihren Augen, das ich nicht beschreiben kann. Dennoch sind wir Halblinge gegen die Blicke der Erinyen besser geschützt als andere.«

»Ist ja auch kein Wunder«, überlegte Jul laut. »Wir haben eine andere Vorstellung von dem, was schön und was hässlich ist.«

»Stimmt«, entgegnete Elvor und zwinkerte Enna zu. »Enna ist

schön, aber doch nicht diese ausgemergelten, vertrockneten Krakelfichten dort unten.«

Enna blickte Elvor verblüfft an, öffnete den Mund, schloss ihn aber sogleich wieder. Es schien, als hätte er ein klein wenig seines Selbstvertrauens zurückgewonnen – das wollte sie nicht zerstören.

Jorim hätte um ein Haar losgeprustet. »Aber was Unansehnlichkeit angeht, übertrifft Helebert Wassertreter diese wandelnden Umhänge bei Weitem.«

»Interessant, eure Betrachtungsweise«, sagte Nespur, der das alles nicht besonders komisch fand. »Doch mir scheint, eure Erkenntnis ist unserem Vorhaben wenig dienlich.«

»Ist doch bloß Geschwafel«, erwiderte Elgo abwinkend, »wenn auch recht amüsant. Ich habe aber noch etwas anderes gemeint, als ich sagte, Halblinge seien besser gegen die Blicke der Erinyen geschützt als andere.«

»Was denn?«, hakte Jul nach.

»Ich habe herausgefunden«, er hob einen Finger in die Luft und griff mit der anderen Hand in die Innentasche seines Umhangs, »dass uns das grausame Erinyen-Antlitz unter einem Umstand nichts anhaben kann, und zwar im Rausche, denn da sind wir entspannter!« Mit diesen Worten zog Elgo seine Hand wieder hervor und winkte mit einer Flasche. »Borkenschnaps! Trinkt den, und der Blick des grässlichen Weibsvolkes prallt an euch ab!«

Alle schwiegen und sahen den sonderlichen Halbling an. Es war Enna, die als Erste sprach.

»Das ist nicht dein Ernst? Der Trank hat deine Sinne vernebelt!«

»Mitnichten, holde Halblingsmaid, mitnichten.« Elgo hielt den anderen die Flasche hin.

»Und woher hast du den überhaupt?«, wollte Jorim nun wissen.

»Die Menschen im Dorf haben ihn gebraut, nach meiner Anleitung.« Elgo richtete die Flasche auf Nespur. »Wir haben dort übrigens so einige Fässer zurückgelassen, die mit dem edlen Gebräu gefüllt waren.«

»Oh«, entfuhr es Jorim bedauernd.

»Elgo«, Nespur fasste den ergrauten Halbling am Kragen und zog ihn zu sich heran, »du willst doch nicht etwa vorschlagen, wir sollten die anderen Halblinge im Vollrausch befreien?«

Elgo hob die Achseln. »Nun ja, zumindest sollten wir uns einen kleinen Schwips antrinken. Zur Sicherheit.«

Nespur ließ ihn los, schüttelte den Kopf und seufzte.

»Wir brauchen einen besseren Plan«, warf Jul ein. »Außerdem wissen wir nicht einmal, ob sich Halblinge in diesem Stollen befinden.«

Er zeigte auf den abendlichen Höhleneingang, zog seine Hand jedoch rasch wieder zurück, als hätte er sich verbrannt. »Seht nur«, stammelte er und duckte sich.

Die anderen taten es ihm gleich und spähten hinüber. In der Mine polterte es, ein Schnauben war zu hören, und kurz darauf wurden Schatten sichtbar.

Die sechs Halblinge hielten den Atem an und blickten wie gebannt auf den Eingang der Höhle.

Dort unten lösten sich aus der Dunkelheit des Stollens zwei Karren, die von je einem kleinen Pferd ins Freie gezerrt wurden. Jorim konnte es kaum fassen – doch tatsächlich wurde jedes Fuhrwerk von Halblingen, insgesamt fünf, begleitet. Sie hatten die Gefangenen gefunden.

13. DIE HOHE WAND VON MYRADOR

Verdreckt, zerlumpt und erschreckend abgemagert schlurften die Halblinge neben den Pferden her. Auch die Tiere schritten mit gesenkten Köpfen dahin und boten einen nicht minder erbärmlichen Anblick. Ihre Rippen waren selbst in der Dunkelheit sichtbar, die Kruppen ragten ebenso spitz in die Höhe, wie die Hüftknochen zur Seite herausstachen. Vielleicht entsprachen sie damit sogar dem Schönheitsideal der Erinyen.

Von diesen kaum beachtet, lenkten die Halblinge die Wagen nach rechts, direkt in die Richtung der Gefährten. Die duckten sich rasch.

»Was tun sie da?«, flüsterte Jul.

Nespur hob kurz den Kopf und spähte über den Vorsprung, ehe er wieder in Deckung ging. »Sie halten genau auf uns zu.«

Gebannt lauschten sie, wie die Geräusche der rollenden Wagen und das Hufgetrappel immer näher kamen. Erst unmittelbar unterhalb des Felsvorsprungs, auf dem die sechs lagen, hielten die Gefangenen an.

Jorim runzelte die Stirn. »Sie laden ab.«

»Dann muss sich direkt unter uns so etwas wie ein Lagerraum befinden«, mutmaßte Enna, woraufhin sich Jorim langsam nach vorne schob.

»Sei vorsichtig«, flüsterte Enna.

Jorim winkte ab und robbte Stück für Stück über den nackten Fels. Als er die Kante erreichte, lugte er über den Rand und sah, wie die Halblinge Säcke von den Wagen zerrten und damit direkt unter ihm verschwanden. Einen Moment lang überlegte er, den Unglückseligen ein Zeichen zu geben, ließ es dann jedoch bleiben, weil er noch weitere Erinyen entdeckte, die den Lagerraum bewachten. Ein leises Sirren lenkte ihn ab, und im nächsten Augenblick landete eine Stechmucke auf Jorims Wange. Reflexartig klatschte er mit der flachen Hand darauf und erschrak. Eine der Erinyen drehte sich plötzlich um und sah zu ihm herauf. Schnell presste sich Jorim flach gegen den Fels und wagte nicht einmal zu atmen. Er hoffte nur, dass er unentdeckt geblieben war, und rührte sich nicht, bis er hörte, wie die Fuhrwerke sich wieder in Richtung der Mine in Bewegung setzten. Eine Weile noch hielt Jorim den Atem an, dann krabbelte er langsam rückwärts.

»Dort unten sind noch mehr Erinyen«, berichtete er den anderen. »Wie ich schon sagte, das wird ein gefährliches Unterfangen.«

»Du willst doch jetzt nicht kneifen?« Elvor sah ihn mit zusammengezogenen Brauen an.

»Nein, aber mich verwundert deine Begierde, dich in Gefahr zu begeben, besonders nach dem Vorfall in den Bergen ...«

»Daran brauchst du mich nicht zu erinnern«, zischte Elvor und schlug unwirsch nach einer Mücke.

»Eben«, mischte sich Enna ein. »Das liegt hinter uns.«

Jorim verkniff sich eine Bemerkung, denn er wusste, Enna hatte recht. Doch was, wenn sie sich in Gefahr befanden und Elvor wieder in Panik verfiel? Elvor Sternenfaust wollte sich nun beweisen, um seine Ehre wiederherzustellen. Doch war auf ihn Verlass?

Ein wenig gereizt schlug Jorim nach einer weiteren dieser lästigen Mücken. »Können diese Biester nicht die Erinyen stechen, anstatt ...«, er brach ab und hielt inne. »Aber natürlich, das könnte die Lösung sein!«

»Was?«, fragten alle gleichzeitig und blickten ihn erwartungsvoll an.

»Wir hetzen die Stechmücken auf die Erinyen, das wird sie ablenken!«

»Und wie willst du das machen?«, fragte Nespur skeptisch.

»Nun ja«, Jorim legte einen Finger an die Lippen, »es müssen ja keine Mücken sein, Bienen oder Wespen tun's auch.«

»Hm.« Nespur strich sich übers Kinn. »Dieser Gedanke ist nicht so abwegig, wie es zunächst scheinen mag. Wenn sich vorher ein oder zwei von uns in den Stollen schleichen, um den Gefangenen Bescheid zu geben, könnte der Rest von uns die Flucht mit den Wespen decken und die Erinyen ablenken.«

»Das ist doch verrückt«, meinte Enna, musste dann aber grinsen, sodass sich Grübchen auf ihren Wangen bildeten, »so verrückt, dass es meinen Gefallen findet.«

»Aber wo kriegen wir Bienen oder Wespen her?«, wollte Elgo wissen.

»Das Dickicht, in dem wir uns vorhin verstecken wollten«, erinnerte Jul die anderen. »Dort summte und brummte es nur so vor Totholzbienen!«

»Aber natürlich!«, rief Jorim erfreut. »Wenn die Erinyen sich schon mit den Totenessern einlassen, werden sie diese Bienen lieben.«

»Das waren Terrorbienen«, klärte Nespur sie auf.

»Noch besser!«, entgegnete Jorim. »Wir müssen nur das abgestorbene Holz irgendwie hierherschaffen.«

»Am besten, ohne uns stechen zu lassen«, entgegnete Enna und kratzte sich am Arm.

»Arnkraut«, warf Nespur ein. »Damit könnten wir uns einreiben.«

»Ein guter Gedanke«, stimmte Enna zu, »kein Insekt erträgt diesen Gestank.«

»Nicht nur Insekten haben damit Probleme«, sagte Jul schmunzelnd.

»Dann steht also unser Plan.« Jorim rieb sich die Hände. »Zwei von uns begeben sich in den Stollen und holen die Gefangenen, während die anderen das Bienenholz auf die Erinyen werfen.«

»Du weißt, dass es nicht so einfach wird, wie es klingt«, wandte Jul ein.

»Natürlich werden wir hier und da ein wenig improvisieren müssen«, entgegnete Jorim. »Es ist ohnehin nicht möglich, so ein Unterfangen bis ins kleinste Detail zu planen.«

»Jul hat recht.« Enna hielt Jorim am Arm fest, als er sich schon erheben wollte. »Wir können doch nicht einfach so in den Stollen spazieren und mit den Gefangenen wieder hinaus!«

Jorim seufzte und ließ sich wieder zurücksinken, auch wenn es ihn drängte, loszuschlagen.

»Noch ist es dunkel«, warf Elvor ein, »wenn wir uns beeilen und die Bienen holen, ehe es hell wird, könnten wir uns an den Erinyen vorbeischleichen.«

»Du hast ja nicht die geringste Ahnung, wie wachsam eine Erinya ist!«, klärte Elgo ihn auf.

»Und ich nehme an, du weißt es ganz genau«, höhnte Elvor.

»Allerdings!« Elgo sah ihn unbeirrt an.

»Ruhe jetzt!«, unterbrach Nespur die beiden. »Lasst uns mal nachdenken. Auch ich bezweifle, dass wir unbemerkt in die Mine gelangen können. Aber wir könnten …« Nachdenklich fuhr er sich übers Kinn.

»Was?«, drängte Jorim.

»Ganz offen hineinspazieren«, beendete Nespur seinen Satz.

Die anderen starrten ihn an.

»Morgen, bei Sonnenaufgang«, fuhr Nespur fort, »gehen wir zu den Erinyen und sagen, wir seien neue Minenarbeiter.«

»Und woher willst du wissen, dass sie uns nicht auf der Stelle töten?« Elvor fuhr sich mit dem Finger über die Kehle.

»Wir behaupten einfach, Zervana schickt uns!«, kam Jorim Nespurs Antwort zuvor. »Wenn wir ihnen erzählen, die Erinyen-Herrscherin wolle mehr Silber zutage fördern, werden sie es kaum wagen, uns zu töten.«

»Genau«, pflichtete Nespur ihm bei und ließ seinen Blick über die Halblinge schweifen.

»Könnte funktionieren«, gab auch Enna zu.

»Und wie geht es dann weiter?«, fragte Jul. »Sicher gibt es im Stollen noch mehr Erinyen.«

»Wenn wir auf die Gefangenen treffen«, erklärte Nespur, »werden wir mit ihnen ganz normal auf die Karren steigen, um nach draußen zu fahren und unsere Fracht abzuladen. Sind wir dann erst einmal hier«, Nespur deutete nach unten auf den Bereich vor dem Mineneingang, »treiben wir die Ponys an und flüchten.«

»Und genau das ist der Zeitpunkt, wo die Terrorbienen ins Spiel kommen«, ergänzte Jorim. »Diejenigen von uns, die hier bleiben, schleudern das Holz auf die Erinyen und decken so unsere Flucht.«

»Das könnte klappen«, stimmte Nespur zu. »Doch es könnte auch sein, dass wir alle bei dem Versuch sterben.«

Die Gefährten schwiegen und sahen einander ernst an.

»Aber wir können Angehörige unseres Volkes nicht hier zurücklassen, wo ihnen der baldige Tod gewiss ist, oder?« Elgo hatte leise gesprochen, doch seine Stimme klang entschlossen. Alle blickten ihn an. »Ihr wisst ja nicht, wie oft ich schon hier gewesen bin und verzweifelt überlegt habe, wie ich sie nur befreien könnte.«

Beschämt wandte er den Blick ab, und schon war die Flasche wieder an seinem Mund.

»Betrinkst du dich deswegen?«, fragte Enna. Elgo presste die Lippen aufeinander. Dann schluckte er den Borkenschnaps hinunter und rang sich ein Lächeln ab.

»Es ist der einzig wahre Schutz gegen eine Erinya, Mädchen, glaub mir.«

Er hielt ihr die Flasche hin, und ohne den Blick von Elgos dunklen Augen abzuwenden, nahm Enna sie entgegen und trank. Ihr Gesicht verzog sich, und sie reichte die Flasche an Jorim weiter.

»Wir sollten erst die Bienen holen«, flüsterte Nespur. »Geht zurück zum Dickicht. Ich suche Arnkraut und treffe euch dann dort.«

Die Mitte der Nacht war bereits verstrichen, als Nespurs schwarz gekleidete Gestalt sich endlich aus der Dunkelheit löste und wieder zu ihnen gesellte. Sie hatten sich erneut unter den Haselnusssträuchern versteckt und dort auf ihn gewartet. Ein stechender Geruch begleitete den Fährtenleser, und Jorim und Enna rümpften die Nasen, während Elvor und Jul sogar die Köpfe abwandten. Elgo hingegen hielt sich einfach die geöffnete Flasche direkt unter die Nasenlöcher.

»Arnkraut!« Nespur hob triumphierend ein dickes Büschel des übel riechenden Gewächses in die Luft. Eigentlich handelte es sich nur um handtellergroße, dicke Blätter, die ihren Geruch erst dann entfalteten, wenn man sie zerrieb. Ganz offensichtlich hatte Nespur das schon getan, zudem war die grünliche Paste in seinem Gesicht und an seinen Händen gut zu erkennen.

»Hier«, Nespur verteilte großzügig die Blätter, »zerdrückt es und reibt euch ein. Und seid bloß nicht zu sparsam damit!«

Als sie mit der unangenehmen Prozedur fertig waren, nahmen sie einige Decken und suchten das Gehölz mit den Bienenbehausungen auf. Terrorbienen nisteten bevorzugt in abgestorbenen Baumstämmen oder am Boden liegenden morschen Ästen. Davon gab es hier mehr als genug.

»Glücklicherweise sind diese Bienen kaum aktiv bei Dunkelheit«, sagte Jul, »das ist hilfreich.«

»Nehmt die Decken und wickelt darin ein paar der Äste ein«, schlug Nespur vor. »Aber achtet darauf, dass sie nicht zu schwer sind und ihr sie noch tragen und werfen könnt!«

»Morsches Holz ist nicht so schwer«, entgegnete Elvor, während er rasch zwei dicke Aststücke mit einer Decke umhüllte. Als sie genug beisammen hatten, schnürten sie die Decken mit einem zerschnittenen Strick zu und machten sich auf den Rückweg zur Mine. Das Summen wurde während des Marschs immer heftiger und wirkte in der Nacht unangenehm laut.

Als sie ihren Felsvorsprung wieder erreicht hatten, gingen sie in Deckung und beobachteten die Geschehnisse an der Mine aus sicherer Entfernung.

Mittlerweile war Wind aufgekommen und jagte unzählige Wolkenfetzen über den vom Mond erhellten Nachthimmel. Wie zur Reglosigkeit erstarrte Geister standen die vier Erinyen in der Dunkelheit, während ihre zerrissenen Umhänge im Nachtwind flatterten und ihre glimmenden Fackeln ungleichmäßig pulsierten.

Ein Schauder lief über Jorims Rücken, als er an ihren Plan dachte. Doch schnell verwarf er seine düsteren Gedanken, bevor ihn diese einschüchtern konnten.

»Wir müssen noch klären, wer in den Stollen geht und wer hierbleibt, um die Flucht zu decken«, unterbrach Nespur die Stille. »Ich würde mich bereit erklären, hineinzugehen.«

»Ich komme mit«, riefen Jorim und Elvor gleichzeitig.

»Nein, das ist meine Aufgabe!« Elgo richtete sich auf. »Ich muss es tun.«

»Weshalb?«, wollte Enna wissen.

»Warum *musst* du es tun?« Auch Jorim blickte den ergrauten Halbling fragend an.

Elgo räusperte sich. »Nun, wie ich schon sagte, war ich schon mehrmals hier und«, er senkte den Kopf, »... und habe versagt.«

»Du warst allein«, versuchte Enna ihn zu trösten.

»Dennoch«, entgegnete Elgo entschieden, »ich gehe mit, und niemand wird mich heute daran hindern.« Er klang so entschlossen, dass auch Nespur stutzte, dann aber zustimmend nickte.

Jorim und Elvor musterten Elgo kritisch.

»Ich werde euch dennoch begleiten«, meinte Jorim schließlich. Er fand es nicht richtig, Nespur allein mit einem Säufer in den Stollen gehen zu lassen.

Elvor wollte offenbar protestieren, doch Enna kam ihm zuvor.

»Hier, zieht«, sagte sie und hielt ihm und Jorim zwei Grashalme hin. »Wer den längeren hat, geht mit Nespur und Elgo.«

»Wäre die Lage nicht so ernst und wir in Rimbors Taverne, hätte ich jetzt eine passende Bemerkung parat«, entgegnete Elvor und grinste anzüglich.

»Eine Bemerkung, die wir ganz bestimmt nicht würden hören wollen«, warf Jul ein.

»Schon gut. Was dagegen, wenn ich den Anfang mache?«

Jorim schüttelte den Kopf. Langsam streckte Elvor seine Hand aus, überlegte kurz und zog schließlich einen der Halme. Jorim nahm den anderen, hielt ihn neben Elvors und grinste siegessicher. »Ich habe den längeren.«

Enna stieß ihren Bruder in die Seite. »Unterschätzt den Ernst der Lage nicht!«

»Tun wir nicht«, versicherte Jorim.

Als sich schließlich die Sonne über den Horizont schob und ihre ersten Strahlen über den Himmel sandte, machten sich Jorim, Nespur und Elgo bereit für den Aufbruch. Jorim packte noch rasch zwei der Bienenhölzer ein – vielleicht würden sie sich in den Stollen als nützlich erweisen – und ging dann auf seine Schwester zu. Einen Moment lang betrachtete er Enna, dann umarmte er sie.

»Gib auf dich acht.« Enna schluckte schwer und rang sichtlich um Fassung. »Du kommst da wieder heil heraus, hörst du?«

»Was denkst du denn? Glaubst du im Ernst, ich richte mich da unten ein, wo ich doch ein so gemütliches Baumhaus habe?«

Enna lächelte. »Ja, natürlich. Und im Notfall komme ich dich holen.«

»Abgemacht«, entgegnete Jorim grinsend und sah dann zu Jul und Elvor. »Passt auf sie auf.«

Beide nickten. »Das werden wir.«

»Es ist Zeit, wir müssen los«, unterbrach sie Nespur.

Und so machten sich die drei auf den Weg, gingen zunächst ein Stück weit nach Norden zurück, um nicht auf ihr Lager aufmerksam zu machen, und wanderten dann direkt auf die Mine zu. Damit sie nicht allzu merkwürdig aussahen und deshalb von den Erinyen getötet wurden, wischten sie sich notdürftig das Arnkraut aus dem Gesicht. Der Gestank haftete ihnen ohnehin an.

Kurz bevor sie die Mine erreichten, hielt Elgo den anderen erneut seine Flasche hin. »Ich weiß, ihr haltet mich für einen Säufer«, meinte er, »und wahrscheinlich bin ich das auch. Aber ich scherze nicht. Nicht jetzt, nicht heute. Dieser Trunk bietet einen gewissen Schutz vor den Erinyen.«

Es schien ihm ernst zu sein. Nespur zögerte kurz, dann ergriff er wortlos die Flasche und nahm einen kräftigen Schluck. Kurz blähten sich die Wangen des Fährtenlesers bedrohlich auf, und Jorim glaubte schon, er würde Elgos Gesöff wieder ausspucken, doch dann schluckte er es herunter und reichte Jorim die Flasche. Auch dieser, den nun eine gewisse Neugier plagte, nahm die Flasche entgegen und trank. Noch nie zuvor hatte er eine derart heftige Explosion von frischer Borke auf seiner Zunge verspürt, noch nie ein solch starkes Gebräu gekostet. Jorim schluckte den Borkenschnaps hinunter, und schon jetzt ahnte er, dass er dessen Weg durch seine Innereien aufs Genaueste würde verfolgen können.

»Belebend, nicht wahr?« Elgo sah ihn abwartend und gleichermaßen stolz an.

»Der weckt Tote auf«, pflichtete Jorim ihm bei, und Elgo grinste noch breiter.

Sie setzten ihren Weg fort, und als sie um einen Felsen herumbogen, entdeckten sie schließlich die Erinyen. Als hätten sie sich nie gerührt, standen sie noch immer so vor der Mine wie in der letzten Nacht. Nun jedoch kam Bewegung in die Wesen. Ihre verhüllten Gesichter wandten sich den Halblingen zu, und eine von ihnen schritt den Neuankömmlingen entgegen. Kurz verschwamm die Gestalt, was Jorim dem Alkohol zuschrieb. Er blinzelte und blickte zu der Erinya auf.

»Es muss einen besonderen Grund geben, wenn ihr uns gegenübertretet«, sagte die Erinya so leise, dass man ihre Worte kaum vom Säuseln des Windes unterscheiden konnte. »Ihr wisst doch sicher, dass euch ein rascher Tod erwartet.«

Die Erinya sah von oben herab, das Gesicht noch immer unter der Kapuze verborgen.

»Den Grund gibt es fürwahr«, entgegnete Nespur.

»Dann sprich, und tu es rasch.« Die Erinya strich sich die Kapuze zurück. Eine Flut von roten Haaren ergoss sich über ihre schmalen Schultern, umschmeichelte ihr zartes Gesicht und brachte stechend grüne Augen mit einer Intensität zur Geltung, wie sie ihresgleichen suchte. Jorim bekam nicht mit, wie ihm der Unterkiefer herunterklappte – doch den Schock, der ihn durchlief, als die Erinya ihn ansah, bemerkte er sehr wohl. Er torkelte einen Schritt zurück, denn die eben offenbarte Schönheit der Erinya war plötzlich einer unaussprechlichen Hässlichkeit gewichen. Es war Jorim ein Rätsel, wie dies sein konnte, wie Liebreiz und Wohlgestalt sich von einem Lidschlag zum anderen in einen grauenvollen Schrecken verwandeln konnten.

Die grünen Augen, gerade noch leuchtend wie Westendtals weite Auen, waren nun vom Schatten der Bosheit überzogen, wirkten dunkel und düster, die feine, helle Haut sah aus wie verwelkt, und das rote Haar, eben noch eine leuchtende Pracht, erweckte nun den Anschein flammender Verderbnis, in der Jorim jeden Augenblick verbrennen würde. Kälte legte sich um sein Herz, drückte zu, hinderte es am Schlagen. Nur das Brennen von Elgos Borkentrunk in seinen Gedärmen schien seine Sinne beisammenzuhalten – und unter diesen Umständen erschien ihm das nicht einmal absurd.

Auch Elgo und Nespur wichen unwillkürlich zurück, doch der alte Fährtenleser fing sich rasch und straffte die Schultern.

Die Erinya kniff verwundert die Augen zusammen, doch lauschte sie, als Fährtenauge sprach.

»Wir waren in Arboron und dort haben wir in Erfahrung gebracht, dass es hier Arbeit für uns geben soll. Arbeit mit reichlicher Entlohnung. Aus diesem Grund sind wir hier.«

»Was ist es, das euch aufrecht stehen lässt?«, zischelte die Erinya, ohne auf Nespurs Worte einzugehen. Stattdessen schritt sie vor den dreien auf und ab. »Ist es eure Größe? Seid ihr so klein, dass ihr euch nicht mehr beugen könnt? Selbst die Großen und Starken kriechen, wenn sie meinem Blick begegnen. Also, was ist es, das euch stehen bleiben lässt?«

Fast schon wirkte sie ein wenig gereizt, ja verärgert über die Standfestigkeit der Halblinge.

»Es ist die Angst, die uns erstarren lässt«, warf Jorim ein und wusste sehr wohl, dass seine Erklärung durchaus einen Funken Wahrheit besaß. »Wir werden dann nahezu unbeweglich.«

Elgo nickte zustimmend, und die Erinya runzelte kurz die Stirn. »Ist das so?« Blitzschnell zuckte ihr Arm nach vorn, und eine kalte, knochige Hand legte sich an Jorims Wange.

»Ein ansehnliches Gesicht für einen Halbhohen.« Sie bog seinen Kopf ein wenig zur Seite und musterte ihn. »Ein gleichmäßiges Profil«, sagte sie leise, schüttelte dann aber kaum merklich den Kopf. »Doch ihr seid zu klein, viel zu klein, um die lodernde Begierde einer Erinya zu stillen.«

Nun bekam Jorim es wirklich mit der Angst zu tun. Er schluckte und warf Nespur einen panischen Blick zu.

»Finden wir nun Arbeit bei euch oder nicht?«, rief dieser, ein wenig zu forsch vielleicht.

Der Kopf der Erinya schnellte herum, und die grünen Augen durchbohrten Nespur. Jorim wusste nicht, wie Fährtenauge das schaffte, doch er hielt ihrem Blick stand.

»Einäugig und dreist, und obendrein stinkt ihr schlimmer als ein Haufen Ghule!« Die Erinya rümpfte die Nase. »Also, nennt mir einen Grund, weshalb ich euch nicht töten sollte, zumal es mir auch noch Freude bereiten würde?«

»Weil Zervana, die Herrscherin persönlich, uns schickt«, meldete sich nun Elgo zu Wort. »Und sie wird noch mehr von uns schicken, denn sie gedenkt, den Silberabbau zu verstärken. Wenn ihr ihre Arbeitskräfte tötet, so ist euch der Zorn der Herrscherin gewiss.«

»Ihr könntet auf dem Weg hierher verschollen sein«, entgegnete die Erinya ungerührt.

»Ja, das könnte zwar sein«, stimmte Nespur zu, »aber vielleicht glaubt sie euch diese Geschichte nicht – den Ärger wollt ihr sicher nicht riskieren.«

Die Erinya schmunzelte, wenngleich dies nichts Warmes an sich hatte. Würde sie jemanden grausam zu Tode foltern, wäre ihr Gesichtsausdruck ganz sicher der gleiche, dachte Jorim.

»Ihr drei seid amüsant«, sagte sie schließlich, dann trat sie zur Seite und deutete auf eine der anderen Erinyen. »Zakanja wird euch den Weg zu harter Arbeit weisen. Doch was die Entlohnung anbelangt, so hatte Zervana sicher anderes im Sinn als ihr.« Ihre Stimme klang spöttisch, doch die Halblinge nickten erleichtert.

Besagte Zakanja nahm sich ihrer an und führte die drei in den Stollen, wo sie von sofortiger Dunkelheit empfangen wurden.

»Hoffentlich geht alles gut«, flüsterte Enna, als sie, Elvor und Jul auf dem Bauch liegend beobachteten, wie ihre Gefährten vom Mineneingang verschluckt wurden.

»Sie werden es schaffen«, erwiderte Elvor, und Enna zuckte zusammen, als sie seine Hand auf ihrer Schulter spürte. Als sie ihn ansah, zog er sie rasch zurück.

»Ja, sicher«, entgegnete sie nur. »Ich mache mir trotzdem Sorgen – um Jorim.« Enna wandte sich von der Mine ab und drehte sich auf den Rücken. »Und um die anderen natürlich auch.«

»Das geht mir genauso.«

Enna betrachtete Elvor mit gerunzelter Stirn.

»Du glaubst mir nicht, oder?«, wollte er wissen.

Enna schwieg einen Moment. »Doch, ich glaube dir«, sagte sie schließlich.

»Aber du magst mich dennoch nicht«, mutmaßte Elvor.

»Du machst es einem nicht immer einfach, dich zu mögen.«

Elvor senkte den Kopf. »Ich verstehe. Ich kann es dir auch nicht verdenken, seit jenem Vorfall in den Bergen, als ich stürzte und ...« Er brach ab und warf einen raschen Seitenblick auf Jul.

»Das ist es nicht«, stellte Enna richtig. »Mir ist, als habe dein Sturz eine andere Seite von Elvor Sternenfaust zum Vorschein gebracht.«

»Eine andere, ja, natürlich. Eine unrühmliche.« Achtlos zupfte Elvor an einem Grasbüschel herum.

»Eine Seite, die mir besser gefällt«, erwiderte Enna.

»Und mir auch«, warf Jul ein, während sein Blick unsicher zwischen Enna und Elvor hin und her wanderte. »... sofern das überhaupt jemanden interessiert.«

Elvor nickte nur, kurz schien es, als wolle er etwas sagen, doch er schwieg und grübelte offenbar über ihre Worte nach.

Enna richtete sich auf und legte ihm eine Hand aufs Knie. »Wir alle haben Angst, Elvor. Das ist normal. Heldenmut ist zumeist töricht und führt nicht selten in den Tod. Wir müssen unsere Angst annehmen und zu ihr stehen. Dann überleben wir«, sie senkte den Kopf, »vielleicht.«

»Dennoch wiegt die Bürde schwer«, erklärte Elvor leise, »etwas drängt mich, Heldentaten zu vollbringen, seitdem ich ein Kind bin. Immer wollte ich ein Sternenfaust sein. Versteht ihr? Mit allem, was den Namen ausmacht und noch mehr. Jetzt bin ich ausgezogen, um Bronn Sternenfaust selbst zu finden, und erfahre, dass er tot ist.« Elvor schüttelte den Kopf. »Wie kann das sein? Jetzt, da wir ihn brauchen.« Er seufzte und sah Enna so traurig an, dass sie fast Mitleid mit ihm bekam.

»Auch Helden sterben, Elvor. Wenngleich ich gestehen muss, dass ich mir wirklich gewünscht habe, Bronn zu finden. Doch ich denke, wir müssen uns nun alle von Bronn frei machen und uns einen neuen Plan ausdenken, wenn wir Westendtal retten wollen!«

Enna spähte hinaus in die Dunkelheit. Sie standen mit ihrer Mission wieder ganz am Anfang. Sofern sie die Gefangenen befreien konnten und überleben würden, was sollten sie dann tun? Was hatten sie eigentlich von Bronn Sternenfaust erwartet, das er tun würde? Nicht zum ersten Mal schwirrten diese Gedanken ruhelos durch ihren hübschen Halblingskopf und warteten auf eine Antwort.

14. ERDENBLUT UND HELDENMUT

Die Erinya, die Jorim, Nespur und Elgo in die Mine führte, machte sich nicht einmal die Mühe, ihre Kapuze zurückzustreifen – und es sehnte sich auch keiner von ihnen danach, einen Blick auf ihr Gesicht zu werfen. Wie von Magie genährt, leuchtete die Fackel in ihrer Hand und erhellte den Stollen, der sich vor ihnen geradeaus erstreckte und – entgegen Jorims Erwartung – zunächst leicht anstieg. Die Stollensohle war feucht und von schlammigem Wasser durchzogen. Ein modriger Geruch erfüllte die kühle Luft. An einem der vielen hölzernen Türstöcke, die wohl die Decke abstützen sollten, nahm ihre Führerin eine Fackel aus einer Halterung und entzündete diese an ihrer eigenen. Kurz gab es ein Zischen, Qualm stieg auf, so als weigere sich die Fackel, die sicher noch von Menschen hergestellt worden war, das Erinyen-Feuer anzunehmen. Am Ende jedoch loderten die Flammen in die Höhe, tanzten über die Stollenwände und ermöglichten ihnen einen flüchtigen Blick auf das Antlitz der Erinya mit dem Namen Zakanja. Auch ihre Haut war welk, mehr noch als die der anderen Erinya am Mineneingang, und schwarze Augen, stechend und emotionslos, starrten aus den Tiefen der Kapuze hervor. »Nimm die und folgt mir«, wisperte Zakanja. Sie reichte Jorim die Fackel und setzte ihren Weg fort.

Elgo nahm einen weiteren Schluck aus seiner Flasche, Nespur tat es ihm gleich, und auch Jorim hatte nichts gegen den betäubenden Trunk einzuwenden. Er leerte die Flasche und reichte sie Elgo zurück, der anerkennend nickte.

Jorim wusste nicht, wie lange sie den Windungen des Stollens gefolgt waren, doch schließlich bog die Erinya in einen anderen Gang ab. In der Stollensohle konnte Jorim die Abdrücke der Karrenräder erkennen, die sich im Laufe vieler Sommer und Winter in den Fels gegraben hatten. Der nächste Gang, der nach links abzweigte, zeigte diese Spuren nicht. Sie passierten eine Grotte, folgten einem weiteren Gang und kamen schließlich in eine riesige Höhle, von der weitere

Stollen abgingen. Es schien, als entscheide sich die Erinya willkürlich für einen Gang, doch bei genauerem Hinsehen erkannte Jorim, dass das Holz der Türstöcke hier deutlich frischer war, fast noch grün anmutete. Offenbar war dieser Tunnel, den Zakanja nun mit großen Schritten entlangeilte, erst vor Kurzem in den Fels gehauen worden. Irgendwann bemerkte Jorim, dass die gleichbleibende Kälte im Inneren des Berges einer intensiven Wärme gewichen war. Verwundert sah er Elgo und Nespur an, doch die beiden zuckten nur mit den Schultern.

»Dieser Stollen ist neu«, erklärte ihre Führerin, als hätte sie die fragenden Blicke der Halblinge bemerkt. »Menschliche Sklaven trieben ihn in das Herz der Hohen Wand von Myrador, um der Glut unserer Heimatberge näher zu kommen. Es ist das brennende Blut der Erde, das unsere Fackeln nährt und heißer lodern lässt als alle anderen Feuer dieser Welt.« Wie um ihre Worte zu bekräftigen, erhob die Erinya die Fackel, deren Licht daraufhin knisternd die Dunkelheit vertrieb. »In der nächsten Höhle gewinnen wir nicht nur das, was die Menschen als Silber bezeichnen, sondern wir haben dort auch eine weitere Quelle des Erdenblutes gefunden.«

Schon konnten Jorim und seine Gefährten ein pulsierendes Leuchten in der Ferne erkennen. Der Gang wurde ein wenig breiter, dann standen sie plötzlich in einer Höhle von gigantischer Größe. Jorim schätzte, dass mindestens vierhundert Halblingsschritte nötig waren, um sie zu durchschreiten. In der Mitte lag ein See, aus dem heiße Dampfblasen emporstiegen, welche die Luft mit einem feuchtwarmen Schwefelgeruch erfüllten. Was jedoch das Hauptaugenmerk der Halblinge auf sich zog, war eine kleine Insel aus schwarzem Fels, die mitten aus dem See ragte. Aus diesem Gestein – genauer gesagt, war es ein oben offener Kegel, der an einen kleinen Vulkan erinnerte – quoll eine zähe Flüssigkeit. Sie glitt wie Blut auf dunkler Haut über den Stein und floss dampfend und zischend in den See. Unzählige aufeinandergeschichtete Felsbrocken bildeten eine Brücke zu dieser Insel.

Jorim wandte seinen Blick ab und schaute sich in der riesigen Höhle weiter um. Schnell wurde ihm klar, dass diese für die Erinyen eine besondere Bedeutung haben musste. Etwa zehn Schritte von der Höhlenwand entfernt und auf deren ganzen Länge verteilt ragten

Steinsäulen empor. Waren die meisten von ihnen noch unfertig oder nur grob behauen, so zeigten andere schon die vollendeten Statuen von Erinyen. In einer Hand hielten sie die tödliche Geißel, kunstvoll gemeißelt aus Stein, in der anderen, die erhoben war, die brennende Fackel. Ernste Augen fixierten mit starrem Blick die Insel auf dem kleinen See in der Höhlenmitte.

Zwei weitere Stollen führten aus der Höhle heraus: ein schmaler, der, wie Jorim erkannte, Wagenspuren am Boden aufwies, und ein weiterer, wesentlich breiterer Gang.

Schweigend führte die Erinya die drei durch die Höhle, betrat den kleineren Stollen, und kurz darauf erreichten sie einen weiteren Raum. Hier schufteten die fünf Halblinge, die Jorim und seine Gefährten in der letzten Nacht beobachtet hatten. Am Rand standen zwei Karren mit Ponys, welche die Köpfe gesenkt hatten. Die gefangenen Halblinge hielten mit der Arbeit inne und blickten neugierig auf, als sie die Neuankömmlinge bemerkten.

»Hier sind eure Artgenossen.« Die Erinya wies mit ihrer Fackelhand in die hinterste Ecke des Raumes, der daraufhin ausgeleuchtet wurde. »Ich werde in Kürze wiederkommen und kontrollieren, ob sich eure Arbeitskraft auswirkt. Sollte das nicht der Fall sein, werdet ihr sterben.«

Sie sagte dies so trocken und ungerührt, dass niemand an ihrer Drohung zweifelte. Zakanja musterte die Halblinge wie lästige Insekten. »Ich hoffe, Zervana schickt schon bald mehr Sklaven, hoffentlich Menschen, die sich mit dem Abbau des Silbers besser auskennen als ihr.«

Die Erinya wandte sich ab, ihr Umhang wehte um ihre langen Beine herum, dann ging sie leisen Schrittes in Richtung Ausgang. Dort hielt sie allerdings noch einmal kurz an und drehte sich zu den Gefangenen um. »Und wagt es nicht, die Zeremonie zu stören!« Damit verschwand sie endgültig und ließ einige verwunderte Halblinge zurück.

»Wer seid ihr?«, ertönte eine Stimme. Fünf Halblinge schritten langsam auf Jorim, Nespur und Elgo zu. Jorim hielt seine Fackel in die Höhe. Als deren Licht die Gestalten erfasste, erschrak er. Noch nie zuvor in seinem Leben hatte er derart abgemagerte Vertreter seines

Volkes gesehen. Ihre Gesichter waren eingefallen und mit Staub bedeckt, ebenso wie ihre Haare, die dadurch grau wirkten. Die Bäuche, die Halblinge zumeist recht stolz vor sich her trugen, waren bis auf einen kümmerlichen Rest zusammengeschmolzen. Irgendwie sahen sie alle gleich aus: von oben bis unten verdreckt und grau. Nespur schüttelte den Kopf und presste wutentbrannt die Lippen aufeinander. Elgo hielt sich im Hintergrund, am Rande des Fackelscheins, doch auch ihm stand das Entsetzen ins Gesicht geschrieben. Selbst im Halbdunkel konnte Jorim erkennen, wie bleich er geworden war.

»Ich bin Jorim Borkenfeuer, das sind Nespur Fährtenauge und«, er zögerte kurz, »dies ist Elgo.«

Schweigend schlurften die Halblinge näher, was beinahe schon beängstigend wirkte. Jetzt bemerkte Jorim zudem, dass sie allesamt bereits recht betagt sein mussten, denn die Gefangenen waren von zahlreichen Falten gezeichnet. Ihre Blicke wanderten eine Weile über Jorim und seine Gefährten, dann trat einer von ihnen nach vorn. Sein Gesicht war noch ausgezehrter als das der anderen, die Mundwinkel hingen ebenso schlaff herab wie seine Schultern. Selbst die Haare, die bei Halblingen zumeist gelockt waren, schienen ihre Kraft verloren zu haben und klebten nur noch glatt und fettig an seinem Kopf.

»Ich bin Ambrin Flusstal«, begann er, »das sind Pim Himmelsauge, Rimen Dornenschlag, Talegrin Westwind und Fundil Feuerspucker.« Nacheinander wies er auf die Halblinge, und Jorim hatte das Gefühl, einige der Nachnamen schon mal gehört zu haben, doch er konnte sie nicht wirklich zuordnen.

»Einst waren wir stolze fünfzig«, erklärte Ambrin, »wir haben das Leben geritten wie einen wilden Drachen und auf den Tod hinabgeschaut. Doch nun sind wir gebeugt und gebrochen von der Last dieser mühseligen, sinnlosen Arbeit. Viele von uns haben in dieser verdammten Mine ihr Leben gelassen.« Er hielt kurz inne, kniff die Augen zusammen und trat noch einen Schritt nach vorn, wobei er Elgo fixierte. »Was sagtest du, wie war sein Name?«, fragte er an Jorim gewandt.

»Elgo«, antwortete Elgo selbst, wich aber zurück ins Dunkel.

»Elgo«, wiederholte Ambrin und ging auf Elgo zu. »Und wie weiter?«

»Einfach nur Elgo, mehr nicht.«

Ambrin musterte ihn kurz, dann beließ er es dabei.

»Hat man euch also auch gefangen«, sagte ein Halbling, der größte und – wie es aussah – kräftigste von ihnen, den Ambrin als Fundil Feuerspucker vorgestellt hatte. Mit verschränkten Armen wartete er auf eine Antwort, und wenn die Halblinge überhaupt noch einen Funken Hoffnung besaßen, so lag dieser in Fundils grünlichen Augen.

»Nein, wir sind gekommen, um euch zu befreien!«, entgegnete Jorim und legte möglichst viel Zuversicht in seine Worte.

Daraufhin herrschte Stille, die Halblinge sahen Jorim an, als würde er eine fremde Sprache sprechen.

Fundil blieb ernst, doch Ambrins Mundwinkel begannen zu zucken, und er lachte los. Die anderen fielen prompt mit ein, doch das Lachen klang verbittert und brach ebenso abrupt ab, wie es begonnen hatte. Ambrin breitete die Arme aus.

»Wir sind hier in der Hohen Wand von Myrador, umgeben von Erinyen. Glaubt ihr allen Ernstes, ihr könnt hier hereinspazieren, mit all dem Gestank, der euch begleitet, uns an der Hand nehmen und ein Liedchen trällernd von dannen ziehen? Den sengenden Fackeln und den beißenden Geißeln entrinnen?« Seine Stimme wurde lauter, der Widerhall in der Höhle klang in Jorims Ohren sarkastischer als das gesprochene Wort selbst. »Nein, junger Halbling. So einfach ist das nicht. Wir sind verloren, umfangen von Dunkelheit und Tod.« Ambrin ließ den Kopf hängen und wollte sich schon abwenden.

»Also hat euch der Mut verlassen«, rief Elgo, und es klang eher wie eine traurige Feststellung als eine Provokation.

»Und euch hat der Wahnsinn befallen.«

»Wir sind gekommen, um euch zu helfen!«, rief Jorim. »Wir haben einen Plan und Neuigkeiten zu berichten. Wollt ihr also hören, was wir zu erzählen haben, oder euch weiter dem Schürfen von Tand hingeben?«

»Lasst sie reden«, antwortete nun Fundil, ohne die skeptischen Blicke seiner Gefährten zu beachten.

Nespur nickte zufrieden. Er und Jorim begannen, von dem Grund für ihre Reise, den Geschehnissen in den Südlanden und der drohenden Invasion in die Nordlande zu erzählen. Auch von ihrem Fluchtplan berichteten sie.

Die Gefangenentruppe hatte währenddessen einen Halbkreis um sie gebildet und schweigend gelauscht. Doch als sie geendet hatten, schüttelte Ambrin resigniert den Kopf. »Es wird schiefgehen.«

»Aber das ist immer noch besser, als weiter dahinzusiechen!«, meldete sich Talegrin Westwind zu Wort. »Sterben werden wir ohnehin. Die Frage ist nur wie: frei oder gefangen?« Talegrin war der kleinste der fünf, seine grauen Locken standen ihm in alle Richtungen vom Kopf ab, so als wollten sie sich der Schwerkraft widersetzen.

»Dann lieber frei.« Fundil hatte die Hände in die Hüften gestemmt.

»Lasst es uns versuchen«, rief Talegrin, der nun aufgeregt auf Ambrin zutrat und ihn an der Schulter rüttelte. »Wir haben nichts zu verlieren.«

»Nur unser Leben«, meinte Ambrin. Spott zeichnete sich auf seinem hageren Gesicht ab.

»Denk nach, Ambrin«, beharrte Talegrin. »Was für ein Leben ist das hier?« Eine Hand noch immer auf Ambrins Schulter wies er mit der anderen in die Höhle.

»Ein ganz und gar erbärmliches Leben«, antwortete Fundil Feuerspucker. Ein entschlossener Zug hatte sich um seinen Mund gelegt. Talegrin Westwind nickte, doch Ambrin winkte ab, schien jeglicher Hoffnung durch die Minenarbeit beraubt worden zu sein.

»Du sagtest, einst habt ihr den Drachen des Lebens geritten«, tönte Nespurs Stimme durch die Höhle, und alle Augen richteten sich auf ihn. »Der Drache breitet nun noch einmal, vielleicht ein allerletztes Mal, seine Schwingen für euch aus: Steigt auf, oder lasst es bleiben.«

Nachdenkliches Schweigen senkte sich auf den Raum.

»Gut gesprochen, wie ich gestehen muss«, entgegnete Ambrin nach einer Weile und strich sich einige seiner fettigen, mit Staub besetzten Haare zurück.

»Allerdings«, rief Fundil und richtete sich auf. »Worte, wie sie eines Bronn Sternenfausts würdig gewesen wären.«

»Du kanntest Bronn?«, wollte Jorim wissen und richtete sich gespannt auf.

»Wir alle hier«, Fundil deutete auf seine Kameraden, »sind einst mit ihm durch die Südlande gezogen. Wir sind die letzten seiner Recken, alle anderen sind tot.«

Abermals sagte keiner ein Wort. Jorim konnte kaum glauben, was er da hörte. Wie es aussah, hatten sie am Ende doch einige von Bronns Halblingen gefunden.

»Und Bronn ist ebenso tot, sonst hätte er uns längst befreit«, brach Talegrin als Erster das Schweigen. Er sprach leise, seine dunklen Augen blickten traurig ins Leere. »Es geschah damals in den Suravan-Bergen. Es waren die Gulvaren. Bronn ist abgestürzt und ertrunken.«

»Was sind Gulvaren?«, wollte Jorim wissen.

Ambrin hob den Kopf; er wirkte verwundert. Ein trauriges Lächeln umspielte seine schmalen Lippen, und er strich sich durch die Haare, was grauen Staub herabrieseln ließ. »Wie wenig ihr doch wisst. Die Gulvaren sind die schwarzen Kreaturen des Himmels.«

»Ihr meint die Drachen«, entgegnete Jorim, doch Ambrin schüttelte den Kopf.

»Nein, sie sind die Gegenspieler der Drachen. Zweiköpfige Himmelsvögel, finstere Kreaturen der Nacht. Sie halten einander in Schach, sonst würde die Welt aus den Fugen geraten. Oder was glaubt ihr, weshalb man kaum Drachen über den Ländern kreisen sieht?«

»Stimmt«, rief der Halbling namens Rimen Dornenschlag. »Die Welt hinter den Suravan-Bergen ist anders, sie folgt ihren eigenen Gesetzen.«

Jorim musterte Rimen und überlegte kurz, ob die lange Narbe, die seine rechte Wange verunstaltete, zu seinem Namen geführt hatte. Dann seufzte er. Vermutlich hatte Ambrin recht und er war tatsächlich nicht sonderlich bewandert, was die Welt außerhalb von Westendtal anging – doch dies traf wohl auf die meisten Halblinge zu.

»Was hat diese Erinya eigentlich damit gemeint, als sie sagte, wir sollten die Zeremonie nicht stören«, wollte Nespur wissen.

»Die Feuerzeremonie«, erklärte Fundil. »Ihr habt die feurige Glut gesehen, in der großen Halle?«

Nespur und Jorim nickten einstimmig und Fundil fuhr fort. »Dort verbinden sich junge Erinyen mit ihrer Fackel. Jede Erinya muss sich beweisen, indem sie aus dem Kratertal, einem geheimen Ort in Myrador, den Fackelstein holt. An einem zeremoniellen Ort wie dieser Halle hier schließen sie dann einen Bund mit den Feuern, und angeblich ist ihr Wesen, ihr ganzes Sein danach mit den Flammen verschmolzen. Zwar soll es mehrere heilige Stätten geben, an denen sie diese Zeremonien durchführen, doch die große Halle in der Hohen Wand von Myrador haben sie erst neu erschlossen. Wahrscheinlich schließen sie den Feuerbund, wie sie es nennen, nur noch hier.«

»Vielleicht sollten wir diesen Bund ein wenig stören«, überlegte Jorim laut mit einem schelmischen Grinsen im Gesicht, »und genau dann die Flucht wagen.«

»Ist er wahnsinnig?« Ambrin sah Nespur entgeistert an.

»Hin und wieder scheint es so«, entgegnete Nespur trocken.

»Dort draußen gehen vielleicht zwanzig oder mehr Erinyen den Feuerbund ein!«, rief Ambrin aufgebracht. »Und du willst einfach an ihnen vorbeispazieren? Acht Halblinge, fünf davon alt und abgemagert, ein Einäugiger, ein Jüngling und«, er deutete auf Elgo, »ein Säufer?«

»Unsere Chancen könnten nicht besser sein«, entgegnete Elgo, der sich so weit zurückgezogen hatte, dass er mit dem Rücken gegen die Wand stieß.

»In der Tat, sie könnten nicht besser sein«, sagte Jorim entschlossen. »Die Fackelträgerinnen werden abgelenkt sein. Vielleicht der beste Zeitpunkt überhaupt, um diesem erdrückenden Stollen zu entkommen. Für den Fall, dass sie uns dennoch bemerken, habe ich eine kleine Armee mitgebracht.«

»Eine Armee?« Fundil trat neugierig in den Feuerschein von Jorims Fackel, und die Flammen ließen seine Augen erwartungsvoll glitzern.

Jorim schmunzelte, reichte Nespur die Fackel und griff unter seinen Umhang. Kurz darauf legte er zwei längliche, mit Decken verschnürte Bündel auf den Boden.

»Was ist das?«, wollte Talegrin wissen. Er und die anderen drängten nach vorne und starrten auf den Boden. Fundil hatte sich bereits auf die Knie niedergelassen und näherte ein Ohr den beiden Bündeln. Er rüttelte kurz daran und fing an zu lächeln. »Bienen?«

»Terrorbienen«, korrigierte Jorim ihn.

»Und du willst sie auf die Erinyen schleudern?«

»Das ist der Plan.«

»Und drei von uns warten draußen und decken unsere Flucht, indem sie weitere Bienen auf die Erinyen werfen«, ergänzte Nespur.

»Ihr müsst vorher die Decken entfernen«, merkte Talegrin an.

Jorim nickte. »Wir haben uns mit Arnkraut eingerieben.«

»Daher der Gestank«, erwiderte Fundil.

»Wir sind aber nicht damit eingerieben«, sagte Rimen Dornenschlag und fuhr sich über seine außergewöhnlich langen Haare.

»Keine Sorge«, rief Jorim, »Nespur hat sicher noch Arnkraut übrig. Nicht wahr, Nespur?«

Nespur nickte, langte in seinen Umhang und hielt den Gefangenen einige der dicken, großen Blätter hin, die er bereits zerknüllt hatte.

»Riecht ekelerregend.« Ambrin rümpfte die Nase. »Damit sollen wir uns einreiben?«

»Tut es, oder tut es nicht«, rief Elgo von hinten dazwischen. Alle starrten zu ihm, auch wenn er in der Düsternis der Höhle kaum zu erkennen war. Elgo trat etwas näher an den Lichtkreis der Fackel heran. Dann stellte er seine leere Flasche auf den Boden und – zu Jorims Überraschung – noch drei volle daneben. »Mal abgesehen davon, dass wir drei für euch fünf mitstinken, brauchen wir vermutlich gar kein Arnkraut«, erklärte er. »Ich habe einen besseren Plan.«

Elgo entkorkte die leere Glasflasche mit den Zähnen, zog ein Messer hervor, ließ sich auf die Knie nieder und schnitt ein kleines Loch in den Stoff, der die Bienenbehausung umhüllte. Ambrin wich einen Schritt zurück, während sich die anderen neugierig nach vorn beugten. Vorsichtig schob Elgo den Flaschenhals in die Öffnung. »Nespur, reich mir die Fackel!«, rief er. Den Kopf noch immer gesenkt, so als wolle er vermeiden, irgendjemandem in die Augen zu sehen, nahm er die Fackel entgegen, hielt sie direkt neben die Flasche und rüttelte dann an dem verpackten Bienenholz herum.

»Das ist dieses durchsichtige Material, das die Menschen manchmal benutzen, nicht wahr?«, stellte Pim Himmelsauge erstaunt fest. Neugierig drängte sich der Halbling mit den für die Umstände noch immer außergewöhnlich runden Wangen nach vorne.

Elgo nickte. »Richtig. Die Bienen werden das Licht sehen und ihm folgen«, erklärte er. Tatsächlich dauerte es nicht lange, und die ersten der fleißigen, zumeist tagaktiven Bienen krabbelten in die Flasche hinein. Elgo rüttelte weiter an dem Holz herum, und immer mehr der kleinen Tierchen wurden von der Helligkeit angelockt und krochen in das Behältnis. Am Ende ritzte er den Korken leicht an, um eine ausreichende Luftzufuhr zu gewährleisten, dann zog er die Flasche aus dem Stoff, knüllte diesen zusammen und verkorkte schließlich das Behältnis, um es in die Höhe zu halten. »Das ist natürliche Kriegsführung. So sind die Bienen bis zum Aufprall der Flasche sicher eingesperrt und können uns nicht attackieren!«

Die anderen waren vollkommen verblüfft. »Das ist komplett irre – daher gefällt es mir so sehr«, meinte Pim Himmelsauge.

»Das wäre eines Bronn Sternenfaust würdig«, rief Fundil.

»Nimm du wieder das grelle Ding, ehe es mir die Finger verbrennt.« Elgo reichte Jorim die Fackel und wandte den Kopf ab, als würde ihr Lichtschein ihn blenden. »Ihr wisst, was wir mit den anderen Flaschen zu tun haben?«

Pim klatschte erfreut in die Hände und grinste. »Es wird uns ein feuchtes Vergnügen sein«, rief er und griff bereits nach der ersten gefüllten Flasche, dann hielt er inne. »Was ist das eigentlich?«

»Borkentrunk vom allerfeinsten«, klärte Elgo ihn auf, »gebraut nach dem Rezept eines Meisters.«

»Wir können nicht in volltrunkenem Zustand fliehen!«, warf Fundil ein. »So verlockend der Gedanke an diesen Tropfen auch sein mag.«

»Das sehe ich genauso«, stimmte Nespur zu und bedachte Elgo mit einem strengen Blick. Elgo schnitt eine Grimasse, wodurch sein verschmutztes Gesicht noch faltiger wurde, als es ohnehin schon war. »Dennoch sollten wir uns wenigstens einen Schluck genehmigen, um die Schärfe des Erinyen-Blickes zu mildern«, sagte er, tat einen kräftigen Zug aus einer der Flaschen und reichte sie dann an Ambrin weiter. »Hier sauf dir ordentlich Mut an. Gerade du Zauderer wirst ihn nötig haben.«

Ambrin nahm die Flasche entgegen, während sich seine Augen in die von Elgo bohrten. »Wo habe ich dich nur schon mal gesehen?«, überlegte er laut. »Wenn du nur nicht so viel Dreck im Gesicht hättest, ich könnte schwören, ich …«

»Trink einfach«, erwiderte Elgo und ließ sich wieder an der Höhlenwand nieder. Ambrin beäugte ihn noch kurz, dann reichte er die Flasche weiter. Elgo indes goss den Inhalt der anderen Flaschen mit einem bedauernden Gesichtsausdruck auf den Boden. Nespur war der Letzte, der einen Schluck nahm und die Flasche leerte. Dann hob er sie hoch und roch daran.

»Hoffentlich überleben das die Bienen«, sinnierte er.

»Natürlich«, versuchte Elgo ihn zu beruhigen. »Der Schnapsgeruch macht sie erst so richtig wild.«

»Wilde Terrorbienen«, sagte Jorim lachend, »genau das, was wir brauchen.«

Auch Pim lachte auf, und damit löste sich die angespannte Stimmung.

Elgo füllte nun die anderen Flaschen auf die gleiche Weise mit Bienen. Obwohl währenddessen ein paar der Bienen entkamen und ihre Stachel in den einen oder anderen Halbling versenkten, ließen sich diese nicht beirren, so aufgeregt waren sie. Zudem hatte der Schnaps ganz offensichtlich auch eine positive Wirkung auf ihr Schmerzempfinden.

Als Elgo die letzte Flasche verkorkt hatte, richtete er sich auf und sah die anderen Halblinge an. »Seid ihr bereit?«, fragte er.

»Von mir aus kann es losgehen«, erwiderte Jorim und blickte auffordernd in die Runde. Alle nickten, lediglich Ambrin zögerte.

»Ambrin!« Fundil packte einen Pickel und drückte ihn dem Halbling in die Hand. »Pack den auf den Karren. Wer weiß, wozu wir die Dinger noch brauchen.« Die Art, wie Fundil dies sagte, duldete keinen Widerspruch, und tatsächlich kam Ambrin seiner Aufforderung nach. Eine andere Wahl hatte er ohnehin nicht. Fundil warf noch weitere Pickel auf die Wagen, dann holte er tief Luft. »So, lasst uns den Drachen des Lebens besteigen, auch wenn es vielleicht unser letzter Ritt sein wird.«

»Frei sein werden wir in jedem Fall«, entgegnete Nespur und seine Worte hatten etwas Endgültiges, etwas Bedrohliches. Jorim schluckte schwer, sein Mund wurde auf einmal trocken und sein Herz begann heftig zu schlagen, fast so, als wollte es ihm aus der Brust springen.

Schließlich schlichen die Halblinge los und führten die beiden Ponys mit den zwei Karren so leise wie möglich den Gang entlang, um sich der Zeremonienhalle zu nähern. Auch wenn die anderen Halblinge versichert hatten, es gäbe nur einen Weg hinaus, so hatte Nespur es sich nicht nehmen lassen, ihre Umgebung selbst zu inspizieren, um die Lage zu erkunden. Doch die Gefangenen sollten recht behalten:

Der Stollen, der durch die Zeremonienhalle führte, war für sie der einzige Weg nach draußen.

Als sie die Halle erreichten, hob Nespur, der mit Jorim den ersten Wagen führte, die Hand und ließ die Wagen anhalten.

Er und Jorim huschten die letzten Schritte an den Wänden entlang und spähten hinein. Trotz der Wirkung des Schnapses wurde ihnen ganz mulmig: In der Mitte der Höhle, direkt vor der steinernen Brücke, die auf die kleine Insel inmitten des Lavasees führte, befanden sich etwa zwanzig Erinyen. Sofort fiel Jorim auf, dass sie allesamt nackt waren, und nicht zuletzt wegen der demütig gesenkten Köpfe nahm er an, dass sie darauf warteten, den besagten Feuerbund zu schließen. Ihre Fackeln hoch erhoben, bildeten mindestens noch einmal so viele Erinyen einen Kreis um den See. Heißer Dampf stieg dort empor und schimmerte rötlich im Widerschein glimmender Fackeln.

Jorim schluckte schwer, und Nespur sprach aus, was ihm soeben durch den Kopf ging.

»Wir werden mehr brauchen als nur Glück, um den heutigen Tag heil zu überstehen.« Diese Worte brannten sich wie eine düstere Prophezeiung in Jorims Geist ein – Worte, die er sein ganzes Leben lang nicht mehr vergessen sollte.

Die beiden kehrten zurück zu den anderen und stellten sich neben die Wagen.

»Die Zeremonie hat bereits begonnen«, flüsterte Nespur. »Ich schlage vor, wir teilen uns so auf, dass jeder Wagen von vier Halblingen geführt wird. Wir schleichen so leise wie möglich durch die Halle und gehen dabei am besten hinter den Säulen dicht an der Wand entlang. Das Licht ihrer Fackeln erhellt diesen Bereich glücklicherweise nur sehr spärlich.«

»Einverstanden«, entgegnete Fundil. »Falls wir entdeckt werden, haben wir nur eine Chance, an den Biestern vorbeizukommen. Wir springen auf die Wagen, und dann liegt es an den Pferdchen, uns so schnell wie möglich hier herauszubringen.«

Zusammen mit Pim gesellte sich Fundil an die Seite von Nespur und Jorim, die den ersten Karren führen würden, und klopfte mit seiner kräftigen Hand den Hals des Ponys. Neben dem zweiten Wagen warteten Elgo, Ambrin, Talegrin und Rimen, der sich hektisch die rechte Wange kratzte, auf das Zeichen zum Aufbruch.

»Das macht er immer, wenn er aufgeregt ist«, klärte Pim die anderen auf. »Seine Narbe juckt dann ganz heftig.«

»Bereit?«, fragte Nespur nur, ohne auf Pims Bemerkung einzugehen. Sein Blick wanderte prüfend über die Gefährten. Die Halblinge nickten, atmeten einmal tief durch, dann setzten sie sich langsam in Bewegung.

Es dauerte nicht lange und sie betraten die große Höhle, hielten sich ganz am Rand in den Schatten hinter den Säulen und Statuen. Doch Jorim konnte seine Neugier nicht bezwingen und lugte hinüber zu der Zeremonie – und als er sah, was dort vor sich ging, konnte er den Blick nicht mehr abwenden.

Jene Erinyen, die im Begriff waren, den Feuerbund zu schließen, standen hintereinander vor der steinernen Brücke. Ihre nackte Haut wirkte im Dämmerlicht der Halle gespenstisch weiß. Eine von ihnen kehrte gerade über die Brücke zurück, eine grell lodernde Fackel in ihrer Hand. Schon machte sich die Nächste von ihnen auf den Weg zu der kleinen Insel, wo eine Erinya in einem blutroten Gewand auf sie wartete.

Jorim bekam eine Gänsehaut, als er sah, wie die hochgewachsene, hagere Fackelanwärterin nackten Fußes den schwarzen Fels betrat, wo doch rot glühende Gesteinsmasse pulsierenden Adern gleich über ihn hinwegströmte.

»Bist du bereit, den Bund des Blutes einzugehen?«, sprach die Rotgewandete, und ihre Stimme hallte von den Wänden wider.

»Mit Geist und Blut ertrag ich des Feuers schmerzende Glut«, entgegnete die entkleidete Erinya, deren schwarzes Haar ihr bis zu den Hüften reichte.

»Und hast du das Kratertal auch bezwungen?«

Die Anwärterin hielt ein längliches Stück Stein in die Höhe. »Mit Geist und Blut hab ich bezwungen die dunkle Brut.«

»Und erträgst du auch die Hitze der züngelnden Flammen der Erde?«

»Mit Geist und Blut, selbst wenn das Feuer auf meinem Antlitz ruht.«

»Und willst du flammenden Fels dein Eigen nennen, bis ans Ende deiner Tage?«

»Mein Leben lang mit Stolz und Mut, bis mein Geist und Blute ruht.«

Die Zeremonienmeisterin nickte der Anwärterin zufrieden zu, und in ihren dunklen Augen spiegelten sich die tänzelnden Flammen der Erinyen-Fackeln.

»So knie ich nieder auf heißem Stein, ertrage still die Qual und Pein«, rief die Entkleidete und sank nieder. Es zischte laut, als ihre Knie flüssiges Gestein berührten. Doch keine Regung war in ihrem Gesicht zu sehen, das so ausdruckslos und hart war wie der Stahl, den Ludor Nimmersatt schmiedete. Dann streckte sie die Hand, in der sie das Stück Stein hielt, nach vorn, direkt über den vulkanähnlichen Kegel, aus dem das Erdenblut floss. In diesem Augenblick holte die Rotgewandete mit ihrer Geißel aus und schlug sie sowohl um den ausgestreckten Arm der Erinya als auch um das längliche Stück Kraterfels in ihrer Hand, wodurch sie den Arm nach unten, unmittelbar in die sengende Glut riss.

Die Anwärterin warf ihren Kopf in den Nacken, und ein gellender Schrei entfuhr ihrer Kehle. Ihr nackter Körper wand sich vor Qualen, während der Schein der Erinyen-Fackeln geisterhaft über ihre bleiche Haut tanzte.

Mit einer raschen Bewegung aus dem Handgelenk löste die Zeremonienmeisterin ihre Peitsche. »Bezwinge deinen Schmerz, so bezwingst du auch die Flammen – auf dass der Bund zwischen Feuer und Geist besiegelt werde.«

Die Fackelanwärterin keuchte auf und presste ihre Lippen aufeinander. Ihre Kiefermuskulatur spannte sich an, ihre Nasenflügel weiteten sich. Wie es aussah, rang sie den Schmerz nieder. Ihr Gesichtsausdruck veränderte sich, und nun starrte sie beinahe mit Verachtung auf ihren Arm, der in Flammen stand.

»So erhebe dich! Großes steht uns bevor unter Zervana von Myrador, Usurpatorin der Südlande. Gehe hin und brenne für sie!«

Die nackte Erinya erhob sich, die Flammen auf ihrem Arm erstarben zu einem Glühen. Lediglich der Stein, den sie noch in der Hand hielt, brannte. Seine Flammen wurden vom Lebensodem der Erinya genährt: Er war somit zu ihrer ureigenen Erinyen-Fackel geworden. Erhobenen Hauptes stolzierte sie über die Brücke zurück, an deren Ende die nächste Anwärterin wartete.

Jorims Mund war staubtrocken geworden. Wie konnte sich jemand ein solch grausiges Ritual ausdenken? Und, schlimmer noch, wer mochte sich einem solchen freiwillig unterziehen?

Auch die anderen Halblinge waren stehen geblieben und hatten das Geschehen aus dem Halbdunkel und im Schutze einer Erinyen-Statue beobachtet.

Jorim wandte sich um und sah Elgo, wie er auf den Boden spuckte und dann ein undeutliches »Weiter« ausstieß. Die Wagen setzten sich wieder in Bewegung, während die rituellen Worte erneut durch die Höhle hallten. Sie befanden sich kurz vor dem Stollen, da wagte Jorim einen letzten Blick zurück auf die kleine Insel – und ihm gefror das Blut in den Adern. Gerade holte die Zeremonienmeisterin zu ihrem Peitschenschlag aus, da stoppte sie mitten in der Bewegung. Ihr Kopf wandte sich langsam ihm zu, und ihre rot-glühenden Augen bohrten sich in seine. Ihr Arm hob sich in seine Richtung, und ein langer, dünner Finger deutete anklagend auf die Halblinge.

»Sie stören die heilige Zeremonie!«, schrie die Erinya. »Tötet sie!« Die letzten beiden Worte waren nur ein Zischen, dennoch hallten sie durch die Höhle, als wäre ein riesiger Eiszapfen auf dem Boden zerschellt. Sie waren entdeckt worden.

»Sollten sie nicht bald rauskommen?«, fragte Enna ungeduldig. Sie, Jul und Elvor lagen immer noch bäuchlings auf dem Felsvorsprung und blickten wie gebannt auf den Mineneingang. Die Bündel mit den Holzstücken lagen wurfbereit neben ihnen, und sobald auch nur der Schatten des ersten Wagens auftauchte, würden sie die Knoten lösen und die Hölzer auf die Erinyen vor dem Eingang schleudern. So hatten sie es vereinbart.

»Wir wissen nicht, wie tief der Stollen ist und wie lange sie gehen müssen«, gab Jul zu bedenken.

»Und ob die anderen Gefangenen ihnen überhaupt folgen«, ergänzte Elvor.

»Weshalb sollten sie das nicht tun?« Jul blickte ihn fragend an.

»Vielleicht können sie ja nicht, sind zu schwach oder krank.«

Enna schüttelte ungläubig den Kopf. »Nein, sicher kommen sie bald. Dann werden wir für Chaos sorgen, und unsere Freunde können fliehen.«

So warteten sie ab, beobachteten weiter schweigend die Mine.

»Was war das?«, flüsterte Jul plötzlich.

»Was meinst du?«, fragte Elvor.

»Ich dachte, ich hätte etwas gehört.« Jul blickte über die Schulter ins Dickicht. »Mir war, als hätte ich Schritte gehört.«

»Ich sehe nichts.« Angestrengt versuchte Enna, etwas zu erkennen. »Sicher war es nur ein Tier.«

Sie wandte sich wieder der Mine zu, doch plötzlich zuckte sie zusammen. »Eine der Erinyen fehlt«, sagte sie leise. »Eben waren dort noch vier.«

Sie deutete auf eine Stelle unweit des Stolleneingangs. Die drei Halblinge sahen einander unbehaglich an, doch ehe einer etwas erwidern konnte, legte sich ein Schatten über sie. Eine dunkle Gestalt hatte sich vor die Sonne geschoben, und Enna musste blinzeln, ehe sie erkannte, wer da vor ihnen stand. Es war eine Erinya mit roten Haaren und stechend grünen Augen. Enna glaubte, vor Furcht sterben zu müssen.

Der Befehl der Zeremonienmeisterin ließ die Halblinge erstarren. Jedoch nicht sehr lange. Unter panischen Zurufen kletterten jeweils vier aufgescheuchte Halblinge auf die beiden Wagen. Geistesgegenwärtig entriss Jorim einer Statue ihre Fackel, ehe er auf den Karren sprang.

»Borkendreck und Pfeifenasche!« Nespurs Fluch hallte durch die große Zeremonienhalle und riss sogar die Ponys aus ihrer Lethargie. Noch bevor er dem Pony die Zügel auf die Kruppe klatschen konnte, stürmte das Tier los, und der Karren raste laut rumpelnd über den felsigen Boden auf den Stollen zu.

Jorim, der zusammen mit Fundil und Pim bei Nespur auf dem ersten Karren saß, wandte sich um und sah, dass Ambrin Flusstal noch damit kämpfte, auf die Ladefläche des zweiten Wagens zu gelangen. Offensichtlich war auch hier das Pony zu früh losgerannt. Nun zappelten die Beine des bedauernswerten Halblings noch in der Luft, während er von Talegrin und Rimen gehalten wurde. Wenigstens hatte Elgo die Zügel bereits fest in den Händen und schlug damit dem Zugtier immer wieder auf sein ausgemergeltes Hinterteil.

Jorim krallte sich neben Nespur am Kutschbock fest, konnte aber seine Augen nicht von dem Geschehen hinter sich abwenden. Einige der Erinyen waren bereits herbeigestürmt und kamen nun Elgos Wagen bedrohlich nahe.

In diesem Moment jedoch zerrte der an den Zügeln und vollführte urplötzlich ein tollkühnes Manöver, indem er eine Kurve direkt vor den herbeistürmenden Erinyen vollzog. Dabei packte er eine Flasche und schleuderte sie den Verfolgerinnen entgegen.

»Sauft dies!«, schrie er laut. In hohem Bogen flog das Bienenbehältnis durch die Luft und zerschellte mit einem lauten Klirren direkt vor den Füßen der Erinyen. Einen Atemzug lang war es still, dann begann es laut zu summen. Schon kreischten die Erinyen wütend auf – vor allem diejenigen unter ihnen, die nackt waren –, und eine Erinya hieb sogar mit ihrer Geißel nach den lästigen Insekten. Doch die Peitschenenden gruben sich nur in das nackte Fleisch einer Fackelanwärterin, die daraufhin erbost aufschrie.

Elgo beendete seinen Bogen, klatschte dem Pony die Zügel auf das Hinterteil und folgte – sehr zu Jorims Erleichterung – dem ersten Wagen in Richtung Stollen. Noch bevor sie diesen erreichten, sah Jorim, dass einige der Erinyen die Bienen hinter sich gelassen hatten und ihnen folgten. Es war erstaunlich, wie behände und schnell sie ihre langen Beine trugen.

»Zieht ihn endlich hoch!« Der Warnruf erreichte Jorims Ohren und lenkte seine Aufmerksamkeit von den Erinyen weg auf den Wagen hinter ihnen. Entsetzt riss er die Augen auf, als er sah, wie Ambrin nun über dem Wagen hing und sich lautstark übergab. Offenbar weigerten sich seine Gedärme, den brennenden Borkentrunk – auch wenn er nur davon gekostet hatte – unter diesen widrigen Umständen bei sich zu behalten. Ambrins Hauptproblem jedoch war der Türstock, auf den sie zurasten und der ihm jeden Augenblick den Schädel zu zertrümmern drohte. Der Wagen schlingerte bedrohlich hin und her, auch wenn Elgo wie wild an den Zügeln zerrte – oder vielleicht gerade deswegen.

Talegrin und Rimen packten Ambrin panisch, um ihn zurückzuziehen, doch es misslang. Glücklicherweise schleuderte der Karren just in diesem Moment zur anderen Seite, und so blieb Ambrins Kopf eine wuchtige Begegnung mit dem massiven Holz erspart.

Jorim atmete erleichtert aus und sah wieder nach vorn. Die wilde Fahrt ging unvermindert weiter. Hinter ihm klirrte es laut, und kurz darauf erfüllte erneut ein heftiges Summen die Luft. Offensichtlich hatte Elgo eine weitere Flasche auf die Erinyen geworfen.

Nun waren noch zwei Flaschen übrig. Eine hatte Fundil, die andere umklammerte Jorim mit der linken Hand, während er mit der rechten die Fackel hochhielt, damit Nespur im Boden vor ihnen die Radspuren sehen konnte: Der Fährtenleser folgte den Fahrrillen, die sie direkt nach draußen führen sollten.

»Du darfst keinesfalls in den falschen Stollen hineinfahren«, rief Jorim Nespur zu.

»Das ist mir bewusst, junger Borkenfeuer!«, schrie dieser zurück. »Wenn wir erst einmal in den falschen Gang geraten, gäbe es ein heilloses Chaos beim Versuch zu wenden.«

Schon kam wieder eine Abzweigung auf sie zu. Nespur beugte sich nach vorn, und auch Jorim bemühte sich, die Spuren im Gestein zu erkennen. Er riss die Fackel in die Höhe.

»Links!«, schrie er, doch in diesem Moment raste der Karren bereits in den linken Tunnel, und Elgos Wagen, wo Ambrin endlich wieder auf der Ladefläche saß, hinterher.

Dann gab es plötzlich einen lauten Knall – der zweite Wagen war ins Schlingern geraten und gegen einen der Stützpfosten geknallt. Die Halblinge purzelten hinunter und landeten unsanft auf dem Hosenboden; der Pfeiler war halb aus seiner Verankerung gerissen worden und Steine bröckelten von der Decke herab.

»Wir müssen anhalten!«, schrie Jorim. Er erhob sich und wäre beinahe heruntergefallen, hätte Nespur ihn nicht am Gürtel gepackt.

»Halt!« Nespur zog an den Zügeln und stemmte die Füße in das Holz. Die Hufe des Ponys schlitterten über den Fels, dann kam es wiehernd zum Stehen.

Elgo und die anderen Halblinge hatten sich mittlerweile wieder aufgerappelt; bis auf einige Schürfwunden und Kratzer schienen sie keine Verletzungen davongetragen zu haben. Dennoch humpelten sie stark und würden die Hilfe der anderen benötigen, um auf den ersten Wagen zu steigen. Pim und Jorim sprangen den verunglückten Halblingen entgegen, griffen ihnen unter die Arme und stützten sie.

Sie waren noch nicht alle auf dem Wagen untergekommen, da hörten sie auch schon die Schritte der Erinyen.

»Wir schaffen es nicht mehr«, flüsterte Nespur. Kurz entschlossen angelte er sich zwei Pickel von der Ladefläche und sprang vom Wagen.

»Fundil!« Er warf Fundil einen der Pickel zu und deutete mit dem anderen in Richtung des beschädigten Stützpfeilers. Fundil nickte, offenbar hatte er verstanden.

Auch Talegrin und Rimen griffen sich nun Pickel und schlossen sich ihnen an. Sie eilten zurück in Richtung der Pfeiler und der herannahenden Erinyen. Wie besessen begannen Fundil und Nespur auf den nahezu zerbrochenen Stützpfeiler einzuhacken, während sich Talegrin und Rimen den gegenüberliegenden vornahmen. Laut hallten die hämmernden Schläge durch den Stollen.

»Ihr anderen: auf den Wagen!«, schrie Nespur über die Schulter. »Jorim, bring sie hier raus!«

Hektik brach aus. Pim und Elgo zerrten Ambrin auf den Karren, während das Holz unter den Pickeln nach und nach zerbarst. Jorim sprang indes auf den Kutschbock und sah sich hektisch nach Nespur um.

Dieser ließ plötzlich von dem Stützpfeiler ab, zog zwei Dolche unter seinem Umhang hervor und rannte den Erinyen entgegen, die nun in Sichtweite kamen.

»Nicht aufhören!«, brüllte er den anderen zu, dann schleuderte er den ersten Dolch. Eine Erinya geriet ins Straucheln und stürzte, während sie sich an den Hals fasste.

Wie in Trance beobachtete Jorim, was geschah, weil alles so rasend schnell ging. Als der letzte Halbling sich endlich auf den Wagen gehievt hatte, flog Nespurs zweiter Dolch durch die Luft und fuhr in einen Erinyen-Körper. Im selben Augenblick knallte eine Peitsche und riss Nespur zu Boden.

»Nespur!« Jorims Schrei verhallte ungehört in dem sie umgebenden Lärm.

Das Holz der Pfeiler barst endgültig unter Fundils letztem Schlag. Blitzschnell stieß er noch Talegrin und Rimen zur Seite, dann erfüllte ein ohrenbetäubendes Knirschen den Stollen. Risse breiteten sich in der Decke aus, erweiterten sich, und schließlich gab das Gestein nach. Jorim konnte noch einen letzten Blick auf Nespur erhaschen, den mehrere Geißelhiebe gleichzeitig erwischten – dann regneten ganze Gesteinsbrocken herab und nahmen ihm die Sicht. Mit Schrecken musste Jorim mit ansehen, wie Nespur und Fundil zusammen mit den Erinyen unter den Trümmern begraben wurden. Eine Staubwolke wälzte sich durch den Gang auf sie zu. Talegrin und Rimen schafften es gerade noch rechtzeitig heftig hustend auf die Ladefläche des Wagens. Jorim klatschte dem Pony die Zügel auf die Hinterhand, und schon preschte das Tier panisch los – es waren nicht nur Staub und Fahrtwind, die Jorim die Tränen in die Augen trieben.

Enna stützte sich auf die Ellbogen und widerstand dem Drang, vor Angst zurückzuweichen. Wie ein Wesen aus einer anderen Welt, ein entkommener Dämon, baute sich die Erinya vor ihr auf. Ihre grünen Augen bohrten sich in ihr Innerstes, und Enna hatte das Gefühl, ein Stachelschwein würde sich durch ihre Gedärme winden. Ihr Magen verkrampfte sich, rebellierte gegen die aufkommende Übelkeit. Die junge Halblingsfrau musste all ihre Kraft aufbringen, um nicht wimmernd davonzukriechen.

Dann blickte Enna demonstrativ auf die zusammengeschnürten Bündel, was der Erinya nicht entging.

»Was ist das?«, fragte sie zischend, und ihre glimmende Fackel näherte sich der Decke, in die das tote Holz eingewickelt war.

»Nichts Wichtiges«, rief Elvor in gespieltem Entsetzen.

»Es ist nicht an euch, dies zu entscheiden!« Die Stimme der Erinya klang kalt. Sie stellte einen Fuß auf das Bündel und beugte sich zu Elvor hinab. »Mach – es – auf«, sagte sie ganz langsam, wobei sie jedes einzelne Wort betonte und das Knäuel mit dem Fuß zu ihm hin schob.

Elvor schluckte und nickte, als wäre er hypnotisiert worden. Und vielleicht war er das wirklich. Seine Hände legten sich um das Bündel, dann löste er ganz langsam die Knoten.

»Es summt«, stellte die Erinya fest und legte dabei den Kopf schräg.

Elvor schwieg sicherheitshalber.

»Und steht auf, wenn ich mit euch spreche!«

Elvor nickte, immer noch stumm.

Enna glaubte schon, Sternenfausts Nachkomme hätte den Verstand verloren, doch dann erhob er sich, und sie und Jul taten es ihm gleich.

In diesem Augenblick rumpelte es am Mineneingang, und Schreie hallten aus dem Stollen heraus. Sowohl die Halblinge als auch die Erinya blickten erschrocken auf. Dann kam auch schon inmitten einer Staubwolke das Pferdefuhrwerk aus dem Eingang herausgeprescht, gefolgt von einem panischen Pony, das nur noch das Geschirr hinter sich her schleifte.

»Oh nein«, flüsterte Enna und hielt sich eine Hand vor den Mund. Die Halblinge auf dem Wagen waren komplett staubbedeckt und ihre Kleidung zerrissen – dann sah sie, wie Jorim eine Flasche auf zwei Erinyen warf, die unmittelbar vor dem Stolleneingang standen und sich gerade auf sie stürzen wollten. Danach überschlugen sich die Ereignisse. Die rothaarige Erinya holte zum Schlag mit ihrer Geißel aus.

»Nimm dies!«, schrie Elvor, packte das Bündel und schleuderte es seiner Gegnerin mitten ins Gesicht. Die Decke fiel ab, und Hunderte erzürnter Insekten attackierten die Fackelträgerin, die daraufhin nach hinten taumelte und um sich schlug. Enna wurde allerdings von Entsetzen erfasst, als die Erinya mit einem Mal stehen blieb, ja, sich sogar aufrichtete.

»Mit Geist und Blut ertrag ich der Bienen stechende Brut«, säuselte sie, und ein Lächeln breitete sich auf ihrem Gesicht aus. Zahlreiche Bienen schwirrten um ihren Kopf herum, verfingen sich in ihren feuerroten Haaren, saßen auf ihrem Gesicht und krochen über ihre Hände. Enna schauderte.

»Enna!« Elvor packte sie hart an der Schulter und riss sie herum. Er und Jul hatten bereits die verbleibenden Bündel ergriffen. »Schnell weg!«

Sie nickte gehetzt, und zusammen stürmten sie in Richtung einer kleinen Anhöhe, die zu einem Felsvorsprung führte. Als sie von dort nach unten schauten, raste der Wagen gerade auf weitere der wachhabenden Erinyen zu, die ihre Peitschen schwangen.

»Nicht anhalten«, hörte Enna einen Halbling schreien.

Elvor deutete auf das Bienenholz. »Schnell, löst die Knoten!« Fieberhaft nestelten sie an den Schnüren herum und entfernten sie.

Währenddessen sah Enna, wie Jorim erneut eine Flasche warf – anscheinend waren diese mit Bienen gefüllt! Das Gefäß zerbarst, und tatsächlich summten Bienen durch die Luft. Eine Erinya sackte plötzlich zusammen, und Enna stellte verblüfft fest, dass ein gefiederter

Pfeil aus ihrer Brust ragte. Allerdings hatte sie keine Zeit, darüber nachzudenken, denn nun mussten sie handeln: Mit aller Kraft schleuderten Jul, Enna und Elvor die Hölzer nach unten. Zwar gelang es ihnen nur, zwei Erinyen zu erwischen, die ihnen am nächsten waren, doch das genügte, um eine Gasse zu schaffen, durch die der Wagen in wenigen Augenblicken würde verschwinden können. Jetzt mussten sie nur noch auf sich aufmerksam machen und irgendwie hinab auf den Karren gelangen.

»Jorim!«, schrie Enna, stellte sich auf die äußerste Spitze des Felsvorsprungs und winkte wie wild mit den Armen. Die Erinyen unter ihnen waren gerade mit den wütenden Bienen beschäftigt, und so traten auch Elvor und Jul nach vorne und gestikulierten wild.

Endlich schien Jorim sie entdeckt zu haben, denn er steuerte das Gefährt direkt in ihre Richtung. »Springt!«, rief er, und lenkte den Karren unter den Felsen, sodass Enna, Jul und Elvor mit einem Sprung auf den Wagen gelangen konnten. Als Enna schließlich hinter sich blickte, sah sie die Erinyen glücklicherweise noch immer mit den Bienenschwärmen kämpfen.

Einer der schrecklichen Frauen war es allerdings gelungen, mit ihrer Peitsche nach dem flüchtenden Karren zu schlagen, und die Widerhaken ihrer Geißel hatten sich in dem Holz verkeilt. Die Erinya wurde mitgeschleift, zog sich jedoch immer näher an den Wagen heran. Es war Elgo, der nach einem Pickel auf der Ladefläche griff. Anstatt jedoch die Geißeln zu durchtrennen, schleuderte er den Pickel mit aller Kraft auf ihre Verfolgerin. Und er traf! Das Werkzeug grub sich knackend in den Schädel der Erinya, und endlich löste sich ihre Hand vom Griff der Geißel. Der Erinyen-Körper überschlug sich mehrfach, ehe er reglos liegen blieb.

Jorim würgte indessen, und beinahe hätte er sich übergeben. Staub klebte ihm in Nase und Mund, und er versuchte krampfhaft, diesen auszuspucken. Rasch wischte er sich mit dem Ärmel übers Gesicht, denn auch in seinen Augen klebte der Dreck. Gleichzeitig war er froh, dass Enna es geschafft hatte – sie war wieder bei ihm!

Er wandte sich um und warf ihr einen raschen Blick zu. Enna lächelte zuversichtlich, bevor sie sich suchend umsah. »Nespur?«, fragte sie. Aber Jorim schüttelte nur den Kopf. Er würde ihr später erklären müssen, was geschehen war – wenn sie sich in Sicherheit befanden.

»Hervorragender Schuss!«, lobte Gwendalon.

Alvendorah schmunzelte. »Ein fast regungsloses Ziel zu treffen stellt für mich schon lange keine Schwierigkeit mehr dar.« Einige feine Fältchen bildeten sich auf ihrer sonst so glatten Stirn, und sie blickte nach unten, wo drei von ihr niedergestreckte Erinyen lagen. »Eine von ihnen bewegte sich allerdings äußerst geschwind. Ihr gelang es, meine Pfeile abzuwehren. Das hat noch kein anderes Wesen vermocht.«

»Sie wissen ihre Geißeln sehr wohl einzusetzen«, stimmte Gwendalon zu.

»Es leben wirklich sonderbare Völker hier in den Südlanden. Da ist mir der Norden doch lieber.« Alvendorah strich nachdenklich über die Federn eines Pfeils, bevor sie ihn in den Köcher auf ihrem Rücken steckte. »Aber die Kleinen mag ich.«

»Sie sind seltsam und ihre Füße unglaublich groß und hässlich«, entgegnete Gwendalon.

»Mag sein. Doch sie beweisen trotz ihres kleinen Wuchses List und Finesse – und ein großes Herz. Immerhin befreiten sie ihre Artgenossen aus großer Gefahr!« Alvendorah wandte sich zum Gehen. »Lass uns sie noch ein wenig beobachten. Anscheinend sind unsere Feinde auch die ihren. Die Halben könnten für uns noch nützlich sein.«

Geschmeidig und ohne ein Geräusch zu verursachen zog sie los. Gwendalon sah ihr hinterher, während er nicht zum ersten Mal die überwältigende Schönheit der jüngsten Tochter des Hauses Enduriel bewunderte. Dann folgte er ihr ebenso leise und verschmolz mit dem Wechselspiel von Licht und Schatten.

15. IM STURMESWIND ER BRAUST

Die Halblinge hatten sich noch ein ganzes Stück gen Norden bewegt, und inzwischen liefen mehrere von ihnen neben dem Wagen her, um die Tiere zu entlasten. Glücklicherweise war ihnen das Pony des verunglückten zweiten Wagens gefolgt, sodass sie nun auch dieses Tier mit vor den Karren spannen konnten. Und dennoch wurden die Ponys immer schwächer. Die Strapazen in der Mine hatten sie ausgezehrt, ebenso wie die gefangenen Halblinge. Es war wohl nur die Aufregung der Flucht gewesen, die die Tiere in Panik versetzt und ihnen noch einmal Kraft gegeben hatte. Vielleicht waren sie auch von der ein oder anderen Biene aufgescheucht worden. Doch nun trotteten sie mit hängenden Köpfen dahin.

Jorim fühlte sich genauso elend, wie die beiden Minenpferde aussahen. Von jenem verhängnisvollen Augenblick an, wo sie von den Erinyen entdeckt worden waren, hatten sich die Ereignisse überschlagen. Für Trauer war da keine Zeit geblieben. Das Entsetzen schien sich in seinen Knochen versteckt zu haben, und nun kam es hervorgekrochen.

»Was ist geschehen?«, fragte Enna leise, als hätte sie seine Gedanken gelesen.

Kurz blickte Jorim auf die restlichen Halblinge. Genau wie ihm liefen auch den anderen Tränen übers Gesicht, hinterließen Spuren, dort wo sie den Schmutz wegwuschen. Selbst Elgo weinte, was Jorim verwunderte, hatte der alte, grauhaarige Halbling doch weder Nespur noch Fundil gut gekannt.

»Nespur und Fundil haben sich geopfert, um uns das Leben zu retten«, erklärte Jorim mit monotoner Stimme.

Enna schaute zu ihm auf, betrachtete ihn aus traurigen Augen, als wollte sie es ihnen überlassen, all die Fragen zu stellen, die ihr in der Seele brannten.

Nach und nach erzählte Jorim, was in der Mine während ihrer Flucht geschehen war.

Am Ende nickte Enna nur, auch sie konnte ihre Tränen nicht mehr zurückhalten. Schweigend und voller Trauer trotteten die Halblinge eine Zeit lang nebeneinander her, doch die Müdigkeit zwang sie schließlich einen nach dem anderen wieder auf den Karren.

»Auch die armen Ponys sind vollkommen erschöpft«, sagte Enna und strich einem von ihnen über den Hals, bevor auch sie auf die Ladefläche kletterte.

»Wir müssen sie freilassen«, bemerkte Jul plötzlich. »Was meinst du, Jorim?«

Jorim rieb sich übers Kinn. »Das sehe ich genauso. Aber noch sind wir nicht außer Gefahr. Vielleicht folgen uns noch einige dieser bleichen Knochenweiber.«

»Da magst du recht haben«, stimmte Elgo zu, dessen faltige Hände nun die Zügel hielten. Sein Gesicht war vom Minenstaub noch immer völlig verdreckt, und Jorim nahm an, dass er selbst auch nicht besser aussah. Elgo deutete auf den Boden, der mit hohem Gras bewachsen war. »Wenn die Erinyen uns nachsetzen, können sie immer den Radspuren folgen. Das Gras wird durch den Wagen platt gedrückt, das gibt eine gute Fährte.«

Wieder nickte Jorim ernst, dann sah er sich um und zeigte auf ein nahe gelegenes Wäldchen. »Ich habe eine Idee! Wir lenken die Tiere dorthin, dann klettern wir über die Bäume, und weg sind wir, ohne Spuren zu hinterlassen!«

»Da spricht der Baumhausbewohner in dir, nicht wahr?«, sagte Enna wenig überrascht.

Jorim grinste. »Das mag schon sein.«

»Ein hervorragender Einfall!«, rief Pim. »Wir legen einfach eine falsche Fährte. Die Ponys werden weitertrotten, und die garstigen Weiber können dann den Radspuren hinterherlaufen.«

Dem hatte niemand etwas entgegenzusetzen, und so steuerten sie den Rand des Waldes an. Es war zwar nicht gleich der erste Baum, der sich für ihr Vorhaben als geeignet erwies, aber sie mussten auch nicht allzu lange suchen. Eine dicke, knorrige Eiche, deren Stamm nicht sehr hoch, dafür aber mit vielen Ästen bewachsen war, würde ihnen das Hochklettern ermöglichen. Und in unmittelbarer Nähe befanden sich weitere Bäume, die nah genug beieinanderstanden und über die sie sich ein Stück weit würden entfernen können.

Elgo lenkte den Wagen unter den Baum. Kaum hatten sie angehalten, da senkten die Ponys auch schon die Köpfe und begannen zu grasen.

»Wartet!«, rief Elvor und schüttelte den Kopf. »Das geht so nicht. Die werden einfach stehen bleiben und fressen. Dann werden die Erinyen wissen, dass wir abgestiegen sind. Wir müssen die Ponys dazu bringen, weiterzugehen!«

»Elvor hat recht.« Enna strich sich die Haare zurück und wies dann nach Norden. »Es wäre besser, wenn die Ponys dorthin laufen und eine Spur hinterlassen würden, dann könnten wir uns in Ruhe durch den Wald davonstehlen.«

»Hm«, Jorim rieb sich den Nacken. »Aber wie stellen wir das an?«

»Ja, wie bringen wir sie bloß zum Laufen? Jetzt, da sie so müde sind?« Auch Ambrin wirkte recht ratlos.

Jul räusperte sich und trat unruhig von einem Bein aufs andere.

»Du hast nicht noch etwas von deinem Borkentrunk?«, fragte Jorim an Elgo gewandt. Der schüttelte unglücklich den Kopf.

Jul räusperte sich erneut, dieses Mal lauter.

»Hast du ein paar von den Bienen verschluckt?«, wollte Elvor von ihm wissen.

Jul schüttelte den Kopf. »Nein, aber ich habe eine Idee.«

»Dann nur zu! Jeder Gedanke ist willkommen«, munterte Jorim ihn auf.

»Also«, begann Jul etwas zögerlich, »es ist ein ... etwas absonderlicher Gedanke.«

»Na und? Nur Mut«, mischte sich nun auch Talegrin ein.

»Er ist wirklich *sehr* absonderlich«, wiederholte Jul und wurde rot.

»Nun sprich oder pinkle Buchstaben in den Staub!«, rief Pim, dessen rundliche Wangen von der Anstrengung des Marsches glühten.

»Hier ist kein Staub, nur Gras«, merkte Ambrin trocken an.

»Also, soll ich es euch nun sagen oder nicht?« Jul blickte verunsichert in die Runde.

»Rede endlich!«, rief Enna und verdrehte die Augen.

»Pfeffer«, entgegnete Jul.

»Pfeffer?«, fragten Elvor und Rimen wie aus einem Mund.

»Ich bezweifle, dass die Pfeffer fressen. Die bevorzugen Gras, wie man sieht.« Ambrin zeigte mit seinem abgemagerten Finger auf die grasenden Zugtiere.

Jul zuckte mit den Schultern. »Ich meine nicht *fressen*.«

Enna blickte ihn ratlos an. »Was dann?«

Wieder einmal räusperte sich Jul. »Ich dachte da eher an das andere Ende – nicht an das Maul, sondern an ...«

Die Halblinge schwiegen verwirrt. Nur das Lied der Vögel erfüllte den Wald. Jorim kamen sogar die Ponys seltsam erstarrt vor.

Enna fand als Erste die Sprache wieder. »Ich glaube nicht, was ich da höre.«

»Ich sagte doch, es ist ... absonderlich.«

»Absonderlich?«, rief Elgo und klatschte sich auf die Oberschenkel, dass der Staub aufgewirbelt wurde. »Das ist genial!«

»Na ja, einen Versuch ist es wert, meinst du nicht?« Jorim blickte seine Schwester an. Enna seufzte, doch leider hatte sie keine bessere Idee.

»Mir tun die Tiere zwar leid«, sagte sie, »aber lieber Pfeffer im Hintern als eine Erinyen-Geißel im Leib.«

Also begannen sie, nach Juls Anleitung dessen ungewöhnlichen Plan in die Tat umzusetzen. Sie schnitten die Geschirre an, damit sie nach einiger Zeit reißen und abfallen würden, bevor sie alle, bis auf Jul und Jorim, auf die alte Eiche kletterten und warteten, was geschehen würde. Die zwei verbliebenen Halblinge saßen mit dem Pfeffer in der Hand auf dem Kutschbock hinter den Tieren und sahen einander an. »Auf drei«, rief Jorim. »Eins, zwei, drei!«

Rasch hoben sie die Schweife der Tiere in die Höhe und bliesen den Pfeffer auf ihren Handflächen gegen die entblößten Pferdehintern. Dann hüpften sie flink über den Karren auf den Baum, von wo sich ihnen helfende Arme entgegenstreckten. Kaum waren sie in Sicherheit, schauten sie erwartungsvoll zu den Tieren hinab. Nichts geschah. Die Ponys grasten.

»Dein Pfeffer taugt nichts«, beschwerte sich Elvor.

»Das ist feinster Pfeffer!«, klärte Jul ihn entrüstet auf. »Geerntet in Westendweiler, gemahlen in Flusstal.«

Elvor wollte etwas erwidern, doch Enna kam ihm zuvor. »Seht nur!«

Gebannt schauten sie wieder hinab auf die Tiere. Eines der Ponys hatte den Kopf gehoben und blickte nach hinten auf sein Hinterteil. Kurz darauf wirkte auch das zweite etwas unruhig. Sie schnaubten, schlugen wild mit dem Schweif und bewegten die Ohren vor und zurück. Dann brach Panik unter ihnen aus. Im selben Augenblick rannten die Ponys in donnerndem Galopp los. Es dauerte nicht lange, und die Zugtiere waren mitsamt dem Karren verschwunden.

»Na also!«, freute sich Jorim und klopfte Jul derart überschwänglich auf die Schulter, dass der findige Halbling beinahe vom Baum gefallen wäre.

»Das hätten wir viel früher machen sollen«, meinte Elgo.

»Bei den Ponys oder den Erinyen?«, fragte Talegrin lachend.

»Bei beiden«, entgegnete Jorim schmunzelnd, doch dann seufzte er tief und wurde wieder ernst. »Lasst uns gehen. Wir sind zwar frei, aber es war kein guter Tag.«

Alle wussten, was er meinte, und so verdüsterte sich die Stimmung rasch. Schweigend begannen die Halblinge über die Bäume zu klettern, um sich einen Platz für die hereinbrechende Nacht zu suchen.

Endlich hatten sie ein Nachtlager gefunden. Nachdem sie einige Bäume hinter sich gelassen hatten, waren sie auf einen Bach gestoßen. Darin wateten sie ein Stück weit, um auch weiterhin Spuren zu vermeiden. Als sie das Gefühl hatten, endlich weit genug gelaufen zu sein, ließen sie sich am Ufer des Bachs auf einer kleinen Lichtung nieder. Dort saßen sie nun, aßen im letzten Licht des Tages schweigend von den Beeren, die sie unterwegs gesammelt hatten, und den restlichen Proviant, vornehmlich Brot und etwas harten Käse. Nicht wenige Mägen knurrten immer noch nach diesem kargen Mahl, und so hatte Jul sein Angelzeug ausgepackt, in der Hoffnung, den einen oder anderen Fisch als Nachspeise auftischen zu können.

Es war Talegrin, der schließlich das Schweigen brach. »Eines meiner Augen ist froh, das Licht der Freiheit erblickt zu haben«, sagte er leise, während er sich an einen umgekippten Baumstamm lehnte und auf den Bachlauf starrte. »Das andere Auge weint jedoch um Fundil und Nespur.«

»Ja, sie waren wahre Helden«, entgegnete Rimen leise und warf einen kurzen Blick zu Elgo hinüber, der etwas abseits auf einem kleinen Findling saß.

Jorim betrachtete indessen Enna, deren Miene immer trauriger wurde.

»Wahre Helden«, wiederholte sie, und Tränen rannen über ihr Gesicht. Dann sah sie hinauf zum Himmel, über den nun dunkle Wolken zogen. Ein heftiger Wind rauschte in den Bäumen, und nur wenige Sterne funkelten hier und da. »Auch wenn Nespur jetzt unter Stein und Fels begraben liegt, so hoffe ich doch, dass er den Weg in die Grünen Gefilde finden wird.«

»Das wird er«, sagte Elvor, der neben Enna saß, leise. »Das wird er ganz bestimmt.« Zu Jorims Überraschung lehnte sie sich kurz an den Halbling mit den dichten schwarzen Haaren, ließ es sogar zu, dass er tröstend einen Arm um sie legte. Dann jedoch räusperte sie sich und richtete sich wieder auf.

»Und Fundil wird diesen Weg ebenso finden.« Alle blickten zu Elgo hinüber, der ebenfalls den Kopf in den Nacken gelegt hatte und hinauf in den Nachthimmel schaute. »Stets war er voller Mut und Tatendrang. Nie hat er aufgegeben oder die Hoffnung verloren.«

Jorim wurde nachdenklich angesichts dieser Worte, denn so gut hatte Elgo Fundil doch gar nicht gekannt.

»Wären Nespur oder Fundil an meiner Stelle gewesen«, fuhr Elgo fort, »so wäre euch euer Schicksal in der Mine erspart geblieben, denn sie hätten euch dort schon längst herausgeholt.« Er griff sich einen Stein und schleuderte ihn wütend in ein Farngebüsch. Dann vergrub er die Hände in seinen Haaren.

»Wie meinst du das?«, hakte Enna ein. »Weder Nespur noch Fundil hätten die Gefangenen alleine befreien können.«

»Sicher hätten sie mehr ausrichten können als ein Trunkenbold«, beharrte Elgo.

»Dein Wurf mit dem Pickel war heldenhaft«, versuchte Jorim den ergrauten Halbling aufzumuntern.

»Allerdings«, stimmte Ambrin zu. »Ich kannte nur einen, der in der Lage gewesen wäre, in betrunkenem Zustand von einem dahinrasenden Wagen aus einen Pickel pfeilgerade auf eine Erinya zu schleudern.« Ambrin erhob sich und ging zum Wasser.

»In der Tat«, pflichtete Talegrin ihm bei. »Nur Bronn wäre zu so etwas fähig gewesen.«

Pim und Rimen nickten. Ambrin entledigte sich derweil seines Umhangs, tauchte einen Ärmel ins Wasser und ging dann zu Elgo. Dieser hob abwehrend eine Hand, als sich Ambrin mit dem nassen

Ärmel näherte. Ambrin, zwar abgemagert, aber immer noch von kräftiger Statur, drückte Elgos Arm zur Seite und begann, ihm das Gesicht abzuwischen. Schließlich gab Elgo nach und ließ es geschehen. Es war dunkel geworden, deshalb traten die Halblinge nun näher. Sie bildeten einen Halbkreis um Elgo und Ambrin, um dessen seltsames Verhalten zu betrachten. Je mehr von Elgos gealtertem Antlitz zum Vorschein kam, desto erstaunter blickten die bis vor Kurzem noch gefangenen Halblinge. Ihre Unterkiefer klappten herunter, sie rissen die Augen weit auf und traten schweigend zurück. Nur der Wind brauste durch die hohen Wipfel der Bäume.

»Bronn«, riefen sie ehrfürchtig und wie aus einem Munde. »Bronn Sternenfaust!«

16. EINE LEBENDE LEGENDE

Die Zeit verstrich – doch die Stille blieb. Nur der Wind sang sein Lied, unablässig und anscheinend völlig unbekümmert angesichts der Geschehnisse in der Welt. Fast schon mitleidlos fegte er durch die Baumkronen, so wirkte es zumindest auf Jorim. Auch er starrte, verblüfft wie alle anderen, auf Elgo, den Säufer – der Bronn Sternenfaust war. Eine Legende aus Jugendtagen, besungen in allen Tavernen Westendtals.

Sie alle waren ausgezogen, um ihn zu finden, und nun hatten sie ihn gefunden – wenn auch nicht dort, wo sie ihn vermutet hatten, und nicht unter den Umständen, die sie sich erhofft hatten.

»Du kannst nicht Bronn Sternenfaust sein!«, unterbrach Elvor endlich die Stille und riss damit alle aus ihren Gedanken. »Ein Held sieht anders aus. Du bist bloß Elgo, der Säufer!«

Ambrin runzelte die Stirn und deutete auf Bronn, der mit heruntergesackten Schultern auf dem Findling saß. »Oh nein, das ist Bronn. Habt ihr nicht seinen Wurf gesehen, mit dem er die Erinya getroffen hat?«

Doch Elvor schüttelte weiterhin vehement den Kopf. »Nein, das habe ich nicht!«

»Aber, wie kannst du das sagen?«, fragte Enna und blickte ihn verwundert an. »Das war gleich, nachdem wir auf den Wagen gesprungen sind. Ich habe es doch auch gesehen.«

Elvor hob die Hand und deutete auf Bronn, winkte dann aber ab und stapfte ohne ein weiteres Wort zum Ufer des Bachs, wo er sich niederließ.

»Bronn, wo warst du in all der Zeit?«, wollte Talegrin wissen. »Wir dachten, du seist tot.«

»Ja, wo warst du?«, fragte nun auch Ambrin mit finsterer Miene.

Auch Pim trat näher und starrte mit offenem Mund auf Bronn, während Rimen sich seine Wange kratzte. Bronn rutschte unruhig auf seinem Findling hin und her.

Er seufzte tief, drehte einen Ast in der Hand, warf ihn dann aber weg. »Es geschah, als Fundil und ich in den Suravan-Bergen nach einem Weg suchten, um die letzten Gipfel zu überqueren«, begann er.

»Ich erinnere mich«, entgegnete Talegrin. »Du sagtest, wir sollten warten und rasten, während du und Fundil euch ein wenig umsehen wolltet.«

Bronn nickte, dann fuhr er fort. »Wir hatten einen Pass gefunden, der uns, wie wir hofften, endgültig in das Land hinter den Bergen führen würde. Doch wir kehrten nicht gleich um, sondern erklommen den Pass, um in jenes sonderbare Reich zu blicken, das von den Suravan-Bergen umschlossen wird. So stiegen wir also hinauf, höher und höher. Die Wolken wirkten fast greifbar, als wir endlich den höchsten Punkt erreichten. Dann kam er ...« Bronn schauderte sichtlich, rieb sich mit der Hand über den Unterarm und blickte in die Ferne. »Wir dachten zuerst, es sei eine dunkle Wolke, eine Gewitterwolke, die über uns aufzog. Dann bemerkten wir, wie eigenartig sie aussah. Weißer Nebel wallte um sie herum, rot gerändert vom Licht der untergehenden Sonne. In der Mitte jedoch war sie dunkel, beinahe schwarz wie die Nacht. Dann ertönte ein Brüllen, laut und donnernd wie ich es noch nie zuvor gehört hatte, und zwei Köpfe schossen aus den Wolken hervor. Felsgestein löste sich und polterte talwärts – doch nicht einmal die Gerölllawine konnte das Brüllen des Gulvars übertönen.«

Die Halblinge hielten den Atem an. Ein Gulvar – Bronn war also tatsächlich einem Gulvar begegnet! Jorim konnte sich nicht mal vorstellen, was er in einer solchen Situation tun würde – Auge in Auge mit einem so finsteren Wesen. Bronn sprach weiter, seine Stimme klang heiser.

»Wie eine riesige fliegende Schlange mit zwei länglichen Köpfen sieht ein Gulvar aus, und er hat gleich drei mit roten Dornen besetzte Schwänze. Auch seine Flügel sind rot, als seien sie in Blut getaucht worden, und auf den beiden Köpfen thronen mächtige rote Hörner. Der Körper selbst ist schwarz wie der eines Raben.« Noch immer starrte Bronn in die Nacht. Niemand wagte etwas zu sagen, alle warteten gespannt, wie es weitergehen würde.

»Der Gulvar kam mit mächtigem Flügelschlag näher, und einer der Köpfe schnellte direkt auf Fundil zu. Ich stieß ihn gerade noch rechtzeitig zur Seite, während die Kreatur über uns hinwegschoss. Ich versuchte, uns in Sicherheit zu bringen, fort vom Gipfel, doch da zertrümmerte eines der gewaltigen Schwanzenden des Gulvars den Fels neben mir. Ich wurde von den fliegenden Gesteinsbrocken erfasst und davongeschleudert, direkt über einen Abgrund hinweg. Der Gulvar verschwand in diesem Augenblick, offenbar glaubte er, sein tödliches Werk verrichtet zu haben, oder er fand uns Winzlinge nicht weiter beachtenswert. Ich hatte mich jedoch an einem Felsvorsprung festkrallen können und hörte Fundil herbeistürzen, der mir ein Seil zuwarf. Ich bekam es zu fassen – doch dann glitt ich ein Stück ab. Ich rutschte tiefer, und Fundil wurde näher an den Abhang gezogen. Ich wusste, ich würde ihn mit ins Verderben reißen.« Bronn schwieg.

»Was geschah dann?«, wollte Enna wissen, die Augen schreckgeweitet.

Statt Bronn, antwortete Ambrin. »Bronn hat das Seil losgelassen und ist in die Tiefe gestürzt. So hat es uns zumindest Fundil erzählt.« Ambrin sah zu Bronn, der nickte.

»Ja, so war es. Fundil muss gedacht haben, ich sei tot. Doch irgendwie habe ich den Sturz überlebt. Dort unten war ein Fluss, und als ich wieder bei Bewusstsein war, befand ich mich am Ufer. Es war derselbe Fluss, der auch durch jenes Dorf fließt, in dem ihr mich gefunden habt.« Er deutete kurz auf Jorim, Enna und Elvor. »Ich trug so einige Blessuren und Knochenbrüche davon, doch ich hatte Glück. Reisende fanden mich und brachten mich in das kleine Dorf. Die Menschen dort pflegten mich gesund. Später erfuhr ich von ihnen, dass eine Gruppe Halblinge von Menschen gefangen und in Richtung der Silbermine verschleppt worden war. Die Häscher der Minenbetreiber waren ständig auf der Suche nach neuen Sklaven. Da kamen ihnen Leute vom kleinen Volk für die Arbeit in den Stollen natürlich gelegen.« Bronn fuhr sich mit beiden Händen übers Gesicht. »Ich wusste sofort, dass es sich hierbei um meine Kameraden handeln musste. Wie oft habe ich an der Mine auf der Lauer gelegen und den Stollen beobachtet. Zwei meiner Befreiungsversuche scheiterten, und ich kam jedes Mal nur mit viel Glück mit dem Leben davon – wenn ich auch einige Verletzungen davontrug. Als schließlich die Erinyen kamen und die Mine übernahmen, wurde die Lage noch aussichtsloser. Ich, der legendäre Bronn Sternenfaust, war einfach nicht imstande, meine Freunde zu befreien – und die Schmach, nach Hause zurückzukehren und Hilfe zu holen, konnte ich nicht auf mich nehmen.«

»Aber weshalb denn nicht?« Enna betrachtete den alten Halbling irritiert. »Das wäre doch die naheliegendste Lösung und alles andere als eine Schmach gewesen!«

»Ich war stolz, Enna, stolz und arrogant. Ich glaubte, ich müsste es alleine schaffen. Und die Erkenntnis meines Scheiterns trieb mich schließlich einem neuen Freund in die Arme: einem Freund, der sich als höchst tückisch erwies.«

»Borkenschnaps«, hörten sie Elvor vom Ufer des Bachs her rufen. Offenbar hatte er Bronns Geschichte genau mitbekommen.

»So ist es«, gestand Bronn, dann sah er die Halblinge nacheinander an. »Euch, meine treuen alten Freunde, Ambrin, Talegrin, Rimen und Pim, bitte ich um Verzeihung dafür, dass ich euch so kläglich im Stich gelassen habe.«

Die Angesprochenen tauschten Blicke und wirkten sehr nachdenklich. Jorim konnte nicht sagen, was in ihren Köpfen vorging. Wütend sahen sie zumindest nicht aus.

Nun blickte Bronn zu Jorim, Enna und Jul und etwas verlegen zu Elvor, seinem Enkel. »Bei euch vieren und auch bei Nespur muss ich mich bedanken. Durch euch habe ich während der letzten Tage erfahren, dass Freundschaft und Zusammenhalt mehr wert sind als Heldentum. Sollte es etwas Derartiges überhaupt geben, so ist es nur durch die Hilfe treuer Freunde möglich.«

Damit schwieg Bronn, senkte den Kopf und schien wie ein Angeklagter auf seine Verurteilung zu warten.

»Nun«, Ambrin räusperte sich, »so waren wir wohl alle Gefangene auf die eine oder andere Weise.«

»Also haben wir unser Schicksal ein weiteres Mal geteilt«, stellte Rimen fest und kratzte sich abermals die Narbe auf seiner Wange.

»Somit gibt es nichts zu verzeihen«, rief Talegrin und nickte Bronn entschlossen zu.

»Große Worte«, sinnierte Pim und klopfte auf seinen trotz der Gefangenschaft noch immer beachtlichen Bauch. »So lasst uns die Sache vergessen.« Er legte Bronn eine Hand auf die Schulter, und seine

Augen blitzten spitzbübisch. »Und wenn es dir so wichtig ist, Bronn, so erzählen wir allen, du hättest uns im Alleingang gerettet.«

Bronn musste lachen, doch dann wurde er schnell wieder ernst und schüttelte den Kopf. »Wie ich eben schon sagte: Heldentaten sind nur mit Freunden möglich. Ich würde meine eigenen Worte Lügen strafen, nähme ich dein Angebot an, Pim. Elgo war Lüge genug. Der neue Bronn sollte bei der Wahrheit bleiben.«

Die anderen nickten bedächtig und betrachteten Bronn Sternenfaust nach wie vor mit großem Erstaunen. Auch Jorim musterte ihn und hoffte, dass Bronn Elgo auch wirklich überwunden hatte.

»Eine kalte Nacht heute, nicht wahr?« Enna ließ sich neben Elvor am Ufer des Bachs nieder. Während die anderen Halblinge das Wiedersehen mit Bronn feierten und alte Anekdoten auspackten, war Elvor am Ufer sitzen geblieben und starrte auf das dahinplätschernde Wasser.

»Eine sehr kalte Nacht«, erwiderte er knapp.

»Ist alles in Ordnung mit dir?« Enna zog die Beine an und legte ihren Kopf auf die Knie, wobei sie Elvor von der Seite betrachtete. Elvor schwieg eine Weile, anscheinend suchte er nach den richtigen Worten. »Immer wollte ich so sein wie der große Bronn«, begann er leise, »und jetzt erfahre ich, dass er ein Säufer ist und seine Kameraden im Stich gelassen hat. Und das nur, weil er zu stolz war, um Hilfe zu holen.« Verbittert schüttelte Elvor den Kopf. »Ein schöner Held«, stieß er dann hervor.

»Immerhin hat Bronn heute alles getan, um seine Gefährten zu befreien«, entgegnete Enna. »Und letzten Endes hat er seine Fehler erkannt und bereut sie.«

»Eine sehr späte Erkenntnis.« Elvor schleuderte einen Stein ins Wasser.

»Besser eine späte, als überhaupt keine, meinst du nicht?«

»Ich bezweifle, dass sie ihm überhaupt gekommen wäre, wenn wir nicht auf ihn gestoßen wären – er hätte bis an sein Lebensende weitergesoffen.«

»Was hättest *du* an Bronns Stelle getan?«, fragte Enna herausfordernd.

Elvors Gesicht verfinsterte sich noch mehr. »Ich bin aber nicht an seiner Stelle.«

Sie schmunzelte. »Ich denke, damit hast du recht. Und das ist eine sehr wichtige Einsicht.«

»Was soll das jetzt heißen?« Zum ersten Mal wandte Elvor Enna sein Gesicht zu. Und sie sah, dass seine dunklen Augen eher traurig als wütend dreinblickten.

»Ich meine damit, dass du aufhören solltest, so wie der Bronn aus den Legenden sein zu wollen! Ich glaube«, Enna schüttelte leicht den Kopf, »niemand ist wie die Legenden, du musst dein eigenes Leben leben.« Plötzlich musste sie lachen, als sie an einen Spruch dachte, den der alte Vern ihr einmal zugeflüstert hatte und den sie nun zitierte: »Wer immer nur den Braten anderer kostet, wird nie erfahren, wie lieblich der eigene schmecken kann.«

Auch Elvor konnte sich jetzt ein Grinsen nicht mehr verkneifen. »Wessen weiser Rat ist das denn?«

»Vern Flusstauchers!«

Elvor zog eine Augenbraue in die Höhe. »Vern Flusstaucher?«, fragte er ungläubig. »Dann ist der alte Vern ja anscheinend nicht nur überdurchschnittlich alt geworden, sondern hat auch ein wenig Weisheit gewonnen.«

»Mag wohl sein«, erwiderte Enna, dann sah sie Elvor eindringlich an. »Weißt du, man muss kein Held sein, damit sich andere an einen erinnern oder«, sie zögerte einen Augenblick lang, »im Herzen behalten.« Enna legte Elvor kurz eine Hand auf die Schulter, erhob sich schließlich und ging zurück zu den anderen, jedoch nicht, ohne sich noch einmal zu ihm umzudrehen. Elvor schaute ihr verwirrt hinterher, und sie warf ihm ein Lächeln zu.

»Ich habe auch nicht die geringste Ahnung, wer den Pfeil abgeschossen hat«, hörte Enna Jorim sagen.

»Enna, setz dich doch«, forderte er sie auf, als er sie kommen sah. Dann nickte er in Elvors Richtung. »Was ist mit ihm?«

Enna warf einen flüchtigen Blick auf Bronn, während sie sich niederließ. »Es ist alles in Ordnung. Er ist nur ...«, sie überlegte kurz, suchte nach dem passenden Wort, »ein wenig feinfühliger, als wir alle dachten.«

»Feinfühlig? Elvor?«, wunderte sich Jorim, und auch Jul blickte verdutzt zu dem am Wasser sitzenden Halbling hinüber.

»Er hatte eine andere Vorstellung von einem Sternenfaust, ist es nicht so?«, kam Bronn Ennas Antwort zuvor. Diese war ein wenig überrascht, nickte aber. Eine betretene Stille entstand, woraufhin Enna lieber das Thema wechselte.

»Und was denkt ihr nun: Was hat es mit diesem Pfeil auf sich?«

»Schwer zu sagen. Er kam direkt aus dem Nirgendwo und traf die Erinya mitten ins Herz«, sagte Talegrin grüblerisch.

»Und niemand hat gesehen, wer ihn abgeschossen hat?« Enna blickte in die Runde, doch alle schüttelten den Kopf. Ein wenig unbehaglich spähte sie hinaus in die Nacht. Dann schweifte ihr Blick hinauf zu den Baumkronen, über denen einige Sterne funkelten. Offenbar hatte der Wind dort oben ein großes Loch in die Wolkendecke gerissen. Welche Wesen sind noch dort draußen? Und warum sollten sie uns helfen?, fragte sie sich. Was war mit den Völkern im Norden? Sicher hatten sie von den Flüchtenden – sofern diese die Nordlande überhaupt lebend erreicht hatten – erfahren, was in den Südlanden vor sich ging. Doch nahmen die Völker des Nordens die Bedrohung überhaupt ernst?

Der Süden war in der Hand der Erinyen; Ghule durchstreiften das Land und sowohl die Menschen als auch die Elfen von Eren-Danan waren tot oder geflohen. Enna schlang die Arme um ihren Körper, denn sie fror, wenn sie daran dachte, dass das Volk der Halblinge die letzte freie Bastion der Südlande war.

Nein!, schoss es ihr durch den Kopf. So schon die Vorstellung einer helfenden Armee aus dem Norden auch sein mochte, darauf verlassen durften sie sich nicht. Sie wandte sich den anderen zu, die noch immer über den Pfeil diskutierten, und eine Weile lang musterte sie Bronn. Dann erinnerte Enna sich daran, weswegen der legendäre Held einst aufgebrochen war, und es drängte sich ihr eine ganz andere Idee auf.

»Die Drachen!«, flüsterte sie leise.

17. ZERRISSENHEIT

Feuerschein erhellte den Nebel vor ihr, und Enna ahnte, worum es sich dabei handelte: Erinyenfeuer. Sie zitterte am ganzen Leib, dennoch trat sie näher, fühlte sich angezogen von der schaurigen Faszination, die die Erinyen auf sie ausübten. Dann konnte sie die Gestalt erkennen. Groß und düster stand sie vor ihr, ihr zerschlissener schwarzer Umhang hing bewegungslos herab, ihre Haut war bleich wie der Nebel. Ein bösartiges Lachen stahl sich in ihr markantes Gesicht, Augen, schwarz wie Kohle, funkelten Enna an. Die Erinya hob die Fackel, und Enna schluckte schwer. Doch dann regte sich etwas in dem Nebel und bewegte ihn. Auch die schreckliche Frau bemerkte dies, wirbelte herum und riss die Fackel in die Höhe. Die Flammen ihrer tödlichsten Waffe loderten gespenstisch auf, aber es war bereits zu spät. Ein gewaltiger roter Kopf schnellte aus dem wabernden Weiß direkt auf die Fackelträgerin zu. Ein riesiges Maul öffnete sich und offenbarte lange Reihen messerscharfer Zähne. Knisternde Flammen schossen aus dem Schlund des Tieres hervor, und so traf Feuer auf Feuer. Doch es gab nichts, was der flammenden Gewalt eines Drachen entgegengesetzt werden konnte. Die Erinya schrie auf, aber ihr Schrei ging unter in dem Inferno, das über sie kam. Das Feuer verschlang sie, und ein Häufchen Asche zu Ennas Füßen war alles, was blieb.

Stille kehrte ein, das mit Hörnern versehene Haupt des Drachen wandte sich Enna zu. Sie erstarrte vor Angst, doch diese schmolz rasch dahin, als sie in die großen braunen Augen des Tieres blickte. Die länglichen Pupillen waren schwarz, und es war, als loderten in ihnen winzige gelbe Flämmchen. Ennas Herz begann schneller zu schlagen, nicht aus Angst, sondern vielmehr vor reiner Freude. Selbst ihre Fingerspitzen kribbelten, und eine Welle der Zuneigung zu diesem majestätischen Wesen erfasste sie.

Die Flamme eines Drachen ist die Mutter allen Feuers, so wie der Gulvar Herr über Tod und Dunkelheit ist. Im Verborgenen liegt, was das finstre Herz begehrt. Denk daran, Enna aus Westendtal! Klar und hell erklang die Stimme der Himmelskreatur in Ennas Kopf.

Enna nickte langsam, aber da kam ein Wind auf, der die Nebelschleier vor das Drachenhaupt wehte und ihr die Sicht nahm. Der Wind wurde stärker und stärker, blies schließlich die Asche davon und zerrte an Ennas Umhang. In diesem Moment schnellte sie hoch und erwachte. Ihr Blick fiel auf Jorim, dessen Decke ihm vom Wind gerade ins Gesicht geweht wurde.

Etwas warf sich auf Jorim, bedeckte sein Gesicht und nahm ihm die Luft zum Atmen. Hektisch fuhr er hoch, schlug und trat um sich, doch es war nur seine klamme Decke, die ihm eine heftige Bö ins Gesicht geweht hatte. Er rieb sich die Augen und blinzelte hinauf zum Himmel: Ein grauer Morgen erwartete die Halblinge. Zudem hatte der starke Wind dichte Wolken mit sich gebracht und der im Freien nächtigenden Gruppe Regen beschert. Erleichtert stellte Jorim allerdings fest, dass am westlichen Horizont ein verheißungsvolles Blau zu sehen war, und jetzt, da sie Bronn Sternenfaust gefunden hatten, wurde die Aussicht, zurück nach Westendtal zu gehen, dadurch nur umso verlockender.

»Der Regen wird sicher bald nachlassen, meine Wange juckt«, hörte Jorim Rimen Dornenschlag sagen. Der Halbling kratzte sich wieder die Narbe, und Jorim musste über diese Geste, die ihm mittlerweile vertraut war, schmunzeln.

»Der Regen ist mir egal«, brummte Ambrin Flusstal, dessen graue Haare ihm nass am Kopf klebten. Sein hageres Gesicht wirkte dadurch noch ausgezehrter als sonst. Mit zusammengepressten Lippen drückte er sich irgendeine zerkaute Pflanze auf eine große Schürfwunde an seinem Arm, die er sich beim Sturz aus dem Karren geholt hatte. Dabei warf er einige Seitenblicke auf Bronn Sternenfaust, so als müsse er sich vergewissern, letzte Nacht nicht nur geträumt zu haben. Auch Jorim konnte kaum glauben, was er am Vorabend erfahren hatte, und wie er würden wohl auch die anderen diese Überraschung erst verdauen müssen.

»Hat hier irgendjemand was zu essen für mich?«, rief Pim Himmelsauge in die Runde und klatschte mit beiden Händen auf seinen Bauch. »Wenn mein Magen noch länger so knurrt, macht er das abgemagerte Weibsgesindel nur noch auf uns aufmerksam.« Hoffnungsvoll wanderten seine blauen Augen umher, doch alle schüttelten den Kopf.

»Du verstehst sicher, dass in all der Aufregung gestern keiner von uns ans Essen gedacht hat«, rief Enna. Sie legte gerade ihre Decke zusammen und band sich dann ihre feuchten Haare zurück.

»Dann eben nicht.« Achselzuckend warf Pim sich seinen Umhang über.

»Vielleicht hat ja noch jemand ein flüssiges Frühstück anzubieten?«, stichelte Elvor und sein Blick huschte zu Bronn Sternenfaust. Bronn hatte dies sehr wohl bemerkt, denn er öffnete den Mund zu einer Erwiderung, runzelte dann aber nur die Stirn und packte schweigend seine wenigen Habseligkeiten zusammen. Mit der Schramme im Gesicht, die er sich während der Flucht aus der Mine zugezogen hatte, und der schmutzigen Kleidung sah der betagte Halbling genauso zerfleddert aus wie der Rest der Truppe.

»Schätze, wir werden losziehen und uns unterwegs ein ordentliches Frühstück suchen müssen«, stellte Talegrin schließlich fest.

»Eben«, stimmte Jorim zu, »einen von Jul zubereiteten Fisch, ein paar Kräuter und Beeren zu Mittag, und die Heimreise wird gleich ein wenig angenehmer werden.«

»Die Kunde, die wir zu überbringen haben, wird dadurch auch nicht besser«, merkte Bronn trocken an. »Immerhin müssen wir den Halblingen von Westendtal erzählen, dass von meiner einstigen Truppe nur noch ein kläglicher Rest übrig geblieben ist.« Er schüttelte missmutig den Kopf. »Das wird all ihre Hoffnungen auf Rettung zunichte machen.« Schweigend schnürte er sein Bündel und warf es sich über die Schulter. Alle blickten ihn an, doch keiner sagte etwas. Bronns Worte hoben die Stimmung nicht gerade, und so hielt sich die Begeisterung über die bevorstehende Heimreise in Grenzen. Wortlos packten sie ihre Sachen zusammen und machten sich zum Aufbruch bereit. Lediglich Enna wirkte unschlüssig.

»Du siehst bekümmert aus, stimmt etwas nicht?«, fragte Jorim.

Enna schüttelte den Kopf.

»Bist du sicher?«

»Ja, alles … ist gut.« Enna zog ihren Umhang fester um sich und stapfte den anderen, die bereits losmarschiert waren, hinterher.

»Wenn eine Halblingsfrau sagt, alles sei gut, dann tu einfach so, als ob alles gut sei«, klärte Pim Jorim auf. »Sei dir jedoch bewusst«, fuhr er dann schelmisch grinsend fort, »dass in Wahrheit nichts, aber auch gar nichts gut ist.« Um seine Worte zu bekräftigen, nickte er, und ein Grinsen lag auf seinem Gesicht, dessen Falten so gar nicht zu den blauen Augen passen wollten. Dann klopfte er Jorim auf die Schulter und lief los. Jorim seufzte, folgte aber schließlich seinen Gefährten, die schweigend dahinwanderten.

Nur Bronn versuchte irgendwann, mit seinem Enkel zu sprechen, doch dieser schenkte ihm kein Gehör und ließ ihn einfach stehen.

Enna indes blickte während des Marsches meist nachdenklich zu Boden, und Jorim beschloss, erst später mit ihr zu reden. Stattdessen hing er seinen eigenen Gedanken nach. Welche Einfälle hätte Bronn wohl, um Westendtal zu retten? Jorim selbst dachte da an Barrikaden und Geröllawinen und fand Gefallen an der Idee, eine ganze Armee in den Vergessenen Tälern in die Irre zu führen.

Gegen Mittag erreichten sie dann endlich einen kleinen See, an dessen Ufer sie sich niederließen. Jul begann zusammen mit Rimen und Pim zu angeln, und der Rest der Gruppe verweilte unter einigen alten Eichen. Mittlerweile hatte der Regen aufgehört und wärmende Sonnenstrahlen bahnten sich ihren Weg durch die Wolkendecke. Sowohl über dem Gewässer als auch über den Gräsern hingen Nebelschleier, und abermals musste Enna an ihren Traum denken. Nachdenklich starrte sie in den Nebel. Es kam ihr vor, als könne er sich nicht entscheiden, in welche Richtung er davontreiben sollte.

»Wie wollt ihr Westendtal verteidigen?«, hörte sie Talegrin Westwind fragen, der mit dem Rücken an einem Baumstamm lehnte. »Habt ihr euch da eigentlich schon eine Strategie ausgedacht?« Prüfend sah er Jorim, Enna und Elvor mit seinen dunklen Augen an.

»Nun«, begann Jorim, »Nespur hat Toram und Tipplin eine Stelle in den Vergessenen Tälern gezeigt, welche die Armee passieren muss. Dort sollen die beiden einige Verteidigungsanlagen errichten, Geröllawinen oder Derartiges.«

»Oder Derartiges«, brummte Ambrin. »Das wird wohl kaum genügen gegen eine Armee von Fackelträgerinnen und diese widerwärtigen Ghule.«

»Und was Tipplin angeht«, warf Elvor ein, »der setzt eher ganz Westendtal in Brand.«

»Hm«, Talegrin presste die Lippen aufeinander und wiegte bedächtig den Kopf, »das klingt nicht wirklich verheißungsvoll. Uns muss etwas Besseres einfallen.«

»Allerdings«, stimmte Ambrin zu, während er sich mit einem Ast den Rücken kratzte. »So viele Terrorbienen und Pfeffer gibt es wohl nicht, um eine solche Armee aufzuhalten.«

»Genau aus diesem Grund haben wir ja unseren großen Helden gesucht, Bronn Sternenfaust.« Elvor deutete auf Bronn, der ein Stück abseits der Gruppe im Gras saß. Bronn hob den Kopf, doch Enna kam einer Antwort des betagten Helden zuvor.

»Wir sollten in die Suravan-Berge ziehen und die Drachen suchen!«

Augenblicklich kehrte Stille ein.

»Die Drachen?«, riefen dann alle gleichzeitig.

»Daran sind wir schon einmal gescheitert«, gab Ambrin zu bedenken.

»Nicht zu vergessen: die Gulvaren«, rief Talegrin und hob mahnend einen Finger.

»Die Suravan-Berge sind eine andere Welt, Enna Borkenfeuer.« Bronn erhob sich nun und ließ den Blick über das wogende Gras schweifen, dann starrte er in die Ferne, wo er etwas sah, das wohl nur er erkennen konnte. »Ich habe mich kundig gemacht, vor langer Zeit, als ich noch jung war und den Kopf voller Borkenkäfer hatte.« Seine schwieligen Hände hielten einen Stock umklammert und er zeigte damit nach Südosten, wo dicke Wolken über den Suravan-Bergen hingen. »Dieses Land dort ist anders. Es mag faszinierend sein, doch es ist auch tödlich. Unbekannte Kreaturen treiben ihr Unwesen, und es soll Gegenden geben, in denen Wanderer ganz plötzlich an ihrem eigenen Verstand zu zweifeln beginnen. Selbst Tag und Nacht folgen anderen Gesetzen. Es heißt, nur der ewige Kampf zwischen Drachen und Gulvaren bewahrt das Gleichgewicht in dem Land jenseits dieser Berge und damit in der gesamten Welt.«

»Aber warum folgen wir nicht deinem ursprünglichen Plan?«, rief Enna. »Du wolltest doch selbst ausziehen, um die Drachen zu suchen!«

»Und du siehst, wohin es uns gebracht hat«, entgegnete Bronn. »Mir ging es stets darum, Schutz für Westendtal zu finden«, er schüttelte den Kopf, und um seine Lippen legte sich ein spöttischer Zug,

»oh, wenn du nur wüsstest, wie oft ich den Rat gewarnt und gebeten habe, Vorkehrungen zu treffen, um Westendtal vor Feinden zu schützen. Nie hat sich unser Volk um die Welt außerhalb der Schroffen Berge gekümmert. Mit reichlich Schnaps, Bier, Tabak und Gepökeltem frönten wir nur unseren hungrigen Mägen. Ja, so mach einer wusste nicht einmal, welche Völker dort draußen lebten, geschweige denn, was sie im Schilde führten. Um uns kümmert sich niemand, haben sie gesagt, die Halblinge leben doch geschützt und vergessen hinter den Vergessenen Tälern.« Bronn spuckte aus und schleuderte seinen Stock gegen einen Findling direkt neben Ambrin, wo das morsche Holz in Stücke zerbarst. »So bin ich also ohne die Zustimmung des Rates ausgezogen und meine treuen Freunde mit mir. Ihr wisst, wohin dies alles geführt hat. Ich habe dem nichts mehr hinzuzufügen. Die Suche nach den Drachen hat uns nur ins Verderben geführt.« Bronn setzte sich wieder und schwieg.

»Aber du konntest nichts dafür«, versuchte Enna ihn zu trösten. Die Bitterkeit in Bronns Worten war offensichtlich. Es war nicht Angst vor den Suravan-Bergen, die ihn zurückhielt, er fürchtete sich davor, wieder andere in den Tod zu führen.

»Wäre euch nicht dieses Unglück mit dem Gulvar widerfahren«, fuhr Enna fort, »wer weiß, was ihr gefunden hättet.«

»Ja, wer weiß. Den Tod vielleicht.«

»Den haben die meisten unserer Truppe in den Minen ohnehin gefunden«, erinnerte Talegrin Westwind ihn. »Du weißt, einst zählten wir fünfzig, nun sind wir nur noch fünf.«

»Vielleicht wären auch wir fünf jetzt tot, hätten wir unseren Weg in die Suravan-Berge fortgesetzt«, sagte Ambrin laut.

»Dessen bin ich mir inzwischen sogar sicher«, meinte Bronn.

Enna schüttelte resigniert den Kopf. »Elgo der Säufer war mir lieber. Der war wenigstens nicht so mürrisch.« Sie warf einen kleinen Ast nach Bronn, der ihn erstaunlich geschickt mit der Hand zur Seite fegte. »Westendtal ist verloren«, sagte sie leise und blickte bekümmert zu Boden. »So viel Bitterkeit und Hoffnungslosigkeit! Unsere Feinde könnten sich keine bessere Ausgangslage für eine Invasion wünschen.«

»Wenn Westendtal eine solche Gefahr droht«, überlegte Talegrin laut und legte einen Finger an seine Nasenspitze, »sind wir besser damit beraten, heimzukehren und unser Land zu verteidigen, als unsere

Zeit in diesem tödlichen Gebiet hinter den Suravan-Bergen zu vergeuden.«

»Womöglich ist bereits eine Armee von Erinyen und Ghulen auf dem Weg nach Westendtal«, mutmaßte Ambrin, doch Jorim schüttelte den Kopf.

»Gleich nachdem Erinyen in Westendtal gesehen wurden und die Lage auskundschafteten, sind wir losgezogen. Ich bezweifle, dass ein ganzes Heer bereits nach Westendtal aufgebrochen ist. Zudem müssen erst die Ghule aus Barantor nach Norden marschieren, um sich den Erinyen anzuschließen. Es wird dauern, bis eine solche Armee die Vergessenen Täler erreicht und durchwandert hat. Bestimmt bleibt uns noch Zeit.«

»Zeit wofür?«, fragte Enna. »Um die Veranda deines Baumhauses zu reparieren? Oder um Heldenlieder in den Tavernen zu trällern? Das wird nicht reichen. Wir müssen mehr tun!«

Enna war wütend. Abrupt erhob sie sich und funkelte Jorim und die anderen an.

»Aber das weiß ich doch«, entgegnete Jorim beschwichtigend. »Je früher wir wieder zu Hause sind, desto mehr Zeit bleibt uns, um Westendtal auf den Angriff vorzubereiten.«

»Gerade von dir hätte ich mehr Verwegenheit erwartet«, stieß Enna hervor. »Warst du es nicht, der sagte, manchmal findet man nicht, wonach man sucht, doch es mag einem ungleich Besseres widerfahren?« Sie stemmte die Hände in die Hüften. »Waren das nicht deine Worte gewesen?«

»Ja«, entgegnete Jorim, »und wir haben doch auch gefunden, wonach wir suchten. Nämlich Bronn und seine Gefährten.«

»Und du glaubst, das ist genug?«

Jorim runzelte die Stirn. »Ich hätte von dir etwas mehr Besonnenheit erwartet, Enna. Es ist doch vernünftiger heimzukehren, als in diesen gefährlichen Bergen umherzuirren. Ich habe nicht die geringste Ahnung, was uns dort erwartet.«

»Ich auch nicht«, zischte Enna. »Aber ich würde es zumindest versuchen. Die Drachen könnten unsere Rettung sein! Vielleicht würden sie uns helfen, um das Gleichgewicht der Welt zu bewahren!«

Kurz überlegte sie, ob sie von ihrem Traum erzählen sollte, doch im Moment war sie zu wütend. Zornig schüttelte Enna den Kopf, winkte ab und stapfte davon. Sie konnte nahezu fühlen, wie Jorim ihr verwundert hinterher sah.

Eigentlich wusste Enna selbst nicht so genau, weswegen sie so ungehalten war. Sicher – und da hatte Jorim recht – wäre es vernünftiger, zurückzukehren, anstatt eine Reise in ein Land voller Gefahren und mit ungewissem Ausgang anzutreten. Irgendwie hatte sie aber das Gefühl, dass es sich ihre Freunde zu einfach machten. Sie waren ausgezogen, um Bronn zu finden, und nun hatten sie ihn gefunden. Doch von dem Helden, den sie selbst erwartet hatte, war er weit entfernt. Was konnte Bronn also tun, das sie selbst, Jorim, Elvor oder einer der anderen Halblinge nicht ebenso vollbringen könnte? Natürlich hatte auch sie den alten Bronn suchen wollen, doch wenn sie ehrlich zu sich war, hatte sie immer geahnt, dass die Hoffnung, Bronn könnte sie alle retten, nur ein kleiner Lichtschimmer an einem dunklen Horizont gewesen war. Wahrscheinlich hatten Nespur und so manch anderer Halbling genauso gedacht.

Jetzt wollte Enna weiterziehen. Eine Art innere Rastlosigkeit trieb sie an, und diese wurde durch den Traum von dem Drachen nur noch verstärkt. Sie schlenderte weiter, bis sie einige Sträucher mit wilden Erdbeeren erreichte. Sie ließ sich nieder, und während sie die Sträucher ihrer Früchte beraubte, spähte sie nach Südosten, wo sich die Suravan-Berge wie eine graue Wand erhoben. Der süße Geschmack der Erdbeeren auf ihrer Zunge hatte eine durchaus versöhnliche Wirkung auf Enna, doch schuf der nachlassende Zorn auch Raum für neue Gedanken. Enna kniff die Augen zusammen und seufzte. Sicher führte mehr als nur ein Weg über die mit Wolken verhangenen Berge hinweg. *Ich muss es versuchen.* Immer wieder schoss ihr dieser Gedanke durch den Kopf und ließ sie nicht mehr los.

Plötzlich hörte sie ein Knacken, jemand oder etwas war auf einen Ast getreten. Enna richtete sich auf und starrte in das kleine Wäldchen hinter den Sträuchern. Doch sie konnte nichts erkennen. Erneut raschelte es, irgendetwas näherte sich.

»Da bist du ja.«

Kurz zuckte Enna zusammen, obwohl sie die Stimme erkannte. »Elvor!«

Schon schlüpfte der Halbling unter einem tief hängenden Ast hervor, und Enna atmete erleichtert aus. Elvor setzte sich neben sie ins Gras. »Das war aber nicht sehr nett von dir.«

Schon wieder stieg Ärger in Enna hoch. »Manchmal glaube ich, denen ist gar nicht bewusst, was auf unser Heimatland zukommt.«

»Das meinte ich nicht«, entgegnete Elvor.

Irritiert sah sie ihn an. Elvor deutete auf die Erdbeersträucher. »Nicht eine einzige hast du übrig gelassen.«

Enna schnaubte wütend, doch dann musste sie lachen. »Hätte ich gewusst, dass du kommst, ich hätte eine oder vielleicht auch zwei der kleineren für dich hängen lassen.«

»Warum glaube ich dir das bloß nicht?« Elvor schmunzelte, doch Enna wurde wieder ernst. »Nun stell dir mal vor, ich bin eine Erinyen-Armee und das da«, sie deutete auf die Beerensträucher, »das sind wir.«

»Enna, die Geißelträgerin«, überlegte Elvor laut und strich sich nachdenklich übers Kinn, »ja, ich denke, das würde dir stehen. Nur, ob du jemals passende Lederstiefel für deine riesigen Pelzfüße finden würdest, das wiederum wage ich zu bezweifeln.«

Enna rupfte ein dickes Grasbüschel heraus und schlug damit nach Elvor, der versuchte, sein Gesicht mit den Armen zu schützen. Es gelang ihm nicht, doch zu seinem Glück stellte Enna ihre Attacke gleich wieder ein.

Mit einer übertriebenen Handbewegung fuhr sich Elvor durch seine schwarze Lockenpracht. »Ich mag zwar einer der bestaussehenden und witzigsten Halblinge von ganz Westendtal sein, aber, Enna, ich bin deshalb nicht dumm. Ich weiß, was du meinst.«

Ennas Mundwinkel zuckten, doch sie ging nicht weiter darauf ein, auch wenn sie zugeben musste, dass sie seine Sprüche mittlerweile nicht mehr ganz so lästig fand wie noch vor einigen Tagen. Stattdessen wartete sie ab, denn ein ernster Ausdruck schlich sich in Elvors Gesicht. Offenbar hatte er noch mehr zu sagen.

»Als du vorgeschlagen hast, die Drachen zu suchen, habe ich kurz darüber nachgedacht, dich zu begleiten. Der Gedanke, mit dir zu gehen und mich an deiner Seite zu beweisen, gefiel mir.« Elvor lächelte, und Enna sah ihn verwundert an.

»Aber du hast es dir anders überlegt, richtig?«

Er nickte. »Würde ich hinter die Suravan-Berge ziehen, würde ich das Gleiche tun wie Bronn damals, vor langer Zeit. Doch genau das will ich nicht, denn damit wäre ich wie er. Ich für meinen Teil bin zu dem Entschluss gekommen, zu Hause mehr tun zu können als hier draußen, irgendwo in Arbor. Ich glaube, wir gehören nach Westendtal. Das ist unsere Heimat und die müssen wir verteidigen, oder«, er zögerte kurz und blickte auf seine Füße, »oder eben dort sterben.«

»Ich hoffe doch, es ist nicht der Heldentod, den du anstrebst?« Enna machte sich Sorgen um Elvor, denn seine Wandlung war ihr nicht ganz geheuer.

»Nein, ganz bestimmt nicht«, versicherte er und spielte an dem Erdbeerstrauch herum, als suche er noch nach einigen der süßen Früchte.

»Und was ist mit Bronn?«, wollte Enna schließlich wissen.

Elvor zuckte mit den Schultern. »Bronn ist mir egal.«

»Wirklich?«

»Ja! Ich muss meinen eigenen Weg gehen.«

»Dennoch solltest du mit ihm sprechen«, riet Enna. Sie hatte mitbekommen, wie Bronn vergeblich versucht hatte, mit seinem Enkel zu reden. »Du weißt, wie Jorim und ich unsere Eltern verloren haben«, sagte sie.

»Bei einem Feuer, ja. Aber was hat das mit mir und Bronn zu tun?« Elvor blickte Enna fragend an.

»Ich hatte mich vorher mit meinem Vater zerstritten. Deshalb bin ich voller Wut hinausgelaufen, um Jorim zu suchen. Ihm habe ich von unserem Streit erzählt. Jorim hat mir geraten, mit Vater zu sprechen, da er ja meist ein recht versöhnlicher Halbling war.«

»Und, hast du mit ihm gesprochen?«

»Nein.« Enna seufzte und starrte auf ihre Füße. »Ich war zu stolz dafür. Als Jorim und ich uns dann am Abend auf dem Nachhauseweg befanden, sahen wir diesen hellen Lichtschein schon aus weiter Ferne durch die Bäume schimmern. Es dauerte, ehe uns klar wurde, dass unsere Hütte lichterloh brannte. Und es dauerte noch viel länger, bis Jorim und ich verstanden, dass wir unsere Eltern nie wiedersehen würden. Was ich aber rasch begriff, war …«, Enna brach ab und kämpfte mit den Tränen, »dass mir nun mein versöhnliches Gespräch für immer verwehrt bleiben würde.«

»Das tut mir leid, Enna.« Kurz drückte Elvor sie an sich, ließ sie dann aber rasch wieder los. »Ist das der Grund, weshalb Jorim sich ein Baumhaus gebaut hat?«

Enna nickte. »Nicht, dass er dort vor einem außer Kontrolle geratenen Kamin sicherer wäre, aber in einer Hütte wollte er nicht mehr leben.«

»Verstehe«, murmelte Elvor und wirkte ziemlich nachdenklich.

»Also, rede mit dem alten Helden«, forderte Enna ihn nach einer Weile noch einmal auf.

»Helden!«, wiederholte Elvor. Allerdings lag in seiner Stimme weniger Verachtung, als sie erwartet hätte. »Eigentlich habe ich genug von Helden, auch wenn mich Nespurs selbstloses Opfer äußerst beeindruckt hat.«

»Nespur«, seufzte Enna. »Jorim hat es mir erzählt. Ihm ist es scheinbar zu verdanken, dass die anderen dem Stollen entkommen sind.«

»Ich weiß«, erwiderte Elvor. »Eigentlich sollten wir für ihn ein Heldenlied dichten.«

Enna musste schmunzeln.

»Weshalb lachst du?«, wollte Elvor wissen.

»Weil Jorim den gleichen Einfall hatte.«

»Oh!«

»Du kannst dir ja mit ihm gemeinsam ein Liedchen ausdenken.« Abermals musste Enna grinsen, als sich Elvors Miene verfinsterte.

»Ich denke nicht, dass Jorim und ich ein harmonierendes Dichterpaar wären.«

»Einen Versuch wäre es wert.«

Elvor schüttelte den Kopf. »Das bezweifle ich.«

Enna schlug die Beine unter und betrachtete Elvor von der Seite. »Du musst nur ein wenig nett zu ihm sein«, sagte sie schließlich. Dann zupfte sie zwei kleine Blätter aus seinen schwarzen Locken heraus. »Ich hätte es zwar nie für möglich gehalten, doch ich denke du könntest es.«

»Es fällt mir aber sehr schwer.«

»Dessen bin ich mir bewusst.«

Elvor musterte Enna, und ein Kribbeln breitete sich plötzlich in ihrem Bauch aus.

»Bei dir würde es mir leichtfallen, sehr leicht sogar«, sagte er ernst.

Enna schwieg und blickte ihn nachdenklich an.

»Es besteht doch noch Hoffnung für Westendtal«, stieß Elvor mit einem Mal erfreut hervor.

Enna beobachtete amüsiert, wie er seinen Arm aus dem Gebüsch zog und eine Erdbeere in den Händen hielt. »Für dich!«

Zu Ennas Überraschung bot er ihr die Frucht an, und nach einem kurzen Zögern nahm sie sie entgegen. Kurz berührten sich ihre Finger, doch dann erhob sich Elvor auch schon, ein wenig überstürzt, wie sie fand.

»Ich hoffe, wir *alle* treffen die richtige Entscheidung.« Er legte Enna kurz seine Hand auf die Schulter, dann zog er davon. Kurz bevor er unter die Bäume schlüpfte, hielt er jedoch an und wandte sich noch einmal um. »Und ich hoffe, deine kleine Erdbeere ist genauso süß wie meine große.« Zwischen Zeigefinger und Daumen hielt er eine stattliche rote Frucht in die Höhe, sodass Enna sie auch nicht übersehen konnte. Dann schob er sie mit einem frechen Grinsen in den Mund und huschte rasch davon.

Enna blickte ihm kopfschüttelnd hinterher. Allerdings fragte sie sich, was er damit gemeint hatte, die richtige Entscheidung zu treffen. Dass sie sich entscheiden musste, war ihr klar – und tief in ihrem Herzen hatte sie ihre Wahl bereits getroffen.

»Hast du Enna gesehen?«, wollte Jorim wissen, als er Elvor zurückkommen sah. Jorim hatte es vermieden, Enna hinterherzulaufen, denn wie er aus leidvoller Erfahrung wusste, war es meist klüger abzuwarten, bis ihr Zorn verraucht war.

Elvor nickte und ließ sich im Gras bei den anderen nieder. Die meisten der Halblinge machten mittlerweile ein Nickerchen, lediglich Bronn saß abseits und starrte andauernd in Richtung der Suravan-Berge.

»Ich hoffe, du hast sie nicht noch wütender gemacht?« Jorim war nicht sonderlich begeistert davon, dass ausgerechnet Elvor seiner Schwester gefolgt war. Der hob jedoch beruhigend eine Hand. »Keine Angst, sie hat meine Gesellschaft genossen, denke ich.«

»Das wäre das erste Mal in ihrem Leben«, entgegnete Jorim und musste den Drang niederkämpfen, etwas von Juls Pfeffer auf Elvors Hinterteil zu reiben.

»Ich glaube, sie braucht einfach ein wenig Zeit zum Nachdenken«, sagte Elvor, und seine Stimme hatte sogar einen versöhnlichen Unterton angenommen. Jorim zog die Augenbrauen zusammen und musterte den anderen Halbling. Elvors Rat zum Trotz spielte er kurz mit dem Gedanken, Enna zu suchen, beschloss dann aber abzuwarten, bis das Mittagessen fertig wäre, denn so hätte er zumindest eine gute Nachricht zu überbringen.

Tatsächlich war es Jul, Rimen und Pim gelungen, einige Fische zu fangen. Bis Jul diese allerdings zubereitet hatte, hatte die Sonne den Zenit bereits überschritten. Doch dann endlich lag der Duft von Juls intensiver Kräutermarinade in der Luft, und so manch ein Halblingsherz schlug augenblicklich höher.

Jorim sprang auf, da Enna noch immer nicht zurück war, und ließ sich von Elvor erklären, wo er sie fände. Sofort eilte er los, um seine Schwester zu suchen. Er folgte Elvors Wegbeschreibung, bog um ein Gebüsch, stapfte weiter zum Rand eines kleinen Wäldchens und suchte nach Erdbeersträuchern. *Du musst nur den Strauch suchen, an dem keine Beeren mehr hängen*, hatte Elvor gesagt. Suchend wandte Jorim sich nach allen Seiten um. Doch Enna war nirgends zu sehen, also ging er weiter.

Schließlich bog er um eine Hecke. Als er eine Stelle mit niedergedrücktem Gras sowie einige leere Erdbeersträucher, aber keine Spur von Enna entdeckte, durchfuhr ihn ein eisiger Schrecken.

»Enna!«, rief er laut. Er drehte sich im Kreis, blickte hierhin und dorthin, doch seine Schwester konnte er nirgends sehen.

»Enna!« Er rannte weiter, suchte panisch alles ab, spähte unter jeden Ast und in jedes Gebüsch. Nichts! Enna war verschwunden!

»Vermaledeiter Borkenmist!« Wütend stampfte er auf und rannte zurück zum Lager.

»Enna ist weg!«, schrie er, als er die anderen erreichte. »Sie ist ...« Die Worte blieben ihm im Halse stecken, als er sah, wie seine Schwester neben Ambrin und Talegrin saß und genüsslich in ein Stück Fisch biss.

»Wo warst du nur so lange?«, fragte Jul. »Es ist fast nichts mehr übrig.«

Jorim stemmte die Hände in die Hüften. »Beim Barte aller Holzwürmer, ich dachte, du ... ach was«, er winkte ab, »her mit dem Fisch, und zwar alles, was noch da ist.«

Er warf Enna einen finsteren Blick zu, doch seine Schwester lächelte nur. Jorim hatte den Eindruck, dass der Schalk, der sonst in ihren Augen blitzte, dieses Mal fehlte. Allerdings mochte er sich in seinem Ärger auch täuschen.

So machte er sich schließlich daran, seinen hungrigen Magen zu füllen, und tatsächlich wurde seine Laune mit jedem Bissen besser.

»Vorzüglich«, rief Pim, packte den Fisch mit seinen breiten Händen und biss herzhaft hinein. »Allerdings fehlt da ein wenig Pfeffer«, stellte er dann fest und musste lachen.

»Unter den gegebenen Umständen sei dies dem Koch verziehen«, entgegnete Talegrin.

Während Jorim sich das Essen schmecken ließ, schweifte sein Blick über Bronns Truppe, und ihm fiel zum ersten Mal richtig auf, welch betagter Haufen dies doch war. Zwar hatten sie sich größtenteils von Schweiß, Schmutz und Minenstaub befreit, doch diese Reinigung hatte keineswegs auch nur den Ansatz jugendlicher Frische hervorgezaubert. Im Gegenteil, Jorim schien es, dass dadurch nur noch mehr Falten zum Vorschein gekommen waren, die Haare waren ohne Staub genauso grau wie mit, und so manch einer der einstigen Helden focht dank fehlender Zähne einen erbitterten Kampf mit Juls mariniertem, aber doch rohem Fisch aus. Wie Jorim zudem bemerkte, wuchsen jedem dieser Halblinge auch auf den Füßen graue Haare – ein untrügliches Zeichen dafür, dass sie mindestens hundertzwanzig Sommer gesehen haben mussten. Bronn stellte da keine Ausnahme dar und hätte sogar Elvors Urgroßvater sein können.

Wenn er es recht bedachte, konnte er Ennas Sichtweise verstehen. Dennoch hielt er es nach wie vor für richtig, zurückzugehen und mit den Vorbereitungen zu beginnen, anstatt durch die Berge zu stolpern und auf gut Glück nach Drachen zu suchen.

Als sie nach der Rast weitermarschierten, wurde es zunehmend schwül, und die bedrohlichen Gewitterwolken verstärkten das mulmige Gefühl in Jorims Bauch.

Tatsächlich erhob sich am Nachmittag ein schwerer Sturm. Blitze zuckten über den Suravan-Bergen herab, und schon bald stürzten wahre Fluten vom Himmel und machten ein Weiterkommen unmöglich. Schließlich hielt die Gruppe in einer Senke an, wo sie in einem Dickicht Zuflucht suchte. Das Gewitter, das ihnen auch noch Hagel bescherte, verzog sich erst, als bereits der Abend nahte. Zwar waren sie heute nicht weit gekommen, dennoch beschlossen sie, nicht mehr weiterzugehen und hier ihr Nachtlager aufzuschlagen. Glücklicherweise war noch ein wenig Fisch übrig, und außerdem hatten sie unterwegs Beeren und Haselnüsse gesammelt, sodass ihre Mägen nicht allzu sehr knurrten.

Gleich nach dem Essen suchte sich jeder ein ruhiges Plätzchen für die Nacht. Da sie während der letzten Nacht kaum geschlafen hatten – immerhin waren sie von der Flucht völlig aufgedreht gewesen und hatten die wahre Identität von Elgo, dem Säufer, erfahren –, wurden sie nun von einer bleiernen Müdigkeit übermannt.

Nur Jorim hing noch seinen Gedanken an die Suravan-Berge nach. Er blickte zu Enna hinüber und überlegte, ob er zu ihr gehen und noch einmal mit ihr reden sollte. Einerseits sehnte er sich danach, nach Hause zu ziehen und bei den Vorbereitungen der Verteidigung von Westendtal zu helfen. Andererseits jedoch begannen auch an ihm mittlerweile Zweifel zu nagen, ob Bronns dezimierte Truppe Westendtal wirklich würde retten können.

Außerdem musste Jorim sich eingestehen, dass der Gedanke, hinter die Suravan-Berge zu ziehen, allmählich einen gewissen Reiz auf ihn ausübte. Am Ende entschied er, die Angelegenheit für den Augenblick auf sich beruhen zu lassen und gleich am nächsten Morgen mit Enna darüber zu sprechen.

Viel weiter westlich des Lagers der Halblinge stand Hanafehl, der Fürst der Ghule, auf einer kleinen Anhöhe und starrte nach Nord-Osten. Obwohl es dunkel war, konnte er die Zinnen einiger Türme von Arboron – das Zervana in ihrer Arroganz nun Zervanador nannte – deutlich erkennen. Das Gewitter war abgezogen, aber noch immer erhellte ein Wetterleuchten den nächtlichen Himmel und gewährte ihm zeitweise einen Blick auf die Stadt. Leise wiegte der Wind die Gräser, und der Duft von Wildblumen stach unangenehm in Hanafehls Nase. Er hasste die klare Luft, die sich nach einem Frühlingsgewitter gewöhnlich breitmachte. Viel besser gefielen ihm da schon die Ausdünstungen der Ghul-Armee, die hinter ihm lagerte. Metallisch, süßlich – der Geruch von Blut gemischt mit Schweiß.

Mehr als zehntausend seiner Art warteten darauf, den Rest des Weges nach Arboron zurückzulegen. Tatsächlich wäre ein solcher Marsch in dieser Nacht möglich gewesen, doch das würde bedeuten, schon am Morgen des achten Tages in Arboron einzutreffen, so wie Zervana es den überlebenden Boten hatte übermitteln lassen. Zwei Boten hatte Hanafehl ausgesandt, bloß einer war zurückgekehrt: mit abgeschlagener Hand, den Kopf der Erinya, die den anderen Ghul angeblich ermordet hatte, mit sich tragend.

Ganz sicher ging die Herrscherin der Erinyen nicht davon aus, dass Hanafehl in seinem Zorn nun tun würde, was sie von ihm verlangte. Doch genau dies war sein Ansinnen. Er wusste sehr wohl, dass der Tod und die Verstümmelung seiner Kundschafter Zervanas Werk war, doch würde er sich davon nicht provozieren lassen. Die beiden Ghule waren ohnehin entbehrlich gewesen. Nein, er würde am achten Tag vor den Toren Arborons stehen, denn genau damit rechnete die verruchte Erinya bestimmt nicht. Aber natürlich würde er nicht am Morgen erscheinen, sondern zu ihrem Ärger in der Nacht. Hanafehl wandte sich um, und seine Nasenflügel weiteten sich, als er zufrieden den schweren Duft seines Heeres einatmete.

Es war dieselbe Nacht und dieselbe Brise, die über die hohen Zinnen von Zervanador strich und fast schon behutsam durch die schwarzen Haare der Erinya fuhr. Zervana blickte über die nächtliche Stadt. Vielerorts glommen Fackeln auf, wo einst die Lichter der Menschen Häuser und Straßen erhellt hatten. Irgendwo jaulte ein Hund, und drang der Ruf eines Käuzchens an ihre Ohren.

Lautlos schwebte ein Schatten herbei, doch wandte sie sich ihm nicht zu.

»Yorak«, sagte sie leise. »Du nimmst deine Aufgabe sehr ernst. Manchmal sogar zu ernst, für meinen Geschmack.«

»›Umgib mich wie die Glut den Kraterfels, aus dem unsere Fackeln gemacht sind, sei tödlich wie die Geißel, wenn nötig.‹ Dies habt Ihr mir einst aufgetragen, Usurpatorin.«

Yorak trat neben Zervana, und seine dunklen Augen fixierten sie.

»Ich habe meine Worte nicht vergessen. Doch allein zu sein, ist ein Privileg, das ich mir hin und wieder leiste.«

»Ist es das, was Ihr wollt?«

Zervana blickte Yorak an, achtete aber darauf, ihre Verwunderung zu verbergen.

»Ist es das, was Ihr wirklich wollt?«, wiederholte er und trat näher. Unverschämt nahe. »Allein sein? Wünscht Ihr Euch nicht manchmal, ich würde Euren Befehl wörtlich nehmen und Euch einhüllen in die Glut meiner Leidenschaft?« Zervana spürte, wie ihr Herz schneller schlug, wie Erregung sie durchflutete und alle Dämme ihrer Beherrschung hinwegzuspülen drohte.

»Nicht nur meine Fackel brennt ewig«, fuhr Yorak fort. »Auch die Feuer meiner Leidenschaft verlöschen erst mit dem Tod. Die Freuden, die ich Euch zu bereiten vermag, sind ohne Grenzen. Jetzt und hier, auf dem harten Stein dieses Turmes, könnten wir uns beide vergessen, könnten unsere Lust über Zervanadors Dächer hinwegschreien. Auch das ist ein Privileg, das Ihr Euch leisten könnt.« Seine Stimme war zu einem heiseren Flüstern geworden, einem rauen Säuseln im Wind. Zervana zweifelte keineswegs an Yoraks Versprechen, was seine Fähigkeiten als Liebhaber betraf.

»Alle würden es hören und wissen, was wir tun«, entgegnete sie, ärgerte sich aber darüber, dass ihre Stimme nicht den gewohnt festen Klang hatte, sondern leicht bebte.

»Ja, das würden sie. Und unsere Schreie würden sie einschüchtern.«

Zervana bekam eine Gänsehaut. Sie musterte Yorak, dessen dunkle Augen sie noch immer gefangen hielten und wie Obsidiane aus seiner hellen Haut hervorstachen. Fahles Sternenlicht beleuchtete seine markanten Wangenknochen.

Es war der Wind, der sie am Ende zur Besinnung brachte, denn er trug einen Geruch mit sich, den sie zu kennen glaubte.

Entschlossen legte sie Yorak ihre Hand auf die Brust und drückte ihn von sich. »Übe dich in Geduld und spare dir dein Feuer auf. Noch ist der richtige Zeitpunkt nicht gekommen.«

In Yoraks Augen flackerte etwas auf. War es Enttäuschung? Oder gar Wut? Zervana wusste es nicht, und es war ihr auch egal.

Wieder schaute sie hinaus in die Nacht.

»Ob er seine Armee zu uns führen wird?«, fragte Yorak nach einer Weile.

»Gewiss wird er das«, versicherte Zervana. »Er ist gierig. Alle Ghule sind das.«

»Hanafehl ist anders.«

»Das weiß ich!«

»Ihr habt ihn beleidigt, einen Kundschafter getötet, den anderen verstümmelt.«

»Dennoch wird er kommen, nur nicht am achten Tag, wie ich es seinem stinkenden Untertan befohlen habe.«

»Nun, wir werden sehen«, flüsterte Yorak.

Zervana nickte nur und schwieg einen Moment. »Vergiss nicht mein Privileg«, sagte sie dann.

»Welches meint Ihr?«

»Geh jetzt!« Zervana verlieh ihrem Tonfall Schärfe und unterdrückte endgültig ihre Begierde.

Yorak deutete eine Verbeugung an und entfernte sich ebenso leise, wie er gekommen war.

Verstohlen blickte sie ihm hinterher. Er muss wissen, dass ich angreifbar wäre, würde ich seine Nachkommenschaft in meinem Leib tragen, dachte sie. Was bezweckt er damit? Ist es wirklich nur seine brennende Lust? Oder möchte er sein Blut in meiner Nachfolgerin wissen? Mich damit gar zu Fall bringen? Sicher, Zervana sehnte sich danach, sich ihm hinzugeben. Doch sie war auch schon immer eine misstrauische Erinya gewesen, was sich bereits häufig als wertvoll erwiesen hatte.

Abermals strich der Abendwind durch ihr Haar und über ihr Gesicht. Der Geruch, den er mit sich trug, war dieses Mal deutlicher wahrnehmbar: metallisch, schwer, süß. Zervana steckte ihre Fackel in das Halfter an ihrem Gürtel und stützte sich mit beiden Händen auf die Mauerbrüstung. Langsam beugte sie sich nach vorn und sog prüfend die Luft ein. Etwas war dort draußen. Dann bemerkte ihre feine Nase den Gestank, den die Brise mit sich trug, und sie musste schmunzeln. Vielleicht würde Hanafehl doch am achten Tag erscheinen.

18. ENTSCHEIDUNGEN

Ein lautes Knurren störte Jorims Traum von einem lauen Sommerabend, draußen unter den Birken vor Rimbors Taverne. Gerade noch hatte er gemeinsam mit Jul, Toram und Tipplin in die Flammen des kleinen Feuers geblickt und Pfeife und Bierkrug kreisen lassen. Über die Arbeit des vergangenen Tages hatten sie sich unterhalten und darüber, welches Mädchen sie wohl beim kommenden Sommerfest zum Tanz führen würden. Tief in seinem Inneren war Jorim sehr wohl bewusst, dass das hier ein Wunschtraum war, aber er wollte ihn weiterträumen und kniff die Augen fest zu.

Wieder dieses unangenehme Knurren, auch wenn es nun eine andere Tonlage angenommen hatte.

»Rimbor, kannst du deinem alten Köter nicht sagen, er soll still sein?«, brummte Jorim schlaftrunken. Aber in seinem Traum war der zottelige graue Hund gar nicht zu sehen, und langsam verblasste auch das Bild seiner Freunde, der Taverne und Westendtals. So sehr sich Jorim auch bemühte, der Schlaf wollte sich nicht wieder einstellen, und so öffnete er widerwillig seine Augenlider, denn erneut knurrte es lautstark. Er sah Elvor neben sich an einem Baum lehnen, die pelzigen Füße waren zur Seite gekippt, seine Hände lagen auf seinem für einen Halbling geradezu kümmerlichen Bauch. Beeindruckend hingegen war das Knurren seines Magens, das in regelmäßigen Abständen ertönte und lediglich von Elvors lautem Schnarchen unterbrochen wurde.

Stöhnend schlug Jorim nach Elvor, aber dieser zuckte nur kurz zusammen und grunzte, während sein Kopf zurück auf die Brust sackte.

»Du solltest doch Wache halten, du flachwanstiger Sternenfaustabkömmling«, brummte Jorim. Er wusste nur zu gut, wie schwer es einem Halbling fiel, in der Nacht auf Feinde zu achten. Auch er war mehrere Male eingenickt, wie er sich eingestehen musste, aber hier, noch immer nahe der Suravan-Berge und mit der wachsenden Bedrohung von Erinyen und Ghulen, war das leichtfertig.

Mühsam rappelte sich Jorim auf und ließ seinen Blick über das Lager schweifen. Seine Begleiter lagen alle noch in tiefem Schlaf, hier und da war ein leises Schnarchen aus den geöffneten, teilweise zahnlosen Mündern der besungenen Recken Bronn Sternenfausts zu hören. Leise seufzend schüttelte Jorim den Kopf. Doch dann fiel sein Blick auf die Stelle, wo Enna sich zur Ruhe gelegt hatte. Der Platz war leer! Außerdem waren weder ihr Bündel noch ihre Decke zu sehen. Alarmiert sah er sich um. Vielleicht war sie ja nur fortgegangen, um sich zu waschen. Enna war schon immer sehr reinlich gewesen, und möglicherweise wollte sie auch ihre Decke vom Schmutz der langen Reise befreien – aber irgendetwas sagte ihm, dass er sich irrte. Also bahnte er sich einen Weg durch die schlafenden Halblinge und begann Enna zu suchen. Doch weder an dem kleinen Flusslauf, der sich unweit der Senke durch grünes Grasland zog, war sie zu finden, noch in den umliegenden Büschen, in denen eine erfreuliche Anzahl an Beeren hing, die ihn unter anderen Umständen hätte verharren lassen.

»Enna?«, rief er laut und prüfte den Boden auf Fußspuren, aber der Regen des letzten Tages hatte nicht ausgereicht, um die trockene Erde so weit aufzuweichen, dass er den Abdruck einer zierlichen Halblingsfrau hätte ausmachen können.

Nespur hätte das vielleicht gekonnt, dachte er. Aber jetzt war keine Zeit, die Toten zu betrauern. Daher rannte Jorim zum Lager zurück, wo sich schon der ein oder andere Halbling aus seiner Decke geschält hatte. Als er den noch immer schnarchenden Elvor sah, überkam ihn eine selten da gewesene Wut, und er stieß den Sternenfaustenkel mit dem Fuß gehörig in die Seite.

Mit einem empörten Schrei fuhr der junge Halbling in die Höhe, auch Talegrin schreckte auf und schüttelte tadelnd den Kopf. »Jorim, was ist denn in dich gefahren?«

»Enna ist fort!«, schrie Jorim außer sich vor Wut, dann hielt er Elvor, der sich schimpfend die Seite rieb, einen Finger unter die Nase. »Und der hier ist schuld!«

»Ich?«, empörte Elvor sich sogleich, und seine Augen wanderten zu Ennas Lagerplatz. »Vielleicht ist sie nur Beeren sammeln.«

»Mit Bündel und Decke? Im Morgengrauen?«, fuhr Jorim ihn an. »Bestimmt hast du ihr gestern Flausen in den Kopf gesetzt, du mit deinem verdammten Sternenfaust-Dickkopf.«

Sogleich plusterte sich Elvor auf. »Was fällt dir ein zu behaupten …«

»Mal abgesehen davon bist du während der Wache eingeschlafen«, unterbrach Jorim ihn, dann funkelte er den alten Bronn an. »Auf einen Sternenfaust kann man sich einfach nicht verlassen.«

Während Elvor sich verlegen durch seine Haarpracht fuhr, kam Talegrin Westwind noch etwas steifen Schrittes angehumpelt und stellte sich zwischen die beiden jüngeren, größeren Halblinge.

»Jorim Borkenfeuer, mäßige dich«, sagte er entschlossen. »Sollte Enna tatsächlich unbedacht aufgebrochen sein, so werden wir überlegen müssen, was zu tun ist. Dennoch ist das kein Grund, deine Gefährten zu beleidigen.«

»Erinyen und Ghule hätten uns heute Nacht überfallen und töten können«, fuhr Jorim fort, wenn auch weniger aufgebracht.

»Lasst uns ausschwärmen«, schlug Bronn vor. »In Gruppen zu zweit. Jorim und Elvor, ihr geht nach Süden, Ambrin und ich nach Osten …«

Jorim hörte schon gar nicht mehr, was der alte Halbling noch sagte, denn er war viel zu sehr damit beschäftigt, Elvor mit Blicken zu durchbohren. Dieser hielt sich auffällig lange damit auf, seinen Gürtel festzuschnallen, und vermied es, in Jorims Richtung zu sehen. Für Jorim ein Zeichen dafür, dass Elvor sich schuldig fühlte.

»Junger Borkenfeuer, bitte halte dich zurück«, verlangte nun auch Bronn streng. Er fixierte dabei Elvor, und in seinen Augen lag etwas, das sich von Elgo, dem Säufer, deutlich unterschied. Schließlich wandte Jorim den Blick ab und brummte seine Zustimmung, dann eilte er los, ohne auf Elvor zu warten. Kurz darauf vernahm er Schritte hinter sich, verminderte sein Tempo jedoch nicht und hielt nach einer Spur von Enna Ausschau.

Eine ganze Weile hasteten sie stumm nebeneinander her, dann ergriff Elvor das Wort. »Ich habe Enna nicht dazu ermutigt, allein zu den Drachenbergen zu ziehen.«

»Ach nein?«, blaffte Jorim.

»Im Gegenteil. Ich habe nur betont, dass meiner Meinung nach meine Aufgabe darin liegt, Westendtal zu verteidigen und …«, Elvor hielt inne und sah mit gerunzelter Stirn zu Boden.

Alarmiert blieb Jorim stehen. »Und was?«

»Nun, ich habe ihr gesagt, dass jeder von uns die richtige Entscheidung treffen muss.«

Jorim schlug sich die Hände vors Gesicht und deutete dann nach Süden. »Ist dir eigentlich klar, dass du sie damit regelrecht in diese Berge getrieben hast?«

»Das war ihr überlassen, Jorim. Am Ende hat Enna ganz allein entschieden. Und dass ich es grundsätzlich für ratsamer halte, in Westendtal gegen Erinyen und Ghule zu kämpfen, habe ich ihr auch gesagt.« Zornig packte Elvor den Kragen seines Umhangs und zog ihn fester um die Schultern.

Jorim schnaubte und ballte die Fäuste. »Es ist ja auch kein Wunder, wenn Enna in die Gegenrichtung aufgebrochen ist, um möglichst viele Meilen zwischen dich und sich zu bringen.« Jorim stieß einen morschen Ast mit dem Fuß weg, dann legte er den Kopf in den Nacken und starrte in den Himmel. »Ich kann es nicht fassen«, wetterte er weiter. »Enna ist weg, und stattdessen haben wir eine Truppe zahnloser Helden, einen Säufer als Anführer und Elvor Sternenfaust, den Retter von Westendtal, der Erinyen und Ghule durch sein ohrenbetäubendes Magenknurren vertreiben will.«

Etwas traf ihn an der Schläfe. Ein derber Schlag, dann explodierten zahllose Farben vor seinen Augen. Jorim fiel um und schlug schmerzhaft auf dem Boden auf. Als er wieder klar sehen konnte, stand Elvor über ihm.

»Vielleicht ist Bronn wirklich kein Held, genauso wenig wie seine Gefährten. Und was mich betrifft«, Elvor seufzte und schüttelte den Kopf, »ich bin es sicher ebenso wenig – wie ich bei meinem Sturz in die Schlucht bewiesen habe. Und ja, unsere Lage ist aussichtslos, verzweifelt, und vermutlich wird unser Volk ebenso untergehen wie Menschen und Südelfen. Aber ich lasse mich weder von dir beleidigen noch mir die Schuld für Ennas Verschwinden zuschieben.« Zunächst hatte großer Zorn aus Elvors Worten gesprochen, seine Miene war angespannt gewesen, aber jetzt wurde er leiser und seine Schultern sackten nach vorne. »Ja, ich bin eingeschlafen, und das tut mir leid. Nur leider ist es nicht die Art der Halblinge, nach einem Mahl wach zu bleiben. Und auch ich mache mir Sorgen um Enna.« Er hielt Jorim seine Hand hin.

»Denkst du im Ernst, ich hätte sie aufhalten können, wenn sie wirklich den Entschluss gefasst hat, die Drachen zu suchen? Sie wäre so oder so in einem unbeobachteten Moment verschwunden, glaubst du nicht?«

Jorim saß noch immer im Gras und rieb sich seine schmerzende Schläfe, wo eine Beule zu schwellen begann. Er konnte es genau spüren. Zunächst sah er einfach nur zu Elvor auf, denn dieser hatte ihn überrascht. Elvor war ein Angeber und prahlte gerne. Dass er aber tatsächlich zuschlug, war für ihn genauso ungewöhnlich, wie zuzugeben, er sei kein Held und die Lage aussichtslos. Zögernd nahm Jorim schließlich die dargebotene Hand und erhob sich mit Elvors Hilfe. »Du hast recht. Niemand hätte Enna aufhalten können«, gab er leise zu.

Elvor nickte und lächelte erleichtert, wenn auch zurückhaltend, und als sie nebeneinander herschritten, erzählte er Jorim von seinem Gespräch mit Enna.

»Auch ich muss zugeben, dass ich inzwischen darüber nachgedacht habe, die Drachen suchen zu gehen«, gestand Jorim, nachdem Elvor geendet hatte.

»Ich wüsste nicht, wie man Drachen dazu bewegen könnte, einem zu helfen«, entgegnete Elvor.

»Ich auch nicht. Aber Enna und ich«, Jorim lächelte verträumt, »wir beide haben manchmal wirklich gute Ideen. Bestimmt würde uns etwas einfallen.«

»Ja, vielleicht.« Auch Elvor musste schmunzeln.

Auf einer Anhöhe blieben sie stehen. Von dem Land war nur wenig zu überblicken, Bäume und Büsche versperrten die Sicht. Ein kleiner Halbling wäre hier niemals auszumachen. »Das hat keinen Sinn, Jorim, lass uns zurückgehen. Wir sollten mit den anderen besprechen, wer von uns Enna folgt und wer nach Hause, nach Westendtal, geht.« Ein schiefes Grinsen zeichnete sich um Elvors Mund ab. »Und wenn wir die Ghule durch das Knurren unserer Mägen vertreiben können, so werden wir eben zwei Monde lang fasten.« Er legte den Kopf schief. »Nun ja, einen Mond lang mag auch genügen.«

Gegen seinen Willen musste Jorim lachen, dann schlug er Elvor auf die Schulter. »Es tut mir leid, ich war erfüllt von Zorn und Angst um Enna.«

»Ich weiß.«

Im Laufschritt eilten sie zurück zum Lager, und bevor sie die anderen erreichten, hielt Jorim Elvor am Arm fest.

»Eins muss man dir lassen«, sagte er.

»Was denn?«

»Zumindest in dieser Beziehung trägst du den Namen Sternenfaust zu Recht.« Jorim deutete auf seine Schläfe, die beträchtlich angeschwollen war.

»Ein Stück schönes Rindfleisch aus Rimbors Kühlkeller würde die Beule rasch abschwellen lassen«, erwiderte Elvor betreten.

»Für ein schönes Stück Rindfleisch hätte ich eine viel bessere Verwendung«, sagte Jorim lachend, denn er war seinem Gefährten schon lange nicht mehr böse.

Auch wenn er und Elvor vermutlich niemals die besten Freunde werden würden, so hatte er doch in einem recht: Zumindest sie, die Halblinge von Westendtal, mussten zusammenhalten.

Als Jorim und Elvor sich wieder im Lager einfanden, stapfte ihnen Ambrin entgegen und schüttelte den Kopf. »Keine Spur von Enna«, rief er.

Auch Bronn und die anderen, die losgezogen waren, um das Halblingsmädchen zu suchen, hatten keine besseren Nachrichten.

Hilflos zuckte Jorim die Schultern und seufzte. »Sicher ist sie in Richtung der Suravan-Berge aufgebrochen. Ich gehe ihr nach.«

Die anderen Halblinge bildeten einen Kreis um Jorim und Elvor, und einige nickten zustimmend.

»Das kann ich verstehen«, sagte Talegrin, »immerhin ist sie deine Schwester.«

»Dennoch solltest du nicht allein losziehen«, warf Rimen ein, wobei er mit seinen langen Haaren kämpfte, die ihm die Morgenbrise um den Kopf wehte. Er zog eine Augenbraue empor und sah Elvor an. Dieser schien kurz zu überlegen und drehte sich dann Jorim zu. »Eigentlich wollte ich ja zurück nach Westendtal«, begann er, »doch obwohl du es vielleicht nicht glauben magst, Enna liegt mir am Herzen. Ich komme mit dir!«

Zwar war Jorim von der Aussicht, seiner Schwester alleine zu folgen, nicht wirklich begeistert, aber mit Elvor an der Seite konnte dieses Unterfangen nicht gut gehen. Auch wenn sie sich eben nach ihrem Streit wieder vertragen hatten, so zweifelte Jorim doch daran, dass diese Versöhnung von Dauer war.

»Wartet!«, rief Bronn und trat nach vorne. Obwohl er mit seiner verdreckten, zerschlissenen Kleidung ziemlich abgerissen wirkte, strahlte er nun etwas Kraftvolles aus, vor allem, weil er sich im Augenblick nicht zurückzog und vergrämt vor sich hinstarrte.

»Du gehst besser zurück nach Westendtal«, erklärte Bronn schließlich an Elvor gewandt. »Es ist sinnvoller, wenn ich Jorim begleite.«

»Das wirst du nicht tun«, entgegnete Elvor aufgebracht.

»Doch, das werde ich.«

Jorim blickte zu Boden, strich sich mit der Hand übers Gesicht und schüttelte kaum merklich den Kopf. Er würde einen Sternenfaust gegen den anderen tauschen.

»Aber Bronn, was redest du da?«, rief nun Ambrin dazwischen. »Du weißt, was damals geschehen ist, als wir …«

Bronn hob die Hand. »Ich weiß«, sagte er. »Und genau deshalb gehe ich. Ich habe diesen Pass schon einmal gefunden, also kenne ich mich zumindest ein wenig aus.« Sein Blick wanderte zu Jorim. »Deine Schwester muss irgendwie verrückt sein, aber sie beweist Mut. Mut, wie auch ich ihn einst besaß, ehe ich ihn im Alkohol ertränkt habe. Achtzig, fast schon neunzig Sommer muss es nun wohl her sein, dass ich ausgezogen bin. Doch wenn ich dachte, meine Reise wäre zu Ende, habe ich mich anscheinend getäuscht.«

Nun wandte er sich an Elvor, und dem jungen Sternenfaust wurde unbehaglich zumute. Er verschränkte die Arme vor der Brust und betrachtete seinen Großvater aus zusammengekniffenen Augen.

»Ich wünschte, ich könnte dir sagen, dass du den Namen Sternenfaust mit Stolz tragen sollst, aber ich fürchte, das kann ich nicht.«

»Ich habe es stets getan«, antwortete Elvor, »doch jetzt«, er schüttelte den Kopf und seine Stimme wurde leiser, »jetzt kann ich es nicht mehr.«

»Und das ist meine Schuld.«

»Bronn, du weißt, dass das nicht stimmt!«, warf Pim ein. »Da stellt sich mir ja der Fußpelz zu Berge.«

Wieder hob Bronn die Hand. »Wie auch immer. Ich kann nicht nach Westendtal zurückkehren, und – bitte – lasst mich mit meinem Enkel einen Augenblick allein.«

Die Halblinge zögerten kurz, brummten dann aber ihre Zustimmung und zogen sich zurück.

Elvor schwieg. Noch vor zwei Tagen hätte er Bronn wohl ins Gesicht geschrien, wie recht er doch damit habe, dass er nicht zurückkehren könne. Doch nun, da er vor seinem Großvater stand, der gescheitert war, aber in diesem Augenblick so viel Entschlossenheit und Stärke ausstrahlte, konnte er es nicht mehr. Jetzt, da Elvors Wut ein wenig verraucht war, sah er Bronn mit anderen Augen. Vermutlich lag dies jedoch weniger an der Entscheidung seines Großvaters, Enna zu folgen, sondern eher daran, dass er selbst sich auch verändert hatte.

»Es wäre eine Schmach für dich, so heimzukehren, nicht wahr?«, meinte Elvor schließlich. »Als gefallener Held, ohne Drachen und mit nur wenigen Überlebenden.« Er sprach ernst, doch es lag keinerlei Häme in seinen Worten.

Bronn nickte. »Ja, das wäre es. Ich diene Westendtal besser, wenn ich die beiden Borkenfeuer begleite, während du, Elvor Sternenfaust, mit den tapferen Recken in unsere Heimat zurückkehrst.«

Bronn legte Elvor eine schwielige Hand auf die Schulter, woraufhin sich Elvor versteifte.

»Und wenn du das tust«, fuhr Bronn fort, »trägst du auch eine sehr große Verantwortung, denn du musst nicht nur die alten Greise heil nach Hause bringen, sondern auch dafür sorgen, dass Vorkehrungen zur Verteidigung getroffen werden. Und«, Bronn machte eine Pause, so als überlege er, wie er sich ausdrücken sollte, »... du musst die Vorkehrungen so treffen, als würde keiner von uns dreien jemals zurückkehren.«

Elvor schluckte. Allmählich wurde ihm bewusst, welche Verantwortung Bronn Sternenfaust ihm da aufbürdete. Aber vielleicht lag gerade darin eine große Ehre für ihn.

Langsam nahm Bronn seine Hand von Elvors Schulter. »Du siehst, die Last ist groß.«

Elvor nickte, dann hob er den Kopf. »Ich werde versuchen, sie zu tragen.«

»Und ich weiß, dass du es kannst.«

Hoffentlich hatte Bronn recht damit. Elvor wünschte es sich sehr. »Allerdings wäre es schön, wenn du so bald wie möglich in unsere

Heimat zurückkehren würdest«, erwiderte er nach einer Weile. »Westendtal wartet auf dich.«

Ein belustigter Zug legte sich um Bronns Mund. »Geht es dir dabei wirklich um deinen ergrauten Großvater oder um die goldlockige Enna?«

Auch Elvor musste nun lachen. »Um euch beide«, entgegnete er, und auch wenn es ihm schwerfiel, diese Worte auszusprechen, meinte er sie ernst.

Bronn schürzte die Lippen, blickte kurz in Richtung der Suravan-Berge und sah dann Elvor wieder in die Augen. »Ich werde mein Bestes geben.« Er fasste Elvor noch einmal mit beiden Händen an den Schultern und plötzlich wirkte er betrübt. »Es gäbe so viel, über das wir zu reden hätten. Über Tondurim Sternenfaust beispielsweise.«

Elvor senkte den Blick. Auch sein Vater hatte unter dem Namen Sternenfaust gelitten.

»Ich weiß, dass ich bei meinem Sohn viel falsch gemacht habe«, fuhr Bronn fort. Er nahm seine Hände von Elvor, und seine Schultern sackten nach unten. »Viel zu früh habe ich ihn verlassen, und auch das ist eine Schuld, die ich niemals wieder gutmachen kann. Irgendwann musst du mir alles über ihn erzählen. Doch nicht heute. Heute bleibt uns keine Zeit dafür. Tondurim ist eine andere Geschichte, und die sollte an einem wärmenden Kaminfeuer bei einem ordentlichen Krug Bier erzählt werden.«

Elvor seufzte schwer. Er war froh, dass Bronn nicht mehr über Tondurim erfahren wollte, denn es fiel ihm nicht leicht, über seinen Vater zu sprechen.

»Eines Tages, wenn die Krüge gefüllt sind«, stimmte er zu. Bronn nickte noch einmal bekräftigend, dann gingen sie zu den anderen.

»Es ist beschlossen«, verkündete Bronn mit lauter Stimme. »Ich gehe mit dem jungen Borkenfeuer in die Suravan-Berge.«

Ambrin öffnete den Mund, schloss ihn aber gleich wieder. Bronns Entschluss stand fest, und er würde keinen Widerspruch dulden, das wusste Elvor.

»Mein Enkel wird euch nach Westendtal führen und für die Verteidigung unserer Heimat sorgen«, erklärte Bronn weiterhin. »Und wenn ihr dort seid, bedenkt eins: Westendtal ist die größte Festung der ganzen Südlande!«

Elvor runzelte die Stirn, und auch die anderen wirkten ein wenig verwirrt. Doch Bronn fuhr bereits fort.

»Eingeschlossen von den Schroffen Bergen ist es von allen Seite geschützt. Sofern man nicht mit Schiffen an der Gräsernen Furt anlegt, gelangt man nur durch die Vergessenen Täler hinein. Dort müsst ihr Barrikaden errichten! Also, lasst dieses grässliche Weibsvolk und die stinkenden, bleichen Ghule nicht unsere grünen Täler und Auen beschmutzen. Haltet sie auf!«

Die letzten drei Worte setzten sich in Elvors Kopf fest, und ihm wurde klar, dass er immer daran denken würde.

Die anderen schwiegen, doch dann trat Talegrin Westwind nach vorne. »Das werden wir, Bronn, das werden wir.« Er drückte Bronns Hand mit beiden Händen. »Viel Glück«, sagte er leise, und man konnte sehen, dass ihm das Sprechen schwerfiel.

Elvor indes ging zu Jorim. »Bring sie zurück! Mit oder ohne Drachen.«

Jorim schluckte, nickte aber. »Das werde ich.«

So verabschiedeten sich die Gefährten voneinander. Es war ein stiller Abschied, geprägt von stummem Nicken und Umarmungen. Am Ende zogen Elvor, Jul und Bronns Recken weiter nach Norden, während Jorim und Bronn sich auf den Weg nach Südosten begaben; dorthin, wo sich die Suravan-Berge hoch in den Himmel erstreckten.

19. AUF EINSAMEN PFADEN

So rasch ihre Füße sie trugen, eilte Enna auf die westlichen Ausläufer der Suravan-Berge zu. Jede Senke, jede Hecke versuchte sie als Deckung zu nutzen, während sie sich ganz auf ein schnelles Vorankommen konzentrierte. Denn wenn sie zögerte, würde sie nur an ihrem Entschluss zweifeln. Und genau das durfte nicht geschehen. Enna wollte das Schicksal von Westendtal nicht einer Handvoll gealterter Halblinge überlassen. Dies war ihr zu wenig. Sollten sich Bronn, Elvor und die anderen ruhig um die Verteidigung von Westendtal kümmern. Sie jedenfalls würde in die Suravan-Berge ziehen, um nach den Drachen zu suchen. Zudem glaubte Enna, der Drache, der ihr im Traum erschienen war, hatte sie zu dieser Entscheidung bewegen wollen. Es war ein waghalsiger, vielleicht gar leichtsinniger Entschluss, ganz allein zu den Drachenbergen aufzubrechen, aber aufgeben und umkehren käme für sie erst recht nicht infrage. Das war nicht die Art einer Borkenfeuer. Sie hätte zwar gerne Jorim bei sich gehabt, aber ihn zu überzeugen, wäre nicht einfach gewesen. Er hätte versucht, sie umzustimmen, und falls er sich gegen die Trennung von der Gruppe entschieden hätte, wäre es noch sehr viel schwieriger gewesen, rasch und unentdeckt zu verschwinden. Nein, sie musste die Drachen allein finden, koste es, was es wolle. Die Suravan-Berge schienen auch gar nicht mehr so weit entfernt zu sein. Wenn sie sich beeilte, könnte sie deren Ausläufer vielleicht in ein bis zwei Tagen erreichen. Doch selbst hier hatten die Berge eine bedrohliche Ausstrahlung auf Enna. Schon der Wald, der unmittelbar vor ihr lag, erschien ihr sehr viel düsterer als die lichten, freundlichen Haine Westendtals, und die gezackten, schroffen Bergspitzen wirkten auf Enna wie ein aufgerissenes Raubtiermaul, bereit, sie zu verschlingen. Doch sie schüttelte diese Gedanken ab, straffte die Schultern und schritt voran. Ihre Füße berührten weiches Gras, das nach und nach immer feuchter wurde. Möglicherweise lag das an dem kleinen Bachlauf zu ihrer Linken. Die Morgensonne ließ den Boden dampfen. Leichte Dunstschwaden hingen zwischen Bäumen und Schilf, und Enna beschloss, weiter nach rechts auszuweichen, denn sie wollte nicht riskieren, in dem morastigen Untergrund stecken zu bleiben. Gerade hatte sie sich abgewandt, als sie eine Bewegung aus den Augenwinkeln wahrnahm. Hastig drehte sie sich um. Nichts. Sie spürte ein Kribbeln im Nacken, und auch wenn jetzt alles ruhig war, war sie sich sicher, beobachtet zu werden. Schritt für Schritt tastete Enna sich zurück, wobei sie das Gehölz am Rande des kleinen Gewässers nicht aus den Augen ließ.

Bitte keine Erinya oder ein Ghul!, dachte sie, umklammerte ihr Bündel und suchte nach einer Fluchtmöglichkeit. Gleichzeitig wurde ihr bewusst, dass sie kaum Aussicht auf Rettung hatte, sollte sie angegriffen werden. Von ihrem kleinen Dolch abgesehen, trug sie keine Waffen, und selbst wenn Halblinge ausgesprochen wendig sein konnten – Erinyen waren schneller.

War das hier das Ende ihrer Reise? Enna glaubte einen hochgewachsenen Schatten im Nebel zu erkennen.

Ich wollte doch die Drachen finden und mein Tal retten, dachte sie unglücklich.

»Alvendorah, ich ersuche Euch eindringlich, nun nach Hause zurückzukehren.«

Verborgen vom Dunst des aufsteigenden Morgennebels stand Alvendorah hinter dem Stamm einer mächtigen Moorbirke.

»Ich möchte wissen, was das Halblingsmädchen vorhat.«

Gwendalon trat vor sie, und sie blickte in das Gesicht ihres Beschützers.

»Sie haben sich getrennt, aus welchen Gründen auch immer. Außer ein paar betagte Mitglieder ihres Volkes befreit zu haben, konnten sie nichts zustande bringen, was sie oder Westendtal retten könnte.«

»Aber ihre Befreiungsaktion war beeindruckend.« Alvendorah lachte leise. »Wenn ich nur daran denke, wie diese bleichen Erinyen gegen die Bienen gekämpft haben! Sicher sind sie durch jedes Loch dieser zerfetzten Kleidung gekrochen. Ich möchte nicht wissen, wie lange sie gebraucht haben, um die Stacheln aus ihrer Haut zu ziehen. Diese Befreiung zeugte durchaus von Mut.«

Gwendalon neigte den Kopf. »Mut und Dummheit trinken aus derselben Schale«, sagte er. »Ich vermute, dass ihnen das Glück zur Seite stand. Wahrscheinlicher wäre es gewesen, dass alle sich zu den übrigen Gefangenen gesellen.«

»Trotz allem gehörten großer Mut und List dazu. Ich möchte sie weiterhin beobachten.«

»Alvendorah!« Der hochgewachsene Elf trat vor sie und fasste sie an den Schultern. So etwas hatte sich der Beschützer ihres Hauses noch nie erlaubt. Auch wenn Alvendorah seine Berührung als angenehm empfand, so wich sie doch zurück und – wie sie erst einen Lidschlag später bemerkte – aus dem Schutz des Baumes heraus.

»Wir haben die Gespräche der Halblinge belauscht«, fuhr er fort. »Die Erinyen bereiten eine Invasion in unser Reich vor! Und eine kleine Gruppe von Halblingen wird weder die Fackelträgerinnen noch die Ghule aufhalten können!«

Atemlos vor Angst starrte Enna in Richtung des Sumpfes. Da – wieder diese flüchtige Bewegung. War es nur der Wind, der einen Baum im Nebel zum Wanken brachte? Was sollte sie nur tun? Sie wandte sich nach allen Seiten um, da sah sie einen steilen Abhang. Noch einmal blickte sie zurück – kein Angreifer war zu erkennen. Dann sprintete sie los, warf sich bäuchlings auf ein annähernd halblingsgroßes Stück Rinde und raste damit den Berg hinab, auf ein Brombeergebüsch zu.

»Jetzt hat sie uns gesehen und Angst bekommen«, beschwerte sich Alvendorah.

Der Behüter schien sich seines unangemessenen Handelns bewusst zu werden. Er räusperte sich und trat einen Schritt zurück. Dennoch blieb seine Miene finster.

»Verzeiht mir, ich habe unbedacht gehandelt«, entschuldigte er sich. »Aber ich glaube nicht, dass dieses kleine Volk unseren Feinden etwas entgegenzusetzen hat. Ein Halblingsmädchen, das nun blindlings in die Suravan-Berge rennt, eine Gruppe von Halbhohen, die ihren Grünen Gefilden schon näher ist als dem Hier und Jetzt – was können sie schon erreichen? Sie sind klein und feist, und selbst wenn sie Mut haben, der zweimal so groß ist wie ihr Wuchs, so sind unter ihnen doch keine Meister der Kampfkunst.«

»Weder Größe noch Kampfkunst haben die Menschen und unser Volk aus den Südlanden gerettet«, sagte Alvendorah mit leiser, bedrückter Stimme. Sie blickte in die Richtung, in die Enna verschwunden war. »Ich kann dir keine schlüssige Erklärung liefern, Gwendalon, aber mein Herz sagt mir, dass es Mut und Einfallsreichtum sind, so wie sie diese kleine Halblingsfrau besitzt, die vielleicht gegen den Wahnsinn und Hass der Erinyen bestehen können.«

Gwendalon hob ihr Kinn mit einem Finger an, strich für einen flüchtigen Moment sachte mit dem Daumen über ihre Wange und sah ihr in die Augen. Alvendorah versteifte sich, aber sie ließ es geschehen. Dann schüttelte Gwendalon den Kopf. »So sehr mich Eure Worte berühren, so sehr ich daran glauben möchte – ich vermag es nicht. Lasst uns zurückkehren, eine Armee aufstellen und unsere Südküste verteidigen. Sollten einige des kleinen Volkes es schaffen, über das Meer zu fliehen, können wir sie bei uns aufnehmen.«

»Und der Rest soll sterben?« Abrupt wandte Alvendorah sich ab. »Du bist ebenso gefühllos wie mein Vater.«

»Selbst wenn es gefühllos erscheinen mag – das Überleben unseres Volkes sicherzustellen, ist unser oberstes Ziel. Die Lage auszukundschaften und zu bewerten, ist unsere Aufgabe, die letztendlich auch Eure Bewährungsprobe darstellt.«

»Dessen bin ich mir bewusst«, entgegnete Alvendorah, hob den Kopf und reckte trotzig das Kinn vor, »und wie die anderen aus dem Hause Enduriel vor mir werde auch ich sie meistern.«

»Dann kehrt mit mir zurück und handelt zum Wohle der Nordelfen! Die Feinde werden bald bei uns einfallen, uns läuft die Zeit davon!«

Alvendorah schüttelte den Kopf. »Sie ist bereits abgelaufen. Wir werden es niemals rechtzeitig schaffen, mit unserem Heer über die Enge von Dovan zu setzen, um den Halblingen zu helfen.«

»Nein, ganz sicher nicht«, pflichtete Gwendalon ihr bei, und erneut verhärteten sich seine Züge. »Das Südland ist längst verloren. Hier gibt es nichts mehr zu retten.«

»Nichts? Außer einem kleinen, liebenswerten Volk, das sich gegen zwei ihm weit überlegene Rassen stellt! Ist das wirklich nichts?« Jetzt legte auch Alvendorah eine gewisse Schärfe in ihre Worte. »Vielleicht muss ich das tun, was das Halblingsmädchen tat, nämlich mich von denen abwenden, die zweifeln.« Rasch ergriff sie ihren Bogen, huschte mit wenigen Schritten über die Lichtung und rannte den Abhang hinab, wo eine breite Schleifspur Ennas Fluchtweg markierte.

Gefährlich nahe schoss Enna auf dem Stück Borke an dem Brombeerstrauch und schließlich an einem Baumstamm vorbei und in den Wald hinein. Dann riss sie die Augen auf, denn nun raste sie auf einen tief hängenden Ast zu. Im letzten Moment duckte sie sich, und das Geäst peitschte über ihren Kopf hinweg. Entsetzt stellte sie fest, dass der Abhang länger und steiler war, als angenommen. So ging die wilde Fahrt weiter – direkt auf eine Felsformation zu. Enna drückte den rechten Fuß in die Erde und wollte nach rechts lenken, dorthin, wo sich ein rettender Spalt in dem grauen Felsen auftat. Kleine Zweige, Laub und Steinchen verfingen sich schmerzhaft in ihrem Fußpelz. Sie ignorierte es, denn jeden Moment würde sie gegen den Stein prallen. Also rammte sie ihren Fuß fester in den Waldboden – und tatsächlich: Sie rauschte samt Rinde mitten in die Öffnung hinein.

Doch die Erleichterung währte nur kurz. Zwar kam Enna am anderen Ende wieder heraus, doch plötzlich war der Boden unter ihr verschwunden, und sie flog durch die Luft. Sie wollte schreien, konnte aber nicht. Ihre Kehle war wie zugeschnürt, ihre Eingeweide rebellierten. Schon stürzte sie nach unten, der Hang kam näher. Enna schloss die Augen und prallte auf den Boden. Doch zum Glück war die Erde hier weich und mit altem Laub übersät. Enna überschlug sich noch einige Male, die Bäume schienen plötzlich oben und unten gleichzeitig zu sein – und endlich kam sie zum Stillstand. Sie keuchte heftig, blieb aber liegen, bis sich ihr Atem ein wenig beruhigt hatte. Langsam hob sie den Kopf, blinzelte und fühlte, ob ihre Knochen noch heil waren. Nichts schien gebrochen zu sein, auch wenn zwei ihrer Rippen beim Atmen schmerzten und sie eine Schürfwunde am rechten Fuß hatte. Vorsichtig richtete sie sich auf, blieb jedoch vorerst in der Hocke und prüfte, ob am Abhang jemand zu sehen war. Doch Enna konnte niemanden ausmachen. Nur ihre eigene Spur im Waldboden war deutlich sichtbar, ein Wegweiser für etwaige Verfolger.

Sie schalt sich eine Närrin, denn vielleicht war sie viel zu überhastet aufgebrochen und vor ihrem eigenen Schatten geflohen.

Daher erhob sie sich nun vollends, klopfte sich Erde, Laub und ein paar Käfer von ihrer Kleidung und wanderte schließlich weiter, immer darauf bedacht, möglichst nicht noch mehr Spuren zu hinterlassen. Einige Male noch wandte sie sich um und beobachtete die Umgebung, doch außer einer Hirschkuh, die in einem Dickicht stand und zu deren Füßen ein Rehkitz kauerte, sah sie nichts. Es dauerte nicht lange, und die Bäume lichteten sich ein wenig, außerdem stieg das Land allmählich an. Zwischen den Baumkronen konnte Enna im Süden den Aratol hervorlugen sehen, und der mächtige Gipfel erinnerte sie an einen Finger, der sie zur Umkehr mahnte. Doch Enna biss trotzig die Zähne zusammen, richtete ihren blonden Zopf und stapfte weiter. Bald schon erreichte sie den Waldrand, wo sie sich zu einer kurzen Rast entschloss und ihren Blick über das Land schweifen ließ. Grasland erstreckte sich nach Südosten hin bis zu den Ausläufern der Suravan-Berge. Diese zeichneten sich dunkel am fast wolkenlosen Himmel ab, wirkten wie eine undurchdringliche Mauer. So wie es aussah, würden nur einige Senken und Büsche Enna auf ihrem Weg zu den Bergen Deckung bieten.

Eilig aß sie das bisschen Fisch, das sie am Vorabend heimlich in ihren Umhang gesteckt hatte, verzehrte noch ein paar Beeren und marschierte weiter. Hin und wieder musste sie Deckung suchen, da sie in einiger Entfernung andere Reisende sah. Zum Glück erkannte sie diese schon von Weitem und konnte in den Schutz des hohen Grases flüchten. Meist handelte es sich um Erinyen, die – wie Enna annahm – von der Hohen Wand von Myrador in Richtung Arboron unterwegs waren. Enna gelang es jedoch, unbemerkt zu bleiben, und je näher sie den Suravan-Bergen kam, desto seltener wurden diese Begegnungen.

Die Sonne war bereits hinter den Horizont gesunken, und nur ein rotes Leuchten überzog den Himmel im Westen, als sie schließlich anhielt und sich im Schutz einiger Birken niederließ. Lange Zeit beobachtete sie die Sterne, die zwischen den leise im Wind raschelnden Blättern am Nachthimmel funkelten, und es musste wohl schon Mitternacht sein, als sie endlich einschlief.

20. IM SCHATTEN DES ARATOL

»Als ob sich die Dunkelheit bewegen würde.« Moydana nahm ihre Hand von Zervanas Schulter und trat nach vorne an die Mauerbrüstung des Palastturmes. »Wenn nur nicht der Gestank von totem Fleisch die Luft verpesten würde.«

Die Usurpatorin ließ den Blick über das Heer der Ghule schweifen, das sich vor den Toren Zervanadors versammelt hatte. »Also ist er gekommen. In der Nacht des achten Tages«, flüsterte sie.

Moydana wandte sich zu ihr um, eine ihrer fein geschwungenen Augenbrauen hob sich fragend, und ihre glimmende Fackel spiegelte sich in ihren dunklen Augen.

»Hanafehl«, erklärte Zervana. »Er ist weitaus klüger als die meisten Ghule. Mehrfach schon hat er mich provoziert, hat nicht die unterwürfige Art an den Tag gelegt, die sonst für seine Art bezeichnend ist. Aber heute hat er genau das getan, was ich von ihm verlangt habe«, sie schüttelte leicht den Kopf, »und das, obwohl ich einen seiner Boten töten und dem anderen die Hand abhacken ließ.«

Moydana trat näher an sie heran. Ihr zerschlissener Umhang schleifte über den Boden. »Ihr wisst, Usurpatorin, ich würde Hanafehl für Euch töten, könnte ich diesen Wunsch in Euren Augen ablesen.« Moydana brachte ihr Gesicht dicht an Zervanas und musterte sie. »Doch ich kann diesen Wunsch in Euch nicht sehen.«

»Hanafehl ist ein geschickter Gegenspieler«, erwiderte Zervana. »Er amüsiert mich, und noch brauchen wir ihn. Wenn seine Zeit gekommen ist, wird es Yorak sein, der seinem Leben ein Ende bereitet.«

Kurz blitzte Enttäuschung in Moydanas Augen auf, dann jedoch verneigte sie sich. »Dann soll es so geschehen.«

Zervana hörte Schritte hinter sich. Yoraks Stiefel klackten auf dem harten Boden, doch deutlicher noch vernahm sie das Geräusch bloßer Füße, deren Klauen über den Stein schabten. Zervana wandte sich um. Wie ein aus dunklem Holz gehauener Klotz stand der Herr der Ghule vor ihr, und sein Anblick erinnerte sie an den Aratol, dem die Mondsichel in dieser Nacht sehr nahe stand und den Gipfel des Berges in fahles Weiß tauchte. Zervana konnte frisches Blut riechen, das offenbar noch unter seinen Fingernägeln klebte. Sie fragte sich, wer diesen gewaltigen Armen zum Opfer gefallen war.

Direkt neben Hanafehl ragte Yorak auf. Die Verachtung, die er Hanafehl entgegenbrachte, schwelte unverkennbar in seinen Augen.

»Der Fürst der Ghule!«, rief Zervana. »Es ehrt mich, dass Ihr gekommen seid.«

Hanafehl deutete eine Verbeugung an. Schon viele hatten sterben müssen, obwohl sie sich weitaus tiefer verneigt hatten. Zervana ignorierte es.

»Zehntausend Ghule warten auf mein Zeichen zum Aufbruch«, krächzte er.

»Auf *Euer* Zeichen?«, fragte Moydana und machte einen Schritt auf Hanafehl zu. Zervana jedoch hob die Hand.

»Mein Zeichen, das nur dem Euren folgt, Usurpatorin«, verbesserte er sich an Zervana gewandt. Moydana beachtete er nicht. Doch wieder lag Spott in der Stimme des Ghuls, und als Hanafehl seinen Mund zu einem Grinsen öffnete, zog sich ein Speichelfaden von einem Reißzahn zur Unterlippe.

»Wir brechen morgen auf«, entgegnete Zervana, äußerlich vollkommen ungerührt. Vor ihrem geistigen Auge jedoch blitzten Bilder auf: Sie sah Yorak, dessen Geißel sich um den Hals des Ghuls legte und seinen Kopf mit einem Ruck vom Körper riss. Eines Tages, eines blutigen Tages, dachte sie. »Seid bereit, wenn die Sonne ihren ersten Strahl über den Horizont schickt«, sagte sie laut. »Denn dies wird mein Zeichen sein!« Sie wandte sich Moydana zu. »Geleite unseren Verbündeten zurück zu seinem Heer.«

Zervana bemerkte, dass die Glut von Moydanas Fackel in diesem Augenblick heftiger zu pulsieren begann. Yorak und Moydana waren sich durchaus ähnlich. Sie teilten den Hass auf die Ghule miteinander – und beide brachten immer wieder Zervanas Blut in Wallung.

»Wenige Worte für ein so großes Vorhaben«, stellte Hanafehl fest, und seine wie aus hellblauem Eis geschliffenen Augen fixierten Zervana.

Die Erinya hielt dem Blick allerdings mühelos stand. »Wenn Ihr eine Rede halten möchtet, so tut dies vor Eurem Volk. Wir Erinyen lieben die Tat«, erklärte sie trocken.

Hanafehl neigte den Kopf. »So, wie es mir gefällt.« Wieder entblößte er seine Zähne.

Zervana jedoch nickte nur Moydana zu und bedeutete ihr zu gehen. Die Erinya mit dem Haar wie aus gesponnener Nacht verbeugte sich, und zusammen mit Hanafehl verließ sie den Turm.

»Ein Bündnis mit Ghulen für die Vernichtung der Nordlande?« Yorak sah Hanafehl und Moydana hinterher. »Muss dies wirklich der Weg der Erinyen sein?«

»Worauf bezieht sich deine Frage?« Zervana stellte sich vor den Erinya und sah zu ihm auf. »Ist es das Bündnis, das dir widerstrebt, oder gar die Vernichtung der Nordlande?«

Yorak runzelte die Stirn, und einen Augenblick zögerte er. »Ihr wisst, ich verachte die Ghule«, antwortete er.

»Das tue ich auch. Dennoch ordne ich meinen Hass und mein Verlangen, die Ghule brennen zu sehen, einem höheren Ziel unter.« Unverwandt blickte Zervana Yorak in die Augen, während ihre Hand sich um seinen Nacken legte und ihn zu sich herabzog. »Du begehrst dieses Ziel doch ebenso wie mich, Yorak, oder?«, hauchte sie ihm ins Ohr. Gleichzeitig glitt ihre andere Hand über die Innenseite seines Oberschenkels.

Yorak nickte, sein Atem wurde tiefer.

»Gut!« Wie beiläufig strich sie noch über seine Männlichkeit, dann legte sie ihm ihre Hand auf die Brust und schob ihn – wenn auch widerstrebend – von sich. »Geh jetzt und treffe die letzten Vorbereitungen«, wies sie ihn an. »Morgen werden wir sehen, ob Hanafehl seine Armee auch im Griff hat.« Zervana schmunzelte. »Immerhin muss er zehntausend Ghulen befehlen, beim ersten verhassten Sonnenstrahl loszumarschieren.«

Yorak verneigte sich wortlos, machte kehrt und verschmolz mit der Nacht. Zervana holte tief Luft, und sie ahnte, dass noch ein langer Weg auf sie wartete, ehe sie die unangefochtene Herrscherin über die Nord- und Südlande sein würde.

Nur kurz leuchteten die beiden Fackeln im Dunkeln auf. Etwas raschelte im Gras, kam näher. Urplötzlich fiel ein Schatten auf Enna, und sie kroch rückwärts, so schnell es ihr möglich war. Die Gestalten, gehüllt in schwarze Umhänge und hoch gewachsen, kamen näher und schlugen zu. Peitschen knallten, und die mit Widerhaken versehrten Geißeln gruben sich schmerzhaft in Ennas Fleisch. Sie schrie auf und – schrak hoch. Wieder einmal hatte sie nur geträumt. Rasch hielt sie sich eine Hand vor den Mund und sah sich um. Sie war allein – keine Erinyen.

»Nur ein Traum«, flüsterte sie zu sich selbst, »es war nur ein verdammter Traum, und er fühlte sich nicht einmal so echt an wie der mit dem roten Drachen. Also bleib ruhig!«

Noch war es Nacht, nur ein heller Streifen im Osten kündigte den neuen Tag an. Dennoch brach Enna auf und setzte ihren Marsch fort. Unbeirrt wanderte sie weiter, aß, wo immer es ging, Beeren oder Nüsse und manchmal sogar essbare Gräser, doch für einen ausgehungerten Halblingsmagen war dies beileibe nicht genug.

Hatte sie das dürftige Essen tagsüber auch noch so missmutig gestimmt, so freute sich Enna nun umso mehr, als sie am Abend endlich die ersten Ausläufer der Suravan-Berge erreichte. Sie blieb stehen und musterte die Berge. Rechts von ihr ragte der Aratol auf, der die umliegenden Gipfel klein erscheinen ließ, zumal die Spitze des Riesenberges in den Wolken verborgen lag.

Etwas links von ihr entdeckte sie einen schmalen Einschnitt, ein bewaldetes Gebiet, das weniger steil anstieg und auf einen Pass hoffen ließ. Bronn hatte von einem solchen Pass gesprochen. Vielleicht war dies jene Stelle, die er damals für seine Wanderung auserkoren hatte.

Das Licht des Tages bot Enna noch immer genügend Sicht, deshalb hielt sie auf den Einschnitt zu, und als sie kurz darauf unter die Bäume schlüpfte, hatte sie das Gefühl, eine andere Welt zu betreten: Hier, unter dem Blätterbaldachin des Waldes, war es viel düsterer, als sie erwartet hatte. Dies waren nicht die lichten Wälder, wie es sie in Westendtal gab, nein, die Bäume hier waren höher, ihre Stämme dicker und knorriger. Die im Wind wankenden Baumkronen knarrten und erinnerten sie an den rasselnden Atem eines Tieres. Der Waldboden war mit Gräsern, Farnen und Sträuchern übersät, die Enna nicht kannte, ebenso mit Pilzen und Findlingen. Es roch nach Wald, Moos,

Harz und feuchtem Laub, doch das Zwitschern der Vögel klang in Ennas Ohren bei Weitem nicht so fröhlich wie zu Hause. Fast schon kam es ihr vor wie Kriegsgeschrei. Auch fiel kaum ein Lichtstrahl durch das Blätterdach, und falls sich doch einmal eine Lücke auftat, sah sie dort den Aratol aufragen. Enna glaubte schon, dass dieser Berg sie verfolgte.

Unbehaglich blickte sie sich um, während sie sich weiter nach oben kämpfte. Der Aufstieg war beschwerlich und der Hang viel steiler als gedacht.

Doch da war noch etwas. Abrupt blieb Enna stehen. Ein Geruch lag in der Luft, wie sie ihn nicht erwartet hatte: Gebratenes! Neugierig sog sie die Luft ein und folgte dem Duft durch den immer finsterer werdenden Wald. Nur wenig später entdeckte sie zwischen den Bäumen einen Lichtschein und schlich langsam darauf zu. Hinter dem Stamm einer alten Buche hielt sie schließlich an und spähte dahinter hervor. Etwa zwanzig Fuß entfernt sah sie eine Senke, in der ein Feuer zu brennen schien. Der Geruch von gebratenem Fleisch ließ Enna das Wasser im Mund zusammenlaufen, und so schlich sie vorsichtig näher, versteckte sich aber sofort wieder hinter einem Baum, als sie den Kopf einer Gestalt aus der Senke hinwegragen sah. Was sie in Staunen versetzte, waren die dichten braunen Locken, die zu der Gestalt gehörten. Ein Halbling? Enna konnte es kaum glauben. War Jorim ihr doch gefolgt? Sie nahm ihren ganzen Mut zusammen, trat hinter dem Baumstamm hervor und näherte sich dem Lagerfeuer.

»Jorim?«, rief Enna vorsichtig. In diesem Augenblick erhob sich die Gestalt und wandte sich ihr zu. Enna erschrak und taumelte rückwärts.

»Enna!«, rief Jorim und schlitterte den Abhang hinunter. Fast wäre er gestürzt, fing sich jedoch rechtzeitig und folgte weiter der Spur, die in der aufgewühlten Erde eindeutig zu erkennen war: Jemand war auf einer Baumrinde talwärts gerutscht. Schließlich erreichte Jorim das Ende des Hangs, hielt heftig atmend an und drehte sich im Kreis. »Wo ist sie nur?«, stieß er hervor.

Wenig später kam Bronn den Hang hinuntergestolpert, seine Brust hob und senkte sich. »Ich bin ...«, der gealterte Held stützte sich auf seine Knie, »einfach zu alt für solche Rutschpartien.«

»Es ist nicht dein Alter, sondern der Alkohol«, entgegnete Jorim trocken. Dann entdeckte er das große Stück Borke, das am Ende der Schleifspur lag. Er bückte sich, hob es auf und drehte es in den Händen.

»Sie ist uns weit voraus.« Bronn hatte sich in die Hocke begeben und betastete die aufgewühlte Erde.

Jorim trat näher. »Woher willst du das wissen?«

»Die Erde ist trocken«, murmelte Bronn. »Wäre deine Schwester eben erst hier heruntergerutscht, wäre die Erde noch feucht.«

Jorim kratzte sich am Kopf und seufzte. »Hm, leuchtet mir ein.«

»Sieh mal da!«, Bronn deutete auf den Waldboden vor sich, der mit weichem Moos bewachsen war.

»Ennas Fußabdrücke, eindeutig«, stellte Jorim fest.

»Hübsch und groß«, erwiderte Bronn mit einem Grinsen.

Jorim ging nicht darauf ein. »Weiter, schnell!«, rief er nur und hastete los. Jorim hatte es eilig. Er und Bronn hatten sehr viel Zeit bei der Suche nach Ennas Spuren verloren, und nun, fast einen Tag später, waren sie endlich auf ihre Fährte gestoßen.

Sie folgten Ennas Fußabdrücken, die manchmal deutlich im Gras oder Laubboden zu sehen und dann wiederum verschwunden waren. Doch zu Jorims Erstaunen spürte Bronn ihre Fährte immer wieder auf, sodass sie ihr weiter folgen konnten.

Als die Nacht vollends über das Land hereingebrochen war, hielten sie an, denn den Spuren in der Dunkelheit zu folgen war fast unmöglich.

So suchten sie Schutz in einer lang gezogenen Senke und ließen sich am Ufer eines schmalen Baches nieder, wo sie ihre schmerzenden Füße in das kühlende Nass tauchten.

»Ich sterbe vor Hunger«, beschwerte sich Jorim und planschte mit den Füßen im Wasser herum.

»Ich auch«, entgegnete Bronn. »Dieser Jul wusste aus allem etwas Leckeres zuzubereiten, nicht wahr?«

»Ja«, pflichtete Jorim ihm bei. »Darin ist er unschlagbar. Aber jetzt? Jetzt wird mir schon schlecht, wenn ich Beeren und Haselnüsse nur sehe.«

»Wie wäre es damit?« Bronn hielt Jorim einige gelbe Pilze hin. »Habe ich unterwegs gesammelt.«

»Rohe Pilze?«, fragte Jorim, nahm aber einen der Pfifferlinge entgegen. »Die schmecken am besten gekocht in Rimbors Taverne bei einem kühlen Bier. Aber roh?«

»Von denen haben wir uns in den alten Tagen dutzendfach ernährt«, erklärte Bronn und rieb sich mit seiner faltigen Hand den Bauch. »Die sind wirklich nahrhaft. Meist haben wir sie in der Pfanne gebraten, zusammen mit Eiern von Wildhühnern und ...«

»Hör schon auf damit«, unterbrach Jorim ihn, strich etwas lose Erde von einem Pilz und stopfte ihn sich in den Mund.

»Ob man den auch essen kann?«, fragte Bronn nach einer Weile und beäugte einen weiteren, dicken Pilz, dessen Hut weiß und dessen Lamellen von einem hellen Blau waren.

»So einen habe ich noch nie gesehen.« Jorim nahm den Pilz und roch daran. Sofort rümpfte er die Nase, verzog angeekelt das Gesicht und warf Bronn den Pilz zu. »Stinkt wie Aas! Lieber esse ich dreimal gerauchten Tabak als das Ding da.«

Auch Bronn schnupperte an der Waldfrucht, runzelte die Stirn – und richtete sich ruckartig auf. »Das ist nicht der Pilz!«, keuchte er. »Das sind ...« Er verstummte und drehte sich um.

Jorims Blick folgte dem von Bronn hinauf zum Rand der Senke. Dort zeichneten sich zwei dunkle Gestalten vor dem Nachthimmel ab. Lange, muskulöse Arme ragten aus den breiten Schultern hervor. Dann schlichen die Gestalten langsam auf die beiden Halblinge zu.

»Ghule!«, flüsterte Jorim und bemerkte, wie seine Knie weich wurden.

Enna stieß mit dem Rücken gegen einen Baum. Wie hatte sie nur so dumm sein können zu glauben, Jorim hätte sie überholt und wartete nun mit dem Abendessen auf sie? Als die Gestalt am Feuer aus der kleinen Senke trat, bemerkte Enna, dass sie viel größer war als ein Halbling. Es musste ein Mensch sein. Im Licht des Feuers erkannte Enna ein schmales, männliches Gesicht, aus dem eine Hakennase ragte. So wie der Fremde sie aus dunkelbraunen Augen abwägend musterte, verlieh ihm dies etwas Raubvogelhaftes. Ein Umhang, wie aus Moos gewoben, wallte um seine Beine, als er näher kam.

»Wer bist du?«, fragte der Fremde und legte die Hand auf sein Schwert.

»Ein ... Halbling«, sagte Enna.

Der Fremde kniff die Augen zusammen, nahm – sehr zu Ennas Erleichterung – die Hand wieder von der Waffe und stützte ein Bein auf einen umgekippten Baumstamm. Enna bemerkte, dass seine Stiefel ausgetreten und abgewetzt waren.

»Das habe ich mir fast gedacht, bei deiner Größe. Hast du Hunger?« Er deutete auf den Braten. Wie Enna nun erkennen konnte, war es ein Fasan, der über dem Feuer briet.

Enna nickte.

»Dann komm näher.« Der Mann machte eine einladende Handbewegung.

Kurz zögerte sie, doch als ihr beim Anblick des Fleisches das Wasser im Mund zusammenlief, konnte sie nicht mehr widerstehen. Sie ging auf das Feuer zu. Der Mann lächelte halbherzig, setzte sich, und auch Enna ließ sich nieder. Der Fremde griff nach dem Fasan, riss eine Keule ab, reichte sie Enna und hängte den Spieß wieder über das Feuer. Dankbar nahm sie das Fleisch, von dem der Bratensaft tropfte, entgegen und biss hinein.

»Wie ist dein Name, Halbling?«, fragte der Mann.

»Enna!«

»Und, schmeckt es dir, Enna?«

»Einige Gewürze fehlen schon, außerdem ...«, sie brach ab und betrachtete ihre neue Bekanntschaft verlegen. »Hervorragend«, sagte sie dann rasch, denn sie wollte nicht unhöflich sein.

Während Enna aß, musterte der Fremde sie mit seinen dunklen Augen, und sie begann sich ein wenig unwohl zu fühlen.

»Esst Ihr nichts?«

»Ich habe schon gegessen.«

Enna blickte auf den Fasan, dann auf die Keule in ihrer Hand. Diese war das erste Stück, das aus dem Braten gerissen worden war.

»Das ist bereits der zweite Fasan«, erklärte er und drehte den Bratenspieß.

»Dann habt Ihr«, Enna hielt inne und neigte ein wenig den Kopf, »alleine einen ganzen Fasan verzehrt?«

»Es war nur ein kleiner, und ich hatte Hunger. Der hier«, er deutete auf den Braten, »sollte mein Proviant für die nächsten Tage werden.«

»Wie ist eigentlich *Euer* Name?«, fragte sie schließlich. Wieder musterte der Fremde sie eine Weile. Er saß regungslos da, nur die Flammen, die sich in seinen Augen spiegelten, züngelten vor sich hin. »Yrm.«

»Yrm?«

Der Mann nickte.

»Sonderbarer Name«, überlegte Enna laut. »Seid Ihr ein Mensch?«

Abermals nickte Yrm.

Enna wischte sich den Bratensaft vom Kinn. »Musstet Ihr auch vor den Erinyen fliehen? Kommt Ihr aus Arbor?«

Yrm kratzte sich an der mit Bartstoppeln übersäten Wange, und Enna fiel auf, dass sie schon ganz rot war.

»Ja, ich bin auf der Flucht. Schon seit langer Zeit. Nun lebe ich in den Wäldern.«

Enna wiegte bedächtig den Kopf. »Dann kennt Ihr Euch hier also aus?«

»Sehr gut sogar«, bestätigte Yrm und beobachtete, wie Enna die letzten Fleischreste von der Keule nagte.

»Könnt Ihr mir auch sagen, wie ich am schnellsten die Suravan-Berge überqueren kann?«

»Ich könnte dich führen«, entgegnete Yrm und reichte ihr ein weiteres Stück Braten. Dankbar nahm sie es entgegen.

»Allerdings lauern viele Gefahren hinter den Suravan-Bergen. Ich hoffe, du weißt das.«

Enna schluckte ein Stück Fasan hinunter. »Davon habe ich gehört.«

»Und das hält dich nicht davon ab?« Yrm lehnte sich mit dem Rücken an einen Baumstamm und verschränkte die Arme vor der Brust.

»Nein, tut es nicht.«

»Gut! Dann zeige ich dir den Weg über die Berge.«

»Warum wollt Ihr das tun? Ihr habt doch bestimmt ein anderes Ziel.« Enna wunderte sich, dass Yrm sich so schnell bereit erklärte, ihr zu helfen, doch der schüttelte nur den Kopf.

»Habe ich nicht. Und wie ich schon sagte, ich lebe in diesen Wäldern.«

»Und – was wollt Ihr dafür?« Hoffentlich nichts, denn ich habe nichts, fügte sie in Gedanken hinzu.

»Nichts«, entgegnete Yrm.

Enna war erleichtert. Dennoch wurde sie auch ein wenig misstrauisch. »Ihr würdet mir einfach so helfen?«

»Ich habe alles, was ich brauche.« Er deutete auf das Feuer und den Fasan. »Und ansonsten ist es mir egal, wohin ich ziehe. Ob ich nun den Berg hinauf- oder hinabgehe, oder nach links oder rechts. Das macht für mich keinen Unterschied. Wir können morgen früh aufbrechen.«

Fast hätte Enna erwidert, dass sie noch gar nicht eingewilligt hatte, ihm zu folgen. Doch wenn das Schicksal ihr schon einen Führer beschert hatte, durfte sie diesen dann zurückweisen, selbst wenn er sich ein wenig sonderbar gab? So widersprach sie ihm nicht und sagte nur Danke.

Yrm lächelte und legte noch etwas Feuerholz nach. Rasch schlugen die Flammen höher und erhellten die Findlinge, die wie stumme Wächter einen Halbkreis um Enna und Yrm bildeten. Es war kalt geworden im Wald. Sie rutschte näher an das Feuer heran, rieb sich die Hände und sah hinauf zu den Bäumen. Die Blätter raschelten leise in der aufsteigenden Wärme, und in der Ferne erklang der Schrei eines Tieres, das Enna nicht kannte.

Sie fühlte sich beobachtet und lugte zu Yrm hinüber, doch dieser war bereits in seinen grünen Umhang gehüllt und hatte die Augen geschlossen. Seine Brust hob und senkte sich gleichmäßig. Enna wunderte sich ein wenig darüber, dass er sie nicht nach dem Grund gefragt hatte, der sie in die gefährliche Gegend hinter den Suravan-Bergen führte, doch letzten Endes war sie froh darüber.

Dann legte auch sie sich nieder, schloss die Augen und versuchte zu schlafen. Lange Zeit gelang ihr dies nicht, denn sie musste immer wieder an Jorim, Elvor, Jul und all die anderen denken. Zum ersten Mal in ihrem Leben fühlte Enna sich wirklich einsam.

»Lauf!«, schrie Bronn Jorim zu, und schon sprangen sie gleichzeitig auf und rannten davon. Die Ghule folgten ihnen. Das Gras raschelte laut, als sie sich schnell näherten.

»Durch den Bach!« Jorim deutete auf das Gewässer und sprang auch schon hinein. So schnell er konnte, kämpfte er sich vorwärts. Am anderen Ufer rutschte er aus, doch Bronn packte ihn am Arm und zerrte ihn in die Höhe. Die beiden Halblinge stürmten weiter durch das hohe Gras. Hinter ihnen platschten die Ghule durch das Wasser, ihr Keuchen drang laut durch die Nacht.

Die Dunkelheit, die über dem Land lag, bot den beiden Flüchtenden keine Sicherheit. Denn die Nacht war die Zeit ihrer Verfolger. Die fahle Sichel des Mondes erhellte lediglich einen Teil des fernen Aratols, der Rest des Berges ruhte im Schatten.

Jorim und Bronn rannten einen Abhang hinauf und hechteten über dessen Kuppe hinweg. Das Gras war hier so hoch, dass es den Halblingen bis zum Kopf reichte. Jorim hatte das Gefühl, sich durch ein gräsernes Meer zu bewegen. Ähren peitschten ihm unentwegt ins Gesicht.

»Warte«, zischte er leise und blieb plötzlich stehen. Er packte Bronn und zog ihn mit sich hinunter.

»Lass uns die Deckung des Grases ausnutzen«, keuchte er. »Wenn wir still sind, finden sie uns vielleicht nicht.«

Bronn schüttelte den Kopf. »Sie riechen uns«, er deutete auf Jorims Stirn, »besonders wenn du schwitzt!«

Hastig wischte sich Jorim die Schweißperlen von der Stirn. Seine Gedanken rasten, wurden aber von einem Geräusch unterbrochen. Im Gras hinter ihnen raschelte es, leise zunächst, dann lauter. Ihre Verfolger kamen näher. Der Geruch von halb verwestem Fleisch wehte zu ihnen hinüber, und die beiden Halblinge setzten zur Flucht an. Doch es war zu spät: Ein Arm schnellte durch das Gras, packte Jorim an der Schulter und riss ihn herum. Noch während er stürzte, sah er den zweiten Ghul, der auf Bronn zusprang. Der alte Halbling wich aus, doch der Ghul attackierte ihn erneut. Kräftige Arme umschlossen Bronn – und schleuderten ihn zu Boden.

»Ein furchterregender Anblick«, flüsterte Elvor. Er und Jul sowie Bronns tapfere Recken lagen bäuchlings auf einer Anhöhe und schauten aus sicherer Entfernung hinüber auf das nächtliche Arboron, das nun Zervanador hieß.

»Als ob jemand unzählige Löcher in die Finsternis gebrannt hätte«, meinte Talegrin.

»Was glaubt ihr, wie viele es sind?«, fragte Rimen.

»Das ist von hier aus schwer zu sagen«, brummte Ambrin. »Vielleicht zwanzigtausend?«

Talegrin schüttelte den Kopf. »Oder gar dreißigtausend, zählt man die Ghule mit.« Er deutete auf eine Stelle neben den Erinyen, wo ihr Fackelschein einen Teil der Ghul-Armee erhellte.

»Ob zwanzig- oder dreißigtausend«, entgegnete Ambrin griesgrämig, »was macht das schon für einen Unterschied?«

»Keinen!«, sagte Elvor entschlossen. »Wir werden sie so oder so aufhalten!«

Er ignorierte die Blicke der anderen und erhob sich. »Lasst uns weitergehen. Die Zeit drängt.«

Niemand widersprach, und die sechs marschierten weiter. Auch wenn Elvor sich entschlossen gab, so jagte ihm der Feind doch Angst ein. Er begann nun zu spüren, wie schwer seine Verantwortung wog.

In dieser Nacht verzichteten die Gefährten sogar auf eine Pause, denn jeder wusste, was geschah, würde diese dunkle Flut in Westendtal einfallen.

Noch bevor sich die Sonne erhob, zu jener Zeit, in der die Nacht am dunkelsten ist, warteten zwanzigtausend Erinyen und zehntausend Ghule östlich Zervanadors auf das Zeichen zum Aufbruch. Zervana hatte die ganze Nacht auf dem Turm gestanden und zugeschaut, wie sich die Heere aufstellten. Erstaunlicherweise hatte es keine Zwischenfälle gegeben. Rasch und diszipliniert hatten die Erinyen zehn Abteilungen gebildet, jedes von einer Heerführerin befehligt. Von hier oben betrachtet erinnerte das Glimmen der Fackeln an Tausende von Leuchtkäfern, die einen glühenden Teppich in die Nacht woben.

Auch die Ghule hatten sich in zwei kleinen Heeren zu je fünftausend aufgestellt. Das war für dieses Volk ungewöhnlich, doch unter Hanafehls Führung verwunderte es Zervana nicht.

Dann blickte sie zum östlichen Horizont, und als die ersten Sonnenstrahlen die Welt erhellten, verließ sie ihren Aussichtspunkt und machte sich auf den Weg zu ihrer Streitmacht, wie sie wohl noch nie eine Erinyen-Herrscherin befehligt hatte. All die Närrinnen vor ihr hatten sich damit begnügt, das karge Myrador zu regieren. Sie jedoch würde Größeres vollbringen.

Als sie durch die Straßen stolzierte, begegnete ihr ein Mädchen. Die kleine Erinya hatte höchstens acht oder neun Winter gesehen und schlurfte mit hängendem Kopf dahin. Wie Zervana hatte auch sie langes schwarzes Haar. Natürlich erkannte sie ihre Usurpatorin sofort und verneigte sich tief, wagte sich kaum mehr zu rühren.

Zervana ging an ihr vorüber, und plötzlich spürte sie den Geschmack von Salz auf der Zunge, konnte den quälenden Durst fühlen. In ihrer Erinnerung sah sie ein kleines Mädchen Essen zubereiten, nur um es dann an die Hunde zu verfüttern. Schnell verdrängte sie dieses Bild aus längst vergangenen Zeiten. Keine Erinya sollte sich an die eigene traurige Kindheit erinnern, und so begrub Zervana den Schmerz alter Tage in den Tiefen ihrer Seele.

Bald hatte sie die Armee erreicht und schritt durch ihre Reihen. Der Abstand zwischen den Ghulen und den Erinyen war in Wirklichkeit größer, als es vom Turm aus den Anschein gehabt hatte. Sicher war es Yorak gewesen, der dies angeordnet hatte, um Streitigkeiten zwischen den Rassen zu vermeiden.

Mit regloser Miene wartete Yorak nun vor einer Gruppe gefangener Erinyen, während Hanafehls eisige Augen jede von Zervanas Bewegungen verfolgten. Im Gegensatz zu den anderen Angehörigen seines Volkes, die – obwohl sie mit dem Rücken zur Sonne standen – immer wieder blinzelten, schien das Sonnenlicht den Anführer der Ghule nicht im Geringsten zu stören.

Gemessenen Schrittes trat Zervana vor die gefangenen Erinyen, die dafür verantwortlich waren, dass es einigen Halblingen gelungen war, die wenigen Minenarbeiter zu befreien, die sie noch gehabt hatte. Es war nicht der entgangene Ertrag, der sie ärgerte, denn die paar Halbhohen waren ohnehin alt und verbraucht gewesen, und bald schon würde sie eine ganze Sklavenarmee aus Halblingen in die Silbermine schicken können. Nein, es war die Tatsache, dass sich Erinyen von diesen kleinen, Mitleid erregenden Kreaturen hatten überlisten lassen.

Eine nach der anderen inspizierte sie die Frauen, die mit gesenkten Häuptern vor ihr standen. Ihre Umhänge hatte man ihnen abgenommen, so wie ihre gesamte Kleidung. Noch immer verunstalteten zahlreiche rote Pusteln die bleiche Haut der Gefangenen.

»Schon einmal musstet ihr warten, bar jeglicher Kleidung.« Zervanas Stimme durchschnitt die Luft, worauf auch das letzte Getuschel verstummte.

»Doch damals war es, um den Bund des Blutes zu schließen. Eins solltet ihr werden mit den Feuern der Erde, auf dass eure Flammen für mich brennen bis ans Ende eurer Tage.«

Zervana hielt inne, packte eine der Erinyen an ihrem schwarzen Haar und bog ihren Kopf zurück, sodass sie ihr ins Gesicht sehen musste. »Mein Leben lang mit Stolz und Mut, bis mein Geist und Blute ruht«, rief sie laut, »war es nicht so?«

Die Erinya deutete ein Nicken an, ihre dunklen Augen wirkten gebrochen. Zervana ließ von ihr ab und stolzierte zu Yorak, der ihr eine kleine Schatulle reichte. Dann ging sie zurück und öffnete das aus dunklem Holz gefertigte Kästchen. Sie entnahm ihm mehrere Silberketten und hängte sie eine nach der anderen den gefangenen Frauen um den Hals. »Silber aus den Tiefen der Hohen Wand von Myrador«, erklärte sie. »Es gab nicht viel davon in den letzten Tagen, deshalb ist das Geschmeide ärmlich und einer Erinya kaum würdig. Doch es muss genügen.«

»Wofür ist es?«, wagte eine von ihnen zu fragen. Ein Hoffnungsschimmer trat in ihre grünen Augen, die so wundervoll zu ihrem flammend roten Haar passten. Zervana verspürte einen leisen Anflug von Bedauern. »Für eure Reise«, sagte sie und verlieh ihrer Stimme einen honigsüßen Klang. Verwirrung zeichnete sich auf den Gesichtern der Gefangenen ab.

»Welche Reise?«, wollte die Rothaarige wissen und reckte trotzig ihr Kinn nach vorn.

Zervana schritt auf sie zu. Fast schon zärtlich strich sie ihr einige der roten Locken aus dem Gesicht und hauchte ihr einen Kuss auf die Stirn. »Die Reise, zu der alle Versagerinnen aufbrechen«, flüsterte sie. Zervana erkannte, dass die Erinya verstand, denn ihre Augen weiteten sich. Dann trat Zervana zurück und ihr Lächeln verschwand. Blitzschnell schlug sie mit ihrer Geißel zu, deren Enden sich um den Hals der Frau legten. Mit einem Ruck riss sie die Erinya nach vorne, sodass sie auf die Knie sank. Zervanas Fackel loderte hell auf, die Flammen knisterten, und schließlich drückte sie sie der Frau in die Brust. Die Gepeinigte schrie auf, wand sich vor Schmerz, doch es gab kein Entrinnen. Zervana drückte fester zu, und nach und nach brannte sich das Feuer tiefer ins Fleisch. Zervana beachtete den Todeskampf nicht weiter, sondern wandte sich an Moydana und nickte ihr zu. Ein böses Lächeln stahl sich auf deren Gesicht, und nur wenige Lidschläge später erklang das Geschrei der anderen Gefangenen.

Kurz bohrte sich Zervanas Blick in Hanafehl, dann schloss sie die Augen und lauschte genüsslich den Todesschreien, bis diese verstummten und nur noch ein leise säuselnder Wind zu hören war, der die Asche der Verbrannten davontrug.

Schließlich öffnete Zervana ihre Augen wieder. »Nach Norden!«, rief sie. Wie ein Peitschenknall hallte ihre Stimme über die Köpfe ihrer Streiterinnen und der Ghule hinweg, und ein Heer, tödlich und unaufhaltsam zugleich, setzte sich nach Westendtal in Bewegung.

21. DER HOHE PASS

Hart prallte Jorim auf den Boden. Die Luft wurde ihm aus den Lungen gepresst, und auch Bronn stöhnte neben ihm. Die Ghule hatten sie ein ganzes Stück über ihren Schultern getragen und sich nicht einmal die Mühe gemacht, die beiden Halblinge zu fesseln. Zumindest waren die hässlichen Kreaturen dabei nach Süden gegangen, näher an die Ausläufer der Suravan-Berge heran.

Nun starrten sie auf die Halblinge herab. Einer der beiden Ghule ließ sich in die Hocke nieder, streckte einen knochigen Zeigefinger aus und bohrte ihn in Jorims Bauch. »Du schmeckst sicher am besten. Also fangen wir mit dir an«, gurrte er leise.

Jorim krabbelte auf allen vieren rückwärts, was die Ghule jedoch wenig beeindruckte. Sie warfen die Köpfe in den Nacken und lachten. »Lauf nur mit deinen kurzen Beinchen«, zischte der andere Ghul. »Das macht uns umso hungriger!«

»Hast du eine Idee?«, flüsterte Jorim Bronn zu, der sich gerade aufrichtete.

»Wir müssen sie besiegen«, entgegnete Bronn rasch, während die Ghule noch immer lachten. »Sie werden uns fressen, und zwar jetzt gleich!«

»Besiegen? Hast du ihre Arme und Schultern gesehen?« Jorim schüttelte den Kopf, hielt aber inne, als er erkannte, dass Bronn hinter dem Rücken einen Dolch in der Hand hielt. Er blickte den alten Halbling an und erinnerte sich plötzlich an dessen Wurf mit dem Pickel. Doch statt den Dolch zu schleudern, holte Bronn heimlich einen weißen Pilz mit blauen Lamellen aus seiner Tasche und schnitt ihn in der Mitte durch. Eine Hälfte drückte er unbemerkt Jorim in die Hand.

»Stopf ihm den ins Maul, sobald er dich angreift«, flüsterte Bronn. Jorim sah ihn entsetzt an, nickte aber schließlich. In diesem Augenblick sprang auch schon einer der beiden Ghule auf ihn zu. Der Ghul lachte nicht mehr – seine Miene hatte sich verändert. Die milchig-trüben Augen waren glasig geworden, und Speichel rann an seinem

Mundwinkel herab. Schon schnellte einer seiner Arme nach vorn und packte Jorim am Hals. Sein Mund öffnete sich, wodurch spitze Zähne im Sternenlicht aufleuchteten. Der Kopf des Ghuls schoss heran – und da stopfte ihm Jorim blitzschnell den Pilz in den Mund. Er trat dem Ghul die Füße in den Unterleib und versuchte, sich frei zu strampeln. Der eiserne Griff der Finger um seinen Hals löste sich etwas. Jorim trat noch fester zu, und endlich kam er frei, sodass er sich aufrappeln konnte.

Im selben Moment flog Bronns Dolch durch die Luft auf den zweiten Ghul zu. Dieser bäumte sich auf, röchelte und fasste sich an die Kehle. Eine dunkle Flüssigkeit quoll zwischen seinen Fingern hervor. Er machte noch einen Schritt, ehe er auf die Knie sackte und schließlich zusammenbrach. Bronn Sternenfaust hatte getroffen.

Jener Ghul, der über Jorim hergefallen war, brüllte zornig, kaute kurz und spuckte angewidert den Pilz aus. Schon stürmte er erneut auf Jorim zu. Doch gerade als er ihn packen wollte, sprang Bronn herbei und rammte dem Ghul die andere Hälfte des Pilzes in den Mund. Mühelos stieß die Kreatur den alten Halbling zur Seite, und Bronn rollte durchs Gras. Der Ghul wandte sich Jorim zu, die klauenbewehrten Hände erhoben. Ein Grinsen breitete sich auf seinem Gesicht aus. »Nun gehörst du mir allein«, zischte er. »Wir Ghule sind genügsam, musst du wissen. Ich werde also lange an deinen Knochen nagen können.«

Jorim versuchte, das Zittern seiner Hände zu unterdrücken, und endlich erinnerte er sich daran, dass auch er einen kleinen Dolch am Gürtel trug. Er zog ihn hervor. Kurz hielt sein Gegner inne, lachte dann aber nur leise.

»Wie lähmend Angst doch sein kann, nicht wahr?«, sagte er.

Doch plötzlich erstarrte der Ghul. Seine Augen weiteten sich und quollen hervor. Er schnappte nach Luft, taumelte einige Schritte vorwärts und wollte Jorim packen. Der jedoch wich zu Seite. Der Ghul röchelte, dann schien sich sein ganzer Körper zu versteifen, und schließlich kippte er vornüber wie ein gefällter Baum.

Reglos blieb Jorim stehen und starrte auf den Ghul, während Bronn sich aufrappelte, seinen Dolch mit einem schmatzenden Geräusch aus dem Hals des anderen Ghuls zog und die Klinge am Gras säuberte.

Dann trat er zu Jorim und betrachtete den Ghul, dem noch ein Stück des Pilzes am Reißzahn hing.

»Gut, dass *wir* diesen Pilz nicht gegessen haben«, sagte Bronn trocken, und Jorim nickte, ohne seinen Blick von dem toten Ghul zu wenden. Dann kratzte er sich am Hinterkopf. »Wenn man es genau nimmt, haben uns die Ghule sogar das Leben gerettet.«

»Stimmt, wären sie nicht gekommen, hätten wir vielleicht noch von dem sonderbaren Pilz gekostet«, erwiderte Bronn und wandte sich dann nach Süden. »Lass uns weitergehen«, sagte er. »Der Morgen graut. Die Ghule haben uns ein ganzes Stück weit nach Süden getragen. Zumindest haben wir so einiges an verlorener Zeit aufgeholt.«

Nur zu gerne ließen sie die Ghule hinter sich und marschierten weiter in südliche Richtung, während sich der östliche Horizont zunehmend erhellte.

»Wo hast du das eigentlich gelernt?«, wollte Jorim wissen, nachdem sie eine Weile durch das hohe Gras geschritten waren.

»Was gelernt?«, entgegnete Bronn. »Pilze zu bestimmen?«

Jorim schmunzelte. »Nein! Ich meine, Dolche so gezielt zu schleudern.«

Bronn zuckte mit den Schultern. »Habe ich mir selbst beigebracht.«

»Selbst beigebracht?« Jorim musterte den grauhaarigen Halbling von der Seite. »Ziemlich ungewöhnlich für einen Angehörigen unseres Volkes, findest du nicht?«

Bronn schwieg, doch Jorim sah, wie er die Stirn runzelte und vor sich hinstarrte.

»Nicht wahr?«, drängte er.

»Ich hatte meine Gründe«, brummte Bronn.

Noch einmal betrachtete Jorim ihn, bohrte aber nicht weiter nach.

»Was weißt du über die Suravan-Berge?«, fragte er stattdessen.

»Von Drachen und Gulvaren hatte ich euch ja bereits erzählt«, begann Bronn, und Jorim hatte das Gefühl, er sei erleichtert, nicht mehr über seine Kampfkünste reden zu müssen. »Immer wieder bekriegen sich diese mächtigen Tiere, und angeblich bewahren sie so das Gleichgewicht der Welt. Außerdem soll es dort tödliche Sümpfe geben, Wälder, in denen niemals die Sonne scheint, und Wüsten, in denen der Ewige Sturm tobt.«

»Der Ewige Sturm?«, wunderte sich Jorim.

»Ein Sturm, der nie nachlässt und angeblich immer wieder die Länder hinter den Bergen verwüstet. Und dann«, Bronn hob einen Zeigefinger, »dann leben dort noch die Vanuren. Das zumindest hat mir Eledrim, ein Mensch, den ich einst traf, vor langer Zeit erzählt.«

»Was sind Vanuren?« Jorim blickte zu den Gipfeln der Suravan-Berge, die im Licht der Morgensonne hell erstrahlten und ganz harmlos wirkten.

»Die Vanuren sind Gestaltwandler«, fuhr Bronn fort. »Sie können jede beliebige Gestalt annehmen, und angeblich wurden sie auch schon außerhalb der Suravan-Berge gesehen. Meist bieten sie ihre Hilfe an und geben sich freundlich, aber dann ...« Bronn schwieg.

»Aber dann was?«, wollte Jorim wissen.

»Dann locken sie ahnungslose Wanderer in ihr Reich in den Sümpfen.«

Jorim bekam eine Gänsehaut. »Was tun sie dort mit ihnen?« Bronn zuckte mit den Schultern. »Sie töten sie«, erklärte er und blickte Jorim an. »Nur wenige sind ihnen bisher entkommen – sehr wenige.«

Jorim holte tief Luft und atmete laut aus. In was für eine gefährliche Welt war Enna da bloß gezogen?

»Gibt es denn keine Möglichkeit, Vanuren zu erkennen?«, fragte Jorim verzweifelt. »Ich meine, wenn sie ihre Gestalt verändern können, könnte ja jeder, dem man begegnet, ein Vanure sein!«

»Genau so ist es«, bestätigte Bronn, »aber es gibt etwas, woran man sie vielleicht erkennen kann. Wenn Eledrim nicht irgendeinen Unsinn von sich gegeben hat, so fallen sie manchmal dadurch auf, dass sie sich immer wieder jene Stelle kratzen, die sich zuerst in ihre wahre Gestalt zurückverwandeln wird.«

»Immerhin etwas«, murmelte Jorim und strich beim Laufen gedankenverloren mit der Hand über das Gras.

»Ja, immerhin etwas«, pflichtete Bronn ihm bei. »Aber dem Ahnungslosen würde das nie auffallen.«

Enna schrak hoch, als ein Rascheln an ihr Ohr drang. Doch es war nur Yrm, der mit den Füßen Laub, Moos und Zweige über das erloschene Feuer schob.

»Die Sonne geht gleich auf«, sagte er. »Wir sollten aufbrechen, wenn wir heute noch den hohen Pass überqueren wollen.«

Enna nickte, rieb sich die Augen und erhob sich. »Ihr habt nicht zufällig etwas Brot oder so?«, fragte sie. »Ich sterbe vor Hunger!«

Yrm schüttelte den Kopf. »Du hast beinahe den ganzen Fasan gegessen und hast immer noch Hunger?« Er legte den Kopf schräg, betrachtete Enna und kratzte sich die Wange.

»Das war gestern!«, entgegnete sie, legte eine Hand auf ihren Bauch und sah sich um. »Ganz sicher ist doch noch etwas Fasan übrig, oder?«

Yrm nickte. »Ja, aber den habe ich für heute Abend eingepackt.«

»Wachsen hier vielleicht Nüsse oder Früchte, die man essen kann?«

»Ich mag weder Nüsse noch Früchte«, erklärte Yrm, »aber unterwegs finden wir sicher einige Sträucher, an denen so etwas wächst.«

»Na schön, dann nichts wie los!«

Bald hatte Yrm sein Bündel geschultert, die Spuren der Feuerstelle endgültig verwischt, und schon machten sie sich auf den Weg.

Yrm folgte keinem sichtbaren Pfad, sondern führte Enna mitten durch den Wald, immer weiter den Berg hinauf.

»Wo genau lebt Ihr eigentlich?«, erkundigte sich Enna. »Zurück nach Arbor könnt Ihr nun nicht mehr gehen, jetzt, da es von Erinyen besetzt ist.«

»Ich will auch nicht dorthin zurück.«

»Will nicht jeder in seine Heimat?«

»Nein, ich nicht.«

Enna sah zu ihrem Begleiter auf, dessen Gesicht sehr angespannt schien.

»Ich komme aus Westendtal«, erzählte sie voller Stolz und in der Hoffnung, doch noch ein Gespräch anregen zu können. »Habt Ihr schon davon gehört?«

»Ja«, erklang die einsilbige Antwort.

Wie kann man nur so wortkarg sein. Enna seufzte leise. Schließlich schwieg auch sie und sparte sich ihren Atem, um mit ihrem deutlich größeren Begleiter Schritt zu halten.

Immer tiefer führte er sie in die Wildnis der Berge hinein. Mehr als einmal überkam Enna das ungute Gefühl, sich möglicherweise zu unbedacht auf diesen fremden Führer eingelassen zu haben. Was wusste sie schon von Yrm, außer, dass er ein Mensch war? Die waren Halblingen in der Regel zwar nicht feindlich gesonnen, aber Enna fand es dennoch eigenartig, dass Yrm sich so gar nicht für den Grund und das Ziel ihrer Reise interessierte. Außerdem musste sie an die Menschen denken, die Bronns Truppe in die Minen verschleppt hatten. Was, wenn ihr ein ähnliches oder sogar schlimmeres Schicksal drohte?

Andererseits hätte Yrm sie letzte Nacht am Feuer ohne Weiteres töten können, wenn er das gewollt hätte. Enna versuchte, sich selbst zu beruhigen, doch das mulmige Gefühl in ihrem Magen blieb.

»Yrm?«

Der Mann drehte sich zu ihr um. Seine dunklen Augen fixierten sie, und während er sich die Wange rieb, fragte er: »Was ist?«

»Wie lange werden wir brauchen, um die Berge zu überqueren?«

Er fuhr sich mit der Zunge über die Lippen und kratzte sich erneut, wobei er ärgerlich die Stirn runzelte, dann hob er die Schultern. »Wenn wir uns beeilen, werden wir heute den hohen Pass überqueren, dann einem steilen Abstieg folgen und morgen am Rande der Sümpfe entlangwandern.« Er stockte und musterte Enna eine Weile. »Was genau suchst du eigentlich in dieser Gegend?«

Enna schwieg und überlegte, was sie entgegnen sollte.

»Verstehe«, sagte Yrm da schon. »Es geht mich auch nichts an.«

»Und wo liegt Euer Ziel? Ich meine, wo wollt Ihr hin, nachdem Ihr mich über die Berge geführt habt?« Enna hoffte, durch ihre Frage einen Hinweis auf Yrms Pläne zu erhalten.

»Ich habe kein Ziel.« Abrupt wandte er sich ab. »Wie schon gesagt, ich lebe in diesen Bergen. Heute führe ich dich über den Pass, was morgen kommt, weiß ich nicht. Das ist mein Leben.«

Diese Antwort war nicht gerade zufriedenstellend für Enna, und sie überlegte schon, ob sie sich irgendwann zurückfallen lassen und im Unterholz verschwinden sollte. Doch diese Gegend war sehr unübersichtlich: Bäume und Büsche standen dicht an dicht. Immer wieder versperrten ihnen Felswände den Weg oder es taten sich schmale, aber sehr tiefe Schluchten vor ihnen auf. Mehrere Male wäre Enna beinahe umgedreht, um einen anderen Weg zu suchen, doch stets kannte Yrm einen schmalen Pfad oder Felsnischen, die sie zum Klettern nutzen konnten, oder er fand umgestürzte Bäume, über die sie gehen konnten.

Aus diesem Grund folgte sie ihm, ihrem unguten Gefühl zum Trotz, denn sie spürte, ohne Yrm würde sie nicht sicher über den Pass gelangen.

Am späten Nachmittag lichteten sich die Bäume dann allmählich, sodass immer häufiger Sonnenstrahlen durch das Blätterdach drangen. Die Luft wurde klarer, aber dünner, und auf einmal konnte Enna, wenn sie nach Südosten schaute, einen gigantischen Talkessel erkennen.

Sie blieb stehen und strich sich einige Haarsträhnen, die an ihrer Stirn klebten, zur Seite.

»Das Land hinter den Suravan-Bergen«, erklärte Yrm unnötigerweise. Auch er hatte angehalten, stellte einen Fuß auf einen Stein und stützte sich mit den Unterarmen auf den Oberschenkel.

Enna ließ den Blick schweifen und betrachtete das sagenumwobene Land, das nun vor ihr lag. Umschlossen von den Suravan-Bergen erstreckte sich der gewaltige Talkessel, so weit das Auge reichte. Irgendwo, weit im Süden, verloren sich die Berge in den Schleierwolken. Auch über dem Talkessel selbst trieben Wolken, und jene Gebiete, die nicht von ihnen verdeckt wurden, waren größtenteils mit Wald bewachsen. Unweit ihres jetzigen Standpunktes ragte aus der Mitte eines Sees ein kegelförmiger Berg auf. Still und dunkel wie schwarzer Obsidian lag das Gewässer vor ihnen.

»Der Drachenkrater«, erklärte Yrm und deutete auf den Vulkankegel.

»Leben dort etwa die Drachen?«

»Nur der größte von allen, ihr Oberhaupt.«

Enna schluckte. Das war er also: der Ort, an dem die Drachen lebten – und die Gulvaren! Plötzlich musste sie an Bronn denken. Auch er hatte es bis hierher geschafft, war dann jedoch an einem Gulvar gescheitert. Allerdings war es weniger die Angst vor diesen Himmelskreaturen, die Enna plagte, sondern die vor dem Versagen. Sollten die Drachen sich weigern, ihr zu helfen, schwand auch die Hoffnung, das drohende Schicksal von Westendtal abwenden zu können. Und genau das war es, was Enna am meisten fürchtete. Sie wandte den Blick von dem Krater ab, und Yrm führte sie weiter.

Der Gedanke daran, dass Enna möglicherweise Opfer dieser Vanuren geworden sein könnte, trieb Jorim zu Höchstleistungen an, besonders seitdem er und Bronn eine erkaltete Feuerstelle gefunden hatten. Obwohl sich jemand die Mühe gemacht hatte, die Reste zu verdecken, hatten die feinen Halblingsnasen den Geruch erkalteter Asche bemerkt.

»Enna war nicht alleine«, stellte Bronn fest und deutete auf weitere Spuren, die sich im weichen Waldboden abzeichneten. »Der andere trug Stiefel. Die Füße sind zwar schmaler, aber die Abdrücke viel tiefer.«

»Sieht nach menschlichen Spuren aus«, meinte Jorim und blickte Bronn an. Dieser presste die Lippen aufeinander und nickte.

»Nur, dass es möglicherweise gar kein Mensch gewesen ist.«

Jorim strich sich mit beiden Händen seine verschwitzten Locken zurück. »Können wir weiter, oder brauchst du eine Pause?«, fragte er.

»Weiter!«, entgegnete Bronn schwer atmend.

Also folgten sie den Spuren, aber leider verloren sich diese, als sie eine Felsplatte erreichten. So sehr sie auch suchten, es waren keine Fußabdrücke mehr auszumachen.

»Es gibt nicht viele Möglichkeiten, auf den Pass zu gelangen«, versuchte Bronn Jorim zu trösten, wobei er nach oben blickte, als suchte er einen Pfad in dieser Wildnis.

»Und was ist, wenn ein Vanure Enna gefangen hat?« Die plötzliche Angst um seine Schwester schnürte Jorim die Kehle zu.

»Die Sümpfe beginnen erst hinter dem Abstieg, der dem Pass folgt.«

»Und das soll mich jetzt beruhigen?«, fuhr Jorim seinen Begleiter an.

Bronn schüttelte den Kopf, ließ sich ächzend auf einem Stein nieder und streckte seine Füße aus.

»Wir wissen doch gar nicht, ob sie wirklich auf einen Vanuren getroffen ist.«

»Und was ist mit dem Lagerplatz?« Jorim deutete hangabwärts. »Enna ist jemandem begegnet!«

»Es gibt durchaus auch Menschen in den Bergen«, erklärte Bronn beschwichtigend. »Flüchtlinge, die nicht in die Nordlande fliehen konnten oder wollten.«

»Weshalb nicht?«

Bronn räusperte sich, kratzte sich den Kopf und schien nicht antworten zu wollen

»Jetzt sag schon«, forderte Jorim ihn auf. »Oder bist du am Ende selbst ein Vanure?«

»Was?«

»Na, weil du dich am Kopf kratzt.«

Verdutzt hielt Bronn inne, betrachtete seine Hand und musterte Jorim tadelnd. »Jetzt erzähl doch keinen Borkenmist, Junge. Wir sollten weitermarschieren.«

»Einverstanden, aber ich möchte wissen, was das für Menschen in den Bergen sind.«

Eilig machten sie sich daran, den steiler werdenden Berg zu erklimmen.

»Man erzählt sich, dass nicht alle Menschen einen Platz auf den Schiffen über die Meeresenge von Dovan bekommen haben«, begann Bronn zu erzählen. »Manche ließ man zurück, manche flüchteten in all dem Chaos gleich in die Berge. Der Schrecken dieser Gegend war ihnen lieber als die Fackeln der Erinyen.« Bronn hob eine Hand zum Kopf, ließ sie aber – ohne sich zu kratzen – wieder sinken. »Nun ja, ich hörte Gerüchte, dass man besonders Diebe, Halunken und Mörder zurückließ.«

Abrupt hielt Jorim an. »Dann willst du mir also sagen, Enna sei entweder mit einem Gestaltwandler unterwegs oder mit einem Mörder?«

»Nicht alle waren Mörder«, stellte Bronn klar und hob beschwichtigend die Hände.

»Ich fasse es nicht!« Jorim beschleunigte seine Schritte wieder, diesmal so sehr, dass Bronn nach kurzer Zeit japsend zurückfiel.

»Jorim, du bringst uns noch um.«

»Oder dieser Gestaltwandler tötet Enna!«

Der Abstieg war nicht weniger anstrengend als der Aufstieg. Jedes Mal, wenn Enna den Fuß aufsetzte, drohten ihre Beine nachzugeben. Zudem erschwerten ihnen Geröllfelder, umgestürzte Bäume und reißende Wildbäche das Vorwärtskommen. Als die Dunkelheit sich über die Suravan-Berge zu legen begann und sich auch noch Nebelschwaden ausbreiteten, hielt Yrm an einer Felswand an. »Wir übernachten hier.«

Müde ließ sich Enna nieder und rieb sich ihre schmerzenden Füße. »Ich sterbe vor Hunger.«

Sie hatte das Gefühl, das laute Knurren ihres Magens würde sämtliche Drachen des Bergmassivs anlocken, und es sah nicht so aus, als ließen sich hier genügend Beeren finden, um einen Halblingsmagen auch nur annähernd zu füllen.

Yrm zog schweigend ein Tuch aus seinem Bündel, wickelte es auf und hielt es Enna hin. Voller Vorfreude nahm sie zwei fingerdicke Stücke des Fasans von gestern Abend entgegen und begann darauf herumzukauen. Allerdings stellte sich das Fleisch als ausgesprochen zäh und geschmacklos heraus. Aber sie beschwerte sich nicht, sondern beobachtete stumm, wie Yrm etwas getrocknetes Moos auf den Boden legte, darüber Holz aufschichtete und ein Feuer entzündete. Dann setzte sich der schweigsame Mann auf einen Stein und starrte in die Flammen, während seine Fingernägel wieder einmal über seine Wange schabten.

Der Nebel verdichtete sich, schien die Stimmen und Laute der Natur zu ersticken. Enna schlang schützend die Arme um ihre Knie. Auf einmal erklang ein merkwürdiges Geräusch aus der Höhe, und unwillkürlich musste Enna an ihre Großmutter Ruva Borkenfeuer denken. Wenn diese nämlich früher ihre Bettdecken aus dem obersten Fenster ihrer Hütte gehängt und kräftig ausgeschüttelt hatte, hatte es sich genau so angehört. Aber das Geräusch im Nebel wirkte weitaus bedrohlicher.

»Yrm?«, flüsterte sie.

Der finstere Mann ließ von seiner Wange ab. »Hmm?«, brummte er.

»Was ist das für ein Geräusch?«

»Drachenschwingen – oder die Flügel von Gulvaren.«

Enna fuhr kerzengerade in die Höhe, legte ihren Kopf in den Nacken und versuchte, den dichten Nebel zu durchschauen. Wieder und wieder hörte sie dieses Geräusch – es musste vom Schlagen gewaltiger Flügel kommen.

»Drachen«, flüsterte sie ehrfürchtig. »Was passiert, wenn es ein Gulvar ist und er uns bemerkt?«

»Vermutlich frisst er uns«, entgegnete Yrm nüchtern.

Enna schluckte schwer. »Leben die Drachen in dieser Gegend?«, versuchte sie das Gespräch in Gang zu halten.

»Drachen und Gulvaren leben überall in den Suravan-Bergen, aber die meisten halten sich in den Tälern hinter dem Kraterberg auf. Dort gibt es mehr Wild zu jagen.«

»Sind Drachen freundlicher als Gulvaren?«

Yrms dunkle Augen schienen sie über das Feuer hinweg zu durchbohren. »Freundlich? Freundlich ist keine der beiden Kreaturen«, sagte Yrm leise. Fast schon war Enna erleichtert, als der Klang schlagender Schwingen in der Ferne verhallte.

»Weshalb interessierst du dich eigentlich so sehr für Drachen?«, hakte Yrm nach.

»Ich ...« Verlegen spielte sie an einer ihrer Haarlocken herum, zögerte, ob sie fortfahren sollte. Aber letztendlich durfte sie Yrms Wissen um die Kreaturen dieser Gegend nicht ungenutzt lassen. »Ich muss sie einfach finden.«

»Und dann?«

»Ich möchte versuchen, sie um Hilfe zu bitten. Für mein Tal, meine Familie, meine Freunde.« Eigentlich hätte sie erwartet, dass Yrm nun in Gelächter ausbrach, sie gar verspottete, aber er sah sie nur an und nickte nach einer Weile.

»Die Seinen zu schützen ist ehrenhaft, selbst wenn man dabei ins Verderben rennt«, meinte Yrm. Er legte sich neben das Feuer und drehte sich auf die Seite. »Ich bringe dich noch durch den Sumpf, dann kehre ich um.« Mehr sagte er nicht, und sein gleichmäßiger Atem zeigte Enna, dass er eingeschlafen war.

Erschöpft und ohne sich auch nur die Zeit für ein dürftiges Mahl genommen zu haben, erreichten die beiden Halblinge am späten Abend den Gipfel des Passes. Bronns Brust hob und senkte sich heftig, sein Hemd war von Schweiß durchtrankt, und auch Jorim musste zugeben, dass seine Kraftreserven beinahe erschöpft waren.

So blieben die beiden Halblinge stehen und spähten vom höchsten Punkt des Passes aus nach unten. »Wie ein gigantischer schwarzer Schlund«, flüsterte Jorim.

Da die Sonne bereits hinter dem westlichen Horizont verschwunden war, lagen nur Schatten und Dunkelheit über dem Land, das von den Suravan-Bergen umschlossen wurde.

»Ist es hier gewesen, wo euch der Gulvar angegriffen hat?«, wollte Jorim von Bronn wissen. Dieser sah sich um, schüttelte dann aber den Kopf. »Ich bin mir nicht sicher. Es sieht irgendwie anders aus.«

»Vielleicht hat sich die Natur nach all der Zeit verändert«, meinte Jorim.

»Mag sein«, entgegnete Bronn. »Aber wie auch immer, lass uns rasten für die Nacht.«

Zu gern wäre Jorim weitergegangen, aber sein Begleiter hatte recht. Sie mussten sich ausruhen, und außerdem wäre es zu gefährlich, in der Dunkelheit weiterzulaufen. Ein falscher Schritt, und sie könnten in eine der Schluchten stürzen.

»Gut«, sagte Jorim und deutete auf eine Stelle rechts unterhalb von ihrem Standort. »Dort, an dem Abhang neben der steilen Felswand, ist es geschützter. Und man wird unser Feuer nicht gleich entdecken.«

Prüfend blickte Bronn sich um. »Das halte ich ohnehin für ausgeschlossen. Nebel zieht auf.«

Jorim schauderte, denn wer wusste schon, was sich in dem wabernden Weiß oder gleich dahinter verbarg? Vanuren, Mörder, wilde Tiere? Er schüttelte sein Unbehagen ab und eilte auf die Felswand zu, in der Hoffnung, ein Feuer werde seine düsteren Gedanken vertreiben. In seiner Hektik achtete er nicht richtig auf den Weg, stolperte und schlug der Länge nach hin. »Verdammter Stein«, schimpfte er mit einem Blick zurück, denn er hatte einen aus dem Boden ragenden Gesteinsbrocken übersehen. Er stützte sich auf die Unterarme und wollte sich schon erheben, doch da stutzte er. »Bronn! Komm her«, rief er.

»Hast du dich verletzt?« Schon war der alte Halbling neben ihm, aber Jorim schüttelte den Kopf.

»Nein, sieh nur!« Er deutete auf den Abdruck eines sehr breiten Fußes. Ein kleines Rinnsal bahnte sich hier seinen Weg talwärts, und wie es aussah, war Enna in die aufgeweichte Erde gleich daneben getreten.

»Wir müssen weiter, Bronn.« Jorim fasste den alten Halbling am Arm und sah ihn eindringlich an.

Bronn zögerte, doch schließlich nickte er. »Gut.« Sein Blick schweifte zum Himmel. »Es ist so gut wie dunkel, aber wenn wir ganz vorsichtig einen Fuß vor den anderen setzen, sollte es gehen.«

Also gingen sie weiter, doch bald schon war die Nacht vollends hereingebrochen, und sie mussten rasten, ohne Enna gefunden zu haben.

22. BEGEGNUNGEN IM SUMPF

In dieser Nacht konnte Enna kaum schlafen. Der Gedanke, den Drachen so nahe zu sein, ließ sie keine Ruhe finden. Würden diese mächtigen Wesen, die Herren der Suravan-Berge, sie überhaupt anhören? So weit war sie gekommen, und nun plagten sie Zweifel. Die Suravan-Berge waren eine eigene Welt, Drachen und Gulvaren würden sich vermutlich kaum um Ghule und Erinyen scheren, denn für sie stellten sie keine Bedrohung dar. Und was sollte diese Kreaturen ein kleines Volk wie das der Halblinge kümmern? Andererseits galten Drachen und Gulvaren ja als die Bewahrer des Gleichgewichts, und das Gleichgewicht war nun eindeutig zugunsten der Erinyen gekippt. Das war es, woran Enna sich letztendlich klammerte, und so trat sie mit dem ersten Schimmer der Morgendämmerung zu Yrm, der noch immer zusammengerollt am Boden lag.

Vorsichtig stupste sie ihn mit dem Fuß an. Der Mann schrak zusammen, war schneller aufgesprungen, als Enna blinzeln konnte, und hielt ein Messer in der Hand. Aber dann seufzte er tief, strich sich die Locken aus dem Gesicht und rieb sich kurz über seine gerötete Wange. »Es ist nicht einmal ganz hell.«

»Lasst uns trotzdem aufbrechen.«

»Also gut.« Sorgfältig verwischte Yrm die Spuren ihres Feuers, dann schritt er auch schon voran. Morgennebel hing noch zwischen Felsen und Bäumen, und immer wieder wanderte Ennas Blick in die Höhe, in der Hoffnung, einen Drachen zu sehen. Aber die Himmelsgeschöpfe schienen noch zu schlafen oder zumindest nicht in der Nähe zu sein.

Allmählich wurde das Gelände flacher, und Bäume wichen fremdartigen Büschen mit breiten Blättern und langen Dornen. Immer wieder sanken Ennas Füße in dem Moos ein, das den Boden bedeckte, und mehr als einmal zog sie sie rasch zurück. Zudem gluckste ständig Wasser unter ihr.

»Nur keine Angst«, sagte Yrm. »Dieses Moos ist zäh und dick. Es wird uns tragen.«

»Seid Ihr sicher?«

»Ja! Du darfst nur nicht auf dieses dort treten.« Er deutete auf den Boden rechts von Enna.

»Wo ist da der Unterschied? Für mich sieht es nach demselben Moos aus.«

»Dem ungeübten Auge mag das so erscheinen«, erklärte Yrm, »doch das dort ist dünner, auch das Grün ist ein wenig heller. Wenn du es betrittst, schnellt es regelrecht um dein Bein und reißt dich in die Tiefe.« Er schüttelte den Kopf. »Kein schöner Tod.«

Enna sah abwechselnd von dem Moos zu Yrm, der sie abwartend, ja fast schon lauernd wie sie fand, betrachtete.

»Yrm, wenn wir gestern schon Drachen gehört haben, dann macht es vielleicht gar keinen Sinn weiterzugehen«, sagte Enna schließlich und blickte auf ihre Füße, von denen das Wasser tropfte.

»Du willst wirklich zu den Drachen?«

Enna hob trotzig das Kinn und nickte.

Yrm schüttelte den Kopf und sah zum Himmel. »Weißt du«, begann er, »ich bin dankbar für den Nebel, der meist über dem Sumpf liegt, genau wie die Wolken. Sie verbergen uns und dämpfen unsere Geräusche. Aber du«, er wandte sich wieder an Enna, »was glaubst du eigentlich, was du ausrichten kannst? Glaubst du, Drachen oder Gulvare folgen dir so einfach? Willst du sie bitten, Erinyen und Ghule zu vernichten? Einfach so?« Nun lachte er bitter. »Oh nein, so wird das nicht laufen!«

Wütend blickte Enna zu ihrem Führer auf. »Warum kümmert es Euch plötzlich, was ich hier tue? Es war Euch bislang egal.«

»Ich habe gesagt, es gehe mich nichts an«, erklärte er. »Das heißt nicht, dass du mir egal bist.«

Unverwandt musterte er Enna aus seinen dunklen Augen, dann beugte er sich zu ihr herab. »Nur der Tod wartet in diesem Land auf dich.«

Enna wurde ein wenig unheimlich zumute, doch sie ließ sich nicht beirren. »Ich muss einen Weg finden, Westendtal zu retten!«.

»Das wird dir nicht gelingen«, erwiderte Yrm. »Was könnten Halblinge schon gegen Erinyen und Ghule ausrichten?«

»Ich muss es dennoch versuchen«, hielt Enna dagegen.

»Reichlich dumm von dir«!

»Das ist mir egal!« Enna packte ihren Zopf und schleuderte ihn zurück über die Schulter. »Nur weil Ihr Euch hier in diesen Bergen versteckt und Euer Zuhause aufgegeben habt, muss ich das nicht auch tun!«, schrie sie zornig.

Yrm kniff die Augen zusammen. »Du hast ja keine Ahnung, wer ich bin!«, sagte er ganz leise. Dann jedoch ruckte sein Kopf herum, so als lausche er in den Sumpf. Enna konnte nur ein Glucksen hören und irgendwelche Insekten, die durch die Luft surrten. Plötzlich schnellte Yrm vor, packte Enna und presste ihr eine Hand auf den Mund. »Psst«, zischte er leise.

Ennas Herz schlug schneller, als wolle es aus ihrer Brust springen und flüchten. Dann hörte sie Geräusche, die von hinten an ihre Ohren drangen. Sie drehte langsam den Kopf. Steine polterten übereinander, und etwas im Gebüsch bewegte sich. Ein Arm kam hervor, schob Äste vorsichtig zur Seite, und ein Mann, nicht ganz so groß wie Yrm, aber dafür von deutlich massigerem Körperbau, trat auf sie zu. Er hielt inne; seine blauen Augen wanderten von Yrm zu Enna, dann strich er sich seine grauen Haare zurück und lachte.

»Wie kann man nur mit einer solch bezaubernden Dame streiten?«, rief er, schlug mit der Hand eine Mücke zur Seite und befreite sein schlammfarbenes Hemd und die ebenso gefärbte Hose von einigen Blättern und Dornen.

»Wer seid Ihr?«, fragte Yrm und ließ Enna los. Enna sah, dass seine Hand unter seinen Umhang wanderte und sich um den Griff eines Dolches schloss.

»Ein Wanderer, ein Flüchtender wie Ihr«, rief der andere. »Urwin, nennt mich Urwin.«

»Urwin?«, wiederholte Yrm misstrauisch.

Urwin nickte und kam näher. »Und ich würde den Wunsch der jungen Dame nur zu gerne erfüllen. Ich weiß, wie man zu den Drachen gelangt«, er breitete die Arme aus. »Vergebt mir, aber ihr habt so laut gesprochen.«

»Es ist also tatsächlich möglich? Man kann direkt zu ihnen gelangen?« Enna betrachtete Urwin, drehte dann den Kopf zu Yrm und funkelte ihn an. »Weshalb habt Ihr mir das vorenthalten?«

»Weil es irrsinnig ist und gefährlich obendrein!«

»Und warum habt Ihr mich dann überhaupt geführt?«, wollte Enna wissen.

»Weil ich dir helfen wollte, und weil du ein ...«, er winkte ab, »ach, was schert es mich. Mach was du willst!«

»Ein unfreundlicher Mensch«, meldete sich Urwin wieder zu Wort. »Ich an Eurer Stelle wäre froh um ein wenig Gesellschaft in diesem unwirtlichen Gebiet«, sagte er an Yrm gewandt. Dieser blickte Urwin nur böse an.

»Also, wollt Ihr mein Angebot annehmen, junge Dame? Ich kann Euch die Drachen zeigen, wenn Ihr das möchtet.« Eine Reihe strahlend weißer Zähne blitzte auf, als Urwin Enna zulächelte.

»Folge ihm nicht!«, forderte Yrm sie auf, doch sein unwirscher Ton missfiel ihr.

»Genau das werde ich aber!«, stellte sie klar und nickte Urwin zu. »Zeigt mir die Drachen!«

Dieses Mal lachte Urwin nicht. Er musterte Yrm aus seinen hellblauen Augen, und für einen Moment glaubte Enna, die beiden würden sich gleich aufeinanderstürzen.

»Folgt mir«, bat Urwin sie dann. Noch einmal sah Enna zu Yrm, der leicht den Kopf schüttelte.

»Ich habe mich entschieden«, erklärte sie. »Ich gehe mit Urwin. Ihr braucht Euch nicht mehr um mich zu kümmern.«

Yrm rieb sich die Wange, dann wandte er sich um und wollte schon gehen. »Und kratzt Euch nicht ständig an der Wange!«, rief Enna ihm hinterher.

Noch einmal drehte Yrm sich um. »Dann hoffe ich für dich, dass du nie von einem Schilfkäfer gestochen wirst«, sagte er leise. Dann zog er davon, und Enna folgte ihrem neuen Führer.

Yrm hielt nach wenigen Schritten an. Als er diesen Urwin gesehen hatte, war ihm sofort klar gewesen, wer oder besser gesagt *was* er war. Dass Enna ihm so schnell gefolgt war, hatte Yrms Verdacht nur bestätigt. Dieses Volk umgarnte seine Opfer auf eine unterschwellige Weise. Yrm verstand zwar nicht, wie, aber das spielte auch keine Rolle.

Auf jeden Fall war es besser gewesen, das Halblingsmädchen mit ihm ziehen zu lassen, als sich auf eine offene Konfrontation einzulassen. Den beiden heimlich zu folgen und auf die passende Gelegenheit zum Zuschlagen zu warten, war die einzige Chance, die er hatte. Er musste den Überraschungseffekt nutzen.

Noch einmal schweifte Yrms Blick in Ennas Richtung, dann wandte er sich nach rechts, um die beiden zu umrunden und ihnen in sicherem Abstand zu folgen. Doch da erhaschte er eine Bewegung weiter oben am Berghang. Er kniff die Augen zusammen, sah noch einmal hin, dann zog er sich eilig in den Schutz eines dicken, ausgehöhlten Baumstammes zurück.

»Beeil dich, Bronn, wir müssen sie noch vor den Sümpfen erwischen.« Jorim vernahm das schwere Atmen des alten Halblings in seinem Rücken, dennoch stürmte er vorwärts, auch wenn er immer wieder stolperte.

»Jorim!« Nur ein paar Augenblicke später ließ ihn Bronns Ruf anhalten. Sein Begleiter stand am Rande des Abhangs, knallrot im Gesicht, die Hände auf die Knie gestützt, während seine Brust sich heftig hob und senkte. »Es hat ... keinen Sinn ... uns völlig zu ... verausgaben«, stieß Bronn hervor, trank einen Schluck Wasser aus seiner Flasche und atmete tief durch. »Sollte Enna in Gefahr sein, können wir ihr nicht helfen, wenn wir keine Kraft mehr haben.«

Dem musste Jorim natürlich zustimmen, trotzdem drängte es ihn weiterzugehen; eine starke Rastlosigkeit machte sich in ihm breit. Dann deutete Bronn ins feuchte Gras. »Sieh nur, die Spuren scheinen frisch zu sein. Wir sind ihr dicht auf den Fersen.«

»Aber bestimmt sind sie schon im Moor«, entgegnete Jorim voller Unbehagen und deutete auf die Landschaft vor ihnen aus Schilf, Wasser und niedrigen Büschen.

»Wir retten Enna – sollte sie wirklich Rettung benötigen«, versprach Bronn, klopfte Jorim flüchtig auf die Schulter und ging dann in deutlich gemäßigterem Tempo weiter.

Es gluckerte unter ihren Füßen, Feuchtigkeit quoll zwischen den Zehen hervor, und der Geruch von abgestandenem Wasser hing in der Luft. Während Jorim auf den Boden blickte, nahm er plötzlich eine Bewegung aus den Augenwinkeln wahr. Er hob den Kopf, und da stellte sich ihnen eine Gestalt in den Weg.

»Elgo?!«

Sowohl Bronn als auch Jorim wichen zurück. Jorim griff nach seinem Dolch, aber Bronn klappte vor Staunen der Unterkiefer herunter. »Yrm!«, rief er.

Verwirrt blickte Jorim von dem hochgewachsenen Mann mit den braunen Locken zu seinem Begleiter und wieder zurück. »Kennt ihr euch, Bronn?«

»*Bronn?* Wieso nennt er dich so, Elgo?« Nun wirkte der Fremde erstaunt, doch Bronn winkte ab.

»Das ist eine andere Geschichte, Yrm, die ich dir vielleicht später erzählen werde. Aber sag, wie konntest du überleben? Und was tust du hier?«

Ein Schatten legte sich über Yrms Gesicht, und er kratzte sich heftig an der Wange.

Kurz stutzte Jorim, dann holte er aus und warf seinen Dolch nach Yrm. Behände drehte dieser sich zur Seite – was vermutlich nicht einmal nötig gewesen wäre, denn das Geschoss hätte ihn auch so verfehlt.

»Jorim, bist du wahnsinnig?«, brüllte Bronn.

»Nichts wie weg hier«, rief Jorim, eilte auf Bronn zu und packte ihn am Arm. »Er ist ein Vanure!«

Bronn verharrte, während Yrm verwirrt die Stirn runzelte. »Wie kommst du denn darauf, du kleiner Dummkopf? Sag, Elgo, ist dein Begleiter stets so unbeherrscht?«

Doch Bronn schien nun misstrauisch geworden zu sein, und Jorim deutete auf Yrms Wange. »Sieh nur, sie ist ganz rot, und er kratzt sich ständig.«

Tatsächlich fuhren Yrms Fingernägel schon wieder über die aufgekratzte Stelle, doch dann senkte er die Hand und schüttelte den Kopf. »Das war ein Schilfkäfer, ihr Narren.«

»Ein Schilfkäfer, sagst du?«, brummte der alte Halbling. »Dann solltest du eine grünliche Beule an der Einstichstelle haben.«

»Die habe ich mit Sicherheit. Überzeug dich selbst.« Yrm trat näher, beugte sich auf Halblingshöhe herab und deutete auf seine stoppelige Wange.

»Sei vorsichtig«, warnte Jorim. Er bewegte sich langsam zu seinem Dolch und hob diesen auf, während er Yrm nicht aus den Augen ließ.

Bronn umklammerte seine Waffe ebenfalls, während er sich aus einigem Abstand Yrms Wange besah. Er kniff die Augen zusammen, trat zögernd noch einen Schritt näher, und Jorim hielt den Atem an.

»Er hat recht«, stieß der alte Halbling hervor. »Das war ein Schilfkäfer.«

Jorim ließ seinen Dolch sinken und atmete erleichtert aus.

»Dein kleiner Freund sollte besser zielen lernen, falls er bald einem echten Vanuren gegenübersteht«, knurrte Yrm missmutig.

»Verzeihung«, murmelte Jorim betreten. »Es war nur ... du hast dich so heftig gekratzt ... und nach all den Geschichten dachte ich ...«

»Bisse von Schilfkäfern sind ekelhaft, sie jucken meist zehn oder mehr Tage lang«, belehrte ihn Yrm.

Bronns bestätigendes Nicken überzeugte Jorim nun völlig von Yrms Unschuld, und er deutete eine leichte Verbeugung vor dem großen Mann an. »Ich bedauere mein unüberlegtes Verhalten aufrichtig«, entschuldigte er sich umständlich und rang sich ein schiefes Lächeln ab. »Zum Glück bin ich ein schlechter Dolchwerfer.«

Zu seiner Überraschung lachte Yrm auf, was seine grimmige Miene recht freundlich erscheinen ließ. »Ihr seid mir schon ein seltsames Völkchen, ihr Halbhohen!« Yrm wurde wieder ernst, blickte nachdenklich von Bronn zu Jorim, und schließlich wieder zurück zu Bronn. »Allerdings glaube ich, einen echten Vanuren gesehen zu haben, und der hat ein blondes Halblingsmädchen in den Sumpf geführt – ich gehe davon aus, dass sie zu euch gehört.«

»Enna«, flüsterte Jorim und schaute hinüber zum Sumpf. Dann war sie also wirklich in Gefahr!

»Bist du sicher, dass es ein Vanure war?«, fragte Bronn.

»Ziemlich sicher«, entgegnete Yrm. »Aber sag, Elgo, weshalb nennt er dich denn nun Bronn?«

Der alte Halbling überlegte kurz. »Dafür haben wir jetzt keine Zeit. Ich verspreche dir, dass ich dir die Geschichte ein anderes Mal erzähle.«

»Genau!«, rief Jorim aufgeregt. »Wenn Enna wirklich an einen Vanuren geraten ist, sollten wie ihr so schnell wie möglich folgen.«

Yrm nickte knapp. »Gut! Ich zeige euch den Weg.« Schon drehte er sich um und lief tiefer in das Moor hinein, während ihm Jorim und Bronn so rasch wie möglich folgten.

»Am Fuße der Berge traf ich auf Enna«, erzählte Yrm unterwegs. »Ich bot ihr an, sie über die Berge zu führen. Ich wollte sie nicht alleine gehen lassen. Immerhin habe ich ein Herz für Halblinge.« Yrm sah Bronn an und schmunzelte dabei. Jorim fragte sich, woher die beiden sich kannten, wusste aber, dass diese Erklärung warten musste.

»Sie sagte, sie wolle die Drachen um Hilfe bitten«, fuhr Yrm fort, während er weit ausschritt. Sein langer, grüner Umhang wehte hinter ihm her. »Als wir dann diese Gegend hier erreichten, trafen wir auf einen seltsamen Mann. Enna ließ sich von seinen schmeichlerischen Reden blenden. Ich bin mir sicher, er war ein Vanure.«

»Gab es irgendeinen Hinweis darauf?«, wollte Bronn wissen.

»Dieses betont freundliche Auftreten, die Behauptung, er könne Enna auf direktem Wege zu den Drachen bringen … und seine aufgekratzte Haut am Arm«, berichtete er.

»Vielleicht auch ein Schilfkäfer?«, fragte Jorim kleinlaut.

»Nein, das glaube ich kaum«, entgegnete Yrm knapp. »Allein die Tatsache, dass Enna ihm so schnell gefolgt ist, zeigt mir, dass es sich um einen Gestaltwandler handelte.«

Jorim sah Bronn fragend an.

»Vanuren können sehr betörend sein. Wenn sie ein Opfer ausgesucht haben und in ein Gespräch verwickeln, wirft es jede Vorsicht über Bord«, erklärte Bronn.

Für Jorim hörte sich das unglaublich an, aber was wusste er schon davon?

»Weshalb hast du Enna dann alleine gelassen?«, wandte er sich an Yrm.

»Eine offene Konfrontation mit einem Vanuren ist gefährlich. Ich hielt es für besser, ihnen heimlich zu folgen, in der Hoffnung, den Vanuren während seiner Verwandlung überraschen und Enna dann befreien zu können.«

Yrm schritt kräftig aus, führte Jorim und Bronn durch das gluckernde Moor und warnte sie vor gefährlichen Stellen.

Nach einer Weile hob er die Hand und hielt an. »Hier sind Spuren.«

Bronn trat vor und begutachtete den Boden. »Er hat sie in das Herz des Sumpfes geführt«, stellte er fest. »Nur ein Vanure oder jemand, der vollkommen wahnsinnig ist, würde dort hineingehen.«

Jorim wurde kalt ums Herz. Er betrachtete den Sumpf, der sich vor ihnen erstreckte. Überall erhoben sich verkrüppelte Bäume, wechselten sich ab mit braunem Gestrüpp und Schilf. Dazwischen breiteten sich blubbernder Schlamm oder ganze Teppiche aus Moos aus. Hier und da bemerkte er, wie sich auf dem Wasser Kreise bildeten, doch niemals konnte er erkennen, was oder wer sie verursachte.

»Es hilft nichts«, sagte er leise. »Wir müssen da rein.«

Schon eilte er los, trat auf einen Flecken mit grünem Moos, der ihm am sichersten erschien.

»Halt!«, schrie Yrm, doch da war es bereits zu spät. Der Boden unter Jorims Füßen gab nach, löste sich regelrecht unter ihm auf. Dann war ihm, als würde sich ein grünes Maul auftun – und kurz darauf umschloss ein Schlund aus Moos seine Hüfte. Ein Ruck, und er wurde nach unten gezogen. Mit aller Kraft versuchte er, sich aus diesem Griff zu befreien, aber so sehr er auch an dem Moos riss und zerrte, es gab nicht nach. Jorim schrie auf und sah in die schreckgeweiteten Augen von Bronn Sternenfaust und Yrm, in denen sich blankes Entsetzen spiegelte.

23. KAMPF IM SUMPF

»Was war das?«, fragte Enna und hob den Kopf. »Es klang wie ein Schrei!«

»Das Moor lebt, Halbling«, entgegnete Urwin ungerührt, ohne sich umzuwenden, und stapfte weiter.

»Es hörte sich an wie ein Mensch oder ...«, Enna blieb stehen, »wie ein Halbling«, beendete sie den Satz. Sie blickte sich um und erschrak. Eben waren sie noch über dichtes, tragfähiges Moos gelaufen, doch nun konnte sie nur noch undurchdringliches Buschwerk und schlammige Tümpel erkennen.

»Das Moor verändert sich«, stellte sie leise fest.

»Ich sagte doch, es lebt«, säuselte Urwin, der ebenfalls angehalten hatte und nun plötzlich hinter ihr stand. Enna fuhr herum. Urwins Augen bohrten sich in ihre. Das Blau, das noch vor Kurzem freundlich ausgesehen hatte, wirkte nun kalt und grausam.

»Willst du jetzt zu den Drachen, oder nicht?«, fragte Urwin barsch. Seine Stimme schnitt durch den Sumpf und scheuchte einige Vögel auf, die unter hektischem Geflatter davonflogen. »Du kannst jetzt nicht mehr umkehren«, sagte er, als Enna langsam zurückwich. »Du hast doch nicht etwa vor mir Angst? Jemand, der zu den Drachen möchte, sollte mutiger sein.«

Enna straffte die Schultern. »Nein«, antwortete sie so entschlossen wie möglich. »Bring mich zu ihnen!«

Urwin grinste und ging weiter. Enna folgte ihm und starrte auf seinen Rücken. Dabei war es ihr, als blicke sie in einen Tümpel, denn die Konturen seines schlammfarbenen Hemdes schienen zu verschwimmen und immer wieder mit der Umgebung zu verschmelzen. Hätte sie vielleicht doch bei Yrm bleiben sollen?

Bald jedoch schalt sie sich selbst eine Närrin. Sicher lag ihr Unbehagen nur an dem unheimlichen Sumpf, mit all den gluckernden Geräuschen, den Rufen, die aus dahintreibenden Nebelschwaden drangen, und der Vegetation, die sich in stetem Wandel befand. Auch war keine Sonne zu sehen, nicht einmal Wolken konnte Enna ausmachen, denn wabernder Dampf verdeckte den Himmel. Die Bäume, denen es gelungen war, dem Morast zu entwachsen, waren verkrüppelt, und aus der Ferne wirkten sie wie sich vor Schmerz windende Gestalten. Kein Wunder also, wenn einem die Sinne einen Streich spielten und man es mit der Angst zu tun bekam.

Wortlos und ohne sich umzudrehen führte Urwin sie weiter in das Moor hinein. Hin und wieder hielt er an und kratzte sich heftig am Unterarm. Enna schüttelte den Kopf.

»Wie Yrm«, flüsterte sie ganz leise. »Was war es noch mal? Ein Schildkäfer?«

»Schilfkäfer«, schallte Urwins Stimme an ihrem Ohr. Er hatte sie gehört, und das erschreckte sie, waren ihre Worte doch nur ein Wispern gewesen. Und noch etwas fiel Enna auf: Obwohl sie ihren Führer die ganze Zeit beobachtete, verschwand dieser immer wieder aus ihrem Blick. Seine grauen Haare hatten die gleiche Farbe wie der Nebel, sein Hemd zeigte nun dieselben Brauntöne wie der Morast und das verdorrte Buschwerk, und seine Hose verschmolz mit dem Grün des Mooses. War die Hose nicht von der gleichen Farbe wie sein Hemd gewesen?, schoss es ihr durch den Kopf. Oder hatte sie sich getäuscht? Sie musterte Urwin, doch jedes Mal musste sie blinzeln, um ihn wieder deutlich zu erkennen. Nun bekam Enna es doch mit der Angst zu tun.

»Urwin«, wisperte sie leise. »Bring mich aus diesem Sumpf heraus, jetzt gleich!«

»Der Weg ist bald zu Ende«, entgegnete der seltsame Mann. Die Art, wie er das sagte, beunruhigte Enna noch mehr, und sie schauderte.

»Gleich kannst du dich ausruhen, auf einer großen Lichtung«, verkündete er und deutete nach vorn, wo nun sonderbare Bäume eine dichte Wand bildeten. In Bodenhöhe wuchsen Äste aus dicken grauen Stämmen, deren große Blätter sich träge im lauen Wind bewegten.

Urwin führte sie direkt darauf zu, und Enna folgte ihm zögernd. »Komm nur«, forderte er sie auf. Mit einem Mal wirkte er wieder freundlicher.

Urwin trat durch einen gespaltenen Baumstamm hindurch, während er einen Ast nach dem anderen zur Seite schob, und nur wenige

Schritte später fand sich Enna auf einer riesigen, nebelverhangenen Lichtung wieder. Hier wuchsen Gras, das ihr bis zur Hüfte reichte, und unzählige Büsche. Waren alle Gewächse in diesem Sumpf bislang zumeist braun, verdorrt oder verkrüppelt gewesen, so leuchteten diese mannshohen Sträucher in einem kräftigen Grün, und an den Enden der Äste befanden sich kleine, hellblaue Blüten. Langsam schritt Enna auf einen der Büsche zu und fragte sich, wo sie dieses Blau schon einmal gesehen hatte. Es strahlte keinerlei Wärme aus, sondern war kalt und stechend, ja, es schmerzte sogar in den Augen.

Wie ein Schlag traf sie plötzlich die Erkenntnis. *Urwins Augen*, schoss es ihr durch den Kopf, und sie wandte sich nach ihrem Führer um. Doch der war verschwunden! Stattdessen ertönte ein Lachen, das sich schnell auf der ganzen Lichtung ausbreitete. Es klang wild und spöttisch zugleich. Enna drehte sich suchend im Kreis. »Urwin?«, rief sie.

Hektisch sah sie sich um. Die ganze Lichtung war übersät mit diesen blauen Blüten, und ihr war, als wären es Augen, die sie beobachteten. Zwei dieser Blüten, nein – der ganze Busch kam plötzlich näher. Die Luft um ihn herum flirrte und schien in ständiger Bewegung zu sein. Plötzlich verwandelte sich der Strauch – und Urwin stand wieder vor ihr. Seine kalten Augen starrten auf sie herab, seine Haare, eben noch verschmolzen mit dem Nebel, wehten in einer leichten Brise. Sein Körper, der gerade noch ein Strauch gewesen war, schwebte regelrecht auf sie zu. Seine Schritte konnte sie nur daran erkennen, dass das Gras niedergedrückt wurde. Sein Arm, der nun blutig und völlig aufgekratzt war, wurde länger und länger und griff nach ihr.

»Wer bist du?« Ennas Stimme zitterte und sie taumelte zurück. Überall konnte sie nun diese Bewegungen, dieses Flirren der Luft ausmachen. Die blauen Blüten waren Augen, die kalten Augen von Wesen, die sie nicht kannte. In diesem Moment traf sie die entsetzliche Erkenntnis: Sie war in eine Falle getappt. Wie hatte sie nur so dumm sein können?

»Halte dich daran fest!«, schrie Bronn und schob Jorim einen langen Stock zu.

»Hör auf, mit dem Moos zu ringen!«, riet Yrm. »Das hat keinen

Sinn!« Jorim beobachtete, wie der Mann mit dem grünen Umhang ein langes Messer hervorholte, auf ein Gestrüpp zustürmte und einen dicken Ast abschnitt.

Doch da zog etwas erneut an ihm, zerrte ihn unbarmherzig in die Tiefe. Stinkende Luftblasen gluckerten nach oben, der Griff um seine Taille wurde fester. Jorim strampelte, schlug um sich und klammerte sich an den Stock, den Bronn ihm zugeschoben hatte. Der alte Halbling lag auf dem Bauch und hielt den Ast so fest gepackt, dass es aussah, als würden seine Knöchel jeden Augenblick durch die dünne alte Haut stoßen.

Hinter Bronn band Yrm hektisch sein Messer mit einem Stück Seil an den Ast, eilte mit großen Schritten herbei und holte mit seinem notdürftig gebastelten Speer zum Stoß aus. Dann rammte er ihn in das Wasser, direkt neben Jorim. »Gib ihn frei!«, schrie er und holte erneut aus.

Was nun geschah, ereignete sich in wenigen Augenblicken. Mit brutaler Kraft wurde Jorim nach unten gerissen, noch einmal schnappte er nach Luft, und schon schlugen Wellen aus morastiger Brühe über seinem Kopf zusammen. Dann wurde es dunkel und kalt. Rasch ging Jorim die Luft aus, er bäumte sich ein letztes Mal auf, aber es gab kein Entrinnen aus dem Griff um seinen Körper. Bilder von Westendtal schossen ihm durch den Kopf. Er sah sich und Enna durch Wälder und über grüne Auen rennen, hörte noch einmal den Klang fallender Eicheln, die während eines Sturmes auf das Dach seines Baumhauses prasselten.

Plötzlich gab es einen Ruck, dann lockerte sich der Griff um seine Hüfte ein klein wenig – und plötzlich wurde Jorim aus dem Wasser herausgerissen. Was auch immer ihn gepackt hielt, hob ihn nun hoch, und jetzt konnte er Yrm und Bronn einige Fuß unter sich stehen sehen. Wie besessen stieß Yrm seinen Speer mehrmals ins Wasser. Offensichtlich hatte er das Wesen, das Jorim festhielt, getroffen. Dann holte er aus und schleuderte die Waffe. Zischend sauste das Geschoss durch die Luft, flog bedrohlich nahe an Jorim vorüber, der – gefangen in einem dieser Fangarme – durch die Luft pendelte, und bohrte sich mit einem schmatzenden Geräusch in die Kreatur. Jorim gelang es, sich umzuwenden, und da erkannte er, dass die Waffe unterhalb der beiden schwarzen Augen mitten im Körper des Ungeheuers steckte.

Noch nie hatte Jorim ein derartiges Wesen erblickt. Es sah aus wie ein Baum, mit dunklen Augen am oberen Ende des Stammes, doch anstatt aus Borke bestand seine Haut aus grau-grünen Schuppen. Und nicht Blätter hingen an den unzähligen, astähnlichen Armen, sondern dicke grüne Algen. Die Enden dieser Arme waren mit Moos bewachsen, das Nestern großer Vögel ähnelte. Doch wie Jorim rasch begriff, waren es keine Nester, sondern Mäuler; und in einem solchen steckte er gerade fest. Das, was vorhin nach festem Moosboden ausgesehen hatte, war in Wirklichkeit ein offener Schlund, der den Ahnungslosen verschlang.

Ein Brüllen ertönte, die Bestie schüttelte sich, und endlich löste sich der Griff um Jorims Hüfte. Er stürzte in die Tiefe und platschte ins Wasser. Mit Händen und Füßen strampelte er, um sich von dem Untier zu entfernen, und endlich bekam Bronn ihn zu fassen und half ihm aus dem Schlamm heraus.

»Weg hier!«, hörte er Yrm schreien, und während die Sumpfkreatur im Wasser versank, stürmten die drei in das verkruppelte Unterholz, das überall im Moor wucherte. Yrm rannte vorweg, schlug hier einen Bogen nach links, machte dort einen Satz nach rechts, und Jorim hoffte nur, dass der Fremde einen sicheren Pfad kannte. Noch einmal brachte ein ohrenbetäubendes Brüllen den Sumpf zum Erbeben. Doch endlich waren sie weit genug entfernt und in Sicherheit. Auf einem kleinen grasbewachsenen Hügel hielt Yrm an. Bronn und Jorim ließen sich schwer atmend nieder.

»Bei aller Borkenkäferscheiße, was war das?«, keuchte Jorim.

»Eine Sumpfkreatur. Ich kenne keinen Namen dafur.« Yrm warf Jorim einen tadelnden Blick zu. »Pass beim nächsten Mal gefälligst auf, wohin du …«, weiter kam er nicht.

Abermals hallte ein Brüllen durch den Nebel, doch dieses klang anders: lauter, markerschütternder, mächtiger.

»Ein Gulvar!«, flüsterte Bronn und starrte in den Dunst. »Nie werde ich seinen Ruf vergessen!«

Schon erkannte Jorim eine Bewegung im Nebel. Die weißen Schwaden wurden durcheinandergewirbelt, dann sah er mächtige rote Schwingen, die einen langen, schwarzen Körper durch die Lüfte trugen. Zwei gewaltige, mit roten Hörnern versehene Köpfe wurden sichtbar, die aus dem schlangengleichen Rumpf herausragten. Drei lange, mit roten Dornen bestückte Schwänze schlugen durch die Luft. In einem der Mäuler hielt der Gulvar etwas von der Gestalt eines Baumes gepackt. Schnell erkannten die drei, dass es sich nicht um einen Baum handeln konnte – denn dieser würde nicht zappeln und um sein Leben ringen. Es war die Kreatur aus dem Sumpf. Eben noch Jäger, war sie nun selbst zum Gejagten geworden.

Aber dort draußen war noch etwas: Ein weiteres Wesen zerteilte plötzlich den dichten Nebelschleier, der über diesen Sümpfen trieb. Mächtige Flügelschläge peitschten die Winde, sodass selbst hier unten auf dem kleinen Hügel, wo Jorim, Bronn und Yrm sich niederkauerten, das Gras platt gedrückt wurde. Ein blauer Schemen glitt durch das Weiß, leise und schnell. Abrupt änderte der Gulvar seine Flugbahn, doch da prallte ihm sein Verfolger schon in die Seite. Mit unglaublicher Wucht wurde der Gulvar aus seiner Flugbahn gerissen. Seine Köpfe ruckten herum, woraufhin die baumartige Sumpfkreatur, die er gepackt hielt, in hohem Bogen durch die Luft geschleudert wurde und im Nebel verschwand.

»Ein Drache!« Bronns Stimme war von Ehrfurcht erfüllt, und auch Yrm starrte wie gebannt in die Höhe.

Nur flüchtig konnte Jorim die beiden Kontrahenten am Himmel beobachten. Er sah noch, wie sich die Flügel des Drachen um den Gulvar schlangen, dann verschwanden die Giganten in den tief hängenden Wolkenschleiern. Zu gerne hätte Jorim den Drachen eingehender betrachtet, auch wenn ihm die Knie schlotterten.

»Weiter«, hörte er Bronn sagen. »Wir sind hier nicht sicher!«

»Wir sind in dieser Gegend nirgends sicher«, korrigierte Yrm.

Wie um seine Worte zu bestätigen, ertönte wieder ein Brüllen. Es kam direkt vom Himmel, und die Nebelschwaden flammten rot und gelb auf, als ob sie brennen würden.

»Los!«, zischte Yrm und erhob sich. Jorim und Bronn zögerten keinen Lidschlag lang und folgten ihm.

»Wir sind die Vanuren, Enna aus Westendtal.« Urwins Stimme klang nun verzerrt, als würde er unter Schmerzen sprechen. Dennoch schallte sie über die Lichtung, hallte wiederholt von den grauen Stämmen der Bäume wider.

»Todesschreie im Moor, Fäulnis im Schlamm, die Verderbnis in Busch und Baum«, höhnte Urwin, und aus seinem Mund quoll Blut, »all das sind wir!«

Enna riss die Augen auf, als Urwin auf sie zutrat und sie sah, dass die aufgekratzte Stelle an seinem Arm sich vergrößert hatte. Es war, als habe sich seine Haut umgestülpt, das schlammfarbene Hemd war verschwunden, und bald war jegliche Haut rohem Fleisch gewichen. Urwins Brust war offen, sie konnte bleiche Rippen erkennen und sogar sein Herz schlagen sehen. Übelkeit stieg in Enna auf, sie fiel auf die Knie und übergab sich.

Doch damit nicht genug: Überall auf der Lichtung ging der gleiche grausige Prozess vor sich. Die Luft, welche die merkwürdigen Büsche mit den blauen Blüten umgab, begann zu flirren, und aus den Sträuchern wurden Menschen. Doch rasch veränderten sie sich und nahmen andere Gestalten an. Bei vielen war es wie bei Urwin: Ihre Haut stülpte sich nach innen, rohes Fleisch nach außen. Manche mutierten zu wolfsähnlichen Kreaturen, andere glichen riesigen Bären oder Wesen, die Enna noch nie gesehen hatte. Alle jedoch hatten eines gemeinsam: offene blutige Stellen, die aussahen wie frische Wunden. Vielleicht handelte es sich um eine unvollständige Wandlung.

»Blut zu Blut, Fleisch zu Fleisch! Nähre uns, denn wir sind die Vanuren«, erklangen nun emotionslose Stimmen auf der Lichtung. Es war wie ein einschläfernder Singsang, und Ennas Mund wurde trocken. Ihr Herz raste, schlug ihr bis zum Hals.

Dann wandte sie sich ab und rannte los, doch nach wenigen Schritten versperrte ihr ein Vanure den Weg. Wie ein Bär, dessen weißes Fell blutüberströmt war, baute er sich auf seinen Hinterläufen vor ihr auf. Enna wollte in die andere Richtung fliehen, dieses Mal allerdings verstellte ihr jene groteske Figur den Weg, die eben noch Urwin gewesen war.

»Heile unsere Wunden, mach uns ganz mit deinem Blut!«, forderte er. »Nähre uns!«

Gebannt starrte Enna auf sein Herz, das heftig in seiner Brust schlug. Wie ein Mensch, dem die Haut vom Leib gerissen worden war, zuckte und wand sich die Kreatur, als würde sie Schmerzen leiden. Und sie kam näher, streckte eine Hand mit gekrümmten Fingern nach ihr aus. Doch in diesem Augenblick zischte plötzlich etwas an Ennas

Ohr vorbei. Es war ein Pfeil – und dieser steckte nun in Urwins Herzen. Kurz schlug es weiter, dann wurde es langsamer und hörte schließlich ganz auf. Seine stechend blauen Augen wurden glasig, und endlich sackte der Vanure zusammen.

Chaos brach aus. Schaurig heulten und kreischten die anderen Vanuren auf, rasten auf Enna zu. Diese sah sich hektisch um, und jetzt erkannte sie, wer ihr zu Hilfe eilte: Eine schlanke Frau mit schwarzem Haar schoss einen Pfeil nach dem anderen ab, und ein hochgewachsener Mann mit einer auffallend schmalen Schwertklinge schritt geschmeidig durch die Reihen der schrecklichen Kreaturen hindurch. Enna wusste nicht, wer sie waren. Sie ähnelten Menschen, doch sie waren größer. Ihre Gesichtszüge waren feiner, und ihre Bewegungen erinnerten an Gras, das sich auch im Sturm auf sanfte Weise wiegt.

Die Frau kam nun auf sie zu, zog einen langen Dolch und warf sich zwischen Enna und einen angreifenden Vanuren. Rasch schnellte ihre Waffe nach vorn und stach ihn nieder. Ein anderer Vanure stürzte sich auf sie; er erinnerte Enna an einen Raubvogel. Er richtete sich auf, schlug mit den Flügeln; seine nach vorne schlagende Klaue wurde plötzlich länger und raste auf die Kehle von Ennas Retterin zu. Ehe die Kreatur jedoch Schaden anrichten konnte, war der schwertschwingende Krieger herbeigeeilt und trennte die Klaue der Bestie mit seiner langen, schmalen Klinge ab. Mit einem weiteren Hieb streckte er den Feind nieder und wandte sich dem nächsten zu. Noch nicht oft hatte Enna Kämpfende beobachtet, doch bezweifelte sie, dass es viele Krieger gab, die mit derartiger Schnelligkeit und Eleganz fochten. Geschmeidig bewegte sich der Mann zwischen seinen Angreifern hindurch, ganz gleich von welcher Gestalt sie gerade waren. Seine Klinge war kaum noch zu erkennen, war zu einem flirrenden Schemen geworden, der eine Spur aus Blut und sterbenden Leibern hinter sich herzog. Keiner der Vanuren kam auch nur in die Nähe von Enna und der fremden Frau. Alle starben eines raschen Todes.

»Zurück!«, rief der Mann. Die Frau nickte. Sie steckte ihren Dolch wieder weg, und während sie Enna mit sich zog, tötete sie einen weiteren Vanuren mit einem Pfeil.

Plötzlich hielt sie mitten in der Bewegung inne und blickte nach oben. »Da ist etwas«, flüsterte sie. »Gwendalon, zur Seite!«, schrie sie dann laut. Doch der Krieger reagierte bereits und hechtete nach links.

Nur einen Atemzug später schlug etwas Gewaltiges auf dem Boden auf und begrub mehrere Vanuren unter sich. Für Enna sah es aus wie ein Baum – doch er bewegte sich, und Münder, die aussahen wie Vogelnester, schnappten in alle Richtungen. Enna hatte nicht die geringste Ahnung, woher dieses groteske Ungeheuer plötzlich gekommen war.

Die Verwirrung ausnutzend, eilten Enna und ihre beiden Retter zum Rand der Lichtung. Dort schlüpften sie unter den Ästen hindurch und rannten so schnell sie konnten. Enna hatte keine Ahnung, ob die beiden wussten, wohin sie gehen mussten, aber sie war einfach nur froh, von der schrecklichen Lichtung wegzukommen. Ab und zu hielten ihre Begleiter an, schlossen die Augen und lauschten, betasteten den Boden oder legten eine Hand an einen Baum.

Irgendwann lichtete sich der Nebel, und am Himmel wurde ein leuchtender Ball sichtbar. Die Sonne hatte den Zenit schon lange überschritten, als es den dreien gelang, den Sumpf zu verlassen.

Hier war der Boden nun fester, die Vegetation spärlicher, doch sahen die langen, harten Gräser deutlich gesünder aus. Am Rande eines Dickichts machten sie schließlich – sehr zu Ennas Erleichterung – halt.

24. NEUE FREUNDE

Enna ließ sich ins hohe Gras plumpsen, und endlich hatte sie Zeit, sich ihre Retter genauer anzusehen. Der Mann mit dem Haar, das aussah, als sei es aus Mondlicht gewoben, war extrem hochgewachsen. Enna schätzte ihn auf beinahe sieben Fuß. Sein Gesicht war schmal, mit markanten Wangenknochen, die Kiefermuskulatur ausgeprägt, was ihm etwas Energisches verlieh. Seine grünen Augen suchten die Umgebung ab, während er mit ein paar Handgriffen eine lederne Schwertscheide von seinem Rücken löste und diese an seinem Gürtel befestigte. Nach einer Weile entspannte er sich und steckte die Klinge weg.

Die Kriegerin war einen halben Kopf kleiner als er, ihr Haar schwarz wie die Nacht, und ihre Gesichtszüge wirkten so fein und zart wie die Blüten der Auenlilie. Nicht nur die sanft geschwungenen Augenbrauen und die vollen Lippen versetzten Enna in Erstaunen, sondern auch die filigranen, leicht spitz zulaufenden Ohren, die aus ihren Haaren hervorlugten.

»Wer seid Ihr?«, fragte Enna.

Die Frau ging vor ihr in die Hocke und lächelte. Ganz anders als bei den Vanuren strahlten ihre dunkelblauen Augen Wärme aus. »Verzeih«, sagte sie leise und mit sanfter Stimme. »In all der Aufregung haben wir uns noch nicht vorgestellt. Ich bin Alvendorah, jüngste Tochter aus dem Hause Enduriel. Und das«, sie deutete mit einer schlanken Hand auf ihren Begleiter, »das ist Gwendalon Andoah, oberster Behüter meiner Familie. Du brauchst uns aber nicht so förmlich anzureden.«

Ennas Blick wanderte zwischen den beiden hin und her. Der Behüter schwieg. Er hatte die Arme vor der Brust verschränkt und hielt mit wachem Blick nach Gefahr Ausschau.

»Ihr seid keine Menschen, nicht wahr?«, stellte Enna fest.

Während Gwendalon Enna einen verwunderten Blick zuwarf, schmunzelte Alvendorah und schüttelte schließlich den Kopf.

»Wir sind Nordelfen, und unsere Heimat ist Eren-Umdil.«

Enna konnte es kaum glauben. Noch nie in ihrem Leben hatte sie Elfen gesehen! Nicht einmal die Elfen Eren-Danans. Lediglich Menschen hatte sie zu Gesicht bekommen, und die erschienen ihr, nun da sie Alvendorah gegenübersaß, beinahe ebenso hässlich wie Ghule.

Mit einem Mal erinnerte sich Enna wieder an ihre Manieren. »Danke!«, sagte sie schnell und errötete. »Ohne euch wäre ich tot.«

»Mut und Dummheit sind oft parallele Pfade, die in den Tod führen«, raunte Gwendalon, und Enna blickte irritiert zu ihm auf. Hatte er sie gerade als dumm bezeichnet?

»Oder trinken aus derselben Schale, ich weiß, Gwendalon«, entgegnete Alvendorah und hob beschwichtigend die Hand. »Vergib ihm«, bat sie, »Gwendalon verfügt über so viele Weisheiten, und er geizt nicht damit, wenn es darum geht, sie mit anderen zu teilen.«

Enna nickte, auch wenn sie Gwendalons Reaktion nicht ganz verstand. »Ich danke euch dennoch«, wiederholte sie. Alvendorah deutete ein leichtes Nicken an, erhob sich und wandte sich an ihren Gefährten.

Nach einem kurzen Wortwechsel neigte der große Elf ein wenig den Kopf, wirkte aber äußerst widerwillig. Schließlich verschwand er, so leise und schnell, wie sonst nur ein Schatten über das Gras huscht.

»Wohin geht er?«, wollte Enna wissen.

»Zwei von deiner Art sind dir auf der Spur, und ein Mensch ist auch bei ihnen. Gwendalon wird sie zu uns führen.«

Als hätte sie auf einem Ameisenhaufen gesessen, sprang Enna auf. »Jorim!«, rief sie laut aus, und Freude durchflutete sie. Er hatte sich ihr also doch angeschlossen.

Alvenorah legte eine schlanke Hand auf Ennas Schulter und drückte sie sanft nach unten. »Sie werden bald hier sein. Und sorge dich nicht, es geht ihnen gut. Zwar hatten sie eine Auseinandersetzung mit einer Kreatur des Sumpfes, doch schnelles Handeln ihres menschlichen Begleiters hat sie gerettet.«

»Also habe ich mich doch nicht geirrt«, murmelte Enna in sich gekehrt und sah nachdenklich in Richtung des Moores. »Der Schrei im Sumpf.« Erschrocken blickte sie zu Alvendorah auf. »Wurde Jorim dabei verletzt?«

»Nein. Niemand wurde verletzt«, erklärte die Elfe ihr beruhigend, während sie sich neben sie ins Gras setzte. »So viel wissen wir. Doch mussten wir uns entscheiden, wem von euch wir folgen sollten. Wir haben uns für dich entschieden, denn du warst in weitaus größerer Gefahr.«

Allmählich entspannte sich Enna ein wenig. Jorim war hier, und es ging ihm gut. Das war die Hauptsache!

»Wird Gwendalon sie auch wirklich aufspüren können?« Es war Enna ein Rätsel, wie die Elfen sich hier in dieser Gegend zurechtfanden. Sie allein wäre hoffnungslos verloren, würde wohl niemals wieder aus diesem unwirtlichen Land herausfinden.

Alvendorah schlug die Beine unter und legte ihren Bogen auf ihre Knie. »Ja, das wird er. Die Natur weist uns den Weg«, erklärte sie. »Wir fühlen den Wind, erkennen, in welche Richtung sich das Gras neigt. Wir erspüren den langsamen Pulsschlag der Bäume, indem wir ihre Borke berühren, und spüren den Lebensrhythmus der Erde unter unseren Füßen.« Wieder warf Alvendorah ihr dieses aufheiternde Lächeln zu. »Wir sind mit allem verbunden. So können wir niemals verloren gehen.«

Enna schaute die Elfe fasziniert an. Was sie sagte, klang fremd in ihren Ohren, aber auch schön, und sie glaubte ihr jedes Wort.

»Was tut ihr eigentlich hier in den Südlanden? Ich meine, ihr seid doch Nordelfen.«

Alvendorahs Gesichtszüge wurden wieder ernst. »Unsere Brüder und Schwestern aus Eren-Danan sind zu uns geflohen, und auch viele vom Volk der Menschen.« Ihre feinen Augenbrauen zogen sich zusammen und traurig senkte sie nun den Blick. »Zumindest jene, die nicht getötet wurden. Die Fackelträgerinnen hätten die Südlande unterjocht, hieß es. Gwendalon und ich sind ausgezogen, um zu sehen, ob auch den Nordlanden Gefahr droht.« Sie hob den Kopf und musterte Enna.

»Es droht Gefahr für die Nordlande«, bestätigte Enna. Sie erzählte Alvendorah von den Plänen der Erinyen, von Westendtal aus in die Nordlande überzusetzen und sie mithilfe der Ghule zu unterjochen. Auch die Suche nach Bronn Sternenfaust und ihre Idee, die Drachen um Hilfe zu bitten, sparte sie nicht aus. Alvendorah hörte aufmerksam zu, und als Enna geendet hatte, nickte sie bedächtig.

»Vieles von dem wissen Gwendalon und ich bereits. Wir haben einige eurer Gespräche belauscht.« Alvendorah berührte Enna kurz am Arm. »Vergebt uns! Dies war nicht sehr höflich, doch notwendig für uns, um zu verstehen.«

Enna runzelte die Stirn. Plötzlich erinnerte sie sich an den Pfeil, der eine Erinya während der Flucht aus der Mine niedergestreckt hatte. »Der Pfeil bei der Silbermine«, sagte sie leise. »Das wart ihr?«

Alvendorah nickte. »Wir waren stets in eurer Nähe. Sehr zu Gwendalons Ärger. Ginge es nach ihm, wären wir bereits zurückgewandert, um uns auf den Angriff aus dem Süden vorzubereiten.«

»Und ihr wäret gut damit beraten«, erklang plötzlich eine vertraute Stimme. Enna wandte den Kopf. »Bronn?«

Tatsächlich kam der ergraute Halbling auf sie zu, und direkt hinter ihm schob sich noch jemand aus dem Gebüsch.

»Jorim!«, rief Enna erfreut. Jetzt konnte sie nichts mehr halten. Sie sprang auf, stürmte auf ihren Bruder zu und umarmte ihn. »Jorim«, flüsterte sie noch einmal und vergrub ihr Gesicht in seinen Locken.

»Schon gut, Enna. Du drückst mir ja die Luft ab«, beschwerte er sich nach einer Weile. »Dagegen war der Schlund des Sumpfmonsters eine zärtliche Umarmung.« Langsam schob Jorim Enna von sich und betrachtete sie von oben bis unten. »Geht es dir gut?«

»Ja. Die Elfen haben mich gerettet.«

»Ich weiß. Der riesige Elf mit den hellen Haaren hat uns alles erzählt.«

»Aber du«, Enna beäugte Jorim von oben bis unten, »du siehst schmutzig aus.«

Jorim grinste nur schief und wollte etwas erwidern, da stand plötzlich Gwendalon neben Enna, und dann war da noch jemand. »Yrm?«

»Ja, ich bin's«, grummelte der Mann, während er näher trat, jedoch nicht ohne Gwendalon misstrauisch zu beäugen.

»Yrm und Bronn sind Freunde«, klärte Jorim Enna auf. Allerdings zuckte ihr Bruder nur mit den Schultern, als Enna ihn fragend ansah, und schwieg.

Schließlich gesellten sie sich zu Alvendorah, die sich nun erhob. Wie gebannt starrten Yrm und Jorim und sogar der alte Bronn Sternenfaust auf die Elfe, und auch Enna musste zugeben, dass sie schön war wie ein Frühlingsmorgen und dabei so geheimnisvoll wie die Tiefen des Ozeans.

»Setzt euch«, sagte sie und machte eine einladende Handbewegung.

Ihre melodische Stimme schien die drei aus ihrer Erstarrung zu reißen, und so ließen sie sich auf dem Gras nieder. Nur Gwendalon blieb wieder einmal stehen, sein ernster Blick suchte ständig die Umgebung nach drohender Gefahr ab.

Aufgeregt erzählten Jorim und Enna einander, was sie zwischenzeitlich erlebt hatten. Alvendorah lauschte schweigend den Berichten.

»Du und Yrm, ihr kennt euch wirklich?«, wandte sich Enna schließlich an Bronn.

»Yrm gehörte zu jenen Menschen, die mich nach meiner Begegnung mit dem Gulvar und dem Sturz in die Tiefe an dem Flussufer fanden.«

»So war es«, stimmte Yrm ihm zu. »Wir sahen zum ersten Mal einen Halbling und brachten ihn in unser Dorf, wo wir ihn gesund pflegten. Später sagte er uns, sein Name sei Elgo.« Yrm zog eine Augenbraue empor und legte den Kopf schräg. »Offensichtlich hast du uns angeschwindelt«, stellte er fest, doch es lag keine Anklage in seinen Worten.

Bronn blickte ein wenig betreten drein. »Ich schämte mich meines Namens wegen«, erklärte er, und dann erzählte er Yrm, wer er wirklich war.

»Ich mache dir keinen Vorwurf, alter Freund«, meinte Yrm, nachdem Bronn geendet hatte. »Am Ende sind es nicht unsere Namen, die uns verbinden, sondern unsere gemeinsamen Erlebnisse.« Yrm senkte kurz den Kopf, dann holte er tief Luft, so als müsse er Kraft sammeln, ehe er weiterreden konnte. »Sie kamen im Morgengrauen«, fuhr er plötzlich fort. »Wie gewaltige Leuchtkäfer, die über einem Meer aus Gras schweben, sahen die Fackeln der Erinyen aus der Ferne aus. Ein fauliger Geruch traf unsere Nasen, dann schlugen sie auch schon zu.«

»Ghule!«, flüsterte Jorim.

»Ja, stinkende Ghule«, bestätigte Yrm und spuckte angewidert aus. »Plötzlich waren sie mitten unter uns. Panik brach aus, alle rannten schreiend durcheinander. Ich packte meine Frau und meine beiden Kinder, wollte sie in Sicherheit bringen.« Yrm brach ab, man sah, dass das Sprechen ihm schwerfiel. Sein Blick glitt in die Ferne, wo die untergehende Sonne einen rötlichen Schimmer auf die Gipfel der

Suravan-Berge zauberte. Enna bemerkte, dass Yrms Augen feucht wurden, als er weitererzählte. »Wir rannten durch das Chaos. Drei Ghule versperrten uns den Weg. Da erschien Elgo … also, ich meine … Bronn, an meiner Seite. Einer seiner Dolche streckte den ersten Ghul nieder, die beiden anderen zögerten.« Yrm kniff die Augen zusammen und schüttelte den Kopf. »›Wollt ihr nicht zartes Menschenfleisch kosten‹, säuselte da eine Stimme hinter uns. Es war eine Erinya. Voller Arroganz kam sie näher und riss sich die Kapuze vom Kopf. Kurz glaubte ich, Schönheit zu erblicken – dann kam das Grauen über mich. Ihre Bosheit, ihre Hässlichkeit kann ich nicht in Worte fassen. ›Kostet!‹, schrie sie den Ghulen zu, denn auch diese wanden sich unter dem Blick der grauenhaften Gestalt. Doch am Ende gehorchten sie. Sie stürzten sich auf meine Kinder, Bronn und ich stellten uns dazwischen. Die Ghule jedoch schleuderten uns mühelos zur Seite. Lia, meine Frau …« Mit tränenerstickter Stimme wandte Yrm sich ab. Es war ihm unmöglich weiterzureden.

»Lia warf sich vor der Erinya auf die Knie«, fuhr Bronn an seiner Stelle fort. »Sie flehte sie an, ihre Kinder zu verschonen. ›Gnade sei dir gewährt‹, erwiderte die Erinya und lachte dabei.« Bronn zögerte einen Moment. »Das Schlimmste war der Hoffnungsschimmer in Lias Augen.« Bronn fuhr sich mit beiden Händen übers Gesicht. »Hoffnung«, flüsterte er. »Wie trügerisch sie doch sein kann.«

Unbehaglich richtete Enna sich auf. »Was geschah dann?«

Bronn sah sie an, und auch in seinen Augen glitzerten nun Tränen. »Gleißend hell leuchtete die Fackel der Erinya auf, als sie sie durch Lias Brust trieb. ›Dies ist die Gnade einer Erinya‹, zischelte sie wie eine Schlange.«

Schweigen senkte sich über die Gruppe, und auch Enna betrauerte Yrms Verlust. Selbst Gwendalons Aufmerksamkeit galt in diesem Augenblick nicht mehr der in Dunkelheit versinkenden Landschaft. Sein Blick ruhte kurz auf Yrm, doch Enna hätte nicht sagen können, was genau in dem großen Elfenkrieger vorging.

»Und die Kinder?«, fragte Jorim leise.

Bronn aber legte nur einen Finger an die Lippen und schüttelte leicht den Kopf. Alle wussten, was er damit sagen – oder eben nicht sagen – wollte.

»Ich habe es gesehen«, unterbrach Yrm nach einer Weile die Stille.

»Ich habe alles gesehen. Und es gab nichts, was ich tun konnte. Also rannte ich. Ich rannte so lange, bis ich irgendwann in einen Wald kam. Ich wollte den frischen Duft des Waldes riechen, versteht ihr?« Keiner sprach ein Wort. »Ich wollte den Anblick zerfetzter Leiber aus meinem Kopf und den Geruch verbrannten Fleisches aus meiner Nase bekommen. Doch es gelang mir nicht. Ich ging in die Suravan-Berge, um zu sterben, aber auch das konnte ich nicht!«

Enna glaubte, Yrm nun ein wenig besser verstehen zu können. Anfangs hatte sie sich gefragt, weshalb er sie trotz aller Gefahr einfach so begleitet hatte. Jetzt jedoch kannte sie den Grund: Es war ihm egal, was mit ihm geschah. Vielleicht hatte er, als er sich dazu entschieden hatte, sie zu führen, sogar gehofft, endlich den Tod zu finden.

»Schreckliche Dinge gehen vor sich in den Südlanden«, sagte Alvendorah leise. Ihre Stimme war wie der Wind, der sachte über die Ähren der Gräser streicht. Sie blickte zu Gwendalon auf, und ihr Blick war fordernd, wie Enna fand. Doch auch Zuneigung konnte sie darin erkennen. »Und wir müssen ihnen ein Ende bereiten.«

Gwendalons eben noch harte Gesichtszüge wurden ein wenig weicher. »Ihr kennt meine Meinung dazu. Selbst der Halbling«, er deutete auf Bronn, »hat eben angemerkt, dass wir besser daran täten, heimzukehren und eine Armee aufzustellen, um uns auf den Feind vorzubereiten.«

»Warum habt ihr das nicht längst getan?«, wollte Jorim wissen.

»Weil ich es vorgezogen habe, euch beizustehen«, erklärte Alvendorah. Der Blick, den sie nun Gwendalon zuwarf, hatte etwas Trotziges an sich.

»Aber ihr hättet mit eurem Heer in die Südlande übersetzen können, um zu verhindern, dass Erinyen und Ghule überhaupt erst einen Fuß in euer Land setzen.« Bronns Überlegung hatte etwas Wahres an sich, aber Alvendorah schüttelte den Kopf. »Läge es an mir, zu entscheiden und die Nordelfen zu führen, wäre es vielleicht so geschehen. Doch mein Vater würde niemals so handeln. Er würde ein Heer nie so weit nach Süden entsenden und Eren-Umdil schutzlos zurücklassen.«

»Dein Vater?«, fragte Enna.

»Mein Vater, ja. Talahil Enduriel, der Herrscher der Nordelfen.« Jorim sog hörbar die Luft ein, schwieg aber.

»Ganz gleich, wie Talahil entscheiden würde, es ist zu spät dafür, ein solch großes Heer in den Süden zu entsenden«, gab Gwendalon zu bedenken. Er ließ sich neben Alvendorah nieder und nahm ihre Hand in seine. »Alvendorah«, sagte er, und seine Stimme nahm nun einen weicheren Klang an. »Ich werde Euch begleiten, solange, bis wir diese Suravan-Berge wieder überquert haben. Dann jedoch muss mich mein Weg nach Eren-Umdil führen. Die Elfen *müssen* Vorbereitungen treffen. Bitte, Ihr müsst dann mit mir kommen.«

Alvendorah schloss kurz die Augen, dann öffnete sie sie wieder. »Wir werden sehen.«

Gwendalon seufzte leise, schließlich aber nickte er und erhob sich. »Die Nacht zieht herbei. Wir sollten bis morgen warten, ehe wir weitergehen. Ich werde über euch wachen.« Schon ging er davon, verschwand leise und schnell im Unterholz.

Gwendalon hatte recht. Es wurde dunkel und die Luft kühler. Enna fröstelte und rieb sich die Oberarme. So saßen die fünf im Kreis und warfen immer wieder unbehagliche Blicke in die hereinbrechende Finsternis.

»Ich möchte nicht mit Gwendalon tauschen«, meinte Jorim irgendwann.

»Es gibt Schlimmeres als den Tod«, sagte Yrm leise und starrte vor sich ins Leere. Eine Antwort schien er nicht zu erwarten. Doch Bronn drückte ihm kurz die Schulter.

»Was auch immer sich da draußen befindet«, erklärte Alvendorah mit einem Schmunzeln, »es sollte sich vor Gwendalon in Acht nehmen. Gwendalon ist Gefahr.«

Jorim und Bronn runzelten die Stirn, als wollten sie dies nicht so recht glauben. Enna meinte, nun ein flüchtiges Erröten auf Alvendorahs Wangen zu erkennen.

Tatsächlich kramte die Elfe – sichtlich verlegen, wie Enna fand – in ihrer Tasche herum, und holte schließlich etwas hervor, das wie Brot aussah. Sie brach es in mehrere Stücke und reichte es den anderen.

»Was ist das?« Neugierig beugte sich Jorim nach vorn und beäugte die etwas klebrig anmutende Elfenkost.

»Alvendorahs Zauber«, erklärte Alvendorah und musste lachen. »Meine Erfindung! Es sind Nüsse, getrocknete Früchte, Blütenstaub und Bienenhonig.«

»Doch nicht etwa der Honig von Terrorbienen?«, fragte Bronn. »Der ist nämlich giftig!«

Abrupt hielt Jorim mit dem Kauen inne, denn er hatte sich bereits ein großes Stück in den Mund geschoben.

»Nein, gewiss nicht«, beruhigte ihn Alvendorah.

Zufrieden aß Jorim weiter. »Schmeckt vorzüglich«, sagte er mit vollem Mund.

Alvendorah verneigte sich erfreut. »Danke, werter Jorim.«

So ließen sie sich Alvendorahs Zauber schmecken, unterhielten sich leise und hofften auf einen baldigen Morgen.

Nicht weit entfernt hielt Gwendalon Andoah Wache. Auch die Nacht hielt ihn nicht davon ab, seine Umgebung zu beobachten. Mühelos durchdrangen seine scharfen Elfenaugen das Dunkel, und keine Bewegung blieb ihm verborgen. So entdeckte er auch das Wesen, das sich gleich einem verdichteten Schatten dem kleinen Lager näherte. Geräuschlos schlich Gwendalon auf die Kreatur zu, die sich auf vier Beinen fortbewegte. Der Raubtierkörper war kräftig und erschien Gwendalon fast schon graziös, doch der Kopf, der dem eines Menschen glich, verunstaltete die Kreatur auf absonderliche Weise. Absichtlich trat Gwendalon auf einen Ast. Es knackte laut. Schnell wirbelte das Wesen herum, sein Maul öffnete sich zu einem leisen Fauchen, dann griff es an. Blitzschnell schoss es auf Gwendalon zu, fuhr Pranken aus, groß und tödlich. Doch in dieser Nacht war Gwendalon der Jäger. Der Elf glitt nach links und verschmolz mit den Büschen. Seine Klinge sauste durch die Luft, durchschnitt Sehnen und Muskeln, als handle es sich um Wasser. Die Kreatur starb rasch, war tot, noch bevor sie auf dem Boden aufschlug.

Es waren tödliche Ungeheuer, die in dieser Gegend lebten. Gwendalon würde auf der Hut sein müssen, wenn er Alvendorah wohlbehalten hier herausbringen wollte.

Doch was ihn noch mehr erstaunte, waren die Wesen des Himmels. Hoch oben zogen immer wieder die zweiköpfigen Kreaturen, welche die Halblinge in ihrer Sprache als Gulvaren bezeichneten, ihre Kreise. Es waren jedoch nur wenige Drachen zu sehen. Viel zu wenige, wie Gwendalon fand.

25. KAMPF AM HIMMEL

Den Magen voll mit Alvendorahs Zauber und in der Gewissheit, von einem mächtigen Krieger bewacht zu werden, wachte Enna einigermaßen zufrieden und ausgeruht auf. Natürlich kannte sie die beiden Elfen nicht, wusste kaum etwas von ihnen, und es wäre möglich gewesen, dass die zwei ihre eigenen Ziele verfolgten. Aber ihr Gefühl sagte ihr, dass sie zumindest Alvendorah vertrauen konnte, denn die schwarzhaarige hochgewachsene Elfe hatte sie schließlich über viele Meilen verfolgt und ihnen schon zweimal das Leben gerettet. Auf Enna wirkte sie aufrichtig und freundlich.

Auch von Gwendalon erwartete sie keine Gefahr. Doch war ihr dieser silberhaarige Krieger nicht ganz geheuer. Geheimnisvoll, ernst und tödlich stellte er eine beeindruckende Persönlichkeit dar, dennoch konnte Enna sich nicht vorstellen, mit ihm zu Hause unter dem Schutz eines Apfelbaumes gemütlich eine Pfeife zu rauchen und ein Pläuschchen zu halten. Für ihr Ziel hingegen, die Drachen zu finden, mochte er sich als durchaus nützlich erweisen. Nach einem kurzen Frühstück brachen sie rasch auf. Nur Yrm trat unruhig von einem Bein aufs andere. »Ich werde euch verlassen.«

»Wo willst du denn hin?«, erkundigte sich Bronn.

Der Mensch mit den braunen Locken rieb sich wieder einmal an der Wange und hob dann die Schultern. »Fort, durch die Berge ziehen, so wie ich es seit langer Zeit tue.«

»Möchtest du nicht versuchen, die Schatten deiner Vergangenheit abzuschütteln?« Bronn ging auf ihn zu und musterte ihn. »Die Einsamkeit lindert den Schmerz nicht. Komm mit uns. Es wird sicher nicht einfach werden, aber wenn du uns begleitest, uns dabei hilfst, die Drachen zu finden, dann tust du mehr Nützliches, als wenn du allein umherziehst.«

»Hmm.« Bedächtig kaute Yrm auf seiner Lippe, dann deutete er auf die beiden Elfen, die schweigend auf sie warteten. »Ihr habt nun bessere Begleiter als mich.«

»Noch niemals zuvor waren wir in diesen Bergen.« Alvendorahs sanfte Stimme war das genaue Gegenteil von Yrms rauem Ton. »Wir könnten dein Wissen brauchen.« Sie sah von ihm zu Bronn. »Euer beider Wissen. Denn wenn wir auch feinere Sinne haben als ihr und zu sehen vermögen, was euren Augen verborgen bleibt, so wissen wir nur wenig von den Geheimnissen der Suravan-Berge.«

»Niemand kennt alle Geheimnisse der Suravan-Berge«, grummelte Bronn, dann schlug er dem deutlich größeren Yrm auf den Rücken. »Dennoch hat die Elfe recht. Du bist der Einzige, der jemals zuvor hier war, und ich habe nur ein wenig über diese Gegend gelesen.«

»Die Elfe.« Sichtlich empört hob Gwendalon sein Kinn. »Dies ist Alvendorah Enduriel, Tochter des ...«

»Gwendalon«, unterbrach ihn Alvendorah sanft, »hier spielt das keine Rolle.«

»Richtig«, stimmte Yrm zu. »Ein Gulvar zum Beispiel macht da auch keinen Unterschied.«

»Nun gut. Nachdem dies geklärt wäre«, der Elf verbeugte sich huldvoll, »sollten wir uns auf den Weg machen.« Sein Blick wanderte zum Himmel. Düstere Wolken türmten sich im Süden auf, und der Wind hatte merklich aufgefrischt.

»Wirst du nun mit uns kommen?«, wollte Enna von Yrm wissen und blickte gespannt zu ihm auf.

Noch immer zögerte dieser und brummelte etwas in seine Hand, während er sich über den Bart strich.

»Wenn ich an deiner Stelle wäre, würde ich mitgehen«, riet ihm Jorim. »Denn dies ist *die* Gelegenheit zu helfen, die Herrschaft der Erinyen zu brechen und«, er zögerte einen Moment, »deine Familie zu rächen.«

»Ist Rache denn der richtige Weg?«, fragte Yrm.

»Sie hält dich zumindest am Leben, treibt dich an«, erklärte Bronn düster und starrte vor sich hin. Enna fragte sich, ob er gerade an Yrms Familie dachte oder ob etwas anderes auf seiner Seele lastete, wie das Schicksal seiner Gefährten.

»Welchen Weg wir auch beschreiten, er sollte uns eines Tages nach Hause führen.« Alvendorah sah Yrm an, und in ihren Augen lag kein Drängen, kein Fordern.

Yrm schien kurz zu überlegen, doch schließlich nickte er.

»Vielleicht ist euer Weg doch der bessere.«

»Und ein gemeinsamer Weg ist stets dem einsamen vorzuziehen«, sinnierte Bronn und nickte auffordernd in südwestliche Richtung. »Sag, Yrm, ist es nicht dort hinter den Wäldern, wo der Bergkegel liegt, den man Drachenkrater nennt?«

»In der Tat. Dort sollte das Oberhaupt der Drachen zu finden sein.«

»Umso besser«, freute sich Jorim. »Man sollte mit dem Wirt sprechen, wenn man mehr Bier haben möchte, nicht mit dem Fassbinder.«

»Ha, ein sehr alter, aber immer noch kluger Spruch.« Bronn schlug Jorim kräftig auf den Rücken. »Dann auf zum Drachenkrater!« Der alte Halbling schulterte sein Bündel und stapfte los, und die anderen folgten ihm.

Wenig später überquerten sie ein kurzes Stück von Bäumen durchsetztes Grasland und gelangten schließlich in einen Wald. Laub- und Nadelbäume drängten sich dicht aneinander. Fast hätte es ein normaler Wald sein können, wäre da nicht diese Stille gewesen. Kein Vogel zwitscherte, und auch kein anderes Geräusch drang an die Ohren der Wanderer, die sich hier wie Eindringlinge vorkamen.

Dennoch war Enna von neuem Mut erfüllt. So gefährlich und beinahe aussichtslos es auch erschienen war, die Drachen zu finden, jetzt hatte sie Bronn und Yrm sowie die beiden Elfen an ihrer Seite, die sie auf sicheren Pfaden führen würden. Eine weitaus tiefer gehende Erkenntnis für das Halblingsmädchen war jedoch die Tatsache, dass sie sich nun, da Jorim wieder bei ihr war, irgendwie vollständiger und der bevorstehenden Aufgabe besser gewachsen fühlte.

»Enna, ich glaube, mit den beiden können wir es schaffen«, sprach Jorim ihre Gedanken aus, während sie Seite an Seite dahinstapften.

Sie lächelte ihrem Bruder zu. »Es ist schön, dass wir wieder zusammen sind.« Kurz fasste sie seine Hand.

Er erwiderte diese Geste der Zuneigung und drückte ihre Hand sanft. »Wir gehören doch zusammen.«

Auch heute stellte sich der Weg als gefährlich heraus. Zwar hatten sie den Sumpf hinter sich gelassen, doch auch in diesem Wald gab es einige tückische Stellen, in denen man versinken konnte. Glücklicherweise erkannten sie die mit Laub und Nadeln bedeckten Tümpel an ihrem fauligen Gestank und konnten sie so umgehen.

Enna fiel auf, wie häufig die Blicke von Gwendalon und Alvendorah über den Himmel wanderten, sobald sich eine Lücke in den Baumwipfeln auftat. Auch Enna spähte dann nach oben, doch abgesehen von den düsteren Wolken konnte sie nichts Beunruhigendes entdecken.

Schließlich beschleunigte sie ihre Schritte, drängte sich erst an Bronn und Yrm vorbei, die nacheinander den Elfen auf einem schmalen Wildpfad durch den Wald folgten, dann zupfte sie Alvendorah an ihrem Umhang. Die Elfe sah hinab zu Enna und lächelte ihr zu.

»Weshalb seht ihr ständig in den Himmel?«

»Hörst du es nicht? Siehst du nicht die Schatten über den Wolken?«

»Nein.« Enna legte den Kopf in den Nacken und sah angestrengt in die Höhe. »Ich dachte, die Regenwolken sind es, die euch beunruhigen.«

»Das ist es nicht, wenngleich Regen unseren Weg beschwerlicher machen würde. Aber lausch doch nur.« Auch die anderen waren nun stehen geblieben und folgten Ennas Blick, schienen jedoch ebenso ratlos zu sein.

»Also, wenn ich mich sehr anstrenge, glaube ich ein Geräusch zu hören. Eine Art Rauschen oder ...«. Enna winkte ab, »ich weiß es nicht genau.«

»Es erinnert mich an das Schlagen von Flügeln«, fügte Jorim hinzu. »Ähnlich wie das Schlagen von Drachenflügeln.«

»Es sind nicht Drachenschwingen, die dieses Geräusch verursachen«, erwiderte Gwendalon mit düsterer Miene. »Es handelt sich um Gulvaren. Sie bewegen sich hoch in den Wolken und beobachten das Land.«

»Du willst uns im Ernst weismachen, dass du auf diese Entfernung und durch Wolken und Bäume hindurch Gulvaren-Flügel von Drachenflügeln unterscheiden kannst?«, fragte Jorim.

»So ist es.« Missbilligend runzelte Gwendalon die Stirn, als sei es eine Beleidigung, seine Fähigkeiten anzuzweifeln.

»Es entstehen unterschiedliche Schwingungen in der Luft«, erklärte Alvendorah, während sie weiterliefen. »Drachenschwingen sind größer und gleiten deshalb durch die Lüfte. Die der Gulvaren hingegen schneiden eher peitschend durch Wolken und Himmel.«

»Puh, vielleicht bräuchten wir auch so spitze Ohren, um das zu hören.« Jorim blies die Backen auf, holte dann ein Stückchen von Alvendorahs Zauber aus seinem Beutel und biss herzhaft hinein.

»Es würde bereits helfen, nicht ständig mit Kauen beschäftigt zu sein«, rügte Gwendalon den Halbling und schüttelte tadelnd den Kopf.

»Man muss sehen, dass man bei Kräften bleibt«, erwiderte Jorim mit vollem Mund.

Kurz huschte ein Schmunzeln über Alvendorahs Gesicht, dann wurde sie wieder ernst. »Viel zu viele Gulvaren beherrschen dieser Tage den Himmel.«

»Und was ist mit den Drachen?«, fragte Enna atemlos. »Schließlich sind sie es, die wir finden müssen.«

»Um ehrlich zu sein, ich weiß es nicht«, gab die Elfe zu und strich Enna versonnen über den Kopf. »Seit wir hier sind, haben wir nur sehr wenige Drachen zu Gesicht bekommen.«

»Wir haben einen blauen gesehen«, warf Jorim ein und kletterte über einen umgekippten Baumstamm.

»Auch uns ist er nicht entgangen«, sagte Gwendalon. »Trotzdem scheint das Gleichgewicht unserer Welt aus den Fugen geraten zu sein. Mit den Erinyen und Ghulen sind die dunklen Mächte und damit auch die Gulvaren erstarkt. Durch den Sieg der Erinyen und die Unterwerfung und Vertreibung von Menschen und Elfen wurden die Drachen, die für die Mächte des Lichts stehen, geschwächt.«

»Das verstehe ich nicht«, sagte Enna verwirrt. »Also sind die Erinyen auch Schuld daran, dass die Gulvaren die Oberhand gewinnen?«

»Es ist nicht eine Frage von *Schuld*«, belehrte Gwendalon sie. »Das eine bedingt das andere. Gulvaren und Drachen spiegeln das allumfassende Gleichgewicht der Kräfte wider. Es mag so geschehen sein, dass es anfänglich den Gulvaren gelang, die Drachen zu dezimieren. Und das mag dazu geführt haben, dass sich das Gleichgewicht der Welt zugunsten der Erinyen verschoben hat. Alles ist untrennbar miteinander verbunden.«

»So etwas habe ich noch nie gehört«, gab Jorim zu, wobei er sich am Kopf kratzte. Und auch für Enna klangen Gwendalons Worte fremd.

»Die wenigsten wissen das«, räumte der Elfenkrieger ein, und nun legte sich ein Lächeln auf sein Gesicht, das seine grünen Augen freundlich strahlen ließ. »Sind die Schwingen dieser Wesen auch noch so stark, das Gleichgewicht, um das sie ringen, ist zerbrechlich wie der Flügel eines Schmetterlings.«

»Das ist mir zu kompliziert.« Jorim nutzte die Gelegenheit und setzte sich auf den Boden, doch Gwendalon sah ihn strafend an.

»Wir sollten weitermarschieren. Dort vorne wird der Wald lichter, und«, er machte die Augen schmal, »dahinter beginnt eine baumlose Ebene, und die sollten wir überqueren, bevor es zu regnen beginnt.« Offenbar konnte er erkennen, was Mensch und Halbling noch verborgen blieb.

Großen Schrittes machte er sich auf den Weg, und die kleinen Halblinge mussten sich beeilen, um ihm zu folgen.

»Bronn, hast du verstanden, was Gwendalon meinte?«, erkundigte sich Enna, während sie neben dem alten Halbling hereilte.

Dessen Brust hob und senkte sich heftig. »Ich bin mir nicht sicher«, antwortete er zögernd, »die Sichtweise der Elfen ist mir fremd. Dennoch glaube ich, in meinem Inneren spüren zu können, was er meint.«

»Das geht mir ähnlich«, stimmte Enna zu. »Aber ich könnte es nie in Worte fassen.«

Der große Elfenkrieger behielt recht. Schon bald hatten sie den Wald verlassen und standen nun auf einer von kurzem, hartem Gras bewachsenen Ebene. In der Ferne erhob sich der kegelförmige Berg – drohend, aber er war das Ziel ihrer Reise.

»Ich war schon einmal hier«, erklärte Yrm. »Wir sollten die Ebene im Osten überqueren. Als ich vor zwei Wintern versuchte, in der Nähe des Drachenkraters Schutz zu suchen, weil ich mich im Nebel verirrt hatte, nahm ich den Weg direkt nach Süden. Dort gibt es ein Gebiet, in dem gewaltige Echsen ihr Unwesen treiben. Sie verschlingen jeden, der ihnen und ihrer Brut zu nahe kommt. Außerdem ist der See, der den Drachenkrater umgibt, nur an einer Seite zu durchqueren«, Yrm strich sich einige Locken aus dem Gesicht und deutete nach links, »und das ist an der Ostseite. Dort ist das Wasser seicht, und man kann hindurchwaten – zumindest gelang mir dies damals.«

»Was hast du eigentlich dort gesucht?«, fragte ihn Jorim.

»Den Tod. Das habe ich doch bereits erzählt.«

Alle sahen Yrm verwundert, doch gleichzeitig voller Mitgefühl an.

»Wir sollten auf Yrm hören«, schlug Alvendorah vor.

»Zumindest haben sich endlich die Wolken verzogen«, bemerkte Jorim.

»Das ist nichts, was dich fröhlich stimmen sollte«, wandte Gwendalon ein.

»Und warum wundert mich das jetzt nicht?«, stöhnte Ennas Bruder. Als ihn der fragende Blick des Elfen traf, hob er die Schultern. »Dich scheint nichts aufheitern zu können.«

»Wenn sich die Wolken verziehen, können uns die Gulvaren besser sehen, und mich in deren Klauen zu befinden, würde mich in der Tat wenig erheitern.«

Mit einem verlegenen Grinsen räusperte sich Jorim. »Sag das doch gleich. Also gut, der blaue Himmel ist Borkenmist!«

»Borkenmist«, sagte Alvendorah lachend. »Dieses Wort habe ich schon häufiger von euch gehört. Was bedeutet es eigentlich?«

Für einen Moment stutzte Jorim, und auch Enna dachte kurz nach, bevor sie grinsend erklärte: »Also, wo genau es herstammt, weiß ich nicht. Wir Halblinge benutzen dieses Wort schon seit Generationen für eher unerfreuliche Dinge – Mist eben.«

»Im Grunde genommen handelt es sich hierbei um die Absonderungen von Borkenkäfern«, steuerte Bronn bei. »Und die können unter Umständen eine gewaltige Menge Mist verursachen und haben zu Generationen meines Urgroßvaters beinahe den gesamten Baumbestand in Westendweiler zerstört. Ich denke, aus dieser Zeit stammt unser Schimpfwort.«

»Nun sollten wir aber wirklich weiterreisen«, drängte Gwendalon. Aufmerksam suchten seine grünen Augen den Himmel ab, dann winkte er kurz und eilte voran.

Durch Alvendorahs Frage angestachelt, diskutierten die Halblinge nun weiter über die Herkunft zahlreicher Ausdrücke der Bewohner von Westendtal. Allerdings verstummten sie schon nach wenigen Schritten. Die Landschaft hatte sich verändert, war düsterer geworden. Die Ebene, die sie überquerten, war zwar mit Gras bewachsen, dennoch durchzogen breite Risse die Erde, als hätte es lange nicht mehr geregnet. Das Gras war extrem hart, und für die Halblinge war es äußerst unangenehm, mit ihren nackten Füßen darüber hinwegzulaufen. Auch die Suravan-Berge wirkten von hier aus höher und unüberwindlicher als von der Ebene in Arbor aus. Enna schien es, als hätte jemand gigantische Steinsäulen in die Erde gerammt und oben zugespitzt.

»Unheimlich, nicht wahr?«, flüsterte ihr Jorim zu. Ihr Bruder deutete nach vorne auf den Drachenkrater. Enna hatte den Berg bereits vom Pass aus betrachtet. Wie gewaltig er jedoch war, wurde ihr erst jetzt, da sie unmittelbar darauf zumarschierten, bewusst. Wären Wolken am Himmel gewesen, so wäre seine Spitze sicher von ihnen verdeckt worden.

»Seht euch nur die Hänge an«, rief Bronn verblüfft. »Dort müssen heftige Kämpfe getobt haben.«

Tatsächlich war der Kraterberg übersät mit Geröllawinen, aus denen die Stämme abgestorbener Bäume herausragten. Viele Stellen waren aufgerissen, und riesige Löcher und Höhlen klafften in den Seiten des Berges, die an im Schrei verstummte Mäuler erinnerten. Geborstene und teils verkohlte Gesteinsbrocken türmten sich übereinander oder steckten einfach im Berg, als hätte sie jemand mit ungeheurer Kraft dagegengeschleudert.

»Wie ein riesiger, verwitterter Grabstein«, flüsterte Enna, ohne den Blick vom Drachenkrater zu nehmen. »Ich bin froh, wenn wir hier wieder weg sind.«

»Es war deine Idee, nach den Drachen zu suchen«, erinnerte sie Jorim.

»Ich weiß, doch jetzt«, sie schlang die Arme um den Körper, »jetzt friere ich und kriege eine Gänsehaut.«

Bronn drängte sich zwischen die beiden und legte jedem eine Hand auf die Schulter. »Habt keine Angst! Stellt euch einfach vor, wie ihr alles, was ihr erlebt, irgendwann euren Kindern und Enkelkindern erzählen werdet.«

»Sofern wir hier lebend rauskommen«, murrte Jorim.

Bronn entgegnete nichts, tätschelte Enna und Jorim nur noch einmal aufmunternd die Schulter, bevor sie schweigend weiterwanderten.

Auf der Ebene kamen sie deutlich schneller voran als zuvor im Wald- und Sumpfland, dennoch trieb Gwendalon sie immer wieder zur Eile an. Enna hörte, wie er sich leise mit Yrm unterhielt. Die beiden führten nun die Gruppe an. Alvendorah folgte ihnen. Enna hörte sie zwar nicht, doch wann immer sie sich umdrehte, war die Elfenfrau hinter ihr, den Blick oft gen Himmel gerichtet. Den Bogen hielt sie griffbereit und würde ihnen falls nötig Deckung geben können.

»Hast du das Oberhaupt der Drachen schon einmal gesehen?«, wollte der Elf von dem Menschen wissen.

»Nein, aber ich hörte von der Legende. Bei den Menschen wurde sie so häufig erzählt, dass niemand es mehr für eine Legende hält.«

Nachdenklich fuhr sich der Elf durch sein Silberhaar. »Eine Legende – Legenden sind fragwürdig. Gulvaren und Drachen wahren das Gleichgewicht. Es würde mich wundern, wenn eine der Rassen einen Anführer hat.«

»Als ich damals Schutz am Drachenkrater gesucht habe, sah ich einen großen silbernen Drachen über dem Berg kreisen – den größten und mächtigsten, der mir jemals unter die Augen gekommen ist. Vielleicht war er ja der Anführer.«

»Vielleicht«, murmelte Gwendalon. »Wir werden sehen.«

Beinahe ohne Pause hasteten sie über die Ebene, da hielt Alvendorah plötzlich an.

»Wartet!«, sagte sie leise und deutete nach oben. »Gulvaren. Viele Gulvaren!«

Abrupt blieben alle stehen und spähten angstvoll in den Himmel. Auch Enna erkannte nun – weit oben im endlosen Blau – die Unheil verkündenden Schatten von Gulvaren. Schwarze Körper wanden sich schlangengleich durch die Luft, ihre Schwingen leuchteten blutrot in der untergehenden Sonne. Es mussten Hunderte ihrer Art sein, die dort kreisten.

»Wo sind denn nur die Drachen?«, flüsterte Jorim Enna zu, während er den Himmel absuchte.

»Vielleicht verstecken sie sich vor den Gulvaren.«

»Gut möglich«, überlegte Bronn und legte den Kopf in den Nacken. »Die Gulvaren fliegen sehr hoch. Fast könnte man meinen, sie hielten nach den letzten Drachen Ausschau.«

»Hauptsache, sie sehen uns nicht«, entgegnete Jorim.

»Darauf würde ich mich nicht verlassen«, machte Yrm diese Hoffnung zunichte.

»Gulvaren, verdammt seien sie!«, raunte Bronn und ballte die Fäuste.

»Lasst uns langsam weitergehen.« Yrm schob mit seinen Händen die Halblinge weiter, ohne den Blick vom Himmel zu nehmen.

Wenngleich sich die Himmelskreaturen in weiter Höhe befanden, so steigerte sich doch mit jedem Schritt Ennas Unbehagen. Sie war froh, als das Ufer des nachtschwarzen Sees in greifbare Nähe rückte. Kurz hielten sie an und stillten ihren Durst an einem kleinen Rinnsal, das sich seinen Weg durch das harte Gras bahnte. Im Westen wanderte die Sonne nun hinter die Gipfel, ließ jedoch das Bergmassiv noch einmal in einem verschwenderischen Rot und Gold erstrahlen.

»Diese Berge, so gefährlich und düster sie mir auch erscheinen mögen«, sagte Enna, »haben doch auch eine faszinierende Seite.«

»Alles hat verschiedene Seiten«, stimmte Alvendorah mit leiser Stimme zu. »Auch das todbringendste Wesen kann in manchen Augenblicken sanft und verständnisvoll sein.« Ihre Augen blieben kurz an Gwendalon hängen. Der große Elf war schon wieder für den Aufbruch bereit und wartete ungeduldig, bis die Halblinge getrunken hatten. »Ich würde ungern auf der Ebene nächtigen. Lasst uns Schutz am Krater suchen.«

»Es kann nicht mehr weit sein«, erklärte Bronn. »Also sollte es uns gelingen, vor Einbruch der Dunkelheit die Ebene hinter uns zu lassen.« Vorsichtig zog sich Bronn gerade einen Dorn aus seinem Fuß. »Noch gewährt uns die Sonne Licht. Lasst uns rasch weiterreisen.« Er erhob sich, und als wollte er sein Alter Lügen strafen, schritt er kräftig aus.

»Dieser Sternenfaust«, murmelte Jorim und schüttelte den Kopf. Auch Enna wunderte sich über die Ausdauer des alten Halblings. Fast kam es ihr vor, als würden die Gefahr und das Abenteuer seine Lebenskräfte wieder wecken. Obwohl ihre eigenen Füße heftig schmerzten, folgte Enna schließlich den anderen, ohne zu murren.

Sie waren noch nicht weit gekommen, als plötzlich etwas Sonderbares geschah. Ein Wind kam auf, wurde zum rasenden Sturm und brachte Wolken, die sich vor den verbliebenen hellen Schimmer am Horizont schoben. Mit einem Schlag wurde es dunkel, und das Land versank in Finsternis. Von einem Moment auf den anderen konnte man die Hand vor Augen nicht mehr sehen. Eisige Kälte fuhr ihnen durch die Kleider. Erschrocken klammerte sich Enna an Jorim.

»Was ist das?«

»Der Fluch der Suravan-Berge«, kam es düster aus Yrms Richtung. »Schon einmal habe ich ihn erlebt, doch die Gnade des Todes blieb mir verwehrt.«

»Yrm hat recht«, rief Bronn gegen den aufkommenden Sturm an. »Auch ich habe in einem alten Schriftstück gelesen, dass die Welt hier anderen Gesetzen folgt.«

»Das gefällt mir gar nicht. Alles gerät aus den Fugen.« Gwendalon klang äußerst besorgt. Dann spürte Enna eine große, schlanke Hand auf ihrer Schulter. Sie sah den Elfen nur noch schemenhaft vor sich.

»Fasst dieses Seil, damit wir uns nicht verlieren. Alvendorah und ich weisen euch den Weg.«

Für Enna war es erschreckend und unheimlich, beinahe blind durch die Gegend zu stolpern. Auf ihrem Weg in den Süden waren sie schon einmal mithilfe eines Seiles durch die Berge gelaufen, doch da war es Nebel gewesen, der ihnen die Sicht genommen hatte. Jetzt hingegen umhüllte sie nur alles verschlingende Schwärze. Kalt, bedrohlich und unaufhaltsam schien sie in ihre Seele zu dringen und sie zu umklammern. Enna fühlte sich, als würde sie in ein großes Nichts hineingezogen werden.

»Enna, geht es dir gut?«, erkundigte sich Jorim von hinten. Vermutlich wollte er sie aufmuntern, er klang dabei jedoch so kläglich, dass sie ihn am liebsten tröstend in den Arm genommen hätte.

»Ja, alles in Ordnung, ich …«

Ein Rauschen über ihren Köpfen ließ Enna innehalten. Gleichzeitig stießen die Elfen einen Warnschrei aus.

»Auf den Boden!«

Ein Feuerstrahl am Himmel erhellte die Dunkelheit, beleuchtete auf bizarre Weise die angstgeweiteten Augen von Jorim und Bronn. Alvendorah hielt ihren Bogen in der Hand und zielte nach oben. Kurz wurde es wieder dunkel, dann glommen erneut Flammen auf, enthüllten die Umrisse eines Drachen und eines Gulvaren, die ineinander verbissen durch die Luft schossen.

»Wir müssen hier weg!«, schrie Alvendorah. »Wenn sie abstürzen, begraben sie alles unter sich.«

Sofort fasste Enna das Seil fester und rannte der Elfe nach. Dennoch sah sie sich immer wieder um, konnte den Blick nicht von den mächtigen Himmelskreaturen wenden, die miteinander kämpften. Ihre Schreie hallten über die Ebene, und der Kampf wirkte umso bizarrer, da man die beiden Gegner nur dann erkennen konnte, wenn der Drache seinem Kontrahenten Feuer entgegenspie. Die gleißenden Flammen schmerzten in Ennas Augen. Unwillkürlich musste sie an den alten Vern denken, der sie vor dem blendenden Drachenfeuer gewarnt hatte.

Auch der Drachenkrater wurde während der Lichtblitze sichtbar. Hell leuchtete dann der zerklüftete und verwitterte Berg in der Dunkelheit auf. Enna fragte sich, wie oft er schon Zeuge solch tödlicher Kämpfe geworden war, wie viele der Löcher und Risse, die ihn übersäten, von den Klauen der herabstürzenden Bestien in seine Oberfläche gerissen worden waren.

Doch dann wandte sie sich von dem Schauspiel ab, denn im Flammenschein erkannte sie weitere Gulvaren, die herbeiflogen. Lautlose, tödliche Schatten, die ihrem Gefährten wohl zu Hilfe eilen wollten und vielleicht nur auf die Dunkelheit gewartet hatten.

Wortlos beschleunigten die Gefährten ihre Schritte, aber plötzlich stolperte Enna. Sie versuchte sich noch abzufangen, strauchelte aber schließlich doch. Jorim fiel über sie, ebenso wie Yrm, der als Letzter kam. Leise fluchend rappelten sie sich wieder auf.

»Seht nur!«, rief Jorim erstaunt und deutete nach Westen. Dort schien nun das letzte Abendrot durch die Wolken und gewährte ihnen zumindest etwas Licht.

Gwendalon, der herbeigeeilt war, um den Gestürzten auf die Beine zu helfen, blickte zu dem schmalen Streifen Helligkeit am Horizont, dann wieder in die schwarzen Wolken direkt über ihnen, vor denen sich die roten Schwingen der Gulvaren, beleuchtet vom letzten Licht der Abendsonne, abzeichneten. »Das Licht im Westen stemmt sich gegen die Finsternis über uns«, sagte der Elf.

Und nun kamen Hunderte Gulvaren auf ihren kämpfenden Gefährten zu, der sich mittlerweile mit zwei anderen auf den Feind stürzte. Der Drache war ein mächtiges Wesen, das sich gegen die drei

Gulvaren heftig zur Wehr setzte. Donnernd krachte er in die Flanken der dunklen Kreaturen. Lange, halblingshohe Zähne umschlossen den Hals eines Gegners und rissen dessen Kopf mit aller Macht vom Rumpf. Der blaugrüne Drache stieß sich von dem Gulvaren, der nun nach unten trudelte, ab und warf sich dem nächsten entgegen, während er einen Stoß gleißenden Feuers auf den Feind schleuderte. Er streckte seine Klauen vor, noch einmal blitzte das gewaltige Horn in der Mitte seines Hauptes auf – dann wurde er von dem dritten Gulvaren zur Seite gerissen, im selben Moment, in dem der getötete Gulvar auf die Erde krachte und sich nicht mehr rührte.

»Sieh nicht hin, Enna!« Nur mühsam durchdrang Alvendorahs Stimme den Schrecken, der sich in Enna breitgemacht hatte. Schließlich wandte sie den Kopf der Elfe zu, deren Augen eine ungewöhnliche Ruhe ausstrahlten, eine Ruhe, wie sie nicht an diesen Ort zu passen schien.

»Achtung!«, schrie Bronn, der ein wenig abseits stand. »Gulvaren!«

»Wir haben sie bemerkt«, entgegnete Enna, die sich endlich aus ihrer Erstarrung befreit hatte. Doch da erkannte sie, was der alte Bronn ihr sagen wollte: Eine weitere der zweiköpfigen Bestien kam geradewegs auf sie zugeflogen.

»Yrm, Jorim!«, schrie sie warnend. Da rissen sich auch die beiden endlich von den Geschehnissen am Himmel los. Jorim wurde kreidebleich, hielt seinen Dolch umklammert und stellte sich schützend vor sie.

»Wir müssen hier weg!«, stieß Enna hervor, packte Jorim kurzerhand an der Schulter und zerrte ihn mit sich. Gemeinsam rannten sie davon, doch das Rauschen der Gulvaren-Flügel wurde immer lauter – der Gigant kam näher. Schon war die Bestie hinter ihnen, denn Enna konnte ihre Ausdünstungen riechen. Sie versuchte, schneller zu laufen, strauchelte – und stürzte prompt zu Boden.

»Enna!« Jorims Schrei klang wie aus weiter Ferne. Alvendorahs Pfeile surrten durch die Luft und trafen ihr Ziel, doch das Ungetüm kam trotzdem näher. Gwendalon eilte mit gezogener Klinge herbei, und so tödlich diese Waffe in seinen Händen auch war, gegen den Gulvaren mutete sie geradezu lächerlich an.

Dann ging alles rasend schnell. Die beiden Köpfe der Bestie öffneten ihre Rachen. Da sprang Yrm nach vorne und stellte sich dem Gulvaren in den Weg.

»Nimm es mit mir auf, du Bestie«, sagte er mit knurrender Stimme und zog sein Schwert. Doch der Gulvar schien unbeeindruckt, und im nächsten Augenblick packte eines der riesigen Mäuler Yrm und riss ihn von den Füßen, noch bevor dieser zum Schlag ausholen konnte. Hilflos mussten die anderen mitansehen, wie sich die Kreatur mit zwei, drei Flügelschlägen wieder in den Himmel erhob, Yrm in ihrem Maul. Einige von Alvendorahs Pfeilen verfolgten den Gulvaren noch, und ein jeder traf, auch wenn sie die Kreatur nicht töten konnten.

Plötzlich war auch der Drache wieder da und stürzte sich auf den Gulvaren. Das Untier brüllte – und ließ Yrm dabei fallen. Mit einem dumpfen Schlag kam sein schlaffer Körper unweit der Gefährten auf dem Boden auf.

Einen Moment lang standen sie wie versteinert da, ehe sie zu Yrm rannten. Dort angekommen beugten sie sich mit ängstlichen Blicken über ihn.

»Yrm!« Bronns Stimme war heiser, er schien keine Kraft zum Sprechen mehr zu haben. Auch die anderen schwiegen, vergaßen für einen Augenblick die tödliche Welt, die sie umgab.

»Also hat er sich doch gegen die Rache entschieden«, flüsterte Jorim.

»Und für den Weg nach Hause.« Alvendorah war in die Hocke gegangen und schloss die Augen des Gefallenen. Yrms Gesicht sah beinahe friedvoll aus.

»Kommt«, sagte Gwendalon, diesmal sehr sanft. »Wir müssen schnell fort.«

»Aber Yrm ... wir können ihn nicht einfach so liegen lassen«, entgegnete Enna, und Tränen rannen über ihre Wangen.

Der große Elf legte seine Hand auf Yrms Brustkorb und schloss die Augen. »Sein Geist ist gegangen, wir müssen seinen Körper ruhen lassen.«

Enna wollte schon etwas erwidern, doch dann hielt sie inne. Gwendalon begann eine Melodie zu summen, und plötzlich schien die Luft um sie herum wärmer zu werden und der Boden begann sich zu bewegen. Das kurze, harte Gras wuchs höher, schlang sich um Yrms Körper und bedeckte ihn innerhalb von wenigen Atemzügen vollständig. Nur ein grüner Hügel aus dickem, verflochtenem Gras erinnerte nun noch an den Menschen, der dort gerade noch gelegen hatte. Enna hatte schon von grüner Magie gehört, die manchen Elfen gegeben war, aber noch nie hatte sie so etwas beobachten können.

Gwendalon erhob sich, nahm Enna und Jorim an der Hand und zog sie in die Höhe. »Lasst sein Dahinscheiden nicht sinnlos gewesen sein. Später werden wir um ihn trauern.« Nun war der nüchterne Tonfall in seine Stimme zurückgekehrt.

Ein Brüllen erinnerte sie alle wieder an die Geschehnisse um sie herum. Fünf weitere Gulvaren stürzten sich in diesem Augenblick gleichzeitig auf den blaugrünen Drachen. Einen von ihnen verbrannte dieser mit seinem tödlichen Feuer, doch die anderen vier schlugen ihre Klauen in ihn und rissen ihn auseinander. Das Geräusch brechender Knochen erfüllte die Luft, kurz darauf schlug der tote Drache auf der Erde auf.

Enna wandte den Kopf ab, der Kloß in ihrer Kehle drohte sie zu ersticken. Sie mussten hier weg!

Die fünf Gefährten rannten über die Ebene, während in den Lüften ein gnadenloser Kampf ausbrach. Aus den Löchern und Höhlen des Drachenkraters schossen nun weitere Drachen hervor. Im letzten Licht des Abendrotes, das sich im Westen unter den schwarzen Wolken hindurchstahl, glitzerten die Schuppen der gewaltigen Wesen in den unterschiedlichsten Grün- und Blautönen. Die Luft war erfüllt von Feuer, dem Geruch von verbranntem Fleisch und den Schmerzensschreien der Bestien. Doch auch ohne sie zu zählen, erkannte Enna rasch, dass die Drachen in der Unterzahl waren – und das machte ihr Angst.

Die Gefährten hielten auf den See zu, der den Drachenkrater umgab, während der Tag der Dunkelheit wich. Über ihnen am Himmel tobte die Schlacht indes weiter, doch glücklicherweise schenkten ihnen die Kreaturen keinerlei Beachtung.

So wie Yrm ihnen geraten hatte, hielten sie sich in östlicher Richtung, hasteten am kiesbedeckten Ufer des Kratersees entlang und fanden bald einen Einschnitt, wo sie leichter ins Wasser gelangen konnten. Dieses war hier recht klar, zumindest so weit man es in der Dunkelheit erkennen konnte.

»Ich gehe voran!«, bestimmte Gwendalon und setzte bereits vorsichtig einen Fuß in das knöcheltiefe Wasser. »Wer weiß, was sich in diesem See herumtreibt.«

Enna schluckte schwer. Sie beobachtete den Elfenkrieger, wie er mit seinem Schwert die Wassertiefe prüfte und sich vorsichtig vorantastete. Schließlich winkte er die anderen herbei. Der See war eisig kalt, und Enna hörte Jorim brummen, ihm würde der Fußpelz einfrieren. Dennoch stapften sie weiter, folgten dem Elfen und achteten darauf, genau hinter ihm zu gehen. Nach der Hälfte der Strecke senkte sich der Boden ab, und das Wasser reichte Enna schon bald bis zur Hüfte. Gwendalon drehte sich mit besorgter Miene zu ihnen um, als sein Schwert beim nächsten Schritt im Wasser versank. »Hier wird es noch tiefer, und so weit ich sehen kann, dauert es noch eine Weile, bis der Grund wieder ansteigt. Wir werden ein Stück schwimmen müssen.«

»Nur weil wir klein sind, heißt das nicht, dass wir nicht schwimmen können«, erklärte Jorim. Er stapfte entschlossen weiter, platschte in den See und begann, laut prustend durch die Untiefe zu schwimmen. Auch Enna und Bronn zögerten nicht und folgten ihm.

»Klein, aber tapfer!«, flüsterte Alvendorah ihrem Behüter zu, ehe auch sie in das Wasser glitt.

Gwendalon folgte ihr, war aber dennoch der Erste, der wenig später das andere Ufer erreichte. Mit jedem Schritt, den der Elfenkrieger tat, wurde mehr von ihm sichtbar. Wasser troff aus seinen langen Haaren, floss an Rücken und Beinen hinab. Schließlich stapften auch die anderen an Land, wobei sie heftig atmeten, was weniger der Anstrengung geschuldet war als vielmehr der Kälte, die ihnen in den Knochen steckte.

»Wir brauchen einen Unterschlupf und Feuer«, meinte Alvendorah an Gwendalon gewandt. Dieser nickte, während sein Blick bereits über die unteren Hänge des Drachenkraters schweifte. Immer wieder leuchtete der zerklüftete Berg im Licht des Drachenfeuers auf; der Himmel war übersät mit den kämpfenden Kreaturen. »Dort ist eine Höhle«, rief Gwendalon und zeigte auf einen Einschnitt am Rande eines Geröllfeldes.

Als wollte er sie zur Eile auffordern, stürzte gerade ein Gulvar weiter südlich in den See. Seine Flügel brannten lichterloh, versuchten den Fall zu bremsen, doch mit einem zischenden Geräusch versank das Tier schließlich im Wasser.

Die fünf Gefährten rannten los. Gwendalon führte sie am Rand des Geröllfeldes entlang, sprang mit geschmeidigen Bewegungen über Felsen und abgestorbene Baumstämme hinweg, die die Halblinge umgehen mussten, und bog dann nach rechts ab, den Hang hinauf.

Endlich erreichten sie den Einschnitt im Berg, folgten diesem und kurz darauf standen sie in einer Höhle.

»Hoffentlich ist das keine Drachenhöhle«, wisperte Bronn. Doch das von außen hineinscheinende Leuchten des Drachenfeuers erhellte die Grotte und zeigte ihnen, dass es sich nur um eine kleine Höhle handelte, mit nur einem Weg nach draußen.

Fröstelnd schlang Enna die Arme um ihren durchnässten Körper und sank zu Boden.

»Ich hole Holz«, erklärte Gwendalon.

»Ein Feuer ist gefährlich!«, warnte Jorim, obwohl seine Zähne beim Sprechen aufeinanderschlugen.

»Ohne Wärme sterben wir an Unterkühlung«, entgegnete der Elf knapp und verließ die Hohle.

Enna begann am ganzen Körper zu zittern, obwohl sie versuchte, es zu unterdrücken.

»Geht es dir gut?«, erkundigte sich Alvendorah.

»Ja ... nein ...« Enna schluchzte leise auf. »Yrm – sein Tod ist meine Schuld.«

Die Elfe kniete sich neben sie und fasste sie an den Schultern. »Wie kommst du denn auf diesen Gedanken?«

»Ich habe ihn überredet, mit uns zu kommen. Nur wegen mir ist er gestorben.« Tränen kullerten ihre Wangen hinab, und Alvendorah schloss sie in die Arme und streichelte ihr beruhigend über die Locken.

»Welchen Weg wir auch immer beschreiten, er sollte uns eines Tages nach Hause führen«, flüsterte die Elfe. »Erinnerst du dich? Genau das hatte ich auch zu Yrm gesagt.«

Enna nickte nur.

»Wenn überhaupt, dann trifft also mich die Schuld.«

»Yrm kam aus freien Stücken mit uns, und er ist sehr ehrenhaft gestorben«, sagte Jorim, während er düster zum See hinunterstarrte. »Ich frage mich nur, ob Ehre immer mit dem Tod einhergeht.«

»Vielleicht tut sie das«, bemerkte Bronn bitter.

Alle sahen den Halbling an. Enna kannte ihn zwar noch nicht lange, aber noch nie hatte Bronn Sternenfaust so alt ausgesehen wie in diesem Augenblick. Mit hängendem Kopf saß er auf einem Stein, und als er schließlich den Blick hob, war sein Gesicht voller Gram. »Ich bringe allen den Tod«, sagte er verbittert.

Jorim runzelte die Stirn. »Was redest du da?«

»Meine alten Gefährten sind meinetwegen in der Mine gestorben; Yrm, weil er mir folgte. Wer wird der Nächste sein?« Bronn ballte beide Fäuste. »Elvor vielleicht? Immerhin habe ich ihm eine Last aufgebürdet, die er womöglich gar nicht tragen kann. Oder du, Jorim? Du, Enna?« Seine Stimme war so laut geworden, dass Enna fürchtete, er würde damit noch die Drachen und Gulvaren auf sie aufmerksam machen.

»Du redest Unsinn, Bronn«, hielt Enna dagegen. »Jorim und ich sind für unser Schicksal selbst verantwortlich, und was Elvor anbelangt«, sie räusperte sich, »in dem steckt mehr, als du ahnst.«

»Ich hoffe nur, dass du recht hast«, entgegnete Bronn und ließ sich gegen die Höhlenwand sinken.

Die Zeit schritt voran, und im Licht des Drachenfeuers stellte Enna fest, dass auch Alvendorah fror. Die Elfe zitterte und ihre Lippen waren blau. Enna fragte sich, wo Gwendalon nur blieb, als das Innere ihres Unterschlupfes erneut aufleuchtete. Und plötzlich stand, wie aus dem Nichts, Gwendalon mitten in der Höhle. Sie hatten ihn nicht kommen hören.

Der Krieger trug einen großen Stapel Holz auf dem Arm und legte diesen nun auf den Boden. »Verzeiht, dass es so lange gedauert hat. Die Holzsuche gestaltete sich mühsamer als gedacht.«

»Aber die Gerölllawinen sind doch gespickt mit abgestorbenen Baumstämmen«, entgegnete Jorim etwas mürrisch.

»Das sind keine Baumstämme.«

»Was dann?«, wollte Enna wissen.

»Drachenknochen.«

Stille kehrte ein, während Gwendalon sich daranmachte, Zweige aufzuschichten und trockenes Moos dazwischenzuschieben. Enna war froh, dass das Frieren bald ein Ende haben würde. Dann rollte plötzlich Donner über den Himmel, ein gewaltiger Blitz erhellte die Nacht, und wie um Gwendalons Worte zu bestätigen leuchtete ein

Drachenskelett draußen vor der Höhle in fahlem Weiß auf. Daneben wand sich ein grüner Drache im Todeskampf, vermutlich war er eben erst hinabgefallen. Abermals krachte es, noch lauter als zuvor. Enna schüttelte grimmig den Kopf. »Was geht da draußen bloß vor sich?«

»Ein Unwetter zieht auf«, antwortete Gwendalon ungerührt, während er mit zwei Feuersteinen das Moos entzündete. Funken sprangen davon, und schließlich züngelte ein kleines Flämmchen empor. Vorsichtig blies er hinein, und allmählich entstand ein wärmendes Feuer. Gitterförmig schichtete Gwendalon das Holz auf, und bald schon drängten sich die Gefährten um die Flammen. Sie entledigten sich ihrer Umhänge, versuchten diese so gut wie möglich zu trocknen und legten sich nieder. Schlaf fanden sie allerdings kaum, denn ihre Kleider blieben klamm, und die Schlacht am Himmel wurde von rollendem Donner und gleißenden Blitzen abgelöst. Einmal sogar erzitterte der ganze Drachenkrater, als würde eine Bestie, größer noch als ein Gulvar oder ein Drache, den Berg aus dem Boden reißen wollen.

Wo eben noch Gulvaren gegen Drachen gekämpft haben, ringen nun Blitz und Donner miteinander, dachte Enna.

So erschreckend das Gewitter auch war, vielleicht hatte es ja den Drachen das Leben gerettet. Es war eine vage Hoffnung, das war ihr klar. Trotzdem hielt sie sich in dieser Nacht daran fest.

26. IM DRACHENKRATER

»Die höchste Stufe, die ein Elfenkrieger erreichen kann, ist, wenn er Anduviel-Akaren ist«, hörte Enna Gwendalon murmeln. Schon seit einiger Zeit unterhielt er sich mit Bronn Sternenfaust über die Kunst des Kampfes. Ihr Bruder Jorim hatte sich, wie Enna auch, nahe am Feuer zusammengerollt. Sein gleichmäßiges Atmen verriet ihr, dass er – zumindest im Augenblick – schlief. Alvendorah saß mit geschlossenen Augen und untergeschlagenen Beinen am Feuer und schien in eine Art Meditation vertieft.

»Und bist du so ein – wie war das noch mal – Akuren?«, brummte Bronn.

»Anduviel-Akaren«, verbesserte ihn Gwendalon. »Nein. Anduviel-Akaren bedeutet, wie der weiße Nebel zu sein. Er offenbart sich jedem, dennoch umhüllt er alles. In seiner Stille können Freund und Feind gleichermaßen Heilung finden und zu einem Bewusstseinszustand gelangen, in dem wir auch den Geist verlorener Freunde spüren können. Erreichen wir diesen Bewusstseinszustand, so spielen Krieg und Kampf keine Rolle mehr, denn wir entsagen ihnen.«

Bronn erwiderte etwas, doch Enna verstand es nicht mehr. Die gemurmelten Worte machten sie müde, und allmählich fiel sie in einen tiefen Schlummer.

Weißer Nebel zog auf. Enna blieb stehen, sie wusste nicht, weshalb sie gerannt war oder wohin sie wollte. Sanft berührte das feuchte Weiß ihr erhitztes Gesicht und kühlte es auf angenehme Weise. Wie eine liebevolle Umarmung, ein Mantel aus Stille umhüllten sie die Nebelschwaden. Dann nahm sie eine Bewegung darin wahr. Eine große Gestalt schimmerte rötlich, kam langsam auf sie zu. Enna verspürte keine Angst, fühlte sich sogar auf sonderbare Weise mit allem verbunden, so als würde der Nebel alles beinhalten, als ginge darin nichts und niemand mehr verloren.

Plötzlich fiel ein Sonnenstrahl durch die wallenden Schwaden und brachte etwas zum Funkeln. Dann stand er vor ihr: ein roter Drache, sein Haupt versehen mit unzähligen Hörnern. Sein Körper, groß und mächtig, höher aufragend als Jorims Baumhaus, erhob sich nun unmittelbar vor ihr. Dennoch erschien ihr dieser Drache zarter und filigraner als die anderen, die sie am Himmel gesehen hatte. Die dicken Schuppen des Drachen, feucht vom Nebel, glitzerten wie Rubine. Langsam senkte er den Kopf, und so uralt dieses zerklüftete Drachengesicht auch anmutete, so jung wirkten die Augen, die Enna nun musterten. Wieder züngelten gelbe Flämmchen in den länglichen Pupillen empor, und auch dieses Mal verspürte Enna dasselbe Kribbeln in den Fingerspitzen. Sie konnte sogar ihr Spiegelbild im Auge des Drachen erkennen, und in diesem Augenblick wusste sie, dass es ein Drachenweibchen war. Schon einmal war Enna ihr begegnet, in einem Traum – vor nicht allzu langer Zeit.

Mit einem unbezwingbaren Willen zur Freiheit erhebt sich der Drache in die Lüfte, ertönte die Stimme. Sie war so klar, als würde reinstes Metall aufeinanderschlagen. *Doch muss er vorher lange ruhen, denn nur so findet er Kraft. Im Drachenkrater, wo Kristalle die Dunkelheit verdrängen und das Herz der Erde schlägt, liegt verborgen, was zerbrechlich ist und doch das Gleichgewicht der Welt wahrt.*

Der Nebel wurde dichter und nahm Enna zunehmend die Sicht auf den Drachen. Das kräftige Rot seiner Schuppen schien in weite Ferne zu rücken, wurde heller und heller. Bald war es nur noch ein zartes Rosa, bis es schließlich ganz verschwand.

Jemand rüttelte Enna sanft an der Schulter, und sie öffnete die Augen. Mit einem Lächeln beugte sich Alvendorah über sie. »Wach auf, Enna. Es ist Zeit!«

Enna richtete sich auf und streckte sich. Gwendalons Feuer prasselte nach wie vor, offenbar hatte er mehrmals Holz geholt. Bronn und Jorim saßen daneben und rieben sich die Hände. Draußen herrschte noch immer Dunkelheit.

»Es ist noch finster«, sagte sie leise.

Die Elfe wandte sich mit besorgtem Blick dem Höhlenausgang zu. »Ja, das ist es. Dabei müsste es schon längst hell sein.«

Enna wusste nicht, ob sie über die Dunkelheit, die immerhin tote Körper und Drachenknochen verbarg, erfreut sein sollte oder nicht.

Schließlich erhob sie sich, ging zu den anderen ans Feuer und nahm dankbar etwas von Alvendorahs Zauber entgegen. Sie wagte nicht zu fragen, wie lange dieser Vorrat noch reichen würde.

»Wie sollen wir nun einen Weg in diesen Krater hineinfinden«, fragte Jorim gerade und leckte sich die mit Honig verklebten Finger.

»Wir müssen die Höhlen absuchen, aus denen gestern die Drachen gekommen sind«, schlug Bronn vor. »Ein aberwitziges Unterfangen, doch«, er blickte zu Enna herüber, »wir sollten nichts unversucht lassen.« Er stand auf und ging mit steifen Schritten zum Höhlenausgang. »Wenn nur die verdammte Dunkelheit endlich verschwinden würde.«

Enna erkannte nun eine Axt an Bronns Gürtel, die er gestern noch nicht gehabt hatte. Wie es aussah, hatte er einen flachen, scharfkantigen Stein mit einer Lederschnur an einem Stück Ast festgebunden.

»Die Dunkelheit wird unsere Sicht nicht trüben«, entgegnete Gwendalon, und Alvendorah nickte zustimmend.

»So ist es. Außerdem bleiben wir so vielleicht feindlichen Blicken verborgen.«

Also brachen sie auf, in der festen Absicht, Bronns Vorschlag zu befolgen.

Eine Dunkelheit ohne Mond und Sterne erwartete sie, als sie ins Freie traten. Die Luft war kühl, und der Wind, der ihnen entgegenblies, drang durch ihre noch immer klammen Kleider.

Sowohl Gwendalon als auch Alvendorah schauten hinauf in den Himmel auf etwas, das sich dem Blick der Halblinge entzog.

»Nichts«, sagte Alvendorah leise. »Keine Gulvaren, keine Drachen.«

»Wo sind sie hin?«, flüsterte Enna, doch niemand wusste darauf eine Antwort.

Behutsam tasteten sie sich voran, und während Enna neben Jorim und Bronn herschritt und den beiden Elfen folgte, erinnerte sie sich wieder an ihren Traum. Zwar sah sie das Drachenweibchen vor ihrem geistigen Auge, doch die Worte dieses geheimnisvollen Tieres waren ihr bereits entfallen. »Kristalle … und etwas Zerbrechliches in der Erde?«

»Was murmelst du da?«, wollte Jorim wissen. Und Enna erzählte ihm von ihrem Traum.

»Ist sicher nur wegen der Drachenkämpfe gestern«, versuchte ihr Bruder sie zu beruhigen. »Kein Wunder, dass diese gewaltigen Wesen nachts durch deinen Kopf schwirren.«

»Aber sie war rot, Jorim! Das Drachenweibchen war rot!«, erwiderte Enna bestimmt. »Am Himmel gestern gab es keinen einzigen roten Drachen. Und weshalb habe ich nicht von den Gulvaren geträumt? Die sind viel furchteinflößender!«

»Ich habe von diesen Biestern geträumt«, raunte Bronn.

»Auch das wundert mich nicht«, entgegnete Jorim.

Enna sah zu Boden, sie musste achtgeben, nicht über einen der großen Steine zu stolpern. »Mein Traum war irgendwie – außergewöhnlich. Das Drachenweibchen ist mir schon mal erschienen.«

Neugierig hoben Bronn und Jorim die Köpfe, und endlich erzählte Enna von ihrem ersten Traum und dass dieser ausschlaggebend für ihre Entscheidung gewesen war, hinter die Suravan-Berge zu ziehen.

Als sie geendet hatte, seufzte Jorim. »Das sieht dir gar nicht ähnlich, Enna. Eigentlich müsste ich so handeln.«

Enna hob die Schultern. »Ich weiß, aber ... ich konnte nicht anders.«

Jorim schmunzelte. »Das kenne ich«, sagte er und legte Enna kurz eine Hand auf die Schulter.

»Seht nur dort!« Alvendorah, die zusammen mit Gwendalon ein Stück vor den Halblingen hergelaufen war, blieb stehen und deutete hinauf zu den Hängen des Kraterberges. Etwas oberhalb und gar nicht weit von ihnen entfernt, konnten sie einen Lichtschimmer erkennen, der aus einer Öffnung im Berg kam.

»Was ist das?« Enna kraxelte auf einen Felsbrocken und spähte hinauf.

»Lasst uns hingehen!«, rief Jorim, aber Gwendalon hob die Hand. »Wir sollten Vorsicht walten lassen. Ich gehe nachsehen.«

»Wir kommen mit!« Entschlossen trat Alvendorah neben ihn, und nun hörte Enna deutlich, dass sie aus hohem Hause kam, denn ihre Stimme klang fest und befehlsgewohnt. »Du kannst nicht immer vorausgehen und erst die Lage prüfen. Das hält uns nur auf.«

Kurz zögerte Gwendalon, dann neigte er den Kopf. »Wenn es Euer Wunsch ist.«

»Es ist mein Wunsch«, bestätigte Alvendorah, etwas sanfter nun, und legte Gwendalon eine Hand auf den Arm. »Wir sollten zusammenbleiben.«

Schnell zog sie ihre Hand zurück, und Enna glaubte zu wissen, was da in den blauen Augen der Elfe aufblitzte. Doch schon wandte sie sich ab und marschierte los.

Der Aufstieg war beschwerlich, denn der Hang wurde nicht nur steiler, sondern war auch mit losem Geröll übersät. Immer wieder ragten gewaltige Knochen zwischen den Felsbrocken empor, und mehr als einmal mussten sie sich daran festhalten. Der Wind hier oben wurde stärker und steigerte sich zu einem heulenden Sturm.

Je näher sie der Höhle kamen, desto deutlicher wurde der Lichtschein. Schließlich hielten sie an, denn der Eingang befand sich nur noch zehn Fuß über ihnen. Sie lauschten, versuchten, verdächtige Geräusche wahrzunehmen, aber es gab keine. Gwendalon schlich als Erster zum Höhlenrand und winkte die anderen schließlich zu sich.

Die Höhle, die sie erwartete, war gewaltig, und im Gegensatz zu ihrer nächtlichen Behausung führte ein breiter Gang am anderen Ende weiter. Das wirklich Faszinierende jedoch war der Ursprung des Leuchtens. Überall in den Höhlenwänden schimmerten helle Kristalle. Wie dicke Adern durchzogen sie das dunkle Felsgestein und verströmten ein silbriges Licht, das dem des Mondes durchaus ähnlich war. Doch nicht nur die Höhle war übersät mit diesen Kristallen. Auch der Tunnel, der in den Drachenkrater hineinführte, war von ihnen durchsetzt, zumindest so weit man es von hier aus erkennen konnte.

Die Halblinge waren bereits bis zur Wand gelaufen und betrachteten erstaunt das von der Natur geschaffene Kunstwerk.

»Wenigstens sind diese Gänge erleuchtet«, rief Jorim und schaute in Gwendalons Richtung. »Selbst ein großer Elf stößt sich hier nicht den Kopf.«

»Nicht einmal ein Drache würde sich hier den Kopf stoßen«, entgegnete Gwendalon nüchtern. Das Licht der Kristalle spiegelte sich auf der Klinge, die er in den Händen hielt, sein Haar floss ihm wie ein silberner Strom über den Rücken. Enna erschien er noch immer wie ein Wesen aus einer anderen Welt. Auch Alvendorah war irgendwie außerweltlich, aber sie war anders, sanfter und strahlte etwas Vertrautes aus. Ihre schlanken Finger glitten in diesem Moment über den Fels. »Noch nie habe ich den Rhythmus der Erde so intensiv gefühlt wie hier. Als ob ein Herz schlagen würde.«

»Wo Kristalle die Dunkelheit verdrängen und das Herz der Erde schlägt«, murmelte Enna plötzlich, als sie sich an die Worte des Drachen aus ihrem Traum erinnerte. Sie presste beide Handflächen gegen das Gestein, aber außer dass es sich kühl anfühlte, konnte sie nichts spüren, und das stimmte sie ein wenig traurig. Doch davon wollte sie sich nicht beirren lassen. Im Gegenteil, es machte sie neugierig und trieb sie an, den Kristallen zu folgen. »Lasst uns weitergehen«, forderte sie die anderen daher auf.

Sie folgten dem Gang, der ein langes Stück geradeaus verlief, sich dann jedoch in einem Bogen nach unten wand. Die Größe des Tunnels veränderte sich nicht, etwas anderes allerdings sehr wohl: die Kristalle! Hatten sie bislang lediglich ein silbriges Licht verströmt, so waren sie nun von zarten Rosatönen durchsetzt. Auch dominierten die farbigen Gesteinsschichten immer mehr, es war kaum noch normales Felsgestein vorhanden.

Verblüfft sahen sich die Gefährten um und folgten dem Verlauf des Ganges auf leisen Füßen. Allmählich wurde es immer wärmer, was ihnen nach ihrer gestrigen Durchquerung des Sees sehr gelegen kam.

Der Tunnel wurde breiter, und zu beiden Seiten taten sich immer wieder riesige Höhlen auf, deren Felswände ebenfalls von leuchtenden Kristalladern durchzogen waren. Allerdings waren diese nicht von der gleichen Farbe wie im Hauptgang, sondern schimmerten in unterschiedlichen Grün-, Blau- oder Gelbtönen. Klares Wasser lief über die Felswände und ließ die Farben pulsieren und lebendig wirken, ehe es sich am Boden in kleinen Pfützen sammelte.

Eine Höhle nach der anderen passierten die Gefährten. Bisher waren sie alle leer gewesen, doch aus der nächsten hörten sie ein Geräusch dringen. Alvendorah hob die Hand und blieben stehen. Mit gespanntem Bogen schlich die Elfenfrau zum Eingang und spähte vorsichtig hinein. Abermals drang ein Schaben, dann ein leises Fiepen an ihre Ohren.

Alvendorahs Miene war sichtlich angespannt. Doch dann überzog ein blaues Leuchten, das aus der Höhle drang, ihr Gesicht und das nachtschwarze Haar, und als sie sich zu den anderen umdrehte, lächelte sie. Langsam senkte sie den Bogen, ließ sich in die Hocke nieder und winkte sie herbei. Sofort tippelten die Halblinge los, auch der Elfenkrieger folgte, seine Klinge immer noch kampfbereit in den Händen.

Enna traute ihren Augen kaum: In der mit bläulichen Gesteinsadern durchzogenen Höhle lag ein riesiger blauer Drache. Das mächtige Haupt mit den Hörnern – zwei große wuchsen aus dem Kopf, ein kleineres zierte die Nüstern – lag auf den angewinkelten Beinen. Lange schwarze Klauen hatten sich in den Höhlenboden gegraben, und sein langer Schwanz war um den riesenhaften Körper gerollt. Die dicken Hornplatten hoben und senkten sich gleichmäßig; der Drache schien zu schlafen.

Doch da war noch etwas. Enna nahm eine Bewegung wahr, und kurz darauf hörte sie wieder ein Fiepen.

»Ein Drachenjunges!«, flüsterte Jorim da schon und sprang auf. Rasch legte sich Bronns Hand auf seine Schulter und drückte ihn nach unten, einen Finger hatte er mahnend auf die Lippen gelegt.

Tatsächlich reckte sich nun ein kleiner blauer Kopf zwischen den Vorderläufen des Drachen empor und spähte zu ihnen herüber. Das Drachenjunge, gerade mal so hoch wie ein Halbling, legte den Kopf schräg und musterte sie aus neugierigen, dunklen Augen.

»Es ist wunderschön«, flüsterte Enna. »Seine Schuppen funkeln wie Diamanten.«

Der kleine Drache hob den Kopf noch weiter in die Höhe, blähte die Nüstern und schien zu wittern. Dabei pufften immer wieder kleine Flämmchen aus seinen Nasenlöchern. Fasziniert schaute Enna zu, doch bald schon überkam sie eine große Trauer. »Die Gulvaren dürfen die Drachen nicht auslöschen! Es darf einfach nicht sein.«

Sie spürte, wie Alvendorahs Arm sich um sie legte. »Das wird sicher nicht geschehen. Aber jetzt sollten wir gehen, bevor die Mutter des Kleinen aufwacht. Schließlich wollen wir ja ihren Anführer finden.«

Schweren Herzens wandte sich Enna ab, und die Gruppe setzte ihren Weg fort, leiser, denn sie wussten nun, dass nicht alle Höhlen leer waren. Immer wieder sahen sie links und rechts Drachen darin liegen, meist in tiefem Schlummer, doch manchmal auch wach, sodass sie sich äußerst behutsam vorbeischleichen mussten. Die meisten Höhlen waren jedoch verlassen, und das erschreckte Enna zutiefst.

»Die Farbe der Kristalle verändert sich wieder, seht nur!«, sagte Jorim und riss Enna aus ihren Gedanken. Ihr Bruder deutete auf die Kristalladern, die nun ein helles Rot angenommen hatten. Und nicht nur das: Die Felswände waren nun glatt wie Glas und spiegelten die Gefährten wider, wenngleich es sich auch um ein unscharfes Bild handelte.

Die ganze Umgebung veränderte sich immer mehr. Der Gang verbreiterte sich erneut, führte noch steiler hinab, und die Kristalladern wurden immer breiter. Und als es kein normales Felsgestein mehr gab, sondern nur noch hellrote Kristallwände, gab es eine letzte Biegung, dann standen sie vor einer riesigen Höhle.

Mit offenen Mündern wollten Enna und Jorim schon hineingehen, da hielt sie Bronn an den Schultern fest.

»Selbst ein Elfenpfeil könnte diese Höhle nicht in einem Schuss durchqueren«, stellte Alvendorah fest. Sie legte vorsichtig eine Hand an die Wand, und ihre Augen weiteten sich vor Verwunderung. »Der Puls der Erde ist hier noch stärker als am Eingang des Drachenkraters.«

»Als ob wir im Inneren eines riesigen roten Kristalls wären«, sagte Enna leise. Die ganze Höhle schimmerte in diesem zarten Rot, eine angenehme Wärme erfüllte die Luft und ein süßlicher Geruch drang in ihre Nase.

Hoch oben, wo sich die Decke hätte befinden müssen, wurde die Höhle schmaler. Die gigantische Halle verjüngte sich und erinnerte dadurch an einen Kamin, der sich in endlose Höhen zog. Ganz oben war nur Schwärze zu sehen, und Enna vermutete, dass es die Dunkelheit war, die draußen noch immer über dem Land lag. Hätte Enna fliegen können, hätte sie wohl auf diesem Weg den Drachenkrater verlassen können.

»Wo ist jetzt der Silberdrache, von dem Yrm gesprochen hat?«, fragte Jorim.

»Wenn wir nur hier herumstehen und die Höhle bestaunen, werden wir das nie herausfinden«, entgegnete Enna und lief los. Und so gewann schließlich die Neugier der Gefährten die Oberhand, und sie begannen, langsam voranzuschleichen, tiefer hinein in die Höhle. Sie blieben dabei ständig auf der Hut. Enna vermutete zwar, dass es hier keinen Silberdrachen geben würde, doch vielleicht das rote Drachenweibchen aus ihren Träumen?

Schnell bemerkten sie, dass der Höhlenboden nicht eben war. Immer wieder ragten Felsgestein und Kristalle daraus hervor. Weit links von ihnen bildeten zerklüftete, mannshohe Felsen einen langen Grat, der sich in einem leichten Bogen um die Höhle herumzog. Allerdings waren diese Steine nicht gänzlich rot, sondern immer wieder von silbernen Adern durchzogen.

»Unglaublich!« Bronn blieb stehen und deutete auf die andere Höhlenseite, jene, die dem Felsengrat gegenüberlag. Erstaunlicherweise gab es dort einen ähnlichen Grat, im Gegensatz zu diesem hier leuchtete das Gestein dort aber vorwiegend silbern und war von rötlichen Adern durchzogen.

»Seltsam«, flüsterte Enna. »Wie ein Spiegelbild, nur mit vertauschten Farben.«

Doch dann zog etwas anderes die Aufmerksamkeit der Gefährten auf sich: ein riesiger, ebenfalls rötlich schimmernder Kristall, der die Mitte der Halle beherrschte. Mindestens fünfmal so hoch wie Gwendalon und breit wie ein Drache selbst ragte er mit unzähligen Zacken und Spitzen vor ihnen auf. Langsam traten Enna und Jorim näher.

»Seid vorsichtig!«, warnte sie Bronn, der bereits seine kleine Steinaxt in den Händen hielt, und auch Alvendorah hatte einen Pfeil an die Sehne ihres Bogens gelegt.

Ehrfürchtig schlichen Enna und Jorim weiter auf den Kristall zu. Und als sie vor ihm standen, strich Jorim sogar mit den Händen über die hellrote Oberfläche.

»Sieh nur! In dem Kristall ist etwas drin«, sagte er staunend.

Enna sah nun genauer hin und traute ihren Augen zunächst nicht. In dem Kristall befanden sich mehrere Öffnungen, und was darin lag ließ sie die Luft anhalten: Es waren Dracheneier! Sie glänzten im Licht des Kristalls in einem hellen Rosa und waren beinahe so groß wie der Kopf eines Halblings. Der gigantische Kristall selbst kam Enna lebendig vor, sein Leuchten schien rhythmisch zu pulsieren. Sie konnte dieses Pulsieren sogar unter ihren nackten Füßen spüren. Auch die anderen schienen es bemerkt zu haben, denn sie starrten auf ihre Füße.

»Der Puls der Erde!« Alvendorah ging in die Hocke und betastete den Boden. »Alles beginnt hier«, wisperte sie ehrfürchtig.

Enna wollte etwas sagen, aber eine Bewegung im Kristall ließ sie aufschrecken. Sie stolperte rückwärts. Hätte Jorim sie nicht im letzten Moment aufgefangen, wäre sie gestürzt.

»Was hast du?« Irritiert blickte Jorim sie an.

Mit zitternder Hand deutete Enna auf den Riesenkristall. »Da hat sich etwas bewegt!«

»Mitten im Kristall?«, fragte Jorim erstaunt. Auch die anderen kamen nun näher – und plötzlich hörten sie ein Schnauben.

Wieder regte sich etwas, doch jetzt erkannten sie, dass es nicht im Kristall war, sondern unmittelbar dahinter. Und schon erhob sich das gewaltige silberne Haupt eines Drachen, wie sie ihn noch nie gesehen hatten. Unzählige Hörner thronten auf seinem Kopf, verliefen in einer Reihe, beginnend zwischen den riesigen Nasenlöchern bis hinauf zur Stirn. Dort setzten sie sich über den langen Hals fort, der nun nach und nach sichtbar wurde. Dann ertönte ein lautes Geräusch, das an berstendes Gestein erinnerte, und die Gefährten sahen etwas, das ihre Herzen für einen Augenblick aussetzen ließ: Der lang gezogene Felsengrat zu ihrer Linken bewegte sich – dieser war nichts anderes als der gewaltige Rücken des Silberdrachen, der sich vor ihnen erhob. Was die Halblinge und Elfen für gezackte Felsen gehalten hatten, waren spitz zulaufende, von silbernen Linien durchzogene, rote Hornplatten. Höher als die Wipfel des Eichenwaldes ragte das Haupt des Drachen nun über ihnen auf. Schließlich legte der Drache den Kopf schräg und betrachtete sie aus bernsteinfarbenen Augen mit länglichen gelben Pupillen.

Die Gefährten wichen langsam zurück, nur Enna blieb wie angewurzelt stehen. Auch wenn dies nicht das Tier aus ihrem Traum war, erlag sie völlig der Faszination, die von diesem mächtigen Wesen ausging. Eigentlich hätte sie Angst haben sollen, unfassbare Angst – doch sie empfand keine. Lediglich eine tiefe Ruhe breitete sich in ihr aus, floss wie goldener Honig durch sie hindurch. Bronn und Jorim waren stehen geblieben, Alvendorah hatte ihren Pfeil langsam von der Sehne genommen und in den Köcher auf ihrem Rücken zurückgesteckt, und selbst Gwendalon senkte in diesem Augenblick seine Klinge. Aus dem stets zum tödlichen Angriff bereiten Elfenkrieger war ein staunendes Kind geworden.

»Er ist so groß und mächtig. Warum kämpft er nicht gegen die Gulvaren?«, flüsterte Bronn plötzlich. Dann hob er, sich anscheinend ein Herz fassend, die Stimme und machte einen Schritt auf den Drachen zu: »Sag, warum kämpfst du nicht gegen die Gulvaren da draußen?«

»Schweig!« Gwendalons Stimme fuhr wie ein Peitschenknall durch die Höhle.

Auch Enna erschrak über Bronns Kühnheit und fürchtete schon, der Drache werde den alten Halbling zu einem Häufchen Asche verbrennen. Doch nichts dergleichen geschah, der Drache senkte nur ein wenig den Kopf. Dann erklang seine Stimme, wie ein Grollen, das aus den Tiefen der Erde dringt.

»Weil ich in der Stille lebe, die hinter den Dingen liegt. Dort, wo es keine Schlachten mehr zu schlagen gibt, wo Schmerz und Trauer, wie sie dich plagen, verflogen sind.«

Niemand hatte damit gerechnet, dass der Silberdrache zu ihnen sprechen würde – doch genau dies war geschehen. Auch Enna nahm nun all ihren Mut zusammen und trat einen Schritt auf den Drachen zu.

»Aber die Gulvaren töten die Drachen! So wie die Erinyen und Ghule die Menschen und Elfen getötet und vertrieben haben! Und bald schon werden sie auch uns und die Nordlande unterwerfen.«

Der Drache lauschte aufmerksam, hielt Enna mit seinen Augen gefangen, und sie nutzte diese Gelegenheit, um weiterzuerzählen und zu berichten, was in der Welt vor sich ging.

»Aus diesem Grund sind wir gekommen: Wir erbitten die Hilfe der Drachen im Kampf gegen Erinyen und Ghule!« Nun hatte sie ihn ausgesprochen, den einen, wichtigen Satz, wegen dem sie gekommen waren. Eine große Anspannung breitete sich in Enna aus. Wie würde der Drache reagieren? Irgendwie fürchtete sie sich vor seiner Antwort, deshalb sprach sie hektisch weiter. »Sonst wird die Welt da draußen bald voller Trauer und Leid sein! Und ...«, sie senkte traurig den Kopf, »Westendtal wird zerstört werden.«

»Das alles weiß ich«, grollte der Drache. »Auch spüre ich die Trauer in deinem Herzen, kleines Wesen. Doch ist es nicht an mir zu kämpfen.«

»Aber wie kannst du das sagen?«, rief Jorim. »Du bist der Anführer der Drachen! Ein Anführer schützt sein Volk.«

Der große Drache schüttelte den mit Hörnern bewehrten Kopf. »Ich bin nicht der Anführer! Ich bin der Hüter des Gleichgewichts, es kann nur hier bewahrt werden. Kein Drache wird dir über die Suravan-Berge folgen, denn sie haben die ewige Schlacht hier zu schlagen. Und ich bewache die Eier, denn in ihnen liegt die Zukunft.«

»Was redet er da?«, fragte Jorim an Gwendalon gewandt, vermutlich weil er hoffte, der mysteriöse Krieger könnte eine Erklärung liefern.

»Es ist unfassbar«, flüsterte der Elf, und in seinen Worten schwang Ehrfurcht mit. »Dies ist für uns alle ein bedeutender Moment, und es ist eine Ehre hier zu sein.«

»Gwendalon, was meinst du damit?«, fragte Alvendorah.

»Er ist Anduviel-Akaren! Er hat den höchsten Grad erreicht, den ein Krieger oder überhaupt ein Lebewesen erreichen kann!«

Gwendalon blickte hinauf zu dem riesigen Wesen, und es war für Enna unverkennbar, dass er tief bewegt war, denn in seinen Augen glitzerte es. »Sein Bewusstsein hat sich in solchem Maße erweitert«, fuhr der Elf fort, »dass er mit dem Ursprung allen Seins verbunden ist und dadurch eine tiefe innere Ruhe erfährt. Schlachten, Sieg oder Niederlage, all das ist für ihn bedeutungslos geworden. Er kennt weder Wut noch Zorn, weder Hass noch Neid brennen in ihm. Nur die stille Präsenz ewigen Friedens erfüllt diesen Silberdrachen.«

»Das ist wahr«, sprach der Drache zu Gwendalon. »Und ich sehe, dass auch du nicht weit von dem entfernt bist, was dein Volk Anduviel-Akaren nennt. Um diesen Zustand zu erreichen, müsstest du jedoch alles loslassen und deine Klinge senken. Nur so findest du die Stille.« Der Drache musterte Gwendalon eine Weile, ehe er weitersprach. »Doch das kannst du nicht, denn du fürchtest um das Leben jener, die dir am Herzen liegen. Du willst sie schützen, und so bindet die Angst zu verlieren, was du liebst, dich an dein Schwert. Und gerade diese Angst hält dich davon ab, die letzte Stufe zu erklimmen. Dabei müsstest du diesen Schritt nicht einmal alleine tun, denn es gibt jemanden, der mit dir gehen würde. Aber noch ist sie nicht dazu bereit. Erst eines fernen Tages – vielleicht.«

Enna beobachtete, wie Gwendalon kurz zu Alvendorah hinübersah, die seinen Blick erwiderte, dann aber den Kopf abwandte.

»Ihr beide sprecht, als hättet ihr Rimbors Borkenschnaps nicht vertragen«, unterbrach Jorim den Zauber des Augenblicks. »Also, eigentlich hütest du nur die Dracheneier dort.« Er deutete auf den riesigen Kristall, der vor dem Drachen eher wie ein kleiner Diamant anmutete.

Die Augen des Drachen wandten sich nun Jorim zu. Enna wusste nicht, ob ein Drache schmunzeln konnte, doch wenn dies möglich war, dann tat es der Silberne gerade.

»Niemand weiß, ob es ein Drache sein wird, der dem Ei entschlüpft«, sagte er.

»Oder ein Gulvar!«, donnerte da eine andere Stimme durch den Kraterberg. Sie klang wie ein fauchender Sturm. Ein Rumpeln erfüllte die Höhle, dann schien der Fels entzweigerissen zu werden, und der Boden erbebte.

Enna und Jorim wirbelten herum, wobei Jorim ins Taumeln geriet und Enna mit sich riss, sodass sie beide rücklings gegen den Kristall stolperten. Auch Alvendorah und Gwendalon fuhren blitzschnell herum, ihre Waffen in den Händen haltend.

Zwei mächtige Köpfe erhoben sich nun unmittelbar vor ihnen, und Enna gefror das Blut in den Adern: Es war ein riesiger Gulvar, mindestens genauso gewaltig wie der Silberdrache. Das aus dem Boden ragende Felsgestein, das sich rechts von ihnen hingezogen hatte, als sie die Höhle betreten hatten, erwies sich nun als der mächtige Rücken dieses Wesens. Wie andere Gulvare auch war der hier schwarz; nur die Flügel und die Dornenplatten auf seinem Rücken schimmerten silbrig und waren von rötlichen Adern durchzogen, womit sie genau umgekehrt gefärbt waren wie die Hornplatten auf dem Rücken des Silberdrachen. Und nun verstand Enna: Beide Wesen hatten unbemerkt auf dem Boden gelegen und durch ihre massigen Körper einen Ring um den Kristall in der Höhlenmitte gebildet.

»Fürchtet euch nicht«, erklang die Stimme aus beiden Köpfen gleichzeitig. »Denn ist mein Körper auch das Gegenstück des Drachen, unser Geist ist ein und derselbe.«

»Also bist auch du Anduviel-Akaren?«, mutmaßte Enna, obwohl sie die Bedeutung dieses elfischen Begriffes nicht wirklich erfasste.

»So ist es!«, bestätigte der Gulvar. »Gemeinsam sind wir eins und wachen über jene, die den Kampf des Gleichgewichts in der Zukunft ausfechten werden, doch heute noch verletzlich sind.«

Enna riss die Augen auf. Ihr Traum! *Wo das Herz der Erde schlägt, liegt verborgen, was zerbrechlich ist und doch das Gleichgewicht der Welt wahrt.* Dies waren die Worte des roten Drachen gewesen. Grübelnd musterte sie die Dracheneier in dem großen Kristall. Ganz gewiss war dies der Ort, von dem das Drachenweibchen gesprochen hatte. Doch Enna fragte sich, was sie ihr damit hatte sagen wollen. Was genau sollte sie hier tun?

»So geht zurück in die Welt und vertraut darauf, dass das Gleichgewicht eines Tages wieder hergestellt wird«, erklang die Stimme des Gulvars.

»Was?«, rief Enna. »Eines Tages? Dann wird es Westendtal und die Halblinge nicht mehr geben!«

»Sie hat recht«, empörte sich auch Bronn. »Diese grässlichen Knochenweiber und stinkenden Ghule werden alles beherrschen!«

»So stellt euch an die Seite derer, die euch wichtig sind, und vertraut euch dem Lauf des Lebens an«, entgegnete der Gulvar ungerührt.

»Ein Weg, der für viele den Tod bedeuten wird«, sagte Enna. Sie war enttäuscht darüber, dass die beiden mächtigen Wesen – trotz ihrer angeblichen Weisheit – ihr nicht helfen wollten. Außerdem fühlte sie sich plötzlich schuldig, denn die anderen waren ihr auf diese Reise gefolgt, die sich nun als vergebens herausstellte. Ihretwegen war Yrm gestorben, und das nur, weil sie einem Traum nachgelaufen war.

»Lass dich nicht von Trauer beherrschen«, erklang wieder die Stimme des Silberdrachen. Seine bernsteinfarbenen Augen fixierten Enna. »Höre auf dein Herz, und hab den Mut zu tun, was unmöglich scheint.«

Dann schwenkte er den großen Kopf plötzlich zu Jorim. Der versteifte sich ein wenig und ging einen Schritt zurück. »Oft sind es gerade die närrischen Entscheidungen, die dem Schicksal einen neuen Verlauf geben«, fügte er hinzu, und Enna hatte das Gefühl, dass er nichts weiter sagen würde.

»Hätten wir das gewusst, so hätten wir uns den Weg sparen können«, raunte Bronn. »Hätte ich es nur damals schon gewusst.« Brüsk wandte er sich ab und ging in Richtung des Höhlenausgangs.

»Lasst uns gehen. Wir werden einen Weg finden«, sagte Alvendorah. Die Elfe versuchte, ihrer Stimme einen festen Klang zu geben, doch Enna sah ihr die Enttäuschung an.

»Genau, wir finden eine Lösung. Und wenn es sein muss, dann

eben ohne Drachen!«, rief Jorim trotzig, sodass es der Drache und der Gulvar hören mussten. Keiner von beiden reagierte jedoch darauf.

Nacheinander gingen die Gefährten in Richtung des Tunnels. Alle sahen niedergeschlagen aus – nur Gwendalon nicht. Der Elf wirkte in sich gekehrt, offenbar hing er anderen Gedanken nach.

Kurz bevor sie die riesige Höhle verließen, wandte sich Enna noch einmal um. Sowohl der Gulvar als auch der Silberdrache hatten sich erneut niedergelegt, waren wieder mit dem Boden verschmolzen. Nur die Augen des Drachen waren noch geöffnet, und einen Moment lang glaubte Enna, dass seine Aufmerksamkeit Jorim galt, doch mit Sicherheit konnte sie es nicht sagen.

Erst als Jorim nach ihrer Hand griff und sie mit sich zog, folgte Enna ihren Gefährten. Nach einer Weile fiel ihr allerdings auf, wie seltsam still ihr Bruder sich verhielt.

»Weshalb bist du so schweigsam?«, fragte sie ihn.

Zunächst zuckte er nur mit den Schultern, doch dann blitzte der Schalk in seinen Augen auf, und ein amüsiertes Grinsen legte sich auf sein Gesicht. Schließlich deutete er mit dem Finger auf eine Ausbeulung unter seinem Umhang. Vorsichtig, sodass die anderen es nicht sehen konnten, schob Jorim nun den Stoff ein wenig zur Seite. Enna sog die Luft ein, als sie erkannte, was Jorim da verbarg: Es war ein Drachenei!

»Ich hatte da so eine Idee«, flüsterte er.

27. HEIMKEHR

Das sanfte Strömen des Erenin war ein vertrautes Geräusch: ein sachtes Plätschern hier, ein leises Gurgeln dort. Untermalt vom steten Knarren sich drehender Mühlräder wand sich der Fluss durch die Auen, verzweigte sich mehrfach, als wolle er so viel wie möglich des saftigen Graslandes mit seinem Wasser versorgen. Dann vereinte er sich wieder, bis er sich in der Gräsernen Furt erneut aufteilte, um endgültig ins Meer zu fließen.

Elvor Sternenfaust und Jul Mühlenstein hielten an, weil Bronns ehemalige Recken kurz vor Flusstal plötzlich stehen geblieben waren und die Augen geschlossen hatten. Mit erhobenen Köpfen lauschten sie, und ein Lächeln breitete sich auf ihren gealterten, von Falten durchzogenen Gesichtern aus.

»Wie sehr habe ich das vermisst«, sagte Ambrin Flusstal leise. Selbst er, der meist griesgrämig und skeptisch war, zeigte heute, am Tage ihrer Rückkehr, ein versonnenes Lächeln.

»Wie konnten wir unsere Heimat nur jemals verlassen?«, fragte auch Talegrin Westwind laut. »Wir sind ausgezogen, nur um festzustellen, wie schön es zu Hause ist.«

Pim Himmelsauge zuckte mit den Schultern. »Auf andere Weise hätten wir niemals erkannt, dass es in Westendtal am schönsten ist.«

»Da magst du recht haben«, pflichtete Rimen Dornenschlag ihm bei. Schon seit einer ganzen Weile hatte er sich seine Narbe gekratzt, sodass seine Wange nun so heftig glühte, als sei er geohrfeigt worden.

Auch Talegrin nickte nachdenklich. »So muss es wohl sein. Vielleicht können nur die Verlorenen wirklich heimkehren.«

Mit einem Mal eilte Ambrin zum Flussufer, suchte sich eine seichte Stelle und stieg ins Wasser. Er tauchte den Kopf hinein und wusch seine fettigen grauen Haare.

»Was macht er da?«, wollte Elvor wissen und ging einige Schritte ans Flussufer heran.

»Er wäscht sich«, antwortete Pim.

»Das sehe ich, aber warum ausgerechnet jetzt?«

»Ambrin gehört zu einer der ältesten Familien in Flusstal«, erklärte Talegrin. »Daher lautet ihr Name auch wie dieses liebliche Tal hier. Schon immer wuschen sich die Flusstals nur im Erenin, der durch Flusstal verläuft.«

»Davon habe ich noch nie gehört«, entgegnete Elvor und strich sich nachdenklich übers Gesicht.

Daraufhin trat Talegrin direkt neben Elvor, behielt jedoch Ambrin im Blick und sprach leise weiter. »Das kannst du auch nicht. Es gibt keine Flusstals mehr. Ambrin ist der Letzte. Erst während seiner Gefangenschaft wurde ihm dies wirklich bewusst, und seither ist er ein Griesgram. Der Name Flusstal wird wohl eines nicht mehr allzu fernen Tages mit ihm sterben.«

»Das ist traurig«, meinte Jul, der das Gespräch mit angehört hatte.

»Deinen großen Ohren entgeht aber auch nichts«, lästerte Elvor, klopfte ihm aber versöhnlich auf die schmalen Schultern.

»Lasst uns weitergehen«, rief er dann. Rimen und Pim halfen Ambrin rasch aus dem Wasser, sodass sie ihren Weg fortsetzen konnten.

Die Sonne sank bereits auf die Gipfel der Schroffen Berge im Westen zu, als sie sich dem Ostrand von Eichenhain näherten. Die kleine Gruppe hatte beschlossen, direkt zu Rimbors Taverne zu gehen. Da dies die wichtigste und am meisten besuchte Taverne in Westendtal war, würden sich von hier aus die Neuigkeiten am schnellsten verbreiten.

Die Birken, die um das Wirtshaus herum wuchsen, wiegten sich leicht im Wind und ihre Blätter raschelten leise. Als sie das lichte Wäldchen durchschritten, wurde Talegrin langsamer und betrachtete eine der Birken. »Diese hier muss es sein«, sagte er in Gedanken versunken, lief um den Stamm herum und betrachtete ihn eingehend. Dann runzelte er die Stirn. »Nein, doch nicht.«

Er ging zu einer anderen, strich mit den Fingern darüber, und nun machte sich ein Lächeln auf dem Gesicht des kleinen Halblings breit. »Diese hier ist es!«

Die anderen traten näher. Mit einem Finger wies Talegrin auf Initialen im Stamm, die man nur noch erkennen konnte, wenn man unmittelbar davor stand.

»S und A«, las Elvor die beiden Buchstaben vor.

Ambrin, dessen Haare nun fast schon wieder trocken und auch nicht mehr ganz so fettig waren, nickte. »Bronn und Aila.«

»Bronn?«, wunderte sich Elvor. »Da steht doch ein S!«

»Ein S für Sternenfaust!« Wieder einmal war es Talegrin, der Elvor aufklärte. »Bronn bildete sich viel ein auf seinen Nachnamen. Er war sehr stolz – damals. Hatte immer einen provokanten Spruch auf den Lippen, und nicht jeder mochte ihn.«

Nachdenklich betrachtete Elvor die Initialen. Offenbar hatten Bronn und er mehr gemeinsam, als er gedacht hatte.

»Aila war seine erste Liebe. Sie waren damals fast noch Kinder.«

»Was wurde aus ihr?«, fragte Elvor.

»Sie wurde ermordet.«

»Ermordet?«

Talegrin nickte traurig. »Es geschah in den Vergessenen Tälern, nahe dem Grenzsee. Bronn nahm Aila oft auf kleine Wanderschaften mit. Sie wurden von Menschen überfallen. Es waren wahrscheinlich Wegelagerer. Ich weiß nicht, was genau geschah. Nur Bronn weiß es – denn er musste es mit ansehen.«

»Hat er sich deshalb der Kriegskunst zugewandt?«

»Ja. Er hat sich selbst beigebracht, Dolche zu werfen; und während seiner Reisen fand er wohl den ein oder anderen Waffenmeister, der ihn ernst nahm und ihn unterrichtete.«

»Später konnte er uns dann so manchen Trick beibringen«, ergänzte Rimen.

Elvor seufzte. Wie wenig er doch über seine Familie wusste. Er fragte sich, ob sein Vater, Tondurim Sternenfaust, diese traurige Geschichte gekannt hatte. Falls ja, so hatte er Elvor zumindest nie davon erzählt.

Lautes Gelächter aus der Taverne drang plötzlich an ihre Ohren und riss sie aus ihren Gedanken. Durch einen Spalt unter der Eingangstür drang gedämpfter Lichtschein.

»Offenbar ist man dort guter Laune«, meinte Pim.

»Mal sehen, wie lange das so bleibt«, sagte Elvor nüchtern und marschierte auf die Taverne zu.

Als seine Hand sich dem Türgriff näherte, zögerte er kurz. Dann jedoch holte er tief Luft, drückte die schmiedeeiserne Klinke nach unten und trat ein. Jul und die anderen folgten ihm.

Eine stickige und von Rauch geschwängerte Luft schlug ihnen entgegen. Noch einige Augenblicke lang tönten lautes Gelächter und Gesprächsfetzen durch den Schankraum, doch allmählich verstummten die Geräusche. Jemand stellte krachend einen Krug, aus dem er wohl eben noch hatte trinken wollen, auf den Tisch, und mit einem Schlag wurde es still.

Alle sahen die Neuankömmlinge an. Kurz hafteten die Blicke auf Elvor und Jul, dann wanderten sie zu jenen Halblingen, die die Letzten aus Bronns einst so großer Truppe waren. Auch Elvor musterte die vier aus den Augenwinkeln, so als erblickte er sie heute das erste Mal. Und noch nie waren sie ihm so alt erschienen. Ihre Haare waren grau, ihre Gesichter von Falten gezeichnet, und der Pelz ihrer Füße leuchtete im Schimmer des Kaminfeuers fast schon weiß. Im Gegensatz zu dem kauzigen Vern Flusstaucher jedoch strahlten sie eine Kraft aus, wie sie wohl nur jemand besaß, der in der unerbittlichen Schmiede des Lebens gestählt worden war.

»Elvor?«, stammelte Ombur Felsenschlag. Offensichtlich hatte sich der alte Halbling, der in diesem Herbst seinen einhundertzwanzigsten Geburtstag feiern würde, als Erster erholt. Langsam erhob er sich und kam näher, seine Gestalt leicht gebeugt wie immer.

Elvor sah sich angesichts der Spannung ein wenig unbehaglich um.

»Jul!«, ertönte da plötzlich Brim Mühlensteins kräftige Stimme. Juls Großvater, der neben Talund Krugbrecher saß, erhob sich so rasch, dass er dabei seinen Stuhl polternd zu Boden warf. Sogleich stapfte er auf seinen Enkel zu, fasste ihn bei den Schultern und drückte ihn an sich. »Wie gut, dass du zurück bist!« Rasch ließ er Jul jedoch wieder los, als sei es ihm peinlich, so offen seine Zuneigung zu zeigen. »Wie gut, dass ihr alle wieder hier seid …«, er hielt inne, sein Blick glitt über Elvor und die anderen, »doch wo sind Jorim und Enna und dieser Fährtenauge?«

»Genau«, rief eine krächzende Stimme. »Habt ihr Bronn denn nun gefunden?« Vern Flusstaucher deutete mit einem seiner zittrigen Finger auf Elvors Begleiter.

Elvor und Jul sahen einander betreten an.

»Wer sind die?«, fragte nun auch Brim, doch gleich darauf weiteten sich seine Augen, sein Unterkiefer klappte herunter – und Elvor vermutete, dass das Ratsmitglied ahnte, wen er da vor sich hatte.

»Bronn Sternenfaust?« Brims Worte waren nur ein Flüstern, doch ein jeder vernahm es. Rimbor, der Wirt, ließ hinter der Theke vor Schreck ein Glas fallen, das klirrend zerbarst. Langsam, fast schon andächtig erhoben sich die Tavernenbesucher, und schnell schwoll das Gemurmel zu einem wilden Stimmengewirr an.

»Bronn ist nicht hier!«, übertönte Elvor die aufgeregten Halblinge, doch diese plapperten weiter. »Und Nespur Fährtenauge ist tot!«, schrie er, und schlagartig kehrte Stille ein. »Nespur hat sich geopfert«, fuhr Elvor leise fort, »und Bronn Sternenfaust ist mit Enna und Jorim hinter die Suravan-Berge gezogen, um die Drachen um Hilfe zu bitten. Meine Gefährten hier«, Elvor deutete auf die vier alten Halblinge, »sind die Letzten, die von Bronns Truppe übrig geblieben sind!«

Nacheinander stellte er die vier vor, woraufhin ihnen einige der jüngeren Halblinge, die an einem Tisch neben der Theke gesessen hatten, ihren Platz anboten. Einer von ihnen war Toram Otterschreck.

»Bitte, setzt euch«, sagte er ehrfurchtig und wies mit der Hand auf seinen Stuhl. Auch Tipplin Zündfuß und einige andere waren aufgestanden. Nach kurzem Zögern ließen sich Bronns Recken, Elvor und Jul schließlich nieder.

»Wenn ihr uns jetzt noch ein ordentliches Dunkles auftischt, einen gebratenen Fasan, gefüllte Wachteln und gepökelte Wildschweinkeule, so wie es sich für Radeborgs Taverne gehört«, rief Pim und klatschte mit der flachen Hand auf den Tisch, »dann können diese Jünglinge hier euch alles berichten!« Er deutete auf Elvor und Jul.

»Na los, Rimbor, mach schon!«, krächzte Vern. »Die Scherben kannst du auch morgen noch aufkehren. Ich möchte zu gern wissen, was es mit Bronn und seinen Drachen auf sich hat.«

Doch Rimbor hatte sich seinen Schlapphut bereits zurechtgerückt und füllte geschäftstüchtig ein Glas nach dem anderen. »Das hier ist jetzt übrigens Rimbors Taverne«, klärte er die vier alten Halblinge auf.

»Wie lange wir doch weg waren«, murmelte Talegrin. »Was wurde denn aus Radeborg?«

»Ist an einem Fasanenknochen erstickt«, sagte Vern kichernd. Waren seine Augen auch blind, der Schalk blitzte in ihnen trotzdem hin und wieder auf.

»Ist doch ein schöner Tod«, entgegnete Pim ungerührt.

Elvor wartete, bis Rimbor die Getränke und das Essen hingestellt hatte, dann begann er von ihrer Reise zu berichten. Er ließ nichts aus, und so fiel es ihm dann auch schwer, von dem legendären Bronn Sternenfaust zu sprechen. Die Beklemmung, die Elvor dabei empfand, war weniger dem Umstand geschuldet, dass dieser Bronn nicht richtig zu den Heldenliedern passen wollte, die über ihn gesungen wurden. Vielmehr war es seine Verwandtschaft zu Bronn und die Tatsache, dass er denselben Namen trug. Wie ihm klar wurde, stand er Bronn wohl doch näher, als er gedacht hatte.

Andächtig lauschten die Anwesenden, vergaßen dabei sogar das Trinken. Was in ihnen vorging, konnte Elvor nur erahnen.

»Und so wissen wir nicht, ob wir je Hilfe von Jorim und Enna oder Bronn erwarten können und ob sie die Suravan-Berge jemals lebend wieder verlassen werden.«

Elvor zögerte kurz und griff zu seinem Krug. Erst als er trank, bemerkte er, wie trocken sein Mund geworden war. »Uns darauf verlassen dürfen wir jedenfalls nicht«, fuhr er fort und wischte sich den Schaum vom Mund, »denn Erinyen und Ghule sind in diesem Moment auf dem Weg nach Westendtal. Eine Armee von weit über zwanzigtausend, eher sogar dreißigtausend, wartete in Arboron auf den Aufbruch. Wir haben sie mit eigenen Augen gesehen.«

Nun breitete sich Unruhe aus und alle sprachen wild durcheinander.

»Woher wollt ihr wissen, dass sie wirklich auf dem Weg hierher sind?«, rief Talund, der sich bislang ruhig verhalten und der Geschichte mit skeptischem Blick zugehört hatte.

Doch in diesem Moment donnerte eine Faust auf den Tisch. Es war Talegrin, der sich nun erhob. Elvor hatte ihn noch nie so erlebt. Bislang hatte sich Talegrin eher besonnen und versöhnlich gezeigt, aber nun funkelte Zorn in seinen dunklen Augen.

»Wagt es nicht, an unseren Worten zu zweifeln! Wir alle hier«, er wies auf seine Gefährten, »haben sie gesehen! Zehntausend hungrige Ghule und mindestens zwanzigtausend Erinyen warten darauf, Westendtal zu überrennen!« Talegrin hob einen Finger in die Luft. »Schon damals hat niemand Bronns mahnenden Worten Gehör geschenkt. Begeht nicht den gleichen Fehler noch einmal, sonst werden eure Häuser und Tavernen bald brennen!«

Nicht nur Talund starrte ihn mit offenem Mund an. Allen schien nun der Ernst der Lage allmählich klar zu werden.

»Es ist wahr«, pflichtete Ambrin Talegrin bei. »Sie werden kommen.«

»Nun gut, doch wir waren nicht untätig!«, erklärte Brim und hob beschwichtigend eine Hand. »Tipplin und Toram haben zusammen mit Hunderten von Halblingen dafür gesorgt, dass ein Heer unsere Täler nicht so schnell durchschreiten kann.«

Tipplin und Toram nickten beide. »Wir haben Barrikaden errichtet und Geröllawinen vorbereitet«, sagte Toram. »Außerdem haben wir Bögen und Pfeile angefertigt und Steinschleudern, und Tipplin«, er wies mit der Hand auf den braunhaarigen Halbling mit den verschrumpelten Füßen, »hat sogar zwei große Katapulte ausgetüftelt und bauen lassen.«

»Bögen und Pfeile? Steinschleudern?«, wiederholte Ambrin. »Seit wann können denn Halblinge mit so etwas umgehen?«

»Ein feindliches Heer von solcher Größe, wie ihr es beschrieben habt, werden wir wohl kaum verfehlen können«, erwiderte Toram mit schelmischem Grinsen.

»Da hat er recht«, stimmte Pim amüsiert zu und genehmigte sich einen ordentlichen Schluck.

»Gut, gut«, meinte Elvor nachdenklich. Er wusste nicht, ob das genügen würde, aber es war mehr, als er in der kurzen Zeit erwartet hatte. Viel mehr sogar.

»Ihr könnt euch morgen gerne davon überzeugen, wir zeigen euch alles«, schlug Toram vor und klemmte sich eine widerspenstige Locke hinters Ohr.

»Das werden wir«, sagte Talegrin und sah erwartungsvoll in die Runde.

Es wurde noch viel geredet an diesem Abend, und viele Fragen wurden gestellt. So manch einer stürmte los, um Verwandten und Freunden von den neuesten Ereignissen zu berichten. Brim setzte die anderen Ratsmitglieder, Helebert Wassertreter und Eren Langschild, von den Neuigkeiten in Kenntnis, und so sprach sich schnell herum, dass Elvor Sternenfaust zurückgekehrt war und einige der Recken seines

Großvaters mitgebracht hatte. Schlaf fand angesichts der nahenden Armee niemand mehr in dieser Nacht.

»Hier, ich kann euch auf der Karte schon mal zeigen, was wir bislang getan haben.« Tipplin quetschte sich zwischen Talegrin und Elvor und breitete ein großes, vergilbtes Pergament auf dem Tisch aus. Elvor hatte den Gesprächen gar nicht mehr gelauscht. Seine Gedanken waren abgeschweift, hatten sich um Enna, Bronn und Jorim gedreht. Wo waren sie? Lebten sie überhaupt noch? Würde er Enna jemals wiedersehen? Und Bronn? *Haltet sie auf!*, hatte sein Großvater ihm gesagt. Die Last auf seinen Schultern wog schwer, und er mochte gar nicht daran denken, was ihnen noch alles bevorstand. Er zwang sich, konzentriert auf die Karte zu schauen.

»Hast du die gezeichnet?«, fragte Rimen und beugte sich verwundert über den Tisch.

Tipplin nickte eifrig. »Schon vor vielen Sommern.«

»Etwas sehr Nützliches«, meinte Elvor.

Tipplin hob überrascht den Kopf, dann sah er fragend Toram an, der sich hinzugesellt hatte. Der Halbling mit den roten Haaren zuckte bloß die Schultern. Eine solche Antwort hatten sie von Elvor wohl nicht erwartet.

Dessen Zeigefinger wanderte bereits über die Karte, fuhr die Schroffen Berge nach, die einen großen Teil von Westendtal umschlossen. »Westendtal ist tatsächlich die größte Festung der ganzen Südlande«, raunte Elvor. »Wie Bronn gesagt hat!«

»Eine wichtige Tatsache«, murmelte Ambrin.

»Morgen«, rief Elvor und legte Tipplin eine Hand auf die Schulter, »morgen brechen wir zu den Vergessenen Tälern auf, und ihr könnt uns alles zeigen. Außerdem habe auch ich noch eine Idee!« Elvor erhob sich. »Lasst uns vor Sonnenaufgang hier an der Taverne treffen.« Er nickte den anderen noch einmal zu, ehe er hinausging. Elvor wollte allein sein, wollte nachdenken. Draußen blickte er hinauf in den Himmel. Es war mittlerweile dunkel geworden, und dort oben leuchteten die ersten Sterne. »Sternenfaust«, flüsterte er, dann ging er leise davon.

28. DAS UNGEHEUER IM SEE

Enna, Jorim und Bronn sowie die beiden Elfen hatten den Drachenkrater so schnell wie möglich verlassen. Kaum wieder im Freien hatten sie den mit nur wenigen Wolken bedeckten Himmel abgesucht, doch die gewaltige Schlacht, die am Vortag zwischen Gulvaren und Drachen getobt hatte, schien vorüber – zumindest für den Augenblick. Laut Gwendalon war es nur eine Frage der Zeit, bis die gewaltigen Kreaturen abermals aufeinanderprallen würden.

Da sie in Eile waren, hatten sie das letzte Licht des Tages ausgenutzt und waren so weit wie möglich nach Norden marschiert. Bronns Aufforderung, den Sumpf im Westen zu umgehen, hatte niemand widersprochen.

Am Rande des Moors wuchs dichtes Buschwerk, welches sie nun durchquerten. Immer wieder warf Enna Jorim heimliche Blicke zu. Dessen gewiefter Gesichtsausdruck wich schon bald einem schuldbewussten, aber schelmischen Grinsen.

»Du musst wahnsinnig sein«, zischte Enna ihm irgendwann zu, als sie meinte, die anderen würden sie nicht hören. Sie fasste ihn energisch am Arm und ließ sich mit ihm hinter die Elfen zurückfallen. Bronn marschierte – offensichtlich mit seinen eigenen düsteren Gedanken beschäftigt – ein gutes Stück hinter ihnen.

»Wie konntest du das tun?«

Jorim zuckte ungerührt mit den Schultern. »Als sich dieser Riesengulvar erhob, bebte der ganze Höhlenboden. Da bin ich absichtlich gegen den Kristall gestolpert und habe das Ei genommen.«

Enna packte Jorim noch fester am Arm. »Du hast diese Wesen bestohlen! Das ist Wahnsinn!«

»Sagte der Drache nicht, wir sollten den Mut haben zu tun, was unmöglich scheint?«, verteidigte sich Jorim und warf schnell einen verstohlenen Blick zu den Elfen, die sich geschmeidig durch das dichte Buschwerk bewegten.

»Ja, aber doch nicht so«, erwiderte Enna gereizt. »Sicher wollte er dir nur sagen, dass du ...«, sie brach ab und blieb abrupt stehen. »Oft sind es gerade die närrischen Entscheidungen, die dem Schicksal einen neuen Verlauf geben!«, flüsterte sie. »So was Ähnliches hat der Drache gesagt. Und dabei hat er *dich* angestarrt!«

»Vielleicht wusste er ja, dass ich die Welt retten kann«, prahlte Jorim und grinste.

»Spinner! Du klingst schon wie Elvor! Nein, er *wusste* es!«, sagte sie hektisch. »Der Drache wusste, dass du das Ei gestohlen hast!«

»Warum sollte er das zulassen?«, überlegte Jorim und rieb sich – nun doch etwas nachdenklich – das Kinn.

»Ich weiß es nicht«, sagte Enna. »Aber als wir die Höhle verlassen haben, hat der Drache uns lange hinterhergeschaut. Und ich hatte den Eindruck, er hat *dich* angesehen.«

»Hm«, brummte Jorim und verlangsamte seine Schritte. Doch Enna ging weiter und zog ihn schnell mit sich, ehe es den anderen auffiel.

»Was hast du mit dem Ei eigentlich vor?« Sie musterte ihren Bruder von der Seite.

»Es waren so viele Eier in dem Kristall. Ich habe mir gedacht, es könnte vielleicht nicht schaden, einen eigenen Drachen zu haben – und da habe ich kurzerhand zugegriffen.«

Jorim setzte wieder sein schelmisches Grinsen auf. »Wir könnten das Ei aber auch den Erinyen unterjubeln. Wenn die Drachen sich erst einmal auf die Suche nach ihm begeben und es bei den Erinyen finden, werden sie die vermaledeiten Mistweiber ins Wilde Meer pusten.«

»Ein schöner Gedanke«, gab Enna zu und seufzte schließlich. »Aber ich bezweifle, dass die Drachen darauf hereinfallen würden. Sicher weiß der Riesendrache ganz genau, wer das Ei gestohlen hat.« Enna war wütend auf Jorim gewesen. Doch wie so oft, wenn sie ihren Bruder wieder einmal wegen offenbar unbesonnener Taten rügte, verflog ihr Ärger rasch, und sie konnte ihm nicht mehr böse sein.

»Der Plan ist so oder so hinfällig.« Jorim stieß einen Ast zur Seite. »Wenn der Drache wirklich weiß, dass ich das Ei entwendet habe, werden er oder die anderen seiner Art uns kaum folgen. Sonst hätten sie uns ja nicht damit entkommen lassen.«

»Aber irgendeinen Grund muss es geben, dass sie uns einfach haben ziehen lassen«, sinnierte Enna, die sich keinen Reim auf das Ganze machen konnte.

»Bestimmt ist das so ein Anduviel-Akaren-Zeug«, murmelte Jorim. »Die sehen irgendwelche Entwicklungen, von denen wir noch nicht mal etwas ahnen.«

»Was habt ihr zwei eigentlich andauernd zu tuscheln?«, fragte Bronn plötzlich von hinten.

»Ich habe dein Lebenswerk vollendet«, erwiderte Jorim leise. Der Stolz in seiner Stimme war unüberhörbar.

»Mein was?«

»Die Drachen!«

Bronn spannte sich an.

»Nun zeig es ihm schon«, zischte Enna. »Und sei vorsichtig!« Sie hatte Angst, die Elfen könnten ihr Diebesgut entdecken, hoffte aber auf einen weisen Rat von Bronn. Immerhin war er es gewesen, der vor vielen Sommern ausgezogen war, um die Drachen zu suchen.

Nach einem flüchtigen Blick auf die Elfen lüpfte Jorim seinen Umhang und zeigte Bronn das Drachenei – und dessen Augen begannen sofort zu leuchten.

Nachdem Jorim und Enna kurz die Einzelheiten berichtet hatten, blickten sie beide gespannt den alten Halbling an. Dieser schien vollkommen fasziniert zu sein – wirkte fast wie verzaubert.

»Das ist unglaublich!«, sagte er. »Ich fühle mich in meine Jugend zurückversetzt.« Ungläubig schüttelte er den Kopf. »Ihr müsst wissen, Drachen können sehr schnell wachsen. Zumindest habe ich das einmal in einem vergilbten Pergament gelesen. Wenn es uns nur gelingt, die Erinyen lange genug von Westendtal fernzuhalten – wer weiß, vielleicht kann uns der Drache dann gegen sie beistehen!«

»Aber wir wissen doch gar nicht, wann genau der Drache schlüpft«, warf Enna ein. »Und er müsste dann schon *sehr* schnell wachsen. Außerdem könnte es ja genauso gut ein Gulvar sein!«

»Trotzdem«, beharrte Bronn. »Das Risiko lohnt sich. Ich wüsste nicht, was wir sonst noch tun könnten. Es ist immerhin eine Möglichkeit.«

Weder Enna noch Jorim wussten darauf etwas zu erwidern.

»Also bringen wir das Drachenei so schnell wie möglich nach Westendtal«, schloss Enna. »Vielleicht weiß ja das Rauchorakel, ob es eine Möglichkeit gibt, die Kreatur darin schneller zum Schlüpfen zu bringen.«

Jorim und Bronn nickten einstimmig. »Es war eine gute Idee, das Ei zu stehlen!«, lobte Bronn und klopfte Jorim kräftig auf die Schulter.

»Warum sprecht ihr nur immer von stehlen? Ich habe das Ei nur geborgt«, beklagte der sich. »Schließlich kann der Drache oder der Gulvar später wieder zum Drachenkrater zurückfliegen.«

Jorims Stimme war immer lauter geworden, was nun die Aufmerksamkeit der Elfen auf sie lenkte.

»Wenn ich so kurze Beine hätte wie ihr, würde ich meine Energie nicht für andauerndes Plappern verschwenden, sondern stattdessen schneller laufen«, rief Gwendalon, ohne sich umzudrehen. Alvendorah dagegen warf ihnen ein strahlendes Lächeln zu, das auf Enna eine erheiternde, nahezu wärmende Wirkung hatte.

»Verratet bloß den Elfen nichts«, flüsterte Bronn rasch hinter vorgehaltener Hand, dann verhielten die Halblinge sich still und schlossen zu Alvendorah und Gwendalon auf.

Nach und nach ging das Buschland in einen sonderbaren Nadelwald über. Auf den vielen kleinen Hügeln des unebenen Bodens wuchsen paarweise Tannen, die sich dem Himmel entgegenstreckten. Das Ungewöhnliche jedoch war, dass sich die Stämme der Bäume weiter oben umeinanderschlangen, als wollten sie sich umarmen. Keine einzige Tanne ragte in diesem Wald alleine in die Höhe, immer waren es zwei. Ihre Kronen standen dicht beieinander und schwankten hoch oben im Wind, wie Liebende, die sich in einem innigen Tanz verloren hatten.

Als die kleine Gruppe den Wald betrat, verstummte gerade das Vogelgezwitscher und die Dunkelheit brach herein.

»Wir sollten Rast machen«, schlug Gwendalon vor, nachdem er eine Weile nachdenklich die Bäume betrachtet hatte. Ohne eine Antwort seiner Weggefährten abzuwarten, steuerte der Elf auf eine Senke zu, in der sich ein kleiner Teich befand, der von einem schmalen Wasserlauf gespeist wurde. Am Ufer des stillen Gewässers ließen sie sich nieder, und Gwendalon entzündete ein Feuer. Die Gefährten drängten sich um die züngelnden Flammen, die flackernd ihre Gesichter erhellten.

Auch heute verteilte Alvendorah ihren gaumengefälligen Zauber, und so war bald nur noch ein genüssliches Schmatzen zu vernehmen.

Enna schaute auf den kleinen See, in dem sich der Vollmond spiegelte. Zwar faszinierte sie der Anblick, doch irgendetwas stimmte damit nicht. Außerdem erfüllte sie eine tiefe Traurigkeit, und sie hatte keine Ahnung, woher diese so plötzlich kam.

»Wie lange sind wir eigentlich in diesem Drachenkrater gewesen?«, fragte sie.

»Einen halben Tag, schätze ich«, antwortete Jorim.

Enna legte den Kopf in den Nacken und schaute zwischen den sich leise im Wind wiegenden Baumkronen hindurch zum Himmel. Geisterhaft und schnell zogen Wolkenfetzen am Mond vorüber. »Aber wir haben plötzlich Vollmond, und das kann nicht sein. Mehr als eine fahle Sichel dürften wir noch gar nicht sehen.«

»Dies ist ohnehin ein merkwürdiger Wald«, stellte Bronn fest. »Seht euch diese verschlungenen Bäume an.«

»Ich hätte nie gedacht, dass ich es eines Tages erlebe, aber wir befinden uns in den Zwillingswäldern«, erklärte Gwendalon plötzlich.

»Zwillingswälder? Was soll das sein?« Jorim betrachtete den Elfen neugierig.

»Für jedes verlorene Seelenpaar wachsen in diesen Wäldern zwei Bäume«, erklärte Alvendorah mit leiser Stimme. »Es gibt Seelen, die einander sehr nahestehen, und wenn sie in diese Welt eintreten, tun sie das stets gemeinsam. Sie kommen als Geschwister, oft auch als Zwillinge, auf diese Welt«, sie schlang die Arme um ihre Knie und blickte verträumt auf das Spiegelbild des Mondes im Teich, »oder aber als Liebende. Es kann jedoch geschehen, dass die Natur nur einen Körper bereithält, in den dann nur eine Seele hineingeboren werden kann. Die andere Seele bleibt zurück in der Welt der Geister. Der Schmerz einer solchen Trennung muss fürchterlich sein.« Kurz hielt Alvendorah inne und warf Gwendalon einen flüchtigen Blick zu. In ihren dunkelblauen Augen spiegelten sich die Flammen, und Enna glaubte, eine verborgene Sehnsucht darin erkennen zu können. »Eine Legende unseres Volkes besagt«, fuhr sie fort, »dass für jedes der getrennten Seelenpaare zwei Bäume in den Zwillingswäldern wachsen, die einander umschlingen. Sie tun dies so lange, bis sich die verlorenen Seelen wiederfinden. Die Zwillingswälder wandern, sind einmal hier, einmal dort. Nur selten geschieht es, dass man in sie hineingerät.« Alvendorah deutete mit der Hand zum Nachthimmel. »Der Mond, der hier scheint, ist ein anderer.«

»Das klingt sehr traurig«, sagte Enna leise. Sie überlegte, ob für sie und Jorim auch ein solches Baumpaar in diesem Wald gewachsen wäre, wenn sie getrennt worden wären.

»Dann gibt es für jeden Baum hier eine Seele, die sich verloren fühlt?« Bronn, der sich gegen einen der Bäume gelehnt hatte, wandte sich um und strich mit dem Finger darüber.

»So ist es«, antwortete Alvendorah. »Manche der zurückgebliebenen Seelen kommen hierher, um in diesen Wäldern zu trauern. Könnt ihr den Seelenschmerz nicht auch fühlen?«

Enna nickte. »Ich spüre eine tiefe und schwere Trauer. Es ist fast so, als wollte sie mich in diesen kleinen See hineinziehen.«

»Mich gruselt es eher bei dem Gedanken, dass hier frustrierte Seelen herumlungern«, sagte Jorim und spähte ein wenig unbehaglich in den Wald hinein.

»Du brauchst dich nicht zu fürchten«, versuchte Gwendalon den Halbling zu beruhigen. »Die Seelen tun niemandem etwas zuleide. Allerdings würde jedes Wesen, das mit schlechter Absicht diesen Wald betritt, an der Trauer ersticken. Also, seid beruhigt. Seid versichert, dass euch in dieser Nacht nichts schaden kann.« Gwendalon legte sich zurück, verschränkte die Arme hinter dem Kopf und schloss die Augen. Noch nie hatte Enna ihn so entspannt gesehen, und das gab auch ihr ein gutes Gefühl.

Am nächsten Morgen wartete eine Überraschung auf sie: Der Wald war weg! Auch den Teich, in dem sich der volle Mond gespiegelt hatte, gab es nicht mehr. Stattdessen war da nur hartes Gras, das den Halblingen bis über die Schultern gereicht hätte, wäre es nicht von einem heftigen Wind niedergedrückt worden. Hektisch stand Enna auf und wäre prompt von einer Bö umgeworfen worden, hätte Jorim sie nicht gestützt.

»Wo ist der Zwillingswald?«, rief Bronn und drehte sich suchend im Kreis. Der Sturm zerrte an seinem grauen Haar, als ob er es ihm vom Kopf reißen wollte.

»Wie ich sagte«, entgegnete Alvendorah und rollte ihre Decke zusammen, »dieser Wald verweilt nie lange am selben Ort, er ist ständig in Bewegung.«

Bronn schüttelte nur den Kopf, murmelte etwas vor sich hin und packte rasch seine Sachen.

Doch ihre Verwunderung wich bald wachsender Besorgnis wegen des Wetters. Zwar war die Luft erstaunlich warm, aber im Süden brauten sich Wolken, schwarz wie die Nacht, über dem Drachenkrater zusammen. Donner grollte und Blitze zuckten, bildeten goldene Risse im Himmelsgewölbe, sodass es aussah, als ob es bald auseinanderbersten würde.

»Das muss der Ewige Sturm sein!«, brüllte Bronn gegen den anschwellenden Wind an und versuchte, sich auf den Beinen zu halten.

»Dann nichts wie weg!«, schrie Jorim, und auch Gwendalon drängte zum Aufbruch.

Sie hasteten weiter durch das hohe Gras und hielten direkt auf die Suravan-Berge zu. Immer wieder warfen die Halblinge beunruhigte Blicke zurück. Ab und zu glaubte Enna auch Gulvaren und einmal sogar einen Drachen in den tobenden Naturgewalten zu erblicken, doch der Sturm und der immer unebener werdende Boden zwangen sie, sich stärker auf ihren Weg zu konzentrieren.

Gegen Mittag wich die Graslandschaft allmählich dichtem Buschwerk. Zwar war dies nicht viel höher als Gwendalon und schützte sie ein wenig vor dem Sturm, dennoch versperrte es ihnen die Sicht auf die Umgebung. So tat sich unmittelbar vor ihnen plötzlich ein langer, schmaler See auf.

Jorim stapfte zum Ufer und spähte nach links und rechts. »Es wird ewig dauern, bis wir da herumgelaufen sind«, murrte er und rümpfte dabei die Nase. »Außerdem stinkt der Tümpel gehörig, und ich habe keine Lust, wieder einem Ungeheuer in die Arme zu laufen.«

Mit dem Schwert in den Händen ging Gwendalon ein Stück weit in den See hinein, und selbst als der Elf fast hundert Schritte zurückgelegt hatte, reichte ihm das Wasser gerade so bis zu den Knien. Schließlich wandte er sich um und winkte die anderen herbei.

Alvendorah warf noch einen raschen Blick zum südlichen Himmel. Was sie dort sah, gefiel ihr offensichtlich gar nicht, denn ihr Gesichtsausdruck wirkte besorgt.

»Lieber einen stinkenden See als den Ewigen Sturm«, rief sie und folgte ihrem Gefährten.

»Gib auf das Ei acht!«, flüsterte Bronn Jorim zu, und Enna klopfte ihrem Bruder aufmunternd auf die Schulter.

»Und auf die Ungeheuer!«

Jorim schnitt eine Grimasse, und schließlich stapften auch die Halblinge durch den See.

Sie waren nicht mehr weit vom anderen Ufer entfernt – nach wie vor reichte das Wasser den Halblingen bis zur Brust – als genau in diesem Moment Jorim zu schreien begann.

»Etwas hat mich gebissen!«

Enna wandte sich um und erkannte, wie er wild herumfuchtelte und immer wieder in das Wasser schlug.

»Jorim!«, schrie Enna, doch da stürmte Gwendalon schon mit gezogenem Schwert an ihr vorbei. Alvendorah folgte mit angelegtem Bogen, und auch Bronn eilte zu Jorim, wobei er seine kleine Steinaxt in Händen hielt.

Erneut brüllte Jorim, doch es war kein Ungeheuer zu sehen. Dennoch kippte er plötzlich hintenüber – und versank unter der Wasseroberfläche. Enna bekam es mit der Angst zu tun. Gwendalon war endlich zur Stelle, griff ins Wasser und zog den strampelnden Halbling heraus. Der Elfenkrieger klemmte sich Jorim unter den Arm; in der anderen Hand hielt er das Schwert und suchte nach einem möglichen Angreifer. Dann sah er zu Alvendorah und zuckte mit den Schultern, worauf die Elfe den Bogen senkte.

Wenige Augenblicke später hatten sie das rettende Ufer erreicht, wo Jorim sich eilig aus Gwendalons Griff befreite.

»Was war denn los?«, wollte Enna wissen.

Ihr Bruder ließ sich auf sein Hinterteil plumpsen und schob seinen grauen Fußpelz zur Seite.

»Ein Ungeheuer!«, behauptete er, noch immer schwer atmend und triefend nass. »Es muss mich in den Fuß gebissen haben.«

Mit gerunzelter Stirn besah sich Gwendalon Jorims breiten Fuß. Einen Augenblick später hielt er, nach einem kurzen Aufschrei Jorims, eine winzige sich windende Kreatur in der Hand. »Das Ungeheuer war lediglich ein Blutegel.« Missbilligend schüttelte der Elf den Kopf. »Deshalb hast du also im Wasser gewütet wie ein Berserker.«

»Ich dachte … also … es fühlte sich tatsächlich wie der Biss eines Seeungeheuers an«, verteidigte sich Jorim und zog seine verrutschte

Hose ein Stück hoch, woraufhin prompt noch ein weiterer Blutegel sichtbar wurde. Wehleidig verzog er das Gesicht, aber dann entfernte er das hungrige Tierchen kurzerhand und stand auf.

»Lasst uns gehen«, sagte er und griff sich unter seinen nassen Umhang.

»Noch ein Blutegel?« Alvendorah schien das Ganze zu amüsieren. Belustigt beobachtete sie Jorim und schürzte die Lippen.

»Nein«, entgegnete Jorim und seufzte erleichtert. »Noch alles heil.«

Kaum merklich nickte er Enna zu. Auch sie war froh, dass das Drachenei ganz offensichtlich nicht zerbrochen war.

»Dann los jetzt«, drängte Gwendalon. »Die warme Luft wird dich rasch trocknen.«

Sie setzten ihren Weg fort, und aus dem Buschland wurde nach und nach zerklüftetes Felsgestein. Überall ragten geborstene Felsen in die Höhe, tiefe Risse und Furchen durchzogen den Boden. Bald schon wurden die Spalten immer breiter, sodass die Halblinge springen mussten, während die Elfen mit großen Schritten darüber hinwegsetzten.

Zu allem Unglück wurde der Himmel über ihnen noch schwärzer, und der Sturm schwoll an. Ein schrilles Pfeifen schreckte sie auf, doch sie fanden heraus, dass es nur der Wind war. Dieser fing sich nämlich in all den Rissen und Löchern der Steine und malträtierte ihre Ohren mit ungewohnt hohen Tönen. Mühsam kämpften sie sich voran, an eine Unterhaltung war bei diesem Lärm nicht mehr zu denken.

Am späten Nachmittag stieg das Gelände langsam an, und mittlerweile mussten sie sich aneinanderklammern, um nicht vom Wind von den Füßen gerissen zu werden. Enna fühlte Wut in sich aufsteigen und starrte auf Gwendalon. Sie erwartete von ihm, dass er sie endlich aus dieser unwirtlichen Gegend herausbrachte. Der tobende Sturm, der sich anhörte, als würden sich Tausende kreischende Erinyen auf sie stürzen, brachte Enna um den Verstand. Sie sah, dass auch Jorim und Bromm sich zornig anbrüllten, doch sie konnte kein Wort verstehen.

Kurz vor Einbruch der Dunkelheit stolperten sie endlich in eine Höhle.

»Weshalb hältst du hier an?«, knurrte Enna und ging geradewegs auf Gwendalon zu. »Ich will aus diesen verdammten Bergen raus!«

»Enna!« Mit erstaunlich festem Griff packte Alvendorah Enna und drehte sie zu sich herum. »Hör auf! Das ist der Wind! Er schürt unseren Zorn. Lass nicht zu, dass er die Oberhand über dich gewinnt. Kämpfe dagegen an!«

Plötzlich hielt Enna inne, als ihr bewusst wurde, wie sie sich verhalten hatte. »Verzeiht, ich … ich weiß nicht, was mit mir los ist.« Verwirrt blickte sie zu Jorim und Bronn. Auch die beiden standen angespannt da, die Kiefer fest aufeinandergepresst.

»Es ist der Wind«, erklärte nun auch Gwendalon. »Er bringt unsere Sinne durcheinander.« Düster blickte der Elf zum Höhleneingang, wo der Sturm noch immer tobte, wenngleich die schrillen Geräusche im Inneren der Höhle gedämpfter klangen. »Fast könnte man meinen, dieses Land will uns daran hindern, es zu verlassen.«

Gwendalons Worte machten Enna Angst, denn sie wollte hier raus – und zwar schnell!

Obwohl sie alle erschöpft waren von der Reise, fanden sie in dieser Nacht keinen Schlaf. Stattdessen lauschten sie auf den Sturm und hofften inständig, dass dieser bald nachlassen würde.

29. DIE JAGD BEGINNT

So schnell er konnte, rannte der Mensch durch die Nacht. Er hatte nicht einmal die Zeit zu bereuen, dass er hiergeblieben war, anstatt mit den anderen zu den Elfen zu fliehen. Er hetzte durch das hohe Gras, wollte über einen Bach springen, stolperte und stürzte prompt ins Wasser. Die Schritte des Ghuls kamen näher, unaufhaltsam stapften die schweren Füße über den Boden.

Der Mensch rappelte sich auf und stürmte weiter, direkt in das kleine Wäldchen hinein. Es dämmerte bald, und er hoffte, in den langen Schatten der Bäume Zuflucht zu finden. Einen Moment lang hielt er im Schutz der Bäume inne, lauschte, doch sein rasender Herzschlag ließ das Blut so laut durch seine Ohren strömen, dass sämtliche Geräusche davon überdeckt wurden.

Todesangst packte ihn, und er rannte weiter. Äste peitschten in sein Gesicht, und im Zwielicht des Waldes sah er nun, dass er nicht der Einzige auf der Flucht war. Noch mehr Menschen irrten zwischen den Bäumen umher. Es waren wie er einstige Bewohner von Arbor, die es versäumt hatten, sich in Sicherheit zu bringen und der trügerischen Hoffnung erlegen waren, in den Hügeln südwestlich des Grenzsees überleben zu können. Doch dann war diese gigantische Armee aufgetaucht: Tausende und Abertausende Erinyen und Ghule waren von Arbor – das nun Zervanador hieß – gekommen. Gerüchten zufolge marschierten sie nach Westendtal und suchten nördlich des Grenzsees Zugang zu den Vergessenen Tälern. Kaum hatten sie die Menschen in den Hügeln entdeckt, hatte die Jagd begonnen, und stinkende Ghule waren über sie hergefallen.

Da er bloß einer von vielen war, die von der blutrünstigen Meute durch das Unterholz gehetzt wurden, hoffte er, entkommen zu können. So hielt er es für das Beste, in Deckung zu gehen und bewegungslos abzuwarten, bis alles vorüber war. Rechts von ihm befand sich ein umgekippter Baum, dessen Wurzelteller senkrecht in die Höhe ragte. Er hechtete in die Erdkuhle, die der gefallene Baum hinterlassen hatte, und bedeckte sich selbst so gut es ging mit Zweigen. Nun ertönten auch schon die ersten Schreie, schrill und voller Angst. Ghule knurrten – und plötzlich raschelte es direkt neben seinem Versteck. Er spähte zwischen Ästen und Laub hervor. Nur wenige Schritte entfernt stand eine Frau. Ihre Beine zitterten, und ihr Atem ging schwer, dann sank sie vor Erschöpfung auf die Knie. Er kannte sie: Es war die Tochter des Schmieds.

Etwas bewegte sich hinter einem Gebüsch, ein Schemen nur, aber er kam näher. Der Mann sah, wie die Frau verzweifelt den Kopf schüttelte. Kurz überlegte er, ihr zu Hilfe zu eilen, doch als sein Blick auf den Ghul fiel, erstarrte er. Noch nie hatte er ein derartig großes Exemplar gesehen. Seine Haut war dunkel, nicht bleich wie bei den anderen, und langes, weißes Haar fiel über außerordentlich muskulöse Schultern. Er konnte sogar die großen Nasenflügel des Ghuls sehen, die vor Aufregung bebten.

Die Tochter des Schmieds hob die Hände, flehte darum, am Leben bleiben zu dürfen, bat um Gnade. Doch der Ghul kannte keine. Blitzschnell stürzte er sich auf die Frau und hob sie in die Luft. Einer seiner dicken Arme schlang sich um ihren Hals – dann drückte er zu.

Der Mensch wandte den Kopf ab, das Geräusch brechender Knochen hörte er dennoch. Als er die Augen wieder öffnete, beugte sich der Ghul über den schlaffen Körper und aß.

Die Zeit verstrich quälend langsam, die Geräusche des Waldes verstummten. Auch die Schreie, die bis vor Kurzem noch durch den Wald gehallt waren, wurden schwächer.

Irgendwann hatte der Ghul sein Mahl beendet. Sein Maul war blutverschmiert, ebenso seine Hände und die Spitzen seiner weißen Haare. Schließlich erhob er sich, doch anstatt zu gehen, kam er auf das Versteck zu. Leise, als würde er den Boden gar nicht berühren, schlich er auf den Menschen zu.

Mit einem Mal jedoch hielt der Ghul inne. Dann erklang ein fernes Donnergrollen. Es kam irgendwo aus dem Norden, wurde immer lauter und schien nicht enden zu wollen. Vielleicht war es ein Gewitter, vielleicht eine Geröllawine. Nach und nach ebbte das Geräusch ab und hinterließ eine vollkommene Stille im Wald.

»Heute hast du Glück«, schnarrte der Ghul leise, dann wandte er sich ab und verschwand.

»In spätestens zwei oder drei Tagen sollten wir den Zugang zu den Vergessenen Tälern erreichen«, sagte Moydana und ließ sich zu Zervanas Füßen nieder. Die Usurpatorin stand mit dem Rücken an einen Baum gelehnt auf einem Hügel und sah nach Osten. Ihr Blick wanderte über die unzähligen Senken, in denen man sich an anderen Tagen gut verbergen konnte. Nicht so an diesem Tag, denn heute lagerten dort dreißigtausend Erinyen und Ghule.

»Wären die nach Blut gierenden Ghule nicht auf Menschenjagd gegangen, würden wir unser Ziel einen halben Tag früher erreichen«, schimpfte Zervana.

»Die Ghule sammeln Kraft für die bevorstehende Aufgabe«, erklärte Yorak. Die Verachtung, die er den Ghulen entgegenbrachte, war seiner Stimme deutlich anzuhören. »Das zumindest waren Hanafehls Worte.«

»Hungrige Ghule sind schwer zu kontrollieren«, entgegnete Zervana. »Vielleicht ist das der wahre Grund, der ihn zu dieser Jagd treibt.«

»Mag sein«, pflichtete Yorak ihr bei. »Es ist ein langer Weg nach Norden, und ein Anführer muss seine Herrschaft jeden Tag aufs Neue sicherstellen.«

»Je größer die Taten des Herrschers sind, desto weniger muss er seinen Herrschaftsanspruch unter Beweis stellen«, hielt die Usurpatorin dagegen.

Zervana musterte Yorak, dessen scharfkantiges Gesicht keinerlei Regung zeigte. Die Arme vor der Brust verschränkt, stand der große Erinya einige Schritte von ihr entfernt. Im Westen näherte sich die Sonne allmählich dem Horizont, und ihre letzten Strahlen brachten nicht nur Yoraks schwarze Haare zum Glänzen, sondern ließen auch die silbernen Intarsien auf dem dunklen Holz seiner Geißel schimmern.

»Wann verrätst du mir, was diese Schriftzeichen bedeuten?« Sie nickte in Richtung der Erinyen-Waffe, die an seinem Gürtel hing.

»Am Tag, wenn die Feuer unserer Lenden auflodern und wir im Kampf der Leidenschaft miteinander ringen.« Yorak sah sie aus seinen dunklen Augen herausfordernd an und schob sein ausgeprägtes Kinn nach vorne. Lust wallte in Zervana auf, wie immer wenn sein Blick auf diese Weise über ihren Körper glitt. Doch noch konnte sie ihrem Verlangen nicht nachgeben, denn würde sie eine Erinya in ihrem Leib tragen, wäre sie zu verletzlich. Nein, nur sie selbst würde bestimmen, wann er sich ihr hingeben durfte. Daher hob sie stolz den Kopf.

»Heb dir deine Begierde auf. Vielleicht erweise ich dir eines Tages die Ehre.«

»Also warten wir.« Yorak schmunzelte, erhaben und gelassen wie immer.

Zervana nickte, dann stolzierte sie auf ihn zu, stellte sich direkt vor den Erinya und lächelte verschlagen.

»Wir warten. Und mit jedem Tag, der verstreicht und an dem unser Begehren wächst, wird unser Ringen heftiger und gefährlicher, vielleicht sogar tödlich sein.«

Yorak neigte den Kopf. »Eure Lust zu spüren, scheint mir den Tod wert.«

»Natürlich ist sie das«, sagte Zervana leise, legte ihre Hand auf Yoraks Brust und schob ihn zurück. »Geh jetzt, Yorak! Sieh nach meinem Heer, denn noch heute Nacht will ich aufbrechen.«

Abermals verneigte sich Yorak, dann ging er mit großen Schritten davon.

»Eine ungewöhnliche Waffe, die er trägt«, sagte Moydana.

Zervana war sich nicht ganz sicher, ob die Erinya wirklich von der ungewöhnlichen Peitsche sprach, aus deren Ende eine Klinge herausragte.

»Ein ungewöhnlicher Erinya«, flüsterte Zervana und blickte Yorak hinterher. »Stark und gut aussehend. Nichts weist auf seine menschliche Abstammung hin.«

Moydana erhob sich und ging gemessenen Schrittes auf Zervana zu. Begierde blitzte in ihren Augen auf. »Wenn Ihr wünscht, die Zeit rascher verstreichen zu lassen, so wisst Ihr, dass nicht nur meine Fackel für Euch lodert.«

Zervana trat ein wenig nach vorne, sodass ihre Brüste die von Moydana berührten.

»Bist auch du Yoraks Meinung?«, säuselte sie ihr ins Ohr. Zärtlich strich Zervana dabei mit ihrem Fingernagel über eine von Moydanas geschwungenen Augenbrauen. »Bist auch du der Meinung, meine Lust zu spüren, ist den Tod wert?«

Ohne mit der Wimper zu zucken, presste Moydana ihren begehrenswerten Körper fester gegen Zervana.

»Jeder Atemzug im Rausche Eurer Lust ist es wert zu sterben«, hauchte sie, und ihr Atem verursachte ein Kribbeln auf Zervanas Haut.

Die aufwallende Begierde war jedoch nur von kurzer Dauer. Im Norden, wo die Vergessenen Täler lagen, erhob sich ein gewaltiger Donnerhall.

»Was war das?« Gereizt wandte sich Moydana ab und schaute nach Norden.

Auch Zervana trat einen Schritt nach vorn und ließ ihren Blick über die schroffen Berggipfel gleiten. Nur wenige weiße Wölkchen, deren Ränder im Licht der untergehenden Sonne rötlich leuchteten, zogen über den dunkelblauen Himmel. »Jedenfalls war es kein Gewitter.«

»Die Halblinge?« Moydana sah sie fragend an.

»Möglich«, erwiderte Zervana. Auch wenn sie sich kaum vorstellen konnte, dass dieses kleine Volk einen solchen Lärm verursachen konnte, wuchs doch das Misstrauen in ihr.

»Schickt Späher! Sie sollen unsere Marschroute auskundschaften.«

Moydana nickte ergeben, dann machte sie sich auf, um fähige Erinyen auszusenden.

Donnernd rollte die Felslawine den Hang hinunter, riss alles mit sich, was sich ihr in den Weg stellte. Staub wurde aufgewirbelt und hüllte das Gestein immer dichter ein, während es zu Tal raste. Tausendfach, wie es schien, hallte das Getöse von den umliegenden Bergwänden wider und steigerte sich zu einem ohrenbetäubenden Lärm. Fast hätte man denken können, eine ungeheure Macht würde die Schroffen Berge aus ihrer Verankerung reißen.

Der Halbling mit den wilden Locken, die eigentlich schwarz waren, doch nun wegen des Staubs an das greise Haupt eines betagten Helden erinnerten, schüttelte den Kopf.

»Noch nie wurde von Halblingshand so viel Lärm und Zerstörung verursacht.«

»Westendtal wurde auch noch nie von einer solchen Armee bedroht, Elvor«, erwiderte Toram Otterschreck und klemmte sich zum wiederholten Mal diese eine widerspenstige rote Locke hinter sein Ohr. »Vielleicht können wir die Pläne der Erinyen und Ghule doch durchkreuzen.«

Elvor hörte ihn kaum, denn ihm klangen noch immer Bronns Worte in den Ohren: *Haltet sie auf!*

Und genau das hatte er auch vor.

»Eine schöne Barrikade. Gegen diese Felsmassen werden weder ihre Fackeln noch ihre Geißeln etwas ausrichten können«, freute sich auch Tipplin Zündfuß. »Diese Steinchen werden die Biester sicher eine Weile aufhalten.« Das laute Lachen des Halblings mit den verschrumpelten Füßen riss Elvor nun endgültig aus seinen Gedanken.

Zusammen traten die drei einige Schritte nach vorn und spähten hinunter ins Tal. Die Vergessenen Täler waren ein weitläufiges Gebiet im Südosten von Westendtal, umrahmt von den Schroffen Bergen, die den größten Teil der Halblingsheimat umschlossen. Unzählige kleine und große Täler und Schluchten wanden sich zwischen den Bergen dahin, die wenigsten von ihnen führten jedoch an ein Ziel. Meist endeten sie vor steil aufragenden Felswänden mit rauschenden Wasserfällen. Keine gute Wahl also, um eine Armee, die dreißigtausend zählte, hindurchzuführen. Tatsächlich gab es nur einen einzigen Weg, der einer solchen Anzahl ausreichend Platz bot. Und dieser Weg führte genau durch jenes Tal, über dem die drei Halblinge nun standen und das sie mit der gigantischen Gerölllawine unpassierbar gemacht hatten. Das zumindest hofften sie.

Allmählich legte sich der Staub. Deutlich konnte man nun gewaltige Felsen erkennen, die sich übereinander auftürmten; manche von ihnen waren sogar geborsten und bildeten scharfkantiges Gestein. Dieser Anblick bot sich ihnen über die ganze Breite des Tales hinweg.

Elvor nickte zufrieden. Während ihrer Heimreise waren er und seine Gefährten genau an diesem Ort vorbeigekommen. Diese Stelle hier lag nämlich weiter südöstlich, nicht allzu weit vom Nordwestufer des Grenzsees entfernt. Die Hänge waren mit losem Geröll übersät. Allerdings waren sie sich nicht sicher gewesen, ob es ihnen auch wirklich gelänge, hier eine Lawine abzusetzen. Anstatt abzuwarten, bis die

Erinyen-Armee hier war und der Versuch vielleicht misslang, hatte Elvor deshalb darauf bestanden, es gleich auszuprobieren. Lieber die unreife Frucht im Bauch, als die verdorbene am Baum, lautete ein alter Halblingsspruch.

»Es wird sie Tage kosten, darüber hinwegzuklettern oder sich einen anderen Weg zu suchen«, stellte Elvor stolz fest.

»Vielleicht haben wir Glück und müssen die Gerölllawine im Nordwesten gar nicht zu Tal gehen lassen«, meinte Toram.

»Warum nicht?«, fragte Tipplin und kratzte sich nachdenklich die Stirn. »Die Vorbereitung war eine ganz schöne Plackerei. Halb Westendtal hat daran mitgearbeitet. Ich fände es schade, wenn das alles umsonst gewesen wäre.«

Tipplin stand die Enttäuschung ins Gesicht geschrieben. An jener Stelle nämlich, die Nespur ihnen damals bei ihrer Abreise gezeigt hatte, hatten die Halblinge Steinhaufen aufgeschichtet und mit Netzen und dicken Tauen gesichert. Durchtrennte man diese, würde jeder, der sich unten im Tal befand, unweigerlich erschlagen werden.

»Ich weiß«, entgegnete Toram. »Ich hab ja selbst mitgeholfen. Aber diese Gerölllawine befindet sich oberhalb des Erenin und würde auch den Fluss treffen und ihn womöglich aufstauen. Doch der ist für den Betrieb der Mühlen in Flusstal wichtig.«

»Hm, das stimmt, aber weshalb hat uns Nespur dann diese Stelle empfohlen?«

Elvor hob die Schultern. »Weil das Tal dort am breitesten ist und wir so die Möglichkeit haben, einen größeren Teil der Armee zu treffen als an den schmalen Einschnitten. Außerdem hatte Nespur zuallererst die Verteidigung unserer Heimat vor Augen. Alles andere war zweitrangig. So war er nun mal. Und davon abgesehen«, Elvor legte Tipplin und Toram jeweils eine Hand auf die Schulter und sah die beiden ernst an, »wenn diese Armee Westendtal erreicht, brauchen wir keine Mühlen mehr.«

Diese Worte verbesserten die Stimmung nicht gerade, entsprachen aber der Wahrheit.

»Auf jeden Fall war es eine gute Idee von Elvor, diesen Abschnitt hier zu blockieren«, sagte Toram, »denn damit ist der Hauptzugang zu den Vergessenen Tälern erst einmal verbarrikadiert.«

»Aber was wir zwischenzeitlich aufgebaut haben, ist auch nicht zu verachten«, betonte Tipplin, der vermutlich ein wenig beleidigt war, dass seine Vorkehrungen so unbeachtet blieben.

»Das stimmt. Ihr habt viel geleistet in der kurzen Zeit«, lobte Elvor ihn und meinte es ehrlich.

Im letzten Talabschnitt, der kurz vor Westendtal lag und den die Eindringlinge würden passieren müssen, hatten sie nämlich außerdem noch zwei hintereinanderliegende Palisadenzäune aus langen, oben zugespitzten Pfählen errichtet. Zu beiden Seiten des eingezäunten Bereiches hatten sie an den Talhängen Fässer des misslungenen Kartoffelschnapses gestapelt, der – wie Nespur so treffend gesagt hatte – unters Volk gebracht werden müsse. Sobald sich ein Teil der Feinde in dem Bereich zwischen den beiden Pfahlreihen befand, würden sie die Fässer zu Tal rollen lassen, wo sie zerbersten würden. Halblingswachen würden dann mit Brandpfeilen schießen und den verdorbenen Trunk samt Erinyen und Ghulen in Brand setzen.

»Du hast dich irgendwie verändert«, murmelte Tipplin, der angesichts des Lobes verwirrt schien.

»Nur ein klein wenig«, entgegnete Elvor und schüttelte sich den Staub aus den Haaren, so gut es eben ging. Dann wandte er sich an Toram. »Ich finde es zwar gut, dass Rimen und Pim sich bereit erklärt haben, hier Wache zu halten und uns zu warnen, sobald die grässlichen Weiber auftauchen ...«, er hielt inne und rieb sich nachdenklich das Ohr.

»Aber?«, hakte Toram nach.

»Aber ich frage mich, wie sie die Nachricht von ihrem Posten hier schnell genug nach Westendtal bringen wollen.«

Toram blies die Wangen auf, auch er hatte darauf offenbar keine Antwort.

»Ich habe da eine Idee«, sagte Tipplin plötzlich, der auf einem Stein saß und einen seiner verschrumpelten Füße kratzte.

»Und die wäre?«, wollte Elvor wissen.

»Feuer!«

Elvor und Toram musterten den Halbling gleichermaßen misstrauisch. »Ich dachte, seit deiner Namensänderung wärst du etwas vorsichtiger, was den Umgang mit Feuer angeht«, bemerkte Elvor.

Tipplin jedoch winkte ab. »Ein einfaches Lagerfeuer genügt«, erklärte er. »Wir stellen mehrere Wachposten in gewissen Abständen auf, und sie alle errichten einen Holzstapel. Nahen die Fackelträgerinnen, so entzünden Pim und Rimen ihr Feuer als Erstes und dann alle Wachen nacheinander, bis man es in Westendtal sehen kann.«

»Und wenn es regnet?«, hielt Toram dagegen.

»Ganz einfach!« Tipplin sprang von seinem Stein hoch und schnippte mit den Fingern. »Wir bauen aus ein paar Brettern Dächer über den Holzstößen auf und schaffen den verdorbenen Kartoffelschnaps hierher. Den gießen wir dann über das Holz und schon brennt es lichterloh.«

»Also gut«, meinte Elvor nach einer Weile. »Das müsste funktionieren! Lasst uns zurückgehen und es den anderen erzählen. Wir sollten die Wachen sobald wie möglich aufstellen.«

Und so machten sie sich auf den Weg zurück.

Als sie jene Stelle erreichten, an denen Netze und Seile aufgetürmte Steinhaufen zusammenhielten, ließ Tipplin es sich nicht nehmen, die Stricke noch einmal zu überprüfen. Elvor blickte derweil hinab und beobachtete den Erenin, wie er durch das breite Tal strömte. Da die Sonne schon tief im Westen stand und die Dämmerung aufzog, lag die Talsohle schon jetzt im Schatten. Sollte das Geröll hier ins Tal rasen, würde es sicher viele treffen. Doch für dreißigtausend würde es niemals ausreichen.

30. GETRENNTE WEGE

Tatsächlich legten sich die Naturgewalten über Nacht, sodass die Halblinge und die beiden Elfen noch vor dem Morgengrauen ihre Reise fortsetzen konnten. Immer höher stiegen sie hinauf in die Berge, durchquerten einen lichten Wald von Nadelbäumen, der bald schon Felsen und vereinzelten Bäumen und Büschen wich. Die Sonne schien den Gefährten angenehm warm auf die Schultern.

Mittags fanden sie einen Pass, einen schmalen Einschnitt im Fels, der über die Bergkette hinwegführte. Oben angekommen blieb Bronn plötzlich stehen und sah zurück.

»Was hast du?«, fragte Enna den alten Halbling und hielt ebenfalls an.

Bronn runzelte die Stirn. »Bronn Sternenfaust und die Suravan-Berge«, murmelte er. »Eine seltsame Geschichte. Seit dem ersten Moment, in dem ich von diesem Gebiet erfahren habe, hat es mich fasziniert. Verglichen mit all der Zeit, die seither vergangen ist, ist es nur ein Lidschlag gewesen, den ich hier im Norden dieses Landstriches zugebracht habe.« Bronn schüttelte ungläubig den Kopf. »Und nun bin ich froh, endlich dieses Land verlassen zu können.«

»Wir alle sind das«, sagte eine sanfte Stimme hinter ihnen. Enna drehte sich um und blickte in Alvendorahs blaue Augen. »Manchmal muss man sehr viele Schritte gehen, oft sogar ein ganzes Leben lang reisen, bis man zu einer einzigen Erkenntnis gelangt.«

Bronn nickte bedächtig. »So wie es dem Steinmetz ergeht. Auch er muss unzählige Schläge tun, um am Ende eine einzige Statue vorzufinden.«

»Dennoch war jeder einzelne Schlag nötig«, fügte Alvendorah hinzu.

Enna gefiel dieser Vergleich. Sie hob entschlossen den Kopf und wandte dem Gebiet, welches von den Suravan-Bergen umschlossen wurde, den Rücken zu. In diesem Augenblick fühlte sie sich ihrer Heimat einen bedeutenden Schritt näher. Schon lief sie los, folgte Gwendalon und Jorim, der ihr bereits zuwinkte.

Seite an Seite machten sie sich an den Abstieg, und eine zunehmende Aufregung breitete sich in Enna aus, die sie bald auch in den Gesichtern von Jorim und Bronn sehen konnte. Was passierte gerade in Westendtal? Würde es ihnen gelingen, ihr Land noch zu retten? Jede Menge Fragen gingen ihr durch den Kopf, und es bedurfte keiner Worte, um zu wissen, dass ihr Bruder und Bronn denselben Gedanken nachhingen.

Am heutigen Tage schafften sie den Abstieg nicht mehr. Zwar erreichten sie die unteren Nordhänge der Suravan-Berge, da sie auch noch im Zwielicht weiterwanderten, doch als sie jenen Wald betraten, in dem Enna vor einigen Tagen Yrm getroffen hatte, mussten sie rasten. Zu dunkel war es unter den Bäumen, und das beständige Knarren dieses Waldes klang bedrohlich in der Finsternis.

Bei Sonnenaufgang setzten die Gefährten ihre Reise fort, und gegen Mittag gab sie der Wald endlich frei. Links von ihnen bohrte sich der Aratol in den blauen Himmel, vor ihnen breitete sich eine zu Arbor gehörende Ebene aus. Noch immer lagen leichte Nebelschleier über dem hohen Gras.

Gwendalon blieb plötzlich stehen und wandte sich mit besorgter Miene Alvendorah zu.

»Es ist Zeit zu entscheiden, Alvendorah. Mein Weg muss mich hier nach Eren-Danan und über die geheimen Pfade der Himmelsklippen nach Eren-Umdil führen. Und Ihr solltet mich begleiten.«

Enna sah, wie sich feine Sorgenfalten auf dem Gesicht der Elfe bildeten. Unentschlossen blickte sie zwischen Gwendalon und den Halblingen hin und her. Schließlich schüttelte sie den Kopf.

»Ich kann sie nicht zurücklassen«, sagte sie leise. »Das Halblingsvolk hat weder den Schutz der Drachen noch eine eigene Armee. Es ist seinen Feinden hilflos ausgeliefert.«

Gwendalon sog hörbar die Luft ein und stieß sie mit einem enttäuschten Seufzer wieder aus.

»Alvendorah, ich flehe Euch an. Bleibt an meiner Seite, wo Ihr sicher seid.«

»Traust du mir so wenig zu?«, fragte Alvendorah leise und trat nun direkt vor ihren Gefährten, dessen helles Haar sein enttäuscht aussehendes Gesicht umrahmte. »Oder ist es etwas anderes, das dich bewegt?« Die Elfe legte ihre schmale Hand auf Gwendalons Schulter.

Überrascht blickte er darauf. »Ich denke, Ihr wisst, was mich bewegt«, erwiderte er. »Es ist, als ob jemand einen Stein in den stillen Teich meiner inneren Ruhe geworfen hätte.«

Fasziniert beobachtete Enna die beiden. Es war eine rührende Szene, denn offensichtlich bestand zwischen ihnen eine unausgesprochene, doch nichtsdestotrotz intensive Verbindung. Selbst Jorim hielt die Luft an, während Bronn ein wenig verlegen von einem Bein aufs andere trat.

Alvendorah schmunzelte. »Ich hätte nicht gedacht, dass es jemandem gelingen würde, einen Stein in dein stilles Gewässer zu schleudern.«

»Es gibt nur eine in ganz Eren-Umdil, die über eine solche Zielgenauigkeit verfügt«, Gwendalon nahm Alvendorahs Hand in seine, »und das seid Ihr.«

Endlich strich ihm Alvendorah zärtlich über die Wange, und Enna wagte nicht einmal zu atmen, so sehr fürchtete sie, diesen Moment zu zerstören.

»Vielleicht ist es sogar eine gute Idee, wenn du mit Gwendalon zurückgehst«, platzte es plötzlich aus Bronn heraus. Enna hätte ihn am liebsten geohrfeigt.

»Wie meinst du das?« Alvendorah wandte sich dem alten Halbling zu.

»Versteh mich nicht falsch«, sagte dieser hastig. »Ich denke nur, wenn du die Tochter des Herrschers der Nordelfen bist, so kannst du ihn vielleicht am besten dazu bewegen, euch eine kleine Truppe an die Hand zu geben, um sie nach Westendtal zu führen.«

»Ich bezweifle, dass Talahil dies tun würde«, warf Gwendalon ein. »Außerdem, was sollte das bringen? Erinyen und Ghule wären in eure Heimat eingefallen, ehe unser Heer euch erreicht.«

Alvendorah hob die Hand. »Lass ihn sprechen«, bat sie Gwendalon.

»Westendtal ist umschlossen von den Schroffen Bergen«, fuhr Bronn fort. »Unsere Heimat ist wie eine Festung. Sicher haben die Halblinge bereits dafür gesorgt, den Zugang durch die Vergessenen Täler zu verbarrikadieren. Vielleicht gelingt es uns, Erinyen und Ghule lange genug aufzuhalten, bis ihr mit einem kleinen Heer zurück seid.«

»Ein guter Einfall«, lobte Jorim. »Ganz nebenbei bemerkt ist ein kleineres Heer wesentlich schneller als eine große Armee.«

»Und es könnte unsere Feinde so lange aufhalten, bis die Hauptarmee der Elfen eintrifft«, ereiferte sich nun auch Enna. Ihr gefiel Bronns Idee, denn wie es aussah, wollte der Halbling sich nicht nur auf das Ei, das Jorim gestohlen hatte, verlassen.

Nachdenklich strich sich Alvendorah eine schwarze Haarsträhne zurück, dann nickte sie bedächtig und wandte sich an Gwendalon.

»Wir sollten über diesen Vorschlag ernsthaft nachdenken. Auf diese Weise könnten wir vermeiden, dass eine feindliche Armee in die Nordlande übersetzt und die Schlacht auf unserem Boden ausgetragen wird.«

»Sie weiß, wie man ihn beeinflusst«, flüsterte Jorim in Ennas Ohr, und er hatte recht. Den Nordelfen konnte nicht daran gelegen sein, diesen Krieg in ihrem eigenen Land auszufechten, wenn sich eine Chance bot, ihn an anderer Stelle abzuwenden.

»Denk nur an all die hungrigen Ghule, Gwendalon«, gab Enna zu bedenken, »selbst wenn ihr die feindliche Armee vernichtet, würden diese in euren Wäldern ihr Unwesen treiben.«

Gwendalon strich sich nachdenklich übers Kinn, doch schienen ihn die Argumente überzeugt zu haben. »Eines kann man euch nicht absprechen«, sagte er nach einer Weile, »und das ist Verschlagenheit.«

Enna, Jorim und Bronn konnten sich ein Grinsen nicht verkneifen.

»Wenn es euch gelingt, standzuhalten, bis Alvendorah mit Verstärkung eintrifft, könntet ihr die feindliche Armee vielleicht in den Vergessenen Tälern festsetzen. Unser Hauptheer könnte dann an den geheimen Buchten unterhalb der Himmelsklippen anlegen, nach Westen ziehen und Erinyen und Ghule in die Zange nehmen.«

»Ein guter Plan, nicht wahr?«, meinte Bronn.

»Der dennoch an vielem scheitern kann«, entgegnete Gwendalon. »Ich hoffe, das ist euch allen bewusst.« Dabei sah er auch Alvendorah an.

»Eines davon ist die Zeit«, entgegnete die Elfe. »Deshalb sollten wir keine verlieren. In den Wäldern Eren-Danans werden wir sicher Pferde finden, auf denen wir geschwind nach Norden zu den Klippen reiten können.«

»Was hat es eigentlich mit diesen geheimen Buchten unterhalb der Himmelsklippen auf sich?«, wollte Jorim wissen.

»Dort gibt es tiefe Einschnitte, die das Meer in den Fels gegraben hat«, erklärte Alvendorah. »Diese Einschnitte gehen in Höhlen über, in denen die Schiffe der Elfen Eren-Danans lagen. Dort haben auch Gwendalon und ich angelegt.«

»Von diesen Höhlen sollten die Erinyen aber niemals erfahren!«, rief Jorim.

»Das werden sie nicht, Jorim. An Land sind die Pfade, die zu ihnen hinführen, gut verborgen, und vom Meer aus sind die Buchten nicht sichtbar.« Alvendorah schmunzelte. »Nur wer genau weiß, wonach er Ausschau halten muss und über scharfe Augen verfügt, wird fündig werden.«

Jorim nickte beruhigt. »Dann ist jetzt also der Zeitpunkt gekommen, wo sich unsere Wege trennen.«

»Ja«, sagte Alvendorah leise, und ihre Stimme klang traurig.

Während Gwendalon sich nur mit einem Kopfnicken verabschiedete, ging Alvendorah auf die Halblinge zu. Es war Bronn, den sie als Erstes in ihre Arme schloss. »Ich werde mit meinem Vater reden!«, versprach sie.

»Ihr schafft das«, entgegnete Bronn und wirkte ob der Umarmung ein wenig verlegen. »Eine Tochter, wie du es bist, redet ihrem Vater ganz bestimmt das Bier aus dem Krug.«

»Wenn du damit um den kleinen Finger wickeln meinst«, entgegnete Alvendorah lachend, »dann ja, eine solche Tochter bin ich wohl.«

»Du hast reichlich zugenommen«, flüsterte Alvendorah, als sie wenig später Jorim umarmte. Enna riss die Augen auf und sah, wie sich auch ihr Bruder versteifte. Hatte die Elfe etwa das Ei bemerkt?

»Also, ich meine … das muss an deinem … äh, an Alvendorahs Zauber liegen«, stammelte Jorim.

Ein strahlendes Lächeln überzog das feine Elfengesicht, und weiße Zähne wurden sichtbar. »Ja, es muss wohl der süße Honig aus Eren-Umdil sein.«

Erleichtert stieß Enna die angehaltene Luft aus, dann war sie an der Reihe. »Gebt auf euch acht!«

Enna nickte. »Und ihr auf euch.«

Die Elfe drückte sie an sich. »Mit der Elfenarmee und dem, was dein Bruder unter seinem Umhang versteckt, habt ihr zwei Pfeile an einer Bogensehne liegen«, flüsterte sie in Ennas Ohr. Die Worte, waren sie auch noch so leise, brachten Ennas Herz trotzdem zum Rasen.

»Sprecht zu ihm«, fuhr die Elfe fort, »dann wird er seine Schwingen schneller ausbreiten.«

Enna schluckte. Also wusste Alvendorah tatsächlich Bescheid. Sie schob die Elfe ein wenig zurück und warf schnell einen prüfenden Blick zu Gwendalon. Doch Alvendorah schüttelte kaum erkennbar den Kopf und bedeutete ihr damit, dass sie Gwendalon nicht eingeweiht hatte. Sie zwinkerte Enna zu und erhob sich.

»Gute Reise!«, rief sie, dann wandte sie sich ab und eilte zusammen mit dem Behüter des Hauses Enduriel davon.

Noch eine ganze Weile lang blickte Enna ihnen hinterher. Sie bedauerte es, die beiden Elfen nicht mehr an ihrer Seite zu haben. Dennoch wusste sie, dass es die richtige Entscheidung gewesen war. Die Nordelfen hätten von sich aus wohl nie ein Heer nach Süden gesandt, um dem kleinen Volk zu helfen. Mit Alvendorah hatten sie eine Verbündete gewonnen, die die Halblinge in ihr Herz geschlossen hatte und auf die sie sich würden verlassen können. Genau dies hatte der alte Bronn ganz offensichtlich erkannt.

»Ganz schön gerissen«, rief sie Bronn zu, während sie sich auf den Nachhauseweg machten.

»Ich weiß nicht, was du meinst.« Ungerührt stapfte Bronn durch das hohe Gras.

»Du hast gewusst, dass die Elfe uns gern hat«, antwortete Jorim anstelle von Enna. »Und das hast du für unsere Zwecke ausgenutzt.«

Bronn grinste. »Vielleicht hat es ja doch noch etwas Gutes, dass ihr Bronn Sternenfaust gesucht habt.«

»Sie weiß übrigens Bescheid.«

»Was?«, riefen Jorim und Bronn gleichzeitig und hoben alarmiert die Köpfe.

»Das mit dem Ei«, sagte Enna. »›Nun habt ihr zwei Pfeile an einer Bogensehne liegen‹, das waren ihre Worte.«

»Wie hat sie es nur mitbekommen?«, wunderte sich Jorim.

»Das spielt jetzt keine Rolle mehr.« Bronn schürzte die Lippen. »Zwei Pfeile an einer Sehne«, wiederholte er. »Ich hätte es zwar anders formuliert, aber genau das war meine Absicht, als ich Alvendorah vorschlug, zurück nach Eren-Umdil zu gehen und eine Armee nach Westendtal zu führen. So haben wir nicht nur das Ei, sondern können auch auf Unterstützung durch die Elfen hoffen.«

Enna nickte, und dann erzählte sie auch von Alvendorahs Ratschlag, mit dem Ei zu sprechen.

»Reden kannst du ja gut«, meinte Jorim frech. »Und wenn es ausnahmsweise mal nützlich ist ...«

In diesem Augenblick klatschte ein Stock gegen Jorims Hosenboden, und er hob abwehrend die Hände. »Schon gut! War ja nur ein Scherz.«

Einigermaßen gut gelaunt wanderten sie weiter. Enna allerdings war klar, dass die Verteidigung Westendtals eine unsichere Angelegenheit war. Zu viel konnte schiefgehen. Die Elfen könnten zu spät oder gar nicht eintreffen. Der Drache könnte nicht rechtzeitig schlüpfen oder ihnen gar die Hilfe verwehren, genauso gut mochte es ein Gulvar sein, der Westendtal zerstörte und somit den Erinyen noch einen Gefallen erwies. Oder vielleicht würden sie bei ihrer Rückkehr Westendtal schon zerstört vorfinden.

So verflog schon bald ihre gute Stimmung, und auch Bronn und Jorim schienen ins Grübeln gekommen zu sein.

Enna mochte überhaupt nicht mehr über all das nachdenken, also schwatzte sie Jorim das Ei ab und begann während ihres Marsches leise mit ihm zu reden. Inständig hoffte sie, dass darin ein kleiner Drache schlummerte und nicht ein Gulvar. Zärtlich strich sie mit den Fingern über die raue Schale, welche nun – dem Licht des roten Kristalls entrissen – die Farbe des hellen Sandes hatte, wie er an den Stränden der Gräsernen Furt von Westendtal zu finden war.

Schnell und leise waren die Elfen nach Osten gelaufen und hatten weit im Süden den Grenzsee an dessen schmalster Stelle überquert. Nun waren sie in Eren-Danan, dem verlassenen Reich der Südelfen. Doch noch immer bargen die Wälder des Elfenreiches jene Geheimnisse, die selbst ihr Volk nicht immer zu ergründen vermochte. Gefolgt von Gwendalon eilte Alvendorah in den Wald hinein. Dort hielt sie an, ließ ihren Blick über die Farne schweifen, die hier am Boden wuchsen. Ein Eichelhäher flog laut schimpfend davon; der sonst so wachsame Hüter des Waldes hatte die Elfen zu spät bemerkt.

Alvendorah sah ihm hinterher, dann ließ sie sich auf ein Knie nieder und legte die rechte Hand auf den Boden. Sie schloss die Augen und versuchte die Bewegungen in der Erde zu spüren. Jedes Lebewesen hinterließ seinen eigenen Fußabdruck, doch nicht alle dieser Spuren waren auch sichtbar. Man musste sie ertasten und erspüren. Es war eine ganz bestimmte Schwingung, nach der Alvendorah heute suchte. Sie hoffte nur, diese Wesen hatten die Wälder der Südlande nicht mit den Elfen verlassen. Alvendorahs Hoffnung wurde nicht enttäuscht. Sie konnte es fühlen, dieses sanfte Pulsieren, so leicht wie eine Feder.

»Die Valandil«, flüsterte die Elfe. »Jäger des Windes! Ich, Alvendorah, jüngste Tochter aus dem Hause Enduriel, habe euren unvergänglichen Lebensatem erspürt, und ich bitte euch: Helft uns!«

»Was tut Ihr da?«, flüsterte Gwendalon und legte Alvendorah eine Hand auf die Schulter. Die andere Hand griff nach seinem Schwert und zog es einen Finger breit aus der Scheide. »Ihr ruft Wesen, die älter sind, als das Volk der Elfen. Die Valandil sind unberechenbar.«

Alvendorah erhob sich. »Wir haben keine Zeit, Gwendalon! Nur so erreichen wir noch heute vor Mitternacht die Himmelsklippen.« Sie blickte in seine Augen, und tatsächlich sah sie eine Spur von Unbehagen darin. Alvendorah musste lächeln und ergriff zärtlich die Hand ihres Behüters. »Unser Volk ist uralt und weiß so viel, und dennoch fürchten wir das Wenige, das wir nicht verstehen.«

»Es heißt, die Jäger des Windes sind Wesen der alten Macht. Sie zu rufen bringt Unheil.«

Alvendorah schüttelte den Kopf. »Nicht, solange wir Demut zeigen und ihnen den Respekt zollen, den sie verdienen. Lass uns sein wie das Wasser: Stets strömt es zur tiefsten Stelle, wohl wissend, dass auch der Mächtigste sich zu ihm herabbeugen wird.«

Gwendalon seufzte. Er schob seine Klinge wieder zurück, nahm die Hand vom Schwertgriff und nickte.

Die Elfen mussten nicht lange warten. Mit dem Schatten, den die untergehende Sonne brachte, kam auch der Wind. Eine sanfte Brise raschelte in den Farnen, die sich auf der Haut leicht und warm anfühlte. Etwas flirrte hinter den Baumstämmen, das Zwielicht schien sich zu verdichten und Gestalt anzunehmen. Dann traten sie näher: die Valandil. Zwei dieser pferdegleichen Wesen waren gekommen. Voller Ehrfurcht verneigten sich die beiden Elfen, und Alvendorah schloss die Augen. *Danke!* Sie sprach dieses Wort nicht aus, sie dachte es, empfand es aufrichtig und mit all ihrer Kraft. Dann bekam sie eine Gänsehaut. Sie glaubte, eine Berührung zu spüren, so weich und sanft auf ihrer Haut wie Blütenstaub. Die Elfe öffnete die Augen, dann hob sie ihre Hand. Sie zitterte ganz leicht, als ihre Fingerspitzen sich den weichen Nüstern eines der beiden Tiere näherten. Ihr war, als würde sie Welten überwinden, als würde sie eine Brücke schlagen, der weder die Winde noch die Elemente etwas anhaben konnten. Alvendorah weinte, als ihre Finger dieses Wesen berührten, dann vergrub sie ihr Gesicht in der Mähne des Pferdes. Es roch nach weiten Wiesen, nach Wald, nach Freiheit.

Schließlich trat sie zurück und schaute zu den edlen Tieren auf. Ihr Fell war von dunklem Grau, ihre wallenden Mähnen und Schweife wogten in einem Wind, der diese Wesen immer umgab. Augen von unergründlicher Tiefe, still wie ein Bergsee, sahen auf Alvendorah herab. In diesem Moment wusste sie es – die Jäger des Windes würden sie und Gwendalon nach Norden tragen. Mit einem leisen Schnauben drehten sich die Tiere zur Seite. Alvendorah schwang sich vorsichtig auf den Rücken eines der Grauen. Gwendalon zögerte, aber nach einem aufmunternden Nicken, sprang auch er auf.

Ein plötzlicher Sturmwind traf die Elfe mit voller Wucht ins Gesicht. Sie glaubte zunächst, eine Bö hätte sie erwischt, doch es waren die Valandil, die bereits losgestürmt waren und ihre Reiter durch die weiten Wälder Eren-Danans nach Norden trugen.

Die Umgebung verschwamm, wurde zu einem Strudel aus unterschiedlichsten Farben. Nur die Sterne waren klar zu erkennen, niemals verlöschende Lichter, die den Pferden den Weg wiesen.

Alvendorah hatte das Gefühl für Zeit längst verloren, als die Tiere langsamer wurden und anhielten. Noch immer befanden sie sich im Wald, und noch immer war es Nacht.

»Wo sind wir?«

Gwendalon sah sich um, blickte hinauf in den Himmel und schüttelte dann den Kopf. »Wenn ich nicht wüsste, dass dies unmöglich ist, würde ich sagen, wir sind in Eren-Umdil.«

»Aber das kann nicht sein! Dann lägen die Himmelsklippen bereits hinter uns, ebenso wie die Meeresenge von Dovan. Wie sollte das …« Alvendorah brach ab und glitt vom Rücken des Tieres. Langsam trat sie vor das Pferd, auf dem sie geritten war.

Indem du dich an uns erinnert hast und uns riefst, hast du uns geehrt. Die Stimme erklang in Alvendorahs Kopf, klar wie Quellwasser. *Verborgen in dem, was ihr Vergangenheit nennt, sind wir noch immer da. Ruft uns, und wir tragen euch schnell von Ort zu Ort, denn Wiesen und Wälder beugen sich vor uns ebenso wie Tag und Nacht. Geht nun, das Gleichgewicht der Welt ist bedroht! Mögen sich außer euch auch noch andere an die alten Kräfte erinnern.*

Die Valandil wandten sich ab, wieder kam Wind auf, und die Pferde schienen sich darin aufzulösen, als seien sie nur ein Traum gewesen.

Eine angenehme Stille lag über den Wäldern von Eren-Umdil. Gwendalon nahm Alvendorahs Hand, und gemeinsam zogen sie weiter, jeder in Gedanken versunken und ergriffen von dem, was sie beide soeben erlebt hatten.

31. DER LETZTE FUNKE

»Es wird sicher wieder eine kalte Nacht werden«, meinte Rimen und ließ seinen Blick über die Schroffen Berge schweifen. Die Sonne war bereits versunken, doch noch immer lag ein rötlicher Schimmer am westlichen Horizont, vor dem sich die gezackten Gipfel dunkel abzeichneten. Immer mehr Sterne, die an funkelnde Eiskristalle erinnerten, wurden am dunkelblauen Abendhimmel sichtbar.

»Hier oben, am Ende der Vergessenen Täler, ist das ja auch kein Wunder«, entgegnete Pim und rieb sich die Hände warm. »Hier pfeift der Wind immer am heftigsten. Dafür ist die Aussicht unvergleichlich! Bis vor wenigen Augenblicken konnten wir noch den Grenzsee im Osten erkennen und bis auf das Grasland von Arbor blicken. Und wenn es ganz dunkel wird«, Pim legte den Kopf in den Nacken, »bleibt immer noch ein überwältigender Sternenhimmel.«

»Hm«, brummte Rimen und rieb sich die Wange. »Wir könnten das alles viel besser genießen, wäre da nicht diese Weiberarmee im Anmarsch. Und diese stinkenden Ghule!«

Pim zuckte nur mit den Schultern. Rimen war nicht immer so guter Laune, wie Pim es meist war, aber unter den gegebenen Umständen konnte man ihm das auch nicht vorwerfen. Auch Pim spürte die Kälte in seinen alten Knochen, doch nach all der Zeit der Gefangenschaft in der Silbermine genoss er das Gefühl endloser Freiheit hier oben. Das war auch einer der Gründe, weswegen er diese Aufgabe übernommen hatte. Hier, an dieser Stelle, hatte Elvor Sternenfaust eine gewaltige Steinlawine zu Tal gehen lassen, um die Erinyen aufzuhalten, denn wenn eine Armee nach Westendtal vordringen wollte, würde sie diese Stelle passieren müssen.

»Ich wünschte, wir dürften schon dieses Feuerchen entzünden«, beschwerte sich Rimen und deutete auf den großen Holzstapel, den sie erst in Brand setzen würden, sobald sie die feindliche Armee anrücken sahen.

»Du weißt, dass das nicht geht. Dieses Holz ist unsere einzige Verbindung nach Westendtal. Nur so können wir die anderen schnell genug warnen. Also dürfen wir es nicht vorher abfackeln. Aber«, Pim griff in eine große Packtasche und holte eine Flasche Borkenschnaps hervor, »wir könnten uns hiermit wärmen.« Er hielt seinem alten Freund die Flasche hin.

»Das nenne ich eine gute Idee«, pflichtete Rimen ihm bei und schnappte sich die Flasche. Er zog den Korken heraus, nahm einen kräftigen Schluck und lehnte sich – nun sichtlich zufriedener – an einen Felsen.

Auch Pim genehmigte sich etwas von dem Tropfen und genoss die wohlige Wärme, die sich daraufhin in seinem Bauch ausbreitete.

Eine Weile lang schwiegen sie, blickten hinauf zu den Sternen und lauschten dem Wind. Irgendwann, es musste fast Mitternacht sein, vernahmen sie ein Geräusch.

»Was war das?« Gespannt richtete sich Rimen auf, und wie immer, wenn ihn die Aufregung packte, kratzte er sich die Narbe an seiner Wange.

»Es klang wie ein Flüstern!« Pim erhob sich langsam und lauschte in die Dunkelheit. Der Wind rauschte und pfiff leise um das Felsgestein. Allerdings konnte der Halbling nun nichts Verdächtiges mehr hören. Gerade wollte er sich wieder setzen, da vernahm er es erneut: ein leises Säuseln, ein entferntes Wispern in der Nacht.

In diesem Moment sprang Rimen auf. »Das ist der Geist des Berges!« Hektisch blickte er sich um und packte Pim fest am Arm. »Der graue Felsenriese kommt uns holen, um uns in Stein zu verwandeln.«

»Das ist doch nur eine uralte Legende«, versuchte Pim ihn zu beruhigen. »Niemand hat ihn je gesehen.«

»Weil er alle, die ihm begegnet sind, in Stein verwandelt hat. Noch immer stehen die versteinerten Opfer auf dem höchsten Plateau dieser Berge!« Rimen deutete nach Nordwesten. »Sogar ihre vor Angst verzerrten Fratzen kann man im Gestein erkennen.«

»Die haben nur Wind und Regen erschaffen, das ist alles«, erklärte Pim. »Wenn du genau hinsiehst …« Er brach ab und legte rasch einen Finger an seine Lippen. Da war es wieder, dieses Geräusch, das er nicht einordnen konnte.

»Er kommt«, flüsterte Rimen und beugte sich nach vorn, die Augen weit aufgerissen. »Sieh nur!«

Nun erstarrte Pim. Etwas bewegte sich da draußen. Ein Schemen, als würde die Dunkelheit Gestalt annehmen. Und er kam auf sie zu. Pim zog sein Messer, Rimen hielt bereits eine Axt in der Hand. Beide Waffen waren wenig geeignet, um den Geist des Berges abzuwehren – oder gar drei Erinyen! Diese lösten sich nämlich nun aus der Dunkelheit. Mit großen Schritten und wallenden Umhängen kamen sie näher.

»Was tun wir jetzt?«, fragte Rimen mit zitternder Stimme. Die Worte drangen kaum zu Pim durch. Eine Erinya hatte ihre Kapuze bereits zurückgezogen, schwarzes Haar wurde im Licht der Sterne sichtbar. Ihr Blick hielt Pim gefangen. Doch aus Schönheit wurde Boshaftigkeit. Arglist glitzerte in den dunklen Augen der Frau. Eine schaurige Faszination ging von ihr aus, und Pim war es, als sei er in einem unsichtbaren Spinnennetz gefangen.

»Pim!«, schrie irgendjemand. Verzweiflung schwang in diesem Ruf mit und rüttelte ihn endlich wach. Er fand seine Stimme wieder.

»Das Feuer, Rimen! Wir müssen es an …«.

Weiter kam er nicht. Ein Knall hallte durch die Täler, und etwas schlang sich um seinen Hals. Mit einem Ruck wurde der alte Halbling von den Füßen gerissen und prallte auf den harten Boden. Der Dolch flog ihm aus der Hand und schlug irgendwo klirrend gegen einen Fels. Ein höhnisch grinsendes Gesicht beugte sich über Pim, dann loderte eine Fackel auf und erhellte das Erinyen-Gesicht auf groteske Weise.

Wieder ein Knall, dieses Mal war es Rimen, der qualvoll aufschrie.

Pim rappelte sich trotz des beißenden Schmerzes an seinem Hals auf. Er sah, dass auch sein Gefährte am Boden lag, und wollte ihm zu Hilfe eilen. Aber es war zu spät. Eine Erinya sprang nach vorn, packte Rimen und riss ihn hoch. Dann rammte sie ihm ihre Fackel in die Brust. Mit einem zischenden Laut bohrte sich das Feuer in Rimens Fleisch. Sein Schrei, Ausdruck reinster Höllenqual, erstarb schnell. Rimen war tot, noch ehe er wieder auf dem Boden aufschlug.

»Nein!«, schrie Pim. Panik ergriff ihn. Sein Blick fiel auf die Packtasche, in der Feuerstein und Zunder lagen. Pim zögerte nicht und stolperte vorwärts. Aus den Augenwinkeln erkannte er, dass eine der schrecklichen Frauen zum Schlag ausholte.

»Warte!«, rief eine andere. Es war die Schwarzhaarige. »Lass ihn!«

Pim hatte nicht einmal die Zeit, sich darüber zu wundern, dass sie ihn nicht auf der Stelle töteten. Er stürzte sich auf die Tasche, kramte hastig Feuerstein und Zunder hervor. Auf Knien kroch er zu dem Holzstapel, legte den Zunder darauf und wollte die Steine gegeneinander schlagen – da legte sich eine knochige Frauenhand um seinen Unterarm, während eine andere in seine Haare griff und seinen Kopf herumdrehte. Die schwarzhaarige Erinya zwang ihn, ihr direkt in die Augen zu sehen.

»Ein Versuch«, sagte sie höhnisch. »Ein Schlag, ein Funke. Brennt das Feuer, sollst du leben.«

Pim schluckte, sein Mund war trocken. Mit zitternden Händen holte er aus und schlug die Steine aufeinander. Tatsächlich sprangen Funken durch die Nacht, einige trafen sogar den Zunder. Schnell blies Pim in die winzige Glut, ein Holzspan glomm auf – und erstarb.

Pim schloss die Augen, dann spürte er einen sengenden Schmerz in seinem Rücken. Einen Moment noch dachte er an seine gefallenen Gefährten und an das schöne Westendtal, das schon bald in Flammen stehen würde – dann erstarb das Leben in ihm, so wie der letzte Funke, den er eben geschlagen hatte.

Ein Funke kann über Leben und Tod entscheiden. Das hatte Nespur einmal gesagt. Aus diesem Grund schlug Elvor nun die beiden Feuersteine so fest er konnte gegeneinander. Eigentlich hatte Nespur ihn schon immer beeindruckt, obwohl Elvor dies nie zugeben würde. Er hatte sich geopfert, um den anderen das Leben zu retten. Elvor konnte sich kaum vorstellen, selbst den Mut zu einer solchen Tat aufzubringen.

»Gar nicht mal so schlecht«, lobte ihn Talegrin, als Elvor ein Flämmchen zum Züngeln brachte.

»Endlich wieder ein ordentliches Feuer«, brummte Ambrin und half Elvor, das Feuer anzufachen. Seit Ambrin Flusstal zurück war, wirkte er nicht mehr ganz so ausgezehrt und abgerissen, und auch seine Stimmung hatte sich ein wenig gebessert. Die Heimat tat ihm gut. Sie tat ihnen allen gut.

»Das erste seit Langem«, pflichtete Talegrin ihm bei. »Und hier im Süden von Flusstal brauchen wir uns keine Sorgen zu machen, gleich von Erinyen angefallen zu werden.«

»Sei dir da nicht so sicher, Talegrin«, gab Elvor zu bedenken. »Du weißt doch sicher, was mit der Vorsitzenden des Trinktisches von Eichenhain geschehen ist.«

»Ich weiß.« Als müsste er sich vergewissern, dass auch wirklich keine Fackelträgerinnen in der Dunkelheit lauerten, warf Talegrin einen Blick über die Schulter. »Der alte Vern hat es mir erzählt. Und er hat dabei kein Detail ausgelassen.«

Auch Elvor spähte hinaus in die Nacht. Dann sah er nach Südosten, dorthin, wo der Erenin aus den Vergessenen Tälern strömte. Irgendwo dort lag die Wolfsklamm, in deren Nähe Toram und Tipplin so lange an einem Holzstapel sitzen würden, bis das Leuchtfeuer am oberen Ende der Klamm, wo ebenfalls zwei Halblinge saßen und auf das Signal warteten, entzündet wurde. Den Anfang dieser Kette, die aus insgesamt sechs Wachposten bestand, bildeten Rimen und Pim, deren Aufgabe es war, den ersten Holzstapel zu entzünden, wenn sie das Erinyen-Heer zu Gesicht bekamen.

Sobald sie hier in Westendtal das Zeichen von Toram und Tipplin erhielten, würden sie beginnen, die Barrikaden zu besetzen.

Dies wäre auch das Zeichen für Frauen, Kinder und Alte, sich in die Wälder von Nordbruch zu begeben. Falls Erinyen und Ghule in Westendtal einfielen, war dies noch immer der sicherste Ort. Fast schon wünschte sich Elvor, die Halblinge hätten sich überreden lassen, Westendtal zu verlassen, doch niemand war bereit dazu gewesen, seiner Heimat den Rücken zu kehren.

Elvor wandte den Blick von der in Dunkelheit liegenden Wolfsklamm ab und rückte näher ans Feuer heran. »Wann sie wohl hier sein werden?«

»Ein solches Heer, wie wir es in der Nähe von Arboron gesehen haben, bewegt sich nur langsam voran. Sie müssen am westlichen Ufer des Grenzsees nach Norden ziehen. Das wird sie aufhalten. Vielleicht zwei oder drei Tage noch, bis sie den Zugang zu den Vergessenen Tälern erreicht haben. Dort werden sie erst einmal mit dem ganzen Geröll beschäftigt sein.«

Fast hätte Elvor geschmunzelt, doch eigentlich hatte er gar nicht an die feindliche Armee gedacht, sondern an seinen Großvater, an Jorim – und Enna. Er vermisste das Halblingsmädchen, mehr als er es jemals für möglich gehalten hätte.

»Selbst wenn die Armee dann hier ist, werden sie erst einmal die Vergessenen Täler ausspionieren, um einen Weg zu finden, der für dreißigtausend geeignet ist.« Ambrin strich sich über seine hageren Wangen. »Sie können ja nicht einfach so drauflosmarschieren.«

»Sehe ich genauso«, pflichtete Talegrin ihm bei. Der alte Halbling mit den wirren Locken war gerade damit beschäftigt, sich seine Pfeife mit dem Fünfblättrigen Sternenreiter zu stopfen. »Sie werden dann rasch feststellen, dass es für eine Armee nur einen Weg hinein nach Westendtal gibt: durch das große Haupttal.«

Plötzlich durchfuhr Elvor ein Schrecken, und er sprang auf. »Was sagt ihr da?«

Ambrin blickte ihn verwundert an, und auch Talegrin hielt inne. Mit seiner Pfeife zeigte er auf Elvor. »Was ist denn los mit dir?«

»Bei allen Holzwürmern in Westendtal, warum habe ich nicht gleich daran gedacht?« Elvor griff sich an die Stirn. »Die Erinyen werden die Gegend ausspionieren und dabei auf unsere Wachen in den Bergen stoßen!«

Im Schein des Feuers konnte Elvor nun auch die Besorgnis in den Gesichtern der beiden alten Halblinge deutlich erkennen.

»Wir müssen die Wachen noch in dieser Nacht verstärken!«, stieß Elvor aufgeregt hervor. »Ich gehe gleich los und suche Freiwillige.«

»Ich begleite dich«, bot Talegrin an. Eilig entzündete er seine Pfeife mit einem Holzspan, und als der Rauch des in Brand gesteckten Sternenreiters emporstieg, nickte er. »Nichts wie los!«

Gemeinsam stapften sie in Richtung Flusstal davon. Dort hofften sie, noch andere Halblinge zu finden, die sich den Wachen in den Bergen anschließen würden. Doch dazu müssten sie noch in dieser Nacht aufbrechen. Elvor wollte als Erstes in den Tavernen nachfragen. Denn angesichts der nahenden Bedrohung fanden die wenigsten Schlaf und drängten sich in den Tavernen, wo sie Gemeinschaft suchten.

»Sobald die Leuchtfeuer brennen, werden wir die Barrikaden besetzen«, rief ihnen Ambrin hinterher. »Wir werden nicht auf euch warten!«

»Das solltet ihr auch nicht!«, rief Elvor noch über die Schulter, und schon war er mit Talegrin davongeeilt.

Sie waren kurz vor Flusstal und konnten schon die Kuppeldächer der Halblingsbehausungen erkennen, da kam ihnen Jul mit einem

Halblingsmädchen entgegen. Gemeinsam trugen sie einen Topf und blickten erstaunt auf, als sie Elvor und Talegrin sahen.

»Ich habe Eintopf für euch gemacht«, verkündete Jul stolz. »Den wollten Linni und ich gerade zu euch bringen.«

Doch Elvor und Talegrin stürmten an ihnen vorbei. Talegrin schnupperte lediglich kurz in Richtung des Topfes und schüttelte den Kopf. »Ein Jammer, dass wir keine Zeit haben!«

»Aber was ist denn los?«, fragte Jul.

»Erinyen und Ghule sind los, Jul.« Elvor war gereizt, doch dies war lediglich dem Ärger über sich selbst geschuldet. Er hatte versäumt, die Wachen rechtzeitig zu verstärken. *Haltet sie auf!* Diese Worte bohrten sich wie ein gefräßiger Holzwurm immer tiefer in seinen Kopf. Allerdings packte ihn dann doch das schlechte Gewissen und er blieb kurz stehen. »Tut mir leid! Es ist nett von euch, uns Essen zu bringen, aber wir müssen weiter, um mehr freiwillige Wachen zu finden. Ambrin wird sich allerdings sehr über den Eintopf freuen.«

»Ich finde es ja gut, dass du dich geändert hast, Elvor Sternenfaust!«, entgegnete Jul. »Aber das geht eindeutig zu weit! Kein Halbling schlägt Fischsuppe aus Flusstal aus.«

Nun lief Elvor doch das Wasser im Mund zusammen, und Talegrin, der ebenfalls angehalten hatte, schluckte und sah ihn mit einem bettelnden Gesichtsausdruck an. Doch all das nützte nichts – sie mussten weiter.

Tatsächlich erklärten sich noch genug Halblinge bereit, Elvor und Talegrin zu folgen, und so zogen in dieser Nacht dreißig Angehörige des kleinen Volkes los, um die Wachen in den Bergen zu verstärken.

»Hätten wir uns nicht einen anderen Wachposten aussuchen können?«, beschwerte sich Tipplin Zündfuß. »Dieses ständige Heulen des Windes in der Wolfsklamm geht mir gehörig auf die Nerven!«

»Schätze, dafür ist es jetzt zu spät!«, entgegnete Toram und sah hinauf in den Himmel. Ein halber Mond hatte sich erhoben und spendete zumindest etwas Licht. Allerdings war es nicht der faszinierende Nachthimmel, den sie die meiste Zeit über betrachteten, sondern die Wolfsklamm. An deren oberen Ende saßen nämlich Ombur Felsenschlag und Edegart Steinacker, um ihrerseits auf das Leuchtfeuer zu warten.

»Ich habe schon einen ganz starren Blick«, murrte Tipplin mit vollem Mund. Seit einiger Zeit kaute er auf einem Stück Brot herum.

»Sieh mal da!« Toram richtete sich auf und zeigte nach oben. Als wolle sie dem Verlauf der Wolfsklamm folgen, raste eine Sternschnuppe über den Nachthimmel.

Tipplin hielt mit dem Kauen inne und beobachtete das schnell dahinziehende Licht, bis es verglüht war.

»Mein Urgroßvater nannte sie immer Himmelsfunken«, erklärte er schließlich. »Für ihn waren sie Todesboten, weil er meinte, dass eine Sternschnuppe der letzte Lebensfunke eines Lebewesens sei. Verlosch ihr Licht am Himmel, hauchte irgendwo jemand in diesem Augenblick sein Leben aus.«

»Kein schöner Gedanke«, sagte Toram leise.

»Und sehr unromantisch«, stimmte Tipplin zu.

»Meine Urgroßmutter war da ganz anderer Meinung als dein Urgroßvater.« Toram musste schmunzeln, als er an die schrullige alte Romba dachte, die die meiste Zeit des Tages mit ihren Hühnern verbracht hatte. »Als ich noch klein war – ich erinnere mich genau, denn es war der Tag, an dem sie starb –, sagte sie zu mir: ›Toram, selbst wenn dunkle Wolken aufziehen und alle Sterne und sogar der Mond nicht mehr zu sehen sind, gibt es etwas, das niemals verlöschen darf.‹« Toram hielt inne und schwelgte in Erinnerungen.

»Und was wäre das?«, fragte Tipplin.

»Der letzte …« Toram brach ab, denn ein Geräusch erreichte ihre Ohren. Es hörte sich an wie ein lautes Atmen – oder wie ein Schnüffeln.

Gleichzeitig fuhren sie hoch und starrten in die Klamm. Als sie eine Bewegung ausmachten, duckten sie sich rasch hinter ihren Holzstapel. Was auch immer da war, es kam direkt auf sie zu. Genau in dem Moment, als es aus der Klamm heraustrat, gab ein vorüberziehender Wolkenfetzen die Sichel des Mondes frei, die das Wesen gerade hell genug beleuchtete, damit man es erkennen konnte.

»Ein Dachs«, flüsterte Tipplin erleichtert. »Es ist nur ein blöder Dachs!«

Lachend richteten sie sich auf. Dabei ergriff der Dachs die Flucht, und die beiden Halblinge waren wieder alleine. Auf den Schrecken hin genehmigten sie sich erst einmal etwas zu essen, doch die Anspannung kehrte bald zurück. Beinahe wünschten sie sich, die Signalfeuer würden endlich aufleuchten, damit alles bald vorüber wäre.

»Was war es nun, was deine Urgroßmutter zu dir gesagt hat«, nahm Tipplin das Gespräch wieder auf.

»Der letzte Funke. Der Funke der Hoffnung«, entgegnete Toram. Er spürte Tipplins nachdenklichen Blick, doch sein Gefährte schwieg. So saßen sie still nebeneinander, schauten abwartend hinüber zur Wolfsklamm und lauschten dem Heulen des Windes.

32. DER WEG ZURÜCK

»Es gibt da ein Problem«, sagte Bronn plötzlich zu Enna und Jorim. Die drei marschierten nach Norden, und das flache Grasland wurde zunehmend hügeliger. Zu ihrer Rechten lag der Grenzsee, der sich so weit nach Osten erstreckte, dass das andere Ufer nicht zu sehen war.

»Was meinst du?«, fragte Enna.

»Wenn wir geradewegs nach Westendtal wandern, werden wir der Erinyen-Armee früher oder später in die Arme laufen.«

Gedankenverloren strich Enna über das große Ei in der Innentasche ihres Mantels. »Das ist allerdings ein Problem. Dann müssen wir wohl über abgelegene Pässe in den Schroffen Bergen ziehen.«

»Lasst uns doch einfach wieder durch das Labyrinth gehen!«, schlug Jorim unbekümmert vor. »Sicher zeigen uns die Irrlichter noch einmal den Weg.«

»Irrlichter?« Bronn blickte Jorim an, als sei dieser völlig verrückt geworden.

Doch Jorim erzählte unbeirrt von ihrer Begegnung mit den Irrlichtern und der Wanderung durch das Labyrinth.

»Abgesehen davon, dass das eines meiner schönsten Erlebnisse war, haben wir am Ende sogar ein paar Tage eingespart«, schloss er.

»Ein Irrlicht als Führer – wie sonderbar.« Bronn hatte aufmerksam zugehört, doch nun wirkte er in sich gekehrt. »Womöglich hat das Ungleichgewicht in der Welt doch etwas Gutes.«

»Wie meinst du das?«, wollte Enna wissen.

»Na ja, vielleicht regen sich die alten Mächte und tun, was sie sonst nie getan haben: eingreifen!«, erklärte der alte Halbling. »Ein Irrlicht würde sonst doch nie jemanden woanders hinführen als in die Irre.«

»Von welchen alten Mächten sprichst du da?« Jorim kam ein wenig näher zu Bronn und blickte ihn neugierig an.

»Von diesen Irrlichtern zum Beispiel. Niemand würde sie je finden, wenn sie nicht gefunden werden wollen. Oder die Drachen und

Gulvaren. Auch sie sind alte Mächte. Und es gibt noch viele andere. Wir haben sie nur vergessen, weil wir zu sehr mit uns selbst beschäftigt sind. Und es gibt bestimmt noch weitere Völker, welche die alten Mächte vergessen haben.« Bronn hob die Schultern. »Bestenfalls leben diese Mächte nur noch in Legenden weiter. Ihr mögt mich für verrückt halten, aber wisst ihr, was ich glaube?« Er streckte einen Finger in die Luft. »Ich glaube, dass all die Ereignisse dieser Tage aus einem bestimmten Grund geschehen. Damit wir nämlich lernen, uns wieder mehr mit der Natur zu verbinden und uns ihrer verborgenen Kräfte erinnern.«

»Das klingt ziemlich verworren und weit hergeholt«, entgegnete Enna. »Vielleicht solltest du dich darüber lieber mit Gwendalon unterhalten.«

»Der Elf, ja. Mit ihm würde ich gerne ein Pläuschchen halten und dabei ein gutes Kraut schmöken.« Kurz blickte Bronn ein wenig verträumt drein, dann winkte er ab. »Vergesst einfach, was ich gesagt habe. Das sind bloß die Fantastereien eines alten Narren, dem der Borkenschnaps die Sinne vernebelt hat.«

»Wollen wir nun die Irrlichter suchen gehen oder geradewegs den Fackelweibern in die Arme laufen?« Ungeduldig hüpfte Jorim vor Enna und Bronn her.

»Warum nicht?«, antwortete Bronn. »Lasst es uns versuchen. Wenn wir Westendtal zwei Tage früher erreichen, kommt uns das nur gelegen.«

»Und was passiert, wenn wir die Irrlichter nicht finden?«, gab Enna zu bedenken. »Oder sie uns?«

»Mal sehen«, sagte Bronn langgezogen und legte den Kopf schräg. »Vielleicht erinnere ich alter Narr mich dann ja doch noch an ein paar verborgene Pfade.«

Enna beruhigte dies nicht wirklich, aber alles war besser, als Erinyen und Ghulen in die Hände zu fallen. Aus diesem Grund hielten sie sich nun etwas weiter Richtung Westen und hofften, früher oder später den Weg zu erkennen, der zum Labyrinth der Irrlichter führte.

Sie marschierten weiter in die Dämmerung hinein, genauso, wie sie es auch schon am Vortag getan hatten. Zwar liefen sie ein wenig langsamer und umsichtiger, denn sie wollten verhindern, umherziehenden

Ghulen in die Arme zu laufen, aber wenigstens machten sie so Boden gut.

Erst gegen Mitternacht sanken sie am Ufer eines kleinen Wasserlaufes erschöpft ins Gras, aßen von Alvendorahs Zauber – die Elfe hatte ihnen einiges von ihrem scheinbar unerschöpflichen Vorrat mitgegeben – und gönnten sich Schlaf, bis der erste helle Streifen am Horizont sichtbar wurde. Ihre Heimat vor Augen waren die Halblinge wieder schnell auf den Beinen und setzten ihren Weg fort.

Vor ihnen ragten bereits die Schroffen Berge auf, die auch die Vergessenen Täler, welche sich bis zum Grenzsee hinzogen, wie eine graue, gezackte Wand umschlossen. Die Landschaft wurde zunehmend bergiger und felsiger. Am späten Nachmittag erklommen die drei Gefährten einen Hügel, doch als sie dessen höchste Stelle erreichten und auf der anderen Seite hinabblickten, sahen sie dort hochgewachsene Gestalten in zerschlissenen Umhängen: Erinyen!

Jorim reagierte schnell. Er packte Enna an der Schulter und riss sie so heftig zurück, dass sie beide hintenüberstürzten. Unglücklicherweise traten sie dabei einige Steine los, die nun den Hügel hinabrollten, direkt auf die Erinyen zu. Instinktiv umklammerte Enna das Ei in ihrem Umhang, um es zu schützen. Bronn hingegen, der noch oben auf dem Hügel war, hatte sich rasch auf den Bauch geworfen. Als Enna und Jorim sich wieder aufgerappelt hatten, sahen sie, wie der alte Sternenfaust aufsprang und auf sie zustürmte. Dies verhieß nichts Gutes.

Auf der anderen Seite ertönten Schreie, eine Peitsche knallte laut. Sie waren entdeckt worden!

»Weg hier«, keuchte Jorim und zog Enna mit sich.

»Dort hinein!«, rief Bronn und wies mit der Hand auf zwei gigantische, nebeneinanderliegende Felsbrocken. Darunter gab es einen Spalt, wo sie rasch hindurchschlüpfen konnten. Schon hörten sie Schritte hinter sich. Auf allen vieren robbten sie unter den Felsen hindurch und sprangen auf der anderen Seite wieder heraus, hoffend, dass die Verfolger ihre Flucht nun nicht mehr beobachten konnten. Sie folgten einem kleinen Wasserlauf, der in eine weitläufige Senke mit unzähligen Felsen hinabplätscherte. In den vielen Rissen und Spalten fanden sie schell einen Unterschlupf, in den sie sich alle drei heftig atmend hineinzwängten.

»Hier finden sie uns nie«, flüsterte Jorim.

»Ich hoffe, du hast recht.« Enna spähte aus ihrem Versteck hinaus und hielt die Luft an. Vier oder fünf Erinyen huschten zwischen den Steinen umher, zwei von ihnen kamen näher. Daher drängte sie sich noch dichter an Jorim. Als sie schon die Steine unter den Stiefeln der Erinyen knirschen hören konnten, zog Bronn seine kleine Axt hervor.

Plötzlich fiel ein Schatten in den Spalt, bedeckte sogar schon Ennas Füße. Hastig machte sie noch einen kleinen Schritt zurück und starrte auf diesen Flecken Dunkelheit, als würde er sie gleich verschlingen.

Dann zog sich die Erinya zurück, der Schatten verschwand. Die drei Halblinge atmeten erleichtert aus, wagten aber nicht, sich zu bewegen, denn noch immer konnten sie die Stimmen ihrer Verfolger hören. Eine ganze Weile verharrten sie regungslos; erst als Stille eingekehrt war und sie sich einigermaßen sicher fühlten, schob sich Enna behutsam vorwärts.

Da legte sich eine Hand mit eisernem Griff um ihren Oberarm und zerrte sie aus dem Spalt heraus. Enna schrie auf, einen Moment später blickte sie in das ausgezehrte Gesicht einer dunkelhaarigen Fackelträgerin.

»Ich bin eine Erinya. Ich kann eure Angst riechen!«, sagte sie leise, dann schubste sie Enna von sich, direkt in die Arme einer anderen Erinya. Im selben Moment stürmten Jorim und Bronn aus dem Unterschlupf. Bronn holte mit der Axt aus und schlug der dunkelhaarigen Frau gegen das Knie. Die Getroffene sackte zu Boden, während Bronn die Axt sofort wieder nach oben riss und seine Gegnerin mit voller Wucht am Kinn erwischte. Es gab ein knackendes Geräusch, als würden Knochen brechen. Die Erinya stürzte zu Boden und rührte sich nicht mehr. Weiter kam Bronn jedoch nicht. Eine Geißel schlang sich um seinen Oberkörper und riss ihn zurück. Bronn prallte gegen einen Felsen und rollte durch die Wucht einen Hang hinab, wo er reglos liegen blieb.

»Bronn!«, schrie Enna und versuchte verzweifelt, sich zu befreien. Doch dem Griff der knochigen Finger entkam sie nicht. Auch Jorim wollte dem alten Halbling zu Hilfe eilen, aber eine andere Erinya stürzte sich mit ihrer Fackel in der Hand auf ihn und schlug ihn zu

Boden. Dann stellte sie sich über ihn und holte mit der lodernden Fackel aus.

»Nein!« Ennas Schrei hallte in der felsigen Umgebung wider. Sie wehrte sich mit aller Kraft gegen den eisernen Griff der Erinyen-Hände, aber es war vergeblich. Ihre Gedanken rasten. Noch nie in ihrem Leben hatte sie eine derartige Angst verspürt.

Die tödliche Fackel schoss auf Jorims Brust zu – und wurde von einem Peitschenhieb aus der Hand der Erinya geschlagen.

»Halt!«, durchschnitt eine scharfe Stimme die Luft. Hektisch atmend wandte Enna den Kopf. Auf einem flachen Stein stand eine lange, hagere Gestalt, größer noch als alle Erinyen, die sie je gesehen hatte. Es war ein männlicher Erinya, und seine Hand umschloss einen mit Schriftzeichen verzierten Peitschengriff, aus dessen Ende eine Klinge ragte. Die fast nachtschwarzen Augen in dem harten und markanten Gesicht waren auf die Frau gerichtet, die Jorim soeben hatte töten wollen.

»Yorak!«, sagte die Erinya. Einen Augenblick lang glaubte Enna, Angst in ihrer Stimme zu hören, dann ließ die Erinya von Jorim ab und hob ihre Fackel wieder auf.

Yoraks Blick schweifte nun zu Jorim und dann zu Enna. Der grausige Schrecken, den der Erinyen-Blick sonst auslöste, blieb dieses Mal aus. Dennoch hatte Enna das Gefühl, ihre Seele würde von langen Nadeln durchstoßen werden, als seine Augen sie erfassten.

»Was sollen wir mit den Gefangenen tun, außer sie zu töten?«, fragte jene Erinya, die Enna festhielt. Enna blickte zu der Frau empor. Trotzig reckte diese ihr spitzes Kinn nach vorne.

»Das wird allein Zervana von Myrador entscheiden, sonst niemand«, entgegnete der große Mann ungerührt. »Bringt sie zu ihr!«

Der Erinya namens Yorak wandte sich ab, wobei sein langer, durchlöcherter Umhang herumwirbelte.

»Ich weiß nicht, wer schlimmer ist«, zischte die Erinya, die Jorim attackiert hatte und ihn nun gewaltsam auf die Füße zerrte. »Dieser verfluchte Fürst der Ghule oder Yorak.«

Die andere erwiderte nichts, warf lediglich einen kurzen Blick auf ihre von Bronn getötete Gefährtin.

»Was wird aus Bronn? Wir können ihn nicht einfach zurücklassen!«, rief Enna und versuchte ihrer Stimme einen festen Klang zu geben.

Da traf sie auch schon eine schallende Ohrfeige und riss sie von den Füßen. »Er ist tot, oder wird es bald sein!«, sagte die Erinya und funkelte Enna an. Auch sie hatte dunkle Haare und diese schrecklichen Augen. »Den Hieb einer Erinyen-Geißel überlebt niemand. Wir haben ihm nur einen Gefallen erwiesen, denn er war ohnehin alt.«

»Lass meine Schwester in Ruhe, du elendes Knochenweib!«, brüllte Jorim, aber die andere Erinya hielt ihn fest gepackt.

Dann zogen sie Enna und Jorim mit sich, ohne sich die Mühe zu machen, die Halblinge zu fesseln.

Enna senkte den Blick. Jetzt war alles verloren! Genau das, was sie hatten vermeiden wollen, war geschehen: Kurz vor Westendtal waren sie blindlings den Erinyen in die Arme gelaufen und hatten dadurch vielleicht die Möglichkeit, ihr Volk vor dem Untergang zu bewahren, verspielt.

Gedankenverloren strich Enna mit einer Hand über das Ei, besann sich dann aber und zog sie rasch wieder weg, um nicht die Aufmerksamkeit der Erinyen darauf zu lenken.

Enna hatte keine Vorstellung gehabt, was die Zahl Dreißigtausend bedeutete. Jetzt wusste sie es, und der Anblick war schwer zu ertragen. Wie eine dunkle Flut breitete sich das feindliche Heer vor ihnen aus, verlor sich in der Ferne und verschmolz dort mit der hereinbrechenden Dämmerung. Wo grünes Gras, Felsen oder Blumen hätten sein müssen, überzog der Feind – ähnlich einer üblen Krankheit – jene bergige Landschaft, die unmittelbar vor den Vergessenen Tälern lag. Tausende glimmende Fackeln pulsierten überall, tänzelnde Flammen, stets bereit, sich zu einer alles verschlingenden Feuersbrunst zu vereinen.

Der Geruch von ranzigem Leder und Schweiß stach in Ennas Nase, vermischte sich mit fauligem, an halb verwestes Fleisch erinnernden Gestank, wie er von Ghulen verströmt wurde.

Enna vermied es, den Kopf zu heben, denn sie wollte den Erinyen nicht in die Augen sehen. Zwar verfiel sie dabei nicht dem Wahnsinn wie die Menschen, aber ihr Herz begann dann zu rasen, und sie war sich sicher, es würde zerspringen, wenn sie ihren Blick nicht rechtzeitig abwandte.

Immer weiter führte man sie in das feindliche Lager. Auf einer Anhöhe, die oben abgeflacht war, hielten sie schließlich an.

Der Erinya namens Yorak, der Jorim vor dem Tode bewahrt hatte, wartete dort bereits und unterhielt sich leise mit einer schlanken Gestalt, der lange schwarze Haare über den Rücken flossen.

»Die Gefangenen, Usurpatorin«, sagte er, als er Enna und Jorim erblickte.

Die Gestalt drehte sich langsam um. Auch wenn Yorak sie eben nicht mit ihrem Titel angesprochen hätte, so hätte Enna dennoch gewusst, Zervana von Myrador, die Anführerin der Erinyen, vor sich zu haben. Schlagartig wurde Ennas Mund trocken, ihr Herz begann heftig zu pochen, und überall brach ihr der Schweiß aus. Sie musste all ihre Kraft aufbringen, um nicht den Mut zu verlieren.

Behutsam schob sich Bronn rückwärts. Noch einmal war er auf den Hügel geklettert, von dem aus sie die Erinyen erblickt hatten. Doch jetzt war ihm der Atem gestockt: Dort unten lagerte ein riesiges Heer! Wenigstens hatte er eine Erinya getötet – einen von dreißigtausend Feinden.

Mühsam erhob er sich. Seine alten Knochen rebellierten, und an seiner Brust pochte ein beißender Schmerz. Einige der Widerhaken hatten sich in sein Fleisch gebohrt, dort, wo sein offen getragener Umhang ihn nicht geschützt hatte. Notdürftig hatte er die Wunde mit einem Stück Stoff aus seinem Umhang verbunden und war froh, dass er sich beim Sturz nichts gebrochen hatte. Halblinge waren zwar klein, aber ihre kurzen, kräftigen Knochen brachen nicht so schnell wie die einer Erinya. Dies verschaffte ihm eine gewisse Genugtuung und ließ ihn grimmig lächeln. Dass Enna und Jorim von den Erinyen gefangen genommen worden waren, minderte seine Zufriedenheit jedoch rasch wieder. Und die Erkenntnis, dass er die Geschwister wohl niemals aus den Händen dieser feindlichen Armee würde befreien können, traf ihn hart in seiner Ehre.

Doch dieses Mal würde sich Bronn Sternenfaust nicht mit dem Borkentrunk verbünden! Nein, er würde einen Ausweg finden. So schnappte er sich seine kleine Steinaxt und schlich in westlicher Richtung davon, denn er hatte ein Ziel.

Gemessenen Schrittes kam Zervana von Myrador näher. Enna wollte wegsehen, doch es gelang ihr nicht. Auf schaurige Weise war sie fasziniert von dem Anblick dieser Frau. Der lange, offene Umhang gab den Blick frei auf Fackel und Geißel, die in Halterungen am Gürtel steckten. Das bleiche Gesicht der Frau, so hart und scharf geschnitten es auch war, wirkte makellos. Doch im nächsten Augenblick erkannte Enna, dass das ganze Antlitz an sich ein einziger Makel war: Die Bosheit und Verderbnis, die in den Augen dieser Frau lagen, machten es dazu.

»Ein kleines Volk, aber ein äußerst emsiges«, säuselte sie, trat vor Jorim und hob sein Kinn mit einem ihrer knochigen Finger an.

Kurz schien Ennas Bruder zu schwanken, doch er erwiderte den Blick der Erinya, zumindest einen Moment lang.

Zervana griff nach Jorims Hand und strich dann mit ihren Fingern fast zärtlich über seinen Handrücken. »So kleine Hände«, flüsterte sie. »Und doch war der alte Halbling in der Lage, eine Axt zu schwingen und eine meiner Streiterinnen damit zu töten. Aber nun ist er ja tot.«

Jorim riss seine Hand zurück, und Enna sah, wie er vor Wut die Augenbrauen zusammenzog. Die Erinya jedoch lachte nur und stolzierte zu Enna. »Haare wie der Sonnenschein«, sagte sie schmeichelnd und wickelte eine von Ennas Locken um ihren Finger. Ihre andere Hand langte in ihren Umhang, holte einen kurzen Dolch hervor – und schnitt die Haarsträhne ab. »Das hilft mir, mich an jene zu erinnern, die ich getötet habe.« Die Erinya schmunzelte, doch es lag keine Freude in diesem Gesicht. »Ein neuer Brauch von mir.«

Sie trat zurück, verschränkte die Arme vor der Brust, und das kalte Lächeln in ihrem Gesicht verflog. »Ihr verbarrikadiert also den Hauptzugang zu den Tälern mit einer riesigen Geröllawine und wollt ein Feuerchen entzünden, wenn die bösen Frauen kommen.« Sie bedachte die beiden Halblinge mit einem abschätzigen Blick. »Was für ein erbärmlicher Plan.«

Enna lief ein Schauder über den Rücken. Sie warf Jorim einen flüchtigen Blick zu, doch ihr Bruder deutete nur ein Schulterzucken an.

»Ihr glaubt mir nicht, dass wir das bereits wissen?« Tadelnd schnalzte die Erinya mit der Zunge. »Allein für diese Beleidigung sollte ich euch töten. Schade, dass die Boten, die ich ausgesandt habe, nicht nach den

Namen der Halblinge fragten, die sie getötet haben. Dann wärt ihr wohl überzeugt.«

Enna konnte spüren, wie Jorim sich anspannte. Sie hoffte, dass er jetzt nicht unbesonnen handelte, denn außer einem raschen Tod würde er damit nichts gewinnen.

Zu allem Unheil tauchte auch noch ein Ghul auf, der einen furchteinflößenden Anblick bot. Obwohl er in leicht gebückter Haltung daherschlich – was bei ihm ganz sicher nichts mit Unterwürfigkeit zu tun hatte –, war er ebenso groß wie Zervana. Nur ein Lendenschurz bedeckte das Nötigste. Enna konnte sich ohnehin nicht vorstellen, dass irgendein Kleidungsstück die gewaltigen Muskeln dieser Kreatur hätte verbergen können. Die Haut des Ghuls war ungewöhnlich dunkel, was durch die langen weißen Haare noch betont wurde. Groteskerweise waren die Spitzen der Haare verklebt und beinahe schwarz – eine Farbe, wie sie nur getrocknetes Blut hatte. Auch Yorak richtete sich auf, als er den Ghul sah. Die Arme des Erinya, eben noch lässig vor der Brust verschränkt, sanken herab, eine Hand verweilte in unmittelbarer Nähe seines Peitschengriffes.

»Der Fürst der Ghule«, grüßte die Usurpatorin, und ein Hauch von Spott schwang in ihrer Stimme mit. »Sagt mir, Hanafehl, wie kommen die Ghule mit dem Beseitigen der Steine voran?«

»Wir Ghule sind stark, Zervana von Myrador«, entgegnete der Ghul mit kehliger Stimme. Auch er klang höhnisch. »Was eure Geißeln nicht packen können, umfasst der starke Arm eines Ghuls mühelos. Schon morgen werden wir eine Schneise freigeräumt haben.« Während er sprach, war sein Blick auf die Halblinge geheftet. Enna wusste nicht, wer ihr mehr Unbehagen bereitete: Zervana mit ihrer boshaften Aura oder dieser Ghul mit Augen, die an bläulich schimmerndes Eis erinnerten.

»Was sind das für kleine Kreaturen?«, wollte er wissen und machte einen Schritt auf Enna und Jorim zu. Er hob den Kopf und schnüffelte, seine großen Nasenflügel begannen dabei zu beben. »Sie machen mich hungrig.«

»Das sind Halblinge«, klärte Zervana ihn auf.

Hanafehl entblößte seine Reißzähne, was wohl ein Lachen sein sollte.

»Was ist daran so lustig?«, wollte Yorak wissen.

»Ich finde den Gedanken amüsant, dass zwanzigtausend Erinyen gegen diese kleinwüchsigen Wesen ziehen. Nur gut, dass ihr zehntausend Ghule an eurer Seite habt.«

»Euer Sinn für Humor ist fehl am Platz, Hanafehl«, wies ihn Zervana mit kalter Miene zurecht. »Ihr kennt den Grund unseres Bündnisses. Und was diese da angeht«, Zervana zeigte auf die Halblinge, »hütet Euch davor, sie anzurühren. Denn sie werden uns durch diese Täler bis nach Westendtal hinein führen.«

Das war es also, weswegen Yorak sie am Leben gelassen hatte. Die Erinyen erwarteten von ihnen, dass sie sie durch die Vergessenen Täler führten.

»Lieber sterbe ich, als euch zu helfen!«, entfuhr es Jorim.

»Du wirst beides tun, glaub mir«, entgegnete Zervana ungerührt.

Auch Enna wollte dieser grausamen Herrscherin etwas entgegensetzen. Doch wenn sie sich selbst in Gefahr brachte, dann auch Jorim – denn sicher würde er versuchen, sie vor Zervana zu schützen, oder gar sein eigenes Leben riskieren. Damit wäre ihnen wohl kaum geholfen.

Deshalb schwieg Enna und warf Jorim einen warnenden Blick zu. Ihr Bruder biss sich auf die Unterlippe und schwieg ebenfalls.

Der Ghul namens Hanafehl legte indes den Kopf schräg und musterte Jorim aus zusammengekniffenen Augen. Dann ging er auf Enna zu. Unwillkürlich trat sie einen Schritt zurück. Einen Moment lang glaubte sie, er werde sich auf sie stürzen, aber dann begriff sie, dass dieser Ghul niemals so unbesonnen handeln würde. Dafür lag zu viel Intelligenz und Tücke in diesen eisblauen Augen.

»Wir brechen auf, sobald der Weg frei ist!«, entschied Zervana kurzerhand, wobei sie sich an Yorak wandte und Hanafehl keine Beachtung mehr schenkte. »Ein großer Trupp Ghule soll vorangehen und weitere Hindernisse beseitigen, wenn nötig.«

»Seite an Seite, Zervana von Myrador«, grollte der Ghul, wobei er sich aufrichtete und seine mächtige Brustmuskulatur anspannte. »Habt Ihr unsere Abmachung vergessen?«

Blitzschnell wirbelte die Usurpatorin herum, und im selben Moment hielt jede in der Nähe stehende Erinya eine Waffe in der Hand. Auch Yorak hatte den Griff seiner Peitsche gepackt.

Der Ghul jedoch ließ sich davon keineswegs beeindrucken. Seine Augen blieben einzig und allein auf Zervana gerichtet.

»Habt Ihr nicht gerade erst die starken Arme der Ghule gelobt?«, fragte sie gelassen. Falls die Usurpatorin wütend war, so zeigte sie es nicht.

»Ein starker Arm bedarf auch eines wachsamen Auges an seiner Seite«, entgegnete der Ghul. »Welche Augen könnten da besser sein als die der Erinyen?« Die Herausforderung in Hanafehls Stimme war unüberhörbar.

»Dann soll es so sein«, sagte Zervana leise und begegnete dem Blick des Ghuls, ohne mit der Wimper zu zucken. »Seite an Seite, bis in den Tod.«

Beim Klang von Zervanas Stimme bekam Enna eine Gänsehaut. Jedes einzelne Wort der Erinya war ein Todesversprechen, kein Zugeständnis. Der Ghul wusste das, da war sich Enna sicher. Ihre Aufmerksamkeit wurde von Hanafehl abgelenkt, als sie leise Schritte vernahm und eine weitere Erinya sich zu Zervana stellte. Die Frau mit den elegant geschwungenen Augenbrauen verbeugte sich respektvoll. Kurz glitt ihr Blick über die Halblinge, dann wandte sie sich der Usurpatorin zu.

»Fünfzig Eurer Streiterinnen stehen bereit, so wie Ihr es wünscht.«

»Das freut mich.« Zervana legte der Erinya eine Hand auf die Schulter und ließ sie dann – sehr zu Ennas Erstaunen – langsam, fast schon genussvoll, über deren Rücken gleiten.

»Was hat es damit auf sich?«, wollte Yorak wissen, und auch der Ghul schien gespannt auf Zervanas Antwort zu sein.

»Die Geröllawine wurde absichtlich zu Tal gelassen«, erklärte die Usurpatorin. »Ich mochte vorbereitet sein, und deshalb wird Moydana fünfzig Fackelträgerinnen in die Berge oberhalb der Täler führen. Dort werden sie nach Fallen und anderen«, kurz sah sie zu den Halblingen herüber, »kleinen Hindernissen suchen. Ganz bestimmt genügt eine kleine Vorhut, um uns den Weg nach Westendtal zu bereiten. Wenn Moydana das Land der Halben erreicht hat, wird sie uns eine kleine Gruppe Erinyen vom anderen Ende des Tales entgegenschicken, nicht wahr, Moydana?«

Die Erinya nickte. »Und dabei werden wir vielleicht der ein oder anderen Halblingswache in den Rücken fallen.«

Zervana schürzte die Lippen und fuhr mit ihrem langen, spitzen Fingernagel über Moydanas Wange, wobei sie kurz deren Lippen berührte. »Dann geh jetzt, Moydana. Und kündige den Tod an in Westendtal.«

Enna wurde eiskalt. In Zervanas letzten Worten hatte keinerlei Spott oder Belustigung mitgeschwungen. Sie hatten einfach nur kalt und grausam geklungen – die Vorboten großen Unheils.

Moydana verneigte sich abermals und verschwand, allerdings nicht, ohne ihrer Herrin einen letzten, wie Enna fand, beinahe lüsternen Blick zuzuwerfen.

Noch einmal stolzierte die Usurpatorin vor den Halblingen auf und ab. »Ihr seht, ich habe an alles gedacht. Was auch immer ihr ersinnen mögt, Westendtal wird fallen, so oder so – und die Nordlande nur kurze Zeit später.« Sie wandte sich ab, ihr zerfetzter Lederumhang schleifte über den Boden, als sie davonging. »Du bist für sie verantwortlich, Yorak!«, rief sie dem Erinya zu. »Sicher werde ich noch Fragen an die zwei Halben haben.«

Damit verschwand sie endgültig, wurde von der Dämmerung verschluckt. Groteskerweise breitete sich mit Zervanas Verschwinden eine entsetzliche Leere in Enna aus, in die sie hineinzustürzen drohte. Wie es aussah, war Bronn Sternenfaust tot. Der legendäre Halbling war der Grund gewesen, weswegen sie diese Reise überhaupt angetreten hatten. Allerdings war es weniger die Legende, die Enna vermisste, es war Bronn selbst.

Niedergeschlagen schloss sie die Augen. Sie fragte sich, was wohl fünfzig Erinyen, die die Barrikaden leicht umgehen konnten, in Westendtal anrichten würden. Der übel zugerichtete Körper von Selda Korbflechter tauchte in diesem Moment vor ihrem inneren Auge auf – eine Erinnerung, die sie lähmte.

Bronn Sternenfaust hatte sich nach Norden gewandt. Während er höher in die Berge hinaufstieg, suchte er beständig die Hänge ab. Bereits in seiner Jugend war er in dieser Gegend unterwegs gewesen, doch das lag eine lange Zeit zurück. Mittlerweile hatte sich die Landschaft verändert: Ganze Hänge waren zu Tal gerutscht, anderswo hatten Wald und dichtes Buschwerk die felsige Natur zurückerobert.

Davon ließ sich Bronn aber nicht beirren. Er überquerte einen schmalen Grat, zu dessen Seiten tiefe Schluchten abfielen. Danach folgte er einem kaum erkennbaren Wildpfad nach oben und hielt auf den Rand eines Tannenwaldes zu. Leider musste er erkennen, dass die Bäume zu nah beieinanderstanden und dichtes Unterholz ein Durchkommen unmöglich machte.

Der alte Halbling blieb stehen und sank zu Boden, sein Blick schweifte über die undurchdringliche grüne Wand des Waldes.

»Die alten Mächte«, flüsterte er, dann schloss er die Augen und lauschte dem Rauschen des Windes in den Baumwipfeln, sog den Duft von Harz und Moos ein. Bronn schob eine Hand unter sein Hemd und zog einen aus Holz geschnitzten kleinen Anhänger hervor, der um seinen Hals hing. Schon lange hatte er diesen nicht mehr berührt.

»Aila«, sagte er leise. Sie war seine Jugendliebe gewesen; das Mädchen, das er nie vergessen hatte. Seine spätere Frau Brenda, Tondurims Mutter, hatte er nie wirklich lieben können, so wie er Ailas Tod niemals überwinden konnte. Damals war er aufgebrochen, hatte Frau und Kind verlassen, um in die Ferne zu ziehen. Er wollte kämpfen lernen, wollte Schutz für Westendtal. In seinen jugendlichen Träumen hatte er sich ausgemalt, Drachen könnten einen solchen Schutz bieten. Doch in Wahrheit war er wohl immer auf der Suche nach dem gewesen, was er durch Ailas Tod verloren hatte: seine eigenen Gefühle, die mit ihr gestorben waren.

Aila war es auch gewesen, die den kleinen Anhänger, ein hölzernes Käuzchen, einst für ihn geschnitzt und ihm als Zeichen ihrer Liebe geschenkt hatte.

Der Waldkauz blickt für dich voraus, hatte Aila ihm damals zugeflüstert. *Und so wie seine Augen mühelos die Dunkelheit des Waldes durchdringen, so vertreibt sein Ruf auch die Trauer in deinem Herzen.*

Aila hatte all die alten Geschichten gekannt und ihn damit verzaubert. Die verborgenen Wesen der Wälder und der Berge, Drachen und Gulvaren oder die geheimnisvollen Geister der Erde – was schon damals für viele nur Geschichten gewesen waren, hatte die beiden, Bronn und Aila, fasziniert.

»Vielleicht ist es nun tatsächlich an der Zeit, sich der verborgenen Kräfte der Natur zu erinnern«, wiederholte er seine Worte vom Vortag. Er öffnete die Augen und ging weiter, ohne den hölzernen Anhänger loszulassen.

Bronn folgte dem Waldrand, und nach kurzer Zeit lichteten sich die Tannen. Laubbäume mischten sich unter das Nadelgehölz, und auch das Unterholz nahm ab. Das letzte Licht des Tages ausnutzend, schlüpfte Bronn unter die Bäume. Er war nur wenige Schritte in den Wald gegangen, da hörte er einen vertrauten Ruf: den Ruf des Waldkauzes.

Wie angewurzelt blieb Bronn stehen, er konnte es kaum glauben. Tränen schossen ihm in die Augen, seine Hand schloss sich fester um den kleinen Holzanhänger, und endlich hatte er das Gefühl heimzukehren.

So leise er konnte, folgte er dem Ruf des Käuzchens und erreichte bald eine große Lichtung mit einem See, auf dem Seerosen umhertrieben.

Bronn blieb stehen, versuchte sich an diesen Ort zu erinnern, doch es gelang ihm nicht.

Plötzlich nahm er aus den Augenwinkeln ein Licht wahr. Sofort wirbelte er herum. Die Axt in den Händen bereitete er sich auf den Angriff einer Erinya vor. Aber dazu kam es nicht. Das Licht, das sich ihm näherte, war heller als eine Erinyen-Fackel und lebendiger. Fast schon fröhlich schwirrte es durch die Luft, sprang hierhin und hüpfte dorthin, sodass das Auge ihm kaum folgen konnte. Über Bronns Kopf kam es schließlich zum Stehen, flirrte und pulsierte hell.

»Ein Irrlicht!«, stieß er ungläubig hervor. Zwar hatte er gehofft, die Irrlichter, von denen Jorim und Enna erzählt hatten, zu finden, doch nun, da eines über ihm schwebte, konnte er es kaum glauben.

Die Farbe des Lichts wechselte von hellem Weiß zu einem gedämpften Gelb, und ein zartes Gesicht wurde darin sichtbar. »Hast du's auch sehr leis' geflüstert, von alten Mächten nur gewispert; haben wir dich doch vernommen und sind rasch hierhergekommen.«

Hell und rein klang die Stimme, und Bronn hatte das Gefühl, die Trauer in seinem Herzen würde sich auflösen. Weiter hinten zwischen den Bäumen sah er noch weitere Lichter durch den Wald tanzen.

»Schon einmal habt ihr Halblingen den Weg gewiesen«, sagte Bronn. »Willst du auch mir helfen und mich auf schnellem Wege nach Westendtal führen?«

»Gefahr droht oben in den Bergen, es nahen fünfzig Fackelschergen; in deiner Heimat du nicht findest, was Tod und Feuer ewig bindet. So trau den alten Mächten ganz allein, der Graue Fels soll dein Gefährte sein.«

Das kleine Gesicht schaute neugierig auf Bronn herab, als prüfe es, ob er verstanden hatte, was in diesen Worten verborgen lag. Bronn zögerte, doch er glaubte zu verstehen, und daher nickte er. Der Graue Fels – so nannte man auch den Geist der Berge.

33. DER BLICK EINER ERINYA

Schnell und geschmeidig sprang Moydana von einem Stein zum anderen. Fünfzig Erinyen folgten ihr leise. Sie waren fast die ganze Nacht durchgelaufen und hatten nur eine kurze Rast gemacht.

Nun, da sie immer höher in diese Berge hinaufstiegen, ergriff eine gewisse Aufregung Besitz von Moydana. Sie wusste, ihr Volk stand an der Schwelle zu unbegrenzter Macht. Und diese Schwelle hieß Westendtal. Von hier aus würden sie die Nordlande überfallen, und bald schon würde jedes Wesen – ganz gleich ob Halbling, Zwerg oder Ghul, ob Mensch oder Elf – unter dem Blick der Fackelträgerinnen erstarren.

Moydana liebte die Angst in den Augen ihrer Feinde, wenn sie wie festgenagelt vor ihr standen, zur Bewegungslosigkeit verdammt. Gefangen in ihrer Angst, verfielen diese niederen Wesen dem Wahnsinn und verloren ihre Sinne. Kein Blick war stärker als der einer Erinya; das würde die Welt schon bald erfahren. Und eines fernen Tages, wenn sich Zervana endlich diesem verhassten Yorak hingab, würde die Usurpatorin verletzlich sein. Dann wäre es Zeit für ein letztes gemeinsames Spiel mit ihr – Zeit für Moydana zuzuschlagen.

»Einfältige Narren!«

Die Worte, obwohl von der Fackelträgerin neben ihr nur geflüstert, rissen Moydana aus ihren Gedanken, und sie sah auf. Neben einem Stapel Holz lagen zwei tote Halblinge. Die Boten, die sie selbst ausgewählt und geschickt hatte, hatten sie getötet.

Achtlos ging sie an den Körpern vorüber und führte die Erinyen ein Stück weiter auf ein schmales Plateau.

Moydana kannte die Gegend nicht, doch sie musste einfach dem Verlauf des großen Tales zu ihrer Rechten folgen. Und ganz wie sie es erwartet hatte, fanden sie schon bald einen weiteren Holzstapel. Moydana kümmerte sich nicht darum, sie lief unbeirrt weiter. Doch sie genoss die knallenden Peitschen und das gierige Zischen der Fackeln ihrer Streiterinnen, und ebenso die Schreie zweier Halblinge.

Kurz lauschte sie dem Widerhall des Todes in den Bergen, gab sich ganz der Erregung hin, die dieser Klang in ihr verursachte.

Am Nachmittag stießen sie auf eine weitere Feuerstelle, auch hier starben die Wachposten schnell und umstandslos. Niemand würde das Warnfeuer entzünden können, und die Armee, die vielleicht schon auf dem Vormarsch war, würde ungesehen passieren können. Andererseits – selbst wenn die Halblinge in ihrer Heimat gewarnt werden würden: Wie sollten sie zwanzigtausend Erinyen und zehntausend Ghule aufhalten?

Mittlerweile begann Regen aus tief hängenden Wolken herabzufallen. Moydana spürte seine feuchte Berührung auf ihrem Gesicht. Immer mehr verschwamm die Umgebung, das Grau des Himmels schien mit dem des Felsgesteins zu verschmelzen. Als der Abend herbeikroch, war auf einmal kein Geräusch mehr zu hören. Eine Stille, wie Moydana sie noch nie erlebt hatte, legte sich über das Land. Leise schlichen die Erinyen weiter, während sie ihre Fackeln zückten, doch selbst das Licht der Flammen drang kaum durch den trüben Schleier des fallenden Regens.

Dann erhaschte Moydana eine Bewegung, nicht weit entfernt, unmittelbar vor ihnen. Sie hob eine Hand, und die Erinyen verharrten reglos an Ort und Stelle. Den Kopf ein wenig geneigt, lauschte Moydana, dann lächelte sie grimmig. *Kein Blick ist stärker als der einer Erinya!* Ihre Finger schlossen sich um ihre Fackel, und langsam schritt sie vorwärts, direkt auf die Halblinge zu.

Bronn Sternenfaust zog sich über die Felskante hoch und landete heftig atmend auf dem Bauch. Auf verborgenen Pfaden hatten ihn die Irrlichter durch ein Labyrinth geführt, von dem selbst er nichts gewusst hatte. Es war eine Reise gewesen, auf der er jegliches Gefühl für Zeit und die zurückgelegte Entfernung verloren hatte. Zu verworren waren die Wege zwischen Felsen, knorrigen Bäumen und dichten Büschen gewesen.

Zuletzt hatte er noch einen steilen Anstieg erklimmen müssen, deshalb musste er jetzt erst einmal durchatmen, bevor er sich erhob.

Vor ihm erstreckte sich grauer Fels, zumindest soweit Bronn es erkennen konnte. Windböen peitschten den Regen durch die Felsformationen hindurch, und die Dämmerung begann sich über das Land zu senken.

Er holte noch einmal tief Luft, umklammerte den kleinen hölzernen Anhänger und lief weiter. Als er glaubte, einen guten Platz gefunden zu haben, ließ er sich nieder, nahm den kleinen Waldkauz von seinem Hals und hielt ihn mit beiden Händen fest. Ungeachtet des Regens schloss Bronn die Augen und konzentrierte sich auf seinen Atem. Noch einmal dachte er an sein bisheriges Leben und besonders an all jene, die an seiner Seite gegangen und schließlich gestorben waren. Er begann mit Yrm und Fundil, dachte an seine Gefährten aus der alten Truppe, an seinen Sohn Tondurim, den er kaum gekannt hatte, und verweilte schließlich lange Zeit bei Aila Eichenstamm, seiner großen Liebe.

»Aila«, flüsterte er. »So viele, die mir lieb und teuer waren, sind gestorben. Ich dachte, es läge an mir, glaubte, das Schicksal wolle mich strafen, dafür, dass ich anders war als die meisten Halblinge, und dafür, dass ich Westendtal verlassen habe. Lange Zeit glaubte ich, ich würde jeden, dem ich gestattete, mir zu folgen, gleichzeitig zum Tode verurteilen. Doch mittlerweile weiß ich, dass nicht ich darüber entscheide, wer lebt oder stirbt. Es sind die Kräfte, die uns umgeben und die wir akzeptieren müssen. Vielleicht habe ich mein Leben nur gelebt, um heute, an diesem Tag, zu dieser Einsicht zu gelangen. Deshalb habe ich mich entschieden, meine Vergangenheit loszulassen und sie den Mächten um uns herum zu überlassen, stets in dem Vertrauen darauf, dass alles einer höheren Bestimmung folgt.« Bronn öffnete die Augen und blickte ein letztes Mal auf den kleinen Waldkauz in seiner Hand. »Aila«, fuhr er fort, »mit dem, was ich jetzt tue, lasse ich nur den Schmerz zurück, nicht die Erinnerung an dich. Die trage ich in meiner Seele. So übergebe ich dieses Andenken nun dem Geist der Berge.«

Bronn drückte den Holzanhänger noch einmal kurz an seine Brust, dann legte er ihn vor sich auf den Boden. Zuletzt schichtete er einige Steine darüber auf, bis die Halskette unter einem kegelförmigen Türmchen begraben war.

Nun blieb ihm nur noch zu hoffen, dass sein Opfer nicht vergebens war und ihn der Graue Fels erhören würde.

Bronn blickte sich um und lauschte. Er musste nicht lange warten, bis er ein Geräusch vernahm. Da waren Schritte, feste, harte Schritte, wie sie nur von jemandem stammen konnten, der sehr selbstsicher war. Dann sah er ein Leuchten, das die grauen Nebelschleier erhellte, doch nicht ganz durchdringen konnte.

»Ich trau den alten Mächten ganz allein, der Graue Fels soll mein Gefährte sein«, wiederholte Bronn die Worte des Irrlichts. Er umklammerte die Steinaxt, holte eine weitere unter seinem Umhang hervor, die er sich im Labyrinth gefertigt hatte, und lockerte den Sitz des Dolches an seinem Gürtel. Dann hielt er auf die Erinyen zu, die sich ihm dort näherten. Er, Bronn Sternenfaust, würde sich ihnen stellen, ganz gleich, ob mit oder ohne grauen Gefährten. Auch wenn es sein letzter Kampf sein würde, ein Zurück gab es nicht mehr. Von nun an würde ihn jeder Schritt, den er tat, nach Hause führen – so oder so.

Die Bewegung war zunächst nur schemenhaft durch einen Vorhang aus Regen zu erkennen. Fünfzig Erinyen waren auf Moydanas Befehl hin stehen geblieben und warteten an Ort und Stelle. Moydana fühlte eine schwer zu bändigende Erregung in sich aufsteigen, eine Begierde nach Kampf und Tod. Sie war froh, endlich zuschlagen zu können, auch wenn ihre Gegner nur schwächliche Halblinge waren.

Sie musste sich nicht umwenden, um zu wissen, dass es ihren Streiterinnen ebenso erging. Sie hörte das leise Knistern ihrer Fackeln, so wie es immer war, bevor das Töten begann. Der Lichtkegel, zu dem sich fünfzig Fackeln vereinten, wurde größer, verdrängte die Dunkelheit und tastete sich nach vorn, direkt auf ihre Feinde zu.

Doch noch niemals wurde Moydanas Kampfeslust so jäh enttäuscht wie heute. Noch nie hatte sie davon gehört, geschweige denn es selbst erlebt, dass eine einzige Kreatur es wagte, sich fünfzig Erinyen in den Weg zu stellen. Dass diese Kreatur auch noch ein Halbling war, beleidigte sie zutiefst.

Zwei kleine Äxtchen in den verschrumpelten Händen haltend stand er vor ihnen, genau zwischen zwei hoch aufragenden Felsen. Seine Haare – vom Regen durchnässt, vom Alter ergraut – hingen ihm über die Schultern herab und umrahmten auf erbärmliche Weise ein Gesicht, in dem der Winter des Lebens schon vor langer Zeit Einzug gehalten hatte.

Moydana trat einen Schritt auf ihn zu und blickte ihm direkt in die Augen. Kurz zuckte der Halbling zusammen, doch zu Moydanas Verärgerung senkte er nicht den Kopf. Stattdessen sah sie in seinen Augen eine Entschlossenheit, wie sie nur jemand haben konnte, der dem Tod ins Auge blickte und ihn akzeptierte.

Moydana lächelte, dann wandte sie sich um und bedeutete einer ihrer Streiterinnen mit einem Wink, den Halbling zu töten. Die Erinya zögerte nicht und eilte auf die zwischen den Felsen stehende Gestalt zu.

Bronn konnte nicht vermeiden, dass er kurz zusammenschreckte, als die Anführerin der Erinyen ihn ansah, doch er würde den Blick nicht abwenden – er würde stark sein. Was auch immer geschah, was auch immer heute auf ihn zukam, er hatte es bereits angenommen.

Eine der Frauen griff ihn nun an, mit schnellen, geschmeidigen Schritten eilte sie auf Bronn zu. Ihr löchriger Umhang glänzte feucht im Schein ihrer Fackel. Bronn wartete – zumindest solange, bis die Frau mit der Geißel zum Schlag ausholte. Genau das war der Augenblick, in dem er rasch hinter einem der Felsen in Deckung ging. Die tödlichen Geißeln schlugen ins Leere, knallten auf nassen Stein, ohne Schaden anzurichten. Nur einen kurzen Moment später kam Bronn auf der anderen Seite des Felsens wieder zum Vorschein. Er hob eine seiner Äxte, deutete einen Wurf an – und die Erinya fiel darauf herein. Blitzschnell riss sie ihre Peitsche hoch, um das vermeintliche Geschoss mit den Geißeln abzufangen. Geschickt nutzte Bronn diese Gelegenheit und schleuderte die andere Axt mit aller Kraft auf seine Feindin. Mit einem dumpfen Geräusch grub sich die Waffe in ihre Brust. So wie die Augen der Erinya vor Überraschung aufblitzten, so glomm noch einmal ihre Fackel auf, dann sackte sie auf die Knie. Ihr Atem ging heftig, wurde aber rasch zu einem schwachen Röcheln und erstarb. Sie kippte nach vorne und war tot.

Kurz war nur der prasselnde Regen zu hören, die Erinyen – Bronn schätzte sie auf etwa fünfzig – starrten verblüfft auf ihre gefallene Kameradin. Bronn wusste, dass er Glück gehabt hatte. Die nächste Angreiferin, sofern sich nun nicht gleich alle auf ihn stürzten, würde vorsichtiger sein.

Die Anführerin winkte eine weitere Erinya nach vorne. Bronn sprang vorwärts und riss seine Axt aus dem Körper der Gefallenen. Sofort zielte er auf die neue Angreiferin und holte zum Wurf aus. Er ließ jedoch ein bisschen eher los als nötig. Die Axt sauste am Kopf der Erinya vorbei, und diese grinste boshaft. Doch schon war ein Knacken zu hören, dann ein Aufschrei. Mit Bronns Waffe in ihrem Schädel brach eine der anderen Streiterinnen zusammen. Aber da war jene Erinya, die ihn attackiert hatte, auch schon bei ihm. Sie holte mit der Peitsche aus. Bronn hechtete nach links und rollte über den Felsboden, aber er war nicht schnell genug: Die Peitschenenden schlangen sich um sein Bein, und die Widerhaken der Geißeln gruben sich tief in sein Fleisch. Die Frau zerrte ihn zu sich, und ein brennender Schmerz durchzuckte Bronns Bein. Schnell zog er den Dolch an seinem Gürtel und durchtrennte die Geißeln – keinen Augenblick zu spät. Voller Zorn warf die Erinya die nun nutzlose Peitsche zur Seite und griff mit ihrer Fackel an.

Bronn rappelte sich auf und duckte sich unter dem ersten Fackelhieb hinweg. Die Waffe zischte ins Leere, aber die Erinya holte schon zum nächsten Schlag aus. Das war Bronns Gelegenheit – der Körper seiner Gegnerin war ungeschützt. Augenblicklich stürmte er vorwärts und rammte ihr den Dolch quer durch die Rippen.

»Der Weg zum Herzen einer Fackelschergin führt nur durch ihre Rippen«, knurrte er grimmig und zog seine Waffe heraus. Die Erinya riss die Augen auf, wollte erneut zuschlagen, doch ihre Arme zitterten. Mühelos wich Bronn dem schwach geführten Hieb aus, indem er zur Seite sprang. Gleichzeitig hieb er ihr die zweite Axt in den Oberschenkel. Die Frau sackte auf die Knie, und ein Schlag ins Genick brachte ihre Fackel für immer zum Verlöschen.

Nun hatte Bronn allerdings endgültig den Zorn seiner Feindinnen entfacht! Sie stürmten alle gleichzeitig auf ihn los, ihre Anführerin vorweg.

Bronn humpelte so schnell er konnte zu den beiden Felsen zurück und warf dabei einen hastigen Blick nach links, denn er glaubte, dort eine Bewegung wahrgenommen zu haben. Er konnte jedoch nicht genauer hinsehen und flüchtete schnell hinter die großen Steine, zwischen denen er auf die Erinyen gewartet hatte. Er kletterte auf einen kleinen Findling, dann weiter auf einen der Felsen. Von seinem erhöhten Standpunkt aus, schaute er den Angreiferinnen entgegen, machte sich bereit, in einem Hagel von Peitschenschlägen zerrissen zu werden. Doch dann wurde er überrascht: Die Erinyen waren stehen geblieben.

Nicht zu Bronn blickten sie auf, sondern starrten auf etwas, das rechts neben ihm war. Dann hörte auch er es: ein schweres Atmen, als würden die Berge gierig nach Luft ringen. Er beobachtete, wie das Gestein einer nahen Felswand begann, sich zu bewegen. Es schien flüssig zu werden und glitt dann auf die Erinyen zu. Je näher es ihnen kam, desto mehr nahm es Gestalt an. Zunächst sah es aus wie ein Tier auf vier Beinen, doch dann richtete es sich auf, verwandelte sich in ein zweibeiniges Wesen, mindestens acht Fuß hoch. Die Gestalt erinnerte an einen Menschen, war dafür aber eigentlich viel zu kräftig und hünenhaft. Mit großen Schritten ging das Wesen auf die Erinyen zu. Seine dicken grauen Arme reichten bis zum Boden, und die Schultern waren noch breiter als die eines Ghuls. Die Konturen waren in steter Bewegung, nahmen nie eine feste Form an.

»Der Geist der Berge – mein Ruf wurde erhört«, flüsterte Bronn ehrfürchtig. Er sah, wie sich im Gesicht des Berggeistes Spalten auftaten: seine Augen. Diese schienen aus weißem Nebel zu bestehen und fixierten die Erinyen, die sich nicht von dem abwenden konnten, was da auf sie zukam. Einer jedoch gelang es: ihrer Anführerin. Sie wandte den Kopf, und ihr Blick bohrte sich voller Hass in Bronn.

»Was auch immer das ist«, zischte sie in Richtung ihrer Streiterinnen, »reißt es in Stücke! Ich werde diesen Halbling lehren, was es bedeutet, den Zorn einer Erinya auf sich zu ziehen.«

Bronn umklammerte Dolch und Axt, deren Griffe von Regen und Blut glitschig geworden waren.

»Und ich werde dich lehren, was es bedeutet, sich mit Bronn Sternenfaust anzulegen«, erwiderte er tonlos.

Jetzt, da sein Ruf erhört worden war und der Berggeist ihm beistand, fühlte Bronn neuen Mut in sich aufsteigen. Nun hatte er endlich das Gefühl, sich von seiner Vergangenheit befreit zu haben, und konnte annehmen, was auch immer vor ihm lag. Er ahnte, was das sein würde – doch er war glücklich.

Noch immer steckten die Widerhaken der Peitsche in seinem linken Bein, einer davon musste unglücklicherweise eine Arterie in seiner

Kniekehle verletzt haben. Bronn fühlte Blut warm über seine Haut laufen, aber noch war Leben in ihm.

Mit raschen, geschmeidigen Schritten griff die Erinya an. Hell loderte die Fackel in ihrer Hand auf, verdrängte die Dunkelheit und zeigte ein Gesicht von grausiger Schönheit. Sie lächelte kurz, wodurch weiße Zähne sichtbar wurden. In diesem Augenblick schleuderte Bronn seinen Dolch hinab. Die Waffe hätte ihr Ziel nicht verfehlt, aber die Erinya fegte sie mit einer raschen Bewegung ihrer Peitsche aus der Luft. »Ich hatte auf einen richtigen Kampf gehofft, Halbling!«, rief sie spöttisch.

Bronn nickte in Richtung der anderen Erinyen. Sie hatten den Berggeist umzingelt, in dem Glauben, ihn mit ihren Geißeln bezwingen zu können. »Dann schließ dich dem Rest deiner garstigen Kameradinnen an«, erwiderte Bronn, »denn diese fechten heute ihren letzten Kampf.«

Die Erinya drehte sich nicht um, auch nicht, als die ersten Peitschenschläge von den Felswänden widerhallten und das Plateau von aufleuchtenden Fackeln in ein gespenstisches Licht getaucht wurde.

»So wie du auch«, antwortete sie.

Bronn nickte entschlossen. »So wie ich.«

Nun wartete er nicht mehr, denn er fühlte, wie das Leben mit jedem Pulsschlag aus ihm wich. Er umfasste seine Axt mit beiden Händen und bereitete sich auf einen allerletzten Angriff vor. Er stürmte vorwärts, sprang von seinem Felsen direkt auf die Erinya zu. Noch in der Luft holte er aus, versuchte mit aller Kraft, die Axt in die Brust seiner Gegnerin zu schlagen – aber die Erinya durchschaute seine Attacke und wich mühelos zur Seite. Bronn schlug hart auf, die Axt glitt ihm aus den Händen. Sofort war die Erinya über ihm. Sie packte ihn an den Haaren und zog ihn auf die Beine, während sie sich zu ihm beugte.

»Sieh mich an!«, verlangte sie.

Bronn tat es. Der Schrecken jedoch, den eine Erinya sonst verbreitete, blieb aus. Nichts mehr konnte ihm Angst einjagen. Er nahm alles nur noch wie in Trance wahr, als würde das Geschehen um ihn herum im Takt seines Herzens langsamer werden. Bronn sah, wie hinter der Erinya die anderen ihrer Art kämpften – und starben. Viele von ihnen waren bereits zu Stein erstarrt, die wenigen, die noch lebten, schlugen mit ihren Peitschen zu. Doch kaum berührten die Geißeln den Berggeist, verfärbten die Angreiferinnen sich grau und verwandelten sich in ewigen Fels. Der Blick des Berggeistes richtete sich nun auf die letzte kämpfende Erinya.

»Sieh mich an!«, hörte Bronn erneut diese unnachgiebige Stimme, woraufhin er seiner Gegnerin wieder in die Augen blickte.

»Wie ist dein Name?«, fragte er mit schwerer Zunge.

Kurz schien die Erinya irritiert zu sein, doch dann lachte sie schallend.

»Du möchtest wissen, welchen Namen dein Tod trägt«, entgegnete sie. »Das gefällt mir!«

Sie strich Bronn fast schon zärtlich über die Wange. Auf der erhitzten Haut seines Gesichts fühlten sich ihre Finger kalt an. Sie brachte ihren Mund ganz dicht an Bronns Ohr. »Moydana«, hauchte sie.

»Gut, Moydana. Dann kenne ich nun den Namen der Letzten, die der Geist des Berges heute Nacht mit in sein felsiges Reich nimmt. Dreh dich um.«

Der Hohn in Moydanas Gesicht verschwand mit einem Schlag. Anscheinend spürte sie die Präsenz von etwas sehr Altem: Der Berggeist stand direkt hinter ihr. Die Erinya wandte langsam den Kopf und blickte zu dem düsteren Giganten auf.

Sie hob ein letztes Mal ihre Fackel, doch der Berggeist war schneller. Er packte sie an der Kehle und zwang sie, ihm in die Augen zu sehen. Bronn sah, wie die Erinyen-Waffe ein letztes Mal aufglomm, dann sank Moydana in die Knie. Ihr Körper wurde starr und nahm die Farbe von Felsgestein an.

»Kein Blick ist ... stärker ... als der einer ... Erinya«, stammelte sie noch fassungslos, dann trübten sich ihre Augen, und Moydana war zu Stein geworden.

Bronn betrachtete das, was noch vor wenigen Augenblicken eine Erinya gewesen war. Auch ihre Fackel war versteinert, ein verblassendes Schimmern zeugte von den schwindenden Lebenskräften.

Bronn schwankte, gab sich jedoch alle Mühe stehen zu bleiben. Schließlich sah er hinauf zu dem Grauen Fels, seinem steinernen Gefährten.

Ich kann Leben in ewiges Jetzt bannen, kann zu Stein erstarren lassen, was einst atmete.

Erstaunlicherweise erklangen die Worte des Berggeistes in Bronns Kopf so klar, als würde er sie laut aussprechen.

Aber den Todgeweihten ihr Leben zurückgeben, das ist mir nicht möglich.

»Ich weiß«, entgegnete Bronn mit schwacher Stimme. Er wusste, ihm blieb nicht mehr viel Zeit. »Dennoch habe ich einen Wunsch, den – du mir erfüllen kannst.« Er deutete auf die kniende Erinya vor sich. »Ich will nicht elendig zusammengekrümmt vor dieser Frau liegen. Nicht einmal im Tode will ich mich ihr beugen. Ich will sterben, wenn ich stehe, und – ein Mahnmal für andere sein. Alle ...«, Bronn wankte, das Atmen fiel ihm schwer, »alle sollen erkennen, dass auch im Kleinsten ein großes Herz schlägt, das ihn – zu großen Taten befähigt.« Bronn sah dem Berggeist direkt in die Augen, und der graue Nebel darin begann sich zu bewegen.

Ein tapferer Wunsch, den ich dir erfüllen werde!

Wie dahinziehende Wolken schwebten die Worte durch Bronns Kopf.

Auf diese Weise werden sich die anderen auch an mich erinnern, den grauen Geist der Berge, und an all die Krafte, die sie umgeben und mit denen sie verbunden sind.

Der Berggeist kam ein wenig näher.

Sieh mich an und vertrau der alten Macht ein letztes Mal. Durch mich findest du den Weg nach Hause.

Bronn wandte seinen Blick nicht ab. Eben hatte er noch vor Kälte gezittert, doch nun wurde alles ruhig. Seine Beine fühlten sich auf eigenartige Weise fest an. Er ahnte, dass sie bereits zu Stein geworden waren. Mit letzter Kraft richtete er seinen Oberkörper auf und stemmte die Hände in die Hüften, und dies war Bronns letzte Bewegung. Er fühlte seinen Körper nicht mehr und richtete all seine Aufmerksamkeit auf die Augen des Wesens – und plötzlich wurden diese größer. Die schmalen Risse weiteten sich, wurden zu Öffnungen, auf die er zutrieb – direkt in den wallenden grauen Nebel hinein. Dann wurde es heller, Sonnenstrahlen kamen von irgendwo her, und er sah plötzlich eine Gestalt direkt vor sich. Schnell erkannte er, wer da auf ihn wartete: *Aila!*

Bronns Worte waren nun zu Gedanken geworden. Erleichtert ergriff er die Hand des Halblingsmädchens, das ihn aufmunternd anlächelte, und zusammen mit Aila folgte Bronn Sternenfaust dem Ruf des Gefildenvogels und kehrte heim.

34. ZWIETRACHT

Ein schmerzhafter Stoß traf Enna zwischen den Schulterblättern und erinnerte sie daran weiterzulaufen. Zervanas Armee war bereits sehr früh am Morgen aufgebrochen, und wie die Usurpatorin gesagt hatte, marschierten Erinyen und Ghule Seite an Seite durch eine Schneise im Geröll.

Die Ghule hatten die Steine zur Seite geräumt, allerdings war dies nur notdürftig geschehen, deshalb lagen noch immer Felsen und Findlinge herum, und der Weg war holprig und beschwerlich. Aber das Heer rückte unbeirrt voran.

Enna und Jorim waren gezwungen worden, an der Spitze, hinter Zervana und Yorak, zu laufen. Sie waren umringt von Feinden, ein Entkommen schien unmöglich. Die hochmütigen Erinyen beachteten sie kaum mehr als die geborstenen Felsen, die sie umgaben, nur die Ghule starrten sie des Öfteren mit hungrigem Blick an.

»Was ist mit dem Ei?«, zischte Jorim leise, als er sich unbeachtet glaubte.

Seitdem sie gefangen worden waren, hatte Enna es vermieden, über das Ei zu streichen oder gar laut mit ihm zu reden. Nur in Gedanken hatte sie zu ihm gesprochen, aber ob das etwas bewirken würde, wusste sie nicht. Verstohlen sah sie sich nun um und schüttelte dann den Kopf.

»Es rührt sich nichts.«

»Verdammter Borkenmist!«, schimpfte Jorim. »Ich fühle mich genauso hilflos wie Pfeifenkraut, das in die Brennkammer gestopft und jeden Augenblick in Brand gesteckt wird.«

Enna nickte. »Das Schlimmste daran ist zu wissen, dass man mit dem Feind in die eigene Heimat läuft und nichts dagegen tun kann.«

»Achtung!« Jorim stieß sie kurz an und legte einen Finger an die Lippen.

Enna sah auf und blickte dem beängstigenden Ghul mit den weißen Haaren in die Augen. Sie hatte ihn heute noch nicht zu Gesicht bekommen und fragte sich, woher er so plötzlich kam. Nun jedenfalls marschierte er direkt vor ihnen, unweit von Zervana und Yorak, und hatte sich zu den Halblingen umgedreht. Kurz starrte der Ghul Enna in die Augen, dann wanderte sein Blick hinab zu ihrem Bauch. Ob er wohl ahnte, dass sie etwas verbarg?

»Der hässliche Ghul und diese Zervana sind nicht gerade die besten Freunde, oder?«, raunte Jorim ihr ins Ohr.

»Ist mir auch schon aufgefallen«, bestätigte Enna. »Ich frage mich, ob wir das irgendwie ausnutzen können.«

Ein listiges Lächeln stahl sich auf Jorims Gesicht.

»Du meinst, wir sollten ein wenig Zwietracht säen?«

»Allerdings. Leider weiß ich nicht, wie.«

Missmutig sah sich Enna um. Die Stelle, die sie gerade passierten, war eng. Und wegen des vielen Gerölls, das noch immer hier herumlag, war es für die einzelnen Heeresabteilungen schwierig, ohne Reibereien hindurchzugelangen. Die Ablehnung, die sich die beiden Völker entgegenbrachten, war vor allem durch die Blicke, die sie sich zuwarfen, offensichtlich.

Doch Enna hatte noch keine Idee, wie sie sich diesen Umstand zunutze machen konnten. Zervana und Hanafehl waren starke Führer und würden jegliche Auseinandersetzung, die ihre Pläne bedrohte, sofort im Keim ersticken.

Auch Jorim schien angestrengt nachzudenken, denn Enna sah, wie er andauernd auf seiner Unterlippe herumkaute. Der Tag zog sich dahin, und die feindliche Schar drang immer tiefer in die Vergessenen Täler ein.

Irgendwann mischte sich ein fernes Rauschen unter das Marschgeräusch Tausender Erinyen-Stiefel, und rechts von ihnen tat sich ein schmales Seitental auf. Feiner Dunst trieb darin umher und verwehrte die Sicht auf die Quelle des Erenin, der in dieser Schlucht entsprang.

Allmählich begann sich die Umgebung zu verändern: Das Tal wurde tiefer und zerklüfteter. Schon seit langer Zeit bahnte sich hier das Wasser des Erenin seinen Weg durch das Gestein, und fast konnte man meinen, es hätte sich am Anfang nicht entscheiden können, wo es entlangfließen sollte. Überall waren tiefe Kerben, als hätte sich eine gewaltige Axt in den Fels gegraben.

Die Unwegsamkeit des Geländes behinderte das Fortkommen der Armee ebenso wie die aufziehenden Wolken und der Regen. Am Nachmittag wandte sich Zervana an Yorak, und sogleich gab der Erinya den Befehl zu einer Rast.

Das Zwielicht in der tiefen Schlucht verdichtete sich zunehmend. Immer mehr Erinyen-Fackeln leuchteten auf und erfüllten das diesige Grau mit einem gedämpften Lichtschein. Regenschleier trieben umher, und es roch nach nassem Fels.

Ennas und Jorims Stimmung wurde immer schwermütiger, doch auch an den Erinyen schien das erdrückende Wetter nicht spurlos vorüberzugehen. Ihre Gesichter waren tief unter ihren Kapuzen verborgen – und Enna und Jorim waren dankbar dafür. Die Ghule schlurften in geduckter Haltung voran, gaben keinen Laut von sich und waren von dem grauen Fels kaum zu unterscheiden.

Die Geschwister ließen sich unter einem Felsvorsprung nieder, da kam Zervana auf sie zu. Als Einzige der Erinyen hatte die Usurpatorin ihre Kapuze zurückgezogen. Ihre langen schwarzen Haare klebten nass auf ihren Schultern. Sie glänzten im Licht ihrer Fackel und umrahmten ihr hartes, bleiches Gesicht.

Yorak begleitete sie wie ein stiller Schatten.

Hanafehl, der Anführer der Ghule, hatte sich ein wenig abseits auf einem Stein niedergelassen, blieb aber nahe genug, sodass er das Geschehen beobachten konnte. Mit der dunklen Haut hätte man ihn auch für einen Felsbrocken halten können.

Der Blick der Erinya bohrte sich in Enna, und sie konnte nicht anders, als den Kopf zu senken. Ihr Herz begann zu rasen. Jorim, der dies zu bemerken schien, ergriff ihre Hand und drückte sie fest. Doch Enna spürte, dass auch er ganz leicht zitterte.

»Meine Kundschafterinnen haben mir von dem verborgenen Land der Halblinge erzählt«, säuselte die Erinya. »Ich jedoch werde es nun zum ersten Mal erblicken. Sagt, wie ist eure Heimat?«

»Es ist ein friedliches Land«, antwortete Jorim, »doch hässlichen Erinyen und stinkenden Ghulen wird es die Füße verbrennen.«

Enna schloss die Augen, sie befürchtete schon das Schlimmste. Zervana jedoch warf den Kopf in den Nacken und lachte – zumindest einen Augenblick lang. Dann sprang sie plötzlich nach vorne, blitzschnell und geschmeidig. Ihre Hand vergrub sich in Jorims braunem

Haar und bog ihm den Kopf nach hinten, sodass er ihr in die Augen sehen musste. »Sieh mich an, Halbling!«

Jorim trotzte dem Blick erstaunlich lange, doch dann wandte er den Kopf ab, so gut es in ihrem Griff ging.

»Da siehst du es!«, sagte Zervana triumphierend. »Zwar weiß ich nicht, warum ihr Halblinge bei meinem Anblick nicht sofort dem Wahnsinn verfallt, aber ebenso wie du deinen Kopf vor mir senkst, wird sich Westendtal und auch der klägliche Rest der Welt den Erinyen beugen.«

Zervana ließ Jorim los und setzte sich auf einen Fels vor ihnen. Regen rann ihr über das Gesicht und tropfte zischend auf die glimmende Fackel, die die Usurpatorin nun in eine Halterung aus dunklem Leder schob. Ein Schmunzeln legte sich auf ihr Gesicht.

»Ihr wollt mir also nichts über eure Heimat erzählen? Nun gut, umso besser. Ihr müsst wissen, ich liebe den Reiz des Verborgenen. Nicht zu wissen, welche Herausforderung auf mich lauert, macht mich nur gieriger«, sie wandte den Kopf und sah Yorak an, der wie ein stummer Wächter hinter ihr stand, »… und es erregt mich. Ich kann dem Verborgenen nicht widerstehen.« Sie lachte leise und dunkel.

Doch Enna hörte schon nicht mehr genau hin. Bei Zervanas Worten schoss ihr plötzlich ein Gedanke durch den Kopf. Es war eine irrwitzige Idee, verrückt und gefährlich, trotzdem saugte sie sich an ihr fest, wie kürzlich der Blutegel an Jorims Fuß.

Die Flamme eines Drachen ist die Mutter allen Feuers, so wie der Gulvar Herr über Tod und Dunkelheit ist. Im Verborgenen liegt, was das finstre Herz begehrt.

Das hatte das rote Drachenweibchen in ihrem Traum zu ihr gesagt, und nun hörte sie die Worte laut und deutlich in ihrem Inneren. Angestrengt dachte Enna nach, während ihr Blick zwischen Zervana und Hanafehl hin und her wanderte. Wenn sie ihren Gedankenblitz in die Tat umsetzen wollte, musste sie handeln, und zwar sofort. Sie würde nicht einmal mit Jorim darüber reden können, denn sie wusste nicht, wann sich die nächste Gelegenheit bot, mit Zervana zu sprechen. Vielleicht wäre es dann schon zu spät.

Deshalb richtete sie sich auf, streckte ihren Bauch etwas heraus und legte die Hände auf das Ei unter ihrem Umhang. Zervana wollte sich gerade abwenden, doch da fiel ihr Blick auf die Ausbeulung – genau wie es Enna beabsichtigt hatte.

»Was verbirgst du da vor mir?«, fragte Zervana. Ihre Stimme hatte einen äußerst bedrohlichen Klang angenommen, und auch der Ghul richtete sich jäh auf. Die Augen zu Schlitzen verengt, beobachtete Hanafehl jede Bewegung.

Zum Schein zog Enna hastig ihre Hände zurück. Sie spürte, wie Jorim sich anspannte.

»Nur ihren dicken Bauch«, sagte er rasch.

Enna hätte ihn am Liebsten vors Schienbein getreten, doch er konnte natürlich nicht ahnen, was sie vorhatte. Und Zervana ging ohnehin nicht auf seine Bemerkung ein. Sie trat näher, wobei sie Enna fixierte, die ihre Hände nun wieder schützend auf den Bauch legte. Langsam ging die Erinya vor ihr in die Hocke, und lange Finger streckten sich nach ihr aus.

»Nicht!«, rief Jorim. Doch Zervana hatte schon Ennas Hände gepackt, schob sie weg und befühlte den Gegenstand unter ihrem Umhang.

»Was ist das?«, fragte sie zischend.

Enna schwieg und vermied es, angeblich schuldbewusst, die Erinya anzusehen.

Kurzerhand griff diese unter Ennas Umhang und hielt im nächsten Augenblick das Drachenei in ihren langfingrigen Händen. Misstrauisch betrachtete sie den ovalen Gegenstand.

»Dies ist ein Ei aus dem Drachenkrater«, flüsterte Enna nun so leise, dass nur Zervana sie verstehen konnte. Sie wollte vermeiden, dass Hanafehl das Gespräch hörte, denn der Ghul spähte immer noch neugierig zu ihnen herüber.

»Was für ein Ei genau?«

Enna zuckte mit den Schultern. »Das wissen wir nicht. »Entweder ein Gulvar oder ein Drache ist darin. Das wird sich erst zeigen, wenn das Wesen schlüpft. Noch liegt es im Verborgenen.« Die letzten Worte hatte Enna bewusst gewählt. Immerhin hatte Zervana ihr eben erst enthüllt, dass sie dem Reiz des Verborgenen nicht widerstehen konnte. Enna hoffte nur, dass dies auch auf dieses Ei zutraf.

Die Erinya legte den Kopf schräg und betrachtete nachdenklich das Ei. »Drache oder Gulvar. Was mag sich wohl darin verstecken?«

»Ein Wesen der Suravan-Berge«, murmelte Yorak, der sich bislang still verhalten hatte.

Die Usurpatorin hob rasch die Hand. »Schweig, Yorak!« Sie würdigte den großen Erinya keines Blickes.

»Was wolltet ihr damit?«, fragte sie nun wieder an Enna gewandt. »Und wie ist es euch überhaupt gelungen, in den Besitz des Eis zu kommen?«

Unter ihrem bohrenden Blick erzählte Enna von ihrer Reise, brach absichtlich immer wieder ab, sodass Zervana sie zum Weiterreden auffordern musste.

Nachdem Enna fertig war, lachte Zervana auf.

»Dann habt ihr also tatsächlich geglaubt, einen Drachen beherrschen und auf uns hetzen zu können?« Die Usurpatorin schüttelte den Kopf. »Wie seid ihr nur auf diesen lächerlichen Einfall gekommen?«

Das war die Frage, auf die Enna gewartet hatte. Sie zögerte einen Augenblick, dann sprach sie mit kleinlauter Stimme weiter, was ihr vor der Usurpatorin nicht besonders schwerfiel. »Wenn ein Drache dem Ei entschlüpft, folgt er demjenigen, dem er als Erstes in die Augen sieht«, sagte sie leise.

Nun wurde Zervana ernst und runzelte die Stirn.

»Die Flamme eines Drachen ist die Mutter allen Feuers«, fuhr Enna fort und zwang sich, Zervana trotzig anzusehen. »Nicht einmal eure Fackeln lodern so hell wie seine Flammen. Er würde euch besiegen!«

Jorim stieß Enna in die Seite, doch die Erinya beachtete die beiden gar nicht mehr. Sie schien ganz in Gedanken versunken zu sein.

»Es sei denn, er erblickt eine von uns zuerst«, überlegte sie laut.

Enna senkte den Blick und tat niedergeschlagen. »Ja, ein Drache ist ein Wesen des Feuers und würde als solches euch folgen – und einen Ghul womöglich töten«, sagte sie leise. »Erblickt jedoch ein Gulvar das Licht der Welt, so könnte dieser als Wesen von Tod und Dunkelheit *Euch* vernichten und würde eher den Ghulen folgen, denn auch sie sind Kreaturen der Finsternis.« Flüchtig sah Enna zu Hanafehl hinüber. Der Ghul war ein Stück näher herangetreten, doch Ennas geflüsterte Worte konnte er sicher nicht verstehen. Das Ei in Zervanas Händen sah er aber sehr wohl, und dies machte ihn neugierig. Auch das gehörte zu Ennas Plan.

Zervana wirkte skeptisch und blickte Enna und Jorim abwägend an.

»Woher glaubt ihr zu wissen, dass ein solch mächtiges Wesen überhaupt irgendjemandem folgen würde?«

»Wir wissen es nicht«, erwiderte Enna. »Es ist nur eine Vermutung unserer Gelehrten.«

Die Usurpatorin starrte sie an – sie schien angestrengt nachzudenken. Dann reichte sie Enna das Ei und wandte sich an Yorak. »Lass die beiden nicht aus den Augen. Sie dürfen das Ei behalten, zumindest so lange, bis ich entschieden habe, was ich damit mache.«

»Wie Ihr wünscht!« Yorak verneigte sich und betrachtete die beiden Halblinge mit ernster Miene. Enna hätte beim besten Willen nicht sagen können, was in ihm vorging.

»Wir ziehen weiter!«, befahl Zervana und stolzierte davon. Enna sah, dass ihr Blick Hanafehl flüchtig streifte. Noch brauchte sie diese abscheuliche Kreatur, doch ganz sicher würde sie sich nicht die Weltherrschaft mit ihm teilen. Irgendwann musste Zervana ihn loswerden. Was also würde sie tun?

Hanafehl allerdings hatte im Moment nur Augen für das Ei, und so steckte Enna es schnell wieder unter ihren Umhang. Vielleicht hatten die beiden ja angebissen. Wenn dem so war, hatte Enna die erste Saat der Zwietracht gesät.

»Du hast es mit Absicht getan, nicht wahr?« Jorim betrachtete Enna von der Seite, musste dann aber wieder auf den Weg achten. Trotz Regen und Dunkelheit waren die Erinyen und Ghule weitergezogen.

Enna nickte.

»Und ich dachte immer, ich wäre gerissen«, murmelte Jorim. »Das Schreckensweib weiß nicht, ob es dir trauen kann. Solltest du aber die Wahrheit sagen, könnte sie bald ein machtvolles Wesen an ihrer Seite wissen.«

»Oder sie würde bei dessen Anblick getötet werden, wenn es ein Gulvar ist«, ergänzte Enna. »Deshalb lässt sie das Ei vorerst bei mir, bis sie eine Entscheidung getroffen hat.«

»Sie wird aber keineswegs wollen, dass Hanafehl das Ei bekommt«, fuhr Jorim leise fort. »Dafür wird Hanafehl nun wissen wollen, was es damit auf sich hat. Was wirst du ihm sagen, wenn er dich fragt?«

»Dass es das Ei eines Gulvaren ist, der demjenigen folgt, den er als Erstes erblickt.«

Jorims Mundwinkel zuckten, er konnte sich das Lachen kaum verkneifen. Glücklicherweise hielt er den Kopf gesenkt. »Aber Hanafehl wird versuchen, das Ei an sich zu bringen, und dann«, Jorim brach ab und tippte sich mit dem Zeigefinger an die Lippen, und plötzlich hellten sich seine Gesichtszüge auf. »Aber natürlich!«, fuhr er fort. »Genau das ist es! Wir müssen nur dafür sorgen, dass Zervana oder Yorak das mitbekommen, und schon haben wir unseren ersehnten Streit herbeigeführt! Das könnte das Bündnis zerstören.« Jorim schüttelte den Kopf. »Aber ich sehe da noch ein kleines Problem.«

»Und das wäre?«

»Einen Bruch des Bündnisses werden weder Hanafehl noch Zervana vor der Eroberung der Nordlande riskieren. Und dann ist es zu spät für Westendtal.«

»Möglich«, gab Enna zu. »Dann müssen wir Hanafehl einfach klarmachen, dass der Gulvar schon in ein oder zwei Tagen schlüpft. Das wird ihn ein wenig unter Druck setzen.«

»Das müsste klappen.« Jorim schnalzte mit der Zunge. »Wir ritzen eine kleine Kerbe in die Oberfläche, dann sieht es so aus, als wäre es bald soweit.«

»Bist du verrückt?«, zischte Enna ihn an, lauter als beabsichtigt. Prompt sahen Yorak und Hanafehl zu ihnen herüber.

»Das ist kein Ei von einem dummen, in seinem eigenen Mist herumstaksenden Huhn, Enna«, sagte Jorim leise. »Die Schale ist dick und hart wie Stein!«

Enna widerstrebte der Gedanke, diesem Ei Schaden zuzufügen. Auch wenn sie schon bemerkt hatte, dass sich das Ei extrem robust anfühlte. Trotzdem war Jorims Plan riskant, und jemand könnte es bemerken.

»Also gut«, lenkte Jorim ein. »Erzähl dem blöden Ghul einfach, das Wesen im Ei bewege sich bereits, du könntest es durch die Schale spüren. Und dann brauchen wir nur noch eine Gelegenheit, um mit diesem ekelhaften Ghul darüber zu sprechen, was es mit dem Ei auf sich hat!«

Auf diese Gelegenheit mussten sie nicht lange warten. Als Zervana bald darauf Yorak zu sich rief, ließen sich Jorim und Enna ein wenig zurückfallen. Hanafehl, der sich nie weit von den beiden Halblingen entfernte und sie seit ihrem Gespräch mit Zervana noch neugieriger beobachtete, war mit wenigen großen Schritten bei ihnen.

Groß und düster baute sich der Ghul vor ihnen auf. Der Regen hatte begonnen, das Blut aus seinen langen weißen Haaren herauszuwaschen, und die Tropfen, die nun daraus zu Boden fielen, waren dunkel, fast schwarz.

»Was ist in dem Ei?«, schnarrte er leise. Enna schluckte, sie musste ihre Angst nicht vortäuschen.

»Ein – Wesen«, sagte Jorim und machte – absichtlich, wie Enna vermutete – zwei Schritte zurück.

Der Ghul beugte sich weiter zu ihnen herab. »Was für ein Wesen?«

»Ein Gulvar«, antwortete Enna.

Hanafehls Augen verengten sich zu Schlitzen. »Ein Wesen der Suravan-Berge also.« Sein Blick wanderte zu Ennas Bauch. Schnell legte sie schützend ihre Hände auf das Ei und trat zurück.

Doch der Ghul folgte ihr. Enna konnte seine Ausdünstungen riechen: Schweiß, verwestes Fleisch, Tod.

Sie hatte nicht nur Angst, sie hatte panische Angst!

»Ganz gleich, ob Gulvar oder Drache!«, gurrte Hanafehl leise. »Es folgt demjenigen, den es als Erstes erblickt.«

Enna sah Jorim überrascht an, und auch der machte ein verblüfftes Gesicht. Dass das Wesen im Ei dem hörig war, den es zuerst erblickte, war lediglich eine gewagte Erfindung von ihr. Könnte es tatsächlich wahr sein?

»Ihr wusstet das nicht«, stellte Hanafehl fest. Der Ghul grinste und entblößte dabei spitze Reißzähne. »Nun, in meinem Volk erzählt man sich diese Legende schon seit langer Zeit.«

»Dann wird der Gulvar bald uns folgen«, rief Jorim herausfordernd. »Er hat nämlich schon von innen an die Schale geklopft und ...«

Enna stieß Jorim rasch in die Seite, tat so, als wollte sie ihren Bruder daran hindern, noch mehr auszuplaudern. Doch Hanafehl hatte gehört, was er hören sollte, und Enna hoffte, er würde darauf hereinfallen. Wenn er tatsächlich glaubte, ein solches Wesen würde ihm folgen – umso besser!

Kurz hob der Ghul hellhörig den Kopf.

»Ich frage mich nur, was ihr Zervana erzählt habt«, sagte er schließlich, wobei er sich wieder zu den Halblingen herabbeugte und Enna einen Finger an die Stirn legte. »Ich könnte eure Schädel zerbrechen wie ein rohes Ei und hineinsehen«, er lachte über seine Worte, »doch das muss ich nicht. Ich weiß auch so, was in ihnen vorgeht!«

»Was habt ihr da zu bereden?«

Hanafehl schnellte herum. Ganz unvermittelt war Yorak aufgetaucht, seine Augen fixierten den Ghul mit unverhohlenem Hass.

»Ich habe nur in Eurem Sinne gehandelt, Yorak, Diener der Usurpatorin«, antwortete Hanafehl spöttisch. »Ich habe den Winzlingen lediglich klargemacht, dass Flucht zwecklos sei, denn ich würde sie zerquetschen wie«, er zögerte und grinste dann, »... wie ein rohes Ei.«

Ohne eine Entgegnung abzuwarten, stapfte der Ghul mit großen Schritten davon.

Yorak beachtete ihn nicht weiter und musterte stattdessen die beiden Halblinge.

»Er weiß von dem Ei«, sagte Enna und tat zerknirscht.

»Ihr solltet dieses Geheimnis nicht enthüllen.« Mehr sagte Yorak nicht und forderte die beiden zum Weitergehen auf.

»Der Ghul ist noch schrecklicher als dieser Erinya«, flüsterte Enna ihrem Bruder zu, wobei sie Yorak, der wenige Schritte vor ihnen herlief, nicht aus den Augen ließ.

»Allerdings!«, stimmte Jorim zu. »Fast könnte man meinen, ihm haftet noch die Qual all seiner Opfer an.«

Enna seufzte. »Ich kann diesen Hanafehl nicht einschätzen. Er hat nicht versucht, uns das Ei zu entreißen.«

»Ganz sicher wird er es nicht Zervana überlassen wollen«, meinte Jorim und stieg über einen Stein hinweg.

»Und sie es nicht diesem Ghul«, entgegnete Enna. »Yorak wird der Usurpatorin berichten, dass Hanafehl über das Ei Bescheid weiß.«

Jorim nickte und strich sich die nassen Haare aus der Stirn. »Jedenfalls ist die Zwietracht nun gesät, und die beiden werden einander belauern. Hanafehl wird sicher schon bald handeln.«

»Hoffentlich«, erwiderte Enna. »Denn wenn er mit Zervana offen spricht, so wie es Verbündete tun sollten, werden sie schnell feststellen, dass wir sie gegeneinander aufhetzen.«

»Das wird nicht geschehen. Im Grunde genommen hassen sie sich, und spätestens nach der Eroberung der Nordlande würden sie einander an die Gurgel gehen.«

»Ich hoffe nur, du hast recht.« Enna schüttelte den Kopf. »Ich hätte nie gedacht, dass ich mal so weit gehen würde.« Sie fasste ihren Bruder am Arm. »Wir haben uns auf dünnes Eis begeben. Wir müssen vorsichtig sein, Jorim – sehr vorsichtig!«

»Es gibt da aber noch etwas, weswegen wir uns Sorgen machen sollten.«

»Was meinst du?«

Jorim wies mit der Hand unauffällig auf die Umgebung. »Kommt dir diese Stelle nicht bekannt vor?«

Enna sah sich um. Die zerklüfteten Felsen hatten sie weitestgehend hinter sich gelassen, da Zervana und Hanafehl das Heer unbarmherzig vorantrieben. Doch weder Erinyen noch Ghule schienen sich zu beklagen. Allmählich wurde das Tal hier sanfter, und der Erenin floss schon deutlich friedlicher dahin. Die Uferregion des Flusses war breiter und grüner geworden.

»Ich glaube, wir nähern uns jener Stelle, die Nespur uns kurz nach dem Aufbruch von dem Plateau mit den Steintürmchen aus gezeigt hat.« Sie blickte die steilen Bergwände empor, doch die höheren Bereiche waren in der mittlerweile hereingebrochenen Dunkelheit und den Regenschauern verborgen. Doch dann dämmerte es ihr.

»Oh nein! Nespur hatte Tipplin und Toram geraten, hier Geröll-lawinen vorzubereiten!«

Jorim nickte. »Richtig. Wenn sie seinem Rat gefolgt sind, laufen wir geradewegs darauf zu. Und schon bald werden wir da sein, denn wie es aussieht, wollen die Erinyen die Nacht durchmarschieren.«

»Und niemand weiß, dass wir Gefangene der Erinyen sind!«

Diese Erkenntnis war schockierend. Bronn Sternenfaust war bereits tot, und sie selbst und Jorim würden womöglich bald unter Steinen begraben liegen – und das Ei ebenso. Kurz schloss Enna die Augen, doch das machte alles nur noch schlimmer. Dieses Mal sah sie nicht die ermordete Selda Korbflechter vor sich, nein, dieses Mal sah sie Westendtal – und es stand in Flammen.

35. STEINERNES ZEUGNIS

Erleichtert, dass sie Tipplin und Toram sowie Ombur Felsenschlag und Edegart Steinacker wohlbehalten vorgefunden hatten, führten Elvor und Talegrin nun zwanzig Halblinge einen steilen Anstieg hinauf. Zehn Freiwillige waren bereits bei den anderen Wachposten zurückgeblieben, um diese zu verstärken.

Die Wolfsklamm hatten sie vor einer Weile hinter sich gelassen, und gleich nach der nächsten Anhöhe führte der Pfad auf eine Hochebene. Wie beim letzten Mal, als Nespur sie hier heraufgeführt hatte, hallten auch heute die krächzenden Rufe der Bergdohlen in den Schluchten wider. Ein heftiger Wind heulte um die vielen Felsen herum und blies die Wärme der Mittagssonne davon, die ohnehin kaum durch die Wolken drang. Die Halblinge zogen ihre Umhänge fester um die Schultern und wanderten weiter.

»Da vorne!«, rief Talegrin und deutete nach Südosten.

Endlich erblickte auch Elvor das kleine Türmchen, das aus vielen aufeinandergeschichteten Steinen bestand und Nespurs Worten zufolge eine alte Wegkreuzung markierte.

»Hoffentlich sind sie noch am Leben«, stieß Elvor hervor und ignorierte seine von der langen Wanderung schmerzenden Füße.

»Ganz bestimmt sind sie das«, versuchte Talegrin ihn zu beruhigen, wobei er Elvor kurz auf die Schulter klopfte.

An dem steinernen Turm bogen sie nach links ab, und je näher sie der großen Hauptschlucht kamen, die durch die Vergessenen Täler führte, desto nervöser wurde Elvor. Gleich würden sie jene Stelle erreichen, an der die Halblinge während ihrer Abwesenheit eine weitere Geröllawine vorbereitet hatten, die ausgelöst werden sollte, sobald die Erinyen kamen. Dort hielten die beiden Zwillingsbrüder Boglin und Bremlin Stumpfuß sowie Fridon Höhlensucher und Marvin Birkenhain Wache. Da es sich um eine wichtige Verteidigungsanlage handelte, hatte Elvor wenigstens in diesem Fall darauf bestanden, gleich vier Halblinge für diese Aufgabe einzuteilen.

Elvor konnte sich kaum noch zurückhalten, und so eilte er voraus, bis er endlich den großen Holzstapel unweit der Schlucht erkannte – von den vier Wachen jedoch fehlte jede Spur.

Ein eisiger Schrecken durchfuhr ihn, und er erstarrte.

»Boglin, Bremlin«, rief Talegrin. Der Halbling strich sich mit beiden Händen die Haare zurück und blickte sich suchend um. Zunächst geschah nichts, doch dann regte sich etwas. Zwei Köpfe wurden hinter dem Holzstapel sichtbar und spähten vorsichtig zu ihnen herüber.

»Da sind Fridon und Marvin!«, rief Elvor und rannte auf die Halblinge zu.

Nachdem sich die beiden versichert hatten, dass keine Gefahr bestand, kamen sie herbeigeschlurft.

»Wo sind die Zwillinge?«, wollte Elvor wissen.

Marvin blies die Wangen auf und deutete nach links. »Die sind mal kurz verschwunden und ...«, er brach ab und kratzte sich am Kopf.

»Mein Strahl ging eindeutig weiter!«, hörten sie da jemanden prahlen.

»Wenn es nach mir ginge, bräuchten wir dieses ganze Lawinenzeugs nicht«, entgegnete ein anderer.

»Genau! Wir trinken ordentlich Borkenschnaps, pinkeln auf die Fackelweiber und«, Bremlin, der nun hinter einem Felsen hervorkam, hatte einen Finger erhoben, »fackeln sie einfach ab!«

»Oh, hoher Besuch!«, stellte Boglin, der nun ebenfalls sichtbar wurde, in dem Moment fest.

Die beiden hielten verdutzt inne und sahen Elvor, Talegrin und die anderen überrascht an. Es war nicht zu übersehen, dass sie Zwillinge waren. Beide hatten lockiges hellrotes Haar und grüne Augen. Lässig traten sie nun näher und rieben sich dabei die dicken geröteten Nasen, die mit vorwitzigen Sommersprossen übersät waren.

»Solltet ihr nicht Wache halten?«, schimpfte Elvor. Sein Ärger galt weniger der Tatsache, dass die beiden ihren Posten verlassen hatten, als vielmehr ihrer lockeren Art. Er hätte es besser wissen müssen, als er die Zwillinge eingeteilt hatte. Es gab nichts, was die Brüder wirklich ernst nahmen.

»Marvin und der steife Fridon waren doch hier«, verteidigte sich Boglin.

»Eben! Wir mussten uns nur mal rasch ... erleichtern«, ergänzte Bremlin.

Elvor rieb sich die Schläfen, schüttelte den Kopf und wandte sich an Talegrin. »Würdest du mit fünf Halblingen hierbleiben? Ich werde das letzte Licht des Tages nutzen, um weiterzugehen. Wir müssen noch einen weiten Weg zurücklegen, bis wir Pim und Rimen erreichen.«

»Geh nur!«, sagte Talegrin. »Pim und Rimen sind für das erste Feuer verantwortlich, und das ist das wichtigste!« Er musterte die Zwillinge amüsiert. »Ich werde versuchen, diese beiden zur Vernunft zu bringen. Die erscheinen mir widerspenstiger als meine borstigen Locken.« Er deutete mit dem Finger auf seinen Kopf, dann wurde er ernst und sah Elvor in die Augen. »Gib auf dich acht.«

»Das werde ich!«

Elvor und die restlichen Halblinge setzten ihren Weg nach Südosten fort. Da es ihn weiterdrängte, gönnte er weder sich noch den anderen eine Rast, sondern bestand darauf, während des Laufens zu essen. Noch zwei Signalfeuer lagen auf dem Weg, bevor sie Rimen und Pim erreichen würden.

Der nun vor ihnen liegende Abschnitt war beschwerlich, und nicht nur umherliegende Felsen erschwerten das Vorwärtskommen. Immer häufiger taten sich Risse und Spalten vor ihren Füßen auf, und sie mussten aufpassen, um nicht versehentlich in einen der Abgründe zu stürzen.

Obendrein setzte nun ein Nieselregen ein, der schon bald zu einem heftigen Regenschauer wurde und das Gestein mit einer glitschigen Schicht überzog.

Je weiter sie zogen, desto mehr breitete sich ein seltsames Gefühl in Elvors Bauch aus, und dies lag nicht an der unwirtlichen Landschaft oder der schlechten Sicht, die die Dämmerung und der Regen mit sich brachten. Elvor war sich sicher, dass bereits mehr als nur dunkle Wolken aufgezogen waren – und so spähte er angestrengt in die diesige Umgebung. Und tatsächlich: Ein dumpfes Leuchten vor ihnen ließ ihn und die anderen Halblinge jäh innehalten. Sie waren hier oben nicht allein. Irgendwer wartete dort vorne.

Fünfzehn Halblinge drängten sich um Elvor Sternenfaust. Keiner wagte laut zu atmen, und so hörte man nur den Regen auf die Felsen prasseln und den Wind, der hier in den Bergen, oberhalb der Vergessenen Täler, allgegenwärtig war. Während sie ganz langsam vorwärtsschritten, starrten sie auf das fahle Leuchten in der Dunkelheit. Schwach nur glomm es auf, wie die letzte Glut eines Lagerfeuers, lange nachdem das Holz abgebrannt war.

»Irgendwer lauert dort«, flüsterte Elvor. Die Halblinge sahen einander an und nahmen dies als Aufforderung. Jeder griff nach seinem Dolch oder seiner Axt. Sie konnten bloß die fahlen Lichtkegel erkennen.

»Warum bewegt sich dort nichts?«, fragte Roddi Fassbrecher, der wohl beleibteste Halbling, den Elvor je gesehen hatte.

Elvor hatte sich soeben die gleiche Frage gestellt und ging nun langsam weiter. Seine Gefährten folgten ihm. Je näher sie kamen, desto deutlicher wurden Umrisse sichtbar – doch nichts rührte sich. Wie in Trance setzte Elvor langsam einen Fuß vor den anderen. Dann sah er sie: Erinyen! Bewegungslos standen sie in der Finsternis; steinerne Gestalten, mitten im Kampf erstarrt.

Ihre Geißeln hatten sie zum Schlag erhoben, die schwach glimmenden Fackeln waren nach vorne auf einen längst verschwundenen Gegner gerichtet. Leise schlichen die Halblinge zwischen ihnen umher, betrachteten sie mit großer Anspannung, als könnten die schrecklichen Frauen jeden Moment erwachen und sie vernichten.

»Diese hier hat eine Axt im Schädel stecken.« Der blonde Brandolin Krähenfeder zeigte auf eine tote Erinya, die nicht zu Stein geworden war.

Auch Elvor betrachtete die reglose Gestalt. Kurz blitzte in ihm die Erinnerung an Bronn auf, als dieser während ihrer Flucht aus der Mine einen Pickel in den Schädel einer Erinya geschleudert hatte.

»Ich weiß nicht«, stieß Roddi hervor. »Fast wünschte ich, sie wären noch am Leben. Das hier ist gespenstisch.«

»Allerdings«, stimmte Brandolin zu. »Hört nur, wie der Wind um ihre steinernen Gebeine heult! Und ihre Fackeln ...«, er fuhr sich mit der Hand nervös über das Gesicht, »... die meisten sind verloschen, doch so manch eine glimmt noch.«

»Auch die werden bald verlöschen«, flüsterte einer.

»Der Geist der Berge«, murmelte Elvor. Er erinnerte sich gut an Nespurs Geschichte von dem grauen Riesen, der manchmal Wanderer mit in sein felsiges Reich nahm. Elvor hatte das bis jetzt nur für eine alte Mär gehalten. »Er hat sie geholt.«

»Der Geist der Berge?«, wisperten einige der Halblinge und sahen sich unbehaglich um.

»Lasst uns von hier verschwinden«, schlug Brandolin vor, woraufhin die anderen zustimmend nickten. Doch da fiel Elvors Blick auf zwei weitere Erinyen, die noch aus Fleisch und Blut, aber dennoch tot waren. Irgendwer hatte diese beiden mit einem Dolch oder einer Axt niedergestreckt. Nur wenige Schritte davon entfernt erblickte er eine versteinerte Erinya, die vor jemandem kniete.

»Wartet!«, rief Elvor und eilte auf die Erinya zu. Schnell erkannte er, dass sich vor ihr eine weitere kleinere Gestalt aus Stein befand: Es war ein Halbling, der triumphierend mit den Händen in den Hüften vor der knienden Frau stand. Als Elvor dann nah genug war, drohten seine Beine nachzugeben. Der Dolch in seiner Hand entglitt ihm und fiel klappernd zu Boden.

»Das ist ein Halbling«, murmelte jemand hinter ihm.

»Wer ist das?«, fragte ein anderer.

Elvor schüttelte den Kopf, er brachte kein Wort heraus. Er wollte schlucken, doch sein Kehlkopf wollte sich nicht bewegen. Eine Flut von Fragen überschlug sich in seinem Kopf, wütete dort wie Tausende von Borkenkäfern in einer jungen Tanne. Was war hier geschehen? Weshalb war Bronn hier oben? Was war mit den Drachen? Und wo waren Jorim und – Enna! Mit einem Schlag erfasste ihn Panik, er rannte los und begann, jede erdenkliche Nische abzusuchen.

Keine Spur von Enna.

»Enna!«, schrie er. »Jorim!« Doch seine Rufe verhallten unbeantwortet in der Nacht.

»Was treibst du da?«, fragte Roddi. »Wenn noch weitere dieser Schreckensweiber hier sind, machst du sie auf uns aufmerksam!«

Elvor hörte gar nicht hin, er suchte weiter, doch fand niemanden mehr. Schließlich ging er zurück zu dem Halbling aus Stein und musterte ihn nachdenklich.

»Was ist?«, fragte Brandolin. »Weißt du etwa, wer das ist?«

Elvor holte tief Luft und strich mit den Fingern über das steinerne Gesicht. »Das ist Bronn Sternenfaust!«

Schlagartig hielten die anderen Halblinge inne. Keiner sprach ein Wort. Es dauerte eine Weile, bis Elvor sich umdrehte und in ihre verdutzten Gesichter schaute.

Sie alle hatten die wahre Geschichte von Bronn Sternenfaust vor Tagen erfahren: die Befreiung seiner alten Kameraden aus der Mine und sein Aufbruch zusammen mit den Geschwistern Jorim und Enna in die Suravan-Berge. Dass Bronn nun hier gestorben und vom Geist der Berge versteinert worden war, mussten sie erst verarbeiten – ebenso wie die Erkenntnis, was dies bedeutete: Bronn Sternenfaust würde sie nicht mehr retten. Die Halblinge von Westendtal waren auf sich allein gestellt.

»Also war es Bronn, der die drei Erinyen hier niedergestreckt hat«, sagte Roddi schließlich, und seine Stimme drückte Hochachtung aus. »Und dann kam der Berggeist und hat sie alle verwandelt.«

Elvor ging in die Hocke. Er betastete das linke Bein des Halblings und danach den Fels zu Bronns Füßen.

»Sein Bein war zerfetzt. Selbst die Blutlache hat sich in Stein verwandelt«, stellte er fest, während er über den Boden strich.

»Erinyen-Geißeln«, hörte er jemanden flüstern.

Elvor seufzte schwer und erhob sich. »Vermutlich wäre er an dieser Verletzung ohnehin gestorben.«

»Dann war die Versteinerung vielleicht sogar eine Erlösung für ihn. Ein schmerzloser Tod.« Brandolin kam näher und musterte den nunmehr steinernen Bronn eingehend.

Elvor sah den Halblingen, die um ihn und Bronn einen Halbkreis gebildet hatten, in die Augen, einem nach dem anderen.

»Diese Erinyen hier waren als Vorhut ihrer Armee auf dem Weg nach Westendtal«, erklärte er. »Ganz sicher haben sie unsere Kameraden bei den ersten Signalfeuern getötet, und sie hätten auch uns und die anderen Wachposten umgebracht, bevor sie in unsere Heimat eingefallen wären. Bronn Sternenfaust jedoch hat sie aufgehalten.« Elvor schwieg einen Moment; er wollte die Worte wirken lassen. Dann fuhr er mit einem Schmunzeln fort. »Mich würde es nicht einmal wundern, wenn mein Großvater selbst den Berggeist herbeigerufen hätte. Seht ihn euch gut an!« Er zeigte auf den steinernen Halbling. »Behaltet ihn so in Erinnerung – als ewiges steinernes Zeugnis, uns daran erinnernd, dass auch wir, das Volk der Halblinge, unseren Feinden trotzen können.«

Plötzlich begann einer, leise Bronns Heldenlied zu singen, und nach und nach fielen die anderen mit ein. Es war ein düsterer Gesang, geboren aus Trauer und der Wut ihren Feinden gegenüber.

»... Oh Sternenfaust, oh Sternenfaust, dein Name im Sturmeswind er braust!«

Nachdem die letzten Worte verstummt waren, legte Elvor zum Abschied die Hände auf Bronns Schultern und berührte mit seiner Stirn kurz die seines Großvaters.

»Danke!«, sagte er leise und drehte sich schließlich wieder den anderen zu. »Es ist sinnlos weiterzugehen. Ganz sicher sind unsere Gefährten bereits tot, und die Armee der Erinyen marschiert durch die Täler auf uns zu. Wir sollten zurückgehen und uns auf ihre Ankunft vorbereiten.«

Niemand widersprach, und so machten sie sich auf den Weg zurück zu Talegrin und den anderen.

Während des Marsches dachte Elvor unentwegt an Enna und Jorim. Er hatte ihre Leichen nicht gefunden, und das gab ihm Hoffnung. Bronn hätte sicher nicht gewollt, dass sie sich mit ihm zusammen einer Übermacht von fünfzig Erinyen in den Weg stellten. Nein, was dort passiert war, war nur zwischen seinem Großvater und den Erinyen geschehen. Es war Bronns letzter Wille gewesen, sein letzter Kampf, seine Art zu gehen. Das zumindest wollte Elvor glauben, so wollte er ihn in Erinnerung behalten.

Aber wo waren die Geschwister? Wo war Enna? Waren die beiden vielleicht doch tot? Elvor versuchte, nicht daran zu denken, und stapfte weiter durch die Dunkelheit.

»Jetzt sind Ambrin und ich die Letzten aus Bronns Truppe«, sagte Talegrin sichtlich bewegt, nachdem er die Neuigkeiten vernommen hatte. Der alte Halbling wirkte in diesem Moment noch kleiner als sonst. Elvor war sich sicher, dass es nicht nur Regentropfen waren, die da über sein Gesicht rannen. Selbst Boglin und Bremlin Stumpfuß wirkten betroffen. Lediglich Fridon Höhlensucher trat nach vorne und räusperte sich.

»Wir sollten das Feuer entzünden, damit die anderen Bescheid wissen.«

Doch Talegrin schüttelte den Kopf. »Dann werden die Erinyen es sehen und ahnen, dass hier eine Falle lauert.«

»Talegrin hat recht«, stimmte Elvor zu. »Fridon, Marvin«, rief er dann. »Geht zurück, und berichtet den anderen, was geschehen ist. Sagt ihnen, wir werden unser Leuchtfeuer entzünden, sobald wir die Feinde sehen. Dann werden wir mit dem Geröll möglichst viele dieser verfluchten Erinyen und Ghule erschlagen.«

Fridon und Marvin nickten, dann rannten sie davon.

»Wo ist der Auslösemechanismus?«, wollte Elvor wissen, und Talegrin zeigte es ihm.

»Du musst nur dieses eine Seil durchschneiden, und alles geht zu Tal.«

Schweigend nickte Elvor. Er griff entschlossen nach der Axt, die gleich neben dem Seil lag, und wartete.

36. DIE FEUERSCHLANGE

Möglichst unauffällig ließen Enna und Jorim ihre Blicke über die Bergwände schweifen. Sie wollten nicht, dass irgendjemand bemerkte, wie sie in einen Hinterhalt der Halblinge hineinliefen. Mittlerweile ging es auf Mittag zu – Zervana hatte ihrem Heer nur eine kurze Rast in der Nacht gegönnt –, und der Regen hatte aufgehört, doch nach wie vor war es diesig und die Sicht schlecht.

Auch Yorak und Hanafehl, die sich nie weit von den Geschwistern entfernten, blickten sich wachsam um. Irgendwann näherte sich der Ghul den beiden Halblingen und grinste sie höhnisch an. »Sicher haben Angehörige eures winzigen Volkes ein paar Fallen errichtet«, sagte er, bevor er sich abwandte und mit einem finsteren Lachen weiterstapfte.

»Was findet der Aasfresser bloß so lustig?«, fragte Jorim.

»Keine Ahnung.« Enna schüttelte den Kopf und sah dem Ghul düster hinterher. »Ich glaube, er plant etwas.«

»Fast könnte man meinen, er warte darauf, endlich in eine Falle zu tappen.«

Immer wieder warf Hanafehl Enna und Jorim amüsierte Blicke zu, die die beiden nicht zu deuten wussten. Enna legte dann jedes Mal eine Hand auf das Ei, um sich zu vergewissern, dass es noch da war. Sie sprach ganz leise oder einfach nur in Gedanken mit ihm. Ab und zu glaubte sie sogar, eine Bewegung unter der dicken Schale zu spüren, und wurde dann von Gefühlen der Zuneigung überrascht, die sie plötzlich für dieses Wesen zu empfinden begann.

Das Tal wurde noch ein wenig breiter. Der Frenin teilte es in der Mitte und strömte friedlich zwischen den grasbewachsenen Ufern dahin. Nebelschwaden trieben umher, dämpften das stete Plätschern des Wassers. Auch die Natur war gänzlich verstummt – Vögel und anderes Getier hatten vor der nahenden Armee schon längst Reißaus genommen.

Ein etwas hellerer Fleck am dunstigen Himmel zeigte Enna, dass irgendwo dort oben die Sonne fast im Zenit stand. Doch noch durchdrangen ihre Strahlen nicht den feuchten Dampf, den der vergangene Regen in den Tälern zurückgelassen hatte. Zudem lag eine eigenartige Spannung in der Luft, die jedoch nicht von den Erinyen oder den Ghulen ausging. Vielmehr war es etwas Unsichtbares, ein Schrecken, der nicht zwischen Freund und Feind unterschied. So zumindest empfand es Enna. Sie wusste ja auch, woran das lag; ihre Feinde hingegen konnten es nur ahnen.

Ennas Schritte wurden nun immer schwerer, schließlich brachten sie sie ihrem Verderben immer näher: Entweder würde sie bald von Steinen erschlagen werden, oder die Erinyen würden in Westendtal einfallen. Wahrscheinlicher jedoch war, dass beides geschah.

»Nur gut, dass wir die Holzstapel überdacht haben«, sagte Elvor und überprüfte die Holzkonstruktion, die das Dach trug.

»Allerdings«, pflichtete ihm Talegrin bei. »So wie es noch bis vor Kurzem geregnet hat, hätten wir das Holz mit unserem Hochprozentigen allein nicht entzünden können. Aber du willst es doch nicht jetzt entfachen?«

Elvor schüttelte den Kopf. »Noch nicht. Aber ich habe so ein Gefühl, dass es nicht mehr lange dauern wird. Deshalb sollten wir vorbereitet sein und den Schnaps über die Scheite gießen, damit es später schneller geht.«

Talegrin stützte sich auf sein Bein, das er auf einen Felsblock gestellt hatte, und sah über das Tal hinweg. »Vielleicht hast du recht. Auch ich habe so ein merkwürdiges Kribbeln in meinem alten Gedärm.« Er nickte den Zwillingen Boglin und Bremlin zu, und sofort schnappten sich die beiden einige Flaschen des missglückten Kartoffeltrunks und gossen diesen über das Holz – nicht jedoch, ohne vorher davon zu kosten.

Seufzend fuhr sich Talegrin mit einer Hand über das Gesicht. »Der Schnaps ist sicher nicht besser geworden!«, tadelte er die beiden rothaarigen, sommersprossigen Halblinge, doch die grinsten nur.

Schließlich winkte er ab und ging zu Elvor, der nun ebenfalls das Tal beobachtete.

»Kannst du da unten irgendetwas erkennen?«

Elvor schüttelte grimmig den Kopf und starrte weiter hinab in die Vergessenen Täler.

»Wenn nur endlich dieser träge Nebel verschwinden würde«, murmelte Talegrin. »Hier oben brennt mittlerweile die Sonne und dort unten dampft es, als würde jemand einen Rieseneintopf kochen.«

»Einen Erinyen- und Ghul-Eintopf«, rief Boglin und leckte sich die Lippen. »Lecker!«

Elvor verdrehte die Augen. Er bereute es schon jetzt, Fridon und Marvin anstelle der nervigen Zwillinge zurückgeschickt zu haben.

»Das ist gespenstisch«, flüsterte Bremlin, der neben Elvor und Talegrin in die Hocke gegangen war, während die anderen zwanzig Halblinge sich etwas abseits niedergelassen hatten. Alle spähten angestrengt in die Täler hinab und warteten auf den Feind. Die Stille war unerträglich, doch niemand wagte mehr, sich durch ein Gespräch abzulenken. Zu sehr fürchteten sie, das feindliche Heer könnte unbemerkt unter ihnen hinwegziehen.

Dann, die Sonne stand schon tief im Westen, und in den Tälern begann es zu dämmern, richtete sich Brandolin plötzlich auf. Schnell sank der blonde Halbling jedoch wieder in die Hocke, so als müsste er in Deckung gehen und sich verstecken. Mit zitternder Hand zeigte er nach unten. »Seht ihr das?«

Ganz langsam nickte Elvor. Auch er erblickte den fahlen Lichtschimmer der Erinyen-Fackeln, die den Nebel erhellten.

»Sie kommen!«

Der Anblick erinnerte ihn an eine brennende Schlange, die sich durch die Schlucht wand. Wenig spater jedoch kam das Leuchten im Nebel zum Stehen. Das Heer hatte angehalten.

»Was tun sie jetzt?«, wollte Talegrin wissen.

»Ich weiß es nicht.« Elvor konnte seinen Blick nicht abwenden, und er wollte es auch gar nicht. Eine bedrückende Stille breitete sich zwischen den Halblingen aus, jeder starrte angespannt ins Tal.

Zervana von Myrador hob die Hand und gebot der Armee anzuhalten. Dann wandte sich die Usurpatorin um und schritt geradewegs auf Enna und Jorim zu.

»Wie weit ist es noch?«, zischte sie und packte Jorims Kinn.

»Ich weiß es nicht«, stammelte er. Zervana stieß ihn von sich und sah Enna an. Aber auch sie zuckte mit den Schultern. »Wir sind noch nie durch diese Täler gelaufen.«

»Ihr lebt in Westendtal und kennt diese Gegend nicht?« Skeptisch zog Zervana die Augenbrauen in die Höhe, dann legte sie den Kopf schräg. »Auf welchem Wege habt ihr euer Land verlassen?«

Durch ein Labyrinth, geführt von Irrlichtern, dachte Enna. »Über die Berge«, sagte sie laut.

»Ihr habt also nicht daran gedacht, diese Täler durch Späher auskundschaften zu lassen?«, schnarrte Hanafehl. Ein äußerst provokativer Unterton lag in seiner Stimme. »Die Halblinge sind keine Hilfe«, fuhr er dann fort. »Gebt sie mir! Sicher schmecken sie hervorragend.«

Hanafehl beobachtete Zervana aus diesen eisblauen, listigen Augen. Vermutlich wollte er nur die Reaktion der Usurpatorin prüfen.

»Ihr werdet Euch bald schon satt essen können«, entgegnete die Erinya ungerührt.

»Da habt Ihr recht«, pflichtete Hanafehl ihr bei. »Aber wozu sollten die beiden noch von Nutzen sein? Sicher habt Ihr Weitsicht bewiesen und alles über ihr Land in Erfahrung gebracht?«

Und wieder klang Hanafehls Stimme herausfordernd.

Nun verfinsterte sich Zervanas Blick. Langsam ging sie auf Hanafehl zu. Der Ghul spannte sich sichtlich an, seine gewaltigen, mit Klauen bewehrten Hände krümmten sich.

Yorak verharrte regungslos, doch seine Augen waren wachsam.

Jorims Hand umfasste Ennas Unterarm und zog sie einige Schritte zurück.

Die Usurpatorin baute sich direkt vor dem Ghul auf, noch hingen Fackel und Peitsche im Halfter an ihrem Gürtel. Enna bezweifelte jedoch nicht, dass sie beides schneller in den Händen halten würde, als der Ghul blinzeln konnte.

»Nicht immer muss man weitsichtig sein, Ghul«, sagte Zervana mit bedrohlich leiser Stimme. »Es genügt, die Angst seiner Feinde riechen zu können.« Sie brachte ihren Kopf ein wenig näher an Hanafehl heran und sog hörbar die Luft ein. Ein süffisantes Grinsen breitete sich auf ihrem Gesicht aus. Eine Weile lang bohrte sich ihr Blick in Hanafehls Augen, dann wandte sie sich ab. »Wir ziehen weiter«, befahl sie.

Enna und Jorim stießen gleichzeitig die Luft aus. Beinahe wäre geschehen, was sie so erhofft hatten. Dennoch blieb es ein riskantes Spiel, und sie mussten vorsichtig sein. In eine Auseinandersetzung dieser Kreaturen zu geraten, konnte sich rasch als tödlich erweisen.

Ein Wink von Yorak, und die Armee aus Fackelträgerinnen und Ghulen setzte ihren Weg auf der westlichen Seite des Erenin fort, dort wo das Tal am breitesten war. Je mehr der feindlichen Heerschar in diesen Talabschnitt strömte, desto schneller ging Ennas Herzschlag. Sie griff nach Jorims Hand.

»Jetzt!«, rief Talegrin. Die Feuerschlange hatte sich wieder in Bewegung gesetzt und war nun direkt unter ihnen. Elvor zögerte keinen Augenblick lang. Er durchtrennte das dicke Seil mit einem Schlag, und all seine Anspannung schien sich darin zu entladen. Wie von unsichtbarer Hand davongerissen, schnellte das Seil durch die Luft und verschwand hinter der nächsten Felskante. Einen Moment lang geschah nichts; reglos standen die Halblinge da und warteten.

Dann begann es zu knirschen, und plötzlich fuhr ein Grollen durch die Schlucht, das sich zu einem ohrenbetäubenden Donnern steigerte. Der Boden unter den Füßen der Halblinge bebte.

Einige hielten sich die Ohren zu, Elvor allerdings genoss das Geräusch der hinabstürzenden Felsen. Er hoffte, jeder einzelne Stein würde so viele Feinde wie möglich erschlagen. Er hatte bewusst gewartet, bis sich der größte Teil der Feuerschlange unmittelbar unter den Geröllhängen befand, und erst in diesem Moment zugeschlagen.

Elvor sprang nun zwei Schritte nach vorn und blickte in den Abgrund. Eine Staubwolke schoss talwärts, schwebte über dem Nebel, während darunter jeder Stein, jeder Fels zu einem tödlichen Geschoss wurde.

Grimmig nickte er, dann wandte er sich um und deutete auf den Holzstapel. Talegrin jedoch war bereits dabei, diesen zu entzünden. Der alte Halbling schlug die Feuersteine mit aller Kraft gegeneinander, und schon fraßen sich die Flammen dank des hochprozentigen Zunders in das Holz hinein, noch ehe das Getöse der Geröllawine verklungen war.

Die Stille war gespenstisch, fast schon laut für Ennas Empfinden. Nie hätte sie gedacht, dass sich diese feindliche Heerschar so leise würde fortbewegen können. Vielleicht war es aber auch einfach nur Unbehagen, das sich ausgebreitet hatte, oder der Nebel erstickte jedes Geräusch.

Doch all dies änderte sich schlagartig: Ein dumpfes Grollen war plötzlich zu hören, ein Donnern, als würden die Bergwände, die das Tal umschlossen, nachgeben und zusammenstürzen. »Geröllawine!«, brüllte eine Erinya.

»Zurück!« Zervanas Stimme fuhr wie ein Peitschenknall durch die Luft. Nach einem kurzen Moment des Schreckens brach ein heilloses Durcheinander aus: Ghule und Erinyen schrien auf und rissen einander von den Füßen. Im dunstverhangenen Tal konnten sie nicht viel erkennen, nur das Donnern des auf sie zurasenden Gerölls war allgegenwärtig. Und genau das machte alles noch schlimmer.

Panik erfasste Enna. Genau diesen Augenblick hatten sie und Jorim gleichermaßen erhofft wie gefürchtet. Jorim packte sie rasch, wollte sie mit sich ziehen, doch da schoss ein Schatten herbei: Hanafehl!

Erstaunlich behände hechtete der Ghul über einen Fels, schnappte sich die beiden Halblinge, klemmte sie unter seine gewaltigen Arme und rannte los. Aus seinem kräftigen Griff gab es kein Entkommen, ganz gleich wie sehr Jorim und Enna auch um sich traten. Mit großen Sätzen jagte Hanafehl zwischen Findlingen hindurch, sprang über Steine hinweg und bewegte sich fort von der tödlichen Gefahr. Doch schon schlugen die ersten Felsbrocken unweit der drei auf, Steine zerbarsten und Stücke davon wurden fortgeschleudert. Unbeirrt jagte der Ghul weiter und weiter, die Todesschreie hinter sich ignorierend.

Enna staunte, wie geschickt und schnell er einen Weg aus all dem Chaos fand. Er musste das bereits vorher geplant, seine Umgebung stets genau beobachtet haben, um den schnellsten Fluchtweg zu finden. Jetzt ergab sein Verhalten für Enna auch einen Sinn. Hanafehl hatte auf diesen Moment gewartet. Die ständigen Blicke, seine Bemerkungen, die vermeintliche Gleichgültigkeit. Das alles war Teil seines Plans gewesen.

Für Enna war es zwar unbegreiflich, doch dem Ghul gelang es tatsächlich, sie und Jorim heil aus der Gefahrenzone zu bringen.

Noch immer hörten sie weit hinter sich Schreie, noch immer stürzte Geröll zu Boden. Eine Weile schleppte Hanafehl die Halblingsgeschwister weiter mit sich, dann hielt er unweit des Flussufers, im Schutz einiger Weiden, deren Äste ins Wasser hingen, an. Seine Augen suchten das dämmrige Halbdunkel ab.

Auch Enna versuchte, irgendetwas zu erkennen, doch niemand sonst war zu sehen. Sie waren mit dem Ghul allein. Zwar hatten Enna und Jorim es darauf angelegt, dass der Ghul das Ei an sich reißen würde, doch eigentlich hatten Zervana oder Yorak das mitbekommen sollen. Durch die Gerölllawine war alles ganz anders gekommen. Hanafehl hatte sicher geahnt, dass so etwas geschehen würde, und genau diesen Augenblick abgewartet.

Schließlich wandte sich der Ghul um. Er richtete sich vor den Halblingen auf, und seine eiskalten Augen blickten auf Ennas Hände, die sich schützend um die Ausbeulung unter ihrem Umhang gelegt hatten.

»Das Ei!«, schnarrte er leise. Verschwunden war das hämische Grinsen in seinem Gesicht, verschwunden waren Hohn und Spott in seiner Stimme.

Enna schluckte und trat einen Schritt zurück. Sie starrte auf die große Hand, die Hanafehl ihr verlangend entgegenstreckte.

»Du kannst es mir freiwillig geben, oder ich hole es mir«, sagte er trocken. »Glaubt ihr, ich wusste nicht, dass ihr versucht habt, dieses Peitschenweib und mich zu entzweien? Dachtet ihr im Ernst, ich würde das nicht bemerken?«

Enna schwieg. Sie überlegte, was sie tun sollte, ihre Gedanken überschlugen sich.

»Das war so einfach«, fuhr Hanafehl fort. »Der Gerölllawine sei Dank! Nicht nur die Erinyen hatten Späher gesandt, sondern auch ich – und zwar lange vor ihnen. Allerdings trug ich ihnen auf, sich zurückzuhalten und nur zu beobachten. So wusste ich von eurer kleinen Falle.« Langsam schritt er auf Enna zu.

»Ihr beide wurdet leider unter dem Gestein begraben, das Gulvaren-Ei ebenfalls.« Der Ghul entblößte seine Zähne und grinste wieder. »Zumindest wird Zervana dies glauben. Das Ei jedoch wird mein sein, ohne dass sie es weiß!«

Das also war Hanafehls Plan. Er wollte sie und Jorim töten, das Ei an sich reißen und Zervana glauben machen, sie wären samt ihres wertvollen Besitzes von den Gesteinsmassen begraben worden.

Hektisch sah Enna zu Jorim, der sich erstaunlich ruhig verhielt. Nun erkannte sie auch, warum. Während Hanafehl mit Enna beschäftigt war, war ihr Bruder langsam zur Seite gewichen und hatte einen der Weidenäste zurückgebogen. Schon machte er Enna ein Zeichen mit dem Kopf, dann ließ er los. Der Ast peitschte durch die Luft – und traf den Ghul mitten ins Gesicht.

»Lauf!«, schrie Jorim. Enna gehorchte, achtete nicht auf Hanafehls zorniges Brüllen und rannte los, doch plötzlich stand jemand vor ihnen und versperrte den Weg. Noch ehe sie ausweichen konnte, prallte Enna gegen ihn und wurde festgehalten. Sie hob den Kopf und blickte auf einen dunklen, mit silbernen Intarsien verzierten Peitschengriff, aus dessen Ende eine Klinge ragte.

Obwohl sie nichts erkennen konnten, schauten die Halblinge wie gebannt ins Tal. Eine mächtige Staubwolke verhüllte den Grund, sodass sie nicht sagen konnten, welchen Schaden die Lawine angerichtet hatte.

Es gab hier nichts mehr für sie zu tun, allerdings rechneten sie damit, dass sich die überlebenden Feinde neu formieren und nach Westendtal weiterziehen würden. Und so brachen die Halblinge auf und eilten zurück. Sie hatten ihrem Gegner einen ersten Schlag beigefügt, doch für Elvor war das nur der Anfang. Er war ein Sternenfaust, und er würde alles daransetzen, seinen Großvater stolz zu machen.

37. GHUL GEGEN ERINYA

Kaum war das Donnern der Gerölllawine verhallt und der letzte Fels zum Stillstand gekommen, verließ Zervana die kleine Höhle, in welche sie mit einigen anderen Erinyen im letzten Augenblick geflüchtet war. Sie hatte keine Zeit gehabt, Befehle zu erteilen, geschweige denn, sich um irgendetwas anderes als ihre eigene Unversehrtheit zu sorgen. Lediglich Yorak hatte sie zugebrüllt, sich mit zwei Streiterinnen um die Halblinge zu kümmern. Dem Drachenei – so es denn eines war – durfte nichts geschehen. Nun sprang sie auf den nächsten Felsen und hob ihre Fackel empor. All ihre Kraft, all ihren Willen bot sie auf, um die Glut der Erinyen-Waffe zu nähren. Schnell loderte diese auf, und Funken stoben von den knisternden Flammen davon.

»Erinyen!«, schrie Zervana. Ihre Stimme schnitt durch die kühler werdende Abendluft. »Erhebt eure Fackeln und brennt für Myrador und eure Usurpatorin! Brennt für mich!«

Sie musste nicht lange warten. Nach und nach glommen Fackeln in der Düsternis auf, enthüllten, was die Dunkelheit verbarg: Tausende von Felsbrocken übersäten das Tal. Bis in den Erenin hinein reichte das Geröllfeld, das zu einem Grab unzähliger Erinyen und Ghule geworden war. Hier und da ragten Gliedmaßen aus den Spalten zwischen den Steinen hervor; manche bewegten sich noch, rangen darum freizukommen oder zuckten im Todeskampf. Noch wusste Zervana nicht, wie viele ihr Leben gelassen hatten, wie stark ihre Armee noch war.

Sie schalt sich selbst eine Närrin, die Ghule nicht gezwungen zu haben, vorneweg zu marschieren. Eigentlich war es Moydanas Aufgabe gewesen, zusammen mit ihren fünfzig Streiterinnen ein solches Debakel zu verhindern und jeden zu töten, der an einer Barrikade lauerte.

Was war geschehen? Wo war Moydana? Zervana sah die Bergwände empor, doch diese verloren sich hoch oben in der Dunkelheit. Schließlich ließ die Usurpatorin ihren Blick über die überlebenden Erinyen und Ghule schweifen. Unruhe machte sich in ihr breit, und es drängten sich ihr weitere Fragen auf: Wo waren die Halblinge und das Drachenei? Wo waren Hanafehl und Yorak?

Die Winzlinge mochten zerquetscht worden sein. Bei Hanafehl befürchtete sie jedoch, dass eher der Fels barst als die verruchten Knochen dieses Ghuls. Yorak hingegen war zu schnell, zu geschmeidig, als dass ihn ein Gesteinsbrocken erwischen konnte. Wo also waren die beiden?

»Yorak!«, flüsterte Enna. Sie und Jorim traten zurück. Allerdings war der Erinya nicht allein gekommen. Zwei weibliche Vertreterinnen seiner Art waren bei ihm, schnellten nun nach vorne und packten Enna und Jorim.

Doch auch Hanafehl hatte sie wieder eingeholt. In der rechten Hand hielt er einen langen Weidenstab, vermutlich aus jenem Ast gemacht, den Jorim ihm eben ins Gesicht hatte schnellen lassen. Über der linken Braue des Ghuls prangte eine Platzwunde. Blut sickerte herab, floss in sein Auge und gab ihm ein furchteinflößendes Aussehen.

»Er hat versucht, das Drachenei zu stehlen!«, rief Jorim und zeigte auf den Ghul.

»Er wollte es für sich behalten und uns töten!«, fügte Enna hinzu, in der Hoffnung, Yorak und der Ghul würden sich gegenseitig an die Kehle gehen. Sollte Hanafehl Yorak töten – und dies war im Falle eines Kampfes sehr wahrscheinlich –, würden die beiden anderen Erinyen eingreifen, und Enna und Jorim könnten womöglich im letzten Licht des Tages entkommen. Und wenn diese Auseinandersetzung auch noch auf die anderen Feinde übergriff, so wäre die Saat der Zwietracht aufgegangen.

Erwartungsvoll blickte Enna zwischen den beiden Gegnern hin und her.

»Ich weiß«, entgegnete Yorak, ohne den Ghul aus den Augen zu lassen. Und in diesem Augenblick wusste Enna, dass ihre aufwiegelnden Worte gar nicht nötig gewesen waren. Der hochgewachsene Erinya war auf einen Kampf aus. Bedrohlich, düster und von seinem löchrigen Umhang geisterhaft umweht, stellte er sich Hanafehl in den Weg. Enna war sich bezüglich des Ausgangs des Kampfes plötzlich nicht mehr so sicher.

»Der Diener der Erinyen ist gekommen, um das Stöckchen seiner Herrin zu holen«, sagte Hanafehl provozierend.

»Vielleicht ist es besser, Diener einer Herrscherin zu sein als Sklave seiner eigenen, unersättlichen Gier«, entgegnete Yorak kühl.

»Ist nicht Gier gerade so bezeichnend für *deine* Art?«

»Was weißt du schon über meine Art, über das Blut, das durch meine Adern strömt?« Yorak trat einen Schritt nach vorn, und seine Gesichtszüge verhärteten sich noch mehr, sofern das bei ihm überhaupt möglich war. Die langen kräftigen Finger, die seinen Peitschengriff umfasst hielten, knackten. »Dich macht Blut bloß hungrig, mich bindet es.«

Hanafehl schien wegen dieser Worte ein wenig verwirrt. Er legte den Kopf schräg und musterte Yorak. »Ich frage mich, woran genau es dich bindet?«

Yorak antwortete nicht. Stattdessen löste er nun die Geißel mit dem dunklen Holzgriff von seinem Gürtel.

»Eine Klinge am anderen Ende des Geißelgriffes«, murmelte der Ghul und schüttelte den Kopf. »Eine sonderbare Waffe. Zu leicht kann man sich damit selbst verletzen.«

»Oder seinen Gegner«, erwiderte Yorak.

»Weißt du nicht, dass die Halblinge uns gegeneinander ausgespielt haben?«, fragte der Ghul.

»Natürlich«, entgegnete Yorak. »Und sie werden dafür noch bekommen, was sie verdienen. Aber erst bist du an der Reihe, Ghul!«

Dies schien das Stichwort zu sein. Hanafehl machte sich bereit. Er duckte sich, und seine Muskeln spannten sich an, während er auf den Erinya zuschlich.

»Bis das Blut gerinnt!«, knurrte er und griff an.

Mit einem gewaltigen Satz sprang der Ghul auf Yorak zu. Er holte aus, die Weidenrute zischte durch die Luft auf Yoraks Kopf zu. Doch sie verfehlte ihr Ziel. Der Erinya wich rasch und geschmeidig zur Seite. Sofort schnellte seine Peitsche nach vorn, aber auch Hanafehl entkam diesem Hieb. Der Ghul hechtete zu Boden, rollte sich ab, und schon war er wieder auf den Beinen. Er holte mit dem Stock über seinem Kopf aus und ließ wuchtige Schläge auf Yorak niedergehen. Aber ganz gleich, wie schnell und kraftvoll seine Angriffe auch geführt waren, er erwischte Yorak kein einziges Mal. Dessen Geißelenden schossen nun erneut nach vorn und schlangen sich blitzschnell um den Arm des Ghuls, doch kein

Schmerzenslaut kam über dessen Lippen. Widerhaken bohrten sich in Hanafehls Fleisch. Eine geschickte Bewegung aus Yoraks Handgelenk, und die Peitsche gab den Arm des Gegners wieder frei.

Nach dem kurzen Schlagabtausch hielt Hanafehl inne, belauerte seinen Gegner, als würde er über seine Taktik nachdenken.

Aber Yorak ließ ihm keine Zeit. Rasch griff er an, Peitschenschlag folgte auf Peitschenschlag. Hanafehl musste zurückweichen, versuchte immer wieder, sich unter den gegnerischen Hieben hinwegzuducken oder seitlich abzutauchen. Er machte sich nicht einmal die Mühe, die gefährlichen Geißeln mit seinem Stock abzuwehren. Ein ums andere Mal gruben sich die Widerhaken in das muskulöse Fleisch des Ghuls, nur um kurz darauf von Yorak wieder herausgerissen zu werden. Der Erinya gönnte dem Ghul keine Pause. Mit der Zeit wurden Hanafehls Bewegungen langsamer, seine nur noch gelegentlich geführten Gegenangriffe schwächer.

Doch das Blatt wendete sich schlagartig. Wie es aussah hatte Hanafehl seine Schwäche nur vorgetäuscht, die Verletzungen dafür sogar in Kauf genommen.

War er eben noch zurückgewichen, so stürmte er plötzlich los und lief Yoraks nächstem Hieb entgegen. Dann machte er einen Ausfallschritt nach rechts, führte rasch seinen Stock in die Höhe und fing die Geißeln ab. Kaum hatten sich diese um das Holz gewickelt, zog der Ghul mit aller Kraft seine Waffe zurück und entriss dem Erinya damit seine Peitsche. Yorak verlor das Gleichgewicht und stolperte nach vorn, direkt auf Hanafehl zu. Dieser ließ den Weidenstab fallen, schlang die Arme um seinen Gegner und hob ihn hoch – dann drückte er zu. Yoraks Hände krallten sich in Hanafehls Haare, rissen daran, aber das kümmerte den Ghul nicht.

Entsetzt beobachtete Enna, wie sich Hanafehls Muskeln anspannten. Yoraks Knochen mussten jeden Augenblick unter diesen enormen Kräften zerbrechen.

Aber so weit kam es nicht. Der Erinya rammte seinen rechten Ellbogen mit aller Kraft nach unten, direkt auf das Nasenbein seines Gegners. Es knackte laut, der Ghul lockerte seinen Griff und taumelte zurück. Mehr brauchte Yorak nicht, um sich zu befreien. Mit einer schlangenhaften Bewegung wand er sich aus Hanafehls Griff heraus. Dann schlug er mit der Faust zu; abermals war die Nase das Ziel seines

Angriffs. Der Ghul brüllte auf, Enna wusste nicht, ob aus Wut oder Schmerz. Ein Tritt in die Magengrube und der Schrei verstummte, während Hanafehl noch weiter zurücktaumelte. Yorak setzte nach. Doch dann richtete sich der Ghul auf, seine Klauenhand fuhr durch die Luft und riss Fetzen des Erinyen-Umhangs davon. Ein zweiter kräftiger Hieb traf Yoraks Schulter, doch der Erinya bewahrte sein Gleichgewicht und blieb auf den Beinen. Den Schwung nutzend, rollte er sich ab und bekam dabei seine am Boden liegende Geißel zu fassen. Sofort holte er aus – und die Geißelenden schlangen sich um Hanafehls Schädel. Ein Ruck von Yorak, und der Ghul stürzte auf die Knie. Wie ein huschender Schatten sprang der Erinya auf seinen Gegner zu. Noch bevor dieser sich erheben konnte, umfasste Yorak den Holzgriff seiner Peitsche mit beiden Händen. Dann rammte er die messerlange Klinge von oben direkt in Hanafehls Schädel. Der Ghul riss noch einmal die Augen auf, kurz schien darin so etwas wie Ungläubigkeit aufzublitzen, doch diese verlosch ebenso schnell wie die Flamme einer Kerze im Wind. Der massige Körper erschlaffte, kippte vornüber und landete mit einem dumpfen Schlag auf dem Boden. Hanafehl, der Fürst der Ghule, war tot.

Enna starrte auf den leblosen Körper. Sie konnte nicht fassen, dass der gewaltige Ghul nicht mehr lebte. Seitdem sie und Jorim Gefangene der Erinyen waren, war die Präsenz dieser angsteinflößenden Kreatur allgegenwärtig gewesen. Nur Gwendalon hätte sie es zugetraut, Hanafehl zu töten. Doch der geheimnisvolle Elf und die schöne Alvendorah waren nicht hier. Wo mochten sie gerade sein? Befand sich ihre Armee bereits auf dem Weg, oder hatte die Tochter aus dem Hause Enduriel ihren Vater nicht davon überzeugen können, in die Südlande zu ziehen?

Ein unschönes Geräusch riss Enna aus ihren Gedanken. Yorak löste die Widerhaken der Geißeln vom blutverklebten Kopf des Ghuls. Danach strich er andächtig mit einem Finger über die Intarsien im Holzgriff. Er flüsterte etwas vor sich hin, doch Enna verstand kein Wort.

Als der Erinya sich langsam umwandte und sein Blick sie traf, schluckte sie schwer. Sie sah zu Jorim hinüber, doch wie sie wurde auch ihr Bruder von knochigen Erinyen-Händen festgehalten. Die Finger schlossen sich noch fester um ihre Schultern, als Yorak mit großen, federnden Schritten auf sie zukam. Dass er seine Geißel nicht weggesteckt hatte, sondern noch immer in seinen Händen hielt, machte Enna noch mehr Angst.

38. DEM TRÄGER ERGEBEN, IM TOD WIE IM LEBEN

Ungeduldig wartete Zervana auf Yoraks Rückkehr. Mittlerweile ging es auf Mitternacht zu, und nach wie vor suchten Erinyen nach Überlebenden – zumindest nach solchen, die in der Lage waren, weiterzukämpfen. Ohne ihren Anführer wirkten die Ghule planlos und unsicher. Zervana hatte ihre Fackelträgerinnen angewiesen, jene Ghule, die nicht mehr kampffähig waren, einfach liegen zu lassen. Sie wusste nicht wirklich, ob sich das Volk der Ghule Sentimentalitäten leistete, wie sich um Verwundete zu kümmern, sie jedenfalls würde es ganz sicher nicht tun. Langsam schritt sie auf der Geröllhalde umher. Dreißigtausend waren sie bei ihrem Abmarsch gewesen, und noch immer war nicht klar, wie viele überlebt hatten. Da sich der Heereszug in den Tälern jedoch zwangsläufig in die Länge gezogen hatte, konnte es nur einen verhältnismäßig kleinen Teil ihrer Armee getroffen haben. Dennoch verstimmte sie der Erfolg dieser Halbhohen ungemein, und so ließ sie ihre Peitsche auf den Rücken einer Erinya knallen, die gerade dabei war, eine Fackelträgerin auszugraben.

Die Erinya zuckte zusammen, aber kein Laut kam über ihre Lippen, dann sah sie Zervana fragend an.

Der Blick der Verschütteten hingegen war von Schmerz erfüllt, als sie zu ihren vermeintlichen Rettern aufsah. Ihre Unterschenkel standen in einem unnatürlichen Winkel ab, Blut klebte an ihrem ledernen Umhang.

»Töte sie, sie ist nichts mehr wert«, zischte Zervana.

Einen winzigen Augenblick lang zauderte die Fackelträgerin, und die verletzte Erinya bemühte sich, doch noch irgendwie aufzustehen. Doch da peitschte die Geißel ihrer Kameradin schon durch die Luft und wickelte sich um die Kehle der unglücklichen Frau. Messerscharfe Spitzen bohrten sich in helle Haut. Ein leises Gurgeln ertönte, noch einmal schlug die Fackelträgerin zu, dann war die Verschüttete auf ewig verstummt.

»Ein Schlag sollte für eine Fackelträgerin genügen, alles andere ist barbarisch«, zischte Zervana tadelnd, wirbelte herum und entfernte sich.

Ein paar Schritte weiter ärgerte sie sich maßlos über zwei Ghule, die einen ihrer Landsmänner mit vereinten Kräften aus einem Loch zerrten. Doch dieser war ganz offensichtlich tot.

»Kümmert euch um die Lebenden!«, herrschte sie die Ghule an und verzog angewidert das Gesicht, als ihr klar wurde, dass die beiden ihren Gefährten nicht hatten retten wollen, denn einer von ihnen trieb bereits seine Zähne in das tote Fleisch. Aber da wurde ihre Aufmerksamkeit von einer hochgewachsenen Gestalt abgelenkt, die ein kleines Bündel auf ihren Armen vor sich her trug.

»Fresst auch nur eine Erinya, und ich werde euch eigenhändig häuten!«, zischte sie den Ghulen noch zu und sprang dann eilig über das Geröll.

Kurz darauf stand sie vor Yorak. Der Erinya hatte einige Blessuren davongetragen, sein Hemd war zerrissen.

»Wo warst du so lange?«, wollte Zervana wissen.

»Um mein Leben gerungen«, kam die knappe Antwort.

»Das haben wir alle.«

Zervana musterte den Erinya. Sie wusste, er hatte eine heftige Auseinandersetzung hinter sich, und sie ahnte auch, mit wem. Er roch nach Schweiß und fremdem Blut, das noch an seinen Händen klebte. Dieser Geruch machte Yorak noch begehrenswerter als sonst, und Zervana spürte Lust in sich aufsteigen. Sehr große Lust sogar, aber auch Neugierde. Ihr Blick wanderte an ihm herab. Es interessierte sie brennend, was er da unter dem Stoff verbarg. Sie war sich sicher, dass dies einer der Umhänge der Halblinge war.

»Was hast du da?« Zervana spürte Unruhe, doch gleichzeitig Vorfreude in sich aufsteigen.

»Das, was ihr begehrt.« Yorak sah ganz beherrscht und kühl aus, doch als Zervana ihre Hand ausstreckte, um nachzusehen, trat er zurück.

»Nicht, es könnte – Unfrieden stiften.«

»Hast du …?« Ihr Herz begann vor Aufregung zu pochen.

»Ich habe Hanafehl getötet, Usurpatorin, und seinen Kopf für Euch an sicherer Stelle verwahrt.«

»Du hast was?« Unbeschreibliche Wut kochte in Zervana hoch. Ihre

Fackel loderte auf, und nur im letzten Moment konnte sie sich beherrschen. Beinahe hätte sie die Fackel in Yoraks Leib gerammt.

»Du hast leichtfertig das Bündnis riskiert«, zischte sie. »Noch hätten wir ihn gebraucht! Außerdem sollte sein Tod der Höhepunkt unseres Eroberungszuges sein, und an *mir* allein lag es, diesen Zeitpunkt zu bestimmen!«

»Hanafehl hat Euch hintergangen und die Halblinge entführt«, erklärte Yorak ungerührt und bedeutete ihr, ein wenig zur Seite zu treten, da sich unweit von ihnen ein größerer Trupp Ghule eingefunden hatte. Die nach Aas stinkenden Kreaturen sahen sich in alle Richtungen um. Vermutlich suchten sie ihren Anführer.

Leise sprach Yorak schließlich weiter. »Der Ghul wusste von dem Drachenei und wollte es an sich reißen. Ich sah ihn in all dem Chaos mit den Halblingen verschwinden und folgte ihm. Als ich ihn eingeholt hatte, waren die Winzlinge bereits tot und das Drachenei in seinem Besitz. Sein Plan war es, den Anschein zu erwecken, sie seien von den herabstürzenden Felsen begraben worden.«

»Blut und Feuer!«, fluchte die Usurpatorin. »Du musst verrückt geworden sein, unser Vorhaben so zu gefährden.«

»Ich hatte keine andere Wahl. Zudem weiß ich, dass Ihr ihn nicht ausstehen konntet.«

»Nicht ausstehen?«, fiel Zervana ihm ins Wort. »Ich verabscheute diesen Ghul so abgrundtief, dass ich mit meinem Hass jede Erinyen-Fackel tausend Leben lang nähren könnte.«

Zervana schnaubte. Hanafehl war für sie eine minderwertige Kreatur gewesen, deren Tod sie herbeigesehnt hatte, aber für ihre Pläne war er unentbehrlich gewesen. Missmutig schaute sie sich um. Immer mehr Erinyen und Ghule kamen herbei.

Natürlich konnte sie den Ghulen jetzt nicht offenbaren, dass ihr Anführer durch die Hand eines Erinya getötet worden war. So würde sie nur einen Aufstand riskieren. Es brauchte also einen neuen Plan. Vielleicht könnte sie ja die Ghule dazu bringen, einen neuen Anführer zu wählen, einen, der sich ihr gegenüber als gefügiger erwies. So könnte sie Hanafehls frühzeitigen Tod zu ihren Gunsten ausnutzen.

Doch zunächst gierte Zervana danach, den Kopf des Ghuls in ihren eigenen Händen zu halten. Eine kaum zu bezwingende Erregung durchfuhr sie, und es reizte sie umso mehr, dass sie warten musste. So fuhr sie nun mit den Fingern über Yoraks markante Gesichtszüge. »Mein treuer Wächter. Wie gerne hätte ich dem Kampf beigewohnt.«

Yorak verbeugte sich, seine Augen blieben jedoch auf Zervana gerichtet. Etwas flackerte darin auf, was sie nicht zuordnen konnte. War es Begierde?

»Ich könnte Euch davon berichten, während sich die Armee neu formiert«, sagte er. »Zudem solltet Ihr darüber nachdenken, was Ihr mit den führerlosen Ghulen machen wollt. Nicht weit von hier habe ich eine Höhle entdeckt. Dort können wir uns beraten.«

Kurz dachte Zervana nach, dann nickte sie und wandte sich einigen Erinyen zu. Wenigstens hatten Randora, Myrdin und Senmarda, drei der Heerführerinnen, überlebt.

»Versammelt die Überlebenden! Wir werden die Nacht hier verbringen.« Zervana sah hinauf in die Dunkelheit. »Zumindest sollte an dieser Stelle keine Lawine mehr abgehen. Ich werde mich mit Yorak«, sie warf dem Erinya einen Blick zu, »... beraten. Wenn wir zurückkehren, möchte ich wissen, wie viele Fackeln noch für mich brennen und wie es um die Ghule steht.«

Zervana wollte sich schon abwenden. »Die Ghule werden unruhig«, sagte da Myrdin, eine rothaarige Erinya. »Ihr Anführer ist noch nicht aufgetaucht.«

»Dann beruhigt sie«, herrschte Zervana sie an. Die Fackelträgerinnen verneigten sich, doch die Usurpatorin hatte sich bereits wieder Yorak zugewandt.

»Ich hoffe, das Ei ist unversehrt«, sagte sie mit leiser, zischender Stimme.

»Es ist in sicheren Händen«, entgegnete Yorak. Sein Blick wanderte für einen kurzen Moment zu dem in den Halblingsumhang gewickelten Gegenstand.

»Führ mich zur Höhle. Ich will es sehen.«

Zervana folgte Yorak einen leichten Abhang hinauf. Sie konnte ihre Ungeduld kaum noch bezwingen, und so war sie voller Anspannung und mehr als erregt, als er anhielt und auf einen Spalt im Fels deutete, aus dem ein Lichtschimmer nach draußen fiel.

»Hier sind wir ungestört, Herrin.«

Wie es ihrem Wesen entsprach, blieb Zervana wachsam. Eine Hand lag an der Geißel, die andere zog ihre Fackel. Sogleich leuchteten die

Flammen auf und erhellten eine großzügige Höhle, in der zu Zervanas Überraschung bereits ein kleines Feuer brannte. Auf einem flachen Felsblock in der Mitte, bizarr beleuchtet von den flackernden Flammen, war ein Kopf aufgebahrt.

»Hanafehl«, flüsterte Zervana. Sie ging hinein und betrachtete das Haar des Ghuls, das einst weiß gewesen und nun von geronnenem Blut schwarz gefärbt war. Getrocknetes Blut befleckte auf groteske Weise auch sein Gesicht, der Schädel wies eine klaffende Öffnung auf. Laut und boshaft lachte Zervana, als sie die verdutzt aufgerissenen Augen des Ghuls sah.

»Welch absonderliche Darbietung, Yorak«, schnurrte sie, ohne sich umzudrehen. »Du weißt, was das Blut einer Erinya in Wallung versetzt.«

»Ich kenne Euch gut«, sagte er hinter ihr.

Zervana steckte Fackel und Geißel in ihre Halfter, nahm den Kopf des Ghuls in die Hände, hob ihn in die Höhe und zischte dann: »Da siehst du, was es dir gebracht hat, eine Erinya zu betrügen.«

Yorak legte indes das Bündel auf den Felsblock, wo sich eben noch der Kopf des Ghuls befunden hatte, dann trat er so dicht an Zervana heran, dass sein Atem ihre Wange streifte.

»Habe ich mir nicht eine Belohnung verdient?«

Zuerst der tote Hanafehl, nun Yoraks sinnlicher Körper so dicht an ihrem. Zervanas Erregung drohte ihr den Verstand zu rauben. Die langen, bleichen Finger des Erinya fuhren ihre Arme hinab, und eine Woge der Lust brach über sie herein.

»Noch nicht, mein treuer Yorak. Erst wenn wir die Nordlande erobert haben«, hauchte sie ihm ins Ohr.

Doch diesmal zog Yorak sie an sich. Er nahm ihr den Kopf des toten Hanafehl ab und schleuderte ihn achtlos in den Raum.

»Wollt Ihr mir nicht diese eine Nacht schenken, Zervana? Ist nicht die Zügellosigkeit der Erinyen der geliebte Gegenspieler ihrer Disziplin?«

Zervana wusste nicht, ob sie Yorak wegen dieser Unverschämtheit, einfach die Initiative zu ergreifen, mit ihrer Peitsche zurechtweisen oder sich ihm doch hingeben sollte. Ihr Verlangen wuchs mit jeder seiner Berührungen, und ihr war, als stünde ihr Schoß in Flammen.

Dennoch blieb ein Funke ihres unbeugsamen Herrscherwillens, der sie zögern ließ. Zudem glaubte sie, einen Hauch von Spott in seiner Stimme gehört zu haben. Sie fasste Yorak in sein dunkles Haar, krallte sich fest und sah ihm prüfend in die Augen.

»Willst du etwa mein Blut mit dem deinen verbinden, damit deine Nachkommen über die Länder herrschen?«, fragte sie und strich mit der anderen Hand über Yoraks Männlichkeit. »Oder bereitet es dir Lust, meine Wut zu entfachen?«

Doch statt einer Erklärung ruckte Yoraks Kopf nach vorne, und er küsste sie auf den Mund, wild und leidenschaftlich. Zervana hatte das Gefühl, zerbersten zu müssen, als sich Yoraks Lippen von ihren lösten.

»Wenn Ihr meine Nachkommenschaft fürchtet, so könnte eine Eurer Heilkundigen ein Gift mischen, das meinen Samen in Eurem Schoß vernichtet, ist es nicht so? Wir Erinyen sind doch unschlagbar, wenn es darum geht, Leben auszulöschen.«

Solche Gifte gab es in der Tat, doch waren sie nicht ganz ungefährlich. Zervana blickte in Yoraks funkelnde Augen. Etwas in seiner Stimme war seltsam provokativ. Doch gerade dieses Spiel reizte sie.

»In der Tat«, pflichtete sie ihm bei, »doch nicht nur darin habe ich es zur Meisterschaft gebracht.«

Zervana löste den Gürtel um ihren Umhang und legte ihn auf einen Felsvorsprung. Dabei glitt ihr Blick über Yoraks Körper. Die unzähligen Löcher und Risse in seinem Umhang offenbarten im Schein der Flammen genug von seinem muskulösen, wundervoll bleichen Körper; was verdeckt wurde, enthüllte ihre Fantasie. Zervana kochte das Blut in den Adern. Sie drehte Yorak den Rücken zu, besah noch einmal Hanafehls Kopf, der nun neben dem Feuer lag, und streifte dann betont langsam ihren Umhang von den mageren Schultern und entledigte sich ihrer Hose. Sollte Yorak ihren Brustschutz, gegerbt aus Menschen- und Ghul-Haut, doch selbst lösen – das einzige Kleidungsstück, was eine Erinya sonst noch unter ihrem Umhang zu tragen pflegte. Sie wollte ihn auf die Folter spannen, bis auch er vor Lust zerbarst und sie im Rausch übereinander herfielen. Doch dann hielt sie es selbst nicht mehr aus, wollte nicht warten, bis sie seine kühlen Finger auf ihrer brennenden Haut spürte und löste auch dieses Kleidungsstück. Nur ihre Stiefel behielt sie an. Mit einem aufreizenden Lächeln drehte sie sich um. Doch dieses erstarrte, als sie Yorak sah. Seine Augen, so kalt wie gefrorene Bergseen, bohrten sich in ihre, ihren nackten Körper strafte er mit Missachtung. Noch immer war er vollständig bekleidet – und er zog seine Geißel.

»Was soll das?« Wut keimte in Zervana auf.

»Ihr wolltet wissen, was die Intarsien auf meiner Waffe bedeuten«, erklärte er. »Und ich versprach, Euch dies an jenem Tag zu enthüllen, da die Feuer unserer Leidenschaft auflodern.«

Zervana wollte etwas erwidern, doch da legten sich Yoraks Hände um den Geißelgriff. Eine kurze Drehung, ein schneller Ruck – und er zog eine lange Klinge hervor. Zervana traute ihren Augen kaum. Der Griff war in Wahrheit das Heft eines schlanken Kurzschwertes, dessen Klinge im Inneren des Peitschenstiels verborgen gewesen war. Die Waffe war nunmehr ein Kurzschwert mit zwei Klingen.

So faszinierend und ungewöhnlich Zervana dies auch fand, was wollte Yorak damit bezwecken? Ihr noch vor dem Akt sein Vertrauen beweisen, indem er sie in sein kleines Waffengeheimnis einweihte? Dennoch fröstelte sie plötzlich in der kühlen Höhlenluft, und sie warf sich wieder ihren Umhang über. Dann bückte sie sich, ihre Hand wanderte langsam zu dem Gürtel, an dem Fackel und Geißel hingen.

Doch da schnellte Yoraks Arm nach vorn, und mit seiner messerscharfen Klinge riss er den Gürtel zur Seite.

»Dem Träger ergeben, im Tod wie im Leben.« Yorak strich über die Schriftzeichen, die im Holz der Waffe eingebrannt waren und silbern schimmerten. »Dies ist der alte Kriegsspruch, mit dem die Krieger der Menschen vor langer Zeit ihre Waffen segneten. Offenbar erinnern sich selbst die Menschen nicht mehr an diese alten, glorreichen Tage, haben die alten Schriften vergessen, die in der Bibliothek von Arbor unter dem Staub der Zeit begraben liegen.«

»Du begehst Verrat!«, flüsterte Zervana, als ihr klar wurde, was gerade geschah. Sie erwog, sich auch ohne Waffe auf Yorak zu stürzen. Doch sein unerbittlicher Blick ließ sie innehalten, mehr noch als die Spitze seiner Klinge, die nun auf sie gerichtet war.

»Für mich war die Waffe stets ein Symbol meiner Hoffnung. Hoffnung darauf, eines Tages die dunkle Seite in mir, die mir von dem Erinyen-Blut aufgezwungen wurde, beherrschen zu können. Dies wäre dann der Tag, an dem die menschliche Seite in mir endlich erstarkt und ich neu geboren werde.«

Abermals glitten Yoraks Finger über die Intarsien, dann blickte er Zervana fest in die Augen. »Heute ist dieser Tag.«

Blanker Hass erfasste Zervana. Schnell sah sie sich nach einer Möglichkeit um, ihre Waffen zu erreichen. Doch Yorak ahnte ihre Gedanken, und mit einem Schritt stellte er sich zwischen sie und ihren Ledergürtel.

»Feige willst du mich aufschlitzen, statt mich in einem offenen Kampf herauszufordern?«, schleuderte sie ihm entgegen. »Es ist dein schwaches Menschenblut, das dich zum Meuchelmörder werden lässt! Aber noch bin ich nicht tot.«

»Hätte ich Euch meucheln wollen, hätte ich Euch im Liebesakt aufgespießt«, entgegnete er ruhig, aufreizend ruhig. »Aber so zu handeln, wäre wohl eher die Art der Erinyen – die ich schon immer verabscheut habe.«

Als Yorak ihr dann plötzlich jenen Teil seiner Waffe zuwarf, an dem noch die Geißeln hingen, war sie das erste Mal in ihrem Leben sprachlos.

»Kämpft mit mir, Zervana! Tötet mich mit den Peitschen, die ich seit jeher verachte, so wie ich Euch verachtet habe.«

Yorak brachte sie zum Rasen, die Leidenschaft war verpufft, nun loderte ein anderes Feuer in ihr. Mit einer geschickten Handbewegung ließ sie die Geißeln nach vorne schnellen. Sie wollte Yorak die Haut von den Knochen reißen, so wie sie es bei zahllosen Feinden zuvor getan hatte. Aber der Erinya war schneller. Rasch wich er zur Seite und trennte dabei mit seiner Klinge gleich zwei der Geißelenden ab; die Widerhaken fielen klirrend auf den Höhlenboden. Zervana sprang zurück, hinter das Podest aus Stein.

Wie lange mochte er mit dieser Waffe geübt haben, einsam und unbemerkt, um sie derart meisterhaft zu führen? Wie hatte er sie, die mächtige Usurpatorin, derart hintergehen können? Wie hatte sie sich so in ihm täuschen können?

»Dein Kopf wird dem des Ghuls bald Gesellschaft leisten«, zischte sie. Sie riss das Tuch zurück und wollte das Ei an sich nehmen, wollte versuchen, an Yorak vorbei zu fliehen. Aber statt des Dracheneis lag lediglich ein ovaler Stein darunter.

»Wo ist es?«, schrie sie außer sich. Da hatte Yorak schon einen Sprung getan und stand über ihr auf dem Podest. Zervana holte aus, um mit den verbleibenden Geißeln nach ihm zu schlagen, aber da raste der Griff des Kurzschwertes bereits auf sie zu.

»Wie ich schon sagte, es ist in sicheren Händen«, waren die letzten Worte, die sie vernahm.

39. DAS LETZTE AUFBEGEHREN

Dunkelheit umgab Zervana, nur ein paar Lichtpunkte tanzten um sie herum. Langsam hob sie die Augenlider, doch es war so unendlich schwer. Irgendetwas sagte ihr, sie müsse aufwachen. Sofort.

»Yorak«, murmelte sie. Ihr Kopf schmerzte, und eigentlich hätte sie sich gerne wieder in die tröstende Dunkelheit zurückfallen lassen, aber mit einem Ruck erwachte sie, während sie versuchte, das Pochen hinter ihren Schläfen zu ignorieren.

»Yorak, Verräter!« Sie spürte, dass sie an einer Höhlenwand lehnte, und richtete sich auf. Mit zusammengekniffenen Augen spähte sie zum Höhlenausgang hinüber, wo es bereits zu dämmern begann. Ihre Wange fühlte sich klebrig an – vermutlich ihr Blut; der Verräter hatte sie wohl nur mit seiner Waffe niedergeschlagen. Yorak kniete vor ihr und säuberte ebendiese mit starrer Miene.

Reflexartig wollte sie ihre Hand zu dem Halfter an ihrer Seite führen, doch sie war mit Streifen schwarzen Stoffes gefesselt. Zervana blickte zum Feuer neben sich und erkannte zu ihrem Entsetzen, dass Yorak ihr den Erinyen-Umhang abgenommen und hineingeworfen hatte – das Zeichen der Ehre einer kampferprobten Erinya, ein Teil von ihr. Ebenfalls im Feuer brannte ihre Geißel, verkohlt, zerstört. Zervana hatte in diesem Moment das Gefühl, etwas in ihrem Inneren würde ebenfalls von den Flammen verzehrt werden. Lediglich ihre Fackel, die hatte er ihr gelassen. Das Wahrzeichen der Erinyen pulsierte zwischen ihren nackten Füßen.

»Weshalb hast du mich nicht getötet?«, zischte sie hasserfüllt.

»Weil ich nun mein Menschenblut nicht mehr verleugnen will.« Seine Augen wanderten an ihr herab. »Auch wenn ich aussehe wie ein reinrassiger Erinya, so fließt doch das Blut dieses Volkes in meinen Adern. Ein Volk, das Ihr so gut wie ausgelöscht habt.« Yoraks Mundwinkel verzogen sich zu einem leichten Schmunzeln. »Das habt Ihr nicht bedacht, nicht wahr? Ihr ward Euch der Überlegenheit des Erinyen-Blutes über das menschliche zu sicher, Zervana von Myrador.

Auch wenn bei den meisten Erinyen, die Ihr durch eine Verbindung mit Menschen erschaffen habt, die Verderbnis der Erinyen gesiegt hat: Ich fühle mich dem Menschenvolk verbunden.«

»Menschen!«, spie sie aus. »Schwache und dumme Menschen. Geflohen sind sie wie Hunde, sind als Ghul-Futter geendet oder als Polster für meinen Thron.« Voller Bitterkeit lachte sie auf. »Ist es das, was du willst? Ist es dein Begehren, ihrem Schicksal zu folgen?« Sie hob ihr Kinn und sah ihn an. »Ich dachte, du wolltest der neue Herr der Erinyen werden. Meinen Platz einfordern oder die Süd- und die Nordlande an meiner Seite beherrschen. Das hätte dir zumindest einen Funken meines Respekts eingebracht. Aber was tust du?« Zervanas Stimme troff vor Spott. »Ausgerechnet jetzt, wo wir dem Ziel so nahe sind, wirfst du alles weg, was hätte dein sein können, und machst diese absurde Inszenierung. All das ergibt keinen Sinn!«

»Müssen unsere Taten und Handlungen immer Sinn ergeben?«

»Jeder Schlag meiner Geißel, jeder Stoß meiner Fackel dient dem Ziel der Eroberung«, presste Zervana hervor. »Kein Hieb geht fehl, alles ist berechnet und beabsichtigt.«

»Wenn dem so ist, dann habt Ihr Euch zum Sklaven Eures eigenen Ziels gemacht, seid stets gezwungen, alles diesem höheren Zweck unterzuordnen.« Yorak schüttelte den Kopf. »Nein, Zervana. Ich will kein Diener meines eigenen Verlangens nach Macht sein. Ich will frei von solchen Dingen sein, will wahrhaftig leben und jeden Tag meine Entscheidungen neu überdenken und treffen können.«

Zervana konnte nicht glauben, was sie da hörte. Abermals fragte sie sich, wie sie sich nur so in Yorak hatte tauschen können. Allmählich wurde ihr klar, dass sie sich von dem Geheimnisvollen, das Yorak immer umgab, stets angezogen gefühlt hatte. Es hatte sie erregt, neugierig gemacht – und blind! Denn das vermeintlich Unergründliche war nichts anderes gewesen als das Menschliche in ihm.

»Einst habe ich dich respektiert, Yorak, doch nun bleibt nur noch der bittere Geschmack der Verachtung übrig.«

»Euer Respekt hat mir niemals etwas bedeutet.« Er erhob sich, stand groß und beeindruckend vor ihr.

»Du wirst immer auch zum Teil Erinya sein«, provozierte sie ihn. »Du magst unser Blut verleugnen, aber es fließt in deinen Adern, lediglich verdünnt durch das schwache Blut der Menschen.«

»Dessen bin ich mir bewusst«, entgegnete er. »Das Erinyen-Blut ist der Fluch, den ich tragen muss, und so werde ich stets ein Verstoßener bleiben, denn weder Erinya noch Mensch wird mich akzeptieren.«

»Und dies wird dich immer schwach und verletzlich machen«, sagte Zervana. Unterstellte man einer Erinya Schwäche, so entfachte man ihren Zorn, aber Yorak blieb kühl.

»Im Augenblick sehe ich Schwäche an ganz anderer Stelle.«

Die offensichtliche Verachtung in seinen Augen brachte Zervana erneut zum Rasen, sie zerrte an ihren Fesseln und bemerkte, dass sie gar nicht so fest waren, wie sie angenommen hatte. Hoffnung keimte in ihr auf, aber aus irgendeinem Grund ahnte sie, dass auch das zu Yoraks Plan gehörte.

Er ging zu dem Podest, zog Hanafehls Schädel an den Haaren in die Höhe, dann schritt er auf den Ausgang der Höhle zu.

»Eure Fesseln werdet Ihr in kurzer Zeit durchgescheuert haben, dann könnt Ihr mit Euren Erinyen gegen die Ghule kämpfen.«

»Ich würde lieber dich im Zweikampf töten!«, rief sie ihm nach. Yorak drehte sich um und kam noch einmal zu ihr. Zervana hoffte schon, er würde ihrer Forderung nachkommen. Stattdessen ließ er sich in die Hocke nieder und blickte ihr ruhig in die Augen.

»Ich werde nicht mit Euch kämpfen. Ich lasse Euch Euer Leben und Eure Fackel, die ureigenste Waffe einer Erinya. Wenn ihre Glut auf Euren nackten Körper fällt, werdet Ihr eine Fackelstreiterin in ihrer ursprünglichsten Form sein, so wie am Tage, als Ihr den Bund des Blutes geschlossen habt. Diese Gnade erweise ich Euch als Mensch, so wie die Grausamkeit des Erinya in mir Euren Umhang und Eure Geißel verbrannt hat.«

Yorak erhob sich und ging – ohne sich umzudrehen – zum Höhlenausgang.

Sprachlos sah sie ihm nach und musste mit ansehen, wie sein Schatten verschwand. »Seht her!«, hörte sie ihn rufen. »Dies ist der Kopf eures Anführers. Er hat die Usurpatorin verraten, und sie ließ ihn töten!«

Das Gekreische der Ghule brandete draußen durch die Dunkelheit und drang selbst bis in den hintersten Winkel der Höhle. Nur zu gut konnte sich Zervana vorstellen, wie sich nun Ghul gegen Erinya wandte, und wenn sie auch hoffte, sie würden Yorak in Stücke reißen, so wusste sie doch, dass dies nicht geschehen würde, denn er würde all das Chaos, das nun entstand, nutzen und verschwinden. Der Kampflärm kam näher, hallte laut in der Höhle wider, und für einen Moment schloss sie die Augen. Sie musste Kräfte für ihre Befreiung sammeln – und für ihre Rache.

Das Leuchtfeuer, welches Ombur Felsenschlag und Edegart Steinacker am oberen Ende der Wolfsklamm entzündet hatten, brannte noch immer, als Elvor und die Halblinge es erreichten. So war es ihnen möglich, dessen Wärme während ihrer kurzen Rast zu genießen. Ombur und Edegart selbst waren bereits zurückgegangen, so wie es vereinbart gewesen war.

Wenigstens konnte sich Elvor nun sicher sein, dass ganz Westendtal über das Nahen der feindlichen Armee Bescheid wusste.

Allerdings wollte er sich keinen Illusionen hingeben. Er nahm an, dass sich die Erinyen von der Lawine nicht würden aufhalten lassen. Vermutlich hatten sie sich schon längst neu formiert und ihren Vormarsch fortgesetzt.

Gleich würde sich die Sonne über den Horizont schieben, und Elvor drängte die anderen zum Aufbruch. Ohne zu murren erhoben sich die Halblinge und eilten schweigend weiter. Wie Elvor auch, hingen die meisten wohl ihren eigenen Gedanken nach. Dem jungen Sternenfaust fiel es schwer, nicht zu verzweifeln. Bronn war tot, Enna und Jorim wahrscheinlich auch. Nicht nur, dass damit ihre Hoffnung auf Rettung dahinschwand, er hatte auch das Mädchen verloren, in das er sich verliebt hatte.

Somit stand nur noch eine Barrikade aus Palisadenzäunen und Kartoffelschnapsfässern zwischen den Erinyen und Westendtal. Wäre die Lage nicht so traurig gewesen, Elvor hätte vermutlich lachen müssen.

»Was glaubst du, wie lange wir sie an der Barrikade aufhalten können?«, fragte er Talegrin. Gerade stiegen sie durch die Wolfsklamm abwärts, und der Wind heulte immer lauter durch die Felsenschlucht.

Talegrin seufzte. »Ich weiß es nicht. Tipplins Idee, ein Gebiet abzustecken, dieses dann mit Kartoffelschnaps zu fluten und in Brand zu stecken, ist gut. Aber der Schnaps wird schnell verbrennen, und dann gibt es nur noch einen einzigen Palisadenzaun. Wenn der fällt …«

Talegrin brach ab, presste die Lippen aufeinander und schüttelte den Kopf.

»Dann ist der Weg nach Westendtal frei«, beendete Elvor den Satz. Nun war er froh um den heulenden Wind, der seine Unterhaltung mit dem alten Sternenfaustrecken übertönte, denn er wollte den anderen nicht die Hoffnung nehmen. Jetzt konnten er und seine Gruppe sich nur noch zu der Barrikade begeben, wo bereits Ambrin und viele andere warten würden.

Elvor sah zu Talegrin und ließ dann seinen Blick über Brandolin, die rothaarigen Zwillinge Boglin und Bremlin sowie all die anderen schweifen. Dabei musste er an Bronn Sternenfaust und seine Truppe alter Helden denken. Und genau dieser Gedanke gab ihm Kraft, als würde seine Hoffnung, das drohende Schicksal doch noch irgendwie abwehren zu können, mit aller Macht aufbegehren.

Zervana schrie auf vor Wut. So schnell sie konnte, schabte sie mit ihren Fesseln über einen scharfen Stein, bis der Stoff nachgab. Dann erhob sie sich und ergriff die Fackel, die neben ihr lag und in einem fahlen Licht pulsierte. Kaum hatten sich ihre Finger um den Griff geschlossen, loderten die Flammen auf, brannten beinahe so heiß wie Zervanas Zorn. Wenn sie sich jetzt verkroch, wäre die Schmach, die Yorak ihr zugefügt hatte, vollkommen. Doch sie dachte nicht einmal daran.

Also ging sie – nackt wie sie war – nach draußen, die Fackel in der Hand. Der Anblick, der sich ihr bot, war ernüchternd, doch sie hatte nichts anderes erwartet. Fackeln loderten auf und brannten sich in das verdorbene Fleisch der Ghule, Geißeln schlangen sich um Hälse oder Kniekehlen und rissen Hauptschlagadern auf. Aber auch Erinyen fielen hier und da Ghulen zum Opfer, wurden regelrecht entzweigerissen. Sterbende Leiber zuckten und wanden sich wie in grotesken Tänzen, während spritzendes Blut auf sie niederging.

Dennoch behielten – und auch das hatte Zervana erwartet – die Erinyen die Oberhand. Sie waren den Ghulen eindeutig überlegen, sowohl was Disziplin als auch ihre bloße Anzahl betraf. Daher dauerte es nicht lange, bis die Ghule flohen und sich nach und nach zerstreuten.

Zervanas Blick fiel auf eine tote Erinya, und sie erwog einen Augenblick lang, sich ihren Umhang überzuwerfen. Doch einerseits war sie dafür viel zu stolz, andererseits erinnerte sie sich in diesem Augenblick an Yoraks Worte. *Wenn die Glut der Fackel auf Euren nackten Körper fällt, werdet Ihr eine Fackelstreiterin in ihrer ursprünglichsten Form sein.* Ob Yorak geahnt hatte, welche Kraft ihr diese Worte gaben, was sie in ihr bewirkten?

Alles in ihr begehrte auf, rebellierte gegen die Schmach, die der Verräter über sie gebracht hatte, und gegen die drohende Niederlage. Sie wusste, dass die nächsten Momente über Leben und Tod entscheiden würden. Unerschrocken erhob sie ihre Fackel und lenkte ihre Kraft in die Flammen.

»Erinyen!«, schrie Zervana so laut sie konnte. Ihr war durchaus bewusst, dass nicht alle ihre Streiterinnen sie hören würden, denn sie waren zu weit in diesem Tal verstreut. Aber es musste genügen, wenn sich ihr jene zuwandten, die sich in ihrer Nähe befanden. Und tatsächlich schauten viele zu der Gestalt auf, die sich ihnen ohne Kleidung, nur mit der brennenden Fackel in der Hand, präsentierte.

»Seht mich an!«, fuhr sie fort. »Ich bin Zervana von Myrador und stehe vor euch, so wie an dem Tag, an dem wir den Bund des Blutes schlossen: ohne Kleidung, nur die Fackel in der Hand. Deshalb hört mich an, Erinyen!«

Sie versuchte, ihren Blick in so viele Augenpaare wie möglich zu bohren. »Es war Yorak, der nicht nur uns, sondern auch die Ghule verraten hat. Er war es, der Hanafehls Kopf nahm! Ein rascher Tod wäre für diesen Verräter zu milde gewesen. Mussten wir unsere Zeit nicht einem weitaus höheren Ziel widmen als diesem Verräter, hätte ich persönlich dafür Sorge getragen, dass sein Sterben tagelang dauert. Doch so habe ich entschieden, ihn zu verstoßen! Er soll sein Leben als Gejagter, als Geächteter fristen, bis er gefangen wird. Jede Erinya wird reichlich entlohnt werden, wenn sie mir Yorak bringt – und zwar lebend.«

Zervana warf einen prüfenden Blick auf die Menge. Die Fackelträgerinnen wunderten sich bestimmt darüber, dass sie Yorak nicht bereits gefangen hielt. Doch sie hoffte, ihr etwas schwacher Erklärungsversuch, ihn wegen der Dringlichkeit ihres Eroberungszuges laufen zu lassen, würde genügen. Allerdings wollte sie ihren Streiterinnen auch nicht zu viel Zeit zum Nachdenken geben, daher sprach sie weiter, um ihre Gedanken auf ein anderes Thema zu lenken.

»Habt ihr nicht alle einst den Rausch genossen, als ihr den Bund des Blutes eingegangen seid?«

Einige Erinyen nickten zögerlich.

»Ich möchte, dass ihr alle euch daran erinnert, wie es war, damals, als die Hitze eurer Fackeln durch eure nackten Körper brandete. War es nicht berauschend, dieses Gefühl von Macht und Stärke?«

Die eine oder andere Fackel loderte etwas heller. Ein gutes Zeichen!

»Und was habt ihr geantwortet, als ihr gefragt wurdet, ob ihr das Kratertal bezwungen habt?«

»Mit Geist und Blut hab ich bezwungen die dunkle Brut«, riefen einige.

»Ich kann euch nicht hören, Erinyen!« Zervana streckte ihre Fackel empor und ließ sie mit aller Kraft brennen.

»Mit Geist und Blut hab ich bezwungen die dunkle Brut«, erklangen die Worte aufs Neue, lauter dieses Mal und aus mehreren Kehlen.

»Und ertragt ihr auch die Hitze der züngelnden Flammen der Erde?«, rief Zervana die nächste rituelle Frage.

»Mit Geist und Blut, selbst wenn das Feuer auf meinem Antlitz ruht!«

»Und wollt ihr flammenden Fels euer Eigen nennen bis ans Ende eurer Tage?«

»Mein Leben lang mit Stolz und Mut, bis mein Geist und Blute ruht!« Die Stimmen wurden immer lauter.

»Und sagt mir, habt ihr euch jemals lebendiger gefühlt als an jenem Tage? Habt ihr nicht die Hitze des Feuers in diesem Moment in ihrer reinsten Form verspürt?« Zervana schrie die Fragen nun mit aller Macht hinaus. »Ich habe mich entkleidet, um euch an diesen besonderen Tag zu erinnern, also erinnert euch, Erinyen!«

Euphorie erfasste die Menge. Fackeln wurden emporgereckt, glommen auf und begannen zu knistern. Die letzten Ghule, die noch nicht geflohen waren, zuckten im sich ausbreitenden Lichtschein zusammen, dann duckten sie sich und schlichen hastig davon.

Zervana sah immer mehr Erinyen herbeiströmen. Offenbar sprach sich das, was hier geschah, herum und erreichte auch die Ohren jener, die sie nicht sehen konnten.

Insgeheim lobte sie sich für den Einfall, ihre Streiterinnen an diesen Tag zu erinnern und die damit verbundene Begeisterung hervorzurufen. Alle weiblichen Erinyen gierten schließlich danach, den Bund des Blutes einzugehen und ihre Fackel entgegenzunehmen. Doch Zervana von Myrador, Usurpatorin der Südlande, wusste die Raserei noch einmal zu steigern. Langsam sank sie auf die Knie. »So knie ich nieder auf heißem Stein, ertrage still die Qual und Pein«, rief die Entkleidete laut. »Heute jedoch, wo die Erinyen sich auf ihrem Eroberungszug in die Nordlande befinden, sollen es nicht meine Knie sein, die das Feuer ertragen.« Sie nahm ihre Fackel in die rechte Hand und führte sie langsam an ihren Oberkörper. Stille breitete sich aus. Noch einmal holte Zervana Luft – dann drückte sie sich die Fackel der Länge nach zwischen die Brüste. Ein sengender Schmerz, heiß und stechend, jagte durch ihren Körper, doch sie biss die Zähne zusammen und hieß ihn willkommen. Sie ignorierte die Qual, den Geruch ihres eigenen verbrannten Fleisches. Stattdessen genoss sie, was sie in den Gesichtern ihrer Untergebenen sah: Verblüffung und Entsetzen, aber auch Bewunderung und Anerkennung.

Zervana erhob sich wieder. Die Erinyen starrten auf ihre Brust, dorthin, wo eben noch die Fackel gelegen hatte und jetzt verbrannte Haut schwelte.

»Seht es euch an!« Zervanas Stimme schnitt durch die Luft. »Seht es euch gut an, das Mal der Herrscherin. Alle zukünftigen Usurpatorinnen sollen es tragen, sollen im Schmerz des Feuers beweisen, dass sie würdig sind, Erinyen anzuführen!«

Einen Moment noch lag Schweigen in der Luft, dann brach Jubel aus. Das Gebrüll aus Tausenden von Kehlen toste durch das Tal und hallte von den Felswänden wider. Stolz und voller Anmut schritt Zervana durch die Reihen. Nicht nur die Fackelträgerinnen, auch die männlichen Erinyen, die sich im Kampf mit einer Geißel begnügen mussten, warfen ihr respektvolle Blicke zu. Zervana war es gelungen, die Niederlage, die ihr der Verräter zugefügt hatte, in einen Sieg umzuwandeln. Zwar war das Bündnis mit den Ghulen zerbrochen und Tausende Erinyen lagen entweder unter Geröll begraben oder waren in dem kurzen, aber heftigen Gefecht gegen die Ghule gefallen, doch der Kampfgeist ihres Volkes war in diesem Augenblick stärker als je zuvor.

Als sie den Hang hinuntergelaufen war und die Talsohle erreicht hatte, blieb sie stehen.

»Wie lauten Eure Befehle, Usurpatorin?«, wollte Randora, eine der Heerführerinnen, wissen.

»Ordne die Reihen und berichte mir, wie viele wir sind. Dann ziehen wir weiter.«

Die Erinya nickte und wollte sich schon abwenden.

»Doch zuerst bring mir einen neuen Umhang«, rief Zervana ihr zu. »Wie du sicher bemerkt hast, ist der heutige Tag ein besonderer. Von nun an werden alle zukünftigen Anführerinnen das Herrschermal tragen.« Sie deutete auf ihre Brust, in der noch immer der Schmerz pochte. »Heute ist für mich ein Neubeginn! Daher will ich einen neuen Umhang, um ihn mit den Zeichen meiner Siege zu verzieren.«

Randora verneigte sich rasch, dann eilte sie davon. Zervana musste nicht lange warten, bis zwei Erinyen auftauchten – eine extrem hochgewachsen, die andere etwas kleiner und jünger –, die einen zusammengelegten Lederumhang zwischen sich trugen.

»Euer neuer Umhang, Herrin, wie Ihr es befohlen habt«, sagte die Hochgewachsene.

Zervana nahm den Mantel entgegen und legte ihn sich um ihre knochigen Schultern.

»Ein unversehrter Umhang ist Eurer nicht würdig«, sagte die jüngere Erinya, trat zurück und zog ihre Geißel. »Lasst mich Euch die Ehre erweisen!«

Nun war Zervana überrascht. Die Erinya wusste schließlich, was der Preis dafür sein würde. Sie verbarg jedoch ihre Verwunderung und nickte nur.

Sofort schlug die junge Fackelträgerin zu. Die Widerhaken ihrer Geißeln gruben sich in Zervanas neuen Umhang, rissen Löcher hinein und schlitzten das Leder auf. Zervana erlaubte ihr drei Schläge, dann sprang sie nach vorne und griff der Erinya in die Haare. Mit einer raschen Bewegung riss sie ihren Kopf nach hinten – dann rammte sie ihr ihre Fackel in die Kehle. Zischend fraßen sich die Flammen in das Fleisch, Blut quoll aus der Wunde hervor. Kurz darauf brach die Erinya tot zusammen. Niemand, der die Usurpatorin angriff, überlebte. Doch dieses Schicksal hatte sie wohl bewusst auf sich genommen, um ihre Loyalität zu beweisen.

Zervana war zufrieden. Mehr Respekt hätte sie nicht erwarten können. Ihre Herrschaft über die Erinyen war stärker als je zuvor, und endlich konnte ihr Eroberungszug weitergehen.

»Beinahe zwölftausend Fackeln sind bereit, Usurpatorin«, berichtete ihr Randora. Die Sonne stand bereits im Zenit.

Zervana nickte grimmig. Ihr Heer war nicht einmal mehr halb so groß wie am Anfang. Dennoch war dies mehr als genug, um die Halblinge auszulöschen. Hatten sich die Erinyen erst einmal an der Gräsernen Furt niedergelassen und Westendtal gesichert, so konnte sie noch immer über Verstärkung nachdenken. Sie würde die Nordlande nicht aufgeben. Vorher jedoch wollte Zervana die Halblinge vernichten, denn die hatten ihr einen herben Schlag versetzt. Es würde sie nicht einmal wundern, wenn es diese Geschwister waren, die Hanafehl oder Yorak Flausen in die Köpfe gesetzt hatten. Sie wollte diese beiden, wollte sie tot sehen, und – sie wollte das Drachenei!

Entschlossen hob sie nun die Hand und gab das Signal zum Aufbruch. Die Erinyen-Armee marschierte weiter, direkt auf Westendtal zu.

40. DIE LETZTE BARRIKADE

»Als dieser Yorak mit seiner Peitsche ausholte, dachte ich, das war's!«, keuchte Enna und ließ sich ins weiche Gras plumpsen.

Jorim setzte sich neben sie. »Ich auch. Wer hätte schon erwartet, dass ausgerechnet er sich gegen sein eigenes Volk wenden und zwei Erinyen töten würde?«

»Ich glaube, er hat dies schon lange geplant«, meinte Enna.

»Dieser Yorak ist irgendwie anders als die anderen Erinyen. Er ist nicht so von blindem Hass erfüllt und scheint mir ein wenig besonnener zu sein.«

»Eigentlich ist es mir egal, weshalb er gegen Zervana aufbegehrt hat«, erklärte Jorim. »Hauptsache ist, dass er uns vor diesem monströsen Ghul gerettet hat!«

Enna wusste, dass es wenig Sinn machte, über Yoraks Beweggründe nachzudenken, denn wirklich erfahren würden sie diese wohl nie. Am Ende hatte Jorim recht: Alles was zählte, war, dass sie am Leben waren.

»Was tust du da?«, fragte sie, als Jorim plötzlich in ihren Umhang langte. »Dem Ei geht es gut, keine Sorge!«

»Ich wollte eigentlich nur nachsehen, ob du noch etwas von Alvendorahs Zauber übrig hast. Ich musste ja schließlich meinen Umhang als Leichentuch für den Kopf dieses räudigen Ghuls opfern.«

»Ach«, wunderte sich Enna und klopfte ihrem Bruder auf die Finger. »Und den Proviant hast du Yorak gleich mitgegeben?«

»Natürlich nicht!«, entgegnete er entrüstet. »Den hatten wir schon vorher aufgegessen.«

»Du meinst, *du* hast ihn aufgegessen!« Enna zog die Stirn kraus, kramte dann in ihrer Tasche herum und holte etwas von dem köstlichen Essen hervor. Sie brach es entzwei und reichte Jorim eine Hälfte. »Hier, das ist das letzte Stück! Kaue es gut durch, bevor du es herunterschluckst.«

Jorim ließ sich nicht zweimal bitten, griff beherzt zu, und prompt hellten sich seine Gesichtszüge auf.

Auch Enna aß mit großem Appetit. Nachdem Yorak am Abend zuvor die beiden Erinyen getötet hatte, waren sie und Jorim ein gutes Stück flussaufwärts gelaufen und hatten unter tief hängenden Weidenästen die restliche Nacht verbracht. Vor Sonnenaufgang waren sie rasch weitergewandert, da es – so Yoraks Worte – im Morgengrauen zu einem Chaos in der Erinyen-Armee kommen würde. Enna konnte es noch immer kaum glauben, aber Yoraks Plan war es, mit Hanafehls Kopf die Ghule gegen die Erinyen aufzuwiegeln. Daher hatte ihnen der mysteriöse Erinya geraten, sich von dem Heer zu entfernen und auf umherstreunende Ghule zu achten. Das Ei hatte er ihnen gelassen; wie er behauptet hatte, war es für ihn weder von Interesse noch von Wert. Allerdings hatte er sie ausdrücklich davor gewarnt, es den Erinyen in die Hände fallen zu lassen.

Und allem Anschein nach war es Yorak wirklich gelungen, Unfrieden zwischen Ghulen und Erinyen zu stiften, denn Enna und Jorim hatten bereits Gruppen von Ghulen gesehen, die nach Südosten abgezogen waren. Deshalb hatten die zwei sich rasch auf die oberen Talhänge zurückgezogen, um sich am Rande eines Waldes zu verstecken. Weite Bereiche waren in dieser Gegend mit Bäumen bewachsen, die ihnen Deckung bieten würden. Nun blickten die Geschwister hinab auf den Erenin. Der breite Strom glitzerte in der Sonne wie ein silbernes Band und strömte ein ganzes Stück unter ihnen friedlich dahin.

»Und?«, unterbrach Jorim mit vollem Mund Ennas Gedanken. »Was ist jetzt mit dem Ei?«

Enna seufzte und schüttelte den Kopf. »Ich weiß es nicht.« Seit ihrer Gefangenschaft hatte sie nicht mehr gewagt, das Ei in die Hand zu nehmen, doch nun holte sie es vorsichtig heraus.

»Sieh nur! Es hat sich verändert!«, rief sie erstaunt.

Neugierig beugte sich Jorim über das Ei. »Stimmt! Die hellroten Streifen waren vorher noch nicht da«, stellte er fest.

Enna nickte. »Sie sehen aus wie Adern.«

»Die Schale sieht aus wie das Kristallgestein im Tunnel des Drachenkraters«, meinte Jorim.

»Und es fühlt sich rauer an als zuvor.« Behutsam glitten Ennas Finger über das Ei, so als befürchte sie, es könnte durch ihre Berührung zerbrechen.

»Was hat das zu bedeuten?«, wollte Jorim wissen.

»Wenn ich das nur wüsste.«

»Vielleicht schlüpft der Drache bald.«

»Oder der Gulvar!«, fügte Enna hinzu.

»Egal, was es auch sein wird: Es folgt demjenigen, den es als Erstes erblickt.«

»Nur weil Hanafehl das behauptet hat, muss es noch lange nicht so sein.«

»Nun«, Jorim hob die Schultern, »ich denke, das finden wir bald heraus.«

Enna wiegte bedächtig den Kopf. »Ich glaube, du schlüpfst tatsächlich bald«, sagte sie leise, ohne den Blick zu heben. »Aber du wirst uns nicht helfen können, weil du dann noch viel zu klein sein wirst, nicht wahr?«

»Wenn ich es nicht besser wüsste, würde ich sagen, du bist schwanger und sprichst zu deinem ungeborenen Kind«, murmelte Jorim.

Enna schmunzelte. »Es hört sich vielleicht seltsam an, aber mir kommt es fast so vor. Irgendwie habe ich das Gefühl, zwischen mir und dem Wesen in dem Ei gibt es eine Verbindung, die mit jedem Tag ein wenig stärker wird.«

»Leider hilft uns das im Moment nicht weiter, Schwesterherz.« Jorim rieb sich den Nacken. »Wie du schon sagtest, selbst wenn es rechtzeitig schlüpft, wird das Wesen, was auch immer es ist, zu klein sein, um für uns zu kämpfen.«

»Das stimmt«, pflichtete Enna ihm bei. »Wir können uns aber auch nicht einfach hier verbergen und nichts tun.«

»Das werden wir auch nicht! Wir müssen nachsehen, was in Westendtal vor sich geht. Immerhin haben wir seit gestern nur Ghule zu Gesicht bekommen und kein einziges Fackelweib.« Jorim tippte sich nachdenklich mit dem Finger an die Lippen. »Wir ziehen einfach hier oben im Schutz des Waldes Richtung Westendtal. Früher oder später werden wir schon auf den Rest des Heeres treffen.«

Enna nickte und verbarg das Ei wieder unter ihrem Umhang. Dann brachen sie bangen Herzens nach Westendtal auf.

Elvor, Talegrin und die anderen Halblinge hatten die Wolfsklamm durchwandert und folgten nun einem breiten Seitental nach Norden.

Heute hatte die Sonne es endgültig geschafft, den Nebel in den Tälern zu vertreiben, nur hier und da trieben noch einige Fetzen des wallenden Weiß umher. Tautropfen, die an Gräsern oder Spinnennetzen hingen, glitzerten silbrig. Eine Idylle lag über dem Land, wie sie angesichts der nahenden Bedrohung nicht trügerischer hätte sein können.

Elvor Sternenfaust hatte dementsprechend keinen Blick für die Schönheit der Natur. Er musste an all die Frauen und Kinder und Alten denken – Halblinge, um die er sich sonst nie geschert hätte – und hoffte, sie waren bereits auf dem Weg nach Nordbruch. Kurz überlegte er sogar, ob er jemanden ausschicken sollte, um nachzusehen, entschied sich dann aber dagegen. Sie würden jede Hand an der Barrikade brauchen.

Irgendwann gegen Mittag drang das Rauschen des Erenin an ihre Ohren, und sie setzten ihren Weg ein Stück nach Osten fort. Sie folgten einem schmalen Grat an einer Felswand entlang, und als sie schließlich ein kleineres Plateau erreichten, hielten sie an und schauten nach unten.

»Dort drüben«, rief Talegrin und deutete mit seinem Dolch hinab in ein weitläufiges, zerklüftetes Tal. Elvor folgte seinem Blick und sah die Palisaden aus zugespitzten Holzpfosten, die ein Gebiet von schätzungsweise fünfhundert Halblingsschritten eingrenzten. Von den mit Kartoffelschnaps gefüllten Fässern war nichts zu sehen, so wie es sein sollte. Neben diversen Holzstapeln, die als zusätzliches Brennmaterial dienten, standen auch zwei Katapulte hinter der ersten Palisade. Die beiden Waffen sahen aus wie riesige Armbrüste. Anstelle einer Pfeilauflage gab es eine breite Rinne, in die man große Steine legen konnte. Ein quer dazugelegter Holzbogen wurde mit einer Kurbel gespannt und schleuderte dann die Geschosse auf den Feind.

»Wenigstens haben sie sich einen guten Ort dafür ausgesucht«, lobte Talegrin die Anstrengungen der Halblinge, die die Barrikaden errichtet hatten. »Das Gelände ist unwegsam, und der Erenin tobt an dieser Stelle wie ein wütendes Biest. So können die Fackelweiber wenigstens nicht an den Barrikaden vorbei durch den Fluss schwimmen.«

Elvor nickte zustimmend. In der Tat strömte der Erenin in dieser Gegend über scharfkantiges Gestein hinweg und stürzte immer wieder kleinere Schluchten hinab, in denen alles, was die Wassermassen einmal erfasst hatten, einen raschen Tod finden würde.

»Ich frage mich ohnehin, ob ihre Fackeln dann verlöschen würden«, überlegte Boglin und zwirbelte eine seiner roten Locken um den Finger.

»Wir fangen eine und werfen sie einfach hinein«, schlug Bremlin vor.

»Gute Idee«, rief Talegrin. »Am besten ihr springt gleich hinterher und seht, was geschieht!« Der alte Veteran schüttelte grinsend den Kopf.

»Lasst uns weitergehen!«, sagte Elvor und überquerte das kleine Plateau, bis ein steiniger Pfad bergab führte.

Diesem folgten sie und erreichten wenig später die beiden Barrikaden. Hier gesellten sich Elvor und Talegrin zu den anderen, die auf einem notdürftig errichteten Wehrgang hinter dem ersten Palisadenzaun warteten. An die tausend Halblinge hatten sich im Tal verteilt, die einen mit Pfeil und Bogen bewaffnet, andere mit Steinschleudern – nichts, was die Erinyen für immer aufhalten könnte. Der Hauptplan bestand ohnehin darin, sich hinter die zweite Abgrenzung zurückzuziehen, sobald die vorderste Reihe nachgab. Halblinge, die sich in den umliegenden Berghängen verschanzten, würden dann die Fässer lösen und dabei die ersten Feinde erschlagen. Brandpfeile sollten dann den Hochprozentigen entzünden und noch weitere Feinde in den Tod reißen.

Während sich die Halblinge aus Elvors Truppe einen Platz hinter dem ersten Palisadenzaun suchten, stießen Elvor und Talegrin auf dem Wehrgang zu Ambrin, der sich gerade mit Brim Mühlenstein und Eren Langschild unterhielt. Die beiden anderen Ratsmitglieder, Helebert Wassertreter und Talund Krugbrecher, waren nicht mitgekommen, denn ihre Aufgabe war es, Frauen, Kinder und Greise nach Nordbruch zu bringen.

Elvor fiel auf, wie besorgt Brim aussah. Seine Wangen waren eingefallen, sein blauer Mantel schmutzig. Als er Elvor schließlich bemerkte, kam er gleich herbeigeeilt. »Wie viele habt ihr erschlagen?« Auch Ambrin und Eren sahen ihn und Talegrin hoffnungsvoll an.

»Das wissen wir nicht«, entgegnete Elvor. »Nebel lag in den Tälern und hat uns die Sicht versperrt.«

»Verstehe.« Brim klang ein wenig enttäuscht, doch versuchte es zu verbergen.

»Irgendeine Spur von Bronn?«, fragte Ambrin.

»Oder Enna und Jorim?«, fügte Brim hinzu.

Betreten schüttelte Elvor den Kopf. Einen Moment lang zögerte er, dann erzählte er, was sie vorgefunden hatten. Er tat dies so leise wie möglich, sodass nur Brim, Eren und Ambrin ihn verstehen konnten. Ihre Gesichter wurden bleich, fast wie der weiße Sand an den Stränden der Gräsernen Furt.

Brim fasste sich als Erster. »Das darf niemand erfahren!«, stieß er hervor. Kurz sah er sich verstohlen um, dann beugte er sich ein Stück nach vorn, um den anderen besser zuflüstern zu können. »Jeder, der hier steht, hofft auf die glorreiche Rückkehr des großen Bronn Sternenfaust«, erklärte er leise. »Immer wieder werfen die Halblinge Blicke zum Himmel und warten, dass eine Schar Drachen mit Bronn und den Borkenfeuers auf dem Rücken herbeigeflogen kommt.« Brim senkte die Stimme noch mehr. »Auch wenn Bronn Sternenfaust eine letzte Heldentat vollbracht und verhindert hat, dass eine Vorhut der Erinyen in Westendtal einfällt, wird es unser Volk völlig niederschmettern, wenn es erfährt, dass er tot ist!«

Elvor nickte. Jetzt, da es von Brim Mühlenstein, einem Mitglied des Rates, noch einmal ausgesprochen wurde, bekam der Tod seines Großvaters einen endgültigen Charakter – und wer wusste schon, was mit Jorim und Enna geschehen war? Trauer breitete sich in ihm aus, und zwar in einer Intensität, wie er sie zuvor noch nie erlebt hatte.

Er fühlte, wie sich eine Hand auf seine Schulter legte, und als er den Kopf hob, sah er in Talegrins dunkle Augen. »Bronn haben wir zwar gesehen, erstarrt zu Stein, aber was die Geschwister angeht – keiner von uns hat ihre Leichen zu Gesicht bekommen, und deshalb«, er drückte Elvors Schulter, »besteht noch Hoffnung.«

Talegrins Worte waren nur ein schwacher Trost, doch Elvor versuchte, sich an ihnen festzuklammern und neuen Mut aus ihnen zu schöpfen.

»Also, kein Wort zu den anderen«, sagte Ambrin und sah ihnen verschwörerisch in die Augen. »Kein Wort davon, dass Talegrin und ich die letzten der Sternenfaust-Gefährten sind.«

Sternenfaust-Gefährten. Ein schönes Wort, wie Elvor fand. »Wenn wir das hier überleben, wird es sie wieder geben«, flüsterte er leise.

»Wie bitte?« Eren sah ihn fragend an.

»Ach, nichts! Ich habe nur mit mir selbst geredet.«

Talegrin musterte ihn eingehend, und Elvor fragte sich schon, ob er seine Gedanken erraten hatte.

Doch da ging plötzlich ein Raunen durch die Halblinge. Hälse reckten sich neugierig empor, und Gesichter blickten nach Süden. Die Sonne hatte den Zenit überschritten und befand sich auf ihrem Weg nach Westen. Daher lag so manche Stelle in den tiefen Tälern im Schatten. Dieser allerdings wurde nun von Tausenden von Fackeln verdrängt – Erinyen-Fackeln!

»Die Feuerschlange«, murmelte Elvor.

Wie gebannt beobachteten die Halblinge den Zug der Erinyen. Niemand sprach ein Wort. Weiter flussaufwärts, dort, wo der Erenin in einem Bogen aus dem dahinterliegenden Tal herausströmte, wurden immer mehr ihrer Feinde sichtbar. Leise kamen sie näher, es gab keinen Lärm, keine Trommeln, kein Kriegsgeschrei. Allerdings genügte das Lodern erhobener Erinyen-Fackeln, um Schrecken zu verbreiten. Schnell füllte sich das Tal wie mit einer dunklen Flut. Und bald waren sie so nahe, dass ein jeder sie sehen konnte. Die wenigsten der Halblinge hatten bislang eine Erinya erblickt. Das Entsetzen, das in ihren Gesichtern stand, war dementsprechend groß.

Zerschlissene und zerfetzte Mäntel wallten um die Beine hochgewachsener, magerer Frauengestalten, bleiche Haut schimmerte durch die Löcher und Risse ihrer Umhänge. Kapuzen verhüllten Gesichter, verbargen noch die erschreckenden Erinyen-Augen – doch sicher nicht mehr lange.

»Ich kann keine Ghule erkennen«, wunderte sich Talegrin plötzlich.

Elvor spähte über die Barrikade hinweg. Tatsächlich konnte auch er nirgends die gedrungenen, geduckten Gestalten der Ghule ausmachen. Überhaupt kam ihm das feindliche Heer – so beängstigend groß es noch immer war – kleiner vor als in jener Nacht, in der er es in der Nähe von Arboron gesehen hatte.

»Vielleicht haben wir mit unserer Lawine doch mehr von ihnen erschlagen, als wir dachten«, überlegte Elvor.

»Möglich.« Talegrin fuhr sich durch die Locken.

»Ich hoffe nur, der Rest von ihnen schleicht nicht durch die Berge auf Westendtal zu«, sagte Ambrin und beäugte misstrauisch die Berghänge.

»Die Gegend dort ist wenig geeignet für einen Heeresdurchmarsch«, erwiderte Talegrin.

Während das feindliche Heer näher rückte, ließ Elvor seinen Blick kritisch über die auf dem Wehrgang stehenden Halblinge schweifen. Viele hatten Pfeile an Bogensehnen gelegt oder hielten Steinschleudern oder Messer umklammert. Doch ihre Hände zitterten, wodurch so mancher Pfeil gegen die Pfeilauflage klapperte und drohte herunterzufallen. Elvor wusste, was zu tun war. Auch er hatte Angst; nur ein Narr würde heute keine verspüren. Aber er musste seinem Volk Mut zusprechen, und wenn es nur dazu diente, seine eigene Furcht niederzuringen.

»Halblinge!«, rief er so laut wie möglich, um das Rauschen des Flusses zu übertönen. Dabei schritt er auf dem Wehrgang entlang. »Halblinge, hört mich an! Ich bin Elvor Sternenfaust, ein Großmaul, wie manche wissen – aber ich bin auch der Enkel von Bronn Sternenfaust!« Er rang sich ein Lächeln ab, aber niemand erwiderte es, daher fuhr er unbeirrt fort. »Ich weiß, ihr alle habt Angst – so wie ich auch! Heute bestreiten wir einen Kampf, wie wir ihn noch nie haben austragen müssen: Es ist der Kampf um Westendtal. Doch ich sage euch eins: Wir sind Halblinge! Unsere Körper mögen von kleinem Wuchs sein, doch Mut und Stärke werden nicht in den Muskeln unserer Arme und Beine geboren. Sie entstehen durch Glaube und Zuversicht, tief in unserem Inneren. Und mit Mut und Schläue haben wir dem Gegner einen herben Schlag zugefügt. Seht nur hin«, Elvor zeigte auf den Feind, »die Ghule haben bereits Reißaus genommen.« Kurz ließ er die Worte wirken, dann sprach er weiter. »Wir sind Halblinge! Klein, doch mit großen Herzen! Unsere Tapferkeit wird heller lodern als jede Erinyen-Fackel!« Er reckte die Hand empor und schrie noch einmal mit aller Kraft: »Wir sind Halblinge!«

Boglin und Bremlin waren es, die als Erste Elvors Ruf wiederholten, und schon wenige Augenblicke später stimmten die anderen Halblinge mit ein. Elvor hätte es nicht für möglich gehalten, aber seine kurze Rede war ein Volltreffer. Zwar war die Angst, die in der Luft lag, noch immer greifbar, doch so manche Waffe wurde nun mit festerem Griff gehalten. Um Worte war Elvor noch nie verlegen gewesen, und vielleicht könnte er ja zukünftig dieses Talent noch sinnvoll anwenden. Der Gedanke an die Zukunft ließ ihn nach vorne, auf die Feinde blicken. Diese waren mittlerweile ganz nah, höchstens hundert Schritte trennten die ersten Erinyen noch vom Palisadenzaun. Die Anspannung stieg, wurde noch greifbarer. Wie gebannt starrten die Halblinge auf die Erinyen-Flut.

»Jetzt!« Ambrins Stimme zerschnitt die Luft. Und sofort schnellten Pfeile und Steine auf die Angreifer zu. Allerdings war es erschreckend zu sehen, wie wenige der Geschosse Wirkung zeigten. Viele der kleinen Halblingspfeile wurden von den schnellen Erinyen-Geißeln aus der Luft geschlagen, und nur einige durchdrangen die schweren Lederumhänge. Dies jedoch genügte nicht, um ernsthaften Schaden anzurichten. Nur hier und da griff sich eine Erinya an den Hals, aus dem ein Pfeil ragte, und brach zusammen.

Die kopfgroßen Steine, die mittels der beiden großen Katapulte in die Menge geschleudert wurden, töteten dagegen gleich mehrere Gegnerinnen. Hätten die Halblinge Dutzende dieser Waffen anfertigen können, wäre es ihnen vielleicht möglich gewesen, der Armee länger standzuhalten.

So jedoch erreichten schon bald die ersten Erinyen den Palisadenzaun. Seile – an den Enden mit Widerhaken versehen – wurden in die Höhe geschleudert, bohrten sich dort in das Holz. Wie schwarze Spinnen zogen sich die Erinyen schließlich daran die Palisadenwände empor.

Hektisch eilten die Halblinge herbei und durchtrennten die Seile so schnell wie möglich. Aber nicht alle Erinyen versuchten, die Barrikade zu erklettern – viele steckten sie mit ihren Fackeln an anderer Stelle einfach in Brand. Es dauerte nicht lange, bis die erste Barrikade lichterloh in Flammen stand. Die Hitze, die dabei auf den Wehrgang hochwallte, war unerträglich. Den Halblingen blieb nichts anderes übrig, als hinter die zweite Absperrung zu flüchten. Die beiden Katapulte zerrten sie dabei mit sich.

Elvor hatte geahnt, dass sie die erste Reihe nicht sehr lange würden halten können, doch dass sie so schnell fallen würde, damit hatte er nicht gerechnet.

Warte, Enna Borkenfeuer! Enna erschrak und wirbelte herum.

»Was ist los?«, fragte Jorim, wobei er sich nach möglichen Feinden umsah.

Enna hob die Schultern. »Ich weiß es nicht. Mir war, als hätte ich jemanden rufen hören – und auch wieder nicht.«

»Was soll das heißen?«

»Wahrscheinlich habe ich es mir nur eingebildet.«

»Lass uns einfach weitergehen!« Jorim legte einen Arm um seine Schwester und zog sie sanft mit sich. »Ich glaube, diese Reise hat uns ganz wirr gemacht.«

Warte, Hilfe naht!

Enna erstarrte. Die Stimme war in ihrem Kopf, wurde ihr jetzt klar. Erstaunt rieb sie sich die Schläfen. Wurde sie jetzt etwa verrückt?

»Enna?« Sie spürte, wie Jorim sie an der Schulter fasste und sanft rüttelte. Und dann dämmerte es ihr.

»Es ist das Ei!«, flüsterte sie.

»Was?«

Enna blickte in das verwirrte Gesicht ihres Bruders, dann sah sie an sich herab. »Das Wesen spricht mit mir! Direkt in meinem Kopf.«

»Das meinst du jetzt nicht ernst?« Jorim zog eine seiner Brauen skeptisch in die Höhe.

»Ich verstehe es selbst nicht, aber ...«

Du wirst noch verstehen, aber erst später. Nun schließe die Augen und lausche!

»Enna, ich ...«

»Psst!«, unterbrach sie Jorim. Sie tat, was ihr die Stimme geraten hatte, schloss die Augen und horchte.

Geräusche drangen an ihr Ohr, ganz leise nur, aber deutlich. Es waren Schritte – sie kamen näher.

Enna schrak hoch und sog hektisch die Luft ein.

Konzentriere dich.

Ihre Augenlider senkten sich fast von alleine wieder.

Öffne deine Sinne, schaue mit deinem Geist.

Vor Ennas innerem Auge entstand ein Wald. Erneut vernahm sie die Schritte, dann sah sie einen Schemen: *Valandil.* Dieser Name tauchte plötzlich in ihrem Kopf auf, auch wenn sie nicht wusste, was er bedeutete. Dann bewegte sich etwas zwischen den dicken Stämmen umher wie grauer Dunst. Dieser jedoch konnte niemals derart schnell sein, geschweige denn sich verdichten. Aber genau das tat er nun und wurde zu zwei Tieren, wie Enna sie noch nie gesehen hatte. Pferde, so voller Stolz und Anmut, dass sie selbst sich klein und unbedeutend vorkam.

Die Valandil – Elfenpferde. Alles beginnt und endet jetzt, Enna, hörte sie die Stimme in ihren Gedanken.

Sie konnte nicht mehr nachfragen, was damit gemeint war, denn als sie die nicht minder anmutigen Gestalten auf dem Rücken der Pferde erkannte, lächelte sie. »Alvendorah!«, rief sie und öffnete unwillkürlich die Augen. Doch außer Jorim, der sie anstarrte und den Kopf schüttelte, war niemand zu sehen.

»Es ist keiner hier, außer uns.«

Enna holte tief Luft und fuhr sich mit beiden Händen übers Gesicht. »Es war so real, Jorim. Ich sah Alvendorah. Die Bilder in meinem Kopf wirkten so echt!« Enna legte beide Hände auf das Ei unter ihrem Umhang. »Ich wünschte nur, ich könnte das alles verstehen.«

»Ich hätte es nicht stehlen dürfen«, meinte Jorim plötzlich. »Wenn es dich verrückt macht, ist es meine Schuld.«

»Aber nein«, entgegnete Enna schnell. »Ich werde nicht verrückt! Also untersteh dich, solchen Unfug zu reden, und lass uns jetzt weitergehen.« Sie kniff Jorim freundschaftlich in eine seiner geröteten Wangen und schenkte ihm ein aufmunterndes Lächeln – jedenfalls versuchte sie es.

»Warte, Enna Borkenfeuer!« Sie war nicht mehr als drei Schritte gegangen, als sie erneut diese Worte vernahm. Doch dieses Mal hatte wirklich jemand gerufen, denn auch Jorim hatte sich umgewandt und spähte in den Wald hinein. Enna kannte nur eine, deren Stimme so sanft war wie das leise Wispern der sommerlichen Abendbrise in Westendtal. Sie trat vor, ein Stück weiter unter die Bäume, und blickte sich um. Und dann geschah genau das, was sich soeben vor ihrem geistigen Auge abgespielt hatte. Hätte Jorim sie nicht im letzten Moment gestützt, wäre sie wohl vor Schreck umgefallen.

»Holt Wassereimer!«, schrie Elvor den Zwillingen zu. »Vielleicht können wir so die zweite Palisade länger halten!«

Und während sich Boglin und Bremlin unschlüssig umsahen, kam Tipplin bereits angestürmt.

»Hier entlang!«, rief er, griff die Arme der beiden Brüder und eilte, gefolgt von Toram und anderen, davon. Der findige Tipplin Zündfuß hatte seinen ganzen Hausrat mitgebracht, so zumindest erschien es Elvor, und er hoffte, dass er auch einige Eimer bei sich hatte. Vielleicht würden sie länger durchhalten, wenn es ihnen gelang, die Feuer an den Palisaden zu löschen. Allerdings drängte sich ihm sogleich die Frage auf, wozu. Wozu sollten sie durchhalten? Auf wen sollten sie denn noch warten? Würde es überhaupt einen Unterschied machen, wie lange die Barrikade hielt?

Er blickte hinauf zum azurblauen Himmel. Noch waren keine Sterne zu sehen. In diesem Augenblick erinnerte er sich an Bronns Worte: *Haltet sie auf!* Er sah seinen Großvater vor sich, erstarrt zu Stein, stolz vor einer knienden Erinya stehend. Nein, er würde nicht aufgeben! Dieses Mal würde er nicht »Ich will nicht sterben« wimmern wie bei seinem Sturz in den Bergen.

Elvor eilte die Stufen hinauf auf den Wehrgang der zweiten und letzten Barrikade. Erleichtert sah er, wie die letzten Halblinge durch die kleine Öffnung in dem Palisadenzaun schlüpften und diese dann hinter sich verrammelten. Für den Augenblick waren alle in Sicherheit. Ein berstendes Geräusch kündete jedoch davon, dass der Wehrgang der ersten Palisade nachgab und zusammenbrach. Funken stoben in alle Richtungen davon, Flammen verzehrten knisternd das Holz.

»Wir müssen so viele Erinyen wie möglich an die Barrikade heranlassen, bevor wir die Fässer einsetzen.« Talegrin war an Elvors Seite und zeigte mit einem Finger hinauf in die Berghänge, wo sich Halblinge verschanzt hatten, um die Fässer mit verdorbenem Kartoffelschnaps im richtigen Moment loszulassen.

»Ich hoffe, die da oben werden nicht nervös.«

»Ich hoffe, die da oben sind noch nüchtern«, entgegnete Ambrin, der zu ihnen herübergekommen war.

»Toram hat mit ihnen vereinbart, er würde als Zeichen zwei Fackeln schwenken«, erklärte Elvor beruhigend. »Sie wissen, dass sie warten müssen.«

Talegrin nickte nur knapp und beobachtete die brennende Barrikade. Alle beobachteten diese im Moment. Kaum wurde das Feuer kleiner, tauchten auch schon die Umrisse der Erinyen dahinter auf. Sie zögerten keinen Augenblick länger. Schnellen Schrittes eilten sie durch die sterbenden Flammen, glitten schweigend herbei wie Schatten, was ihren Angriff noch unheimlicher machte.

Wieder gab es kein Geschrei, keine Schlachtrufe, keine Trommeln – nichts.

Elvor sah sich nach Toram um. Der rothaarige Halbling reichte gerade zwei gefüllte Wassereimer an Brandolin weiter, dann blickte er zu Elvor auf.

»Macht euch bereit!«, rief dieser ihm zu.

Toram nickte knapp, holte zwei Fackeln unter seinem Umhang hervor und rannte damit zu einem der Lagerfeuer, die sie schon seit einiger Zeit in Gang hielten. Dort wartete er zusammen mit einigen Bogenschützen, die ihre Pfeile bereithielten, um diese zu entzünden, während andere weitere Wassereimer herbeischleppten und auf den Wehrgang brachten.

Auch die Stumpfuß-Zwillinge schleppten Eimer herbei und stellten sie laut krachend neben Elvor auf den Boden. »Die Schreckensweiber kommen«, stellte Boglin trocken fest. Sein Bruder Bremlin nickte, während sich ein schelmisches Grinsen auf seinem Gesicht ausbreitete.

»Vielleicht sollten wir sie den Schnaps saufen lassen«, feixte er. »Bei dem schalen Fusel sehen sie jeden von uns gleich hundertfach und fliehen, weil sie glauben, wir seien in der Überzahl.«

»Fantastischer Einfall!«, rief Boglin.

Doch niemand teilte ihren Sinn für Humor. Als das Gebiet vor ihnen von Feinden regelrecht überschwemmt wurde, verging auch den sommersprossigen Brüdern das Lachen.

Die ersten Angreiferinnen hatten den zweiten Palisadenzaun erreicht, schwangen ihre Peitschen und ließen Fackeln aufleuchten.

Die Verteidiger auf dem Wehrgang wurden zusehends nervös. Immer wieder blickten sie hinauf zu den Hängen und dann zu Elvor. Und dann – endlich – gab Elvor Toram das Zeichen. Sofort hielt der Halbling seine Fackeln ins Feuer, und kaum hatten sie sich entzündet, reckte er sie empor und schwenkte sie hin und her.

Schon mischte sich ein Rumpeln unter das Tosen des Erenin. Immer lauter polterte es, die Fässer flogen herbei und zerschellten nach und nach. Manche der Erinyen wurden direkt getroffen, andere retteten sich noch durch einen beherzten Sprung zur Seite.

»Schießt!«, brüllten Ambrin und Talegrin gleichzeitig. Kurz darauf flogen Brandpfeile zischend durch die Luft und gingen auf der anderen Seite des Wehrzauns nieder. Der hochprozentige Kartoffelschnaps entzündete sich mit einem Schlag. Wie bei einem Lauffeuer breiteten sich die Flammen aus und erfassten die aufgeschichteten Holzstapel. Die Erinyen schrien auf und versuchten den Flammen zu entgehen, aber es gab keinen Ausweg. Zu viele ihrer Art drängten sich auf dem Angriffsfeld zusammen. Nun loderten sie auf wie ihre Fackeln und rannten blindlings umher. So manch eine stürzte sich in den Erenin, dessen reißende Fluten die Flammen und ihr Leben gleichermaßen löschten.

In düsterer Stimmung beobachtete Zervana von Myrador das Geschehen. Sie selbst hatte die erste Angriffswelle nicht begleitet und war weiter hinten zurückgeblieben. Nun sah sie zu, wie Erinyen von dem Element verzehrt wurden, das sie eigentlich beherrschen sollten: Feuer! Nie hätte sie diesem Halblingsvolk zugetraut, für so viel Vernichtung zu sorgen.

In diesem Augenblick verfluchte sie Yorak mehr denn je. Zwar hatte sie bei der Einnahme von Westendtal mit einigen Verlusten gerechnet, doch sollten es die Ghule sein, die an vorderster Front starben, nicht ihr eigenes Volk. Das war auch der wahre Grund ihres Bündnisses mit den Aasfressern gewesen, und sie hatte es Yorak zu verdanken, dass dieses Abkommen früher als gedacht zerbrochen war.

Doch das würde ihre Pläne nicht ändern. Jetzt erst recht nicht! Die Flammen würden irgendwann ersterben – und Zervana konnte warten.

Einige Halblinge jubelten los, darunter – wie konnte es anders sein – auch die Zwillinge. Ambrin warf Elvor jedoch einen besorgten Blick zu.

»Wir haben ihre Armee gesehen«, rief er. »Vielleicht erledigen wir ein paar Hundert, vielleicht auch Tausend von ihnen, aber«, er schüttelte den Kopf, »das wird nicht reichen.«

»Noch sind wir nicht am Ende«, entgegnete Talegrin und beobachtete weiter das Geschehen.

»Talegrin hat recht«, stimmte Elvor zu, »und jetzt kein Wort mehr davon, was wir nicht schaffen, erreichen oder tun können!« Er hatte seiner Stimme bewusst einen scharfen Ton verliehen, und dieser zeigte Wirkung, denn Ambrin schwieg.

So schnell der verdorbene Trunk entflammt war, so schnell verlöschte er wieder. Lediglich die Holzstapel und Einzelteile der Fässer brannten noch. So kam, was kommen musste: Weitere Erinyen rückten nach und rannten nun auf die Barrikade zu. Seile schnellten durch die Luft, und die Widerhaken an ihren Enden bohrten sich ins Holz. Fackeln wurden erhoben, um auch die letzte Palisade niederzubrennen. Die Halblinge setzten sich zur Wehr, zerschnitten Seile, löschten die Flammen, wo es ging, oder schossen mit Bögen, Steinschleudern und den zwei Katapulten auf die Angreiferinnen.

Dann rasten plötzlich lange Stichflammen aus den Holzstapeln hervor und erfassten viele der umstehenden Erinyen. Hektisch schlugen diese um sich oder wälzten sich auf dem Boden, um die Flammen zu löschen.

»Was bei allen Borkenkäfern war das?«, rief Talegrin verblüfft. Elvor sah sich nach Tipplin um, der bereits grinsend auf sie zugeeilt kam.

»Genau, wie ich es mir vorgestellt hatte«, rief er.

»Wie hast du das angestellt?«

Tipplin verschränkte die Arme vor der Brust und hob stolz den Kopf. »Ich habe auch ein paar Fässer unter die Holzstapel gelegt und«, er machte eine ausladende Handbewegung, »schon entsteht ein feines Feuerchen und ein paar Brandlöcher mehr zieren die Erinyen-Mäntel.«

Elvor sagte nichts und klopfte Tipplin nur anerkennend auf den Rücken. Tipplins Feuerspektakel ließ den Strom der Angreifer noch einmal gehörig ins Stocken geraten.

Doch ganz gleich, wie groß der Schaden unter den Erinyen auch sein mochte, ihre Anzahl schien unendlich groß. Die Halblinge hatten bald all ihre Waffen verschossen: Es gab keine Pfeile mehr, keine Fässer, und auch mit dem Löschen kamen die Angehörigen des kleinen Volkes nicht mehr hinterher. Und so stand die letzte Barrikade am Abend in Flammen. Zwar kämpften die Halblinge noch immer tapfer, warfen mit Steinen und rammten Dolche in die Körper jener Erinyen, die sich über die Palisade schieben wollten, aber bald war es die Hitze des Feuers, die jede Verteidigung unmöglich machte.

»Holt mehr Wasser!«, schrie Elvor. Wie besessen durchtrennte er die hakenbesetzten Seile.

»Es hat keinen Zweck!«, brüllte Ambrin ihm zu. Doch Elvor wollte nicht aufgeben – er brachte es einfach nicht über sich.

Haltet sie auf!

Verzweiflung machte sich in ihm breit. Seine Gedanken rasten. Er spürte die sengende Hitze der Flammen an seinen Füßen, sein Fußpelz schwelte bereits.

»Elvor!«, schrie ihm nun auch Talegrin zu. »Wir müssen hier runter oder wir sterben!«

Das wollte er nicht hören. Nicht von Talegrin, dem tapferen Kameraden seines Großvaters. Doch schließlich ließen ihn die Schreie des alten Halblings innehalten und aufsehen. Die gesamte Barrikade brannte, die meisten Halblinge waren bereits vom Wehrgang geflohen oder einfach heruntergesprungen.

Der Anblick war kaum zu ertragen. In diesem Augenblick packte Talegrin ihn an der Schulter und zerrte ihn mit sich, runter von der Palisade, weg von dem wütenden Feuer.

Hoffnungslosigkeit drohte Elvor zu übermannen, eine Leere tat sich in ihm auf. Das Gleiche sah er auch in den Gesichtern der anderen, die blutverkrustet und von Schweiß und Ruß bedeckt waren. Aber nicht alle konnten die Flucht ergreifen – jene, die von Erinyen-Geißeln zerfetzt worden waren und nun mit starren Augen in den Himmel blickten.

»Nach Nordbruch!«, schrie irgendjemand – dorthin, wo schon Frauen, Kinder und Alte hingebracht worden waren. So hatten sie es abgemacht, für den Fall, dass die letzte Barrikade fiel. In Nordbruch wollten sie sich verstecken, hoffend, dass die Erinyen das Interesse an ihnen verlieren würden, sobald sie erst einmal mit dem Übersetzen in die Nordlande beschäftigt waren.

So rannte Elvor Sternenfaust mit den anderen und fühlte sich schuldig, fühlte sich des Versagens auf so schreckliche Weise schuldig, dass es ihm das Herz brach. Ein letztes Mal drehte er sich zu dem brennenden Palisadenzaun um, dann wandte er sich ab und blinzelte die Tränen weg. In diesem Augenblick prallte er gegen den Rücken von Brim

Mühlenstein, der plötzlich stehen geblieben war und mit zitterndem Finger nach vorn deutete. Auch Elvor schrak zusammen. Durch seinen tränenverschleierten Blick und den Rauch erkannte er eine Reihe von Kriegern, die ihnen den Weg versperrten. Also hatten die Erinyen doch noch eine kleinere Armee über die Berge geschickt, um ihnen in den Rücken zu fallen und sie am Rückzug zu hindern.

41. DER RISS

Enna konnte es noch immer nicht fassen: Sie war auf den Elfenpferden geritten! So vieles war geschehen, das sie kaum begreifen konnte. Kaum hatte Alvendorah sie hinter sich auf den Rücken des Valandils gezogen – Jorim hatte bei Gwendalon Platz gefunden –, waren die prächtigen Tiere auch schon losgestürmt. Kein normales Pferd hätte in so kurzer Zeit eine solche Strecke zurücklegen können. Weder Berghänge noch Geröll schien die Valandil in ihrem Galopp zu behindern. Die Farben der Welt waren miteinander verschmolzen und ein Sturmwind war aufgekommen – die Tiere hatten ihre Reiter mit auf geisterhafte Pfade genommen, die nur sie allein kannten.

»Eintausend Elfenkrieger hat mir mein Vater, Talahil Enduriel, mitgegeben«, erklärte Alvendorah, gleich nachdem sie angehalten hatten. Enna sah sich um. Sie mussten sich ein ganzes Stück weit flussabwärts befinden, dort, wo der Erenin die Vergessenen Täler verließ und weiter Richtung Flusstal strömte, bevor er sich in das Meer ergoss.

»Mit schnellen Schiffen haben wir die Enge von Dovan überquert und in der Gräsernen Furt angelegt. Von dort aus sind wir hierher marschiert«, berichtete Gwendalon und deutete nach unten, wo das Elfenheer an den Ufern des Erenin lagerte. Langsam ritten sie darauf zu. Enna betrachtete neugierig die Elfenkrieger, als sie nahe genug herangekommen waren. Das lange Haar streng zurückgebunden, wandten sich ihnen einige Elfen zu. Alle waren schlank und hochgewachsen, trugen dunkelgrüne Hosen und Lederstiefel. Ihre Hemden waren von einem ebensolchen Grün, ihre Oberkörper wurden durch metallene Brustharnische geschützt. Diese waren nicht etwa von glänzendem Silber, wie Enna erwartet hätte, sondern schwarz. Ein Schwert, ein Pfeil und eine Rose – dunkelrot und miteinander überkreuzt – waren in das Metall eingeprägt. Auch auf den ledernen Unterarmschützern konnte Enna dieses Zeichen entdecken. Schlanke Schwerter und Dolche waren an Gürtel geschnallt, Langbogen und mit Pfeilen gefüllte Köcher hingen am Rücken der Krieger.

»Wie konntet ihr nur so schnell hier sein?«, wollte Jorim wissen.

»Nur Dank der Valandil war uns dies möglich«, erwiderte Alvendorah. »Die uralten Elfenpferde brachten uns geschwind nach Norden. Sie waren es auch, die uns euch so rasch haben finden lassen.«

»Viel schwieriger war es, Talahil zu überzeugen«, sagte Gwendalon.

»Aber es ist mir gelungen, wie ihr seht.« Alvendorah deutete auf die Krieger. »Eintausend Avendurym, Elitekrieger des Herrschers der Nordelfen, hat mein Vater mir mitgegeben.«

»Sie reisen ebenso leise und schnell, wie sie töten.« Der silberhaarige Elf schwang sich vom Pferd und half auch Jorim herunter.

»Was hat das Symbol auf ihren Brustharnischen zu bedeuten?«

»Die drei gekreuzten Elemente, Pfeil, Rose und Schwert, symbolisieren den Nordstern, er ist das Emblem der Nordelfen«, klärte Alvendorah ihn auf.

Jorim ließ seinen Blick über die Elfen schweifen. »Aber es sind nur Eintausend. Das wird niemals ausreichen! Was ist mit eurem Hauptheer?«

»Es ist unterwegs, doch es wird nicht in die Südlande übersetzen, sondern die südliche Küste der Nordlande verteidigen.«

»Talahil wollte vermeiden, das Elfenheer zu den Himmelsklippen zu entsenden, während vielleicht der Feind schon von der Gräsernen Furt in die Nordlande übersetzt«, erklärte Gwendalon.

Auch wenn Enna ein wenig enttäuscht war, so leuchtete ihr diese Entscheidung doch ein. Die Nordlande wären sonst schutzlos.

Alvendorah schwang sich von dem edlen Valandil und reichte Enna die Hand, sodass auch sie – etwas weniger elegant – vom Rücken des Tieres rutschen konnte.

Sowohl die Elfe als auch Gwendalon verneigten sich vor den Tieren. Enna tat es ihnen gleich, denn sie hatte das Gefühl, ebenfalls ihre Ehrerbietung zeigen zu müssen. Sie stieß Jorim rasch in die Rippen, und nach einigen skeptischen Blicken beugte auch er sein braun gelocktes Haupt.

Kurz glaubte Enna eine leichte Verbeugung der Tiere zu erkennen, aber da erfasste sie alle eine heftige Bö und bauschte Mähne und Schweif der Wesen auf. Die Valandil wandten sich ab – und verschwanden wie Rauch im Wind.

Zwei der Nordelfen kamen herbeigeeilt, grüßten Alvendorah und Gwendalon mit Respekt und Hochachtung.

»Die Halblinge haben tapfer gekämpft, aber ihre Verteidigung ist gefallen«, erklärte der rechte der beiden, ein Elf mit hellblonden Haaren. »Sie flüchten und kommen bereits auf uns zu.«

»Dann ist auch der Feind nicht mehr weit«, entgegnete Gwendalon.

Überraschenderweise hatte der Elf nur zu Gwendalon gesprochen, nicht zu Alvendorah. Diese schien Ennas Frage zu ahnen und neigte ein wenig den Kopf zu ihr hinunter.

»Die einzige Bedingung meines Vaters war, dass Gwendalon die Avendurym anführt, nicht ich. Nur so konnte ich ihm die Elfenkrieger abringen.«

»Wir ziehen flussaufwärts, rasch!«, ordnete Gwendalon in diesem Augenblick an. Wenig später war die Elite der Elfenkrieger unterwegs.

Enna hoffte nur, sie würden nicht zu spät kommen. Wie es aussah, waren die Erinyen noch nicht in Westendtal eingefallen – eine so große Armee hätte Spuren hinterlassen –, und sie nahm an, dass die Halblinge noch weitere Barrikaden errichtet hatten und diese verteidigten. Andererseits war Flusstal wie leergefegt, dies zumindest hatten Gwendalon und Alvendorah berichtet, denn schließlich hatten sie den friedlichen Weiler am Erenin passiert. Daher fragte sich Enna, ob sich die Halblinge irgendwo in Westendtal verbargen oder doch ihre Heimat verlassen hatten.

»Dort steigt Rauch in den Himmel!« Jorim rannte einige Schritte voraus und deutete aufgeregt in die Vergessenen Täler hinein. Tatsächlich waren dort schwarze Rauchsäulen zu sehen.

»Schnell! Wir müssen uns beeilen«, rief Enna, doch Gwendalon gab bereits ein Zeichen. Die Elfen schritten weiter aus, und plötzlich hatten Enna und Jorim Mühe, mit ihnen mitzuhalten.

Sie folgten dem Fluss um zwei Biegungen herum, dann hob Gwendalon die Hand.

Sofort hielten die Elfen an, ein kurzer Ruck ging durch die Reihen, und die Avendurym verteilten sich. Wenige Augenblicke später hatten sie zwei Reihen gebildet, die vordersten Kämpfer hielten Schwerter in den Händen, die Elfen dahinter Pfeil und Bogen.

»Worauf warten wir?«, fragte Enna an Alvendorah gewandt. Die Elfe war nicht von ihrer Seite gewichen. »Ich glaube, wir haben Angehörige eures Volkes gefunden.«

Gespannt richtete Enna sich auf, und endlich erkannte sie, was scharfe Elfenaugen offensichtlich längst gesehen hatten: Halblinge! Hunderte von ihnen, verborgen durch Rauchschwaden, aber an ihrer Statur erkennbar, die auf sie zukamen. Plötzlich jedoch blieben sie stehen. Da waren Enna und Jorim allerdings schon nicht mehr zu halten. Trotz Gwendalons Warnung stürmten sie los.

»Sie greifen uns an«, sagte Ambrin zu Elvor. Sämtliche Halblinge waren stehen geblieben und blickten angestrengt durch den Rauch nach vorne, zu den Reihen der Krieger direkt vor ihnen.

Elvor rieb sich Schweiß und Tränen aus den Augen. »Es kommen nur zwei von ihnen auf uns zu ... und es sind keine ...«, er brach ab und machte einige Schritte vorwärts. »Aber das sind doch ...«, stammelte er und schüttelte ungläubig den Kopf. »Enna!«, stieß er plötzlich hervor und stürmte los. Er konnte es nicht glauben: Enna war noch am Leben!

»Hinter ihnen sind Elfen!«, hörte er Talegrin noch sagen, aber Elvor wandte sich nicht um. Er rannte auf Enna zu – besann sich aber plötzlich und blieb wie angewurzelt vor ihr stehen.

»Enna«, stammelte er. »Du – lebst?«

Auch sie war stehen geblieben und schien zu zögern. Doch dann ging sie auf ihn zu und drückte ihn so fest an sich, dass er glaubte ersticken zu müssen. Er legte seine Arme um sie – und das war ein gutes Gefühl.

»Es freut mich auch, dich zu sehen«, stieß Jorim trocken hervor. »Und jetzt lass meine Schwester los, ehe du sie erdrückst!« Dabei lag ein schelmisches Grinsen auf seinem Gesicht.

Dieses verschwand jedoch schnell, als ihnen Elvor hastig von den Erinyen erzählte, die ihnen auf den Fersen waren.

»Dann nichts wie zurück zu den Elfen!«, riet Jorim. Mittlerweile hatten sich weitere Halblinge um sie gedrängt, und einer sah mitgenommener aus als der andere. Sie riefen Jorim und Enna Fragen zu – Fragen nach den Drachen, nach Bronn Sternenfaust und woher die

Elfen so plötzlich kämen. Doch Elvor und Talegrin schoben die Neugierigen weiter.

»Schnell jetzt! Dafür ist keine Zeit, die Erinyen werden gleich hier sein!«, brüllte Eren Langschild. Dies genügte; die Halblinge marschierten weiter und stellten sich hinter die Reihen der Elfen. Und kurz darauf kam auch schon die Erinyen-Armee. Mittlerweile versank die Sonne langsam hinter den Schroffen Bergen, und das Tageslicht wurde schwächer. Umso deutlicher waren die Fackeln der Erinyen zu sehen.

Elvor musterte derweil die Elfen-Krieger. Ihre Augen waren auf den nahenden Feind gerichtet, ihre Gesichter ausdruckslos. Keine Wimper zuckte, kein Schwert, kein Bogen zitterte. So schöpfte auch Elvor wieder Mut und blickte den furchterregenden Gegnerinnen etwas zuversichtlicher entgegen. Es war noch nicht vorbei.

Haltet sie auf! Bronns mahnende Worte erklangen wieder etwas lauter in seinem Kopf.

Zervana hasste diese Gegend schon jetzt abgrundtief. Hinter jeder Flussbiegung wartete eine weitere. Doch war der Erenin bislang in nordwestliche Richtung geströmt, so schlängelte er sich nun immer weiter nach Norden. Westendtal und damit die Gräserne Furt konnten also nicht mehr weit sein. Allerdings war es nicht die Gräserne Furt, die sie hinter der nächsten Krümmung erblickte, sondern eine Phalanx weiterer Gegner. Dass es sich hier nicht um Halblinge handelte, begriff sie sofort. Diese Krieger waren ebenso hochgewachsen wie Erinyen und warteten in einer einfachen Formation, die an die tausend Mann stark war. Keine große Herausforderung, dachte Zervana, denn auch wenn sie den Halbhohen schwere Verluste zu verdanken hatte, ihr eigenes Heer zählte noch immer fast zehntausend Erinyen. Deshalb führte sie ihre Armee ungerührt weiter, bis sie erkannte, um welches Volk es sich da vor ihr handelte.

»Elfen!«, spie sie voller Verachtung aus. Dann hob sie die Hand, und das Heer der Erinyen kam augenblicklich zum Stehen.

Zervanas Blick wanderte über die feindlichen Linien, in die sich nun auch die geflohenen Halblinge eingereiht hatten. Die Elfen waren schwer bewaffnet, die Gesichter, die sie von hier aus sehen konnte, drückten Entschlossenheit aus. Es waren Nordelfen! Wie hatten sie nur so schnell hier sein können? Diese verdammten Elfen scherten sich doch sonst um niemanden. Als sie die Tragweite dieser Erkenntnis begriff, schwankte Zervana – was ihr noch niemals im Leben passiert war. Nicht genug, dass Yorak sie verraten und sie ihre ursprüngliche Heeresstärke eingebüßt hatte, nun war auch noch ihre Überraschungsinvasion gescheitert!

»Elfen«, zischte nun auch Myrdin. Die rothaarige Heerführerin hatte sich zusammen mit Randora und Senmarda neben sie gestellt. »Die halten uns nicht auf. Wir werden sie auslöschen!«

Diese Einstellung gefiel Zervana. Sie würde ihre Pläne jetzt ohnehin nicht mehr ändern. Außerdem bestand die Möglichkeit, dass dieses Halblingsgezücht nach wie vor im Besitz des Eis war. Schließlich hatte der Verräter Yorak lediglich gesagt, es sei »in sicheren Händen«. Entweder, er hatte es ihnen abgenommen – oder auch nicht. Wenn es bloß die kleinste Möglichkeit gab, das Ei an sich zu reißen: Zervana würde sie ergreifen! Die Aussicht, über einen Drachen, ein Wesen des Feuers, zu gebieten, war viel zu verlockend, als dass sie eine solche Gelegenheit ungenutzt verstreichen lassen wollte!

»Schickt jene nach vorn, die aus der Verbindung von Erinya und Mensch entstanden sind«, befahl sie nun. »Erst dann sollen die Reinblütigen unseres Volkes angreifen!«

»So soll es sein«, entgegnete Myrdin. Ein süffisantes Lächeln umspielte ihre Lippen. »Damit wären ihre Bogenschützen erst einmal beschäftigt.« Schon wandte sie sich zusammen mit den anderen Heerführerinnen ab und schrie einige knappe Anweisungen.

Gerade als Zervana den Arm hob, um das Zeichen zum Angriff zu geben, trat ein auffallend großer Elf nach vorne.

»Kehrt um, Fackelträgerinnen! Euer Weg endet hier!«

»Sie werden niemals aufgeben«, flüsterte Jorim Alvendorah zu. Die Elfe nickte.

»Das weiß Gwendalon. Aber seine Ehre gebietet es ihm, den Feind ein letztes Mal auf friedliche Art zur Umkehr zu bewegen.«

»Seine Ehre? Das kann er sich bei den Erinyen sparen!«

»Ja, sie werden ganz sicher nicht friedlich davonziehen«, gab auch Elvor zu bedenken.

Enna wusste, dass die beiden recht hatten. Zwar zweifelte sie nicht an der Kampfkraft der Elfen, aber die Erinyen waren ihnen zahlenmäßig immer noch um das Zehnfache überlegen. Beim Gedanken daran, dass so viele Halblinge und Elfen ihr Leben lassen würden, bekam sie ein schlechtes Gewissen. Sie sah zu Alvendorah auf, die bei all ihrer Anmut und Schönheit auch so viel Unerschrockenheit ausstrahlte. Doch da wurde Enna abgelenkt, sie glaubte, eine Bewegung unter ihrem Umhang zu spüren. Enna öffnete ihn ein wenig und betrachtete das Ei – nichts. Dann legte sie ihre Hände darauf und schloss die Augen.

Bring mich zu ihr!

Wieder erklang die Stimme in ihrem Kopf, wie ein Geist, der sich in Worten manifestierte. Doch Enna verstand nicht, warum das Wesen im Ei plötzlich zu Alvendorah wollte …

Bring mich zu Zervana von Myrador!

Schlagartig öffnete Enna die Augen und starrte hinüber zu der Erinya, deren Gesicht sich gerade zu einer bösartig lächelnden Grimasse verzog.

»Es gibt kein Ende auf dem Weg einer Fackelträgerin, Elf! Genauso wenig wie es im Lichtschein einer Erinyen-Fackel Schatten gibt.«

Eine solche Reaktion auf Gwendalons Aufforderung war zu erwarten gewesen. Gwendalon bat auch kein zweites Mal, schon hörte Enna das leise Schaben seiner Klinge, die er aus der Scheide zog. Eintausend Elfen spannten sich an, zogen Waffen und legten Pfeile an die Sehnen ihrer Langbogen.

Bring mich zu ihr!

Die Stimme wurde eindringlicher, fordernder.

»Erinyen!« Zervanas Stimme schnitt durch die Luft, kalt und klar wie Eis. »Vereint die Feuer!«

Eintausend Erinyen bildeten eine Reihe, schnell und präzise. Sie standen eng beieinander, Schulter berührte Schulter. Dann hielten sie ihre Fackeln vor sich, eine neben die andere, und ließen diese knisternd auflodern. Ein Fauchen hallte plötzlich von den Bergwänden wider, als sich die Flammen der einzelnen Fackeln miteinander verbanden und zu einer massiven Feuerwand wurden.

Doch die Elfen blickten noch immer emotionslos drein. Sie schienen keine Angst zu haben, waren bereit für den Kampf – und für den Tod.

Bring mich zu ihr, jetzt!

Die Stimme durchdrang Ennas Gedanken mühelos, übertönte selbst die Geräusche der prasselnden Feuersbrunst.

Enna konnte nicht mehr anders. Wie in Trance setzte sie einen Fuß vor den anderen und schritt auf die Erinyen zu.

»Enna!«

Jorims Schrei hörte sie zwar, doch sie ging weiter. Sie konnte spüren, dass ihr jemand folgte, wandte sich jedoch nicht um.

»Enna, was tust du?«, zischte ihr eine Stimme ins Ohr. Es war Jorim, aber Enna blieb nicht stehen. Allmählich spürte sie die Hitze des Feuers, und ihre Wangen begannen zu glühen. Ihre Augen wurden trocken, sodass sie immer wieder blinzeln musste. Ennas Blick fiel auf Zervana. Wie ein dunkler Fleck zeichnete sich die Anführerin der Erinyen hinter den Flammen ab. Enna trat näher, noch einen Schritt, und noch einen. Schließlich blieb sie stehen – und legte das Ei vor sich auf den Boden.

Zervana hob die Hand, und da fiel die Flammenbrunst in sich zusammen.

Die Usurpatorin starrte Enna an. Offene Verwirrung lag in ihren Augen. »Du gibst mir das Ei? Freiwillig?«

»Ich … weiß nicht …«

Zervana kam nun näher, bis sie vor Enna stand. Sie blickte hinab auf das Ei, das mit unzähligen dunkelroten Linien überzogen war, roten Adern, die sanft pulsierten.

Langsam ging Zervana in die Hocke. Allem Anschein nach hatte sie die Welt um sich herum vergessen, besaß nur noch Augen für das Ei.

Enna erging es nicht anders, ihr eigenes Herz schien im selben Rhythmus zu pochen, schien eins zu werden mit dem des Eies. Sie beugte sich zu ihm herab.

Dies war der Moment, im dem ein kleines Horn die Eierschale durchstieß, und schon bildete sich ein langer gezackter Riss. Ein knackendes Geräusch erklang und hallte durch die Vergessenen Täler. Es war so laut, dass es überall zu hören war. Nicht nur hier, nicht nur in Westendtal, sondern überall – und die Welt hielt den Atem an.

42. DIE MUTTER ALLEN FEUERS

Der Drachenkrater erzitterte. Risse bildeten sich auf der zerfurchten Oberfläche des großen Kegelberges, und Steine sowie die gebleichten Knochen gefallener Drachen und Gulvaren polterten an seinen Hängen herab.

Im Inneren bäumte sich der Silberdrache auf. Er hob den Kopf und spähte durch den gigantischen Kamin hinauf, dorthin, wo das endlose Blau des Himmelsgewölbes zu sehen war. Dann öffnete er das Maul und spie Feuer. Eine Säule gleißender Flammen raste durch den Drachenkrater empor, schoss hoch oben ins Freie und erstreckte sich in den dunkelblauen Himmel, wo die ersten Sterne zu blinken begannen. Auch sein Gegenstück, der mächtige Gulvar, legte die beiden Köpfe in den Nacken. Kurz darauf vermischte sich sein Brüllen mit den tosenden Flammen.

Beide wussten, was geschehen war, verstanden in diesem Augenblick, wer das Licht der Welt erblickte. Die Welt war in steter Veränderung, das war sie schon immer gewesen. Heute jedoch musste sich ein ganzes Zeitalter diesem Wandel beugen. Daher breiteten Drache und Gulvar ihre Schwingen aus, und einer nach dem anderen flogen die beiden Wächter nach oben, stiegen durch das Innere des Drachenkraters in die Lüfte. Immer wieder streiften ihre gewaltigen Flügel die Bergwände, rissen Gesteinsbrocken heraus, die krachend zu Boden stürzten. Sie erreichten die Öffnung des Kraters, die unter einem gewaltigen Flügelschlag des Drachen auseinanderbarst, und endlich waren sie frei. Beide drehten ab, nach Norden – dorthin, wo nun alles begann.

Die Frau griff dem kleinen Mädchen in die langen schwarzen Haare und schleifte es mit sich. Schließlich gab sie ihm einen derben Stoß, sodass die Kleine stürzte und sich die Knie aufschlug. Tapfer schluckte sie den Schmerz hinunter und krabbelte weiter bis zur Felswand. Dort drehte sie sich um, drückte den Rücken gegen die Wand und sah zu der Erinya auf. Sterne blitzten über ihr, funkelten hell in ihrer silbrigen Pracht. Die Schönheit des Abendhimmels verlieh dem hässlichen Antlitz der Erinya nur noch mehr Schrecken. Ein bösartiges Grinsen legte sich auf das Gesicht der Frau, als sie sich in die Hocke niederließ und dann ihre Fackel vor das Mädchen hielt. Sogleich loderten die Flammen auf, enthüllten das Antlitz der Erinya in seiner ganzen Abscheulichkeit.

»Von nun an wirst du salziges Wasser trinken«, zischte sie. »Du wirst Schmerzen erdulden lernen, so lange bis sich der Hass, der einer jeden Erinya innewohnt, aus deinen Qualen und deiner Pein erhebt!« Die Erinya brachte ihren Kopf näher an das Mädchen heran. »Kennst du Hass, diesen mächtigsten aller Gebieter? Nichts wird dir mehr Kraft verleihen als er!«

Die Kleine schluckte. Sie wusste, sie war nicht allein. Allen Kindern reinblütiger Erinyen erging es so. Und wenn sie den Hass gefunden hatten oder er sie, dann vergaßen sie die Qualen und den Schmerz. Sie begruben ihn, tief in ihren Seelen. Der Hass war das Geheimnis ihrer Kraft, und er brannte ein Leben lang, würde eines Tages die Fackel nähren, mit der sie sich verbanden.

Das Mädchen biss sich auf die Unterlippe, es weinte nicht. Viele Zyklen lang hatte es keine Tränen mehr vergossen, hatte das Kind, das es war, tief in sich begraben.

Die Frau, zu der das Mädchen geworden war, Zervana, die Anführerin der Erinyen, weinte nun. Tränen rannen über ihr Gesicht, als sich der Blick aus diesen kleinen dunklen Augen tief in ihre Seele bohrte und dort freilegte, was unter ihrem brennenden Hass verborgen lag.

Es dauerte, bis sich ihr tränenverschleierter Blick klärte. Erst dann erkannte Zervana von Myrador, dass die beiden Augenpaare, die sie ansahen, zu einem Gulvaren gehörten, dessen winzige Köpfe sich ihr neugierig entgegenreckten. Es war tatsächlich ein Gulvar, und er hatte sie erblickt! Doch es geschah nicht, was sie erwartet hatte. Weder starb sie, noch überkam sie ein Gefühl berauschender Macht, weil der Blick des Gulvars sie nicht getötet hatte. Stattdessen breitete sich eine endlose Leere in ihr aus, wie eine kahle Steppe, die von gewaltigen Stürmen leergefegt worden war. Ob dort jemals nachwachsen konnte, was vernichtet wurde, wusste sie nicht.

Zervanas Hände schlossen sich um die Fackel, wollten sie auflodern lassen. Allerdings nicht um zu töten, denn dieses Verlangen war plötzlich verschwunden. Eher war es ein instinktiver Reflex, der sie dazu bewog. Sie spürte die Wärme der Fackel, hörte sogar das leise Knistern, doch mehr geschah zu ihrem Erstaunen nicht.

Die Flamme eines Drachen ist die Mutter allen Feuers, erklang eine Stimme in ihrem Kopf.

Was gerade vor sich ging, war für Zervana von Myrador sonderbar. Sie war sich selbst fremd geworden.

Immer mehr Risse entstanden, breiteten sich in gezackten Linien auf der Schale des Eies aus. Dann knackte es erneut. Ein weiteres kleines Horn wurde sichtbar, und schließlich schob sich der Kopf eines winzigen Drachen durch die harte Schale. Es war ein roter Drache. Seine Augen blickten Enna an, sahen tief in sie hinein.

Flammen loderten auf, und Enna sog vor Schreck die Luft ein. Dann rannte Jorim los, sie hinterher. Andere Halblinge versuchten, das Feuer zu löschen, doch es war bereits zu spät. Bis zu den Baumwipfeln loderten die Flammen empor, verzehrten die Hütte ihre Eltern, ihren Vater und ihre Mutter. Eigentlich hatte das blonde Halblingsmädchen sich mit seinem Vater aussöhnen wollen, doch das konnte es nicht mehr. Flammen versperrten ihm den Weg.

Die Flamme eines Drachen ist die Mutter allen Feuers.

Schon einmal waren diese Worte durch Ennas Kopf gehallt. Sie schienen aus weiter Ferne zu kommen, und augenblicklich erstarb das Feuer vor ihr und mit ihm der Schmerz, der in Enna geschlummert und den sie stets verdrängt hatte. Lediglich eine Leere blieb zurück, eine Leere, die jedoch einem inneren Frieden Platz machte.

Enna blinzelte. Die Augen des Drachen sahen sie an, hatten sie, Enna Borkenfeuer, als Erstes erblickt. Sie wusste, um welchen Drachen es sich handelte: Es war jenes Drachenweibchen, das ihr im Traum erschienen war.

Ein kindliches Staunen erfasste sie, als sie erkannte, dass gleich zwei Wesen dem Ei entschlüpft waren: ein kleiner roter Drache und ein ebenso winziger Gulvar. Während Zervana von dem Gulvaren in seinen Bann geschlagen wurde, hatte Enna das Gefühl, einen Bund mit dem Drachen eingegangen zu sein.

Langsam erhob sie sich. Sie wunderte sich in diesem Augenblick darüber, immer nur eine Stimme in ihrem Kopf vernommen zu haben, wo doch zwei Wesen in dem Ei geschlummert hatten.

Es war ein Zwillingsei, erklang die Antwort in ihrem Kopf. *Zusammen sind wir vereint, deshalb sprechen wir mit einer Stimme.*

Das alles war für Enna sehr schwer zu verstehen. Sie wandte den Kopf und sah zu ihrer Verwunderung, dass Alvendorah, Jorim, Gwendalon und Elvor neben ihr standen. Doch auch sie machten einen erstaunten Eindruck, schauten abwechselnd von den beiden wundersamen Wesen, die in den Scherben des Eies saßen, zu Zervana.

Enna konnte nicht sagen, was in der Erinya vorging, doch irgendwie schien die Bosheit aus ihrem Antlitz verschwunden zu sein, ja, die ganze Welt war wie erstarrt.

Allerdings blieb keine Zeit für weitere Gedanken, denn plötzlich kamen heftige Windböen auf. Etwas rauschte durch die Luft, verdeckte einen Augenblick lang das letzte Sonnenlicht, das noch über die Gipfel der Schroffen Berge im Westen drang.

Enna blickte hoch. Nicht nur die Erinyen wichen zurück, auch die wie in Stein gemeißelten Gesichter der Elfen wirkten beunruhigt, als sich plötzlich ein gewaltiger Silberdrache und ein riesiger Gulvar zwischen den verfeindeten Rassen niederließen.

Schon einmal hatte Enna diese beiden Wesen gesehen: im Inneren des Drachenkraters. Sie hatten die Eier gehütet, die in dem großen Kristall gelegen hatten.

»Es ist ... meine Schuld«, hörte Enna Jorim stammeln, kaum dass sich die letzten Staubkörner gelegt und der Drache seinen Blick auf die Halblinge gerichtet hatte.

»Ich habe das Ei ... gestohlen.« Jorim trat neben Enna und nahm ihre Hand.

Der große Drache senkte das Haupt und musterte ihn mit seinen dunklen, mit gelben Pupillen versehenen Augen. Enna spürte, wie Jorims Hand fester zudrückte.

»Man kann nicht stehlen, was einem vom Lauf der Dinge zugesprochen wird«, grollte der Drache. »Das Gleichgewicht der Welt ist aus den Fugen geraten. Doch das ist immer so, wenn eine neue Ära beginnt. Ereignisse, die es vorher nicht gegeben hat, treten plötzlich ein. Veränderungen geschehen; schneller als wir es gewohnt sind, kommen sie über uns und reißen uns mit sich.«

»Eine neue Ära?«, wunderte sich Enna.

Nun neigte der Gulvar die Köpfe herab. Dabei wandte sich der eine zu den wie versteinert dastehenden Erinyen, der Blick des anderen wanderte über Enna, Jorim, die anderen Halblinge und die Avendurym.

»Die Nächte sind der Dunkelheit Töchter«, grollte die tiefe Stimme des Wesens. »Doch wie jede Nacht vergeht und sich zum Tag wandelt, so muss auch ein Zeitalter zu Ende gehen, um einem neuen Platz zu machen.«

»Und heute ist es so weit?«, fragte nun Alvendorah.

»So ist es«, antwortete der große Silberdrache. »Und mit dem Zeitalter gehen auch wir, um jenen zu weichen, die zukünftig das Gleichgewicht der Welt wahren. So war es immer, so wird es immer sein.«

Das Gleichgewicht der Welt. Da waren sie wieder, die Worte aus Ennas Traum.

Jorim machte sich von Enna los und trat einen Schritt auf die riesigen Wesen zu. »Soll das bedeuten, dass die Kämpfe, unsere Reise und alle, die gestorben sind«, er machte eine ausladende Handbewegung, »dass all das hier ohnehin geschehen wäre? Dass unsere Mühen umsonst waren?«

»Oh nein«, tönte die Stimme des Gulvars. »Wenn der Tag der Zeitenwende naht, werden große Kräfte in der Welt freigesetzt. Diese Kräfte waren es, die das rasche Erstarken der Erinyen begünstigt haben. Das Bündnis der Fackelfrauen mit den Ghulen hätte euch Halblinge auslöschen, hätte den Niedergang vieler Völker bewirken können. Doch durch euer Handeln und eure beherzten Taten sind Ereignisse eingetreten, die dies verhindert haben.«

»Aha«, sagte Jorim, doch sein Gesichtsausdruck blieb skeptisch. Er trat wieder zurück zu Enna.

»Es waren Halblinge«, fuhr nun der Drache fort, »die Barrikaden errichtet haben, um ihr Land zu schützen. Es waren Halblinge, die ausgezogen sind, um ihren alten Helden, Bronn Sternenfaust, zu finden. Er war es, der sich der alten Mächte erinnerte und den Geist der Berge herbeirief, um die Erinyen aufzuhalten.«

Enna runzelte die Stirn, fragte sich, was es mit dem Berggeist auf sich hatte. Bronn soll sich mit ihm verbündet haben?

»Das erkläre ich dir später«, flüsterte ihr Elvor ins Ohr.

»Es waren Halblinge«, sprach der Drache weiter, »die den Pfad der Elfen gekreuzt und ihre Herzen bewegt haben. Es waren Elfen, die sich daraufhin ebenfalls der alten Mächte erinnert haben und die Valandil riefen. Und es war ein tapferes Halblingsmädchen, das die Schrecken hinter den Suravan-Bergen nicht scheute, und dessen Bruder im Herzen des Drachenkraters das eine, das besondere Ei an sich nahm. Eine Tat, die Menschen oder Elfen als töricht erachtet hätten, die ihren Zweifeln und Ängsten erlegen wären und niemals das gewagt hätten, was dieser kleine Halbling aus seiner Intuition heraus tat.« Der Drache richtete seine Augen nun auf Jorim. Fast hatte Enna den Eindruck, der Silberdrache würde schmunzeln, sofern dies bei einem solchen Wesen überhaupt möglich war. »Oft sind es gerade die närrischen Entscheidungen, die dem Schicksal einen neuen Verlauf geben«, schloss er.

Genau das waren seine Worte im Kraterberg gewesen, dachte Enna. Also hatte er gewusst, dass Jorim das Ei genommen hatte, und ihn absichtlich ziehen lassen.

»Mit dem Kommen der beiden«, der Silberdrache neigte das gewaltige Haupt zu dem kleinen roten Drachen und dem Gulvaren herab, »beginnt eine ganz besondere Zeit. Alte Mächte werden erstarken, werden sich den Völkern der Welt offenbaren und sie neue Dinge lehren: den Weg von gegenseitigem Verständnis und das Wissen um die tieferen Geheimnisse, die uns umgeben. Doch es werden auch dunkle Mächte erstarken; Mächte, die stärker sein werden als die Flammen der Erinya, stärker als der kraftvolle Arm des Ghuls.«

Enna betrachtete Zervana. Die Erinya hatte noch kein Wort gesprochen. Sie stand einfach nur da, ihre Fackel glomm in gedämpftem, fast schon friedlichem Licht vor sich hin. Seltsamerweise empfand Enna keinen Groll mehr ihr gegenüber.

»Was wird aus den Erinyen?«, fragte Elvor plötzlich. »Was geschieht mit ihr?« Er deutete auf Zervana.

Es war der Gulvar, der antwortete. »So wie das blonde Halblingsmädchen einen Bund mit dem roten Drachenweibchen eingegangen ist, so ist die Erinya einen Bund mit dem Gulvaren eingegangen.«

»Bedeutet dies, dass der Gulvar Zervana gehorchen und ihr folgen wird?« Ennas Blick wanderte zwischen den beiden großen Wesen hin und her.

»Weder Drache noch Gulvar würden jemandem dienen«, erklärten beide gleichzeitig.

»Dies sind nur Legenden und Wunschträume oder Lügengeschichten, die sich jemand ausdenkt, um andere zu beeinflussen«, fuhr der Silberdrache fort.

Enna fühlte sich ertappt, denn es war schließlich ihre Idee gewesen, Zervana vorzugaukeln, ein Drache würde ihr folgen, während ein Gulvar sie töten würde.

»Die Wesen, die dem Zwillingsei entstiegen sind, mögen heute klein sein, doch ihre Kräfte sind bereits präsent. Du, Halblingsmädchen«, der mächtige Drache schaute auf Enna herab, »hast es schon gespürt. Ihre Stimme – denn im Gegensatz zu uns sprechen sie nur mit einer – hast du in deinem Kopf vernommen. Sie sind höhere Wesen, als wir es je waren. Und du hast erblickt, was ihre Augen schon vorher gesehen haben.«

Enna erinnerte sich daran, dass sie Alvendorah auf den Valandil vor ihrem geistigen Auge hatte kommen sehen, ehe es wirklich geschah. Doch schon sprach der große Drache weiter.

»Und so haben die zukünftigen Bewahrer des Gleichgewichts in ihrer Weisheit einen Halbling und eine Erinya in die einzigartige Verbindung, die sie miteinander haben, mit eingeschlossen. Der Friede, den du in deinem Herzen fühlst, Mädchen, ist der gleiche, den nun auch die Erinya verspürt.«

»Es ist nur Leere in mir«, sagte Zervana tonlos. Es war das erste Mal seit dem Schlüpfen der Wesen, dass sie sprach.

»Es ist friedvolle Stille, was du als Leere empfindest«, entgegnete der Gulvar. »Schon bald, sehr bald, wirst du dies erkennen. Nun legt eure Waffen nieder! Schickt eure Armeen zurück! Lasst das Halblingsmädchen und die Erinya allein, damit der Bund im Glanz der Sterne erstarken kann.«

Es dauerte sehr lange, bis sich Erinyen, Elfen und Halblinge aus ihrer Erstarrung lösten. Eine der Erinyen trat hinter Zervana.

»Usurpatorin?«, fragte sie mit leiser Stimme.

Doch Zervana hob nur die Hand, ohne sich umzudrehen. »Geht! Geht zurück nach Myrador. Ich werde euch schon bald folgen.«

Die Angesprochene zögerte. Enna konnte die Verwirrung in ihrem Gesicht deutlich sehen, aber schließlich nickte sie knapp und machte kehrt. Wenig später machten sich die Erinyen auf den Rückweg durch die Vergessenen Täler.

»Die Feuerschlange zieht sich zurück«, flüsterte Elvor und berührte wie beiläufig Ennas Arm, ehe auch er sich abwandte und zusammen mit den Halblingen und Elfen zurück nach Westendtal aufbrach.

»Ich bleibe bei dir«, sagte Jorim. Er musterte Enna und warf einen misstrauischen Blick auf Zervana. Die Erinya hatte offenbar seine Worte gehört, denn sie steckte die Fackel weg und ließ sich vor den beiden winzigen Wesen nieder, die noch immer alles aus wachsamen Augen beobachteten.

»Es wird ihr nichts geschehen«, entgegnete Zervana, setzte sich auf den Boden und schlug die Beine unter.

»Schon gut, Jorim. Geh nur«, sagte Enna.

»Bist du sicher?«

»Ja!«

Jorim seufzte kurz, dann wandte er sich ab.

43. IM GLANZ DER STERNE

Nur sehr widerwillig ließ Jorim Enna allein. Immer wieder blickte er zurück auf seine Schwester und die Erinya, die ihnen ein so erbitterter Feind gewesen war.

Trotz aller Erklärungen des Silberdrachen und des Gulvars konnte Jorim kaum begreifen, was mit ihr oder Enna geschehen war – was mit der Welt geschah.

Enna und Zervana saßen einfach nur da, ein winziger roter Drache und ein kleiner Gulvar, die beide gerade die Flügel entfalteten, zwischen ihnen.

Auch der große Silberdrache und der mächtige Gulvar breiteten nun ihre Schwingen aus und legten sie um die vier, so als wollten sie ihnen Schutz bieten. Ein Anblick, in dem nichts Bedrohliches lag, sondern Vertrauen und Fürsorge.

Jorim ging weiter, schlich sich schließlich aber hinter einen Felsbrocken, wo er – sehr zu seinem Erstaunen – Elvor vorfand. Leise kniete er sich neben ihn, und gemeinsam beobachteten sie, was geschah.

Enna hatte die Beine untergeschlagen und betrachtete, wie Zervana auch, die kleinen Wesen vor sich, während sich die Schwingen der beiden Hüter aus dem Drachenberg über ihnen ausbreiteten.

Schaut hinauf zu den Sternen.

Es waren die Worte der kleinen Wesen, die in Ennas Kopf ertönten, und sicher auch in Zervanas, wie sie vermutete.

Enna betrachtete die Erinya, ob sie tat, wie ihnen geheißen.

Zervana zögerte, daher überwand sich Enna als Erste und legte den Kopf in den Nacken. In diesem Moment bewegten die beiden Hüter ihre Schwingen ein wenig zur Seite, sodass sie in den Abendhimmel schauen konnten.

Klar und hell leuchteten die Sterne, doch dann zogen dünne weiße Wolken auf, wodurch die glitzernden Punkte am Himmel wie von Spinnweben umhüllte Diamanten aussahen. Ein lauer Wind begann mit Ennas Haaren zu spielen, wurde kräftiger und befreite den Abendhimmel von dem Wolkenschleier. Nun wirkten die Sterne heller, pulsierender, als würde Leben in ihnen stecken.

Allerdings verblasste der Himmel schon recht bald. Enna sah plötzlich eine grüne Ebene. Menschen zogen darüber hinweg, marschierten auf eine Stadt mit hohen Türmen zu, um heimzukehren. Es handelte sich um Arboron.

Das gräserne Meer dieser Ebene begann im Wind zu wogen, die Gräser beugten sich, sodass es aussah, als ob Wellen darüber hinwegrollen würden. Schließlich wurde aus dem saftigen Grün ein tiefes Blau – das Meer! Der schmale Bug eines langen Schiffes durchschnitt das Wasser, schnell und elegant segelte es dahin. Doch es war nicht nur eines, sondern mehrere. Sie alle näherten sich rasch den Himmelsklippen, um in verborgenen Buchten anzulegen, um die Wälder Eren-Danans erneut zu bevölkern.

Die Valandil, Jäger des Windes, rannten mit dem Wind um die Wette. Irrlichter tanzten um seltsame Pferde herum, leuchteten ihnen den Weg durch die Nacht. Lange Hörner thronten auf den Köpfen dieser Pferde, blitzten im Licht der Sterne auf und fingen das Mondlicht ein, um daraus ihre eigenen, besonderen Lebenskräfte zu gewinnen.

Enna sah viele Wesen, die sie nicht kannte. Doch wusste sie, dass sie alle aus dem neuen Zeitalter geboren werden würden.

Dann änderte sich die Szenerie erneut. Ennas Blick glitt über den Himmel, nach Westen. Die Sonne war bereits untergegangen, aber ihre verblassenden Strahlen schimmerten noch in allen erdenklichen Gold- und Rottönen am Horizont.

Doch da tauchten dunkle Wolken auf, in denen etwas Düsteres, eine alte, finstere Macht zu schwelen schien. Wie schwarzer Rauch, der die letzte Glut eines Feuers erstickte.

Am Horizont, wo Licht und Dunkelheit zu einem undurchsichtigen Schleier verschmolzen, erkannte sie eine Gestalt. Ein langer, zerschlissener Umhang wehte ihr um die Beine, eine Klinge, in deren Griff silberne Intarsien eingelassen waren, hing an ihrer Seite.

Das Bild löste sich auf, stattdessen wurden nun Berge sichtbar. Es war die Hohe Wand von Myrador, und ein Gulvar flog über die gezackten Spitzen.

Schließlich hatte Enna das Gefühl, in die Hohe Wand von Myrador, direkt unter dem hochaufragenden Aratol, in die Tiefen des Berges gezogen zu werden. Dort, in einer großen Höhle verbanden sich Frauen mit ihrer Fackel, gingen den Bund des Blutes ein.

Am Ende sah Enna ihr geliebtes Westendtal, sah die weiten Auen, die grünen Wälder und den Erenin, dessen Wasser die Mühlen bewegte. Ein roter Drache kreiste am endlos blauen Himmel. Dieser Anblick beruhigte Enna. Denn sie wusste nun, dass es noch lange dauern würde, bis das rote Drachenweibchen zusammen mit dem Gulvar in den Drachenkrater ziehen würde.

Es wurde wieder Nacht, Sterne funkelten am Himmel. Wie anfangs auch schoben sich Schleierwolken davor, wieder hüllten sie spinnwebengleich die Sterne in ihr weiches Netz. Dann war da nichts mehr, nur noch Stille.

Etwas blendete Enna, und sie öffnete blinzelnd die Augen. Die Sonne war bereits aufgegangen. Es dauerte eine Weile, ehe sie sich an alles erinnerte, was geschehen war. Ihr Blick fiel auf Zervana, die sich gerade erhob. Überrascht betrachtete die Erinya den Boden vor sich.

Nun bemerkte auch Enna, dass sowohl der Gulvar als auch der Drache verschwunden waren.

Zur Zeitenwende vollziehen sich Ereignisse rasch und schnell, hörte Enna in ihrem Kopf.

Sie sah auf, und Zervana tat es ihr gleich.

Ein roter, mittelgroßer Drache blickte auf sie herab. Viele Hörner, allesamt schwarz, thronten auf seinem Haupt, und die roten Schuppen glitzerten in der Morgensonne. Das Drachenweibchen war bei Weitem nicht so groß wie der Silberdrache, es wirkte fast schon zart.

Und bei dem Gulvar verhielt es sich nicht anders: Er war groß, doch noch nicht ausgewachsen. War sein Körper schwarz wie die Nacht, so leuchteten seine Flügel und die Hörner auf den beiden Köpfen und dem dreigeteilten Schwanz in demselben Rot wie die Schuppen des Drachen.

Der Silberdrache und der große Gulvar hingegen waren verschwunden.

Gegensätze vereinen sich, um sich zu etwas Höherem zu verbinden.

Enna musste bei diesen Worten schmunzeln. Schnell jedoch wurde sie wieder ernst, als sie Zervana betrachtete. Die Erinya lächelte nicht.

»Heute schenke ich dir Frieden«, sagte diese plötzlich. »Wie du vermutlich auch, muss ich erst verstehen, was hier geschieht. Aber auch, wenn mein Wunsch nach Eroberung im Moment zu ruhen scheint, so glimmt meine Fackel noch immer.«

Unwillkürlich sah Enna zu Zervanas Gürtel, wo Geißel und Fackel in ihren Halftern steckten. Ein rötliches Glühen drang hervor.

»Vergiss nur nicht, wer die Mutter allen Feuers ist«, entgegnete Enna.

Nun war es an Zervana zu schmunzeln. »Und ertrag ich auch die Hitze der züngelnden Flammen?« So wie sie die Frage an sich selbst richtete, so beantwortete sie diese auch. »Mit Geist und Blut, selbst wenn das Feuer auf meinem Antlitz ruht.«

Der Lichtschein, der aus ihrem Fackelhalfter drang, wurde für wenige Lidschläge etwas heller, ehe er wieder nachließ. Dann wandte sich Zervana ab und ging.

Enna sah ihr lange hinterher, so lange, bis ihre Gestalt in den Vergessenen Tälern verschwunden war. Erst jetzt bemerkte sie, dass ihr Herz dieses Mal nicht zu rasen begonnen hatte.

Eines Tages wird Zervana sich wieder erheben. Ihre Fackel wird auflodern, doch wird sie sich nicht gegen Westendtal richten. Nur weiß sie das noch nicht!

In diesem Augenblick erhob sich der Gulvar in die Lüfte, kreiste einmal über ihren Köpfen und flog dann in dieselbe Richtung davon, in die Zervana von Myrador verschwunden war.

Die Bedrohung ist vorüber, sagte das Drachenweibchen in Ennas Kopf. Dann breitete es die Schwingen aus und stieß sich hoch in die Lüfte. Im Gegensatz zu dem Gulvar jedoch verschwand es nicht, sondern zog hoch oben über dem Land der Halblinge seine Kreise.

»Was ist geschehen?«, ertönte da eine Stimme hinter Enna. Es war Jorim. Zusammen mit Elvor kam er herbeigeschlurft.

»Erzähl, was geschehen ist!«, wiederholte Elvor. »Wir sind«, er warf einen raschen Seitenblick auf Jorim, »beide eingeschlafen.«

Enna lief ihnen entgegen, legte einen Arm um Jorim, den anderen um Elvor und zog sie mit sich. »Lasst uns heimgehen. Ich denke, wir alle haben einander viel zu erzählen.«

44. WIR SIND HALBLINGE

Es waren viele Halblinge, die sich bei strahlendem Sonnenschein auf dem Plateau versammelt hatten, wo Bronn gegen die Erinyen gekämpft hatte. Elvor schien es, als sei ganz Westendtal gekommen, um dabei zu sein, wenn er die Steintafel, an der er so lange gearbeitet hatte, enthüllen würde.

Obwohl der Sommer gerade in den Herbst überging, waren die Strahlen der Sonne noch immer warm. Dennoch wehte eine frische Brise über das Plateau, die leise zwischen den steinernen Statuen umhersäuselte.

Elvor betrachtete den Halbling aus Stein, der stolz vor einer knienden Erinya stand. Enna drückte seine Hand, dann trat sie einige Schritte zurück. Elvor nickte Talegrin und Ambrin zu. Gemeinsam hoben die drei die Steintafel auf und stellten sie zu Füßen von Bronn Sternenfaust ab.

Stille kehrte ein, als Elvor das Tuch entfernte und die Inschrift zumindest für jene erkennbar wurde, die in unmittelbarer Nähe standen.

Lange hatte Elvor daran gearbeitet, doch hatte er niemanden wissen lassen, was er im Stein verewigte. Ambrin und Talegrin traten zurück, und Elvor las die Worte, als ob er sie zum ersten Mal lesen würde:

Wir sind Halblinge!
Unsere Körper mögen von kleinem Wuchs sein, doch Mut und Stärke werden nicht in den Muskeln unserer Arme und Beine geboren. Sie entstehen erst durch Glaube und Zuversicht tief in unserem Inneren.
Wir sind Halblinge!
Klein von Wuchs, doch mit großem Herzen! Unsere Tapferkeit wird heller lodern als jede Erinyen Fackel.
Wir sind Halblinge!

– Halblingsspruch, entstanden während des Erinyen Krieges.
In Gedenken an Bronn Sternenfaust, meinen Großvater.

Es dauerte lange, bis alle einmal vorgetreten waren und die Worte gelesen hatten. Elvor Sternenfaust blieb stehen und betrachtete schweigend das Geschehen. Er wusste, die Halblinge würden bald nach Hause gehen und sich in den Tavernen Geschichten über den Erinyen-Krieg erzählen. Dem Essen würden sie dabei ebenso reichlich zusprechen wie dem Borkentrunk oder anderen berauschenden Getränken.

Elvor jedoch hatte den Entschluss gefasst, das Volk der Halblinge nicht wieder in den alten Trott zurückfallen zu lassen. Er wollte eine kampffähige Truppe bilden: die Sternenfaust-Gefährten. Halblinge, die in der Lage wären, einen Dolch oder eine Axt zu werfen oder einen Pfeil treffsicher in ein Ziel zu schießen. Und – das Wichtigste – sie sollten sich alle stets an Bronn Sternenfaust erinnern.

Irgendwann hatte auch der letzte Halbling die Inschrift gelesen und war gegangen. Lediglich Enna und Jorim waren noch bei Elvor. Das blonde Halblingsmädchen lächelte ihn an, dann gab es ihm einen innigen Kuss.

»Na!«, rief Jorim. »Da wird ja sogar der steinerne Bronn Sternenfaust rot im Gesicht.«

Enna grinste, kniff ihrem Bruder in die Nase und nahm Elvors Hand. Gemeinsam verließen die drei das Plateau, nur der Wind und die steinernen Zeugen eines vergangenen Krieges blieben zurück.

»Ist es nicht wunderbar, wie innig eine so kleine Berührung sein kann?«, sagte Alvendorah. Mit verschränkten Armen lehnte sie an einem Felsen und blickte Enna und Elvor hinterher. Sie und Gwendalon hatten das Geschehen aus respektvollem Abstand beobachtet, denn die Zeremonie betraf nur die Halblinge.

»Sowohl der rote Drache als auch der Gulvar sind Anduviel-Akaren«, erwiderte Gwendalon. »Von einem solchen Wesen berührt zu werden ist einzigartig. Es ist ein Zustand tief gehenden Friedens. Dieser Kraft kann sich selbst Zervana nicht entziehen.«

Ein wenig irritiert sah Alvendorah zu Gwendalon auf. Dieser jedoch sprach unbeirrt weiter. »Dass die beiden Wesen überhaupt einen Bund mit anderen eingegangen sind und hierfür einen Halbling und eine Erinya erwählt haben, hat mich zunächst verblüfft. Aber gerade diese beiden Völker sind so gegensätzlich, wie es nur sein kann. So wie ein Drache und ein Gulvar.«

»Davon habe ich doch nicht gesprochen!«, klärte Alvendorah Gwendalon auf. »Ich meinte Elvor und Enna, die gerade Hand in Hand gehen.«

Gwendalon zog die Stirn kraus und blickte Alvendorah ausdruckslos an. Doch sein Mundwinkel begann zu zucken, und kurz darauf erhellte ein strahlendes Lächeln sein Gesicht.

»Ich verstehe«, er verbeugte sich leicht, »auch eine solche Berührung kann Anduviel-Akaren sein.«

Alvendorah schüttelte den Kopf, dann kniff auch sie ihm in die Nase, so wie sie es eben bei Enna und ihrem Bruder gesehen hatte.

»Ein sonderbares Volk«, meinte Gwendalon schließlich. »Sie sind klein, fast wie Kinder in ihrer Unschuld, und dennoch hat ihr Handeln so viel bewirkt.«

Alvendorah schmunzelte. »Ob es diese kindliche Unschuld war, ihre tapfere Gesinnung oder ihr Bestreben, die Heimat um keinen Preis aufzugeben«, sie schüttelte den Kopf, »wir werden wohl nie erfahren, was am Ende ausschlaggebend dafür war, dass ihr Volk überlebt hat.«

Gwendalon nickte zustimmend. »Wie auch immer. Wären sie nicht gewesen, so hätte das neue Zeitalter vielleicht unter der Herrschaft von Erinyen und Ghulen begonnen, wer weiß.«

»Doch das ist nicht geschehen. Vielleicht sollten auch wir beide das neue Zeitalter auf unsere Weise beginnen.« Alvendorah sah zu Gwendalon auf. Als sie in seine grünen Augen blickte, breitete sich ein Kribbeln in ihrem Bauch aus. Doch glaubte sie auch, gewisse Zweifel in Gwendalon zu spüren.

»Du fürchtest dich, deinen Gefühlen nachzugeben, jetzt, da sie erwidert werden, nicht wahr?«

»Schon seit Langem ist jeder Schlag meines Herzens ein Stoßgebet zu den Mächten, die uns umgeben, dass meine Liebe erwidert wird«, sagte er. »Doch jetzt habe ich Angst, es könnte zu schlagen aufhören, wenn du mich berührst.«

Alvendorah lächelte. »Das wird es nicht.« Sie legte Gwendalon ihre Hand auf die Brust. »Es wird einfach nur schneller schlagen, so wie meines.«

Endlich schloss Gwendalon die Elfe in seine Arme und zog sie an sich. Als sich ihre Lippen berührten, musste Alvendorah erneut schmunzeln: Gwendalons Herz schlug tatsächlicher schneller, im selben Takt wie ihr eigenes.

Jorim ließ sich allmählich zurückfallen. Er konnte sich ein Grinsen nicht verkneifen, als er Elvor Sternenfaust und seine Schwester Enna so sah. Hand in Hand liefen sie durch die Wolfsklamm. Nie hätte Jorim dies für möglich gehalten, ja, er hätte wahrscheinlich sogar versucht, Enna daran zu hindern, sich mit Elvor einzulassen. Aber der Enkel von Bronn hatte sich verändert. Dafür sprach allein schon die Tatsache, dass sein eigener Name nicht auf der Gedenktafel stand.

Ein Rauschen in der Luft riss Jorim aus seinen Gedanken. Ein roter Schemen überflog die Wolfsklamm und verschwand gleich wieder hinter den aufragenden Felswänden. Vielleicht würde man ja irgendwann Enna Borkenfeuer besingen, als das Halblingsmädchen, das den roten Drachen nach Westendtal gebracht hatte.

Doch das lag in ferner Zukunft. Jetzt gab es erst einmal dringlichere Dinge für Jorim zu erledigen. Eines davon war, endlich die Veranda seines Baumhauses zu reparieren – gleich nachdem er ein Pfeifchen geschmökt hatte.

EPILOG

Der Wind zerrte an seinem zerfetzten Umhang, drohte ihm das zerschlissene Kleidungsstück vom Leib zu reißen. Aber er ließ sich davon nicht beirren und stieg weiter hinauf auf die sturmumtosten Höhen des Aratol. Ganz würde er dessen Gipfel nicht erklimmen, doch jeder Schritt, der ihn weiter hinauftrug, schien ihm eine Befreiung zu sein.

Irgendwann fand er eine geeignete Stelle, ein schmales Plateau, das ihm einen hervorragenden Ausblick gewährte. Er blickte zunächst nach Süden, wo das Land der Erinyen hinter der Hohen Wand von Myrador lag. Dort war er aufgewachsen, war einen langen Weg des Schmerzes und der Wut gegangen. Dort lag, was er so sehr verachtete und doch ein Teil von ihm war. Wie ein Raubtier verbarg sich diese dunkle Seite in seiner Seele, lauernd, zum Sprung bereit.

Schließlich blickte er nach Norden, wo sich Arbor, das Land der Menschen erstreckte, das ihm so fremd war. Und doch war auch das ein Teil von ihm.

Sicher würden die Menschen eines Tages nach Arboron zurückkehren. Die Erinyen hatten es auf Zervanas Geheiß hin freigegeben, so viel hatte er in Erfahrung gebracht. Es war ein Rückzug gewesen, aber anscheinend hatte dieser Zervanas Herrschaftsanspruch nicht beeinträchtigt. Vermutlich lag es an dem Gulvar, der nun über Myrador seine Kreise zog. Sicher hatte Zervana sein Erscheinen zu ihrem Vorteil genutzt.

Doch weder Myrador noch Arbor konnte er seine Heimat nennen. Er war weder Erinya, auch wenn er wie einer aussah, noch war er ein Mensch. Von den einen verdammt, von den anderen gefürchtet, würde es für ihn schwer werden, seinen Weg zu gehen.

Er würde immer er selbst bleiben. Yorak, der Wanderer zwischen den Welten.

DANKSAGUNG

Nicht immer ist es der Autor allein, der ein Werk zu Papier bringt. So möchten wir uns bei unserer Agentur »Schmidt & Abrahams« bedanken, die die Entstehung des Buches in die Wege geleitet hat. Dank auch an unsere Lektorin beim Lübbe Verlag, Sabine Biskup, die uns mit Kompetenz und Humor begleitet hat. Möge ihr Weg immer zu einem wärmenden Lagerfeuer mit schmackhaften, bunten Schnüren führen. Auch möchten wir uns bei allen kleinen Kobolden und Feen bedanken, die vielleicht hier und da Hand an die Feder der Schreiberlinge gelegt und ihren persönlichen Hauch der Phantastik beigetragen haben.

Ein besonderes Dankeschön auch an die »Kunreuth-Oma«, die sich immer wieder unserer kleinen Schrei(b)blockade annimmt.

Last but not least möchten wir uns auch bei euch, liebe Leserinnen und Leser, bedanken und hoffen, die fantastische Reise durch die Südlande findet euren Gefallen.